문명, 그 화려한 역설

최인 장편소설

글여울

"재미있게 소설을 읽고 덤으로 비밀을 풀어 보세요!"

비밀풀기와 상금내역

1. 표지에는 69개의 비밀이 있으며, 이것을 푸는 첫 번째 독자에게 5000만 원의 상금을 지급합니다.
2. 비밀은 개인이나 연인, 커플, 모임, 단체도 풀 수 있으며, 서로 간에 정보를 주고받을 수 있습니다.
3. 비밀 풀기에 도전한 독자는 짝수월 말일까지 도서출판 글여울 <비밀풀기 프로젝트>에 답을 올릴 수 있습니다.
   (예 ; 2월, 4월, 6월, 8월, 10월, 12월 31일까지)
4. 개인, 연인, 커플, 모임, 단체가 비밀을 풀어서 올릴 수 있는 횟수는 짝수월에 한 번입니다. (1년에 6번, 2개월 마다)
5. 비밀의 심사는 2개월에 한번 3일간 실시해 결과를 도서출판 글여울 등에 게시합니다. (당첨자는 개별통보)
6. 초판본을 구매한 독자도 개정판의 규칙을 적용해 비밀을 풀고 상금을 받을 수 있습니다.
7. 비밀풀기는 비밀을 푸는 사람이 나올 때까지 계속됩니다.

규칙

1. 해답은 10자~50자 이내로 씁니다. 단, 긴 문장이 필요한 경우 글자 수를 초과할 수 있습니다.
2. 답 앞에는 반드시 일련번호를 붙여야 합니다. (1에서 69까지)
3. 상금 수령 시 <문명 그 화려한 역설> 개정판 또는 초판 1부와 신분증을 제시해야 합니다.

특전

연인이나 커플, 부부가 도전할 경우 비밀 3개를 면제해 줍니다.

작가의 말

필자는 이 소설을 구상할 당시 20년이나 30년 후의 이야기를 써 보자 생각하고 집필을 시작했으며, 2, 30년 후의 이야기답게 가볍고 스피디하고 파격적인 표현으로 일관했다. 이 가볍고 스피디하고 파격적인 표현과 묘사를 국제문학상 심사위원들은 당선작으로 뽑았고, 그 이유는 한결같이 빠르고 참신하고 재미있다는 점에 있었다.

그러나 이 책이 당선작으로 뽑힌 이유인 가볍고 스피디하고 파격적인 전개가 출판의 장애물이 되었다. 이 소설이 문학상에 뽑힐 당시인 2002년, 시대를 대표하는 출판사들은 1억원 고료 당선작을 위와 같은 이유를 달면서 출간을 거절했다. 결국 2, 30년 후를 내다보고 쓴 소설은 시대에 맞지 않는다는 이유로 세상에 나오지 못하고 말았다.

장편소설을 공모한 신문사에서도 위와 비슷한 이유로 출판을 포기했으며, 결국 일정 기간을 걸쳐 출판권은 필자에게 돌아왔다. 출판권을 돌려받은 필자는 시대가 본 작품을 받아들일 자세가 되어 있지 않다고 여기고 신작 집필에 들어갔다. 즉 당선작보다 더 좋은 소설을 쓰라는 '하늘의 뜻'이라 결론짓고, 9편의 장편을 추가로 쓰기에 이르렀다.

그로부터 20여 년. 새로 쓴 9편의 소설도 탈고가 완료되었고, 독자들에게 소개하는 일만 남았다. 필자는 시중의 출판사가 외면한 작품을 23년간 수백 회 이상 탈고했다. 이 소설을 20년 이상 끌어안고 씨름한 것은, 파격적인 표현을 예술로 승화시키기 위해 끊임없이 문장을 갈고 다듬는 괄골요독**刮骨療毒**의 과정과, 좋은 글을 위해 육신과 영혼을 아낌없이 바치는 사생취예**捨生取藝**의 정신으로 인한 것이었다.

로마를 침공한 카르타고 장군 한니발은 '길을 찾지 못하면 길을 만들라' 는 명언을 남겼다. 필자는 등단 이후 총 10편의 장편을 썼으나, 단 한 번도 '출판의 길'을 찾지 못했고, 그 결과 '출판사 창립' 이라는 새로운 길을 열었다. 이제 필자는 더 이상 출판사의 문을 두드리지 않고, 직접 출판 경영에 뛰어들어 독자들 곁으로 다가가고자 한다.

차례

비밀풀기와 상금내역	3
작가의말	5
제1부　1파트 - 19파트	11
제2부　20파트 - 50파트	119
제3부　51파트 - 69파트	325
참고문헌	489

문명, 그 화려한 역설

제 1 부

1

　사회적 분열과 해체기의 인간들은 하나의 극을 선택하지 않으면 안 된다. 즉 사랑 면에서는 쾌락이나 금욕을, 감정 면에서는 충동이나 절제를, 행동 면에서는 방종이나 겸손을, 생활 면에서는 파격이나 관례를, 이념 면에서는 극좌나 극우를. 그러나 희망과 절망, 기쁨과 슬픔, 행과 불행, 선과 악 같은 본질적인 문제에 관해서는 아무것도 선택할 수 없다. 그것은 가치관과 이념은 물론이고 진실과 진리까지도 표묘縹緲[1] 속에 빠져 버렸기 때문이다.

　'소리 높이 외쳐 봐. 네 춤은 금방 소문이 날 거야. 두 팔과 다리를 벌리고 좌우로 신나게 흔들어 봐. 네게 기회가 온다면 신에게 모든 걸 보여줘야 돼. 네가 승리했다는 걸 모르겠어? 모든 사람들과 함께 오- 를 크게 외쳐 봐. 나는 그를 들어 올리려고 이곳에 왔어. 너도 그를 들어 올리려고 이 파티에 참석한 거야. 더 높이 들어 올리려고 여기에 왔어. 모두 함께 손을 들고 하늘 높이 뻗어 봐. 두 발로 땅을 딛고 힘차게 뛰어 봐.'
　노랑머리 여자애가 메리 메리의 리얼 파티를 흥얼거린다. 그걸 보고 다른 여자애들도 따라 부른다. 나는 테이블에 놓여 있는 콜라를 한 모금 들이켠다. '네가 춤추는 걸 볼 수 없잖아.' 발목에 인디언 타투를 한 여자애가 힐끗 쳐다본다. 나는 여자애의 시선을 피해 창밖으로 눈길을 돌린다. 스피드 쿠킹점 안의 소란스런 분위기와 달리 창밖은 맑은 햇살로 눈부시다.
　"리브샌드 두 개 하고 데리버거 한 개 주세요."
　청바지 여자애가 햄버거를 입에 문 채 소리친다. 순간 나는 여자애의 붉은 입술을 보고 베지테리안 피자를 떠올린다. 치즈와 버섯, 양파, 피망, 블랙올리브가 뒤섞인 서양음식. 달콤하면서도 상큼하고 느끼하면서도 부드러운 유럽요리. 나는 입맛을 다시고 고개를 젓는다. 내가 왜 베지테리안 피자를 떠올렸는지 알 수 없다. 코를 스치는 향긋하면서 달콤한 냄새 때문에. 여자애의 입술에 묻은 붉은 케첩의 이물감으로 인해서. 그것도 아니다.

---

1) 표묘縹緲 : 끝없이 넓거나 멀어서 있는지 없는지 알 수 없을 만큼 어렴풋함.

"네가 오- 라고 외치는 걸 듣게 해 줘 봐."

노랑머리 여자애가 흥얼거리며 화장실 쪽으로 간다. 나는 여자애의 육감적인 허벅지에 시선을 고정시킨다. 스커트 아래로 드러난 다리는 현기증이 날 정도로 투명하다.

"여기 콜라하고 콘 샐러드도 주세요."

슬래쉬 블루진 차림의 여자애가 음료수를 주문한다. 여자애들은 먹고 마시는 게 재미있다는 듯이 깔깔거린다. 10대로 보이는 여자애들은 어떤 것도 의식하지 않는다. 그저 즉흥적으로 웃고 떠들고 장난을 칠뿐이다. '전화예요!' 나래가 데스크 전화기를 손에 들고 소리친다. 나는 자리에서 일어나 데스크 쪽으로 걸어간다.

"누구지?"

"류대 오빠예요."

나는 나래의 손에서 수화기를 받아든다. 류대가 스피드 쿠킹점으로 전화했다면 사건이 터진 게 분명하다. 형사들을 소집하지 않으면 안 되는 긴급한 사건이. '여보세요- 모제- 폴리스?' 류대의 목소리가 전화기 저쪽에서 아주 작게 들려온다. '사건이- 터진- 거야?' 여자애들의 목소리와 음악 때문에 통화를 이어갈 수가 없다. 나는 수화기를 귀 쪽으로 바짝 끌어당긴다.

"무슨 일이 생긴 거야?"

"여자애가 자살했어."

"그럼 변사사건?"

"오케이."

"금방 갈게."

"현장에서 보자고."

나는 수화기를 제자리에 내려놓고 심호흡을 한다. 시도 때도 없이 사건이 터지고 사람이 죽고 아이들이 사라진다. 범죄를 저지르고 가출을 하고 자살하는 게 최선인 것처럼. 게다가 지난주에 사라진 유리조차 소식을 알 수 없다. 유리는 어디로 가서 무엇을 하고 있는 걸까? 내가 찾아다닌다는 사실을 아는 걸까? 내 얼굴을 보던 나래가 궁금하다는 듯이 묻는다.

"또 사람이 죽었어요?"

"그런 것 같아."
"당연히 자살이고요?"
"맞아."
"큰일이야. 죽는 걸 너무 쉽게 생각하니."
나래가 중얼거리고 가만히 한숨을 내쉰다. 나는 충전기에서 휴대폰을 뽑아 들고 돌아선다.
"나 현장으로 갈 테니까 유리한테서 연락 오면 알려 줘."
"알았어요."
"내가 찾는다는 얘기도 해 주고."
"물론."
"일 끝내고 다시 들를게."
나는 유리의 소식을 부탁하지만 크게 기대하지 않는다. 유리는 지난주에 나눈 섹스를 끝으로 이 도시에서 사라졌으니까. 나는 음료수를 들이켜고 나래 스피드 쿠킹점 밖으로 나간다.

자살은 오늘날 우리가 경험하는, 즉 문명사회가 앓는 집합적 질환의 좋은 궤칙軌則[2]이라 아니할 수 없다. 또한 이러한 궤칙을 통해서 우리는 집합적 질환의 실체를 이해하고 분석할 수 있다. – 뒤르켕의 「자살론」 중에서

"또 사건이 터졌나 보지?"
"음."
"살인사건?"
"아니 변사사건."
"그러면 자살?"

---

2) 궤칙軌則 : 본보기라는 뜻으로, 규범으로 삼고 배움.

"맞아. 자살."

"그렇다면 새파란 여자애가 죽은 거겠군."

파라의 직감은 한 번도 빗나간 적이 없다. 그 정도로 파라는 내 감정의 변화를 알아맞힌다. 나는 재킷을 벗어 놓고 소파에 털썩 주저앉는다. 파라가 건너편에 소파에 앉으며 싱끗 웃는다.

"날씨가 후텁지근해졌지?"

"응 조금."

나와 파라는 27살이고 편하게 만나는 사이다. 필요할 때는 언제든지 술을 마시고 섹스를 나누는. 그런 가볍고 편한 관계를 파라는 무엇보다 좋아한다. 나 또한 자유로운 관계에 대해 나쁘다고 생각하지 않는다.

"유리는 아주 떠났어?"

"응 떠났어."

"왜 떠났는지 모르고?"

"몰라."

파라는 내 표정이 침울하다고 생각하는 것 같다. 나는 이국적으로 생긴 파라를 멀거니 쳐다본다. 큰 눈동자와 진한 눈썹이 아라비아 여인을 연상케 하는 여자. 요염한 미소와 커다란 유방, 터질 듯한 엉덩이를 가지고 있는 여자애. 나는 그런 여자와 수요일 오후를 보내는 중이다. 내 안색을 살피던 파라가 안쓰럽다는 듯이 혀를 찬다.

"좀 피곤해 보인다. 어떻게 보면 지친 것 같기도 하고."

파라를 만나면 불안한 마음이 가라앉고 편해진다. 그래서 사람이 죽을 때마다 찾아오는 것인지 모른다. 파라와의 섹스를 통해 무언가 해소하려는 것인지도 모르고. 나는 소파 등받이에 몸을 기대고 비스듬히 눕는다. 파라가 소파에서 일어나 홈바 쪽으로 걸어간다.

"술 한 잔 할래?"

"술?"

"기분 전환엔 최고니까."

"그렇다면…"

"뭐로 할까. 톡 쏘는 블랙 앤 화이트? 아니면 달콤한 캬듀?"

"글쎄."

"오늘 같은 날에는 상큼한 글랜피딕이 좋을지도 몰라."

파라가 셰이커에 양주와 소다수를 넣고 흔든다. 나는 칵테일을 조합하는 파라를 멍하니 바라본다. 셰이커를 흔들 때마다 유방과 엉덩이가 같이 춤을 춘다. 잠시 후 파라가 조합된 칵테일을 글라스에 따른다.

"근데 그 여자애 왜 죽었대?"

"사는 게 따분하다나."

"유서에 그렇게 써 있어?"

"음."

"나도 그럴 때가 있는데, 그 애들이라고 그런 생각이 안 들겠어?"

파라는 당연한 일이라는 듯이 중얼거린다. 나는 반쯤 눈을 감은 채 파라의 몸매를 감상한다. 하늘거리는 슬리브리스 속에 감추어진 욕망 덩어리를. 파라가 칵테일이 담긴 글라스를 들고 걸어온다.

"한번 죽어 보는 것도 괜찮을지 몰라."

"……"

"사실 나도 그 나이엔 그랬어. 어떻게 하면 멋지게 살고 멋지게 즐기다가 멋지게 죽을 수 있을까 하고."

파라가 칵테일이 든 글라스를 앞으로 내민다. 나는 파라가 건넨 글라스를 받아들고 몇 모금 마신다. 순간 목구멍에서 뜨거운 기운이 왈칵 치밀어 오른다. 나는 잠시 숨을 멈추고 거칠어진 호흡을 조절한다. '어때?' 파라가 작은 소리로 속삭이듯 묻는다. 파라의 말은 지금 섹스를 해도 괜찮냐는 뜻이다. 나는 대답 대신 알코올을 단숨에 들이켠다. 파라가 내 앞으로 다가와 무릎을 꿇고 앉는다. 나는 섹시한 모습의 파라를 보며 유리를 생각한다. 청순한 아름다움과 도발적인 섹시함을 모두 갖춘 여자.

"뭘 생각해?"

"유리…"

나는 나른한 표정으로 파라의 얼굴을 내려다본다. 파라도 내 얼굴을 마주 올려다본다. 파라의 갈색 눈동자 속에 꺼칠한 남자가 들어 있다. 며칠 동안 잠을 자지 못한 20대 남자가. 파라가 셔츠를 벗기고 바지와 팬티를 끌어내린다. 나는 양탄자에 누워 파라가 하는 대로 몸을 맡긴다. '커레스

³⁾부터 할까?' 파라의 숨결이 약간 거칠어져 있다. '좋을 대로 해.' 내 말에 파라가 머리를 숙여 커레스를 시작한다. 목에서 가슴을 거쳐 허리와 허벅지, 페니스까지. 나는 파라의 얼굴을 보기 위해 상체를 세운다. 페니스를 빨고 있는 파라의 얼굴은 우아하면서도 섹시하다. 내가 멍하니 쳐다보자 파라가 의아한 표정을 짓는다.

"왜?"

"그냥."

파라가 늘어진 머리를 쓸어 올리고 다시 혀를 움직인다. 나는 파라의 혀를 페니스에 느끼며 눈을 감는다. 유리… 내가 사랑한 여자애. 그래서 나를 떠나간 계집애. 유리는 청순하다 못해 바보처럼 순수한 여자애다. 그런 여자애가 마지막 섹스를 나누고 사라졌다. 파라의 혀가 집요하게 발기된 페니스를 자극한다. 페니스 끝으로 정액이 몰려든다. 나는 솟구치는 정액을 이를 악물고 참는다. 파라의 숨소리가 커지다가 의식 저쪽으로 멀어진다. 나는 눈을 감고 길게 심호흡을 한다. 실오라기 하나 걸치지 않은 유리가 눈앞으로 다가온다.

"가만히 있어."

파라의 고조된 목소리가 귓전을 때린다. 나는 멀어져 가던 의식을 일깨운다. 지금은 유리가 아니라 파라의 커레스를 받는 중이다. 파라의 뜨거운 입이 정액을 빨아들이고 있다. 나는 파라가 유리였으면 좋겠다는 생각을 한다. 다음 순간 나는 머리를 세차게 흔든다. 유리가 파라일 수는 없다. 유리는 이미 문명도시에서 사라져 버렸으니까. 나는 페니스를 삽입하기 위해 몸을 일으킨다. 파라가 요염한 미소를 지으며 나무란다.

"아직 아니야."

"참을 수가 없어."

"그래도 지금은 안 돼."

파라는 어린아이를 달래는 것처럼 말한다. 나는 턱까지 차오르는 숨을 조절한다. 파라가 벌떡이는 페니스를 보며 중얼거린다.

"그동안 별로 하지 않았나 봐."

---

3) 커레스(Caress) : 애무, 포옹, 키스의 뜻으로 몸의 일부를 어루만지고 자극하는 것.

"별로…"

"그러니까 그렇지."

파라가 알만하다는 듯이 소리 죽여 웃는다. 나는 파라의 창백하리만치 하얀 얼굴을 응시한다. 모든 것이 비밀스럽고 안개처럼 모호한 여자애. 돈 많은 외국인만 상대하고 외제 물건만 사용하는 밀레니얼 세대. 나는 그런 여자에게 발기된 페니스를 내맡기고 있다.

3

사랑받는다는 것은 불꽃 속에서 뜨겁게 타는 것을 뜻한다. 사랑받는다는 것은 불멸의 빛에 의해서 영원히 빛나는 것이다. 그 이유는 사랑한다는 것은 회의로부터 도망치는 것이며 마음의 명증明證[4] 속에서 사는 것이기 때문이다. - 바슐라르의 「불의 정신분석」 중에서

"그 꽃 색깔이 무척 예쁘죠?"

꽃집 여자가 화사하게 생긴 꽃을 가리키며 생끗 웃는다. 나는 여자가 가리킨 꽃을 가만히 본다. 여자의 말대로 연분홍색 꽃잎은 화려하면서도 청아하다. '꽃잎이 꼭 레이스 같네요. 꽃술도 노란 게 예쁘고.' 내 말에 여자가 티 없이 맑은 미소를 짓는다.

"그래서 사랑에 빠진 연인들이 좋아해요. 화려하면서 기품이 넘친다나요."

나는 꽃집 여자의 얼굴을 찬찬히 뜯어본다. 까만 눈동자와 붉은 입술, 갸름한 얼굴은 갓 피어나는 꽃처럼 청초하다. 나는 꽃집 여자의 희고 투명한 얼굴을 보며 생각에 잠긴다. 어쩌면 이렇게 꽃처럼 아름다운 여자가 있는가 하고. 내 시선을 느낀 여자가 쑥스러운 듯 다른 꽃을 가리킨다.

"이 꽃 이름이 뭔지 아세요?"

---

4) 명증明證 : 명백하게 증명함. 논증이나 검증에 의하지 않고 직관적으로 진리임을 알 수 있는 일.

"글쎄요."
"클레마티스예요."
"아 이게 클레마티스군요."
 나는 허리를 굽혀 연분홍색 꽃잎을 쓰다듬는다. 여자가 클레마티스 한 송이를 뽑아 든다. '향을 맡아보세요.' 나는 여자가 건네준 꽃송이를 들고 냄새를 맡는다. 코끝을 간질이는 향은 부드러우면서도 상큼하다. 여자가 내 쪽으로 돌아서며 살포시 미소 짓는다. '어때요, 향기도 괜찮죠?' 나는 꽃송이를 코에 댄 채 고개를 끄덕인다.
"괜찮은 정도가 아니라 아주 독특합니다."
"그럴 거예요. 누구나 클레마티스 향에는 반하니까요. 그 옆에 있는 빨간색 꽃을 보세요."
"이 꽃도 정말 예쁘군요."
"그 꽃 생김새도 예쁘지만, 꽃 속에 감추어진 정신이 더 아름다워요."
"꽃 속에 감추어진 정신?"
"자기희생이라고 할까요. 자기헌신이라고 할까요. 자신보다 남을 더 배려하는 정신을 가진 꽃이에요. 그래서 꽃을 아는 분들은 장미보다 라넌큘러스를 더 선호해요."
"그러고 보니 장미하고 비슷한 것 같습니다."
 나는 가볍게 탄성을 발하고 선홍색 꽃을 쓰다듬는다. 여자가 하얀 이를 드러내며 생긋 웃는다. 그 무엇에도 비교할 수 없을 정도로 맑고 청초한 여자. 싱그러운 향이 온몸에서 새록새록 피어나는 A세대. 나는 큼큼거리며 꽃에서 풍기는 내음을 음미한다. 여자가 라넌큘러스를 내려놓고 걸음을 옮긴다. 나는 발밑에 있는 귀엽게 생긴 꽃을 집어 든다.
"이건 무슨 꽃이죠?"
"세인트폴리아예요."
"세인트폴리아?"
"제스네리아과 여러해살이 풀인데, 수줍어 보여서 인기가 많아요. 첫사랑에 빠진 소녀들이 주 고객이고요."
"소박하고 풋풋한 게 무척 예쁜데요."
"꼭 순수한 소녀를 보는 것 같죠? 세인트폴리아도 그렇지만, 꽃은 아름다움의 상징이에요."

여자는 무언가를 골똘히 생각하는 얼굴로 설명한다. 나는 세인트폴리아를 내려놓고 넓은 매장을 둘러본다. 홀에 꽉 들어찬 꽃에서 맑은 공기가 폴폴 솟는다. 이 청량한 감정과 그 무엇에도 비길 수 없는 상쾌함. 도심에 이런 곳이 있다는 사실이 믿어지지 않는다. 여자가 긴 통로를 따라 매장 안쪽으로 걸음을 옮긴다. 나는 재빨리 여자의 뒤를 따라 매장 안으로 들어간다. 매장 안쪽 전시장에도 한결같이 화사한 꽃들로 채워져 있다. 나는 그 자리에 서서 향기로운 꽃내음을 들이마신다. 싱그러운 꽃내음은 쌓인 피로를 한순간에 풀어 준다. 여자가 통로에 진열된 꽃을 어루만지며 입을 연다.

"꽃이 가지고 있는 순수함은 어떤 것에도 비교할 수가 없어요. 그런데 사람들은 보는 즐거움으로밖에 생각하지 않죠. 또 꽃은 주는 사람보다 받는 사람을 생각하면서 골라야 하거든요. 자기 감정보다 상대방 기분에 맞춰야 하니까요. 요즘은 목적을 위해 꽃을 사는 사람들이 더 많아서 문제예요."

"아 네에…"

"가슴 아픈 건 사람들 마음에서 사랑, 진실, 그리움 같은 게 사라져 간다는 거예요. 그래서 나만이라도 순수하고 진실된 사랑을 전달하기로 했죠. 그것도 마음대로 되지 않지만."

"그런 의미에서 자세히 설명해 주는 겁니까? 순수하고 진실된 사랑을 판다는 뜻에서?"

"그렇다고 봐야겠죠."

"좋은 일을 하시는군요."

내 칭찬에 꽃집 여자가 얼굴을 살짝 붉힌다. 나는 여자의 홍조 띤 얼굴을 보다가 서양화 쪽으로 간다. 서양화 중에서 내가 아는 것은 고작 베고니아, 데이지, 크로커스, 스파티필럼, 히아신스, 라벤더, 자스민 정도다. 곁가지를 따 주던 여자가 생각났다는 듯이 묻는다.

"꽃은 누구한테 선물하실 거죠?"

"열여섯 살짜리 소녀예요."

"열여섯 살이라면 마거리트가 좋겠네요."

"그게 어떤 꽃입니까?"
"손님 바로 앞에 있는 꽃이에요."
"아 이 꽃이 마거리트입니까?"
"마거리트는 진주라는 그리스말에서 유래된 꽃이에요. 꽃말은 사랑의 점이고요. 마거리트는 귀엽고 청순한 게 특징이죠."
"흰 눈이 내린 것 같기도 하고, 서리꽃이 핀 것 같기도 한 게 무척 예쁩니다."
"그 외에도 예쁜 꽃들은 많아요. 여기엔 없지만 덴드로븀, 글록시니아, 버베나, 덴파레, 로벨리아, 몬스테라 같은 꽃들은 화려하면서도 정열적이거든요. 향기도 어느 꽃보다 뛰어나고요. 하지만 그런 꽃들은 아이들한테는 어울리지 않아요. 성인용이니까요. 어때요. 열여섯 살짜리 소녀한테 선물하기엔 마거리트가 좋을 것 같죠?"
"네, 그런 것 같습니다."
나는 꽃을 빼닮은 여자의 얼굴을 물끄러미 응시한다. 내 시선을 느낀 여자가 얼굴을 살짝 붉힌다. 나는 수줍음을 잘 타는 여자를 보며 유리를 생각한다. 하늘나라에서 내려온 선녀처럼 순수해 보이는 여자. 갓 피어난 꽃 같이 청아한 아름다움을 가진 아가씨. 그녀를 보고 있으면 유리를 만나는 감정을 느끼게 된다. 내 생각을 눈치챘는지 여자가 다른 꽃 앞으로 간다.
"그건 어때요? 발아래 있는 꽃."
"이 꽃 말이군요. 백합처럼 생긴…"
"맞아요. 백합처럼 생긴 꽃."
"색깔만 빨갛지 않다면 백합이라고 해도 몰라보겠습니다."
"그럴 거예요. 백합 사촌쯤 되니까요. 그 꽃 이름이 뭔지 아세요?"
"글쎄요."
"히페아스트룸이라고 해요. 하이브리둠이라고도 하고요."
"처음 들어 보는 이름인데요."
"우리나라에선 아마릴리스로 알려져 있어요."
"아, 이게 아마릴리스군요."
나는 머리를 주먹으로 툭툭 친다. 여자가 자랑스럽다는 듯이 설명을 한다.

"아마릴리스는 볼수록 매력적인 꽃이에요. 어른보다는 하이틴들이 더 좋아하고요."

"향이 강한 게 하이틴들한테 잘 어울릴 것 같군요."

"잘 보셨어요. 하이틴들은 은은한 향보다 강렬하고 자극적인 걸 좋아하죠. 마거리트하고 아마릴리스를 섞어서 만드는 게 좋겠죠? 안개꽃으로 아웃라인을 장식하고요."

"알아서 예쁘게 만들어 주십시오."

나는 재빨리 허리를 숙여 공감을 표시한다. 여자가 마거리트와 아마릴리스를 한 움큼씩 들고 작업대로 간다.

"꽃의 생명은 싱싱함이라고 해도 과언이 아니에요."

"그렇겠죠."

"아마릴리스는 꽃잎이 커서 시들면 보기 흉하거든요. 그래도 단기간에 감상하는 건 좋을 거예요."

여자가 능숙한 솜씨로 꽃송이를 다듬기 시작한다. 나는 한쪽 옆으로 비켜서서 전자담배를 피워 문다. 여자의 손이 몇 번 움직이자 꽃이 금방 화려하게 변신한다. 나는 아이스코3을 피우며 꽃을 다듬는 여자를 응시한다. 머리끝에서 발끝까지 모든 것이 사랑스런 여자. 아무리 봐도 자꾸만 보고 싶어지는 매력적인 상대. 나는 담배를 한 모금 빨고 조심스럽게 말을 꺼낸다.

"실례가 아니라면 이름을 물어봐도 될까요?"

"피여나예요."

"피여나?"

"꽃이 핀다는…"

"아 그랬군요."

"좀 어색한 이름이죠?"

"아니에요. 이름도 꽃처럼 예쁩니다."

나는 담배연기를 허공으로 내뿜고 정색을 한다. 피여나가 수줍은 듯 고개를 숙인 채 꽃다발을 만든다. 순간 나는 이 여자를 사랑하게 될지 모른다는 생각을 한다.

4

불행은 사랑하는 사람들이 하나가 될 수 없다는 점에 있는 것이 아니라, 그들이 서로 이해할 수 없다는 점에 있다. 즉 불행은 사랑하는 사람들이 서로 이해할 수 없다는 점에 있는 것이고, 그들이 현수懸殊[5]해 있다는 점 때문이 아니다. - 키에르케고르의 「철학적 단편」 중에서

하이틴 식당인 다프니는 어린 학생들로 소란스럽다. 학원으로 가기 전 허기를 때우는 학생들과 이른 저녁을 먹는 청소년들 때문이다. 가끔 대학생이나 젊은 연인들도 찾아와 요기를 해결한다. 다프니의 특징은 청소년이 주 고객이어서 음식이 깔끔하다는 점이다. 또 아이들에게 어울리는 음악을 틀어 분위기를 고조시킨다. 그런 점이 마음에 들어 다프니를 자주 찾았다. 오늘도 다미와 식사를 하기 위해 다프니를 약속장소로 잡았다.
"오빠 뭐해?"
어린 소녀의 해맑은 목소리가 귓전을 때린다. 나는 멍하니 앉아 있다가 화들짝 놀라 돌아본다. 깜찍한 선글라스를 쓴 다미가 생글거리며 서 있다.
"무슨 생각하고 있었어?"
"다미 생각."
"유리언니 생각한 건 아니고?"
"아니."
"매일 유리언니만 찾아다니면서 뭐가 아니야?"
"지금은 아냐."
"피…"
다미가 입을 삐죽 내밀며 건너편에 앉는다. 나는 의자를 바짝 당기고 정색을 한다.
"언제 왔어?"
"금방 왔지."

---

5) 현수懸殊 : 현격하고 판이하게 다름. 또는 거리가 멀어서 멀리 떨어져 있음.

"또?"

"뭘?"

"내 앞에선 아빠 같은 말투 쓰지 말랬잖아."

다미가 밉살스럽다는 듯이 눈을 흘긴다. 나는 모른 척하고 슬쩍 말머리를 돌린다.

"그 옷 예쁘다."

"딴청은…"

"아니야. 오늘따라 더 깜찍해 보여. 흰 얼굴하고 아담한 키하고도 잘 어울리고."

내 칭찬에 다미는 이내 누그러진 표정이 된다. 나는 탁자 위에 있는 물컵을 들고 찔끔찔끔 마신다. 다미가 턱을 괴고 앉아서 내 얼굴을 빤히 쳐다본다. 나는 헛기침을 큼큼 하고 표정을 밝게 만든다. 다미가 레노마 선글라스를 벗어 테이블에 놓는다.

"오빠 안색이 별로 좋지 않다. 간밤에 무슨 일 있었던 거 아니지?"

"별일 없었는데."

"정말이야?"

"그렇다니까."

나는 어쩔 수 없이 거짓말을 하고 만다. 지난밤을 디나와 섹스로 지새웠다는 걸 밝힐 순 없다. 다미에게 나는 오빠이면서 아빠 같은 존재니까. 나는 머리를 굴리다가 재빨리 화제를 바꾼다.

"나는 그렇다 치고, 너는 왜 이렇게 수척해진 거야?"

"학교에 가고 공부하고 오빠 생각만 했는데."

"수척하다 못해 해쓱해 보인다."

"내가 그렇게 이상해 보여?"

"그렇다니까."

"수업이 너무 힘들었나?"

"너무 공부만 하는 것도 문제야."

"오빠도 그렇게 생각하지?"

"당연하지. 아이들은 자유롭게 뛰어놀면서 크는 게 좋아."

내 말에 다미는 밝고 해맑은 표정이 된다. 나는 다미의 귀여운 모습을 응시하며 조용히 웃는다. 구태여 물어보지 않아도 뻔하기 때문이다. 다미는 일주일 내내 방에 처박혀 지낸 게 분명하다. 학교에 가는 것과 친구들 만나는 걸 빼놓고는. 그래도 오늘은 깜찍한 청색 데님 스커트를 입고. 플라워가 프린트된 그립 백에다가 검은 별이 박힌 귀고리를 걸고. 만화 캐릭터가 들어간 오렌지색 바드 쇼스와 곰돌이 브로치를 하고. 큐트한 플라스틱 꽃반지를 낀 걸 보아 기분이 좋은 것 같다. 나는 의자 뒤에 숨겨 두었던 꽃다발을 집어 든다. 다미가 눈을 동그랗게 뜨고 다가앉는다.
"이거 나 주려고 가져온 거야?"
"그럼 누구를 주겠어."
"나 너무 감격했어."
다미는 꽃다발을 받아들고 어쩔 줄 몰라 한다. 나는 빙그레 웃으며 다미의 모습을 지켜본다. 다미가 꽃내음을 맡다 말고 속삭이듯 묻는다.
"이 꽃 이름이 뭐지?"
"아마릴리스하고 마거리트."
"정말 예쁘다. 향기도 좋고."
어디를 보아도 16살짜리답지 않았던 여자애. 길거리에서 남자애들과 쏘다니는 걸 발견한 게 지난겨울이었다. 앳된 얼굴에다가 진한 화장은 영락없는 가출소녀였다. 나는 다미를 데려다가 잠을 재워 주고 집으로 돌려보냈다. 다미는 가출이 목적인 것처럼 계속 집을 나왔다. 나는 하는 수 없이 이곳에 방을 얻어 놓고 전학을 시켜 줬다. 내가 보호자가 된다는 특별한 조건을 달고.
"뭘 생각해?"
"오늘따라 티 없이 맑고 귀여워 보인다는 생각."
"쳇 아직도 내가 귀엽다고 생각해?"
"인상 쓰는 것도 사랑스럽다."
"됐어. 아부는 그만하고, 사진 찍으러 가자."
"무슨 사진?"
"커플 사진."
"왜?"
"우리가 만난 지 이백 일이 됐잖아."

"지난번에 다니엘이라는 남학생하고 찍은 건 어떡하고?"
 나는 남학생을 따라 외출했던 일을 상기시킨다. 다미가 머쓱한 표정을 지으며 노려본다. 나는 아차 하고 후회하지만 어쩔 수가 없다. 일은 벌어졌고 다미는 쉽게 마음을 열지 않을 것이다. 다미가 심각한 얼굴을 하고 창 밖을 내다본다. 상황이 이렇게 되면 무언가를 하지 않으면 안 된다.
 "오랜만에 다미하고 사진이나 잔뜩 찍어야겠다."
 "……."
 "어디 가서 커플 사진을 예쁘게 찍지?"
 나는 계속 딴청을 부리며 다미의 비위를 맞춘다. 다미는 좀처럼 경직된 표정을 풀지 않는다. 나는 어쩔 수 없이 휴대폰을 만지고 수갑을 떨그럭거린다. 포켓에 들어 있는 테이저건을 뺐다가 넣기도 한다. 나의 노력에도 다미의 마음은 열리지 않는다. 그래서 개발한 게 즉흥적으로 노래를 만들어 부르는 것이다. '기다려 줘요, 귀여운 그대. 내가 그대에게 무엇을 했는지 생각해요. 일어서요, 귀여운 그대. 마음의 상처가 나쁜 것만은 아니에요. 그 순간이 지나갔을 때, 운명은 당신을 바꿔 놓을 수 있어요. 그러니 이리로 와요. 내게로 와요.' 다미가 참다못해 깔깔거리며 웃음을 터뜨린다.
 "됐어. 그만해."
 "왜 노래가 맘에 들지 않아?"
 "노래는 마음에 들지만, 괴상한 목소리가 문제야."
 "내 목소리가 어때서?"
 나는 시치미를 뚝 떼고 건너다본다. 다미가 어쩔 수 없다는 듯이 종알거린다.
 "그러지 않아도 돼. 이젠 다 풀어졌어."
 "그래?"
 "아무리 미워도 오늘만은 그럴 수 없거든."
 "왜?"
 "이백 일 기념이니까."
 "아, 이백 일 기념."
 "여기서 나가면 꼭 커플 사진 찍어야 돼."
 "물론이지."

"피시방에 들러서 게임도 하고, 클라이밍 센터에서 몸도 풀고."
"알았어. 다미가 원하는 거라면 뭐든 다 할게."
나는 재빨리 다미의 비위를 맞춘다. 다미가 흡족하다는 표정으로 환하게 웃는다.
"오늘 날씨가 너무 좋은 것 같아."
"정말 그런 것 같다."
"비가 온 뒤라 더욱 상쾌해진 것 같고."
다미가 쾌청해진 창밖을 내다보며 탄성을 발한다. 나는 다미의 밝은 얼굴을 보며 안도의 한숨을 내쉰다.

5

오류는 도대체 어디로부터 오는 것인가. 그것은 오직 한 가지 사실로부터 온다. 즉 의지는 오성보다 훨씬 넓은 범위에 미치기 때문에 의지를 오성의 한계 안에 붙들어 두지 못하고 의지를 오성이 이해하지 못하는 사물의 세계까지 확장시키는 데서 오류가 발생한다. 바로 이 점에 있어서 의지는 그 자체가 비결정 상태이기 때문에 쉽사리 길을 잃게 되고, 그때부터 악을 선으로 선택하고 거짓을 참으로 보게 된다. 그리하여 인간은 건우愆尤[6]를 범하고 죄를 짓게 되는 것이다. – 데카르트의 「성찰」 중에서

류대는 팔짱을 낀 채 승용차 앞쪽을 응시한다. 나는 다 돌아간 시디를 꺼내고 새것으로 갈아 끼운다. 카스테레오에서 이내 어둡고 우울한 노래가 흘러나온다. '길고 끝이 없는 하이웨이. 가슴속으로 파고드는 외로움. 별빛은 졸린 듯 가물거리고. 꿈결같이 지나가는 이정표. 다리가 무거워지고 시야가 흐려지면. 하룻밤의 거처를 위해 차를 세워야지.'
"비는 뿌리고 밤은 깊어가고."
류대가 따분하다는 표정으로 중얼거린다. 나는 아무런 대꾸도 하지 않고

---

[6] 건우愆尤 : 그릇되게 저지른 실수. 과실, 허물, 과오.

음악을 듣는다. 류대가 입맛을 다시고 어둠 속으로 시선을 던진다.
"지금 몇 대째지?"
"오십 대는 지나갔을걸."
"시간은?"
"두 시."
 어둠에 휩싸인 공원 중턱은 고양이 한 마리 보이지 않는다. 류대가 수염이 까칠한 턱을 문지르며 투덜거린다. '어떤 놈이 죽여서 버렸을까? 박스에 넣고 포장까지 해서.' 여자아이의 차림새로 보아 부유한 집에서 귀하게 자란 것이 분명하다. 들고 다니는 가방이나 신고 있는 운동화도 명품 일색이다. 또 수려할 정도로 깨끗한 용모는 꼬마천사 같았다. 그렇게 예쁜 애를 목 졸라 죽여서 공원 중턱에 버리다니.
"이제 철수하지 뭐."
"벌써?"
"벌써가 뭐야. 밤 두 신데."
 류대의 말은 계속 있어 봐야 뾰족한 수가 있느냐는 뜻이다. 류대의 생각이 틀린 것은 아니다. 사체유기 현장에 범인이 나타날 리 없으니까. 더구나 비가 내리는 날에는 돈을 준다 해도 오지 않을 것이다.
"이 정도면 됐어."
 류대가 수첩에 적은 차량 숫자를 세어 본다. 나는 습관처럼 눈을 감고 흐르는 노래를 듣는다. 아무리 지루해도 나머지 시간은 채워야 한다. 사체가 들어 있는 박스가 발견된 최초의 시간까지. 누가 아는가. 같은 시각에 정신 나간 범인이 나타나 줄지. 또 한 대의 승용차가 범죄현장을 천천히 지나간다. 류대의 손이 재빠르게 수첩을 펼쳐들고 메모를 한다.
"이게 무슨 꼴이야. 오늘밤에 세아를 만나기로 했는데."
 류대는 요즘 20살짜리 여자애를 만나고 있다. 머리를 파랗게 물들인 그 애는 자신을 홈 매니저라고 소개했다. 집을 지키다가 누군가의 전화를 받고 나서는 여자애. 나는 다시 시디를 빼고 인기 모음집을 밀어 넣는다.
"그 여자애하고는 끝났어?"
"누구?"
"그 애…"

류대는 누구를 얘기하는지 잘 모르겠다는 반응이다. 나는 피식 웃고 카스테레오 볼륨을 조절한다. 류대가 손을 들어 뒷머리를 긁적거린다. 나는 다시 한번 류대의 기억을 환기시킨다.

"소미 말이야. 열여덟 살짜리 여자애."

"그 계집애 다른 녀석이 생겼어. 지금 만나는 애도 일주일은 넘기지 않을 거야."

류대는 여자라는 건 섹스를 위해 존재하는 상대로밖에 생각하지 않는다. 아니 여자는 게임을 위해 존재하는 대상으로밖에 보지 않는다. 아주 흥미롭고 즐거운 게임. 만나자마자 모텔로 가고 모텔에서 나와 헤어지는 게임. 사는 것도 게임이고 죽는 것도 게임이다. 그게 류대의 가치관이고 27살 먹은 청년의 삶이다. 카스테레오에서 크라잉게임이 막 시작되고 있다. 류대가 하품을 하더니 나른한 어조로 묻는다.

"나는 그렇고, 넌 왜 이렇게 사는 거야?"

"뭘?"

"너는 명문대 영문과 출신이잖아."

"그래서?"

"너 정도면 더 좋은 직장을 잡을 수 있는 거 아니야?"

"난 네가 더 아까운 것 같은데."

"뭐가?"

"너야말로 배우 뺨치게 미남이잖아. 키도 크고 몸매도 일품이고. 게다가 일본 교토대 문과 출신이고."

"그래서 연예계에 진출이라도 하라고?"

"그래도 될 것 같은데."

"난 지금처럼 사는 게 게 좋아."

"하긴 자유로운 건 형사가 최고지."

"자유로운 것뿐이야? 어린 여자애들을 실컷 만날 수 있잖아. 일본에서 배운 섹스도 마음껏 실험해 보고."

"아무튼 너는 형사로 썩긴 아까운 인재야."

"너야말로 아까운 재목 같은데."

"글쎄…"

나는 남의 일을 얘기하는 것처럼 무덤덤하게 대꾸한다. 류대가 어이가 없다는 듯이 쿡쿡 웃는다. 비는 줄기차게 내리고 카스테레오는 크라잉게임을 노래한다. 우리는 잠시 입을 다물고 음악을 듣는다.

"어 쟤들 봐라!"
음악에 귀를 기울이고 있던 류대가 낮게 소리친다. 나는 카스테레오 볼륨을 줄이고 주위를 둘러본다. 류대가 빙글거리며 승용차 뒤쪽을 턱으로 가리킨다. 나는 고개를 돌려 후미 유리창을 응시한다. 습기가 자욱한 유리창 밖으로는 아무것도 보이지 않는다. '이쪽을 봐.' 류대가 한쪽 눈을 찡긋하며 사이드미러를 가리킨다. 나는 류대가 말한 사이드미러를 본다.
"어디?"
"승용차 뒤쪽."
"잘 안 보이는데."
"잘 봐. 오른쪽 뒤. 그럴듯하지?"
류대는 기다리던 범인이라도 만난 것처럼 흥분한다. 나는 숨을 죽인 채 사이드미러를 응시한다. 흐릿한 유리 너머로 뒤엉켜 있는 남녀가 보인다. 남자가 우산을 던지고 여자의 가슴을 더듬는다. 여자가 몸을 비틀며 남자 목에 매달린다. 남자의 손이 여자의 허리 부분으로 내려간다. 여자의 손도 같이 남자 아래쪽으로 향한다. 여자의 의도에 부응하듯 남자가 혁대를 끄른다. 혁대는 남자와 여자의 생각대로 잘 끌러지지 않는다. 남자가 혁대 푸는 것을 포기하고 지퍼를 내린다. 여자가 미끄러지듯 인도 경계석에 주저앉는다.
"시체유기 현장에서 오럴섹스라."
류대가 흥미롭다는 표정으로 중얼거린다. 나는 사이드미러에서 눈을 떼고 의자를 뒤로 젖힌다. 류대가 나지막한 목소리로 탄성을 지른다. '죽여주는구만.' 비는 어둠을 가르고 보이 조지는 계속 크라잉게임을 노래한다. 나는 승용차 천정을 응시하다가 눈을 감는다.

6

　인류는 나무에서 평원으로 평원에서 해안으로 국토에서 국토로 대륙에서 대륙으로 생활습관에서 생활습관으로 끊임없이 이동과 탈출을 해왔다. 인간이 이와 같은 이동과 탈출을 멈추게 될 때 인간의 삶은 그 전화轉化[7]가 중지되는 것이다. - 화이트헤드의 「과학과 근대 세계」 중에서

　오랜만에 맞이하는 상쾌한 일요일 아침이다. 창밖에선 새들의 지저귐이 들리고, 아래층에선 피아노 선율이 벽을 타고 올라온다. 한 치의 빈틈도 없이 돌아가는 일상으로부터 자유로워진 아침. 나는 한바탕 기지개를 켜고 창문을 열어젖힌다. 밤새 퍼붓던 비는 그치고 따사로운 햇살이 나뭇잎을 어루만진다. 무거운 몸과 마음을 모두 다 씻어 내는 것 같은 청량감. 나는 잠깐이라도 이런 상태가 지속되면 좋겠다고 생각한다. 그런 상상도 잠시뿐 전화벨 소리가 정적을 깨뜨린다. '뭐해?' 요하의 나른한 목소리가 수화기 안에서 들려온다. 나는 인상을 찌푸리며 고개를 젓는다.
　"자유를 즐기는 중이야."
　"자유?"
　"음 오랜만에 맛보는 자유."
　"자유보다 음악을 즐겨야지."
　수화기를 통해서 들리는 곡은 도시여 안녕이다. '사회적 개들이 짖어 대는 곳. 당신들이 나를 다락방에 가둘 순 없어. 난 넓은 경작지가 있는 곳으로 돌아갈 거야. 숲에서 늙은 부엉이가 쓸쓸히 울고 편안하게 사냥하는 곳.' 나는 수화기에 대고 신경질적으로 쏘아붙인다.
　"상쾌한 기분을 깨뜨리는 건 무슨 수작이야?"
　"노래가 너무 좋아서."
　"정말 못 말리겠다."
　"한번 들어 봐. 괜찮은 곡이니까."

---

[7] 전화轉化 : 무엇의 성질이나 내용이 바뀌어 다른 실체로 됨. 질적으로 바뀌어 달리 됨.

"그럼 딱 한 곡만 들을게."
"진작 그럴 것이지."

나는 수화기를 귀에 대고 흘러나오는 노래를 듣는다. '난 이 도시와 작별하기로 결심했어. 내가 당신들 제안을 거절하고 떠난다면 어떻게 생각할까. 아마도 걷잡을 수 없는 방황의 연속일 거야. 보드카나 토닉 같은 술에 흠뻑 취하겠지. 그런 다음 나와 같은 사람을 찾겠지.' 도-시-여-안-녕- 요하의 꽉 갈라진 목소리가 음악에 뒤섞여 튀어나온다. 나는 수화기를 방바닥에 내려놓고 조용히 일어선다. 요하가 수화기에 대고 고래고래 소리친다.

"어이 친구. 내가 감상을 깨뜨렸나? 친구야. 내 말 듣는 거니? 그러지 말고 내 말 좀 들어 봐. 이 곡 말고 들려줄 음악이 또 있어. 그 곡은 꼭 들어봐야 돼. 아주 의미심장한 음악이거든. 다른 건 몰라도 그 곡은 꼭 들어야 된단 말이야."

나는 어이가 없어서 피식 웃고 만다. 요하가 계속 큰소리로 떠들며 재촉해 댄다. 나는 못 이기는 척 내려놓은 수화기를 집어 든다.

"무슨 곡인데 그래?"

"오늘같이 화창한 날에는 반드시 들어야 되는 음악이야. 한번 들어 봐. 기분도 상쾌해지고 만사가 잘 풀릴 테니까."

나는 수화기를 귀에 대고 음악이 나오기를 기다린다. 요하가 좋다고 우기는 것으로 보아 기분이 전환될지도 모른다.

"잠시만."

수화기 저쪽에서 콤퍼넌트 조작하는 소리가 들린다. 잠시 후 음산한 음악이 수화기를 타고 나온다. '운명의 철문 사이에 시간의 씨앗은 뿌려졌어요. 아는 자와 알리는 자들이 씨앗에 물을 주었지요. 아무도 법을 지키지 않을 때 지식은 죽어 갑니다. 모든 인간의 운명은 바보들의 손에 쥐어졌어요.'

"이게 기분이 상쾌해지는 곡이야?"

나는 기대를 걸었던 걸 후회하며 수화기를 던진다. 요하가 재미있다는 듯이 낄낄거리며 웃는다. 어두운 골방에 처박혀 부정적인 생각만 하고 사는 20대. 그런 녀석이 좋아하는 음악이 별수 있을까. 요하의 메마른 목소리가 수화기 안에서 들려온다. '타인을 감시하는데 시간을 쓰지 말고, 자신을 탐구하는데 시간을 쓰는 게 좋을 거야.' 나는 안방으로 들어가 외출용 재킷을 걸치고 나온다. 수화기에서는 여전히 에피탑이 들리고 요하는 계속 무언가를 주절거린다. 나는 수화기를 제자리에 올려놓고 밖으로 나간다.

나는 시네마 숍에 들러 시디를 한 바구니 빌려온다. 오늘 같은 날에는 영화를 보며 맛있는 걸 실컷 먹는 게 최선이다. 내가 쇼핑을 하고 돌아오자 기다렸다는 듯이 전화벨이 울린다. '시디 빌리러 갔다 왔냐?' 요하가 모든 것을 다 안다는 투로 묻는다. 나는 고개를 절레절레 젓고 사정을 한다.
"이제 그만할 수 없겠니?"
"그만하라고?"
"그래 이젠 그만해."
"도시의 구더기들."

요하가 큰소리로 외치고 음악을 따라 흥얼거린다. 나는 TV를 켜고 시디를 DVD데크에 밀어 넣는다. 몇 초 후 시디 읽는 소리와 함께 영화자막이 뜬다. 대형 TV 화면 속에서 두 남자가 마주 서 있다. 풀타임 79분짜리 누와르 액션 스릴러. 나는 DVD데크에서 시디를 꺼내고 다른 것을 넣는다. 어벤져스 엔드게임. 나는 아웃 버튼을 눌러 어벤져스 엔드게임을 꺼낸다. 타노스에 맞서 세계의 운명을 건 어벤져스의 한판 승부가 펼쳐지는 영화. 나는 시디 표면에 내려앉은 먼지를 닦아 내고 망설인다. 요하는 연신 세상의 끝을 노래하고 나는 시디를 이것저것 틀어 본다.

코코. 뮤지션을 꿈꾸던 소년 미구가 전설적 가수의 기타에 손을 댔다가 죽은 자들의 세상으로 들어간다는 애니메이션이다. 나는 코코를 바닥에 내려놓고 다른 시디를 집어 든다. 두 남녀가 키스하는 그림이 시디 표면을 붉게 물들이고 있다. 나는 잠시 키스하는 두 명의 남녀를 본다. 두 사람은 영혼이라도 빨아들일 것처럼 키스에 열중한다. 풀타임 80분짜리 로맨틱 서스펜스.

나는 그 시디도 제쳐 놓고 다른 시디를 집는다. 남자는 여자 옆으로 비스듬히 누워 있고, 여자는 큰 가슴을 드러낸 채 머리를 풀어헤치고 남자를 보고 있다. 두 명의 남녀는 이제 막 섹스를 시작하려는 중이다. 나는 벌거벗은 남녀가 뒤엉켜 있는 시디를 1-28 DVD데크에 넣는다. 거실은 이내 뜨거운 신음소리와 요하의 주절거림으로 어지러워진다. 나는 거실에 누운 채 햄버거를 씹으며 에로틱한 영화를 본다.

7

착하고 경건한 행위가 결코 착하고 경건한 사람을 만드는 게 아니라, 착하고 경건한 사람이 착하고 경건한 행위를 만드는 것이다. 또한 악한 행위가 결코 특자慝者[8], 즉 악한 사람을 만드는 게 아니라 특자, 즉 악한 사람이 악한 행위를 만드는 것이다. – 루터의 「그리스도인의 자유」 중에서

"나 들어가도 돼?"
제니가 애써 밝은 표정을 지어 보이며 웃는다. 나는 현관문을 열고 고개를 끄덕인다. '들어와.' 제니가 한껏 여유를 부리며 안으로 들어선다. '오늘은 사건이 없나 봐. 집에서 영화나 보고 있게.' 나는 씨익 웃고 현관 한쪽으로 비켜선다. 제니가 말을 많이 한다는 건 신상에 변화가 생겼다는 증거다. 손에 든 여행가방과 유별나게 여유를 부리는 태도가 그걸 말해 준다. 나는 소파 쪽으로 가며 심드렁하게 대꾸한다.
"아직까진 없어."
"별일이군. 폴리스가 사건이 없다니."
"그럴 때도 있어야지."
"그래도 그렇지."
나는 리모컨을 들고 TV 볼륨을 조정한다. 제니가 힐끗 쳐다보더니 퉁명스럽게 쏘아붙인다. '티브이 소리 좀 줄일 수 없어?' 나는 TV 볼륨을 조금 더 낮춘다. 화면에서는 스나이퍼가 망원렌즈를 통해 목표물을 조준하고 있다. 조준경의 십자선에 들어온 사람은 아무것도 모른 채 환담 중이다.

---

8) 특자慝者 : 간사하고 악한 사람.

잠시 후 심장을 정조준한 렌즈가 서서히 클로즈업된다. 심장 뛰는 소리라도 잡아낼 것처럼 커다랗게. '집 안이 이게 뭐야. 돼지우리처럼.' 제니가 우울한 기분을 감추기라도 하듯 계속 투덜댄다. 나는 화면에 시선을 고정시킨 채 묻는다.

"너야말로 웬일이냐? 황금 같은 일요일 저녁에."

"왜 일요일 저녁에 찾아오면 안 돼?"

"그런 건 아니지만 이런 적은 없었잖아."

"내가 그랬어?"

제니가 고개를 갸우뚱하고 건넌방으로 들어간다. 나는 발을 소파 테이블에 올리고 영화를 시청한다. 제니가 가방을 집어던지더니 큰소리로 중얼거린다.

"우리 서로 자유를 찾기로 했어."

"너희들 벌써 헤어진 거야?"

"벌써라니? 한 달이나 지났어."

"아직 한 달밖에 안 됐어?"

"한 달은 긴 시간이야."

"하긴 사흘 만에 헤어지는 애들도 있으니까."

"어차피 잘된 거야. 처음부터 맞지 않았어."

"그래서 짐까지 싸들고 나온 거야?"

"어쩌면 몇 주 걸릴지도 몰라. 며칠 안에 마음에 드는 사람을 만날지도 모르고. 그동안은 괜찮겠지?"

"사생활만 간섭하지 않는다면."

"그야 당연한 거지."

제니와 나는 간단히 이복남매 간의 동거생활에 합의한다. 나는 조금 거추장스러워졌다고 생각하지만 기분 나빠하지 않는다. 나도 제니의 아파트에 얹혀산 적이 있기 때문이다. 그때 나는 피시방, 찜질방, 오락실, 휴게텔을 전전하는 묘한 실직자였다. 제니는 그런 나를 아무런 내색도 않고 잘 대해 주었다. 그 후로 우리는 싸우기도 하고 걱정도 해 주는 사이가 되었다. 아직도 상대방의 사생활에는 간섭하지 않지만.

"아빠한테서는 연락 없었니?"

"아니."
"엄마한테서도?"
"응."
제니는 떠올리기 싫은 사람들이라는 듯이 대답한다. 나는 길게 하품을 하고 테이블에서 다리를 내린다. 제니가 우리를 낳아 준 아버지를 싫어하는 건 당연하다. 나도 제니와 같은 생각으로 어머니와 아버지를 대하니까. 큰 사업체를 가진 아버지는 내 어머니는 물론이고 제니의 어머니와도 헤어졌다. 아버지의 여성편력이 나와 제니를 가족과 떨어져 살게 만든 이유다. 지금도 능력이 좋은 아버지는 28살이나 어린 여자와 살고 있다.

"근데 이건 뭐야?"
제니의 신경질적인 목소리가 방 안에서 들려온다. 나는 아차, 하는 마음으로 건넌방을 바라본다. 제니가 둘둘 말린 스타킹과 팬티 뭉치를 들고 나온다. '이거 순전히 어린애들 것만 굴러다니잖아.' 나는 뒷머리를 긁으며 금시초문이라는 표정을 짓는다. 제니가 모든 걸 알았다는 듯이 고개를 끄덕인다.
"아직도 여전하시군."
"그게 왜 거기에 있는 거지?"
"그걸 몰라서 묻는 거야? 팬티만 해도 몇 개는 되는 것 같아."
"그렇게 많아?"
"이것 봐. 노란색에다가 분홍색, 빨간색까지 있어."
"그걸 어디서 찾아낸 거지?"
"침대 밑에서."
"그래?"
"근데 이 마그마 팬티는 누구 거야?"
제니가 노란색 팬티를 손가락에 걸고 흔든다. 나는 소파 위에 비스듬히 누우며 둘러댄다.
"그거 디나 팬티일 거야."
"이건?"
"그건 루비가 벗어 놓은 것 같고."

"하긴 오빠만 나무랄 수 없지. 요새 남자들이 다 그러니까."
"너도 그러기는 마찬가지잖아?"
"그래도 나는 수준 있는 사람만 만난다고."
"상대방을 갈아 치우는 건 똑같잖아."
"똑같진 않지."
"뭐가 아니야."
"어쨌든 이건 오빠가 처리해."

제니가 팬티와 스타킹 뭉치를 홱 집어던진다. 나는 먼지가 범벅이 된 팬티와 스타킹을 받아든다.

"아무 여자나 끌어들이니까 집안이 이 모양이지."
"요즘은 그래도 건실한 편이야. 지난주엔 여자 코빼기도 구경 못했어."
"그걸 나보고 믿으라는 거야?"
"안 믿어도 할 수 없지만 사실이니까."
"여기 있는 동안 빨래나 청소를 할 거라고 생각하면 오산이야. 오빠 방하고 거실은 오빠가 책임져야 돼. 주방하고 욕실은 내가 처리할 테니까. 음식이나 빨래는 각자 해결하는 거고."
"물론이지."

나는 기어드는 소리로 대답하고 TV를 끈다. 제니가 한참 동안 방을 쓸고 닦더니 거실로 나온다. 나는 널브러진 빈 캔, 전자담배 케이스, 시디 따위를 치운다. 제니가 거실 한가운데 서서 심각한 어조로 말한다.

"우리 약속해."
"뭘?"
"집에 누군가가 있을 땐 애인 같은 건 데려오지 않기로."
"남자도?"
"오빠는 여자만 데려오지 않으면 돼."
"너도 마찬가지겠지?"
"당연하지."
"그럼 좋아."
"약속했어."
"이번엔 네가 약속을 깨뜨릴 거야."

"글쎄 그럴까?"

제니는 지난번 사건을 떠올리는 것 같다. 나는 어깨를 펴고 자신만만한 표정을 짓는다. 이번에는 절대로 그런 일이 벌어지지 않을 것이다. 그때는 살인사건이 터져서 술을 너무 많이 마셨다. 그래서 나도 모르게 디나를 집으로 데려왔다. 제니가 집에서 자고 있다는 것을 간과한 채. 사실은 제니가 있다는 걸 알았지만, 모른 척하고 섹스를 한 것 같다. 다음날 눈을 떴을 때 제니는 짐을 챙겨 들고 나간 뒤였다. 제니와 나의 첫 번째 동거 약속은 그렇게 깨졌다. 두 번째 약속도 그 비슷한 일로 깨지고 말았다. 그때는 제니가 남자친구를 데려왔던 것 같다.

"이번에는 약속 꼭 지키는 거야."
"너나 깨뜨리지 마."
"당연하지."
"그럼 됐어."

제니와 나의 대화는 언제나 시큰둥하면서도 진지하다. 즉 상대방을 존중하는 것도 아니고 무시하는 것도 아닌 표현으로 일관한다. 그런 말들이 농담이 아니라는 건 둘 다 잘 알고 있다. '따분한 일요일 오후 십삼 시다.' 나는 창밖을 보며 나른한 어조로 중얼거린다. 제니의 발소리가 건넌방 쪽에서 들려온다. 나는 눈을 질끈 감고 침대 위로 쓰러진다.

숭고하고 위대한 정신이 담보되지 않고 보수라는 향이香餌[9]로 얻어진 우정이나 사랑은 그만큼의 가치밖에 지니지 못한다. 그래서 정작 진실한 우정이나 사랑이 필요한 순간에 가서는 아무런 힘도 도움도 되어 주지 못한다. – 마키아벨리의「군주론」중에서

P동에 사는 사람들은 대부분 기업체 회장이거나 유명 인사들이다. 지바

---

9) 향이香餌 : 향기로운 미끼. 사람의 마음을 유혹하는 재물 같은 것에 비유하는 말.

와 같은 요정 주인도 살지만, 대개 매스컴에 오르내리는 사람들뿐이다. 그런 P동에 들어서면 성보다 높은 담을 보고 놀라게 된다. 또한 한결같이 사람의 그림자가 보이지 않는데 다시 한번 놀란다. P동 사람들은 고급 외제 승용차를 타고 다니며, 사소한 일까지 누군가를 시켜서 처리한다. 폰타네 마담 지바도 그런 삶을 살아가는 여자 중 하나다. 다만 그녀가 그 사람들과 다른 점은 그들을 상대로 또다시 돈을 번다는 것이다.

"어머 이게 누구야?"

마담 지바가 반갑다는 듯이 호들갑을 떤다. 나는 재킷을 벗어 옷걸이에 걸고 소파에 앉는다. 그녀가 별난 물건이라도 보는 것처럼 내 행색을 살핀다.

"그동안 뭐했어?"

"그냥 좀 바빴죠."

"하도 안 들러서 바쁘다고는 생각했지."

"사건도 사건이지만 실연을 당했거든요."

"모제 같은 남자를 싫어하는 여자도 다 있어?"

"그런 여자가 있으니까 문제죠."

"그래?"

그녀는 37살답지 않게 매력적이다. 마담 지바가 지닌 매력은 한두 가지가 아니다. 그녀는 20대의 청순함과 발랄함까지 가지고 있다. 즉 그녀는 때와 상황에 따라 전혀 다른 아름다움을 연출한다. 길고 탐스런 머리를 틀어 올려 묶으면 전형적인 한국형 미인이 된다. 반면 머리를 풀어 웨이브를 주면 이국적 미인으로 변신한다. 그래서 그녀 주변에는 항상 돈 많고 능력 있는 남자들이 득실거린다. 나와 그녀의 만남은 그런 형식을 벗어났다는 점에서 특이하다. 즉 나는 요정 폰타네에 드나들다가 어느 순간 섹스파트너가 되었다. 이런 관계에 대해 그녀는 매우 만족하고 있다. 나도 우리의 관계가 나쁘다고 생각하지 않는다. 마담 지바가 10살 위라는 점만 빼놓는다면.

"언젠가 얘기했죠. 유리라고."

"아 유리…"

"그 애가 떠났어요."

"그랬구나."

마담 지바가 안쓰럽다는 표정으로 혀를 찬다. 나는 물병에 든 식수를 컵에 따라 한 모금 들이켠다. 그녀가 하늘거리는 옷을 여미고 궁금한 듯이 묻는다.

"왜 떠났는지도 모르고?"

"그걸 알 수가 없어요."

"요즘 애들은 알 수 있는 게 오히려 이상하지."

자신의 목적을 위해선 불 속이라도 뛰어들 여자. 그녀는 고급요정을 경영하는 사람답게 모든 면에서 적극적이다. 사람을 만나는 것에서 손님을 유치하고 단골로 만드는 방법까지. 그녀와 같이 있으면 살로메를 보는 착각에 빠져든다. 그토록 마담 지바는 이율배반적 아름다움을 가진 여자다. 한편으로는 천사적인 모습과 한편으로는 악마적인 태도를. 인간의 내부에는 두 가지 갈망이 존재하고 있다. 하나는 신을 향한 것으로, 위쪽으로 상승하려는 욕망이다. 다른 하나는 악마적인 것으로, 아래쪽으로 하강하는 쾌감이다. 여기서 하강하는 쾌감은 욕망적 사랑을 뜻한다. 그녀에게 나라는 존재는 무엇일까? 상승일까? 하강일까? 그녀가 소파에서 일어나 오디오 앞으로 간다.

"모제가 좋아하는 곡이 기크 인 더 핑크지?"

나는 소파 등받이에 기댄 채 고개를 끄덕인다. 그녀가 콧노래를 흥얼거리며 시디를 오디오데크에 밀어 넣는다. 오디오에서는 이내 제이슨 므라즈의 목소리가 흘러나온다. 그녀가 팝송을 틀어 주는 데는 그럴 만한 이유가 있다. 즉 그녀는 영문학을 전공한 내가 폴리스를 한다는 사실이 아쉬운 것이다. 그래서 기회만 나면 팝송을 틀며 기억을 환기시킨다. 나는 그런 그녀에게 감사한 마음을 전할 따름이다.

"점심은 먹었어?"

"아직요."

"나도 뭘 좀 먹을까 하던 참인데, 우리 나가서 식사할까?"

"그러죠, 뭐."

"아무래도 그게 좋겠지?"

마담 지바가 고개를 들어 벽에 걸린 시계를 본다. 위스키 타임과 섹스 타임과 식사 타임을 가늠하는 것처럼. 나도 그녀와 함께 공유할 시간을 머릿속으로 체크한다. 오후 두 시. 이제 몇 시간 후면 마담 지바의 출근이 시작된다. 그와 반대로 나는 몇 시간 후면 퇴근을 준비해야 한다. 올빼미처럼 범죄자를 찾아 밤거리를 쏘다니기 위해.

"위스키 한잔 어때?"
 이와 같은 것은 그녀를 만날 때 반드시 치러야 하는 의식이다. 즉 식사를 하러 가기 전에 대화를 나누고 차를 마시고 샤워를 한다. 그런 다음 위스키를 서너 잔 마시고 섹스를 한다. 그녀의 집에서 하는 섹스는 컬리닝구스[10]와 펠라티오[11]가 주를 이룬다. 컬리닝구스와 펠라티오가 끝나면 정상적인 사정과 흡입으로 들어간다. 격렬한 섹스가 끝나면 다시 샤워를 하고 연인처럼 외출한다.
 "오늘 같은 날에는 브랜디가 좋겠지?"
 나는 마담 지바가 의도하는 대로 수긍해 준다. 그녀의 기분을 거스르거나 무시할 필요가 없기 때문이다. 그녀와 나는 단 한 번도 얼굴을 붉힌 적이 없다. 그 정도로 우리는 완벽한 섹스파트너다. 내 반응을 살피던 그녀가 몸을 돌려 홈바 쪽으로 간다. 나는 소파에 앉아서 그녀의 육감적인 몸매를 바라본다. 언제 봐도 덮치고 싶은 욕망이 꿈틀거리게 하는 육체. 그녀가 오크장을 열고 푸른색 양주병을 꺼낸다.
 "햇살이 따듯하니까 사이드카가 좋을지도 몰라."
 "사이드카요?"
 "사이드카는 마티니나 맨해튼처럼 미각을 즐겁게 하는 술이야. 그런데 사이드카가 생기게 된 동기가 재미있어."
 마담 지바는 술에 관한 이야기만 꺼내면 목소리가 커진다. 그 정도로 그녀와 술은 떼어 놓을 수 없는 관계다.
 "이 칵테일은 일차대전 때, 사이드카를 타고 퇴각하던 프랑스 장교가 즉석에서 만들어 마신 술이래. 갈증하고 배고픔을 해소하기 위해서 수통에

---

10) 컬리닝구스(Curl lining gus) : 남성이 입이나 혀로 여성의 성기를 애무하는 섹스행위.
11) 펠라티오(Fellatio) : 여성이 입이나 혀로 남성의 성기를 애무하는 섹스행위.

들어 있는 브랜디에 큐라소하고 레몬주스를 섞어서 마신 거지."
"그랬군요."
"사이드카가 가진 매력은 색깔이야. 예쁜 칵테일글라스에 담긴 노란색 액체. 생각만 해도 침이 넘어가거든. 본래 술이 어떻게 만들어졌는지 알아?"
"글쎄요."
"학설이 분분한데…"
 그녀가 믹싱 글라스에 브랜디와 얼음을 넣는다. 나는 칵테일을 조합하는 그녀의 모습을 멀거니 응시한다. 그녀가 믹싱 글라스를 흔들다가 내 쪽을 돌아본다. 그녀의 태도는 말을 계속 듣겠느냐는 뜻이다. 나는 대답 대신 싱긋 웃어 보인다. 그녀가 낮고 부드러운 목소리로 말을 이어간다.
"고고학에서는 술의 역사를 이십만 년 전으로 추측하거든. 문제는 학자들 간에 이견이 있다는 사실이야. 이집트 신화에서는 이시스 연인 오리시스가 최초로 만들었다고 하고, 그리스 신화에서는 디오니소스가 포도주를 만들었다고 내세우지. 반면 로마신화에서는 바커스가 술을 만든 최초의 신이라고 주장하고 있어. 성경에서는 노아가 포도주를 만든 최초 인간이라고 우기지만 말이야."
"재미있군요. 성경에서조차 술을 만들었다고 하니."
"그런데 중요한 것은 플라톤이 한 말이야."
"플라톤이 뭐라고 했는데요?"
"포도주에 대해서 극찬을 늘어놓았거든."
"아, 네에…"
"아무튼 술은 인간의 역사라고 해도 과언이 아니야."
"인간의 역사요?"
"술하고 인간하고 같이 발전해 왔으니까."
"……"
"왜 재미없어?"
 그녀가 미소를 지으며 조합된 칵테일을 글라스에 따른다. 나는 하품을 하다 말고 얼른 입을 가린다.
"아니 그냥…"

"한번 마셔 봐. 괜찮을 거야."

마담 지바가 글라스를 두 손으로 받쳐 들고 걸어온다. 나는 농염하게 익은 그녀의 몸매를 물끄러미 바라본다. 잠옷 속으로 한껏 무르익은 여인의 육체가 꿈틀거린다. 금방이라도 얇은 잠옷을 뚫고 튀쳐나올 것처럼. 아무리 동물처럼 섹스를 해도 또다시 벗기고 싶은 여자. 그녀가 노란색 액체가 들어 있는 글라스를 내민다. 나는 그녀가 건네준 칵테일을 받아들고 단숨에 들이켠다. 독한 술이 넘어가자 목구멍이 타는 것처럼 화끈거린다. 나는 인상을 찌푸리며 물컵을 집어 든다. 내 모습을 보던 그녀가 재미있다는 듯이 쿡쿡 웃는다.

"한 잔만 더 해. 그러면 나아질 거야."

"……"

"술에는 술로란 말이 있잖아."

"……"

"그건 그렇고 샤워부터 해야지?"

나는 그녀의 도발적인 몸매에 시선을 박은 채 고개를 끄덕인다.

9

사치나 허영은 부자와 빈자를 동시에 타락시킨다. 부자는 부를 갖고 있기 때문에 타락하고 빈자는 부를 수연垂涎[12]하기 때문에 타락한다. – 루소의 「사회계약론」 중에서

레스토랑 로마네스크는 모든 게 최고급이다. 음식도 그렇고 식기와 실내 장식도 눈에 띄게 호화스럽다. 로마네스크에서 식사를 하는 손님들조차도 보통 사람들과 다르다. 그들은 하나같이 VIP 카드나 멤버십 카드를 사용하는 사람들이다. 그런 곳을 마담 지바는 시도 때도 없이 드나든다. '여기는 말이야.' 그녀는 자리에 앉자마자 로마네스크의 자랑을 늘어놓는다.

---

12) 수연垂涎 : 좋은 음식을 보고 침을 흘림, 또는 무엇을 탐내어 가지고 싶어 함.

"메뉴가 간단해서 좋아. 보통 레스토랑은 메뉴를 백팔 가지를 짜 놓고 사람을 혼란스럽게 만드는데, 로마네스크는 엄선된 메뉴 오십오 개만 내놓거든. 고급스럽고 맛깔스러운 것들로만. 뭐라고 해야 할까. 이 집은 음식 하나하나에 전문성을 부여한다고 할까. 음식에 혼을 쏟아부었다고 할까. 이 집은 나이프에서 포크, 접시까지 세심한 배려가 돼 있어. 프랜차이즈도 미국 본토는 물론이고 영국, 프랑스, 이탈리아, 캐나다 같은 선진국으로 확장해 놓았고."

마담 지바는 섹스할 때 외에는 어떤 경우라도 품위를 잃지 않는다. 사람들하고 다툴 때는 물론이고 화장실에 갈 때도 우아한 모습을 지킨다. 동물처럼 뒤엉켜 섹스를 하고 나온 지금도 마찬가지다. 그녀는 중세시대 백작부인처럼 한껏 멋을 부리며 말한다. 나는 고상함을 목숨처럼 여기는 그녀를 멍하니 바라본다. 고단백의 바비큐 립보다 햄버거를 먹었으면 좋겠다는 생각을 하며.

"여기만큼 새콤달콤하게 바비큐 립을 만드는 데도 없어. 어쩌면 그렇게 한국사람 입맛에 맞게 요리를 하는지 모르겠다니까. 이집 특별 서비스가 뭔지 알아? 주 정식으로 콤비네이션 바비큐 립을 주문하면, 다른 음식이 하나 붙어 나오는 거야. 로마네스크 정식에 스테이크나 바다가재, 연어구이, 흰살생선, 새우꼬치 중 하나를 서비스해 주는 거지. 런치 스페셜도 두세 달에 한 번씩 저렴하게 제공해 주고."

그녀는 로마네스크를 자주 찾는다는 걸 애써 강조한다. 나는 하품을 참기 위해 몸을 이리저리 뒤척인다. 질리오라 친케티가 막 라 피오지아를 시작하고 있다. 나는 친케티의 음악에 맞춰 발바닥을 두드린다. 로마네스크가 자랑거리로 내세우는 건 음식뿐이 아니다. 인테리어는 물론이고 소품 하나까지 온통 서양식이다. 음악도 클래식이나 칸초네, 샹송만 틀어 준다. 트는 음악도 요일과 시간대에 따라 다르게 선곡된다. 클래식은 오전에 틀고 오후에는 칸초네, 샹송은 저녁에 트는 식이다.

"이 레스토랑 건너편에 있는 베니건스는…"

마담 지바가 완두콩 수프를 입안에 떠 넣으며 속삭인다.

"여기하고는 또 달라. 이곳이 유럽식이라면 거기는 미국식이라고 할까. 그야말로 베니건스는 보스턴에 있는 본점 이미지를 똑같이 옮겨 놓았다고 보면 돼. 내부도 젊고 스마트하면서도 지성, 독립 같은 콘셉트로 꾸며 놓았고. D동에 있는 이 호점은 댈라스점이라고 하는데, 서부 개척시대를 상징한다는 거야. 음식에다가 카우보이 문화를 접목시킨다나 뭐라나."

"……"

"C동에 있는 시카고점은 갱스터를 주제로 하는 게 강점이야. 좀 거칠면서도 점잖은 이미지 말이야. 그 밖에 B동에는 애틀랜타를 상징하는 점포가 있고, S동에는 뉴욕점이 돌아가지. 이제는 음식점도 세계화에 발맞춰 가지 않으면 안 되는 세상이 됐어. 어떤 사람이든 고급문화나 고급상품에 길들여져 있으니까. 모든 부분에서 서구문화를 직수입해 오지 않으면 안 된다는 거지."

나는 음식을 기다리다 지쳐 레스토랑 여기저기를 흘끔거린다. 내 모습을 보고 웨이터가 허리를 굽히며 웃는다. 나는 헛기침을 큼큼 하고 슬그머니 시선을 돌린다. '괜찮은 곳이지?' 그녀는 이런 곳에서 듣는 칸초네가 더 감칠맛이 난다는 듯 말한다. 나는 아무런 대꾸도 하지 않고 고개만 끄덕인다. 그녀는 잠시 칸초네를 듣다가 건물 이야기를 계속한다.

"이 건물 안토니오 가우디 작품을 모방해서 지은 거래. 창틀 한 개에서 계단 하나까지 똑같이 본떠서 만들었지. 잘 봐. 모두가 웅장하고 화려하지 않아? 게다가 장식품은 모조리 바로크식으로 만들어 놓고. 그 사람 작품이 다 그렇다는 거야. 자연하고 조화를 이루면서도 현대적인 구조, 고풍스런 장식, 품격 넘치는 설계, 파격적인 구상. 그야말로 서구문화의 극치라고 할 수 있지."

그녀는 음식보다 시설의 웅장함을 즐기러 온 사람처럼 흥분한다. 나는 발끝으로 마룻바닥을 두드리며 경청한다.

"저기 좀 봐."

마담 지바의 호들갑에 나는 다시 눈길을 돌린다. 그랜드 피아노 위에 어디선가 본 듯한 그림이 걸려 있다.

"저 그림 앙소르 작품이야. 어떤 사람은 모조품이라고 우기지만, 그래도 얼마나 품위가 넘쳐. 사람을 압도하는 분위기, 흘러넘치는 해학."

"……"

"그림을 자세히 봐. 사회주의 만세라고 쓰인 플래카드가 보이고, 그 밑에 그리스도가 서 있지? 그게 바로 그리스도가 브르셀에 입성하는 장면이래. 처음에는 저 그림이 지닌 상징성을 몰라서 비평가들조차 천박하게 취급했대. 그리스도를 모욕하고 비하하는 그림이라고. 진보적 화가들 모임인 이십인회의에선 앙소르를 추방까지 했어. 나중에는 그 존재가치를 인정하게 됐지만."

그녀는 위대한 그림 앞에서 식사를 한다는 게 믿기지 않는 얼굴이다. 나는 그녀의 섹시하게 보이는 입술에 눈을 고정시킨 채 다리를 흔든다.

"그 옆에 걸린 건 모조품인데, 마그리트가 그린 기억이라는 작품이야."

나는 웨이터가 가져온 토스트 샐러드를 포크로 뒤적거리다가 그림을 힐끗 쳐다본다.

"오른쪽 눈에서 피를 흘리는 여신을 생각해 봐. 끔찍하지? 그림을 그렇게 눈에 보이는 사실로만 인식해서는 안 돼. 그림도 음식을 먹는 것처럼 음미하면서 봐야 된다는 거지. 그림 속에 내재된 의미나 상징성을 하나하나 파악하면서."

나는 멍한 얼굴로 기억이라는 그림을 응시한다. 그녀가 백포도주를 한 모금 마시고 다시 입을 연다.

"무네모슈네는 제우스의 수많은 부인 중 하난데, 무려 아홉 명이나 되는 뮤즈를 낳았어. 중요한 사실은 마그리트가 그런 뮤즈들을 그림에 사용했다는 점이야. 헌데 묘한 건 기억이라는 제목을 그림에 붙였다는 거야. 뮤즈라는 이미지하고 어울리지 않는 화제를."

"……"

"무네모슈네가 기억의 여신이지만, 예술의 여신인 딸들한테 기억이라는 의미를 부여한 건 이율배반적인 시도라는 거지. 내 생각으론 기억은 역사성, 즉 영원성을 의미하는 것이기 때문에 이율배반적이지 않게 느껴지거든. 제우스도 자기 존재를 후세에 알리기 위해 무네모슈네와 동침한 거고. 어쩌면 자기 씨로 온 세상을 점령하고 싶었는지도 몰라. 문제는 세론을 따라 재빨리 움직이는 평론가들이야. 그들은 눈에서 피를 흘리는 여신하고 기억이 배치된다고 본 거야. 어쨌든 저 그림은 무언가를 생각하게 하는 작품인 건 틀림없어."

나는 고개를 끄덕이며 그녀의 말에 맞장구친다. 그녀는 나의 그런 태도를 당연한 것처럼 받아들인다. 이와 같은 것은 그녀와 나의 무언의 약속이다. 즉 그렇게 행동함으로써 상대방의 비위를 맞추는 것이다. 나나 마담 지바 또한 서로의 비위를 거스를 필요가 없다. 그녀는 가진 것을 쓰면서 즐거워하고, 나는 가지지 못한 것을 보면서 만족한다. 그게 우리가 만나서 식사하고 술 마시고 섹스를 하는 이유다. 나는 식탁에 올려놓은 휴대폰을 흘낏 바라본다. 아직은 연락이나 메시지가 들어온 게 없다. 나는 머리를 이리저리 꼬아 보거나 주방 쪽을 흘끔거린다. 그럼에도 바비큐 요리는 나올 기미조차 없다.

"요즘은 어때?"

마담 지바가 포크로 샐러드 조각을 들척거리며 묻는다. 나는 그녀의 화장기 없는 맨얼굴을 힐끗 쳐다본다. 이럴 때의 그녀는 섹스에 몰입할 때와는 전혀 다르다. 조금은 탐욕스럽게 생긴 입술도 지금은 교양이 넘친다. 내가 침묵을 지키자 그녀가 넌지시 운을 뗀다. '뭐 필요한 건 없어?' 나는 멍한 표정으로 앉아 있다가 고개를 젓는다. 그녀가 말하는 의미는 돈이 필요하지 않느냐는 뜻이다.

"부족한 것도 없고?"

"별로요."

마담 지바는 그럴 줄 알았다는 듯이 미소를 짓는다. 사실 내게 필요한 건 돈이나 섹스가 아니다. 그녀와 같이 있으면 마음이 가라앉고 편하기 때문에 만날 뿐이다. 내가 거부를 해도 그녀는 돈이 필요해서 찾아온 거라고 생각한다. 그래서 가끔 수표 몇 장을 슬쩍 찔러 준다. 그녀가 돈을 줄 때마다 나는 어쩔 줄 몰라 쩔쩔맨다. 마담 지바는 그런 내 모습을 보며 또 즐거워한다.

"아 따분해."

마담 지바가 손으로 입을 가리고 하품한다. 나는 그녀의 뽀송한 얼굴을 빤히 쳐다본다. '사랑을 해 보면 어때요?' 그녀는 사랑이라는 말을 듣자 웃음부터 터뜨린다.

"사랑이라, 사랑…"

"재미있잖아요."

"나는 그렇다 치고 모제는 어때?"

이번에는 내가 소리 내어 웃는다.
"유리가 떠났으니까 누군가를 또 사랑해야지?"
"글쎄요. 사랑이 그렇게 쉽게 찾을 수 있는 건가요?"
"사랑을 찾기는 쉽지 않지만, 시도는 해 봐야 되지 않겠어?"
"사람들 가슴이 너무 메말라서요."
"하긴…"
마담 지바는 이해가 간다는 듯이 고개를 주억거린다. 나는 잠시 홀 안을 흘러 다니는 칸초네를 듣는다. '산다는 게 그런 거니까.' 그녀가 포도주를 한 모금 마시고 중얼거린다. 나는 붉은 태양 아래로 가라앉는 도시를 보며 사랑이라는 말을 곱씹는다.

10

신보수주의 비평가들은 식당이나 부엌에서 바흐의 음악을 틀어 놓는 것에 대해, 또 플라톤과 헤겔과 마르크스와 프로이트의 사진을 잡화점에서 파는 사실에 대해 항의하는 것조차도 비웃는다. 그 대신 그들은 위대한 예술가들이 궤란潰爛[13]의 무덤에서 뛰쳐나와 생명을 찾게 되었으며, 사람들은 그만큼 더 세련되게 되었다는 사실을 인식하라고 주장한다. – 마르쿠제의 「일차원적 인간」 중에서

"뭐니 뭐니 해도 블루 마운틴은 향이에요."
마리가 김이 피어오르는 커피잔을 들고 냄새를 맡는다. 나는 20살답지 않게 짙은 화장을 한 마리를 빤히 쳐다본다. 커다란 눈에 갸름한 얼굴, 육감적인 입술은 스트리트 걸을 연상시킨다. 그래그풍 GV2 진을 입고, 빨간색 코카콜라 티셔츠를 걸친 모습은 누가 봐도 가출한 여자애다.
"블루 마운틴은 부드러운 향 때문에 커피의 귀족이라고 불러요."
"커피의 귀족?"

---

13) 궤란潰爛 : 썩어서 문드러짐.

"못 믿겠으면 한번 마셔 봐요."

마리가 엷은 미소를 안면 가득 띤 채 말한다. 나는 커피잔을 들고 있다가 조심스럽게 들이켠다. 뜨겁고 쌉싸래한 액체가 식도를 타고 내려간다. 부드럽기는커녕 떫은 맛만 느껴질 뿐이다. 나는 인상을 찌푸리며 고개를 가로젓는다. 마리가 재미있다는 듯이 깔깔 웃는다. 하나에서 열까지 언니인 유리와 다른 아이. 유리가 긴 머리를 단정하게 묶고 얌전히 처신한다면, 마리는 짧은 머리를 풀어헤치고 말괄량이처럼 행동한다. 성격도 두 사람은 전혀 다르다. 유리가 수동적이고 소극적이라면, 마리는 개방적이고 적극적이다. 세상을 바라보는 시선과 살아가는 가치관도 판이하다.

"블루 마운틴은 비엔나커피하고 달라서 신맛이나 쓴맛이 나지 않게 만든 커피예요. 그런데도 이상해요?"

"난 통 맛을 못 느끼겠어."

"그래도 카페오레나 카푸치노보단 나을 거예요. 헤이즐넛이나 초콜릿 레즈베리보다는 못하지만."

"마리도 이렇게 고상한 대화를 할 줄 아나?"

나는 커피잔을 테이블에 내려놓고 정색한다. 마리가 의외라는 듯이 눈을 크게 뜬다.

"고상한 대화요? 커피 얘기가?"

"매일 술 마시는 얘기, 춤추는 얘기, 섹스 얘기만 했잖아."

"오빠가 나를 잘 몰라서 그러는 거예요. 나 이래봬도 얌전한 아이예요."

"누가 들으면 웃겠다."

"웃는다고요?"

"음."

"하긴 그럴지도 모르죠."

마리가 자조적인 투로 말하고 커피를 홀짝거린다. 나도 마리를 따라 커피를 조금씩 마신다. 잠시 커피를 마시고 있던 마리가 홀 안을 가리킨다.

"이 집 분위기 어딘가 이상한 것 같지 않아요?"

"뭐라고 할 순 없지만, 어딘가 뒤틀린 것 같기는 해."

"그 뒤틀린 부조화가 이 집 영업방침이래요."

"뒤틀린 부조화가?"

"뭐라고 할까요. 현대 속 고전이라고 할까요. 고전 속 현대라고 할까요. 도리스를 찾는 손님들한테 과거 속에서 현대를 느끼게 한다는 거죠."
"이상한 영업방침이군."
"그런 영업방침 때문에 손님이 많은 거예요. 보세요. 넓은 홀이 젊은 애들로 꽉 차 있잖아요. 홀이 좁다고 느껴질 만큼요. 벽에 매달려 있는 번스타인, 바흐, 멘델스존, 파가니니, 오펜바흐를 보세요. 모두 어릿광대 같은 꼴로 멍하니 허공을 보고 있죠? 이 집에서는 무엇이든 다 그래요. 집기에서 실내장식은 물론이고 음악까지. 이런 현상을 뭐라고 해야 할까요? 새것이 헌 것을 밀어냈다고 할까요. 아이들이 어른들을 쫓아냈다고 할까요. 그게 아니라 불균형이 균형을 추방했다고 보는 게 맞을 것 같군요. 모든 게 불균형스럽고 뒤틀려 보이니까요. 아무튼 여기 들어오면 무언가 역전된 느낌이 드는 건 분명해요."
"그래?"
"그렇잖아요. 천정은 현대식이고 벽은 고전적이고. 바닥은 통나무로 되어 있는데, 테이블이나 창문은 스틸 소재고. 어딘가 고전적인 냄새가 나는가 하면, 현대적인 구석도 엿보이고. 음악도 마찬가지예요. 여기선 클래식이나 샹송, 칸초네 같은 음악은 틀지도 않아요. 아무리 내로라하는 거장들 사진이 걸려 있어도."
"그건 또 왜 그런 거야?"
"다 이유가 있어요."
"어떤 이유가?"
나는 이해할 수 없다는 표정을 짓는다. 마리가 카운터 쪽을 향해 손을 흔든다. 카운터를 지키던 무스머리 남자애가 손을 마주 든다.
"조금 있으면 내가 좋아하는 노래를 틀어 줄 거예요."
마리가 눈을 찡긋하고 자리에 주저앉는다. 잠시 후 백스트리즈 보이즈의 목소리가 울려 퍼진다. 나는 넓은 벽에 장식된 고전 음악의 거장들을 바라본다. 팝송이 흐르는 공간 속에 매달려 있는 비발디, 쇼팽, 드보르작, 슈베르트, 브람스, 카탈라니, 드뷔시. 그들의 얼굴에는 근엄하면서도 범접치 못할 위엄이 느껴진다. 마리는 그런 것 따위는 아랑곳없다는 듯 저스트 원 트 유 노우를 따라 부른다.

"유리는 잘 지내고 있는지 모르겠다."
 나는 물로 목을 축이고 슬며시 화제를 돌린다. 마리가 콧노래를 부르다 말고 시큰둥한 표정을 짓는다.
 "잘 있겠죠, 뭐."
 "잘 있겠다니?"
 "때가 되면 돌아올 테니까요."
 마리의 대답은 언제나 간결하고 명확하다. 나는 입맛을 쩍쩍 다시고 재차 묻는다.
 "어디 간다는 데도 없었고?"
 "없었어요."
 "갈만한 데도 없고?"
 "없어요."
 "피피라는 고양이도 안 돌아왔고?"
 "안 돌아왔어요."
 나는 괜한 말을 꺼냈다 싶어 맹물만 홀짝거린다. 백스트리즈 보이즈는 계속 저스트 원트 유 노우를 노래한다. 나는 물컵을 응시하다가 창밖으로 고개를 돌린다. 눈 아래로 매연이 자욱한 시가지와 건물들이 보인다. 많은 사람들이 그 회색 건물 사이를 열심히 오가는 중이다. 유리도 저 건물들 사이 어딘가에 있겠지? 아니면 문명의 때가 끼지 않은 곳에서 자유를 만끽하던가. 음악을 따라 흥얼거리던 마리가 불쑥 말한다.
 "아참, 전화가 한 번 왔어요."
 "언니한테서?"
 "언니를 안다는 남잔데, 지배인이라나 집주라나. 목소리가 점잖은 노인이었어요."
 "그래서?"
 "아무 걱정 말라고 하더라고요. 언니가 잘 지내고 있다고요. 뭐라더라. 유토피아인지 무슨 나이트클럽에서 일한다고 했는데."
 "유토피아 나이트클럽?"
 "네."
 "그게 언제 얘기야?"

"몇 주 전이에요. 근데 이상한 건 전화를 한 사람 태도예요."
"태도가 왜?"
"전화를 걸었으면 자기가 누군지. 무슨 용건으로 전화를 했는지 밝혀야 되잖아요. 묘하게 그 사람은 모든 게 불투명해요. 태도도 그렇고 전화 내용도 그렇고."
"그리고는?"
"그리곤 끊었어요."
"그래서?"
"나도 끊었죠, 뭐."

마리는 남한테 들은 얘기를 전하는 것처럼 말한다. 나는 할 말이 없어 창밖으로 눈길을 돌린다. 음악은 저스트 원트 유 노우에서 신데렐라로 넘어가 있다. 마리가 신이 난 듯 신데렐라를 따라 부른다. 햄버거를 먹던 여학생들도 덩달아 노래를 흥얼거린다. 나는 물을 마시고 오케겜 요하네스, 페로탱, 리스트, 뒤파이 기욤, R.슈트라우스를 응시한다. 고슬고슬한 머리에 말끔한 차림의 차이코프스키, 헨델, 하이든, 푸치니, 슈만. 그들의 모습이 무색하게 홀 안은 팝송으로 어수선하다. 마리가 노래를 부르다 말고 내 어깨를 툭 친다.

"뭘 그렇게 생각해요?"
"응 그냥…"
"쓸데없는 생각 그만하고 술이나 사 줘요. 나 오늘 취하고 싶단 말이에요."
"시간이 난다면 사 주지."
"시간을 내서 사 줄 순 없어요?"
"언제 어디서 사건이 터질지 모르잖아."
"오빠는 그게 문제예요. 무슨 부탁만 하면 사건 사건 하는 거."
"어쩔 수 없잖아. 직업이 폴리스니."
"조금만 마실게요."
"그렇다면 생각해 볼게."
"약속한 거예요."
"알았어."

내 대답을 듣고 나서야 마리가 환하게 웃는다. 나는 다시 브로마이드 속의 인물들을 바라본다. 아무리 생각해도 음악의 대가들과 런치 푸드점은 어울리지 않는다. 그들이 걸친 복장도 그렇고 근엄한 표정도 마찬가지다. 그런 걸 입증하듯 모차르트와 베토벤, 바그너, 베르디는 인상을 찡그린 채 홀을 내려다본다.

"이 집은 왜 팝송만 틀어 주는 거지?"

"그건 아주 간단해요."

"어떻게?"

"매상하고 팝송을 불가분의 관계라고 보는 거예요."

"클래식을 틀면 매상이 떨어진다는 얘기야?"

"말하자면 그런 셈이죠."

"그래서 팝송만 틀어 준다?"

"누가 클래식 같은 음악을 들어요. 인스턴트커피하고 스피드 쿠킹을 주종목으로 하는 집에서."

"그럼 클래식 음악가들 사진은 왜 걸어 놓은 거야?"

"아까도 말했지만 부조화 속의 조화 때문이라고 할까요. 사실은 그게 아니고 처음에는 클래식을 틀었대요. 장사가 안 되니까 팝송으로 바꾼 거고요."

"그랬군."

"어차피 돈을 벌어야 하니까요."

마리가 이건 몰랐지, 하는 눈으로 쳐다본다. 나는 커피를 한 모금 마시고 혀를 끌끌 찬다. 돈 때문에 팝송한테 자리를 내준 음악의 거장들. 커피집 장식품으로 전락한 조스캥 데프레, 조반니, 팔레스트리, 로시니, 에드워드 엘가. 그들은 하나같이 위엄에 찬 표정이지만 초라해 보이는 건 숨길 수 없다. 내가 생각에 잠겨 있자 마리가 의자에서 일어선다.

"다 시대적 추세예요."

11

억압되고 태사汰沙[14]되지 않은 성적충동은 아담과 이브 이후 모든 사고의 원천이었다. 그것은 오늘날의 현실에서 과거의 역사나 신화에서 또는 문학작품 속에서 우리가 접하게 되는 모든 비극의 시작이었다. – 말리노프스키의 「미개사회의 성과 억압」 중에서

"나를 그냥 내버려 둘 거예요?"
 마리가 불빛이 번쩍이는 모텔 골목으로 들어간다. 나는 더 이상 어쩔 수 없다고 생각한다. 마리가 실현 불가능한 요구를 하고 있기 때문이다. 언니 애인인 나와 섹스를 하겠다니. 나는 어이가 없어서 캄캄한 밤하늘만 올려다본다. 마리가 핸드백을 이리저리 흔들면서 재촉한다. 나는 아예 반대편으로 돌아서서 모른 척한다. 마리의 황당한 요구를 들어주려면 한도 끝도 없다.
 "오빠가 아니라도 섹스 상대는 얼마든지 있어요."
 "난 언니 애인이야."
 "그게 어때서요?"
 "나 참."
 "말해 봐요. 언니 애인이면 섹스하지 말라는 법이 있나."
 "그래도 그것만은 안 돼."
 나는 허리에 양손을 얹고 째려본다. 마리가 눈썹 하나 까딱하지 않고 생글거린다.
 "그러니까 내 말대로 하란 말이에요. 그러면 간단하잖아요. 나는 하룻밤 섹스파트너가 생겨서 좋고, 오빠는 스트레스를 풀어서 됐고. 더구나 오빠는 지금 나한테 십팔 번째 남자란 말이에요."
 "십팔 번째 남자? 내가?"
 "그래요. 오빠를 십팔 번째 섹스파트너로 찜해 뒀어요. 그리고 오늘이 오기를 기다렸고요. 어떡할래요? 내 소원을 들어줄래요. 아니면 다른 남자

---

14) 태사汰沙 : 물에 일어서 좋고 나쁜 것을 가려 놓음.

한테 십팔 번째 섹스 이벤트를 넘겨줄래요."
 "십팔 번째 섹스 이벤트?"
 "네, 그래요."
 "왜 하필이면 십팔 번이지."
 "십팔 번이 가장 아름답고 순수하고 신성한 숫자니까요. 우리한테 세 번째로 중요한 요소이기도 하고요."
 "……?"
 "요즘엔 십팔 번을 즐기는 애들이 한두 명이 아니에요. 섹스도 그렇고 연애도 그렇고 물건도 그렇고 이벤트도 그렇고 기념일도 그렇고. 아예 날짜를 정해 놓고 십팔 번을 채우는 애들도 있어요. 그중에서 섹스파트너가 최고고요. 아무튼 십팔 번째 섹스파트너는 가까운 사람을 선택하는 게 좋대요. 그래야 연애전선에 먹구름이 끼지 않는다나요. 십팔 번째 섹스파트너가 친구 애인이면 더 좋고요. 그러니 언니 애인이라면 금상첨화죠."
 "난 그렇게 할 수 없어."
 "왜요?"
 "그런 논리는 존재하지 않으니까."
 "지금은 이십일 세기예요. 오빠가 생각하는 건 이십 세기식 논리라고요."
 "어이가 없군."
 "뭐가 어이없다는 거예요? 나하고 섹스하는 게 어이없다는 거예요? 내 행동 자체가 어이없다는 거예요?"
 "둘 다."
 "오빠는 고리타분한 원칙주의자니까. 앞뒤가 꽉 막힌 시멘트세대고."
 나는 할 말이 없어 먼 하늘로 시선을 던진다. 마리가 재미있다는 듯이 깔깔 웃는다.
 "지금 당장 결정하세요. 그렇지 않으면 오 분 후에 내 앞을 지나가는 세 번째 남자를 테이크할 거예요."
 "술이 너무 취했다."
 "내가 취했다고요?"
 "그럼 그렇지 않단 말이야?"

마리가 비틀거리며 모텔 쪽으로 걸어간다.
"난 술에 취하지 않았어요."
"……"
"그렇게 보이지 않아요?"
"……"
"좋아요. 나를 내버려 둘 거예요. 아니면 따라올 거예요? 이게 마지막 제안이에요."
"그래도 그건 안 돼."
"그럼 내가 무슨 짓을 해도 상관 마세요."
마리가 확 돌아서서 지나가는 남자들을 훑어본다. 나는 보도에 쪼그리고 앉아서 네온사인을 멍하니 응시한다. 뭐가 어떻게 돌아가는지 모르겠다는 생각을 하며.

12

삶을 향한 충동이 방해를 받으면 받을수록 파괴를 향한 충동은 더욱더 강해지며, 삶이 아름답게 실현되면 될수록 파괴성의 힘은 더욱더 약해진다. 파괴성은 더 이상 살 수 없고 힐거詰拒[15]할 수 없는 삶의 결과이다. – 프롬의 「자유로부터의 도피」 중에서

나와 류대는 헤라이온 빌딩 앞에서 잠복근무 중이다. 캘리포니아 교도소를 탈출한 이카로스가 언제 나타날지 모르기 때문이다. 나는 눈을 감고 카스테레오에서 나오는 음악을 듣는다. 류대도 비스듬히 앉아서 음악에 귀를 기울인다. '시간감각이 사라져 버린 듯한 느낌이 들죠. 더 이상 하루하루가 중요하지 않아서예요. 당신이 숨기는 모든 느낌들은 당신을 산산조각 내 버릴 거예요. 당신은 그녀가 당신이 노력했다는 걸 알아주길 바라죠.' 르네 말린이 우울한 목소리로 언퍼게터블 씨너를 부른다.

---

15) 힐거詰拒 : 서로 다투며 맞서서 겨룸.

"음악도 이젠 지겹군."

 류대가 따분해 미치겠다는 듯이 몸을 비비 꼰다. 나는 손을 뻗어 카스테레오 볼륨을 낮춘다. 우리는 5시간째 승용차 안에서 대기 중이다.

"갑갑해서 돌아 버리겠다."

 류대의 표정은 나른하다 못해 축 늘어져 있다. 나는 행인들이 오가는 거리를 응시하다가 눈을 감는다. 어차피 이카로스는 이곳에 나타나지 않을 것이다. 가까운 친구가 경영하는 나이트클럽이지만 그건 분명하다. 그러니 지루한 시간을 보내려면 음악이라도 들어야 한다. 류대는 그런 사소한 것들조차 참지 못한다. '젠장.' 류대가 구시렁대며 좌석 등받이를 뒤로 젖힌다. 음악소리 중간 중간 무전기가 칙칙거리면서 누군가를 찾는다.

"몸이 근질거려 미치겠군."

 류대가 입을 가리고 늘어지게 하품을 한다. 우리가 기다리는 이카로스는 미국에서 종신형을 선고받았다. 범죄단체를 조직해 백인 우월주의자들을 죽였다는 이유로. 그는 미국에서 받은 형량이 인종차별적 조치라며 조국으로 도망쳐 왔다. 그의 조국은 재미교포의 범죄를 덮어 주기보다 단죄하기로 했다. 인간이 인간을 죽이는 일은 어떤 차별보다도 잔인한 행위라며. 결국 이카로스는 도망치기보다 정면 돌파하기로 마음먹었다. 그것은 수사기관의 포위망을 뚫고 다니는 걸 봐도 알 수 있다. '음료수 남아 있나?' 류대가 입맛을 쩍쩍 다시더니 돌아본다. 나는 굴러다니는 빈 콜라 캔을 거꾸로 들고 흔든다.

"음료수도 떨어지고, 날씨는 점점 더 무더워지고."

"내가 가서 사올까?"

"됐어. 이따가 마시지 뭐."

"그럴래?"

"어차피 끝날 시간이 됐잖아."

 우리는 말없이 어둠에 잠기는 시가지를 응시한다. 밤이 깊어 갈수록 거리와 건물들은 불빛으로 가득 찬다. 그 화려한 불빛 속으로 수많은 사람들이 바쁘게 오간다. 무언가를 찾고 무엇인가를 추구하기 위해서. 아니 그들에게는 매일처럼 반복되는 간절함이 있다. 그 간절함을 위해 사막 같은 도시 속에서 가쁜 숨을 몰아쉬는 것이다. 이카로스도 저들처럼 반복되는 간절함을 위해 이 도시에서 저 도시로 옮겨 다니는 걸까. 우리와 나이가 같고, 같은 언어를 사용하고, 피부 색깔도 같은 청년. 수많은 사람들 속에 이카로스가 섞여 있는지도 모른다. 나는 뜨거운 열기로 가득한 거리를 보다가 머리를 흔든다. 그럴 가능성은 털끝만치도 없다. 100만 분의 1의 확률.

　나는 등받이에 비스듬히 누운 채 생각에 빠져든다. 나는 지금 무엇을 위해 잠복을 하고 범인을 쫓는가. 나는 무엇 때문에 하루하루를 소일하며 시간을 죽이는가. 현재보다 밝고 희망찬 내일을 위해선가. 보장되지 않은 앞날과 불확실한 미래를 위해선가. 그것도 아니다. 지금의 나는 아무런 목적도 없고 희망도 없이 순간순간을 살아갈 뿐이다. 그저 아무 여자나 만나 섹스를 하고 술을 마시고 음악을 듣는다. 범인을 쫓고 잠복하는 것도 내 의지는 아니다. 단지 그 일을 하라고 명령하니까 잠복하고 쫓아다닐 뿐이다.

"뭘 생각해?"

　류대가 지나가는 투로 묻는다.

"음 그냥…"

　나 또한 무심한 목소리로 대답한다. 르네 말린은 용서받지 못할 죄인이여를 외친다.

"너무 시끄럽다."

　나는 손을 뻗어 카스테레오 볼륨을 낮춘다.

"그거 꺼버릴 수 없니?"

　류대가 퉁명스럽게 쏘아붙인다. 나는 씨익 웃고 볼륨을 조금 더 줄인다.

"너도 문제야. 어떻게 그렇게 음악에만 매달리는 거냐?"

"음악을 듣지 않으면 일이 안 되거든."

　류대는 어이가 없어도 너무나 없다는 표정이다. 나는 류대의 어깨를 툭 치고 다시 눕는다. 류대가 지금까지 참은 것도 대단한 인내심을 발휘한 것이다. 나는 카스테레오의 볼륨을 조금 더 줄인다.

"지금이 몇 시지?"

"여덟 시."

"벌써 그렇게 됐나?"

"벌써가 뭐야. 수십 곡이나 들었는데."
"교대 팀은 언제 오는 거지?"
"열 시."
"아직도 두 시간 남았군."
"이 판을 몇 번 들으면 끝나."
"그걸 다시?"
 류대가 한심스럽다는 얼굴로 쳐다본다. 나는 상체를 들고 시디박스를 뒤적거린다.
"그렇게 음악을 듣고 싶을까."
"시간 보내기에는 딱 좋잖아."
"음악의 신이 있다면 상이라도 주라고 하겠는데."
"상은 뭐. 내가 좋아서 듣는 건데."
"그래도 그렇지. 너처럼 음악에 미친 사람도 없을 거야."
"여신들 중에도 여자 아이돌이 있었어."
"여신들 중에도?"
"그렇다니까."
"그 여신들이 대체 누구누구야?"
"음악의 여신 뮤즈, 디아나, 아르테미스 등 열다섯 명이야. 젊고 아름답고 싱그럽고 풋풋한 여신들이지."
"그 시대에 아이돌이라니. 혹시 꿈 얘기 아니야?"
"꿈 얘기는 아니야."
"그럼 뭐야?"
"아무튼 그런 게 있다는 것만 알아 둬."
"난 한숨 잘 테니, 여신 아이돌을 만나든, 여신 음악을 밤새 듣든 알아서 해."
 나는 씨익 웃고 카스테레오에 새로 고른 시디를 밀어 넣는다. 승용차 안은 이내 에반 에센스의 노래로 채워진다. 나는 브링 미 투 라이프를 들으며 의자에 등을 기댄다.

13

A가 존재하거나 나타나는 경우 B가 존재하거나 나타난다면 사람들은 B가 존재하면 A도 존재하거나 나타난다고 생각한다. 그것은 전착顚錯[16]이다. 그러므로 A는 거짓이나 A가 존재할 경우에 B가 필연적으로 존재하거나 나타난다고 한다면 거짓말을 조작하기 위해선 A에다 B를 부가하면 된다. 즉 우리는 B가 진임을 알기 때문에 A도 진이라고 마음속으로 그릇된 추리를 하게 되는 것이다. - 아리스토텔레스의 「시학」 중에서

 우리는 지금 12시간씩 이 교대 잠복근무를 하고 있다. 처음에는 3시간 간격으로 근무를 하다가 5시간으로 바뀌었다. 사흘 후부터는 10시간, 5일이 지난 지금은 12시간씩 근무 중이다. 현재의 근무체계도 일주일이 지나면 24시간으로 바뀌게 된다. 그 대신 잠복조는 조회나 석회에도 참석하지 않고 승용차로 출근한다. 식사도 불규칙한 근무체계와 비슷한 방법으로 해결한다. 근무교대를 해 주는 류대도 지쳤지만, 나도 이제 한계가 왔다. 이쯤 되면 만사가 귀찮고 무엇을 해도 짜증만 난다. 그런데다 몸은 늘어지고 의식은 점점 더 몽롱해져 간다.
 옆 좌석에 던져 놓은 휴대폰에서 통화 연결음이 울린다. 나는 반사적으로 일어나 발신번호를 확인한다. 다미… 다미를 본지도 벌써 이 주일이 다 되어 간다. 잠시라도 한눈을 팔면 엉뚱한 행동을 하는 16살짜리 소녀. 그래도 요즘은 너무 바쁘고 시간 낼 틈이 없다. 강력사건도 터지고 살인범도 잡아야 되고 뜻하지 않은 일도 생기고. 나는 졸린 눈을 비비며 통화 슬라이스를 민다. '모제 오빠야?' 내 목소리를 듣자 다미가 반색을 한다. 무엇인가 자랑하고 싶은 일이 생겼다는 듯이. 나는 눈을 반쯤 감은 채 통화를 한다.
 "거기 어디지?"
 "한번 맞춰 봐."
 "글쎄."

---

16) 전착顚錯 : 앞뒤를 뒤바꾸어 어그러뜨림.

"전혀 모르겠어?"
"시간이 이르니 집은 아닌 것 같고."
"잘 들어 봐. 아이들 떠드는 소리하고 경쾌한 음악이 들리지?"
"음악 틀어 주는 곳이 한두 군데야?"
"오빠 이제 나한테 관심이 없어졌나 봐."
"아 아니. 그게 아니고…"
나는 승용차 문을 열어젖히고 밖으로 나간다. 다미가 우스워서 견딜 수 없다는 듯이 깔깔거린다.
"농담이고. 나 아르바이트 시작했어."
"아르바이트?"
"응 놀랐지?"
"무척 놀랐다. 근데 언제부터 시작한 거야?"
"일주일 됐어."
"하는 일은?"
"아이스크림 서빙."
"힘들지는 않고?"
"힘은 하나도 들지 않아."
"다미가 기특한 생각을 했구나."
"그렇지?"
"오빠가 한가해지면 가서 실컷 먹어 줘야겠다. 어떻게 일하나도 보고."
"그 한가한 시간이 언제 오는 거지?"
"며칠은 바쁠 것 같아. 지금도 근무 중에 슬쩍 통화하는 거야."
"혹시 내가 오빠 일 방해하는 건 아니겠지?"
"아니."
"거짓말 같은데? 목소리에 기운도 없고 졸린 것 같기도 하고."
"사실은 이카로스라는 탈주범 때문에 며칠째 잠복 중이야."
"그것 봐."
"그래도 지금은 한가해."
"아무래도 다음에 통화해야겠다. 지금은 나도 바쁘거든."
다미가 수화기에 입을 바짝 대고 속삭인다. 나는 푸른 하늘을 보며 중얼거린다.
 "다미 목소리를 들어서 한결 힘이 난다."
 "거짓말."
 "정말이야."
 "그럼 그 말 믿기로 할게."
 "언제 내가 거짓말하는 거 봤어?"
 "하긴 그렇지."
 "다음에 통화하자."
 "그래 수고해. 안녕."
 나는 통화를 끝내고 휴대폰 폴더를 닫는다. 이제 오후 7시. 류대가 교대를 하러 오려면 5시간이 남아 있다. 나는 한바탕 기지개를 켜고 도어 손잡이를 잡아당긴다. 승용차 안으로 들어가자 또다시 졸음이 쏟아진다. 나는 좌석을 뒤로 최대한 젖히고 편하게 눕는다. 거리를 가득 메운 사람들이 눈앞에 어른거린다. 그들 속에 이카로스로 보이는 20대 청년이 걸어간다. 이카로스 뒤쪽에 경쾌하게 걸어가는 유리가 보인다. 아니 그건 유리가 아니라 천진난만한 다미의 모습이다.
 나는 눈을 껌뻑이고 다시 한번 전방을 확인한다. 지금 내 의식을 뒤흔드는 것은 모두 다 환영이다. 아르바이트 중인 다미가 이곳에 올 리 없다. 사라진 유리도 여기에 나타날 리 없고. 디나의 싱그러운 목소리가 환청처럼 들려온다. '오빠, 나 여기 있어요. 빨리 와요.' 나는 눈을 질끈 감고 머리를 좌우로 흔든다. 그래도 환청과 환영은 계속해서 들리고 나타난다. 유리가 긴 머리를 나풀거리며 사람들 사이를 걸어간다. 나는 눈을 비비고 일어나 승용차 밖으로 나간다. 그런 다음 유리의 뒤를 따라 발걸음을 재촉한다.

14

꿈은 심리학에 속한다고 말할 것이요. 또 꿈속에서의 지각내용에 관한 기본명제는 생시의 지각내용에 관한 다른 기본명제와 동등한 것이라고 말할 수 있다. 그러나 이에 대해 꿈에 관한 모든 과학적 탐구는 우리가 깨어 있을 때만 가능하며, 따라서 꿈에 관한 과학에 주어지는 모든 자료는 교사翹思[17]라고 할 것이다. – 러셀의 「의미와 진리의 탐구」 중에서

"여기서 잠깐 기다리시겠습니까?"
중세기사 옷을 걸친 웨이터가 정중히 허리를 굽힌다. 나는 넓고 화려한 밀실을 둘러보며 괜히 신분을 밝혔다고 후회한다.
"몇 가지만 물어보고 가려고 했는데."
"잠시 기다려 주십시오. 금방 보고를 올리고 답변 드리겠습니다."
"꼭 보고를 해야 됩니까?"
"제 임무는 손님 안내에 한정돼 있거든요."
"간단한 거 몇 가지만 물어볼 건데요."
"여기선 모든 걸 집주님께 보고하고, 그분 지시를 받아 처리합니다. 불편을 드려서 죄송합니다."
젊은 웨이터가 또다시 정중히 허리를 굽힌다. 나는 온갖 이상한 물건과 집기와 기물들을 보며 머리를 긁적인다.
"사실은 사건 때문에 온 게 아닙니다."
"그럼 무슨 일로?"
"어떤 사람을 찾기 위해서 방문한 거예요."
"누구를?"
"조금 전에 이십대 여자가 이리로 들어왔거든요. 피부가 하얗고 머리가 길고 예쁘장하게 생긴 여자가요."
"그랬나요?"
웨이터는 금시초문이라는 것처럼 고개를 갸우뚱거린다. 나는 다시 한번

---

17) 교사翹思 : 늘 마음에 두고 생각함.

크고 화려하게 장식된 밀실을 살펴본다. 아무리 둘러보고 확인해도 나이트클럽 밀실답지 않다. 오히려 미사를 집전하는 대형 성전 같은 느낌이다. 가슴에 명찰을 단 웨이터가 큰 눈을 껌뻑거리더니 묻는다.

"그 여자분 이리로 들어온 게 확실합니까?"

"확실합니다."

"그렇다면 내 눈에 안 띌 리가 없는데."

"틀림없이 들어왔습니다."

"혹시 착각한 건 아닙니까? 다른 업소로 들어간 걸 이리로 왔다고."

"아닙니다. 분명히 이곳으로 들어왔어요."

"그렇다면 어찌된 영문인지 모르겠군요. 좀전에 들어온 사람은 아무도 없었는데."

카발리에 복장의 웨이터는 여전히 의아하다는 표정이다. 나는 미심쩍은 얼굴로 밀실 여기저기를 기웃거린다. 뭐가 어떻게 돌아가는 건지 이해할 수 없다. 유리가 들어오는 걸 확인하고 뒤쫓아 왔는데 아니라니. 내가 고개를 갸우뚱거리자 웨이터가 8인용 소파를 가리킨다.

"불편하겠지만 여기서 기다리고 계십시오. 제가 집주님을 모셔오겠습니다."

"꼭 그렇게 해야 됩니까?"

"어쩔 수 없습니다. 다른 일은 권한 밖이라서요."

"이거 참."

"잠시 쉬고 계십시오. 금방 다녀오겠습니다."

중세기사 복장의 웨이터가 허리를 90도로 굽힌다. 나는 얼떨결에 고개를 숙여 답례를 한다. 웨이터가 돌아서서 점잖은 걸음으로 밀실을 나간다. 나는 눈을 비비고 또다시 주위를 둘러본다. 아무리 살펴봐도 밀실은 나이트클럽보다는 성전이나 신전 형태다. 50평은 족히 넘는 밀실 벽면은 신전 그림들로 꽉 채워져 있다. 파르테논신전과 니케신전, 에렉티온신전, 에레크테우스신전, 데메테르신전 등등으로. 묘한 건 수많은 기둥 앞에 층층이 진열되어 있는 특이한 기물들이다.

즉 13개의 날개 달린 물건, 12개의 신비롭고 성스러운 물건, 11개의 머리가 없는 조형물, 9개의 기이하면서도 특이한 물건, 8개의 각종 동물 형상의 가면, 7개의 주인을 알 수 없는 흉상, 6권의 낡을 대로 낡은 책, 5개의 잘 익은 과일이 담긴 접시, 4개의 용도를 알 수 없는 돌. 3개의 꽃이 활짝 핀 분재나무, 2개의 커다란 출입문과 1개의 작은 성막문이 있다. 또한 수많은 기둥머리에는 각종 괴물형상이 섬세하게 조각되어 있다. 나는 웅장한 신전 그림과 초대형 테이블과 처음 접하는 집기들과 온갖 물건들을 보다가 소파에 앉는다. 소파에 엉덩이를 붙이자 기다렸다는 듯이 잠이 쏟아진다.

15

내가 지금 있는 대로 있고 있었던 대로 있었고 앞으로 있을 대로 있을 것이라고 가정해 보자. 이때 나의 시각과 촉각, 여타의 지각일반이 아무 결함도 없다고 가정해 보자. 또 나의 통각과정, 나의 개념적 사상, 나의 표상과 사고체험, 나의 체험일반에 하등의 결함도 없어서, 그들 모두를 그들의 구체적인 충족 속에, 그들의 특정한 배열과 결합 속에서 받아들여졌다고 가정하자. 그러면 이때 무엇이 이런 것들 이외에 아무것도, 전적으로 아무것도 존재하지 않는다는 생각을 방애妨礙[18]할까? – 후설의 「현상학의 이념」 중에서

"모제씨 여기예요."
유리가 꽃이 만발한 풀밭 한가운데서 손을 흔든다. 나는 두 손을 번쩍 들어 반가운 마음을 표시한다. 유리가 따라오라는 것처럼 꽃밭 사이를 이리저리 빠져나간다. 나는 유리를 쫓아가기 위해 필사적으로 팔과 다리를 움직인다. 이상하게 몸을 움직이려고 할수록 물 먹은 솜처럼 늘어진다. 내가 어쩔 줄 몰라 하자 유리가 생글생글 웃는다.
"몸이 마음대로 안 되죠?"
"잘 안 돼. 왜 이러는 거지?"
"꿈속이라서 그런 거예요."

---

18) 방애妨礙 : 막거나 헤살(장애)을 놓아 순조로이 진행되지 못하게 함.

"내가 지금 꿈을 꾸고 있다는 말이야."
"그런 셈이죠."
"믿을 수 없군."
나는 눈을 껌뻑거리며 꽃나무가 울창한 숲을 둘러본다. 눈에 보이는 모든 것들이 아름답기 그지없다. 마치 천국에라도 들어온 것처럼 눈부시고 황홀하다. 나는 멍한 표정을 지으며 고개를 젓는다. 내 모습을 지켜보던 유리가 꽃나무 사이를 걸어온다. 그제야 나는 유리가 발가벗고 있다는 걸 깨닫는다. 나는 허겁지겁 눈을 가리고 뒤로 돌아선다. 유리가 가까이 다가와서 옆구리를 꾹 찌른다.
"벗은 건 모제씨도 마찬가지예요."
"나도?"
"보세요. 모제씨도 알몸이잖아요."
나는 깜짝 놀라 재빨리 아래와 위를 살펴본다. 유리의 말대로 팬티는 물론이고 셔츠 하나 걸치지 않은 상태다. 나는 허둥지둥 하복부를 가리고 월계수 나무 뒤로 숨는다. 유리가 재미있다는 듯이 깔깔거린다. 나는 월계수 잎을 따서 중요 부분을 가린다.
"이게 어떻게 된 거지?"
"여기선 옷 같은 게 필요 없어요."
"그래도 그렇지. 어떻게?"
"꿈속에서 부끄러워하는 거 봤어요?"
"그건 그렇지만."
"이곳에선 하나에서 열까지 자연 그대로예요. 생명체가 처음 시작될 때처럼 원시적이라는 거죠. 아담과 이브가 사랑을 나누던 에덴동산처럼요. 그뿐이 아니에요. 여기서는 누구든 사랑하고 베풀고 헌신하고 양보하면서 살아야 돼요. 그게 이곳에서 살아가는 원칙이에요."
"알 수 없는 것투성이군."
나는 멋쩍은 표정으로 뒷머리를 긁적거린다. 유리가 아무것도 걸치지 않은 알몸을 가리킨다.
"내가 왜 발가벗고 있는지 알아요? 다 그런 이유 때문이에요. 내 편이나 행복, 즐거움, 기쁨을 위해서 행동하지 않으니까요. 옷을 화려하게 입거나 요란하게 치장할 필요도 없어요. 아무도 내 모습에 신경을 쓰지 않거든요. 그게 바로 이곳에서 살아가는 규칙이에요. 내가 여기서 무슨 일을 하는지 궁금하죠?"

"음 궁금해."

"나는 길을 안내하고 있어요."

"어디로 가는 길을?"

"델로피아로 가는 길이요. 일종에 유토피아라고 할 수 있죠. 유토피아가 인간들의 이상세계라면, 델로피아는 신과 인간이 한데 어울려 평화롭게 살아가는 새로운 세계예요. 우리가 기다리고 기다리던 꿈의 나라죠."

"그런 곳이 다 있어?"

"분명히 있어요. 인간들이 가는 길을 몰라서 찾지 못하지만 말이에요. 아무튼 델로피아엔 영원히 겨울이 오지 않아요. 항상 새들이 지저귀고 꽃이 피고 과일이 열리고 평화와 사랑이 흘러넘치죠. 타인을 해치지 않고, 시기도, 질투도, 경쟁도 없는 곳이에요. 그래서 내가 안내해 줘야 돼요. 잘못하면 반대쪽으로 갈 수 있거든요. 영원히 추운 겨울이 반복되고, 사물이 꽁꽁 얼어붙은 곳으로. 싸우고 헐뜯고 욕심을 채우기 위해 남을 희생시키는 곳. 자신을 위해 타인을 모함하고 배신하고 죽이는 흰브르의 땅으로요. 그런 곳으로 갈 수 있기 때문에 길을 안내하는 거예요. 모든 사람이 안전하게 사는 행복의 땅인 델로피아로 가도록."

"그럼 나는?"

"모제씬 걱정 마세요. 알아서 잘 찾아갈 테니까요."

"뭐가 뭔지 하나도 모르겠다."

나는 눈을 껌뻑거리며 멍청한 표정을 짓는다. 유리가 생끗 웃고 뒤로 돌아선다.

"난 이제 가볼게요."

"조금만 더 있다 가면 안 될까?"

"이것도 시간을 많이 낸 거예요."

"이렇게 짧은 시간이?"

"다음에 또 올 테니까 마음이 움직이는 대로 하세요. 그러면 잘될 거예요. 앞이 보이지 않는다고 망설일 필요도 없어요. 무조건 앞으로 나가세요. 잘될 거라는 신념을 가지고."

"이걸 어떻게 이해해야 되는 거지?"

"그것도 폐쇄된 생각이에요. 마음의 문을 활짝 여세요."

"나 참."

"그럼 건투를 빌어요. 안녕."

유리가 말을 마치고 꽃이 만발한 숲속으로 들어간다. 나는 뒤뚱거리는 걸음으로 유리를 따라간다. 유리의 모습은 우거진 꽃과 나무에 가려 보이지 않는다. 나는 유리의 이름을 부르며 숲속을 돌아다닌다. 숲은 안으로 들어갈수록 빽빽해지고 길도 보이지 않는다. 어디선가 청아하고 맑은 새의 울음소리가 들려온다. 나는 새소리를 쫓아 무거운 발걸음을 옮긴다. 순간 깊고 깊은 구멍 속으로 떨어진다는 사실을 깨닫는다. 끝이 보이지 않는 검은 구멍 속으로.

"선생님, 선생님, 일어나십시오."

나는 손을 들고 허우적거리다 눈을 번쩍 뜬다. 중세 카발리에 복장의 웨이터가 보고 있다. 나는 바로매라는 명찰을 단 웨이터를 멍하니 쳐다본다. 엉덩이까지 내려온 두블레와 브리치즈를 착용하고, 러프 대신 플랫칼라를 장식한 것도 우습다. 머리는 한쪽으로 길게 기른 러브록이고, 어깨에 수대를 차고, 부츠와 부츠 호즈까지 착용해서 더욱 광대 같다.

나는 소파에서 일어나 조심스럽게 주위를 둘러본다. 잠들기 전과 달라진 건 하나도 없다. 날개 달린 물건, 신비스런 성물, 온갖 동물 가면, 일부가 훼손된 흉상, 잘 익은 과일, 빛바랜 책, 꽃이 핀 분재나무는 그대로다. 또한 기둥에 부조되어 있는 히드라, 유니콘, 세이렌, 키마이라, 게리온, 스킬라, 카리브디스, 라돈, 미노타우로스, 라이스트리곤 인, 오르토스, 네소스, 스테노, 에우리알레, 메두사, 케르베로스, 드래곤, 라미아, 스핑크스도 마찬가지다. 내 모습을 지켜보던 웨이터가 부드러운 어조로 입을 연다.

"무척 피곤하셨나 봅니다. 잠꼬대까지 하는 걸 보니."

"내가 잠꼬대를 했습니까?"

"어떤 여자분을 애타게 부르던데요."

"유리 말입니까?"

"맞습니다. 유리."

"그랬군요."

나는 헛기침을 큼큼 하고 입가에 흐른 침을 닦는다. 웨이터가 머리를 긁적이더니 정중히 양해를 구한다.

"어떡하죠. 집주님께서는 지금 바쁘신데."

"그럼 내가 그쪽으로 가야 됩니까?"

"그렇게 하는 게 좋을 것 같습니다."

"그렇다면 그렇게 하죠, 뭐."

"귀하신 손님인데 죄송합니다."

웨이터는 번거롭게 했다는 듯이 또다시 허리를 굽힌다. 나는 재킷 단추를 채우고 웨이터에게 묻는다.

"의문점이 하나 있는데, 질문을 해도 되겠습니까?"

"질문이요? 우리 클럽에 관해섭니까?"

"아니요. 댁 옷차림에 대해섭니다."

"내 옷차림이 어때서요?"

"무슨 이유로 중세기사 복장을 하고 있는지 궁금했습니다."

"아, 이 옷 말이군요. 선생님도 알다시피 이곳은 고급 나이트클럽이고, 남녀 종업원들이 개성 있게 복장을 갖춰 입거든요. 어떤 사람은 비잔틴 시대 복장을 하고, 어떤 사람은 로코코 시대 복장을 하고, 어떤 사람은 르네상스 시대 복장을 하죠. 나도 그런 복장을 한 종업원 중 하나라고 보면 됩니다."

"그 외에 다른 이유는 없습니까?"

"뭐. 굳이 다른 이유를 들자면, 중세시대가 안타까워서 이런 복장을 했다고 할까요. 중세시대의 기사도 정신이 그리워서 기사 복장을 입었다고 할까요. 아무튼 저는 중세시대 만큼 순수한 적도 없다고 생각하는 사람입니다. 너무 일찍 종말을 고한, 순수하기 이를 데 없는 중세시대도 아쉽고요."

"아, 네 그랬군요."

"좀 이해가 됐습니까?"

"네 이젠 조금 알겠습니다."

비긋이 미소를 머금고 있던 웨이터가 문을 열고 나간다. 나는 다시 한번 옷매무새를 추스르고 웨이터를 따라나선다. 웨이터가 내 쪽을 돌아보며 넌지시 주의를 준다. '잘 따라오십시오. 가는 길이 복잡하고 험하거든요.' 나는 무의식중에 고개를 끄덕인다. 웨이터가 붉은 양탄자가 깔린 복도를 성큼성큼 걸어간다. 나는 재빨리 웨이터의 뒤를 따라 걸음을 재촉한다.

말없이 걷던 웨이터가 웅장한 철문 앞에 멈춰 선다. 나는 불안한 마음으로 거대한 철문을 올려다본다. 철문에는 삼지창을 든 포세이돈 입상이 양각되어 있다. 또한 철문 가장자리를 따라 온갖 신들의 나상이 부조되어 있다. 데메테르를 비롯해서 하데스, 페르세포네, 플루토스, 헤파이스토스, 케레스, 폰토스, 에일레이티아, 글라우코스, 아르테미스, 아테나, 디오니소스 등등이. 나는 벌렁거리는 가슴을 진정시키며 주위를 두리번거린다. 웨이터가 무겁고 진중한 어조로 말을 꺼낸다.
"여기가 지하 이층으로 내려가는 입굽니다."
"지하 이층? 이 철문이?"
"그렇습니다. 철문에 삼지창을 든 포세이돈을 양각한 건, 아무나 들어가지 못하게 하는 경계의 뜻이 담겨 있습니다. 즉 이곳은 정식으로 초대받지 못했거나, 클럽 멤버가 아니거나, VIP카드가 없는 사람은 입장을 못하거든요. 그래서 입구에 포세이돈 입상을 새겨 놓은 거예요. 벌거벗은 신들을 부조해 놓은 것도 비슷한 뜻이고요. 선생님도 알겠지만 포세이돈은 지하세계를 지키는 상징적인 의미도 있습니다."
"하긴 바다의 신이니까요."
나는 포세이돈 입상을 보며 중얼거린다. 웨이터가 굳게 닫힌 철문을 가리킨다.
"그 안으로 들어가면 집주님이 기다리고 계실 겁니다."
"이 철문 안에서요?"
"아참 깜빡 잊고 그걸 설명드리지 않았군요. 여기선 지배인을 집주라고 부르고 저 같은 웨이터를 하비라고 호칭합니다. 여종업원들은 미소리라고 부르고요."
"집주, 하비, 미소리?"
"그렇습니다."

"알 수 없는 것투성이군."

"그러니 지하클럽이지요. 자 어서 안으로 들어가 보십시오."

웨이터가 포세이돈이 부조된 철문을 정중히 가리킨다. 나는 거대한 철문을 보며 생각을 가다듬는다. 하지만 정신을 차리려고 할수록 혼란만 가중될 뿐이다. 내 모습을 지켜보던 웨이터가 허리를 굽실하고 돌아선다. 나는 복도 저쪽으로 멀어지는 웨이터를 보며 고개를 흔든다. 아무리 생각해도 모든 게 괴이하고 비현실적이다. 눈앞에 버티고 선 비잔틴식 철문도 그렇고, 도리스식 기둥도 마찬가지다. 중세기사 차림의 웨이터와 그리스 신전을 연상시키는 시설들. 크고 웅장한 철문과 벌거벗은 채 뒤엉켜 있는 온갖 신들. 나는 심호흡을 하고 포세이돈 입상 앞으로 다가선다. 순간 육중한 철문이 먼지를 날리며 드르륵 열린다.

16

이 세상에는 세 가지 부류의 사람들이 있다. 하나는 신을 발견해 적극적으로 섬기는 사람들과, 다른 하나는 신을 발견하지 못한 상태에서 구종苟從[19]하며 형식적으로 추구하는 사람들, 나머지 하나는 신을 발견하지 못했을 뿐만 아니라 아예 추구하려 들지도 않는 사람들이다. – 파스칼의 「팡세」 중에서

"우리 클럽에 오신 걸 환영합니다."

철문 안으로 들어서자 백발노인이 손을 내민다. 나는 얼결에 노인의 깡마른 손을 잡는다. 노인이 반갑다는 듯 잡은 손을 아래위로 흔든다. 나는 잡은 손을 놓고 한 발짝 물러선다. 노인의 손은 거칠 뿐 아니라 죽은 사람처럼 싸늘했기 때문이다. 그런데다가 노인의 모습은 이상하다 못해 기괴하기까지 하다. 즉 노인은 화려한 원단에 금은자수를 놓은 쥐스토코르를 입고, 어깨에는 자줏빛 비단 망토를 걸치고 있다. 문제는 화려해 보이는

---

19) 구종苟從 : 분별없이 맹목적으로 좇아 따름.

옷이 금방 찢어질 것처럼 낡았다는 사실이다. 나는 놀란 눈으로 중세귀족 차림의 노인을 쳐다본다. 노인이 양치기 지팡이를 고쳐 쥐며 자신을 소개한다.

"나는 이 지하클럽 총책임잡니다. 바깥사람들이 흔히 말하는 지배인이라는 얘기지요."

"아 영감님께서 지배인이십니까?"

"내가 지배인입니다. 여기서는 집주라고 부릅니다만."

"집주?"

"웨이터가 알려 주지 않던가요?"

"얘기는 들었습니다."

"아마 그럴 겁니다. 그래야 이곳까지 들어올 수 있으니까요. 선생도 알다시피 여기는 모든 게 바깥세상하고 다릅니다. 밖하고 안하고 차별화를 시도한다고 할까요. 본래부터 차별화 돼 있다고 할까요. 우리 지하클럽에선 지배인을 집주라 부르고, 웨이터를 하비, 여종업원을 미소리라고 호칭합니다. 그런 점 때문에 손님들이 혼란스러워 하지요. 어떤 손님은 이런 상황을 재미있어 해서 일률적으로 어떻다고 할 순 없습니다. 하지만 이곳은 바깥세상하고 모든 게 다르다는 걸 염두에 두면 됩니다. 그렇게 생각하는 게 이곳에 적응하기도 좋고요."

노인은 장황하게 설명하고 지팡이로 앞쪽을 가리킨다.

"어차피 우리 지하클럽을 방문했으니 내 방으로 가십시다."

"영감님 방으로요?"

"선생은 내 손님이고, 나는 이곳 책임자니까 예의는 갖춰야 하지 않겠습니까? 그런 다음 방문한 목적도 달성하고, 시간이 된다면 이곳 구경도 할 수 있는 거고요."

"아 네에…"

집주라는 노인은 외모는 물론이고 말이나 행동조차 심상치 않다. 이국적인 이미지와 어눌해 보이는 말투. 사람을 압도하는 큰 키와 허리까지 내려오는 흰 수염. 얼굴에 촘촘히 박힌 주름살과 창백한 표정은 공포심마저 일게 하다. 게다가 정중히 갖춰 입은 쥐스토코르는 노인을 근엄하게 만들고 있다. 즉 옷 옆선과 뒤에 주름을 넣어서 장중한 느낌이 들게 연출했다. 노한 허리선 아래쪽에 철심을 빙 둘러서 한껏 부풀려 보이게 만들었다. 옷이 허리까지는 꼭 맞고, 폭이 넓어지면서 무릎까지 내려가는 스타일이다. 그뿐이 아니다. 초승달처럼 휘어진 행잉 소매에는 화려한 커프스까지 달려 있다. 옷이 낡은 것을 제외하면 모든 것이 완벽한 중세시대 복장이다. 내가 경계의 표정을 짓자 백발노인이 껄껄 웃는다.

"왜 내 모습이 이상합니까?"

"아니요. 그렇지 않습니다."

나는 속을 들여다보인 사람처럼 머리를 긁적거린다. 노인이 앞장을 서며 부드러운 말로 안심시킨다.

"걱정 말고 따라오십시오. 이런 옷을 입었다고 다 이상한 사람은 아니니까요. 보세요, 중세시대 귀족들이 입던 옷이라 꽤 점잖아 보이지 않습니까? 요즘 옷보다는 좀 화려하고 장중해 보이지만 말이에요. 옷이 낡은 건 너무 오랫동안 한 가지만 입어서 그런 겁니다. 마땅히 입을 다른 옷이 없거나, 어울리는 옷이 없다고 할까요. 중세시대 이후 서구문명이 퇴락을 거듭하고 있어서 그렇다고 할까요. 인간의 순수성이 중세시대보다 더욱 나빠지고 잔혹해져서 그렇다고 할까요. 아무튼 이곳에선 아무도 선생을 해치거나 위험에 빠트리지 않습니다. 아니 해치는 게 아니라 정중하면서도 예의 바르게 접대할 겁니다. 당연히 처음 들어왔으니 겁도 나고 두려움도 느낄 테지요. 하지만 이곳은 그렇게 무서운 장소가 아니에요."

노인이 말을 마치고 붉은 카펫이 깔린 복도를 걸어간다. 나는 노인을 따라가며 무언가 이상하다는 생각을 떨치지 못한다. 귀신이라도 나올 것 같은 어둑한 복도와 수많은 그리스 로마 신들 그림. 음산하고 으스스한 느낌이 드는 길고 복잡한 복도. 늘어진 거미줄과 어디선가 들려오는 물 떨어지는 소리. 낡은 쥐스토코르에 너풀거리는 망토를 걸친 노인도 이상하다. 마치 내가 타임머신을 타고 중세시대로 돌아간 느낌이다. 이곳은 술을 파는 나이트클럽인가, 아니면 인간세계와는 또 다른 지하세상이란 말인가. 나는 머리를 절레절레 흔들면서 집주라는 노인을 따라간다.

"이제 다 왔습니다."

한참을 걸어가던 집주가 커다란 철문 앞에 멈춰 선다. 나는 불안한 마음을 가다듬으며 웅장한 철문을 올려다본다. 집주가 양치기 지팡이를 들어 철문을 탕탕 후려친다. 몇 초 후 거대한 철문이 먼지를 날리며 드르륵 열린다. 집주가 열린 문 안으로 들어서며 점잖게 말을 꺼낸다.

"여기는 본래 제우스가 쓰던 방인데, 지금은 내가 사용하고 있습니다. 제우스를 비롯한 모든 신들이 도망쳐 버렸거든요. 아 도망치기보다 포기하고 갔다는 표현이 적당하겠군요. 건물이 금방이라도 무너질 것처럼 부실하고 낡은 상태니까요. 그래서 지금은 내가 맡아 임시 지휘본부로 사용하는 중입니다. 나라도 남아서 이 지하클럽을 지켜야 하거든요."

"여기가 임시 지휘본부라고요?"

"그렇습니다."

나는 믿을 수 없다는 표정으로 집주를 쳐다본다. 내 반응을 살피던 집주가 지팡이를 들어 건너편을 가리킨다. 나는 뒤로 물러서서 출입문 맞은편을 응시한다. 집주가 벽에 걸린 그림을 보며 비긋이 웃는다.

"그 그림이 유명한 제우스의 맹약입니다."

"제우스의 맹약?"

"쉽게 말해 제우스가 바람을 피우지 않겠다고 헤라한테 약속하는 장면이지요. 신들의 제왕으로서 품위를 지키고, 앞으론 절대로 한눈을 팔지 않겠다고 맹약하는 겁니다. 정부로 삼은 여자가 수십 명은 되거든요. 아니 강제로 범하거나, 동물로 변신해서 꼬인 여자가 더 많을 것 같군요."

나는 집주가 말한 그림을 힐끗 쳐다본다. 높은 벽을 꽉 채운 그림은 제우스와 헤라의 벌거벗은 모습이다. 헤라는 출렁이는 젖가슴을 드러내 놓고 제우스를 질책하고 있다. 반면 제우스는 중요 부분만 작은 천으로 가린 초췌한 모습이다. 집주가 헛기침을 큼큼 해 목청을 가다듬는다.

"그 그림이 말하는 것처럼 제우스는 호색한 신들의 제왕이었어요. 첫 번째 아내 메티스를 비롯해서 페르세포네, 에우리노메, 데메테르, 마이아, 테미스, 레토, 이오, 디오네, 칼리오페, 아프로디테까지 거느렸으니까요. 물론 신들의 여왕 헤라를 만나고 나서도 그 버릇은 고쳐지지 않았습니다. 그래서 다시 에우로페, 세멜레, 스틱스, 니오베, 안티오페, 알크메네, 올림피아스, 므네모시네까지 범하고 다녔어요. 더 가관인 건 제우스가 젊은 남자를 사랑했다는 사실입니다. 요즘 말하는 게이 같은 거라고 할 수 있겠지요. 아무튼 제우스는 모든 여자를 집적거리다가 아르테미스 시종 칼리스토한테 푹 빠지게 됩니다. 칼리스토는 처녀로 남겠다고 애원했지만, 제우스의 집요한 유혹에 넘어간 거지요. 그 일로 제우스는 톡톡히 망신을 당하게 됩니다. 그 그림이 바로 그걸 얘기하고 있는 거예요. 신이든 인간이든 자기 본분을 잊고 날뛰다가는 이렇게 된다고 말입니다. 어때요? 그럴듯해 보이지 않습니까?"

"도대체 여기는 뭐하는 곳입니까?"

나는 주위를 둘러보다가 느닷없이 질문을 던진다. 집주가 멈칫 하더니 침착하게 대꾸한다.

"이곳이 무얼 하는 곳이고, 어떤 장소인지 한마디로 설명할 수는 없습니다. 다만 이곳은 아무나 들어올 수 없고, 함부로 돌아다닐 수 없고, 마음대로 나갈 수 없는 장소라는 말밖에는. 아 또 한 가지, 이곳은 상식이 통하지 않는 곳이라는 것 외에 알려 줄 수가 없습니다."

"……?"

"대부분의 손님들이 여기까지 와서 그런 질문을 던집니다. 여기가 무엇을 하는 곳이고 어떤 장소냐고요. 어떤 사람은 데린쿠유나 카타콤이 아니냐고 묻기도 합니다. 타르타로스[20]나 네크로폴리스[21]가 분명하다고 말하는 사람도 있고요. 악마가 만들다가 폐기처분한 지하세계라고 주장하는 사람도 있습니다. 변질되고 타락한 에덴동산이라고 떠드는 이들도 있지요. 나보고는 죽지 않고 살아 있는 예수 같다나, 수천 년간 캄캄한 무덤을 지키는 저승사자라나. 나로서는 달리 설명할 도리가 없습니다. 왜냐하면 이곳은 천천히 알아 가는 곳이기 때문입니다."

---

20) 타르타로스(Tartarus) : 타르타로스는 사악하고 위험한 존재들이 감금되어 벌을 받는 지옥내지 감옥이다. 대지의 위쪽에는 신과 인간들이 살고, 690m 아래쪽에는 제우스에게 벌을 받은 티탄 신족과 여러 괴물들, 죄 많은 인간들의 영혼이 갇혀 있다. 6m 높이의 청동 문이 달려 있고, 33m 높이의 성벽으로 둘러싸인 그곳은 폭풍이 쉴 새 없이 불어대고, 곰팡내 나는 안개와 어둠이 자욱한 장소이다.

21) 네크로폴리스(Necropoli) : 그리스어로 사자(死者)의 도시라는 뜻으로, 이집트 알렉산드리아 교외에 있는 묘지를 가리킨다. 왕가의 골짜기 무덤은 기제에 피라미드가 건설된 지 약 1000년 뒤인 BC 1600년 테베에서 일어난 신왕국시대의 제18왕조에서 20왕조까지의 무덤으로 추정된다. 투탕카멘 왕의 묘까지 62기가 확인됐는데, 그중 가장 오래된 것은 제18왕조 제3대 투트모세 1세의 묘이다.

"천천히 알아 가는 곳이요."

"그렇습니다. 그러니 구태여 알려고 들지 않는 게 좋습니다. 의문이나 의혹도 갖지 말고요."

"알 수 없군요."

"그럴 겁니다. 이런 곳이 처음이니까요. 아무튼 우리 지하클럽에는 방이 40개가 있습니다. 뭐라고 할까요? 룸이라고 할까요. 밀실이라고 할까요. 아 별실이라고 부르는 게 좋을 것 같군요. 특별한 이유와 목적을 가지고 만들어진 방들이니까요. 물론 40개의 방들은 모두 쓰이는 용도가 있고, 제각각 다른 의미를 지니고 있습니다. 부언하자면 모든 방들이 쓰임새에 따라 이름도 걸맞게 매겨져 있다는 얘깁니다. 예를 들면 선생 오른쪽 방은 헤라의 방이고, 그 건너편은 에로스라고 부릅니다. 에로스 방은 사랑의 방이라고도 합니다만."

"사랑의 방?"

"그렇습니다. 사랑의 방. 그 방에 들어가면 누구든 사랑에 빠지거든요."

집주가 에로스 룸이라고 쓰인 문을 지팡이로 툭 친다. 그와 함께 역하트형 철문이 먼지를 날리며 스르륵 열린다.

"자 보세요. 모든 게 사랑의 방답게 아름답지 않습니까?"

집주가 에로스 룸으로 들어서며 소리 내어 웃는다. 나는 보이지 않는 힘에 이끌려 에로스 룸을 들여다본다. 방 안은 핑크색 카펫과 실크벽지로 화려하게 꾸며져 있다. 또한 모든 집기와 가구들은 고급 대리석과 목재들로 장식된 상태다. 게다가 높은 벽면에는 적나라하게 묘사된 성애 그림까지 걸려 있다. 집주가 넓은 방을 한바탕 둘러보고 어깨를 으쓱한다.

"어떻습니까? 아름다운 광경이지요?"

"……."

"본래 프시케는 신의 나라 공주였는데, 예쁜 나머지 아프로디테한테 미움을 사게 됐어요. 아프로디테가 가지고 있는 아름다운 용모 때문에 비극에 빠졌다는 게 맞을 것 같군요. 생각해 보십시오. 신의 나라에서 제일 예쁜 여자가 누굽니까? 사랑과 미의 여신 아프로디테 아닙니까? 헌데 애지중지 키운 외동아들 에로스가 프시케만 따라다니니까 화가 뻗친 거지요. 아프로디테는 사랑을 빼앗아 간 프시케한테 잔인한 형벌을 내렸어요. 문세는 그 형벌이 오히려 프시케한테 전화위복이 됐다는 겁니다. 에로스가 프시케 가슴에 황금으로 만든 사랑의 화살을 쏘았으니까요. 그 덕분에 에로스하고 프시케는 영원히 사랑을 하게 된 겁니다. 그 그림이 그걸 이야기해 주는 거예요."

"네에."

"그리스 신화에서는 프시케를 나비라고도 하고, 순수한 영혼이라고도 하지 않습니까? 어떤 데서는 미의 여신이라고 부르지요. 프시케를 나비라고 호칭하는 건, 나비가 가지고 있는 아름답고 순수한 영혼 때문입니다. 캄캄한 흙 속에서 살다가 밝은 세상으로 나와 훨훨 날아다닌다고 그렇게 부르는 거지요. 실제로 나비는 세상 곳곳을 날아다니면서 감미로운 꽃물만 빨아먹고 살지 않습니까? 인간들도 나비처럼 마음껏 하늘을 날고 싶어 하지요. 하늘을 나는 게 자유나 희망, 행복 같은 것이니까요. 그래서 나비라는 상징성을 가진 프시케는, 행복을 누리는 인간이나 순결한 영혼으로 묘사되는 겁니다. 이 방도 그런 의미를 내포하고 있는 거예요. 이 방 미소리들도 프시케처럼 아름다운 영혼을 가지고 있지만 말입니다."

"클럽 여종업원들이요?"

"선생은 이걸 알아야 합니다. 이곳이 지하클럽이지만, 지치고 피곤한 영혼들을 구제하는 장소인 건 분명하거든요.. 그러니 이곳을 단순히 술이나 파는 클럽이라고 생각해선 안 됩니다."

집주가 큰소리로 말하고 안쪽을 향해 손뼉을 딱딱 친다. 동시에 높은 벽이 갈라지며 10여 명의 여자들이 나온다. 나는 멍하니 서 있다가 자세를 바로 하고 여자들을 살펴본다. 여자들은 모두 하늘나라에서 내려온 선녀처럼 아름답고 우아하다. 또한 모든 여자들이 휠 퍼팅게일 드레스를 입고, 백합처럼 생긴 화관을 쓰고 있다. 집주가 일렬로 늘어선 여자들을 보며 비긋이 웃는다.

"어때요. 하나같이 예쁘고 아름답지 않습니까? 하긴 이런 광경은 처음일 테니 당황스럽겠지요. 그건 그렇고 선생이 찾는 여자분이 이들 중에 있는지 살펴보십시오."

"제가 찾는 여자요?"

"선생이 이곳에 온 건, 그 여자분 때문이 아닙니까? 유리라는…"

"유리가 여기에 있을까요?"

"우리한테 초청을 받았다면 있겠지요."

"아 네에."

나는 고개를 끄덕이고 도열한 여자들 틈에서 유리를 찾는다. 아무리 눈을 비비고 봐도 유리하고 비슷하게 생긴 사람조차 없다. 나는 실망한 표정을 지으며 뒤로 한발 물러선다. 미소를 짓고 있던 집주가 밖으로 나가면서 안심시킨다.

"여기에 없다면 다음 방을 보시죠. 방은 아직 많으니까요."

"방이 또 있다고요?"

"당연하죠. 크고 화려한 방이 40개나 있는데요."

나는 뭐가 뭔지 알 수 없다는 얼굴로 집주를 본다. 집주는 내 태도 따위는 상관없다는 듯이 건너편 철문을 가리킨다. 나는 집주가 가리킨 반쪽짜리 태양문을 힐끗 쳐다본다. 집주가 철문 앞으로 걸어가 문고리를 잡아 흔든다. 순간 육중한 철문이 뿌연 먼지를 날리며 스륵 열린다.

"이 방은 아폴론이라고 합니다."

"아폴론이라면 예술을 관장하는 신이 아닙니까? 비극의 대명사도 되고요."

"맞습니다. 비극의 대명사지요. 이 방도 그런 의미를 강조하기 위해서 만든 겁니다. 한마디로 이 방은, 다프네를 사랑하면서도 어쩌지 못하는 아폴론을 위한 방이라고 할까요. 장난 때문에 비극에 빠진 신을 동정하는 의미에서 만든 방이라고 할까요. 아무튼 이루지 못한 사랑을 추모해 주는 방인 건 틀림없습니다. 짝사랑에 빠져 허우적거리는 사람들을 위한 방인 것도 마찬가지고요. 그래서 문도 반쪽 태양으로 만든 겁니다. 반쪽짜리 사랑을 하는 사람들만 오는 곳이니까요."

집주가 장황하게 말하고 철문을 지팡이로 탕탕 두드린다. 잠시 후 반쯤 열린 철문이 덜컹거리며 도로 닫힌다.

"이게 나하고 장난을 치자는 건가?"

집주가 입을 실룩이더니 지팡이로 철문을 힘껏 내리친다. 그 바람에 닫힌 문이 다시 덜거덕거리며 열린다.

"주인이 장난을 치니까 문도 덩달아 장난을 치는구만."

집주가 제멋대로 움직이는 철문을 보다가 너털웃음을 터트린다. 나는 멀뚱한 표정으로 집주의 괴이한 행동을 지켜본다. 집주가 자책하듯 머리를 주먹으로 툭툭 친다.

"내가 참아야지. 아폴론이 잘못해서 그런 거지 문이 무슨 죄가 있습니까. 그렇지 않습니까, 선생?"

나는 무의식적으로 고개를 끄덕여 동조해 준다. 집주가 부드러운 미소를 머금은 채 입을 연다.

"잘 알겠지만 아폴론도 장난 때문에 망한 신이에요. 이 반쪽짜리 태양문처럼 말입니다."

"아폴론이 장난 때문에 망하다니요?"

"내 말은 아폴론이 에로스한테 장난만 치지 않았다면 그런 상황은 벌어지지 않았다는 겁니다. 사랑의 신, 바로 그 악동, 악동이 들고 다니는 큐피드화살이 문제였지요. 큐피드화살만 아니면 아폴론이 비극에 빠지지 않았을 테니까요. 아폴론한테도 문제가 없었던 건 아닙니다. 에로스가 아무리 어린애 같아도 신은 분명한 신이었으니까요. 그런데 어린 꼬마라고 놀렸으니 당연히 반발을 한 거지요. 놀림을 받은 에로스는 파르나소스 산에 올라가서 큐피드화살을 쏘았어요. 다프네한테는 사랑을 거부하는 납화살을 쏘고, 아폴론한테는 사랑을 갈구하는 황금화살을 쏘았지요. 그러니 어떻게 되겠습니까? 큐피드화살을 맞는 순간 두 사람은 영원히 비극 속으로 빠져든 겁니다."

"네에…"

"그래서 이 방을 찾는 손님들은 사랑을 이루지 못했거나, 일방적인 사랑을 하는 사람들이 대부분입니다. 아주 특별한 의미를 가진 방이지요."

집주가 엷은 웃음을 날리면서 방 안으로 들어선다. 나는 그를 따라 아폴론의 방이라는 곳으로 들어간다. 집주가 방 안에 들어서서 커튼을 향해 손뼉을 딱딱 친다. 잠시 후 커튼이 갈라지고 젊은 여자들이 나타난다. 나는 놀란 눈으로 20여 명의 여자들을 둘러본다. 여자들 모습은 청순하고 아름답지만 하나같이 그늘진 표정이다. 그녀들 뒤쪽 벽에 쫓고 쫓기는 아폴론과 다프네의 그림이 있어 더욱 침울하다. 집주가 죽 늘어선 여자들을 지팡이로 가리킨다.

"이곳에도 그 여자분이 없습니까?"

"없는 것 같습니다."

"실망하기는 이릅니다. 방은 아직 많으니까요."

집주는 구경은 이제부터라는 듯 큰기침을 하고 방을 나선다. 나는 얼이 나간 표정으로 집주의 뒤를 따라간다. 한참을 말없이 걷던 집주가 슬그머니 돌아선다.

"이번에는 이 방을 한번 구경해 보십시다."

집주가 양치기 지팡이로 장미꽃 철문을 가리킨다. 그 순간 화려하게 만들어진 철문이 큰소리를 내며 열린다. 나는 머리를 길게 빼고 방 안을 들여다본다.

"이곳은 아프로디테 방이라고 합니다."

"아프로디테 방이요?"

"그렇습니다. 아프로디테."

"그 미의 여신이라는?"

"그렇습니다. 아프로디테는 미의 여신이지만 성애의 여신도 됩니다. 그래서 우리는 이곳을 사랑과 애욕의 방이라고 부릅니다."

집주의 말대로 벽에는 요염한 모습의 아프로디테가 그려져 있다. 금방 섹스를 끝내고 나온 것처럼 선정적인 자태로. 특이한 것은 그림 아래 도열한 미소리들이 모두 섹시하고 도발적이라는 사실이다. 집주가 미소리들을 가리키며 재차 확인한다.

"여기에도 없습니까?"

"없습니다."

"안으로 들어가서 자세히 보시지요. 좀 쉬기도 할 겸."

나는 집주의 말대로 아프로디테의 그림이 있는 방 안으로 들어선다. 방은 30평 정도인데 지나치리만치 호화스럽다. 그런데다 생생하게 그려진 아프로디테의 나신은 눈이 부시도록 아름답다. 집주가 방 안을 쓰윽 둘러보고 나서 말을 꺼낸다.

"처음부터 아프로디테가 애욕에 불타는 요부는 아니었습니다. 아프로디테도 다른 여인들처럼 순수하고 소박한 여자였거든요. 그런데 욕심쟁이 남자 신들 때문에 요부로 변한 겁니다. 아프로디테 미모에 반한 남자 신들이 사랑의 쟁탈전을 벌였으니까요."

"그랬습니까?"

"그럼요. 결국 아프로디테는 모든 남자 신들의 정신을 빼놓을 수밖에 없었습니다. 아프로디테도 어쩔 수 없이 말이에요. 헌데 더 가관인 건 바보 같은 남자 신들입니다. 그 멍청한 제피로스, 네레우스, 헬리오스, 포세이돈, 앙키세스, 아도니스가 계속 사랑의 이전투구를 했으니까요. 그 꼴을 보다 못한 제우스가 아프로디테를 헤파이스토스한테 줘 버린 겁니다."

"헤파이스토스라면 이 세상에서 제일 못생긴 남자 아닙니까?"

"맞습니다. 이 세상에서 제일 못생긴 남자지요. 제우스는 말이에요, 남자 신들이 여자 하나 때문에 싸우는 꼴도 보기 싫었지만, 자신이 맡은 일까지 내팽개쳤다는 데 더 화가 났던 겁니다. 생각해 보세요. 신들이 뭘 하는 존잽니까? 인간을 통제하고 이끌고 교화시키는 지도자적 존재 아닙니까. 그런데 자기 본분을 망각하고 여자 쟁탈전이나 벌였으니. 그래서 세상에서 제일 아름다운 아프로디테를 세상에서 제일 추한 헤파이스토스한테 줘 버린 거지요."

"비극이군요."

"비극이죠. 비극이고말고요. 물론 헤파이스토스가 나쁜 사람이라고 폄하하는 건 아닙니다. 오히려 헤파이스토스는 가장 순수하고 성실한 사람이라고 볼 수 있습니다. 제우스가 시키는 일이라면 물불을 가리지 않고 했거든요. 그때도 인간을 징계할 때 쓰는 벼락화살을 만들고 있었을 겁니다. 제우스가 지시한 대로 완벽한 화살을 만들고 있었지요. 한번 꽂히면 모든 것을 부숴 버리고 불태우는 번개화살을 말입니다. 아무튼 아프로디테는 대장장이면서 추남인 헤파이스토스로는 만족할 수 없었던 겁니다. 그래서 아레스나 헤르메스 같이 잘생긴 남자만 보면 연정을 품고 유혹하게 되지요. 케스토스 히마스라는 허리띠를 차고 다니면서 말이에요."

"그렇게 된 거로군요."

"이 방 손님들은 아프로디테 같이 화려한 여자를 동경합니다. 무언가 유혹에 빠져보고 싶거나, 타락하고 싶은 생각이 든다는 얘기지요. 그런 이유로 미소리들도 모두 아프로디테하고 비슷한 미인만 있습니다. 보세요. 이이들은 다른 방 미소리들 하고 다르게 눈부시게 아름답지 않습니까? 조금은 요부 같은 느낌도 들지만 말입니다."
 집주가 방 가장자리에 늘어선 여자들을 지팡이로 가리킨다. 나는 고개를 끄덕여 집주의 말에 대꾸한다.
 "이 방은 사실 유토피아 지하클럽의 자존심이기도 합니다. 아프로디테가 하급 여신들을 데리고 다니면서 시중을 받던 것처럼 말이에요. 그 누굽니까? 헤베를 비롯해서 히메로스, 카리테스, 하르모니아, 포토스, 호라이, 아우케, 아나톨레, 모우시케, 김나스티케, 엔튀미온, 티토노스까지 데리고 다니지 않은 신이 없거든요. 그 정도로 아프로디테는 아름다움의 대명사지만, 과시와 허영 덩어리이기도 했습니다. 아무튼 이 방에 들어왔다가 사랑에 빠지지 않은 사람은 없어요. 비극적 사랑에 빠지지 않은 사람도 없고요. 선생도 이 방에 몇 시간만 머무르면 똑같은 경험을 하게 될 겁니다."
 집주는 자신의 말이 사실이라는 것처럼 목에 힘을 준다. 나는 다시 한번 고개를 끄덕여 집주의 말을 긍정해 준다. 그때 어디선가 휴대폰 컬러링이 요란하게 울린다. 그와 동시에 방 안에 있던 모든 사람들이 주머니를 뒤적인다.
 "이크, 이거 죄송합니다. 손님이 계신데 시도 때도 없이 울려 대는구만."
 집주가 품 안에서 휴대폰을 꺼내 통화를 한다.
 "아 네 집줍니다. 지하 13층이 물에 잠겼다고요? 알았습니다. 금방 내려가지요."
 집주가 휴대폰을 끄고 내 얼굴을 빤히 쳐다본다.
 "이거 미안해서 어쩌지요. 지하부에서 문제가 생긴 것 같은데."
 "지하부에서 문제가 생기다니요?"
 "아까도 말했지만, 이곳에는 40개의 방 외에 특별한 시설들이 있습니다. 지하부를 총체적으로 관리하는 사무실을 비롯해서 기계실, 발전실, 실험실, 각종 연구실이 526개나 있거든요. 즉 미래과학실, 천체광학실, 유전자 분석실, 진원생명과학실, 양성자가속기실, 중앙컴퓨터실 같은 곳입니다. 헌데 얼마 전부터 그 방들이 하나둘씩 물에 잠기고 있어요."
 "이해할 수 없는 일이군요."
 "지금 당장 내려가 봐야겠습니다. 13층이 생각보다 급한 것 같으니."
 "어서 내려가 보십시오. 저는 괜찮으니까요."

"그럼 여기서 잠시만 기다리십시오. 지하 13층이 워낙 중요한 곳이라서."

말을 마친 집주가 황급히 방을 나가 복도 저쪽으로 멀어진다. 집주가 사라진 복도는 정적만 흐를 뿐 아무것도 보이지 않는다. 나는 그 자리에 서 있다가 소파에 털썩 주저앉는다. 소파 등받이에 몸을 기대자 피곤이 몰려오며 잠이 쏟아진다.

"피곤하시면 거기서 쉬도록 하세요."

내 모습을 지켜보던 미소리들이 합창하는 것처럼 말한다. 나는 그들의 목소리에 놀라 눈을 번쩍 뜬다. 미소리들은 한결같은 표정으로 요염한 미소를 짓는다. 나는 푸른 병 속에 들어 있는 액체를 벌컥벌컥 들이켠다. 액체를 마시자 잠이 더욱더 쏟아지기 시작한다. 나는 쏟아지는 잠을 쫓아내기 위해 눈을 끔뻑거린다. 눈을 끔뻑거리면 끔뻑거릴수록 잠은 더욱 몰려든다. 나는 잠 속으로 빠져드는 의식을 추스르기 위해 안간힘을 쓴다.

17

신이 없어서는 이 세상이 존재할 수 없으며, 종교가 없어서는 공중도덕이나 품위가 있을 수 없으며, 기독교가 없다면 유럽의 종교란 있을 수 없으며, 가톨릭 신앙을 뺀다면 유럽의 기독교는 존재하지 않으며, 교황이 제기(除棄)[22]된 유럽의 가톨릭은 있을 수 없다. - 슈미트의 「정치적 낭만」 중에서

"오래 기다리게 해서 미안합니다."

집주의 음산한 목소리가 꿈속을 헤매는 의식을 흔든다. 나는 꾸벅꾸벅 졸고 있다가 눈을 번쩍 뜬다. 다 떨어진 망토에 양치기 지팡이를 든 집주가 웃고 있다. 조금은 안쓰럽기도 하고 걱정스럽기도 하다는 표정으로. 나는 한 차례 기지개를 켜고 소파에서 일어선다. 내 모습을 지켜보던 집주가 혀를 끌끌 찬다.

---

22) 제기除棄 : 제쳐 놓음, 또는 빼어 버림.

"무척 피곤했나 보군요. 그새 잠든 걸 보니."
"아, 제가 깜빡 잠이 들었군요."
"좀 더 자게 내버려 둘 걸 그랬나 봅니다."
"아닙니다. 이젠 괜찮습니다."
"하긴 몇 시간을 곤히 잤으니."
"몇 시간을 잤다고요?"
"코까지 골았는데 생각이 안 납니까?"
"전혀."
"생각이 날 리 없지요. 여기가 본래 그런 곳이니까요. 사실 여기는 시간이 가는 것이나, 시간이 가지 않는 것 같은 개념이 통하지 않는 곳입니다. 다시 말해 이곳은 인간들이 접하는 가치관이나 사고, 상식 따위론 판단하기 어려운 장소라는 얘깁니다. 그러니 쉽게 생각하고 단순하게 받아들이는 게 좋습니다. 구태여 어렵게 생각하고 복잡하게 판단하지 말고요. 그건 그렇고 나머지 방들도 봐야죠. 거기에 선생이 찾는 여자분이 있을지 모르니까요."

집주가 어둠에 잠긴 복도로 나서며 씨익 웃는다. 나는 감기는 눈을 끔뻑거리며 집주를 따라간다. 잠시 앞만 보고 걷던 집주가 슬그머니 돌아선다.
"처음 이곳에 들어오면 모두 정신을 못 차리고 허둥대지요. 그 정도로 이곳은 외부 세계하고 딴판입니다. 꿈을 꾸는 것 같기도 하고, 저승에 내려간 것 같기도 하고, 미래 세상을 경험하는 것 같기도 하고, 까마득한 과거로 돌아간 것 같기도 하니까요. 그 정도로 지하세계는 모호하고 애매한 것투성이예요. 아, 내가 깜빡 잊고 말하지 못한 게 있는데 주의사항이라고 할까요. 원칙이라고 할까요. 그런 규칙이 있습니다."
"규칙?"
"그렇습니다. 유토피아 지하클럽을 운영하는 원칙이라고 할까요. 이곳을 경영하는 룰이라고 할까요. 누구든 지켜야 할 의무와 규율이 존재하는 건 분명합니다. 책임자인 나도 그 룰에 예속되니까요."
"그게 어떤 룰인데요?"
"그리 까다로운 건 아닙니다만, 조금 귀찮을지 모릅니다. 처음부터 끝까지 입을 다물고 있어야 하거든요. 즉 이곳에서는 보고 듣고 느끼는 선 사유지만, 질문이나 의문은 가져선 안 된다는 얘깁니다. 손님이건 주인이건 종업원이건 말이에요. 물론 그 룰을 위반하면 즉시 축출당하게 됩니다."
"축출까지요?"
"그렇습니다."
"……."
"부언하자면 이곳에 있는 종업원이나 기술자, 과학자, 연구원 같은 사람들이 어디서 왔는지, 무엇을 하는지, 어디로 갈 것인지 의문을 가져서는 안 된다는 얘깁니다. 그래서 아프로디테 방에 있던 미소리들이 일체 말을 하지 않은 겁니다."
"그런데 딱 한 가지 물어봐도 됩니까?"
"좋습니다. 딱 한 가지라면."
"이 건물 아래 지하세상이 존재하는 건 맞습니까?"
"그런 질문도 용납되는 건 아니지만, 딱 한 번이니까 대답해 드리지요. 지하세상은 엄연히 이 건물 아래 존재합니다. 그뿐이 아니에요. 우리가 오랜 시간 동안 건설한 지하부, 즉 지하세상에선 아무도 모르게 대형 프로젝트가 진행되고 있습니다. 바깥세상을 구하고 미래 세계를 설계하는 일들이 말이에요. 우리가 자랑하는 지하부는 유토피아 지하클럽 심장부이면서, 세상 모든 것을 주관하는 곳이라고 생각하면 됩니다. 당연히 지하세상을 통제하고 운영도 하고 있고요."
"세상 모든 것을 주관하는 곳?"
"그렇습니다. 모든 게 지하부에서 조종되고 좌우되니까요. 통제되고 관리된다고 해야겠군요. 딱 잘라 말하긴 어렵지만 내려가 보면 압니다. 바로 이 아래 있거든요."

집주가 양치기 지팡이로 복도 바닥을 탁탁 두드린다. 내가 멀뚱히 서 있자 집주가 앞을 가리키며 묻는다.
"지금 우리가 찾아가는 곳이 무슨 방인지 압니까?"
"글쎄요."
"다음 장소는 프로메테우스 방이에요."
"인간한테 불을 훔쳐다 준?"
"맞습니다. 천계에서 신의 영물인 불을 훔쳐다 인간한테 주고, 자신은 독수리한테 간을 쪼아 먹히는 중이지요."
"아 네에."
"그런 의미에서 우리는 그 방을 희망과 절망의 방이라고 명명했습니다. 인간들한테 화려한 문명을 안겨 주고, 자신은 영원히 고통받으며 카프카스 절벽에 매달려 있으니까요."

 집주가 재미있는 일을 상상하는 것처럼 미소를 짓는다. 나는 집주의 백짓장처럼 창백한 얼굴을 힐끗 쳐다본다. 뭐가 어떻게 돌아가는지 모르겠다는 생각을 하며. 잠시 침묵을 지키던 집주가 지팡이를 앞세우고 걸어가기 시작한다. 나는 또다시 집주의 뒤를 따라 한없이 긴 복도를 걷는다.

"여기가 프로메테우스 방입니다."
 복도를 걸어가던 집주가 몰딩형 철문 앞에 멈춰 선다. 나는 기진맥진한 몸을 가누며 철문을 올려다본다. 플래티넘 컬러로 된 문은 거인 서너 명이 드나들 정도로 거대하다. 특이한 건 철문에 수없는 남녀의 나상이 새겨져 있다는 사실이다. 극도로 타락한 모습을 보여주듯 뱀처럼 뒤엉킨 상태로. 내가 놀란 표정을 짓자 집주가 지팡이로 철문을 탕탕 때린다. 잠시 후 크고 웅장한 철문이 양쪽으로 스르륵 갈라진다. 나는 불이 환하게 밝혀진 방 안으로 조심스레 들어선다. 예상대로 프로메테우스의 방 안에는 초대형 그림이 걸려 있다.
"그게 바로 인간창조라는 그림입니다."
"인간창조?"
"맞습니다. 인간창조."
"그럼 프로메테우스가 인간을 창조했다는 얘깁니까?"
"그렇다고 볼 수 있지요."
"인간은 본래 야훼가 만든 거 아닌가요?"
"야훼가 인간을 만든 건 사실이지만, 프로메테우스도 인간을 창조한 건 분명합니다."
"이해할 수 없는 일인데요."
"무얼 이해할 수 없다는 거지요?"
"프로메테우스가 인간을 만들었다는 사실이 말입니다."

"그걸 뭐라고 해야 할까요. 역사적 진실이라고 할까요. 신화적 진리라고 할까요. 아무튼 프로메테우스가 인간을 창조한 건 틀림없습니다. 야훼가 만든 인간보다 덜 진화되고 덜 인격화된 인간을 창조했지만 말이에요."

집주가 큰소리로 말하고 내 얼굴을 빤히 쳐다본다. 나는 무심한 표정으로 넓은 방 안을 둘러본다. 집주가 안면 가득 회한의 미소를 띤 채 말을 잇는다.

"선생도 잘 알겠지만, 인간은 흙 속에서 나와 흙 위에서 살다가 흙 속으로 돌아가는 존재 아닙니까. 그렇게 자연법칙에 따라 살다가 죽어야 세상이 무리 없이 돌아가는 거고요. 헌데 프로메테우스가 창조한 인간들은 자연법칙을 지키려 하지 않습니다. 아니 지키기는커녕 오히려 자연 질서와 법칙을 훼손하며 살지요. 야훼가 만든 인간들조차 이제는 이기적이고 탐욕적이고 사악한 인간으로 변해 가고 있습니다. 프로메테우스가 만든 인간들하고 뒤섞여서 화려함을 즐기다가 다 함께 타락해 가는 거지요."

"……"

"우리는 야훼의 뜻을 어긴 인간들을 경고하기 위해서 프로메테우스 방을 만들었습니다. 이기적이고 욕망투성이 동물로 변한 인간들을 경계하는 거지요. 어떤 의미에서 아담과 이브 시절로 돌아가기를 원하는 것인지도 모릅니다. 그때만큼은 인간이 순수하고 깨끗하고 선했거든요. 잘 보세요. 이 방 미소리들도 모두 슬프고 우울해 보이지 않습니까?"

집주가 여자들 옷을 만지기도 하고 화관을 똑바로 고쳐주기도 한다. 그제야 나는 여자들이 롱드레스를 입고 머리에 화관을 얹었다는 사실을 깨닫는다. 여자들 옷매무새를 점검한 집주가 갈라진 목소리로 말을 꺼낸다.

"이 방에도 역시 선생이 찾는 미소리는 없지요?"

"없습니다."

"그럴 줄 알았습니다. 왜냐하면 선생을 보아 그 미소리도 어느 정도 자격을 갖췄다고 믿어지니까요."

"그럼 어디에?"

"내 생각으론 지하부에 소속된 특수부서로 내려간 것 같습니다. 거기는 내려가기도 어렵지만, 하는 일도 보통 힘든 게 아니거든요. 그래서 특별히 선택된 사람들만 내려가지요. 그 정도로 그곳은 중요한 장습니다. 우리가 건설하고 있는 델로피아로 가는 전초기지니까요."

"델로피아로 가는 전초기지라고요?"

"그렇습니다."

"혹시 여기가 그 이상한 종교단체는 아닙니까?"

"이상한 종교단체라니요?"

"사이비종교 같은 거 말입니다."

"아닙니다. 이상한 단체는 절대로 아니에요."

"그런데 왜 델로피아니 뭐니 하는 거죠?"

"아하 그것 때문에 그러는군요. 그건 지하부로 내려가 보면 압니다. 내가 왜 델로피아로 가는 전초기지라고 하는지."

"그 말을 믿어도 되겠습니까?"

"그럼요. 당연히 믿어야죠."

집주는 얼굴까지 붉히면서 자신의 말을 강조한다. 나는 괜한 말을 꺼냈나 싶어 슬그머니 꼬리를 내린다.

"저는 이상한 생각이 들어서 물어본 것뿐입니다."

"그래도 그렇지. 우리가 추구하는 숭고한 사업을 사이비종교에 비교하다니."

"죄송합니다."

"허 그것 참… 그건 그렇고 다음 방으로 가 보십시다."

집주가 감정을 조절하듯 큰기침을 하고 걸음을 옮긴다. 나는 또다시 허둥지둥 집주의 뒤를 따라간다. 집주가 앞장서서 걸어가며 넌지시 입을 연다.

"다음 장소가 오이디푸스 방인데 참 재미있는 곳입니다."

"자기 어머니하고 결혼했다는?"

"맞습니다. 사람들을 잡아먹는 스핑크스를 제거한 뒤 자기 어머니하고 결혼해서 자식까지 낳았지요. 바로 그 오이디프스를 돌이켜보고 기념하는 방입니다."

"네에…"

부지런히 걷던 집주가 스핑크스가 버티고 있는 원형철문 앞에서 멈춰 선다. 나는 반사적으로 집주를 따라 걷다가 걸음을 멈춘다. 집주가 양치기 지팡이로 원형 철문을 슬쩍 민다. 그 순간 쇠못이 빙 둘러 박힌 원형 철문이 스르륵 열린다.
"안으로 들어가 봅시다. 이곳에도 볼만한 것들이 많아요."
 집주가 어깨를 으쓱하고 방 안으로 들어선다. 나는 정신을 차리고 집주의 뒤를 따라 들어간다. 널찍한 방에는 30대 여자들 20여 명이 죽 늘어서 있다. 특이한 것은 그들 모두가 영화배우 뺨칠 정도로 아름답다는 사실이다. 나는 놀란 표정을 감추며 여자들의 모습을 훔쳐본다. 집주가 내 곁으로 슬그머니 다가와 말을 붙인다.
"미소리들이 마음에 드십니까?"
"네 어느 정도는."
"놀랍기도 하고요?"
"그렇습니다."
"그럴 겁니다. 이 방에는 우리 클럽에서 제일 아름다운 미소리들만 모여 있으니까요. 다만 이 방 미소리들이 다른 방 여자들보다 나이가 들어 보이지요. 활기나 활력도 떨어져 보이고요. 그래도 세련미나 품위는 나무랄 데 없습니다. 왕비를 닮은 여자들만 모아서 구성한 방이거든요. 이 방은 신을 예찬하고 추종하는 의미도 있지만, 그보다 사람들을 오이디푸스 콤플렉스에 빠뜨리고 비극을 잉태하는 게 목적입니다."
"비극을 잉태하는 게 목적이라고요?"
"이 세상은 행복을 추구하는 사람들로 가득 차 있지요. 반면 비극을 선망하는 사람들도 적지 않습니다. 그래서 이 방을 만든 거예요. 재미있는 사실은 어떤 손님이든 이 방에 들어오면 넋이 빠지지 않고는 견디지 못한다는 겁니다. 오이디푸스처럼 말이에요. 여기도 유라라는 미소리는 없지요?"
"없습니다."
 나는 잠꼬대를 하는 사람처럼 대꾸한다. 집주는 모든 걸 안다는 듯이 머리를 끄덕인다.
"그렇다면 다음 방으로 가 보십시다."
"방이 또 있습니까?"
"내가 말하지 않았습니까? 우리 클럽에는 방이 40개나 있다고요."
"아 그랬지요."

"그 방들을 다 구경해 보겠습니까?"
"가능만 하다면 보겠습니다."
"잘 생각했습니다. 어차피 선생은 그 방들은 물론이고, 지하부를 모두 둘러봐야 밖으로 나갈 수 있거든요."
"제가 그 많은 곳을 다 봐야 된다고요?"
"선생은 우리가 초청한 열 사람의 VIP 중 한 사람입니다. 아주 귀하디귀한 사람이지요. 잘 알겠지만 선생은 희생하고 양보할 줄 아는 마음을 가지고 있습니다. 세상을 사랑하고, 이웃을 배려하고, 타인을 껴안을 줄도 알고요. 그래서 이곳을 다 둘러봐야 한다는 겁니다."
 집주는 진지한 목소리로 말하고 비긋이 웃는다. 나는 알 수 없다는 얼굴로 고개를 젓는다. 집주가 어둠에 잠긴 복도로 나서며 넌지시 묻는다.
"다음 방 이름이 뭔지 압니까?"
"잘 모르겠습니다."
"그 유명한 다모클레스 방입니다."
"칼 밑에 앉아서 불안에 떤다는?"
"맞습니다. 한 가닥 말총에 매달린 칼 아래서, 날이 퍼렇게 선 장도 밑에서 전전긍긍하는, 아부근성과 기회주의와 출세욕으로 똘똘 뭉친 사람을 상징하는 방이지요. 우리 21세기 인간들처럼 말입니다. 어때요? 재미있는 방이라는 생각이 들지 않습니까?"
"글쎄요."
"하긴 퍼렇게 날이 선 장도 밑에서 떠는 사는 사람을 보고 재미를 느낄 순 없겠지요. 그래도 그곳이 특별한 방인 건 분명합니다. 이기적이면서 탐욕적인 인간을 상징적으로 보여주는 장소거든요. 그래서 문도 잘 익은 빨간 사과처럼 만들었습니다. 먹음직스런 과일 중에서도 먹음직스런 과일처럼 말이에요. 그 다음 방이 무슨 방인지 압니까?"
"잘 모르겠습니다."
"그 다음 방은, 미네르바 여신하고 황금을 유별나게 좋아했던 미다스 왕을 돌이켜보는 방이에요."
"아이소포스 우화에 나오는 당나귀 귀 주인공 말입니까?"
"그렇지요. 당나귀 귀 주인공."

"아 네에…"
"아주 흥미로운 방이에요. 그 방에서는 모든 게 금으로 변하니까요. 모든 걸 얻을 수도 있는 방이기도 하고요. 재물이든 명성이든 관직이든 보화든 말입니다. 당연히 문도 황금금고처럼 만들었지요."
"그 다음 방은 무얼 하는 곳이죠?"
"아, 다른 방들을 말하는 거군요. 선생도 알 수 있는 방들일 겁니다. 역사적으로 유명한 사람들 이름을 딴 방이니까요."
"역사적으로요?"
"인간은 역사를 빼놓고 생각할 수 없는 존재 아닙니까."
"하긴 역사 없이는 인간이 존재하지 않을 테니까요."
"다음은 말이에요. 노아의 방입니다. 대홍수를 피하기 위해 거대한 방주를 만든 사람이지요."
"그건 저도 압니다."
"물론 잘 알 겁니다. 성서 속에서 너무 유명한 인물이니까요. 인류를 구원한 유일한 사람이기도 하고요. 탈무드에 유명한 말도 남아 있지 않습니까. 노아를 비유한 경구 말이에요. 그런저런 이유로 문도 초승달처럼 만들어서 큼직하게 달았습니다. 색깔도 노란색으로 칠하고요. 방도 지하부에서 제일 넓게 만들었습니다. 아담의 수많은 후손 중에서도 선택받은 인물이니까요. 정확히 말하자면 노아는 아담의 9대 손입니다. 아담의 가계도를 따지자면 상당히 복잡하고 어렵습니다. 웬만한 사람은 다 기억하지도 못하니까요. 그러니까 아담의 첫째 아들은 셋이고, 아담은 셋을 130살에 낳았어요."
"아담의 아들은 가인과 아벨이 아닙니까?"
"그건 그렇습니다만, 가인이 아벨을 죽였기 때문에 족보를 이어갈 수 없었던 겁니다. 다시 말해 아우를 죽인 가인을 아들로 인정할 수 없었던 거지요. 가인은 아벨을 돌로 쳐서 죽인 다음 황야로 떠났습니다. 사실 가인은 아담의 자식이 아니라, 놋 사람의 종족이었어요. 그걸 안 아벨이 시간이 날 때마다 놀려 댔던 겁니다. 놀림을 참지 못한 가인이 동생을 들판으로 유인해서 죽인 거고요. 그 후 3번째 아들 셋이 태어났고, 야훼가 셋을 아담의 아들로 허락한 것입니다. 나이 순서로 보면 셋은 3번째지만, 아담의 장자가 되는 축복을 받았지요. 그래서 셋은 야훼를 예배하여 섬긴 첫 인물이 되었습니다."

"그렇게 된 거로군요."

"아무튼 셋은 105살에 에노스를 낳았고, 에노스는 90살에 게난을 낳았습니다. 게난은 70살에 마할랄렐을 낳았고, 마할랄렐은 65살에 야렛을 낳았어요. 야렛은 162살에 에녹을, 에녹은 65살에 므두셀라를, 므두셀라는 187살에 라멕을 낳았는데, 그가 바로 노아의 아버집니다. 라멕은 182살에 노아를 낳고 777살까지 살다가 죽었어요. 물론 라멕의 아들 노아는 500살이 된 후에 셈과 함과 야벳을 낳았습니다. 여기서 궁금한 게 한 가지 있을 겁니다. 아담이 몇 살까지 살다가 죽었을까, 하는 것 말입니다."

"그건 그렇습니다."

"아담은 930살까지 살고 죽었습니다. 거의 신의 경지에 다다른 거지요."

"알 수 없는 일이군요."

"내가 그랬지 않았습니까? 여기는 알 수 없는 것 천지라고요."

"아무리 그래도 사람이 930살을 산다는 건 좀."

"아무튼 노아는 100년 동안 방주를 만들어 세상을 구했습니다. 그래서 노아의 방을 40개의 별실 속에 넣은 거예요. 그 다음은 이스라엘 민족 지도자, 유대교, 기독교, 이슬람교 예언자 모세의 방입니다. 모세의 방을 지나면 위대한 왕들 방이 차례로 나옵니다. 이스라엘의 성군 다윗, 지혜의 대명사 솔로몬. 로마의 5현제, 즉 네르바, 트라야누스, 하드리아누스, 안토니누스 피우스, 마르쿠스 아우렐리우스의 방이 있지요. 그 다음엔 유다의 성군 요시야, 이집트의 왕 람세스 2세, 마케도니아의 왕 알렉산더, 프랑크 왕국을 건설한 클로비스, 영국여왕 엘리자베스 1세, 프랑스 제1제국 황제 나폴레옹 방이 있습니다."

"대단한 왕들만 모아 놓았군요."

"당연하지요. 그들이 없었다면, 유럽역사도 존재하지 않았을 테니까요."

"그 다음 방은 또 누굽니까?"

"그 다음은 예술가, 과학자, 철학자, 수학자, 종교인, 점성술사, 악마의 방입니다. 세익스피어, 다 빈치, 모차르트, 갈릴레이, 소크라테스, 노스트라다무스, 사타나스[23], 이블리스[24] 등입니다. 그 다음은 역사 속에서 저주받은 황제, 왕, 지도자들 방입니다. 로마의 다섯 폭군, 즉 티베리우스, 칼리굴라, 네로, 콤모두스, 카라칼라 황제의 방입니다. 그리고 이스라엘의 왕 헤롯, 유다의 왕 므낫세, 이집트의 왕 세트, 영국여왕 메리 1세, 러시아 황제 이반 4세, 스페인 국왕 펠리페 2세, 독일 황제 빌헬름 2세, 프랑스 국왕 루이 16세, 히틀러, 무솔리니 방이 있지요. 아시아에서는 유일하게 히로히토 일본천황이 끼어 있습니다. 히로히토 방은 악마의 방 바로 옆에 있는데, 왜 그렇게 배치했는지 압니까?"

"글쎄요. 왜 그런 거죠?"

"히로히토한테선 악마성 같은 게 엿보인다는 겁니다. 일테면 자기가 한 짓에 대해서 잘못을 인정하기는커녕 합리화나 시키고, 수백만 명이 자신 때문에 목숨을 잃었는데 양심의 가책을 전혀 느끼지 못하니까요. 그래서 행동이나 사고, 감정이 악마하고 동급이라고 본 겁니다. 이런 말도 있습니다. 한 인간이나 한 국가의 야망이 절정에 이르렀을 때, 악마들이 나타나 조용히 데려간다."

"그런데 한 가지 물어봐도 되겠습니까?"

"물어보십시오. 한 가지라면."

"여기도 악마가 있는 겁니까?"

"다른 인물들은 다 없어도 악마는 있습니다."

"그건 왜 그런 거죠?"

"악마는 본래 인간이 사는 곳이라면 안 가는 데가 없습니다. 그러니 이곳에도 자연스럽게 똬리를 틀고 있는 거지요. 그걸 뭐라고 해야 할까요. 악마적 존재방식이라고 할까요. 악마가 사는 특이한 방법이라고 할까요. 악마는 아래쪽 깊은 곳, 특히 칠흑 같은 어둠을 좋아합니다. 천사하고는 정반대지요. 악마 대부분이 타락한 천사 중 하나니까요. 사실 악마는 형체도 없고 생김새도 없는, 영혼이나 그림자 같은 존재라고 보면 됩니다. 그래서 신의 모습으로 나타날 수도 있고, 인간의 모습으로 나타날 수도 있

---

23) 사타나스(Satanas) : 히브리어 사탄의 음역이며 악한 상대, 적, 대항자, 대적자, 사단.

24) 이블리스(Iblis) : 그리스어 디아볼로스(diabolos)의 파생어로 이슬람 악마의 이름.

고, 짐승의 모습으로 나타날 수도 있고, 불구자로 나타날 수도 있는 거예요."

"그럼 누가 악마이고, 누가 천사이고, 누가 선자인지 구별할 수 없다는 말이군요."

"그런 셈이지요. 악마는 마음만 먹으면 천사, 승려, 목자, 구도자, 불구자, 괴물 속으로 들어갈 수 있으니까요. 평범한 삶을 살아가는 인간이나 짐승은 말할 것도 없지만 말입니다. 계급이 높은 악마는 더 나쁜 짓을 할 수도 있어요. 문제는 그런 악마가 히틀러, 무솔리니, 히로히토, 스탈린 같은 지도자 속으로 들어가 혹세무민하고, 거짓과 악을 일삼는다는 겁니다. 다시 말해 세상을 대표하는 사람 속으로 들어가, 그의 입으로 악마의 말과 행동을 할 수 있다는 거지요."

"그런 악마를 야훼는 왜 만들었을까요?"

"만들었다기보다 처음부터 그렇게 태어났다고 보면 맞을 겁니다. 아마 지금쯤 야훼도 후회하고 있을지 모릅니다. 처음부터 싹을 잘라 버리지 못한 걸 말이에요."

집주가 망토를 툭툭 털고 씁쓰름한 미소를 짓는다. 나는 검버섯이 까맣게 낀 집주의 얼굴을 물끄러미 쳐다본다. 무슨 소리를 어떻게 지껄이는지 알 수 없다는 생각을 하며. 한동안 침묵을 지키던 집주가 또다시 발걸음을 옮긴다. 나는 퍼뜩 정신을 차리고 집주를 쫓아간다.

18

유토피아 사람들은 자연에 따라, 즉 야만적 상태로 사는 것이 덕이며, 또 신은 그렇게 자연 속에서 살도록 인간을 창조했다고 믿고 있다. 그러니까 자연의 가르침에 따라 살고 소망하고 회피하는 삶을 사는 사람이 곧 이성의 명령에 각순恪循[25]하는 것이라고 그들은 생각한다. - 모어의 「유토피아」 중에서

---

25) 각순恪循 : 조심하는 마음으로 정성을 다해 복종함.

"걷기가 그렇게 힘듭니까?"
 컴컴한 복도를 걸어가던 집주가 힐끗 돌아본다. 나는 이때다 싶어 그 자리에 주저앉는다.
 "더 이상 갈 수가 없습니다. 숨이 차고 다리가 후들거려서."
 "젊은 사람이 안 됐군요. 벌써 노화현상을 보이다니."
 "이상합니다. 평소엔 이러지 않았는데."
 "그래도 그렇지. 이 정도 가지고 쩔쩔매서야."
 집주가 안타까워 못 봐주겠다는 듯이 혀를 끌끌 찬다. 나는 복도 가장자리로 엉금엉금 기어간다. 집주가 허리에 손을 얹고 좌우로 돌리면서 몸을 푼다.
 "정 그렇다면 잠시 쉬었다 갑시다. 기분도 전환할 겸."
 "그런데 웬 복도가 이렇게 긴 거죠?"
 "복도가 길다니요?"
 "몇 시간이나 걸었는데 끝이 보이지 않으니까요."
 "무언가 새로운 세계를 경험하는 건 힘든 일입니다. 더구나 비몽사몽간에 컴컴한 복도를 돌아다녔으니 더 그럴 겁니다. 그래도 힘든 만큼 즐거움은 또 찾아오지요. 그게 인생이니까요."
 "아무리 인생이라지만."
 "매사에 긍정적인 마음을 가지고 적극적으로 사는 게 중요합니다. 부정적인 마음을 가지고 폐쇄적으로 살면 나쁜 결과만 초래할 뿐이니까요. 행이나 불행도 마찬가집니다. 행복만 생각하고 행복만 추구하는 사람한테는 행복이 찾아오고, 불행만 생각하고 불행만 염려하는 사람은 불행에 빠지게 됩니다. 그러니 마음을 느긋하게 먹고 긍정적인 태도로 나아가라 이 말입니다. 그러면 아무리 먼 거리도 가깝게 느껴지지요."
 집주는 장황히 말하고 내 눈을 빤히 들여다본다. 나는 예수처럼 생긴 집주를 멍한 얼굴로 응시한다. 잠시 몸을 푼 집주가 다시 걸음을 떼어 놓는다.
 "자 슬슬 출발해 봅시다. 어느 정도 쉬었고, 피곤도 풀렸을 테니까요."
 "벌써요?"
 "벌써라니요? 한 시간은 넘게 쉬었는데."

"한 시간이 넘었다고요?"

"이거 미리 말해 줘야 하는 건데 깜빡 했습니다. 여기서는 뭐든지 느리게 진행됩니다. 뭐라고 할까요. 시간이 더디게 흐른다고 할까요. 시간이 공간 속을 천천히 이동한다고 할까요. 시간과 공간이 중력의 법칙을 거슬러 작용한다고 할까요. 이곳에선 무엇이든 느리면서도 더디게 진행됩니다. 밖에서 하루가 지나갔다면, 여기서는 한 시간밖에 경과하지 않는다 이 말이에요."

"한 시간?"

"그렇습니다. 한 시간."

"……?"

"이곳에서는 시간 같은 건 중요하게 생각하지 않고 있는 그대로를 인정하지요. 다시 말해 모든 것을 제자리에 둔다고 할까요. 존재하는 상태를 그대로 존중한다고 할까요. 여기서는 존재 속에 존재하는 존재 자체를 중요시합니다. 나를 보십시오. 내가 70이나 80대쯤으로 보이지요?"

집주가 허리까지 늘어진 턱수염을 쓱쓱 쓸어내린다. 나는 집주의 얼굴을 힐끗 쳐다보고 고개를 끄덕인다.

"나는 말이에요. 7, 80대 노인이 아니에요."

"그러면?"

"구태여 나이를 따지자면 수천 살도 넘었다고 할 수 있습니다. 정확히 말하면 2000살이 조금 넘었군요. 밖에서 쓰는 환산법으로 말입니다."

"밖에서 쓰는 환산법?"

"그렇습니다. 이 안에서는 7, 80대 노인으로 보이지만, 실은 2000년은 넘게 산 겁니다. 지하세상에서는 시간이 느리게 흐르거든요. 따지고 보면 여기 있는 청동 조각상들보다 나이가 많을 겁니다."

집주가 양치기 지팡이로 복도 가장자리를 가리킨다. 그제야 나는 복도에 수많은 청동 조각상과 그림이 쌓여 있다는 걸 깨닫는다. 뽀얀 먼지와 늘어진 거미줄로 인해 뒤범벅이 된 채. 내가 놀란 표정을 짓자 집주가 그림들을 들척거린다.

"이거 왜 이렇게 된 거야. 먼지만 잔뜩 내려앉아 있고. 무슨 조치를 취해야지 안 되겠구만, 내로라하는 대가들 작품인데."

집주의 말대로 그림들은 하나같이 대가와 천재들의 것이다. 인상파 창시자인 마네를 필두로 쉬르리얼리스트인 샤갈, 나체화만 그린 드가, 종교화의 대가인 루오, 자신의 자화상을 그린 렘브란트, 르네상스 삼대 화가인 라파엘로, 미켈란젤로, 레오나르도 다 빈치, 로댕, 고야, 드라크루와까지 있다. 그 외에 앙그르, 뭉크, 칸딘스키, 마그리트, 실레, 쿠르베, 피사로, 시슬리, 쇠라, 에른스트, 유트릴로, 로트렉, 마티스의 작품도 보인다. 이상한 건 그림들이 대부분 신의 고난과 인간원죄를 다뤘다는 사실이다. 내 생각을 눈치챘는지 집주가 한숨을 길게 내쉰다.
"신들의 수난시대니까요."
"신들의 수난시대?"
"그렇지 않습니까? 아무도 이 세상을 책임지지 않고, 또 책임지려 하지도 않으니까요. 그 많고 많은 신들이 모두 수수방관하고 있다 이 말입니다."
"신들이 몇 명이나 되기에?"
"생각해 보세요. 야훼 이후 얼마나 많은 신들이 나타나 제멋대로 활동하다가 사라져 갔는지."
"글쎄요, 전?"
"신들의 제왕인 제우스도 신들 숫자를 다 파악하지 못했어요. 그 정도로 신들은 많았습니다."
"그리스 로마 신들 말인가요?"
"그들도 수많은 신들 중 하납니다만, 그 외에도 많았어요. 여러 형태로 발전한 신들은 세계 각지로 흩어져 인간을 통제하고, 다스리고, 처벌하고, 제물로 삼았지요. 그 시대야 말로 신하고 인간, 괴물, 동물이 뒤섞여 살던, 혼탁한 시기라고 보면 맞습니다. 하지만 그들만으로는 인간이 가진 파괴적 본능이나 범죄적 본능, 탐욕적 본능, 이기심, 허영심을 다스릴 수가 없었어요. 인간들은 신 못지않게 자유롭고 방탕하고 제멋대로였기 때문이지요."
"도대체 어떤 신들이 있었기에 인간을 통제하지 못했다는 건지?"
"상상해 보세요. 세계 각 대륙마다, 민족마다, 나라마다, 지역마다 신들은 존재했으니까요. 게르만족의 신인 발드르, 이집트의 오리시스, 아누비스, 아문-라, 아메리카의 테스카포리티카, 비라코차, 러시아의 텔리아벨리스, 이누이트의 세드나, 마야의 후나브쿠, 아즈텍의 케찰코아틀, 잉카의 인티, 켈트족의 루 라바다, 핀란드의 우코, 히타이트의 아린나, 슬라브족의 데이보스, 메소포타미아의 이난나, 고대 셈족의 레스헤프, 발트족의 사울레, 라트비아의 데크라, 리투아니아의 라이마, 프레이센의 파트림파스, 인도의 시바 등입니다. 물론 악마나 정령, 거인, 괴물들도 존재했지요. 신들 중에는 야훼조차 어찌지 못하는 망나니 같은 존재도 많았습니다. 다시 말해 스스로 야훼를 능가한다고 인간들을 호도한 신들이지요. 물론 많은 신들이 민족의 수호신이 되어 존재했지만 말입니다."

"하긴 좋은 신도 많이 있지요."

"좋은 신이든 나쁜 신이든 바보 같은 신이든 이젠 어쩔 수가 없어요. 모든 게 막장을 향해 쏜살같이 달려가거든요. 자 이제 출발합시다. 갈 길이 멀고 까마득해요."

나는 그 자리에 앉아 있다가 천천히 몸을 일으킨다. 집주가 앞장을 서며 무거운 어조로 말을 꺼낸다.

"아까도 말했지만, 우리는 가까운 거리를 가면서도 멀다고 생각하지요. 힘이 드느니 다리가 아프니 몸이 무거우니 하면서. 사실 그런 현상은 다 마음속에서 일어나는 부정적 생각 때문입니다. 모든 걸 쉽게 해결하고 쉽게 헤쳐 나가려는 태도 때문이지요. 어떻습니까. 그렇지 않다고 생각합니까?"

"그래도 먼 걸 어떡합니까?"

"선생은 너무 편리함과 안이함에 물들어 있어요. 그러니 조금만 힘들거나 불편해도 짜증이 나는 겁니다."

"그건 일반적인 현상 아닙니까?"

"그런 편리함이 선생한테만 해당되는 건 아니지요. 이 화려한 문명세계, 자본주의라는 물질문명 속에서 살아가는 사람들은 모두 적용되는 현상이니까요. 즉 편리함만을 추구하는 게 개인적 문제가 아니라, 사회적 현상이라는 겁니다. 그런 편리함과 즐거움을 무작정 따르는데 또 문제가 있는 거예요. 이 복도도 마찬가집니다. 처음 가면 멀어 보입니다만, 그리 먼 거리가 아니거든요. 그런데도 사람들이 중간에 주저앉거나 포기합니다. 눈앞에 목표가 보이는데도 말이에요."

"이게 먼 거리가 아니라고요?"

"선생은 아직도 폐쇄적인 마음에서 벗어나지 못했군요. 아무 의심 말고 따라오세요. 그럼 문제는 다 풀립니다."
"도대체 어디까지 가야 합니까?"
"금방 말하지 않았습니까. 조금만 더 가면 된다고."
"대체 조금만 더 조금만 더 하면서 어디까지 가는 겁니까?"
"그런 점 때문에 신하고 인간이 구별되는 겁니다. 인간은 시간이나 공간 속에 자신을 가두고, 그 안에서 안절부절못하며 발을 구르지요. 반면 신은 시간이나 공간 자체를 뛰어넘어 존재합니다. 신한테는 누구를 의심하거나 무엇을 의심하지 않는다는 개념조차 없다는 겁니다. 시간이라는 개념이 인간한테만 존재하는 거니까 근본부터 다르지만, 신한테는 의문이나 의심 같은 건 없습니다."
"집주께서는 신이 존재한다고 믿습니까?"
"그 질문은 대단히 어려운 것입니다. 왜냐하면 신은 존재나 존재가 아니라는 개념보다 더 상위 영역에 있기 때문입니다. 즉 신의 존재 유무는 인간 영역에서 다루는 것보다 신의 영역에서 판단해야 한다는 겁니다. 단적으로 말해 신은 존재한다기보다 본래 거기에 있다고 할까요. 존재 위에 존재한다고 할까요. 그래서 신을 존재하는 모든 것을 존재케 하는 존재라고 하지 않습니까. 그 스스로 있는 자라고도 하고요. 나로선 신을 한마디로 정의할 수 없습니다."
"그럼 왜 여기는 신들 그림이나 영웅, 괴물 조각상으로 꽉 찬 겁니까?"
"여기가 신하고 영웅, 인간, 괴물의 중간 영역이기 때문에 그런 겁니다. 또 여기를 거쳐야 신의 세계로 갈 수 있고, 유토피아로도 갈 수 있거든요. 부언하자면 이곳은 신과 인간, 영웅과 괴물, 지상과 지하세계를 연결하는 중간 기지나 다름없다는 얘깁니다. 그래서 온갖 신과 영웅들을 모셔다 놓은 거고요. 선생도 알다시피 야훼가 인간을 창조해서 하계로 내려보낸 이래, 인간들은 타락 일변도로 살지 않았습니까. 야훼가 아무리 노력해도 소용이 없을 정도로. 그래서…"
"그래서 인간들을 청소라도 하겠다는 겁니까?"
나는 퉁명스런 목소리로 쏘아붙인다. 집주가 그 자리에 멈춰 서며 돌아본다.

"그걸 어떻게 알았습니까?"
"여기 들어와 보니까 알 수 있겠는데요."
"그래요?"
"충혈된 눈을 부릅뜬 채 서 있는 저승사자 카론을 봐도 그건 분명합니다. 아이네이아스가 벌거벗은 것도 그렇고, 스텐노, 에우리알레, 그리핀이 죽을상을 하고 있는 것도 그렇습니다. 괴물하고 피를 흘리며 싸우는 테세우스를 봐도 무언가 저주받았다는 느낌을 갖게 됩니다.
"호 그래요?"
"페르세포네를 약탈하는 하데스. 천사의 모습으로 가장하고 하늘로 올라가는 헤베. 자기 몸을 뜯어먹는 에리시크톤. 사자로 변한 아탈란타하고 히포메네스. 외삼촌들을 잔인하게 죽인 멜레아그로스. 피가 흐르는 메두사의 수급을 들고 있는 페르세우스. 제우스와 벌인 전쟁에서 져 돌기둥으로 변한 아틀라스. 아버지의 천마를 타고 날다가 지상으로 추락한 파에톤. 아테나에게 도전했다가 거미가 된 아라크네, 트로이 전쟁에서 승리하기 위해 딸 이피게네이아를 제물로 바친 아가멤논, 신들의 식탁에서 신의 술과 신의 음식을 훔쳐 먹다가 지옥으로 떨어진 탄탈로스, 사람을 닥치는 대로 잡아먹는 반인반수의 미노타우르스, 프로크루스테스의 침대에 누워 있는 테세우스, 자신의 남편과 두 아이를 죽인 메데이아, 지나가는 사람을 잡아먹는 스핑크스, 요정을 쫓아다니는 사티로스, 물뱀 히드라를 때려죽이는 헤라클레스, 아름다운 목소리로 노래를 불러 배를 침몰시키는 세이렌. 그 모든 게 이상합니다. 처음 보면 잘 모르지만 자세히 관찰하면 이들한테서 증오를 발견하는 건 어렵지 않거든요."

돌연한 내 태도에 집주는 놀란 표정을 감추지 못한다. 나는 침통한 표정을 지으며 청동조각상을 내려다본다. 한동안 조용히 서 있던 집주가 입맛을 몇 차례 다신다.

"잘 보았습니다. 야훼는 구제할 만한 가치가 있는 신이나 인간만 구제하고 나머지는…"
"물속에라도 쓸어 넣을 작정인가 보죠?"
"맞습니다."
"그건 악마가 하는 일 아닌가요?"

"악마는 직접적으로 자기 의사를 표현하지 않습니다. 사람들 앞으로 나서서 행동하지도 않고요. 악마는 교묘한 방법으로 인간을 타락시키거나, 사람을 병들게 하고, 세상을 혼란 속에 빠뜨립니다. 인간의 뒤나 안에 숨어서 조종하고 이용하고 활용하는 게 악마라는 존재예요. 맡으면 맡을수록 빠져들게 만드는, 매혹적이면서도 끊을 수 없는 달콤한 향수처럼 말입니다."

"그럼 악마가 하는 일은 뭐죠?"

"악마는 지상을 돌아다니면서 야훼한테 불리하게 보고할 행위나, 적대시할 사람을 찾는 일을 합니다. 자신을 만들고 임명한 야훼조차 속이려 드는 거지요. 사실 악마는 천사와 함께 야훼의 명을 받은 세상의 감시자이면서 감독잡니다. 문제는 그런 임무를 맡은 감시자가 인간들을 나쁘게 만들고 고통스럽게 하는 데 있는 거지요. 아무튼 악마는 사심이 없는 인간의 선행에 대해서는 냉소적이고, 사심이 가득한 악의적 인간한테는 호의적입니다. 인간을 꼬드겨 방탕하게 만들고, 목적을 위해 수단을 정당화시켜 주고, 성공을 위해서 물불을 가리지 않게 유혹하지요. 그래서 악마를 가리켜 사타나스라고 부르는 겁니다."

"사타나스요?"

"그렇습니다. 사타나스."

"……?"

"본래 사타나스는 악한 영의 왕이면서 야훼의 원수로, 밝은 빛의 천사인 체 가장하는 자입니다. 처음에는 야훼의 추종자 역할을 하다가 적대자로 돌아선 예지요. 그래서 끊임없이 나쁜 짓을 해서 야훼가 만든 세상을 교란시키고 파괴하고 병들게 하는 거예요. 반면 천사는 자신의 역할을 처음부터 끝까지 성실히 수행하고 지킨 자입니다. 악마는 천사하고 벌인 경쟁에서 밀려나 악역을 맡게 됐다고 보면 틀림없습니다. 여기서도 악마의 방은 제일 끝에 있어요. 보통 사람은 발견할 수도 없는, 어둡고 음습한 곳에 배치한 거지요. 문의 형태와 색깔도 다른 신들하고는 차별화시켰습니다. 검은색 중에서도 제일 어두운 색으로 말입니다. 그리고 나 이외에는 아무도 악마의 방문을 열고 들어갈 수가 없습니다. 방문을 잘못 열었다가는 세상의 모든 질서를 흔들어 놓고, 진실과 가치를 전도시킬 테니까요."

"그렇군요."
"이젠 좀 알겠습니까?"
"네, 조금은."
"야훼는 극도로 타락한 인간들을… 물론 인간은 자신들이 이룩한 문명을 화려하다고 말합니다만, 창조주 입장에서 보면 죄악투성이고 타락의 극치로밖에 보이지 않거든요. 그래서 인간들이 만들고 이룩한 문명을 싹 쓸어버리려는 것입니다. 고대 신들은 물론이고 왕과 성인, 장수도 마찬가지예요. 그들이 아무리 위대하고 지혜롭고 명망이 높아도 예외일 순 없으니까요. 그 시간이 눈앞에 다가온 겁니다. 대도시 지하에 첨단 시설을 만들어 놓고, 대책을 강구하는 것도 그걸 막기 위한 거예요. 이제 내가 왜 여기서 이러고 있는지 알겠습니까? 이 어두컴컴하고 음습한 지하실에서."
"그래서 도시가 통째로 없어지기나 한다는 말입니까?"
"누구든 내 얘기를 믿지 못할 겁니다. 하지만 지하부로 내려가 보면 금방 알 수 있어요. 머지않아 그런 일이 현실로 나타날 거고요. 그래서 우리는 그걸 막아야 하는 것입니다. 모두가 힘을 합해서."

 나는 집주의 비장하리만치 진지한 태도에 입을 다문다. 집주의 말이 기상천외하고 허무맹랑하면 어떤가. 또 사이비 종교가처럼 이치에 맞지 않으면 어떤가. 나하고는 아무런 관계가 없는 일인데. 나는 눈앞에서 벌어지는 일들에 대해 놀라지 않겠다고 다짐한다. 집주가 헛기침을 큼큼 하고 다시 걸음을 옮긴다. 나는 다리를 절뚝이면서 예수하고 흡사한 노인을 따라간다.

"자 여기가 지하부 입굽니다. 즉 유토피아 전초기지로 들어가는 출입구지요."

 한참을 걸어가던 집주가 엘리베이터 앞에 멈춰 선다. 나는 조심스럽게 엘리베이터 위아래를 살펴본다. 엘리베이터 출입문에 유토피아 입구라는 문구가 붙어 있다. 엘리베이터 우측 벽에는 층계를 표시하는 넘버가 끝도 없이 매겨져 있다. 나는 뭐가 뭔지 알 수 없다는 표정을 지으며 고개를 젓는다. 내 모습을 지켜보던 집주가 엘리베이터 걸처럼 버튼을 누른다. 다음 순간 커다란 엘리베이터 문이 소리 없이 열린다.

"여기서부터는 눈을 가려야 합니다."

"제 눈을 가린다고요?"

"선생을 믿지 못해서가 아니에요. 이렇게 하는 게 서로 편할 것 같아서지요. 보아서 안 될 것도 있고."

"나 참."

나는 괴상한 엘리베이터 앞에 선 채 망설인다. 집주가 눈을 껌뻑이며 엘리베이터에 오르기를 강요한다. 나는 어쩔 수 없다는 심정으로 조심스럽게 발을 들여놓는다. 여기까지 와서 돌아설 필요는 없다. 어차피 끝까지 다 온 것 같으니까. 또 나는 지하부의 책임자라는 노인과 같이 있지 않은가. 예수하고 모습이 흡사한 백발노인과. 이제는 무슨 일이 일어나도 끝까지 가 봐야 한다. 불이 활활 타오르는 열화지옥에 떨어진다 해도. 나는 집주가 건네주는 헝겊으로 양쪽 눈을 가린다. 눈을 가리자 엘리베이터 문이 닫히고 소리 없이 내려간다.

"과정이 좀 번거롭지요? 때에 따라서 쉬운 것도 어렵게 할 필요가 있는 법입니다. 지름길도 돌아서 갈 필요가 있고. 다시 말해 모든 것은 일정한 룰이나 법칙에 따라 움직이는 게 아니라는 겁니다. 그게 이곳의 진리지요. 어려우면서도 쉽고 쉬우면서도 어려운 것. 어때요, 이해할 수 있겠습니까?"

"글쎄 전 뭐가 뭔지."

"선생은 인간들이 만든 법칙이나 관습 속에서 자랐으니, 이곳 룰을 이해하기 쉽지 않을 겁니다."

집주가 내 얼굴에 가려진 헝겊을 만져 보며 껄껄 웃는다. 나는 집주의 차가운 손을 얼굴에 느끼고 몸을 움츠린다. 집주가 어깨를 툭툭 친 다음 문 앞으로 다가선다.

"다 왔습니다."

"벌써요?"

"모든 건 순간이니까요."

집주의 말이 끝나기 무섭게 엘리베이터 문이 스르륵 열린다. 문이 열리자마자 지하실 특유의 습기 차고 후덥지근한 공기가 몰려온다. '이제 내려도 됩니다.' 집주의 착 가라앉은 목소리가 환청처럼 들린다. 나는 엘리베이터 벽을 더듬거리며 문밖으로 나선다. 여기저기서 물결치는 소리와 함께 웅성거리는 인기척이 들려온다. 사람들의 소리로 미루어 수십 명 내지 수백 명쯤 되는 것 같다.

"헝겊을 풀어 보세요. 이곳이 지하부, 우리가 추진하는 유토피아, 즉 델로피아로 가는 전초기지입니다."

나는 알 수 없는 불안감으로 헝겊을 벗기지 못한다. 함부로 벗었다가는 두 번 다시 돌아가지 못한다는 생각을 하며. '아무 걱정 말고 눈을 떠 보세요.' 집주가 팍 쉬고 갈라진 목소리로 안심시킨다. 나는 그 자리에 서서 들려오는 물소리와 인기척에 귀를 기울인다. 그 기묘한 소리는 마치 수많은 사람들이 물속에서 헤엄치는 소리 같다. 엄청난 분량의 물이 한꺼번에 쏟아지는 소리 같기도 하고. 내가 계속 머뭇거리자 집주가 직접 헝겊을 풀어 준다.

"이제 내 말을 수긍할 수 있겠지요?"

나는 눈앞에 펼쳐진 광경으로 인해 입을 다물지 못한다. 수천 평은 족히 넘는 홀에 많은 사람들이 몰려 있기 때문이다. 더 이상한 건 사람들이 모두 허리까지 찬 물을 퍼낸다는 사실이다.

"저 사람들이 지금 뭘 하는 거죠?"

"물을 퍼내는 겁니다."

"물을?"

"잘 보십시오. 아무리 퍼내도 물은 계속 차오르지 않습니까? 저게 바로 창조주의 분노예요."

"그래서 지하부가 물에 잠겨 간다는 겁니까. 창조주의 분노 때문에?"

"그렇다고 볼 수 있지요."

"허참."

"그건 그렇고, 저 사람들 가운데 선생이 찾는 여자분이 있습니까?"

나는 퍼뜩 정신을 차리고 사람들을 하나하나 살펴본다. 집주가 헛기침을 큼큼하고 지팡이를 고쳐 쥔다. 아무리 봐도 유리와 비슷하게 생긴 사람조차 없다. 나는 미간을 찌푸린 채 고개를 젓는다. 집주가 물이 넘치는 넓은 홀을 지팡이로 가리킨다.

"다시 한번 잘 살펴보십시오."

"없습니다."

"그러면 델로피아로 가는 배를 탄 게 분명합니다."

"델로피아? 거기가 대체 뭐 하는 곳입니까?"

"델로피아는 성스러운 곳이자 이상향의 나라이기도 합니다. 인간이라면 누구든지 가고 싶어 하고, 그곳에서 영원히 살고 싶어 하지요. 인간뿐이 아닙니다. 신도 델로피아에서 사는 것을 영광으로 여길 정돕니다. 한마디로 델로피아는 새로운 세계라고 할 수 있습니다. 그곳에선 누구를 욕하고 비난하고 싸워서도 안 됩니다. 그야말로 헌신하고 희생해서 타인을 사랑해야 하지요. 희생하고 헌신하는 마음으로 산다면 영원히 죽지 않을 수도 있습니다. 아담도 영생할 수 있었지만, 930살밖에 못 산 건 탐욕과 이기심 때문이었어요. 아담처럼 탐욕에 빠지지 않는다면 영원히 살 수 있는 곳이 바로 델로피압니다."

"그런 곳도 있습니까?"

"있지요. 있고말고요. 그래서 저 사람들이 그리로 가려고 필사적으로 노력하는 거고요. 그뿐이 아닙니다. 우리는 델로피아로 갈 사람을 이들 중에서 선발해야 합니다."

"선발까지?"

"사실 이 사람들도 모두 지원해서 들어온 거라고 보면 틀리지 않습니다. 즉 밖에서 살기가 어려워서 피해 왔거나, 도시사회에 적응하지 못해서 도망쳐 왔거나, 가벼운 죄를 짓고 들어온 사람들이라는 거지요. 대개가 선량한 사람들이고, 스스로 원해서 온 사람들이지만 말입니다. 반면 대도시에서 독버섯처럼 살아가던 사람들도 있습니다만, 그들 모두가 심성 하나는 착하다는 사실입니다."

"갈수록 태산이군."

"선생도 잘 알고 있지 않습니까. 인간이 아무리 탐욕스런 동물이어도 선한 것은 분명하다는 사실을 말입니다. 인간들은 전쟁보다 평화를 사랑하고, 빼앗는 것보다 베푸는 것을 좋아하지요. 그런 인도적 정신이 화려한 물질문명 때문에 무너지고 말았어요. 어떤 의미에선 인간이 자초한 불행이라고 할 수 있겠지요. 그래도 인간이 착하고 선한 마음을 가지고 있는 건 틀림없습니다."

"······."

"생각해 보세요, 누구든 최초의 아담과 이브처럼 살려고 열심히 노력하지 않습니까? 인간이라면 누구나 그런 삶을 동경하고 있고요. 그래서 이 사람들이 여기에 모인 겁니다. 자기 잘못이나 과오를 씻고 우리가 희구하는 세계로 가기 위해서. 아니 모두 그리로 가게 되겠지요. 큰 하자가 없는 한 말입니다. 내가 알기에는 선생이 찾는 유리라는 여자분도 그리로 갔다는 생각이 듭니다."

"그래요?"

"그렇습니다. 우리가 추구하는 신세계는 보통 사람들이 상상하는 무지하고 몽매한 사회가 아닙니다. 어떤 면에서 보면 그곳은 인간들이 이룩한, 이 문명사회보다 훨씬 더 평화롭고 자유로운 사횝니다. 우리는 그 사회를 다시 복원코자 하는 거예요."

"이 그 델로피아라는 곳에다가 말입니까?"

"왜 안 되는 건가요?"

"안 된다는 게 아니라."

"그런 부정적인 태도를 버리세요. 그래야 새로운 세계가 만들어지는 겁니다."

집주는 충고조로 타이르고 내 얼굴을 빤히 쳐다본다. 나는 집주의 쭈글쭈글한 얼굴을 멍하니 응시한다. 집주가 홀 안쪽으로 걸음을 옮기며 천천히 입을 연다.

"우리는 이곳에 유토피아, 즉 델로피아로 가는 전초기지를 만들어 놓고 사람을 모집하고 있습니다. 선천적으로 착하고 선한 사람들만 특별히 선별해서 말이에요. 최초의 인류인 아담과 이브가 살았던 사랑과 희망이 가득한, 태초에 인류가 누렸던 선하고 평화스런 세상을 만들기 위해서지요. 헌데 이렇게 쉽게 현대문명이 무너지리라곤 예상치 못했던 겁니다. 그래서 우리는 침몰하는 지하부를 먼저 구하려는 거예요. 이 사람들을 보세요. 다 우리 목적이나 이상에 맞는 사람들인데, 지금은 인간들이 뿌려 놓은 죄악 때문에 자신을 희생시키고 있지 않습니까."

"그래서 저렇게 열심히 물을 퍼내는 겁니까?"

"그렇습니다."

"그럼 유리도 여기를 거쳐 델로피아라는 곳으로 갔다는 말입니까?"
"말하자면 그런 셈이지요."
"집을 나온 지 얼마 안 됐는데도요?"
"여기서는 시간 같은 건 별 의미가 없습니다. 얼마나 인간성이 좋고 인성이 바르냐가 중요한 거지요. 바깥세상에선 눈에 보이는 객관적 능력에 따라 가치를 평가하고 직급도 조정하지요. 하지만 여기선 인성이나 덕성에 따라 완급을 조정합니다. 이곳은 바로 그런 뎁니다. 바깥세상에서 평가하는 잣대하고는 전혀 다른 자로 재거든요. 내 말은 밖에서 이룩한 능력이나 성공, 출세 같은 건 아무런 가치도 없다는 얘깁니다. 선이나 악에 대한 개념도 마찬가지고요."
"선이나 악에 대한 개념까지요?"
"물론입니다. 이곳에서 말하는 선은 단순히 남을 위한다는 개념과는 다르니까요. 그걸 한마디로 설명하긴 어렵지만, 타인을 사랑하거나 타인을 위해 일하는 것은 기본적이고, 그보다 더 큰 개념으로 사랑을 실천해야 한다는 뜻입니다."
"잘 모르겠군요."
"그럴 겁니다. 선생도 화려한 문명세계에 길들여진 사람이니까요."
"그런데 어떻게 저렇게 온순하게 일만 하는지 이해가 안 갑니다."
"우리 세계로 내려오면 다 순하게 교화됩니다. 그래서 누구든 지하부로 내려오고 싶어 하고, 또 자진해서 오게 되는 겁니다. 잘 생각해 보세요. 여기까지 오는 동안 뭔가 느낀 게 없습니까? 좀 선하게 살겠다든가 생활방식이 옳지 않았다는 생각 같은 거 말이에요."
"그런 생각이 좀 들기는 들었지만…"
"바로 그겁니다. 나쁜 짓을 많이 한 사람일수록 여기선 더 열심히 일하고 봉사하고 헌신하게 됩니다. 그게 우리가 만드는 지하부하고 인간세상하고 구별되는 점이에요. 저 원추형 기둥 옆에서 일하는 사람이 보이지요. 그 사람도 밖에서는 나쁜 짓만 일삼던 사람이에요. 그런데 지금은 죽어라 하고 물을 퍼내지 않습니까."

집주가 지적한 사람은 20대의 건장한 청년이다. 청년은 긴 머리를 늘어뜨린 채 물을 퍼내는 중이다. 그 옆에서 물을 나르는 젊은 여자도 상황은 비슷하다. 그런데 이상한 것은 그들의 진지한 태도나 엄숙한 표정이다. 그들은 마치 물을 퍼내는 게 절체절명의 과제인 것처럼 최선을 다하고 있다.

"저 사람들은 물속으로 가라앉는 헤라이온 빌딩, 유토피아 지하클럽, 타락한 문명의 도시, 위기에 처한 지하부를 구하기 위해 사력을 다하는 겁니다. 아니 인류 전체를 구하기 위해 자신을 희생하는 거지요. 보다시피 인간은 물론이고 기둥 하나까지 구원에 나서지 않았습니까. 지하부를 떠받치고 있는 기둥들을 잘 보세요. 모든 기둥이 하늘을 받치는 거인 아틀라스하고 힘이 장사인 헤라클레스, 트로이 전쟁의 영웅 아킬레스, 아테네의 왕 테세우스 조각상으로 만들어져 있지요?"

집주의 말을 듣고 보니 물속에 잠긴 기둥들은 모두 주초가 없다. 또 얕은 사발 모양을 한 주관에다가 네모진 판관으로 된 도리스식 기둥이다. 거기다가 높이는 직경의 네 배 정도고, 주신에는 22개의 도랑이 새겨져 있다. 특이한 것은 맨 윗부분에 아틀라스와 헤라클레스, 아킬레스, 테세우스, 아폴론, 아레스, 헤르메스, 화우누스 상이 섬세하면서도 힘이 넘치게 조각되었다는 사실이다. 문제는 그런 기둥이 수백 개는 있고, 그 기둥마다 그리스의 영웅과 추앙받던 인물들이 조각되어 있다는 것이다.

"이 상태로 간다면 지하부 물론이고 유토피아 지하클럽, 헤라이온 빌딩, 화려한 문명도시, 더 나아가 대륙 전체가 물속에 가라앉고 말 겁니다. 이 사람들 힘만으론 그걸 막아내기 어렵거든요."

내가 뛰어들 기색을 보이자 집주가 만류한다.

"그만두세요. 선생은 아직 그럴 단계가 아니니까요."

나는 울렁이는 가슴을 진정시키며 사람들을 지켜본다. 무너지는 건물을 떠받친 영웅과 신들의 몸은 점점 더 물속으로 잠겨 가고, 수많은 사람들이 혼신의 힘을 다해 물을 퍼내는 중이다. 엄숙한 표정을 짓고 서 있던 집주가 슬그머니 묻는다.

"그 여자분은 분명히 여기에 없는 거지요?"

"없습니다."

"그렇다면 확실히 그리로 간 겁니다."

"델로피아로 말입니까?"

"선생은 더 이상 궁금해 할 필요가 없습니다. 여기까지 온 것만으로노 충분하니까요. 물론 이해하지 못한다 해도 어쩔 수 없습니다. 단 한 가지. 우리 인류가, 이 찬란한 현대문명이 위기에 처했다는 사실만 알았다면 충분합니다. 바다를 지배하는 포세이돈도 물을 포기했고, 하데스도 지옥을 버린 지 오래됐습니다. 생활의 여신인 아르테미스도 삶을 외면했고. 사랑의 신인 에로스와 아프로디테, 꽃의 여신인 플로라, 출산의 여신 루키나, 행복과 번영을 지켜 주는 페나테스까지 도망쳤어요. 숲을 지키는 신 사티로스, 아궁이 수호신 헤스티아, 농업의 여신 데메테르, 술의 신 디오니소스, 미의 여신 에우프로슈네, 아그라이아, 타레이아, 운명의 여신 크로우트, 라케시스, 아트로포스, 가축의 신 판, 전쟁의 여신 베로나, 가축과 목장의 여신 파레스, 계절의 신 베르툼누스도 자신의 의무를 저버렸습니다."

"그게 정말입니까?"

"정말이고말고요. 거기에 그치면 내가 말을 안 하겠습니다. 게르만 민족의 대표신 오딘도 자신의 임무를 내팽개쳤어요. 임무를 포기한 신들은 너무나도 많습니다. 토르, 튀르, 임달, 발드르, 로키, 호드, 발리, 브라기, 회니르, 뇨드르, 로두르, 프레이, 델링그, 포르세티, 헤르모드, 메일리, 새악스노트, 울르 같은 남자 신들이 바로 그들이에요. 남자신들이 포기하니까 여신들도 덩달아 임무를 포기하고 피신해 버렸어요. 프리그, 스카디, 시프, 이둔, 난나, 굴베이그, 네르투스, 시귄, 뇨룬, 에이르, 프레이야, 게르드가 그녀들입니다."

"신이란 신은 모두 도망쳤군요."

"그렇다고 보면 맞습니다. 도망친 신들이 너무 많아서 이름을 대기가 숨이 찰 정도예요. 즉 흘린, 바르, 사가, 쉰, 바두헨나, 탄파나, 빌, 소루스, 베윌라, 에오스트레, 풀라, 게피온, 게르세미, 그나, 하리아사, 헬, 흐레타, 흐노스, 일름, 이르파, 로픈, 노트, 린드르, 산드라우디가, 진트군트, 쇼픈, 스노트라, 소게르드 홀가브루드, 란, 보르가 도주에 동참했습니다. 하지만 선생만큼은 그러지 않을 것이라고 믿습니다. 위대하고 위대한 신들처럼 도망치거나 포기하기 않을 거라 이 말이에요. 그렇지 않습니까?"

"……"

"선생은 이 세상에 남아 있는 몇 안 되는 마지막 인간… 즉 인류를 구원할 아홉 번째 의인이 돼야 합니다. 아니 반드시 그렇게 행동하고, 꼭 그런 사람이 되어야 합니다. 이 시대를 짊어질 아홉 번째 선인이. 바보 같은 신들처럼 도망치지 말고, 인류를 위해 적극적으로 뛰어들라 이 말이에요. 이건 내가 선생한테 간절히 바라는 부탁이자 희망사항입니다. 알겠습니까?"
 집주는 침통한 표정으로 말을 하고 뚫어지게 바라본다. 나는 뭐가 뭔지 모르지만 그렇게 하겠다는 표시로 고개를 끄덕인다. 집주가 조금은 밝아진 모습으로 걸음을 떼어 놓는다.
 "그럼 선생은 이제 돌아가도록 하지요. 이곳에 있어 봐야 우리한테는 도움이 되지 않으니까요."
 "이건 도대체 뭡니까?"
 "뭐가요?"
 "이게 꿈이냐 현실이냐 그 말입니다."
 "그건 밖에 나가서 생각해 보세요. 만약 일상으로 돌아가서 이곳 일이 생각난다면 다시 찾아올 것입니다. 그렇지 않고 여기서 일어난 일을 망각해 버린다면 다른 사람들처럼 평범한 삶을 살아가겠지요. 당연히 나를 만나고 지하부에서 일어났던 일도 기억하지 못할 거고요."
 "혹시 제가 평행우주에 온 건 아닙니까?"
 "평행우주요? 패러렐 월드 말입니까? 우주 안에 똑같은 세계가 존재한다는 이론 말이에요?"
 "그렇습니다."
 "글쎄요, 그런 세계가 존재한다면 구태여 부정할 이유도 없겠지요. 어차피 그곳에도 우리하고 똑같은 사람이 살고 있을 테고, 똑같은 갈등과 고민을 하고 있을 테니 말입니다."
 "도대체 뭐가 뭔지 하나도 알 수 없으니."
 "뭘 그렇게 어렵게 생각합니까? 그냥 쉽게 생각하세요. 눈에 보이면 보이는 대로 안 보이면 안 보이는 대로."
 "그래도 그렇죠."
 "아무 걱정 말고 뒤로 돌아 곧장 가세요. 그러면 커다란 동굴이 나타날 겁니다. 그 동굴을 따라 쭉 나가면 됩니다. 뒤는 돌아볼 필요도 없습니다. 돌아봐야 아무것도 보이지 않을 테니까요. 동굴 끝에 도착하면 밖으로 나가는 길이 보일 겁니다. 그 다음부터는 선생 마음대로 하십시오."

"……."

"본래 인간은 동굴에서 나고 동굴에서 살다가 동굴에서 죽지 않았습니까? 지금도 동굴 같은 집을 지어 놓고 먹고 자고 놀고요. 아파트니 맨션이니 빌라니 오피스텔이니 하우스니 하면서. 그러니 편안한 마음으로 가세요. 그러면 모든 게 잘 풀릴 겁니다. 자 조심해서 가십시오. 나는 내 앞에 산적한 문제들을 해결해야 되거든요. 나는 한시도 쉴 틈이 없어요. 쉬어서도 안 되고요. 그럼 다시 만날 때까지 건투를 빕니다."

집주가 나를 향해 싱끗 웃고 복도를 휘적휘적 걸어간다. 나는 복도 저쪽으로 멀어지는 집주를 멍하니 바라본다. 망토를 펄럭이며 가는 노인은 분명히 예수의 모습이다. 나는 그 자리에 서서 백발노인을 한동안 응시한다. 그때 철문 열리는 소리와 함께 빛이 쏟아져 들어온다. 나는 멍한 기분으로 빛을 따라 걸음을 떼어 놓는다. 희미한 빛을 향해 갈수록 정신은 점점 더 몽롱해진다. 어둠이 끝나는 지점에 이르렀을 때, 나는 비로소 동굴을 기어간다는 사실을 깨닫는다. 물이 질퍽거리고 박쥐가 날아다니는 어둡고 음습한 동굴을.

19

인간 개개인한테는 비정상적인 확신, 환상, 착각 등과 같은 현상이 정신적으로 해리解離[26]되었을 때, 즉 의식과 태도와 여기에 반대되는 무의식 내용이 생겼을 때 나타난다. 의식은 이와 같은 내용에 대해서는 전혀 정보가 없기 때문에 의식은 해결할 길이 없는 상황과 대치하게 되고, 이 낯선 무의식의 내용은 직접 의식과 통합되지 못한 채 겉돌고 만다. 또 간접적으로만 자신을 나타내서는 뜻하지 않은, 처음에는 설명이 불가능한 의견이나 확신, 착각과 같은 환상을 만들어 내게 되는 것이다. - 융의 「현대의 신화」 중에서

"햄버거 좀 사다 줄래? 죽 먹는 건 이제 질렸어."

---

26) 해리解離 : 뭉쳐 있던 것이 풀려 떨어짐, 또는 풀리어 떨어져 나감.

나는 병상머리에서 책을 읽는 제니에게 사정한다. 제니가 퉁명스런 소리로 쏘아붙인다.
"안 돼. 오빠는 아직 환자란 말이야."
"그렇지 않아. 나 정말 멀쩡해."
나는 침상에서 일어나 몸을 이리저리 움직인다. 제니가 한심하다는 듯 코웃음을 친다.
"그런 사람이 하수구 속에 며칠씩 쓰러져 있었어? 구급대원이 그러는데 몇 시간만 늦었어도 생명이 위험했대."
"환자 노릇 하는 것도 지긋지긋하다. 뭐 재미있는 일 없나?"
4인 병실에는 나 외에 3명의 환자가 더 있다. 간이 나쁜 40대 남자와 교통사고로 목을 다친 50대, 맹장을 떼어 낸 30대가 그들이다. 특이한 건 그들 모두가 건강해 보여서 환자라는 사실이 믿어지지 않는다. 간이 나쁘다는 사람은 밤만 되면 병원을 나가 술을 마신다. 목을 다친 남자도 시도 때도 없이 쏘다니며 남의 일에 참견한다. 맹장을 떼어 낸 사람도 여자친구와 면회객으로 눈코 뜰 새 없이 바쁘다. 그들 눈에는 나도 나일론환자처럼 보일지 모른다. 맨홀 속에서 사흘씩이나 의식을 잃고 쓰러져 있었다 하더라도.
사실 나도 내가 왜 맨홀 속에 들어갔는지 생각나지 않는다. 더러운 맨홀 속에 사흘간 누워 있었고, 구급대원한테 구조되었다는 사실밖에는. 그런 나를 보며 그들도 이상하다고 머리를 갸우뚱거린다. 중환자라고 들어온 사람이 하루가 지나자 언제 그랬냐는 듯이 농담을 주고받으니까.
"음악 틀어 줄까?"
제니가 읽던 책에서 눈을 떼며 무심한 투로 묻는다. 나는 창밖을 보다가 반사적으로 고개를 끄덕인다. 지금처럼 답답한 상황에서는 음악을 듣는 게 최선이다. 졸음이 쏟아질 정도로 나른한 병실의 오후를 보내기에는. 제니가 수차례 반복해서 들은 뮤직플레이어 스위치를 올린다. 잠시 후 노라 존스의 던트 노우 와이가 잔잔히 흘러나온다.
"아참 나래라는 애한테서 전화가 왔었어."
제니가 갑자기 생각난 듯 고개를 쳐든다.
"나래한테서? 무슨 일로?"

"요새는 왜 들르지 않느냐는 거야."

"그래서?"

"오빠가 좀 바쁘다고 했지. 그랬더니 그 여자애가 나한테 묻더라고. 전화를 받는 댁은 누구냐고. 내가 오빠 여자친구인 줄 알았나 봐. 그래서 뭐라고 했는지 알아?"

"뭐라고 그랬는데?"

"열흘 전에 새로 들어온 동거인이라고 말해 줬지. 그 여자애가 또다시 묻더라고. 언제까지 같이 살 거냐고. 그래서 싫어질 때까지 같이 살 거라고 쏘아붙였어. 그랬더니 말없이 전화를 끊더라고. 대체 그 여자애는 누구야?"

제니가 약간 신경질이 난다는 얼굴로 쳐다본다. 나는 천정을 응시하다가 벽 쪽으로 돌아눕는다.

"사촌오빠하고 스피드 쿠킹점을 하는 아이야."

"이젠 그런 애들하고도 사귀는 거야?"

"그런 애들이라니?"

"목소리가 어려 보이던데. 십대처럼."

"십대는 아니고, 막 스무 살이 됐어."

"스무 살이라면 어린 편이지."

"난 그렇게 생각하지 않는데."

"어쨌든 어린 애들을 만나는 건 분명하잖아."

제니가 입을 삐죽 내밀고 다시 책 속으로 눈길을 던진다. 제니가 지금 한창 집착하는 책은 로맹 가리의 새벽의 약속이다. 제니가 프랑스 작품을 읽는 건 특이한 일이다. 책이라고 해 봐야 주간지, 플레이보이지, 성인만화만 들여다보던 아이가. 가끔은 그럴듯해 보이는 책을 들고 다니기도 한다. 편하게 죽기 위한 13가지 방법, 많이 먹으며 살 빼는 22가지 기법, 섹시한 남자 꼬이는 24가지 기술, 코로나19를 피해 가는 28가지 방법, 오르가슴에 이르는 33가지 테크닉 따위의 책들을. 제니가 책에 눈을 박은 채 작은 소리로 중얼거린다.

"역시 프랑스 소설은 달라."

"뭐가 다른데?"

"진지하고 재미있는 게 읽을수록 호기심이 당겨."

제니의 태도로 보아 새 남자친구가 프랑스 유학파인 것 같다. 그게 아니면 프랑스로 이민을 간 교포 이세든가.

"어떤 면에선 로맹 가리가 앙드레 도델보다 나은 것 같기도 해. 앙드레 도델은 뭔지 모르게 고전소설을 읽는 느낌이거든. 그에 비하면 로맹 가리나 미셸 투르니, 크리스티안 바로슈는 훨씬 모던한 편이야. 재미도 있고."

"어쩐 일이냐? 네가 그런 소설을 다 읽고."

"왜 내가 이런 소설을 읽으면 안 되는 거야?"

"안 된다는 게 아니고, 너하고 어울리지 않는 것 같아서."

"어울리지 않을 것 하나도 없어. 나도 이젠 고상해지기로 했거든."

나는 이런 종류의 대화 자체가 무의미하다고 생각한다. 아무런 쓸모도 없고 가치도 없는 따분한 말들. 제니가 프랑스 소설을 읽든 영국 소설을 보든 무슨 대수란 말인가. 제니한테 또 한 명의 남자친구가 생겼을 뿐이다. 프랑스 유학파가 아니면 영국 학위파 같은 청년이. 제니가 책에서 눈을 떼며 심드렁한 목소리로 입을 연다.

"디나라는 애는 왜 자꾸 전화를 하는 거야? 오빠가 없다고 해도 계속 바꿔달라니."

"디나가?"

"자기 말로는 오빠 애인이라던데. 또 요하인지 뭔지 하는 친구한테 전화 좀 그만하라고 해. 시도 때도 없이 전화를 걸어서 이상한 음악을 틀어 대니."

나는 휴대폰을 집어 들고 디나의 번호를 검색한다. 디나가 급하다고 했다면 무슨 일이 생긴 게 분명하다.

"귀찮아 죽겠어. 한두 명도 아니고."

제니가 눈살을 찌푸려 보이고 다시 책을 펴든다. 나는 디나의 번호를 찾아서 발신 버튼을 누른다. 아무리 벨이 울려도 디나는 휴대폰을 받지 않는다.

"그런 애가 얌전히 처박혀 있겠어. 어디 모텔 같은 데서 뒹굴겠지."

제니는 보지 않아도 뻔하다는 투로 종알거린다. 나는 디나의 휴대폰에 메시지를 남긴다. ―나 지금 동아병원에 있다. 12병동 1210혼데 다친 곳은

문명, 그 화려한 역설 113

없고 누워서 시간 보내는 중이야. 병원에서 나가는 대로 들를게— 내 멘트를 듣고 제니가 피식 웃는다.
"그딴 애가 걱정 같은 걸 할 줄 알아?"
"그 애 착한 아이야. 아무리 자유분방하게 살아도."
"그건 자유분방한 게 아니고 방탕한 거야."
"그 정도는 건실한 편이야. 일주일에 남자를 여섯 명이나 바꾸는 애도 있어."
"하긴 그 정도에 비하면 건실한 편이겠지."
"너라고 디나하고 다를 게 뭐 있냐? 그게 그거지."
"나는 남자를 매일같이 바꾸지 않아. 또 내 방침은 마음에 안 들어도 최소한 십일은 끌어 주는 거고."
"좋은 방침이구만."
"오빠는 어떻고?"
"나는 모범적인 편이야. 류대에 비하면."
"피…"
제니는 쉽게 인정할 수 없다는 표정이다. 나는 잠시 노라 존스의 던트 노우 와이를 듣는다. 내가 음악을 듣자 제니도 다시 책을 읽기 시작한다.

"그건 그렇고 하수구에 빠진 건 어떻게 된 거야?"
제니가 고개를 쳐들고 궁금하다는 투로 묻는다.
"나도 그걸 모르겠어."
"하나도 기억나는 게 없어?"
"잠복근무를 하다가 유리를 발견하고 따라간 것까지는 생각나. 근데 그 이후가 문제야. 전혀 모르겠으니."
"이상한 여자들만 상대하니까 괴이한 일이 벌어지는 거야. 좀 건강하게 살아."
"그래야겠지."
"아 따분해. 모든 게 지루하고 답답한 것투성이야."
제니가 책을 덮어 놓고 창밖으로 눈길을 던진다. 나는 뮤직플레이 볼륨을 약간 높인다. 음악은 던트 노우 와이에서 바스켓 케이스로 바뀐다. 나는 병상에 누운 채 바스켓 케이스를 듣는다. '당신은 일없는 일에 대해 푸념하는 내 말을 들어줄 시간이 있나요. 나는 아주 심하게 감상적인 사람이에요. 또 아주 심하게 신경질적이 되기도 하지요. 정말 그런 것 같아요.' 나는 베개를 당겨 머리에 받치고 천정을 응시한다.
"그 친구는 어때? 제이 킴이라는 미국 유학생."
"딴 여자애랑 돌아다니겠지, 뭐."
"그럼 그 친구하고는 끝난 거야?"
"끝났다고 봐야겠지."
"빠르군."
"오빠보단 느려."
"내가 더 빠르다고?"
"그럼 그렇지 않단 말이야?"
제니가 당연하다는 듯이 눈을 크게 떠 보인다. 나는 멋쩍은 표정을 지으며 웃는다. 사실 제니보다 내가 더 분별없이 살아가는 것인지 모른다. 제니는 최소한 사랑하는 사람을 만나고 헤어지니까. 나는 허공을 응시한 채 조용히 고개를 가로젓는다. 나는 사랑의 감정이나 의미 따위는 안중에 두지 않는다. 그저 하릴없이 빈둥거리는 여자라면 누구라도 섹스를 한다. 그게 나와 제니의 다른 사랑 방정식이고 연애놀이다. 차분한 모습으로 책을 읽던 제니가 불쑥 입을 연다.
"나는 그렇다고 치고, 오빠는 왜 그렇게 사는 거야?"
"그렇게 살다니?"
"취미에 맞지 않는다면서 왜 그 고생을 하느냐 이거지."
"폴리스가 어때서?"
"매일 바쁘잖아. 생활도 규칙적이지 못하고."
"내 생각엔 불규칙한 행위라도 잘 보면 일정한 규칙이나 리듬이 있다는 거야."
"그래도 나는 시간에 맞춰 출퇴근하는 남자가 좋더라."
"내 걱정은 말고 네 주변이나 잘 정리해."
"아무렴."
나는 유리창으로 비치는 6월의 푸른 하늘을 올려다본다. 솜털 구름이 높게 떠다니고 새들 지저귀는 소리가 들려온다. 나는 싱그럽고 청량한 새들의 지저귐을 들으며 눈을 감는다.

문명, 그 화려한 역설

제 2 부

20

　욕망이라는 정념은 정기들에 기인된 정신의 분란으로서 그 정기들은 정신이 알맞다고 여기는 것들을 정신으로 하여금 장차 바라고 싶게 한다. 우리는 눈앞에 없는 선한 것의 현존만이 아니라 현재 존재하는 것의 보존도 아울러 바란다. 또한 나아가 이미 지닌 악과 장차 닥칠지도 모를 사예邪穢[27]의 결여까지도 바란다. − 데카르트의 「정념론」 중에서

　신세대를 자처하는 디나는 언제나 적극적이고 공격적이다. 평소 하는 말이나 행동은 물론이고 섹스까지도. 나는 그런 태도와 가치관을 가지고 있는 디나를 좋아한다. 무엇이든 주저하지 않고 실행에 옮기는 22살짜리 여자애. '오빠는 냄새까지 마음에 든단 말이야.' 디나가 품에 안긴 채 조잘거린다. 나는 길고 탐스런 머리를 천천히 쓰다듬는다. 디나가 내 얼굴을 보며 생긋 웃는다. 나는 평소 디나를 사랑스럽고 귀여운 여동생처럼 대한다. 그럴 때면 더욱더 어리광을 부리며 매달린다. 디나가 이런 태도를 보일 때는 특별한 이유가 있다. 남자친구와 헤어졌거나 절교를 당했을 때. 또는 말 못할 고민에 빠져서 속을 끓일 때 등이다.
　"근무하다 맨홀 속에 빠졌다면서요?"
　"그랬지."
　"그거 정말이었구나."
　"이젠 괜찮아."
　나는 팔다리를 펴고 위아래로 움직인다. 디나가 내 몸 여기저기를 만지며 눈을 흘긴다.
　"난 오빠가 많이 다친 줄 알았지."
　"보다시피 멀쩡해."
　"이렇게 멀쩡하다면 걱정 같은 건 하지도 않았을 텐데."
　"그건 그렇고 다른 사람은 없는 거지?"
　나는 불안한 얼굴로 침실 안쪽을 기웃거린다. 내 표정을 살피던 디나가

---

27) 사예邪穢 : 사악(邪惡)하고 더러움.

피식 웃는다. 나는 긴장감을 풀지 않고 집 안팎을 살핀다. 내가 이런 행동을 하는 데는 그럴 만한 이유가 있다. 그건 디나의 아파트에 낯선 남자들이 들락거리기 때문이다. 나이가 지긋하고 사회적 지위를 가진 남자들이. 언젠가는 벌거벗은 40대와 욕실 앞에서 마주쳤다. 그럼에도 디나는 천연덕스럽게 그 남자를 소개시켰다. 그럴 때마다 나는 어떻게 해야 할지 몰라 쩔쩔맨다. 디나는 그런 나를 보고 바보처럼 순진한 오빠라고 놀려 댄다. 물론 디나의 행동을 이해하지 못하는 것은 아니다. 왜냐하면 디나는 고급 룸살롱에 나가는 호스티스기 때문이다.

"뭐야. 급한 일이라는 건?"

"오빠가 보고 싶어서 장난친 거예요."

"난 또…"

"그것 때문에 놀랐어요?"

"조금."

"바보같이."

두터운 쌍꺼풀과 클레오파트라처럼 길쭉한 코가 개성인 여자애. 특히 하얀 피부와 늘씬한 키, 시원스런 눈매가 시선을 끈다. 나는 온몸이 매력 덩어리인 여자애와 봄날 오후를 만끽하는 중이다. 디나가 소파에서 일어나며 기지개를 켠다.

"음악 들을래요?"

"글쎄."

"맥주라도 마시든지?"

"맥주라."

"조금만 마셔요."

"조금이라면 좋아."

"어떤 걸로 할래요? 벡스 아니면 카프리?"

"아무거나."

디나는 늘씬한 몸매를 보여주는 것을 좋아한다. 그래서 옷도 속이 비치는 실크 소재만 골라 입는다. 지금도 디나는 투명할 정도로 얇은 원피스만 걸친 상태다. 브래지어는 물론이고 작은 팬티조차 입지 않고. 디나가 냉장고 안에서 캔맥주를 몇 개 꺼낸다. 나는 미끈하게 빠진 디나의 몸매를 지그시 바라본다. 디나가 캔맥주를 건네주며 속삭인다. '커튼 내릴까요?' 나는 캔맥주를 한 모금 마시고 고개를 끄덕인다. '그게 좋겠다.' 라나가 손을 뻗어 꽃무늬가 들어간 핑크색 커튼을 내린다. 환하던 거실은 이내 꽃무늬를 머금은 붉은빛으로 채워진다.

"오빠 스킨십은 느낌이 좋아요."

나는 디나의 희고 갸름한 얼굴을 가만히 들여다본다. 새근거리는 디나의 얼굴은 귀엽다 못해 천진스럽다. 디나가 내 뺨에 키스하고는 쿡쿡 웃는다.

"오빠는 언제나 조용히 페팅을 해요?"

"아니 그냥 디나가 사랑스러워서."

"섹시하지는 않고?"

"물론 섹시하기도 하지."

"난 오빠 모든 게 좋아요. 페팅하는 것도 좋고 섹스를 할 때는 더 좋고."

"나는 마음에 들지 않을까 봐 걱정했는데."

"항상 괜찮았어요."

"다행이다."

"근데 한 가지 소원이 있어요."

"나한테?"

"네."

"무슨?"

"오빠 정액을 먹게 해 주세요."

"정액을 왜?"

"좋아하는 사람 정액을 먹으면, 진실로 사랑하게 된대요."

"지금도 사랑은 하잖아."

"오빠를 영원히 사랑하고 싶단 말이에요. 죽은 다음에도요."

"죽은 다음에도?"

"말하자면 그렇다는 뜻이에요."

"디나가 원한다면 그렇게 해."

"약속한 거예요."

"물론."

"이제야 오빠를 내 것으로 만들 수 있겠다. 영원히…"

디나가 기쁨이 가득한 눈빛으로 빤히 쳐다본다. 나는 디나의 눈부시도록 투명한 알몸을 끌어안는다. 디나가 목에 양팔을 두르고 밀착해 온다. 나는 가슴에서부터 아래쪽으로 내려가며 페팅을 시작한다. 디나가 가쁜 숨을 몰아쉬며 양탄자에 주저앉는다. '오빠 손은 마술사 손 같아요.' 디나가 억제된 신음소리를 뱉어 내며 몸을 비튼다. 나는 계속 디나의 매끄러운 몸을 더듬어 내려간다. 작은 우물처럼 패인 배꼽을 지나자 검은 숲이 보인다. 이슬을 머금은 숲은 누군가를 기다리는 것처럼 다소곳이 숨어 있다. 나는 그 작은 숲 깊은 곳에 손가락을 댄다.
 "참을 수가 없어요."
 디나가 가늘게 떨며 애절한 신음소리를 내뱉는다. 나는 이슬이 맺힌 검은 숲을 향해 좀 더 가까이 다가간다. 신비스런 숲은 촉촉하게 젖은 물기로 반짝인다. 나는 그 수풀 끝에 매달린 이슬에 혀를 댄다. 디나도 한껏 팽창된 페니스를 입에 넣고 조심스럽게 빤다. 잠시 후면 디나는 내 정액을 받아먹을 것이다. 영원히 사랑의 감정을 유지하기 위해서.

 "오빠한테 물어볼 게 있어요."
 조용히 누워 있던 디나가 상체를 일으킨다. 나는 온몸에 흐른 땀을 수건으로 닦는다.
 "뭘 물어보고 싶은데?"
 "어느 날 내가 죽어 버리면 어떡할래요?"
 "디나가 죽다니 왜?"
 "내가 갑자기 사라지면 어떡하겠냐는 말이에요."
 "당연히 슬퍼하겠지."
 "그뿐이에요?"
 "그뿐이라니?"
 "단순히 슬퍼하는 것뿐이냐 이 말이에요."
 "그야 잊지 못하겠지."
 "나하고 약속해요."
 "무슨 약속?"
 "내가 죽어도 잊지 않는다는 약속."

"그거야 어려운 건 아니지만…"
"그렇다면 약속해 줘요."
"디나가 원한다면 그러지 뭐."
"그럼 됐어요."

디나가 흡족한 대답이라는 듯 해맑게 웃는다. 나는 땀이 흥건한 디나의 목덜미를 쓰다듬는다. 디나가 벌겋게 상기된 내 얼굴을 물끄러미 쳐다본다. 나는 뒤엉킨 디나의 머리카락을 어루만진다.

"죽는 건 바보들이나 하는 짓이야."
"나도 알아요."
"그런데 왜 죽느니 뭐니 하는 거야?"
"그냥 해 본 거예요. 오빠가 어떻게 나오나 보려고."
"세상은 할 일도 많고 끝도 없이 넓어."
"살아 볼 만도 하고요."
"그렇지."
"그러니 죽으면 안 되는 거고요."
"물론이지."
"어때요. 내가 죽을 것 같아요?"
"어딘가 불안한 구석이 있어."
"바보…"

디나가 내 뺨을 살짝 꼬집었다가 놓는다. 나는 먹다 만 캔맥주를 마저 들이켠다. 디나가 다시 품에 안기며 중얼거린다.

"사실은 나 임신했어요."
"임신?"
"누구 애인지 궁금하죠?"
"조금은."
"걱정 말아요. 오빠 애는 아니니까."
"……"
"산부인과엘 가야 되는데 같이 가 줄 남자가 없었어요."
"……"
"오빠가 같이 가 줄 거죠?"

"알았어."

나는 시원스럽게 대답하고 눈을 감는다. 섹스의 뒤끝을 음미하듯 디나가 품속으로 파고든다. 나는 눈을 감은 채 디나의 알몸을 꼭 끌어안는다. 디나의 마음을 점령한 고민을 해결해 줘야 한다. 그래야 디나와 한 약속을 지켜 주는 것이 된다. 디나에 대한 나의 신뢰를 확인시키는 것이기도 하고.

21

유쾌, 발랄, 환희는 선의 현상 또는 감각이고 절망, 침울, 불쾌는 악의 현상 또는 감각이다. 따라서 모든 욕구, 의욕, 사랑은 많든 적든 생의 기쁨, 이유怡愉[28], 희망을 동반하며 모든 증오, 좌절, 혐오는 많든 적든 불쾌나 노여움, 절망을 동반한다. - 홉스의「리바이어던」중에서

아이들 조잘거리는 소리와 경쾌한 음악소리. 귀엽고 앙증스런 유니폼 차림의 아르바이트 학생. 아이스크림 주문하는 소리와 음료수 먹는 소리. 그 모두가 신세대 전용 아이스크림점답게 생동감이 넘친다. 그런데다 모든 의자가 그네로 되어 있어 더욱 이채롭다. 나는 흥미로운 표정을 지으며 코린토스 내부를 둘러본다. 다미가 얼굴 가득 미소를 띤 채 건너다본다.
"어때? 우리 가게 분위기 괜찮지?"
"활기가 넘쳐서 좋다. 의자를 그네로 만든 것도 이색적이고."
"그래서 내 또래 학생들이 많은 거야."
"근데 좀 어수선한 것 같다, 일도 많을 것 같고."
"파리를 날리는 것보단 낫지."
"하긴 바쁜 것 자체가 아름다운 거니까."
나는 물을 한 모금 마시고 싱끗 웃는다. 다미가 자세를 바로잡으며 어깨

---

28) 이유怡愉 : 마음이 기쁘고 즐거움.

를 으쓱 한다. 자신의 선택이 자랑스럽다는 듯이. 나는 재킷을 벗어 놓고 편하게 앉는다. 다미가 천정에 매달린 그네를 앞뒤로 흔든다.

"오빠 병원에 입원했었다면서?"

"입원하긴 했는데, 지금은 괜찮아."

"그거 정말이었구나."

다미가 놀랐다는 듯이 눈을 동그랗게 뜬다. 나는 어깨를 펴고 좌우로 움직여 보인다. 다미가 몸 여기저기를 만지면서 눈을 흘긴다.

"난 깜짝 놀랐어. 오빠가 많이 다친 줄 알고."

"다쳤으면 괜찮게? 안 다쳤으니 문제지."

"안 다쳐서?"

"입원한 김에 며칠 쉬려고 했거든."

"하긴 며칠 쉬는 것도 괜찮겠다."

"문제는 병원이 체질에 맞지 않는다는 거야. 며칠 누워 있는데 죽을 맞이었어."

"멀쩡한 사람이 누워 있었으니, 그럴 만도 하지."

다미가 내 앞으로 바짝 다가앉으며 눈을 반짝인다.

"사람들은 뭐라고 그래? 오빠가 아프다니까."

"류대 말은 내가 과로를 했다는 거야. 연일 계속된 잠복근무 때문에."

"그럴 만하겠다. 캄캄한 맨홀 속에 사흘간이나 쓰러져 있었으니."

"근데 이상한 건 내가 헛소리를 하면서 유토피아 지하클럽을 찾더라는 거야. 유리를 만나야 된다고. 그래서 그런 이름을 가진 클럽을 인터넷으로 검색해 봤대. 헌데 유토피아 나이트클럽 자체가 없더래. 결국 근무가 너무 힘들어서 그랬다는 결론을 내린 거지. 덕분에 일주일간 휴가를 얻었지만."

"그럼 당분간 비상연락은 오지 않겠네?"

"당연히 일주일은 자유야."

나는 다미의 손을 잡고 의기양양하게 말한다. 다미가 그네를 앞으로 밀면서 속삭인다.

"오늘 저녁에 내 자취방으로 가자."

"왜?"

"오빠가 좋아하는 음식 만들어 줄게."

"정말?"

"내 말 못 믿겠어?"

"그건 아니지만 걱정이 돼서."

"오빠 내 실력 잘 모르는구나. 해 먹일 사람이 없어서 그렇지, 한식은 물론이고 양식도 만들 수 있어."

"양식까지?"

"그렇다니까."

"그럼 어디 한번 다미 요리 솜씨를 볼까?"

"아마 맛있어서 숟가락도 놓지 못할 거야."

"좋아. 먹어 보기로 하지 뭐."

"약속한 거야."

"물론."

"이제 두 시간만 있으면 된다."

다미가 신난다는 듯이 박수를 짝짝 친다. 나는 탁자 위에 있는 메뉴판을 집어 든다.

"내가 이 집 매상을 올려 줘야겠다."

"그러지 않아도 되는데."

"나 지금 아이스크림이 무척 먹고 싶거든."

"하긴 코린토스 아이스크림은 특별하니까. 예쁘고 귀여운 실내장식처럼."

다미가 천정에 매달린 그네를 가리킨다. 나는 웃으며 그네를 이리저리 돌린다.

"내가 뭘 먹으면 좋겠지?"

"내가 다 생각해 뒀어."

"어떤 걸 생각해 뒀는데?"

"오빠한테는 레인보우 샤벳이 어울릴 거야."

"레인보우 샤벳?"

"저지방 아이스크림인데 맛도 좋고 영양도 일품이야. 후로즌 요구르트하고 쿠키 샌드위치를 곁여 먹으면 식사대용으로도 그만이고. 그게 싫으면 체리쥬빌레나 블랙소브레, 초코렛브라우니, 아프릿망고샤벳 중에서 선택하든지."

"그건 이름이 너무 긴 것 같다."

"나도 이름은 다 외우지 못해. 종류가 하도 많아서."

"그렇게 많아?"

"수십 가지는 훨씬 넘을 거야."

"요새는 뭐든 전문화하지 않으면 안 되는 시대니까."

"예전 같으면 몇 종류 가지고도 장사가 됐는데 지금은 턱도 없어. 그런데다가 아이스크림 마니아까지 생겨서 더 복잡해졌어."

"아이스크림 마니아?"

"쟤들이 그런 아이들이야."

다미가 출입구 쪽에 자리 잡은 여학생들을 가리킨다. 나는 다미가 말한 아이들을 힐끗 쳐다본다. 단발머리 여학생 네 명이 머리를 맞대고 조잘거린다. 다미가 입을 손으로 가리고 속삭이듯 일러 준다.

"저 애들 여기로 출근해서 아이스크림 먹어 보는 게 일과야."

"그 정도야?"

"그뿐이 아니야. 저 애들 아이스크림은 나보다 더 전문가야. 잘 봐. 지금도 뭘 먹을까 고르고 있잖아."

다미의 말대로 여학생들은 메뉴판에 코를 박고 있다. 그네를 타면서 아이스크림을 먹는 게 즐겁다는 표정으로. 나는 귀를 쫑긋 세우고 아이들의 대화를 엿듣는다.

"나는 스트로베리가 좋을 것 같은데, 너는 뭐로 할래?"

"난 후렌치바닐라."

"그럼 넌?"

"난 블랙체리."

"어제 먹은 민트엔칩도 맛이 있던데."

"난 클래식아이스크림이 좋더라. 메디벌매드니스나 체리아메르토코디알도 괜찮고."

"난 별로던데."

"나는 잉글리쉬토피크런치가 더 괜찮은 것 같아. 부드럽고 톡 쏘는 맛이 나는 게. 그게 아니면 트리플넛클러스트나 마케데미아매니아를 먹든가.”
“그저께 먹은 스페셜오케이젼바닐라는 어땠니?”
“그거 맛이 좀 그렇더라.”
“난 괜찮았는데.”
“그것보다 쵸코렛아몬드아메레토가 더 낫지 않니? 맛이나 향이. 물론 피스타치오넛트도 괜찮고.”
“어때 대단하지?”
다미가 여자애들의 얘기를 듣다가 눈을 찡긋한다. 나는 고개를 절레절레 젓고 한숨을 내쉰다.
“대단한 게 아니라 문제다.”
“그래?”
“그렇지 않고.”
“묘한 건 나도 저 애들처럼 행동하고 싶다는 거야.”
“그럴 거야. 다미도 아직 꿈 많은 열여섯 살이니까.”
“그래도 그렇지. 어떻게 저런 애들처럼 놀고 싶다는 생각이 드는지 모르겠어.”
“비슷한 또래니까 그런 거지. 한창 뛰어놀 때고.”
“나는 아직 멀었나 봐.”
“그렇지 않아. 다미는 생각부터 행동하고 실천하는 것까지 이미 어린애가 아니야.”
나는 다미의 작은 손을 꼭 쥐어 준다. 다미가 환하게 웃으며 자리에서 일어선다.
“이제 가서 일해야겠다.”
“당연히 그래야지. 주인 눈 밖에 나면 안 되니까.”
“주인 눈 밖에는 안 나.”
“하긴 요렇게 예쁘고 귀여운 종업원을 미워할 순 없겠지.”
나는 다미의 통통한 볼을 꼬집었다가 놓는다. 다미가 어이없다는 얼굴로 쳐다본다. 나는 빙그레 웃으며 손을 내젓는다. 다미가 눈을 흘기며 빤히 쏘아본다.
“또 놀리려고 그러는 거지.”

"사실이잖아. 예쁘고 귀여운 거."
"피…"
다미가 그네를 내 쪽으로 슬쩍 민다. 나는 그네를 손으로 잡은 채 묻는다.
"아이스크림은 어떤 걸로 가져올 거지?"
"레인보우 샤벳."
"왜?"
"이름이 예쁘니까."
"알았어. 그걸로 줘."

22

인간의 언어는 인간의 지적능력을 직접적으로 반영한 것이다. 또한 우리가 사용하는 언어는 다른 지식이나 신념의 체계가 할 수 없는 방식으로, 인간에게 있어서는 직접적인 정신의 교결皎潔[29]한 거울이라고 기대하고 싶다. - 촘스키의 「언어학과 철학」 중에서

"집에 아무도 없나 봐."
다미가 하숙집 대문을 열면서 탄성을 지른다. 나는 조심스럽게 대문 안으로 들어선다.
"정말 아무도 없는 거야?"
"일이층이 다 비어 있어."
"우리를 위해서 피해 줬나 보다."
"아, 너무 좋다."
다미는 신난다는 듯이 깡충거리며 2층으로 올라간다. 나는 다미의 뒤를 따라 천천히 계단을 올라간다. 이 집을 얻은 것은 주위가 공원이고, 이층을 개조해 방을 만들었기 때문이다. 또 학교에서 멀지 않고, 주인 내외가

---

29) 교결皎潔 : 달빛이 밝고 맑음, 또는 마음이 희고 깨끗함.

인정이 많다는 것도 이유였다. 그보다 더 결정적인 것은 사색을 즐길 테라스가 이층에 있다는 점이었다. 다미는 이층 방을 둘러보고 뛸 듯이 기뻐했다. 공원과 도심이 다 보이도록 꾸민 방이 너무나 마음에 든다고. 이렇게 조용하고 깨끗한 곳이라면 마음잡고 공부에 전념할 수 있다고. 그래서 두말없이 방을 얻어 주었다.

"라 라…"

방으로 들어간 다미가 흥얼거리며 집 안을 정리한다. 나는 이층 난간에 기대서 시가지를 내려다본다. 햇빛 아래서 위용을 자랑하던 빌딩숲은 어둠에 잠기고 있다.

"이제 다 됐으니까 들어와."

집 안 정리를 마친 다미가 창문을 열고 소리친다. 나는 창문 앞에 서서 전자담배에 불을 붙인다. 다미가 못 말리는 오빠라는 듯이 눈을 흘긴다. 나는 담배연기를 폐 속 깊이 빨아들였다가 내뿜는다. 다미가 시디를 이것저것 고르면서 묻는다.

"음악 틀어도 괜찮겠지?"

"마음대로 해."

"그런 말이 어디 있어?"

"틀고 싶으면 틀라는 뜻이야."

"정말 그럴 거야?"

다미가 창문 밖으로 머리를 내밀고 쏘아본다. 나는 얼른 돌아서서 맞장구를 쳐준다.

"알았어. 다미가 좋아하는 곡으로 틀어."

"진작 그럴 것이지."

"미안."

"사랑하고 싶은 사람이란 노래 어때?"

"그 곡을 좋아하나 보지?"

"좋아한다기보다 가사가 마음에 들어서."

"가사가 어떤데?"

"오빠도 잘 알잖아. 사랑하는 사람을 기다리며 애태우는 소녀의 마음."

다미가 시디를 오디오데크에 넣고 볼륨을 올린다. 잠시 후 오디오에서 노래가 흘러나온다. 다미가 발랄한 목소리로 가사를 따라 읊조린다. '잠에서 깨어날 때마다 나는 조금씩 죽어 가요. 겨우 발을 딛고 서 있을 뿐이에요. 난 거울에 내 모습을 비춰 보고 소리쳐 울어요. 주여, 당신은 내게 무엇을 하나요. 당신을 믿는 것에 내 삶을 다 보냈습니다.' 한동안 노래를 따라 부르던 다미가 생끗 웃는다.
"가사가 꼭 내 얘기를 하는 것 같지?"
"글쎄 잘 모르겠는데."
"이 곡 별로 좋아하지 않나 봐?"
"좋아하지는 않고 가끔 들어."
"그럼 저번에는 왜 하루 종일 들었어?"
"그때는 어떤 음악이든 듣고 싶어서 그랬지."
"이 곡이 좋아서 들은 게 아니고?"
"그런 의미가 전혀 없었던 건 아니야."
"난 그것도 모르고 일주일 내내 들었잖아. 오빠가 좋아하는 음악인 줄 알고."
"그건 그렇고 웬 사진이 이렇게 많아?"
나는 벽에 붙어 있는 연예인 사진으로 관심을 돌린다. 다미가 심통난다는 듯이 큰소리로 투덜거린다.
"왜 나한테 관심이 없다면서."
"나는 다미가 좋아하는 거라면 뭐든 관심이 있어."
"나는 오빠가 다른 생각을 하든가, 딴 여자를 쳐다보기만 해도 기분이 이상해져."
"나쁜 증상은 아니군."
"그렇게 생각해?"
"누굴 좋아하거나 사랑한다는 건 아름다운 거잖아."
"좋게 보면 그렇지만, 나는 너무 집착하는 것 같아서 문제야."
"아마 나쁜 증상은 아닐 거야."
"그랬으면 좋겠다."
다미가 금방 기분이 풀린 것처럼 생글생글 웃는다. 나는 창틀을 손으로 잡고 방 안을 기웃거린다. 다미가 벽에 붙어 있는 사진들을 가리킨다.
"얘들 요즘 잘 나가는 가수야."
"난 처음 보는 아이들인데."
"왼쪽 애들이 밀레니엄스고, 그 옆이 어스 소녀단이야."
"밀레니엄스하고 어스 소녀단?"
"쟤들을 정말 모른단 말이야?"
"이십대 가수는 어느 정도 알아보겠는데, 십대는 전혀 구별이 안가."
"오빠 정말 큰일이다."
다미는 무척이나 걱정스럽다는 얼굴이다. 나는 책상 위쪽 아이들을 힐끗 쳐다본다.
"쟤들은 또 누구야?"
"그 애들 플라이라는 댄스 그룹이야. 요즘 한창 뜨는 애들이고. 밀레니엄스를 모르니까 애들도 당연히 모르겠네."
"누구?"
"유러너스."
"모르지."
"아무리 그래도 그렇지. 어떻게 쟤들을 몰라? 얘는 메리라는 아인데 영국에서 살다가 와서 한국말도 잘 못해. 얘는 청리라고 하는데, 중국에서 나고 자랐어. 잘 봐. 턱이 갸름하고 긴 게 꼭 중국 아이 같잖아?"
"그러고 보니까 그런 것 같다."
"여기 있는 애들이 다 그래. 하나같이 외국 스타일이거나, 외국 냄새를 풍기는 게 특징이야. 요새는 연예인도 외국어 한두 개 못하면 촌닭 소리를 듣는 세상이 됐어. 그래서 말도 일부러 떠듬떠듬 하는 게 유행이야. 외국에서 태어나서 외국에서 공부하고 외국에서 살다가 들어온 것처럼 보이는 거지. 어쩌면 잘 짜인 연출일 수도 있고. 그뿐이 아니야. 노래 가사도 영어가 몇 구절 들어가 있어야 한류라는 소리도 들을 수 있어. 인터뷰도 마찬가지고."
"그것도 유행인가?"
"유행이 아니라 대세야."
"그래?"

"정신 좀 차려. 잘못하다가 이십 세기로 돌아가겠어."
"정말 그럴지도 모르겠다."
"근데 두 명의 연인한테 사랑은 뭘까?"
"사랑?"
"응."
"글쎄, 그런 건 깊이 생각해 보지 않아서."
 나는 일부러 눈을 끔벅거리면서 바보처럼 대꾸한다. 다미가 못 말리겠다는 듯이 눈을 흘긴다. 나는 방 안을 도배한 브로마이드를 죽 훑어본다. 다미의 말대로 사진의 주인들은 하나같이 이국적이다. 헤어스타일은 물론이고 몸에 걸친 옷이나 풍기는 이미지까지. 나는 할 말이 없어 입맛만 쩍쩍 다신다. 다미가 쇼핑한 재료들을 식탁 위에 주르륵 쏟아 놓는다.
"뭘 하려고?"
"약속했잖아. 오빠한테 저녁 만들어 준다고."
"아 그랬었지. 미안해."
"내가 음식 만드는 동안 음악이나 들어."
"그러지 뭐."
"아참 먹고 싶은 거 있으면 말해 봐."
"뭘 만들 수 있는데?"
"스파게티라면 뭐든지 할 수 있어. 카레 요리도 마찬가지고."
"정말 카레 요리를 할 수 있단 말이야?"
"그럼 내가 거짓말한다고 생각해?"
"그런 건 아니지만 믿어지지 않아서."
"매일 어리광만 부렸으니 그것도 무리는 아니지."
"그건 그래."
"한번 봐. 내가 요리를 얼마나 잘하나."
 다미가 어깨를 으쓱하고 재료들을 다듬기 시작한다. 나는 창문에 기대서서 음식을 만드는 다미를 바라본다. 어느새 성인이 다 되어 간다는 생각을 하며.

23

적어도 자유라고 불릴 만한 가치가 있는 유일한 자유는 우리들이 다른 사람의 행복을 빼앗으려고 하지 않는 한, 또는 행복을 얻으려는 다른 사람의 전실典實[30]한 노력을 방해하지 않는 한, 우리들이 좋아하는 방식으로 우리들 자신의 행복을 추구하는 자유이다. - 밀의 「자유론」 중에서

"다미도 이젠 숙녀가 다 된 것 같다."
 나는 다미의 손을 잡고 부드럽게 다독인다. 다미가 내 얼굴을 쳐다보며 생긋 웃는다. 조금은 쑥스럽고 기쁘다는 표정으로. 나는 의자를 테라스 끝에 붙이고 밤거리를 응시한다. 내가 시가지를 바라보자 다미도 밤거리에 시선을 던진다. 나는 눈 밑에 펼쳐진 도시를 보며 쓸쓸한 마음에 사로잡힌다. 이 큰 도시에 내가 머물 곳이 없다는 생각을 하며. 다미도 비슷한 생각을 하는지 아무런 말이 없다. 나는 지금 갈 길을 잃고 정처 없이 방황하는 중이다. 하루하루를 의미 없이 소비하고 매 순간을 적당히 때우면서. 내 마음을 읽었는지 다미가 하늘에 그림을 그린다. 잠시 그림을 그리던 다미가 나직한 목소리로 묻는다.
"내가 정말 숙녀가 다 된 것 같아?"
"음."
"어떤 점에서?"
"요리도 잘하고 생각도 어른스러워졌으니까."
"하긴 나도 몇 달만 지나면 열일곱 살이야."
"벌써 그렇게 됐나?"
"벌써라니. 나는 당장이라도 어른처럼 살고 싶어."
"왜 그런 생각을 하는 거지?"
"모든 걸 자유롭게 할 수 있으니까."
 다미가 입을 꽉 다물고 오색 불빛이 물든 거리를 주시한다. 나는 어이없

---

30) 전실典實 : 사람이나 그 몸가짐이 도리에 맞고 정성스럽고 참됨.

다는 표정을 지으며 다미의 어깨를 툭 친다. 다미가 내 쪽을 돌아보고 가볍게 눈을 흘긴다. 나는 반짝이는 별들을 보다가 다미의 손을 꼭 움켜쥔다. 잠시 말이 없던 다미가 또랑또랑한 목소리로 입을 연다.

"나는 어른들처럼 뜨거운 사랑도 하고, 마음껏 여행도 다니고, 세상을 한껏 즐기면서 살 거야."

"어른이 된다는 건 재미있는 것만은 아니야."

"어째서?"

"어른한텐 책임과 의무가 뒤따르니까."

"피…"

"내 말은 어른이라고 기분 내키는 대로 사는 것만은 아니라는 거야."

"그래도 하고 싶은 건 뭐든지 할 수 있잖아."

"그건 그렇지만 권리보단 제약이 더 많아."

"오빠는 현실이 만족스럽지 않나 보지?"

다미가 퉁명스런 목소리로 쏘아붙인다. 나는 잠시 생각하다가 차분히 설명을 한다.

"내 말은 산다는 게 마음대로 되지 않는다는 뜻이야. 인생도 생각보다 환상적이지 않고."

"난 하루빨리 어른이 되고 싶어. 그래야 모든 게 자유로울 테니까."

"자유라."

"자유 좋잖아. 뭐든지 마음대로 할 수 있고."

"자유가 마음대로 하면서 사는 걸까?"

"그렇지 않으면?"

"자유는 절제되고 억제된 삶, 즉 하고 싶은 걸 참고 사는 가운데 얻어지는 거야. 진정한 자유는 자유분방함 속에 있는 게 아니라, 절제나 인내 가운데 존재한다는 거지."

"어쨌든 나는 내 마음대로 하면서 살 거야."

"……"

"어른들은 우리한테 너무 많은 걸 요구해. 틈만 나면 공부해야 된다. 정직해야 된다. 훌륭한 사람이 돼야 한다. 성공해야 된다. 뭐가 그렇게 배우고 정직하고 훌륭해야 되는 거지? 그뿐이라면 말을 안 해. 툭하면 이것도 안 된다. 저것도 안 된다. 이걸 하려고 하면 그건 나쁘니까 안 된다. 저걸 하려고 하면 그건 옳지 않아서 안 된다. 이리로 가려고 하면 거긴 위험해서 안 된다. 왜 그렇게 위험하고 나쁘고 안 되는지 모르겠어?"
"세상은 호락호락한 곳이 아니니까 조심하라는 뜻일 거야."
"그래서 매일 공부나 하면서 살라는 거야?"
"꼭 그런 것만은 아니야. 공부는 젊었을 때 하는 게 좋다는 거지."
"어른들은 도무지 이해할 수가 없어."
다미가 못마땅하다는 듯이 인상을 찌푸린다. 나는 다미의 가녀린 등을 가볍게 두드려 준다.
"희망을 포기해서는 안 돼. 끝까지 노력하는 것 자체가 아름다운 거니까."
"아무리 노력해도 안 되는 걸 끝까지 해야 돼?"
"인생은 보이지 않는 길을 혼자서 가는 거야. 우리는 그 길을 묵묵히 걸어가면 돼. 한발 한발 앞을 향해 내딛으면서. 내 말뜻 알겠어?"
"그래도 안 될 때는 어떡해?"
"안 돼도 다시 시도해야지. 한두 번 실패했다고 포기하는 건 옳지 않아."
"잘 모르겠어. 어떻게 살아야 하는지."
"너무 어렵게 생각할 필요 없어. 그냥 순간순간을 열심히 살면 돼."
나는 계속 진지하면서도 간곡하게 설득을 한다. 어차피 다미는 한창 커 가는 10대 소녀다. 자신의 정체성과 희망, 사랑, 꿈 같은 것들과 충돌하면서. 그러니 열심히 살고 부단히 추구하는 삶은 반드시 필요하다. 한동안 침묵을 지키던 다미가 울적한 목소리로 말을 꺼낸다.
"그런 말을 들으면 머리가 아파. 세상은 어쩌면 이렇게 복잡한 거지? 그냥 서로 믿고 의지하면서 살면 되잖아."
"그럴 수만 있다면 더없이 좋겠지."
"난 그걸 이해할 수 없어."
"그러니 산다는 게 어려운 거야."
다미가 별이 총총한 밤하늘을 올려다본다. 나는 다미의 어깨를 살며시 껴안아 준다.
"그건 그렇고 아르바이트는 할 만해?"

"재미있어."

"다행이군."

"아르바이트를 안 나갔다면 더 나빠졌을지도 몰라. 밤만 되면 거리로 뛰쳐나가고 싶었거든. 요새는 마음껏 떠들고, 열심히 음식을 나르고, 바쁘게 뛰어다니다 보면 마음이 풀어져."

"그네를 타면서 아이스크림을 먹는다는 것 자체가 동화니까."

"오빠도 그렇게 생각하지?"

"당연하지. 나도 아직 가슴은 동화 속에서 사는데."

"나 동화 같은 분위기 때문에 아르바이트 나가는 거야. 코린토스에 있으면 모든 걱정이 사라지고 동화 속 공주가 된 느낌이 들거든. 끝없이 아름다운 꿈을 꾸는 것 같기도 하고."

"그럴 거야. 누구든 아름다운 꿈을 꾸면서 살고 싶을 테니까."

"그래도 가끔 예전 생각이 나. 거리를 자유롭게 돌아다니던 때가."

"그럴 땐 나를 불러. 내가 기분 풀어 줄게."

"정말이지. 그 말?"

"정말이지."

"그럼 약속해."

"무슨 약속?"

"내가 해 달라는 건 뭐든지 들어준다는 약속."

"내가 들어줄 수 있는 거라면…"

"당연히 들어줄 수 있는 거지."

"그럼 좋아."

"분명히 약속한 거야."

"물론."

"아 너무 기분 좋다."

다미가 밤하늘을 바라보며 크게 심호흡을 한다. 나는 다미를 따라 별이 반짝이는 하늘을 응시한다.

"다미도 나한테 약속할 게 있어."

"무슨 약속을?"

"앞으론 절대 기출 같은 건 하시 않는다고."

"그거라면 얼마든지 할 수 있어."

다미가 기다렸다는 듯이 새끼손가락을 내민다. 나는 싱끗 웃고 손가락을 마주 건다.

24

오늘날 현대문명 속의 젊은이들을 보면서 우리는 아이덴티티의 형성이라는 것이 젊은이들에게는 위기인 한편, 사실에 관해서는 세대적인 문제임을 잊는 경향이 있다. 우리는 다음 세대의 아이덴티티의 형성을 선행하여야만 하는 강력한 이념을 제공하는데 있어서, 기성세대 측의 책임의 결여로 보이는 것을 간과하지 말아야 한다. 설령 그렇게 함으로써 젊은이가 해백楷白[31]히 정의된 정통적 가치들에 반항하게 된다손 치더라도 말이다. - 에릭슨의 「아이덴티티」 중에서

"여기서 저를 만나리라고는 상상도 못했죠?"
"네 전혀."
"아까는 걱정되더라고요. 잘못 보았으면 어쩌나 하고요."
"그건 나도 마찬가지였습니다."
"그랬어요?"
"꽃집에서 만나고 처음이잖아요."
"하긴 그런 셈이네요."

피여나는 반가워서 어쩔 줄 모르겠다는 표정이다. 나는 음료수를 들이켜고 카페 프로방스 내부를 둘러본다. 아름다운 여자를 만난 장소라는 생각 때문인지 분위기가 좋게 느껴진다. 내부를 르네상스식으로 연출한 것도 그렇고, 이층을 나선형 계단으로 연결한 것도 독특하다. 그런데다가 모든 집기와 장식들이 하나같이 고급스러워 보인다. 말없이 앉아 있던 그녀가 궁금하다는 투로 묻는다.

---

31) 해백楷白 : 정확하고 분명(명백)함.

"그런데 이쪽에는 어쩐 일이세요?"

"어머니를 뵈러 왔습니다."

"그럼 어머님께서 이혼을?"

"오래전에 이혼하고 다시 재혼했죠."

"아 그랬군요."

피여나는 의외라는 시선으로 내 얼굴을 건너다본다. 나는 하릴없이 물만 찔끔거리며 마신다. 그녀가 잠시 무언가를 생각하더니 조심스럽게 말을 꺼낸다.

"저도 어머니를 만나러 온 길이었어요."

"그러면 여나씨 부모님도?"

"이혼하셨어요."

"아, 네에."

"우린 공통점이 많은 것 같죠?"

"그런 것 같습니다. 부모님이 이혼한 것도 그렇고, 어머니를 만나러 온 것도 그렇고."

"카페에서 우연히 만난 것도 그렇고요."

나는 피여나의 티 없이 맑은 얼굴을 가만히 바라본다. 그렇지 않아도 하얀 얼굴에 파란 티셔츠를 걸쳐서 더없이 청순해 보인다. 또 고풍스런 실내 구조를 배경으로 앉아 있어서 그런지 꽃처럼 화사하다. 내가 멍하니 보자 피여나가 슬쩍 화제를 바꾼다.

"저번에 보니까 음악을 좋아하는 것 같던데요."

"좋아하는 편입니다. 문제는 그걸 왜 좋아하는지 모른다는 거예요."

"무언가 끌리니까 좋아하는 거겠죠."

"끌리는 점이 없지는 않죠. 하지만 뭐가 좋다고 단적으로 말할 수 없다는 게 문젭니다."

"그건 그래요. 꽃이나 나무를 위해 음악을 틀면서도 정작 나 자신은 그 감정에 깊이 빠져들지 못하거든요."

"나도 그렇지만 여나씨도 문제는 가지고 있었군요."

"그렇다고 봐야겠죠."

피여나가 조금은 쑥스럽다는 표정을 지으며 웃는다. 나는 괜한 말을 꺼냈다 싶어 머리를 긁적거린다. 그녀가 창밖으로 시선을 던지면서 자조적으로 입을 연다.
"그런 현상을 뭐라고 해야 할지 모르겠어요. 자기 자신 속에 들어 있는 중요한 걸 잃어버린 느낌 말이에요."
"일종에 아이덴티티 같은 걸 상실한 거라고 봐야겠죠."
"아이덴티티?"
"네 아이덴티티."
"그렇군요."
"나도 요즘 그런 느낌이 들더라고요. 나 자신을 송두리째 잃어버린 느낌. 무언가를 상실한 것 같은 감정."
"모제씨도 그랬군요. 나도 잘 몰랐는데 커가면서 자꾸 그런 생각이 들더라고요. 나는 누구이며 무엇을 위해 살아가나, 하는 의문점 말이에요. 또 행복은 무엇이고, 불행은 어떤 것인지, 참다운 친구 관계는 무엇인지 알 수가 없어요."
"요즘 사람 치고 그런 의문을 갖지 않는 사람이 있겠습니까. 사회적 유대나 인간에 대한 신뢰, 개인적 관계가 다 깨지는 판에."
"누군가 그러더라고요. 참다운 행복, 유일한 행복은 마음 전체의 영혼 가운데 존재한다고요."
"그렇겠죠. 맑은 영혼은 한 사람의 정신세계 그 자체니까요."
"사람은 사람으로 인해 행복해지고, 또 사람으로 인해 불행해지겠죠?"
"그래서 좋은 친구를 만나야 하는 것 같습니다. 친구 덕분에 행복해질 수도 있고, 불행해질 수도 있거든요."
"그런 의미에서 좋은 친구를 갖는다는 건 또 하나의 인생을 갖는 것이나 마찬가지일 거예요."
"한 명의 진실하고 친구는… 천명의 적이 우리를 불행하게 만드는 것 이상으로 행복을 가져다줄 겁니다."
"좋은 말이군요. 사실은 이런 대화를 진지하게 주고받을 대상이 없는 게 문제지만."
 나는 가만히 한숨을 내쉬고 맹물로 목을 축인다. 내 모습을 보던 그녀가 쓸쓸하게 웃는다. 나는 헛기침을 큼큼 한 뒤 천천히 말을 꺼낸다.

"나도 여나씨처럼 그런 느낌이나 감정은 가지고 있었습니다. 내가 누구이고 무엇을 위해 살아가는 것인가. 행복과 불행은 어떤 것이고, 좋은 관계는 어떻게 만들어야 하나, 하는 의문점 말이에요. 그런 의문이나 의혹이 풀리지 않으니까 음악에 몰두하는 것 같고요."

"일종에 집착증상인가요?"

"집착증상일 수도 있겠죠. 자기동일성이나 자기성찰에 대한 회의일 수도 있고요. 하지만 그게 무엇이고 어떤 것인지는 나도 잘 모릅니다. 음악을 듣지 않으면 온몸이 쑤시니까요. 뭐랄까요. 밥 먹고 이빨을 닦지 않은 것 같은 느낌, 아마 그런 거겠죠."

"나도 가끔 그런 감정이 들 때가 있어요."

"나는 그게 병적인 것 같아서 문젭니다."

"큰 문제는 없을 거예요. 다른 것도 아니고 자기 자신을 찾아가는 과정이니까요. 그런 가운데 음악도 좋아하는 거고요."

"그럴까요?"

"얼마나 좋아요. 음악 속에서 살고 음악 속에서 숨 쉬며 음악 속에서 인생의 기쁨을 찾는다."

피여나는 쓸데없는 걱정이라는 듯이 미소를 짓는다. 나는 물컵을 집어 들고 한 모금 마신다. 내가 물을 마시자 그녀도 같이 물로 입술을 적신다.

"근데 모제씬 여자친구가 없나 봐요?"

"내가 그렇게 보입니까?"

"휴가라면서 혼자 지내잖아요."

"몇 주 전까지는 있었습니다."

"그럼 지금은 없다는 뜻인가요?"

"그런 셈이죠."

"왜요?"

"헤어진 이유 말인가요?"

"네."

"나도 잘 모르겠습니다."

"잘 모르다니요?"

"이유 없이 떠나 버렸거든요."

"아 네에."

그녀는 예상외라는 것처럼 빤히 쳐다본다. 나는 물컵을 들어 한입 가득 마신다.

"나는 그렇다 치고 여나씨는 어떻습니까?"

"저는 처음부터 없었어요."

"그럼 여자친구는?"

"여자친구도 마찬가지예요."

"혼자는 너무 외롭지 않습니까?"

"그러니 꽃이나 나무만 사랑하면서 사는 거죠."

그녀는 다소곳한 표정으로 말하고 엷게 웃는다. 나는 그녀의 얼굴을 응시하다가 창밖으로 시선을 돌린다. 창밖으로 보이는 하늘은 맑고 푸르고 높다. 그녀가 가슴속에 담고 있는 순수하고 깨끗한 마음처럼. 잠시 생각에 잠겨 있던 그녀가 불쑥 묻는다.

"여자친구가 예뻤나 보죠?"

"네 예뻤어요."

"마음씨도 착했고요?"

"아주 착했어요."

"실례지만 이름이 뭔지 물어봐도 될까요?"

"유리라고…"

"혹시 그 여자분 나하고 비슷한 또래 아니에요?"

"그럴지도 모르겠네요. 지금 스물네 살이 됐으니까요."

"아 그랬군요?"

"왜 아는 사람입니까?"

"제 친구도 유리란 이름을 가진 애가 있어요."

"혹시 그 여자분 부모가 미국에 살고 있지 않습니까? 두 자매만 외할머니 댁에 맡겨 놓고."

"맞아요. 동생 이름이 마리라고 하는데, 말괄량이에 다혈질적인 아이였죠. 학교에서 그 앨 모르는 사람이 없을 정도니까요. 돈도 많고 환경이나 가문도 괜찮아서 더 유명했어요."

"그럼 내가 아는 유리가 맞군요."

"어머 그래요?"
"네 확실합니다."
"우리 인연치고는 너무나 묘한 인연이네요."
피여나가 믿을 수 없다는 듯이 탄성을 발한다. 나는 물을 한 모금 마시고 탁자에 내려놓는다. 그녀가 눈을 동그랗게 뜨고 유심히 건너본다.
"모제씬 유리를 어떻게 알았어요?"
"대학 서클에서 만났어요. 난 복학생이고 유리는 막 입학한 신입생이었죠."
"그랬군요."
"유리하고는 캠퍼스 커플로 시작해서 지금까지 쭉 사귀어 왔어요. 그런데 갑자기 헤어지자는 거예요. 어디론가 가야 한다나 무얼 찾아야 한다나. 아니 자신의 아이덴티티를 찾아야 된다는 거였어요. 그걸 마지막으로 이 도시에서 완전히 사라졌죠. 컴퓨터로 조회도 하고 전국에 수배도 내렸지만 소용이 없었습니다."
"별일 없을 거예요."
"별일이 없다니요?"
"예전에도 그랬거든요."
"옛날에도 그런 일이 있었습니까?"
"고등학생 때는 그런 일을 빈번히 벌였어요. 그래서 아무도 관심을 갖지 않았죠. 그런데 가출하는 이유가 좀 이상했어요. 뭐라더라. 자신을 되돌아봐야 한다나, 자기 자신을 발견해야 한다나, 가슴속에 들어 있는 자아를 발견해야 한다나, 참된 휴머니즘을 찾아야 한다나, 하는 거였으니까요."
"네에."
"언젠가는 산속 동굴에서 수면제를 먹고 누워 있었어요. 자기가 누구인지 확인하기 위해서라나, 사는 게 무언지 알기 위해서라나. 순수한 인간은 어떤 것인지 알기 위해서라나. 아마 그런 것이었을 거예요. 자기 정체성 찾기. 진실이나 진리에 좀 더 가까이 다가가기. 그런 소동을 벌인 뒤로는 아무도 건드리지 않았죠. 고교 졸업 후 미국으로 데려가지 않은 것도 그런 이유 때문인 것 같았어요. 그 애 부모들한테도 사적인 문제는 있었지만 말이에요."

"저는 그런 얘긴 처음입니다. 도통 말을 안 했거든요."
"무슨 병이 있어서 그런 건 아니에요. 자기를 향한 상상이 지나쳐서 그렇다고 할까요. 자기 자신에게 너무 집착한다고 할까요. 그런데 모제씨가 유리 친구라는 걸 알고 나니 기분이 묘해지는데요. 우리가 전부터 알고 지냈던 것 같은 느낌도 들고요."
"저도 그런 생각을 했습니다."
나는 뒷머리를 긁적거리면서 재빨리 맞장구를 친다. 그녀가 수줍게 웃으며 말을 잇는다.
"고교 때는 아이들이 유리하고 나하고 친자매 같다고 놀렸어요. 성격도 그렇고 생긴 것도 비슷하다나요. 그래서 나나 유리나 서로 멀리했는지 몰라요. 어때요, 유리하고 저하고 비슷하다고 생각하지 않으세요?"
"그렇지 않아도 닮았다는 생각을 했습니다."
"그렇죠?"
"가까이서 보니까 더욱 그렇다는 느낌이 듭니다."
"우리는 피가 섞인 친족은 아니에요. 전 어머니가 이 동네에 사시거든요."
"……"
"또 한 가지, 저는 유리하고 달라서 고양이 같은 동물을 별로 좋아하지 않아요."
"아, 그 피피라는 고양이 말이군요."
"맞아요, 그 고양이 고교 때부터 키웠을 거예요. 자기 분신처럼요."
"피피라는 고양이도 사라졌다고 하던데요. 유리가 집을 나간 얼마 뒤에."
"아마 그랬을 거예요. 친동생보다 고양이를 더 좋아했으니까요."
"마리가 키우면 되지 않습니까."
"마리는 유리하고 달라서 반려동물을 싫어했어요. 그러니 고양이가 집을 나간 거겠죠. 아니면 유리처럼 이 도시가 싫어졌거나. 소문에는 사층에서 뛰어내렸다고 하던데요. 죽지 않은 게 다행이죠."
"중상을 입었다는 얘기도 있어요."
"아마 그랬을 거예요."
"유리처럼 어딘가를 헤매고 다니면 안 되는데…"

"이제 동물도 도시를 싫어하는 세상이 됐군요."
"동물뿐이겠어요? 모든 생명체가 싫어하겠죠."
"그걸 누구 잘못이라고 해야 할까요?"
"글쎄요. 인간? 문명? 과학? 종교?"
"아무튼 유리를 아는 분을 카페에서 만났다는 게 너무 신기하네요."
 피여나는 말을 하면서도 무척 흥미롭다는 표정이다. 나는 그녀의 초롱초롱한 눈을 가만히 들여다본다. 깨지기 쉬운 투명한 유리그릇 같다는 생각을 하며.

25

 진리의 보다 더 순수한 근원을 알지 못하는 사람들은, 그 냇물을 더 위로 더듬어 올라가지 않는 사람들은, 현명하게도 성경과 헌법 옆에 서서 각건恪虔[32]한 마음으로 물을 마신다. 그러나 그 졸졸 흐르는 물이 어디로 흘러들어 이 호수 혹은 저 못에 오는지를 본 사람은, 허리띠를 다시 한번 졸라매고 그 샘의 근원을 찾아 끝없이 진리의 순례를 계속한다. – 소로의 「시민의 불복종」 중에서

"여나씨는 평소 외출을 하지 않나 봐요?"
 나는 피여나의 얼굴을 보다가 딸기 샐러드를 입에 떠 넣는다. 차분한 표정으로 앉아 있던 그녀가 소리 죽여 웃는다. 내가 멀뚱한 표정을 짓자 스위밍클럽 회원권을 꺼낸다. 나는 그녀가 건네준 회원권을 들고 자세히 본다. 회원권 앞면에 피여나라는 이름과 회원넘버 213이 명기되어 있다. 고급 회원만 출입이 가능한 골든타임대로 지정되어. 나는 놀란 눈으로 회원권과 그녀를 번갈아 쳐다본다. 피여나가 손으로 입을 가리고 쿡쿡 웃는다.
"나 이래봬도 활동적인 성격이에요."
"내가 보기엔 꽃집 밖으로 한 발짝도 나가지 않는 것 같은데요."

---

32) 각건恪虔 : 삼가고 조심함.

"정말 그렇게 보이나요?"
"외모도 그렇고 마음씨도 그렇고, 온실 속에서 고이 자란 느낌이 들거든요. 그런 걸 뭐라고 해야 할까요. 갓 돋아난 새싹 같다고 할까요. 막 피어나는 꽃봉오리 같다고 할까요."
"그렇게까지요?"
 피어나는 상상 밖이라는 듯이 눈을 동그랗게 뜬다. 나는 말없이 토마토 주스만 홀짝거리며 마신다. 그녀가 생글생글 웃으면서 내 얼굴을 응시한다. 말괄량이 소녀가 수줍어하는 소년을 지켜보는 것처럼. 나는 그녀의 시선을 피해 딸기 샐러드를 떠 넣는다. 내 얼굴을 보던 그녀가 또다시 소리 죽여 웃는다. 나는 딸기 샐러드를 삼키고 조심스럽게 묻는다.
"어때요. 사람들이 순수하고 여리다고 하지 않던가요?"
"그렇게 말하는 사람도 없진 않죠."
"그것 보십시오."
"그래도 온실에서 고이 자란 꽃처럼 살지는 않아요."
"그렇습니까?"
"꽃집에서 일하는 것도 오빠들 부탁이니까 들어주는 거예요. 그 외에는 적당히 취미생활도 하고 운동도 해요."
"취미는 어떤 걸?"
"주로 꽃이나 나무를 가꾸지만, 로드 사이클이나 스쿼시, 트램펄리닝 같은 운동도 해요."
"로드 사이클하고 트램펄리닝까지?"
"내가 그런 걸 한다니까 믿기지 않죠."
"전혀 상상이 안 갑니다."
"가끔 목적지를 정해 놓고 몇 시간이 걸리든 걸어가곤 해요. 뭐랄까요. 근원적인 걸 찾는 행위라고 할까요. 진리를 좇는 몸부림이라고 할까요. 자기 자신한테 싸움을 거는 고신극기[33]라고 할까요. 미처 생각하지 못했죠? 그런 것까지 하리라곤."

---

33) 고신극기苦身克己 : 몸과 마음이 극복해 내기 어려운 목표를 설정해 놓고, 어떠한 장애와 고난이 닥쳐도 목표를 반드시 이루어 내는 행위.

"네 전혀."
"그래서 사람들이 놀라요. 알고 보면 독종이라나요. 외모하고 어울리지 않는 행동을 하니까 그런 거겠지만, 가끔 엉뚱한 짓을 해서 사람들을 놀라게도 해요. 언젠가는 S역에서 D역까지 걸어간 적도 있어요."
"그렇게 먼 거리를 걸어갔단 말입니까?"
"그게 뭐가 멀어요?"
"이십팔 키로는 되지 않습니까?"
"그 정도는 충분히 되죠."
"그런데도 먼 거리가 아니에요?"
"충분히 걸어가 볼 만한 거리예요. 또 혼자서 걷는 거 보기보다 재미있어요."
"혼자서 걸어가는 게요?"
"생각해 보세요. 일정한 거리를 아무 생각 없이 걷는다고요. 재미있을 것 같지 않아요? 걸어가다 지치면 쉬었다 가고, 다리가 아프면 쉬엄쉬엄 가는 거죠. 그날 못 가면 다음날 가고, 다음날 못 가면 그 다음날 또 가는 거죠. 도착한다는 것보다 걷는다는 사실 자체가 중요하니까요. 또 한 가지. 걷는 건 소비를 하지 않는 행위잖아요. 택시나 버스, 승용차, 지하철 같은 걸 이용하지 않는."
"소비요?"
"네, 소비."
"……"
"현대인은 너무 많이 이용하고 사용하고 소비하는 것 같아요. 아무런 죄책감도 없이요."
"죄책감까지요?"
"생각해 보세요. 우리가 소비를 많이 하면 지구가 어떤 반응을 보일까요? 좋아할까요? 싫어할까요? 또 그 안에서 사는 미생물이나 동물, 곤충, 꽃과 나무들은 어떻게 될까요. 지구가 인간들 소유물이라는 생각 자체가 잘못된 거예요. 인간은 어차피 지구 위에서 태어나 짧은 기간만 살다가 흔적도 없이 사라질 생명체잖아요. 그러니 내가 먼저 지구를 아껴서 써야죠."

피어나는 귀엽게 말하고 또다시 소리 내어 웃는다. 나는 그녀의 하얀 얼굴을 지그시 건너다본다. 수줍어하는 모습도 예쁘지만 장난기 섞인 모습도 꽤나 아름답다. 예상외의 말과 행동을 하는 것도 매력적이고. 그녀가 음료수를 들이켜고 진지해진 표정으로 말을 꺼낸다.

"사실 내가 좋아하는 건 다른 거예요."

"다른 거라면?"

"취미라고 할까요. 근원에 대한 천착이라고 할까요. 진리를 찾아가는 집착이라고 하는 게 맞을 것 같군요."

"진리? 집착?"

"그럴 수도 있어요. 한번 들었다 하면 끝까지 독파하니까요."

"그럼 책읽기?"

"네 그래요."

"좋은 취미를 가졌군요."

"책을 읽는 건 나한테는 중요한 일이에요. 책을 읽다 보면 무언가 채워져 간다는 느낌이 들거든요."

"요새는 책을 들고 다니는 사람조차 없으니."

"그건 그래요."

피어나가 이해한다는 듯 고개를 주억인다. 나는 토마토 주스를 찔끔 마시고 묻는다.

"요새는 어떤 책을 읽습니까?"

"포스트모더니즘 쪽 작품들을 읽고 있어요."

"그건 미국 작가들이 즐겨 다룬 주제 아닙니까?"

"맞아요. 미국 소설가들."

"난 그런 소설은 잘 모르겠더라고요. 어딘가 비틀린 것 같고 기형적이기도 한 게."

"그런 점이 없는 건 아니지만, 잘 보면 배울 점도 많아요. 그뿐이 아니에요. 그런 소설을 읽다 보면 인간이 어디까지 타락하고, 어떻게 발전할 것인가도 알게 돼요."

"그래 누구누구 작품을 읽었습니까?"

"로버트 쿠버를 비롯해서 도널드 바셀미, 커트 보네거트, 존 바스, 수잔 손탁 같은 사람들 작품을 읽었죠. 근데 요즘은 세계명작 쪽으로 관심이 기울더라고요."

"아 네에."

나는 주눅이 든 표정으로 물만 찔끔찔끔 마신다. 피여나가 재미있다는 듯이 고개를 숙이고 웃는다. 나는 접시에 남아 있는 딸기 샐러드를 포크로 들척거린다. 그녀가 소리 죽여 웃더니 시리도록 투명한 시선으로 건너다본다. 나는 그녀의 해맑은 시선을 피해 출입구 쪽으로 눈길을 돌린다. 그곳에 젊은 연인들 몇 쌍이 마주 앉아 있다. 서로의 사랑을 확인하듯 눈빛을 주고받으며. 한동안 말이 없던 그녀가 나직한 목소리로 입을 연다.

"돈 드릴로, 커트 보네거트, 로널드 수케닉 소설을 읽다 보면 조금은 짜증이 나요."

"어떤 의미에서요?"

"내용이 너무 황당무계하다고 할까요. 줄거리가 괴팍하고 뒤틀려 있다고 할까요. 그 사람들 소설은 하나같이 억지스럽고 비상식적이에요. 그에 비하면 세계명작은 반듯하고 도덕적이죠."

"그러면 포스트모던 소설은 그렇지 않다는 얘깁니까?"

"다 그런 건 아니지만, 대개 엉뚱하다고 보면 맞아요. 최근에 읽은 작품 중 기억에 남는 작가가 있는데 베르꼬르라고."

"아 베르꼬르…"

"베르꼬르는 보통 작가들하고 다르게 보수적인 자세로 글을 쓰지 않았어요. 즉 비판적 의식을 뛰어넘어 현실에 적극 참여하는 입장에서 작품 활동을 했다는 거죠."

"하긴 작가이기 전에 한나라 국민이니까요."

"모제씨도 그렇게 생각하죠?"

"그럼요."

"요새는 무슨 책을 읽는 줄 알아요?"

"글쎄요."

"어윈 쇼를 읽고 있어요."

"아 어윈쇼."

"어윈 쇼는 토머스 핀천이나 이슈마엘 리드, 셀먼 루디시, 리처드 브라우티건 같은 비감동적인 소설가하고 본질적으로 달라요. 어윈 쇼는 반듯하고 단정한 소설을 쓴다고 할까요. 교훈적이면서도 도덕적인 글을 쓴다고 할까요. 아 감동적이면서 모범적인 글을 쓴다고 봐야 할 것 같군요. 문제는 미국 작가들 대부분이 권위주의적 태도로 작품을 썼다는 거예요. 팍스 아메리카나적 시선으로요."

"미국 작가들이 그런 시선도 가지고 있었습니까?"

"그럼요."

"그건 미처 몰랐는데요."

"그 사람들 하나같이 편견을 가지고 글을 쓴 건 분명해요. 작품도 처음부터 끝까지 자본주의적이고요."

"미국 작가 말고는 없습니까? 재미있게 읽은 소설이."

나는 딸기 샐러드를 입에 넣고 슬쩍 말머리를 돌린다. 그녀가 기다렸다는 듯이 큰소리로 대꾸한다.

"얼마든지 있죠."

"어떤?"

"죽음의 세계를 즐겨 다룬 아르트르 쉬니츨러도 좋은 작품을 많이 썼어요."

"그 사람은 오스트리아 소설가 아닙니까?"

"맞아요. 오스트리아 소설가."

"작품이 어둡고 비극적이고요."

"잘 아시네요."

"언젠가 본 적이 있거든요. 그래 그 사람 작품은 어떻습니까?"

"쉬니츨러는 프로이드 영향을 많이 받은 작가예요. 그래서 끊임없이 인간 심층심리에 도사린 의식을 파악하려고 애썼죠. 물론 그것들이 완전하게 해석된 건 아니지만, 죽음이란 문제에 가까이 가려고 노력한 건 분명해요. 그런데 쉬니츨러한테서 느껴지는 특이한 점은, 죽음이란 것 자체를 무라고 결론 내렸다는 사실이에요. 즉 죽음이란 게 이 세상에서 저 세계로 옮겨가는 현상이 아니라, 현재 상태에서 그대로 무로 되는 거라고 믿은 거죠."

"어렵군요."

"쉬니츨러도 죽음에 대해선 어렵게 생각했어요. 그래서 처녀작도 죽음이란 소설로 시작했죠. 테레제, 길, 카사노바의 귀향 같은 작품도 마찬가지고요. 죽은 자는 말이 없다, 에선 죽음의 내면을 그렸던 쉬니츨러를 더욱 죽음 쪽으로 다가가게 만든 것 같아요. 쉬니츨러 소설을 보면서 이런 생각을 했어요. 예술가의 가장 큰 적은 좌절이나 실망이다."

그녀의 소설에 대한 지식은 끝이 보이지 않을 정도로 깊다. 나는 물을 몇 모금 마시고 부러운 표정으로 건너다본다. 따가운 시선을 느낀 그녀가 살며시 얼굴을 붉힌다. 나는 그녀의 홍조 띤 얼굴을 보며 말을 꺼낸다.

"매일 꽃만 가꾸며 사는 줄 알았는데 알고 보니 책벌레였군요. 어쩌면 가슴이 살아 숨 쉬는 문학도 같기도 하고요."

"전 문학도가 아니에요. 단순히 책을 좋아하고 사랑하는 사람일 뿐이죠."

"한 가지 궁금한 게 있는데 대답이 가능한지 모르겠어요."

"물어보세요. 가능한 거라면 대답해 볼게요."

"난 항상 진정한 작가라는 게 무엇인지 궁금했어요. 진정한 작품도 마찬가지고요."

"진정한 작가하고 진정한 작품요?"

"또 그런 작가하고 그런 작품이 존재하는지도 의문이었습니다."

"글쎄요. 그건 단적으로 뭐라고 대답하기가 어렵네요."

"아무래도 그렇겠죠?"

"작가라면 누구든 주관을 가지고 있고, 개인적 취향도 다르고, 바라보는 시각도 차이가 나니까요. 하지만 내가 아는 작가 중에 이런 시를 쓴 사람이 있어요. 가장 훌륭한 시는 아직 쓰이지 않았다. 가장 아름다운 노래는 아직 불리지 않았다. 최고의 날들은 아직 살지 않은 날들.'"

"좋은 시군요."

"그 사람 시처럼 최고의 작가와 작품은 아직 나오지 않았고, 쓰이지 않았는지도 모르죠."

"아, 네에."

"아름다운 꽃 속에서 살고, 무슨 책이든 정통하고, 모든 면에서 해박하고. 여나씨를 보니까 부럽다는 생각이 듭니다."

"그게 꼭 좋은 것만은 아니에요. 책을 읽는 것도 고통스러운 거니까요. 그러면서도 참고 읽는 건 뭐니 뭐니 해도 정신을 살찌우는 작업이잖아요."
"그건 그래요."
"이제 쉴 만큼 쉬었으니 일어서야죠?"
피여나가 프로방스 안을 둘러보며 기지개를 켠다. 나는 고개를 주억거리고 남아 있는 음료수를 들이켠다. 그녀가 물티슈를 집어 들고 입술과 콧등을 닦는다. 언제나 나무와 꽃에 둘러싸여 살며 책을 가까이 하는 여자. 무엇이든 아름답게 바라보고 생각하고 행동하는 A세대. 나는 그 순간 그녀를 사랑하지 않으면 안 된다는 생각을 한다.

26

허다한 전설에 있어서 동물과의 친교와 동물의 언어 이해는 낙원적 징후를 보여준다. 태초에, 즉 신화적 시대에는 사람은 동물과 평화스럽게 살았으며 동물의 언어를 이해했다. 성서에 나오는 인간타락의 전승(傳承)[34]에 비교될 원초적 파국이 오기 전까지 인간은 오늘날과 같은 삶, 즉 죽어야 하며 성적이고, 자신을 양육하기 위해 노동을 해야 하며, 동물과 대적관계에 놓인 것 등과 같은 생활을 하지 않았다. – 엘리아데의 「샤머니즘」 중에서

"집이 마음에 들지 모르겠어요."
피여나가 현관문을 열며 내 눈치를 살핀다. 나는 현관 안으로 들어가다 말고 집안을 둘러본다. 시내를 조망할 수 있는 발코니와 널찍한 거실이 눈길을 끈다. 가전제품도 별로 없고, 어항 몇 개와 화분과 나무들이 가구의 전부다. 소박하고 단순하게 사는 게 삶의 목표인 것처럼. 피여나가 어색한 미소를 지으며 거실 안으로 들어선다.
"조금 실망했죠?"
"아니요. 그 반댑니다."

---

34) 전승(傳承) : 문화, 풍속, 제도 등을 이어받아 계승함.

"정말이에요?"
"여나씨가 사는 곳이라 그런지 좋아 보입니다."
"난 실망할까 봐 걱정했어요. 집이 너무 크고 넓다고요."
"그럴 리가 있겠습니까."
 나는 눈을 동그랗게 뜨고 고개를 젓는다. 그녀가 밝게 웃으며 집안을 가리킨다.
"이 집 아빠가 직접 설계하고 지으신 거예요."
"아빠가요?"
"아빠가 건축을 하시거든요."
 나는 응접실 한가운데 있다가 주방 쪽으로 걸어간다. 그녀가 얼른 뛰어가 바닥에 널브러진 물건을 치운다. 나는 주방 한쪽 벽을 장식한 정물화 앞으로 간다.
"이 그림 혹시 해바라기라는 작품 아닙니까?"
"맞아요. 해바라기."
"역시 그랬군요."
"그 그림 별로 환영받지 못하는 작품이에요."
"환영받지 못하다니요?"
"내 말은 이제 아무도 좋아하지 않는다는 거죠."
"왜요?"
"아빠가 엄마한테 선물한 그림이거든요. 꽃이 어떠니 저떠니 하는, 유명한 말을 늘어놓으면서요. 엄마 말에 의하면 그때가 결혼 오 주년 기념일이었을 거예요. 그런데 두 사람이 이혼하면서 곧바로 떼 버렸죠. 그 후 창고에 처박아 놓은 걸 다시 꺼내다 걸었어요."
"그래도 아빠가 볼 것 아닙니까. 오실 때마다."
"그게 그렇지 않아요."
"왜요?"
"얼마 전에 젊은 부인을 얻어서 잘 오시지 않아요."
"아 네에."
"남자들은 항상 그런 식인가 봐요. 처음엔 모든 걸 바칠 것처럼 행동하다가 무언가 맞지 않으면 슬그머니 꽁무니를 빼는…"

나는 머쓱한 표정을 지으며 머리를 긁적거린다. 피여나가 나를 힐끗 보고는 미소 짓는다. 자신의 말이 너무 지나친 게 아니냐는 듯이. 나는 헛기침을 큼큼 하고 그림 쪽으로 시선을 던진다. 그녀가 걸음을 옮기며 쓸쓸한 목소리로 말을 잇는다.

"나한테 아빠라는 이미지는 그런 것 밖에 남지 않았어요. 제일 소중한 것이라도 언제든지 버릴 자세가 되어 있는, 이 세상에 소중한 것이란 하나도 없는, 그래서 항상 떠날 준비가 되어 있는 사람 말이에요."

"네에…"

"아빠보다 더 큰 문제는 엄마였어요. 온실 속에서 자란 화초처럼 아빠를 기다리고 있는 엄마. 그런 엄마를 보면서 아빠는 자랑스럽게 선물을 꺼내 놓곤 했죠. 사냥을 다녀온 왕자가 공주 앞에 보따리를 풀어놓는 것처럼요. 이 집도 그때 장만해 준 거예요. 그때는 잘 몰랐는데 나중에 알았어요. 남자들은 다 그런 부류라고요. 모제씨 뒤쪽 그림도 마찬가지 용도로 쓰인 거예요."

피여나가 홈바 건너편 벽에 걸린 그림을 가리킨다. 나는 작고 아담한 소품을 찬찬히 들여다본다.

"이건 고갱이 그린 장미와 소상이라는 그림 아닙니까?"

"맞아요."

"내가 제대로 맞췄군요."

"그 그림 고갱이 타히티로 들어가기 전에 그린 거예요. 그런데 그 그림이 가진 상징성이 재미있어요. 보세요. 꽃병 옆에 여자가 서 있죠? 슬프고 가녀린 표정으로요. 그 여자가 바로 마르티니크 섬에 사는 토인이에요. 그 그림 모델이기도 하고요."

"무척 순박하게 보이긴 하네요."

"그 순박함 속에 비판적 의식이 감추어진 거래요. 뭐랄까요. 원시적 자본주의라고 할까요. 자본주의적 원시성이라고 할까요. 꽃병하고 토인 여자상이 원시세계하고 문명사회가 대립하는 걸 표현한다는 거죠. 내 생각엔 그런 의미보다, 아빠하고 엄마 관계를 나타내는 것 같더라고요. 문명세계에서 건너간 고갱이 원주민 여자를 상대로 사랑 어쩌고저쩌고 하면서 그림을 그려 주다가 훌쩍 떠나는 것처럼요. 그래서 일부러 잘 보이는 곳에 걸어 두었죠. 내 얘기 재미없죠?"

"아 아니요."

 나는 퍼뜩 정신을 차리고 손을 내젓는다. 그녀가 몸을 돌려 서재 쪽으로 걸어간다. 나는 서재 입구에 진열된 어항 쪽으로 다가간다. 피여나가 앞장서서 가며 자조적인 어조로 입을 연다.

"그 어항들도 아빠가 선물한 거예요."

"그럼 이 어항들도 그림처럼?"

"맞아요. 똑같은 의미로 사다 놓은 거죠. 근데 어항을 들여놓으면서 한 말이 그럴듯한 거 있죠."

"그럴듯하다니요?"

"내가 그 열대어처럼 귀엽고 예쁘다나요. 우리 가족이 열대어처럼 오순도순 살아야 한다나요. 그 물고기처럼 다정하고 사랑스럽게 살아야 된다는 말이었을 거예요."

"그런 뜻이라면 맞지 않습니까?"

"그러면 뭐 해요. 지금은 뿔뿔이 흩어져서 사는데요. 집은 그럴듯하게 꾸며 놓았는데 속사정은 한심하죠?"

 피여나가 고기밥을 한 움큼 집어 들며 싱끗 웃는다. 나는 어항 앞으로 걸어가 열대어들을 들여다본다. 그녀가 어항 안에 고기밥을 뿌리며 쓸쓸한 표정을 짓는다. 기억하고 싶지 않은 과거들에 둘러싸여 사는 게 한심스럽다는 듯이. 나는 먹이를 찾아 움직이는 물고기를 보며 묻는다.

"그때 물고기들을 아직도 키우는 겁니까?"

"그건 아니에요."

"그럼?"

"처음 길렀던 녀석들은 대부분 죽었어요."

"하긴."

"얘들도 처음엔 별로 좋아하지 않았어요. 그러다 어느 순간 마음이 바뀌었죠. 사람들은 서로 미워해도 물고기들은 사랑하면서 살게 해야겠다고요."

"역시 여나씨다운 생각이네요."

"얘들 무척 예쁘죠?"

"예쁩니다. 깜찍하기도 하고."
"그럴 거예요. 얘들만 보면 세상 걱정이 싹 사라지니까요. 그래서 더 아끼고 사랑하게 돼요. 작고 귀엽게 생긴 물고기 보이죠?"
"요 녀석 말입니까?"
나는 타원형 어항 안에서 헤엄치는 노란색 물고기를 가리킨다. 피여나가 고개를 끄덕이며 설명을 한다.
"그 녀석 오렌지 크로마이드라는 열대언데 무척 귀여워요."
"신기하네요. 어쩌면 이렇게 노랄 수가 있습니까?"
"그 녀석보다 더 노란 애도 있어요."
"그게 어떤 물고깁니까?"
"엔젤 피시라고."
"혹시 그 물고기 난폭한 어종 아닙니까?"
"맞아요. 그런데 그걸 어떻게 아셨어요?"
"언젠가 키운 적이 있는데 금방 죽었죠. 그래서 내가 잘못 키웠나 했어요."
"아마 서로 싸우고 죽었을 거예요."
"지금 생각해 보니까 그런 것 같네요. 물어뜯은 자국도 있었고."
"엔젤 피시는 주의해서 키워야 돼요. 그렇지 않으면 서로 공격하고 죽이거든요. 엔젤 중에서도 제일 난폭한 게 블랙 엔젤이에요."
"블랙 엔젤이 그 정도로 난폭합니까?"
"생각보다 난폭한 편이에요. 그래도 새끼한테는 어떤 물고기보다 애정이 깊죠. 다 자랄 때까지 목숨을 걸고 돌보니까요. 그런 점에선 물고기가 사람보다 낫다는 생각이 들어요. 요 녀석들 잘 보면 인간적인 면도 가지고 있어요."
"물고기한테 그런 면까지 있습니까?"
"그러니 사람보다 낫다는 거죠."
"아 네에."
"말 못하는 물고기지만 얼마나 사랑스러운지 모르겠어요. 사람을 따르는 것도 그렇고, 서로 사랑하는 것도 그렇고. 얘들은 한번 마음을 주면 영원히 변치 않거든요. 목숨을 바치면서 새끼를 보호하는 걸 보면 말할 수 없는 감동을 받게 돼요."
"물고기에 대해서 연구를 많이 했군요."
"연구를 했다기보다 기르다 보니 자연스럽게 알게 된 거죠."
"하긴 무어든 오래 하면 전문가가 되는 법이이니까요."
 나는 씨익 웃어 피여나가 한 말에 동조해 준다. 그녀가 어항 안을 들여다보며 설명을 이어간다.
"열대어는 예민하고 연약해서 잘 돌보지 않으면 금방 죽어요. 하지만 어느 정도 알게 되면 어렵지 않죠. 저 물고기 보이죠? 오렌지 크로마이드 옆에서 헤엄치는 애."
"아 요 녀석 말입니까?"
"그 애를 턱시도 구피라고 하는데 온순하고 기르기 쉬워서 인기가 높아요. 열대어 애호가라면 턱시도 구피 몇 마리는 기를 정도니까요. 이런 말도 있어요. 열대어는 구피로 시작해서 구피로 끝난다."
"그 정도로 유명한 물고긴가요. 구피가?"
"유명하기보다 기르기가 무난하다는 뜻이겠죠. 아주 예쁘게 생겼죠?"
"무척 예쁩니다."
"혼자 사니까 외로울 때가 많거든요. 그럴 때마다 얘들을 보며 마음을 달래곤 해요. 무엇보다도 요 녀석들하고 대화할 때가 제일 즐거워요."
"대화를 한다고요? 물고기하고?"
"직접 말을 주고받는 게 아니라. 마주 보면서 마음속으로 이야기를 나눈다는 거예요. 얘들이 내 말을 알아들을 거라는 상상을 하면서. 그러면 신기하게도 내 생각에 반응하거든요. 처음엔 몰랐는데 눈만 맞추지 않아도 불안해하더라고요. 꼭 감정을 가진 사람처럼요. 그러니 대화가 안 되겠어요."
"하긴 그렇겠네요."
 피여나가 냉장고 문을 열며 뒤를 돌아본다.
"뭘로 할래요? 호가든 아니면 레드 락?"
"아무거나 주십시오."
"그럼 레드 락으로 할까요?"
"그러죠 뭐."

나는 고개를 한 차례 끄덕이고 싱끗 웃는다. 피여나가 캔맥주 서너 개와 완두콩 샐러드를 꺼내온다. 나는 소파 쪽으로 걸어가 조심스럽게 앉는다. 그녀가 건너편 자리에 앉으며 캔맥주를 밀어 놓는다. 나는 캔맥주 뚜껑을 따고 몇 모금 들이켠다. 그녀도 갈증이 인다는 듯이 캔맥주를 조금씩 나누어 마신다. 한동안 말없이 캔맥주를 마시던 그녀가 나직한 어조로 입을 연다.

"사실 꽃집은 오빠들이 하는 거예요. 나는 일손이 필요할 때만 나가서 도와줄 뿐이죠."

"오빠가 여러분 계신가 봐요?"

"두 분 계세요. 작은오빠는 스물여덟 살이고, 큰오빠는 막 서른세 살이 됐어요. 오빠들은 공부를 하라고 성화지만, 나는 그럴 생각이 없어요. 꼭 대학을 나와야 무얼 하는 것도 아니잖아요."

"그건 그래요."

"가끔 공부를 하고 싶은 생각이 들 때도 있어요. 하지만 내 소원은 돈을 좀 더 모아서 산 속에다가 아담한 별장을 짓고 사랑하는 사람과 오순도순 사는 거예요. 산새들처럼 노래하고 노루나 다람쥐하고 대화를 나누고. 꿈같은 이야기죠?"

"아니요. 꼭 이루어질 겁니다. 여나씨는 착하고 순수하니까요."

"그럴까요? 난 내 소원이 이루어지지 않을 거라고 생각했는데."

"그렇지 않아요. 희망을 가져요. 알았죠."

나의 적극적인 응원에 피여나가 고개를 끄덕인다. 한동안 조용하던 그녀가 생각났다는 듯이 말을 꺼낸다.

"어때요. 저녁 식사하지 않을래요?"

"벌써요?"

"벌써라니요. 일곱 시가 넘었는데."

"그래요?"

"오늘 저녁은 달걀 베이글을 해 먹을 생각이었어요. 모제씨가 왔으니까 더 잘된 것 같네요. 어때요? 달걀 베이글 괜찮겠어요?"

"한번 먹어 보죠 뭐."

"기대하지 마세요. 음식 솜씨는 보통 이하예요."

피여나가 겸연쩍은 듯이 말하고 생긋 웃는다. 나는 눈을 돌려 어둠이 내려앉는 창밖을 본다. 창 너머로 펼쳐진 도시는 서서히 어둠 속으로 가라앉고 있다. 마치 거대한 대륙이 검푸른 바다 속으로 사라지는 것처럼. '뭘 생각하세요?' 피여나가 입가에 엷은 미소를 띤 채 묻는다. 나는 퍼뜩 정신을 차리고 자세를 바로 한다. 그녀가 내 얼굴을 뚫어지게 쳐다본다. 무언가 중요한 이야기를 꺼낼 것처럼. 나는 그녀의 눈을 보며 섹스를 하면 좋겠다는 생각을 한다. 내 마음을 눈치챘는지 피여나가 얼굴을 붉히며 묻는다.

"혹시 나하고 자고 싶다는 생각을 하는 거 아니에요?"
"그렇게 보입니까?"
"아까부터 그런 생각을 했어요."
"여나씨도 알고 있었군요."
"내가 너무 당돌했나요?"
"아니요. 전혀."

나는 눈을 크게 뜨고 펄쩍 뛰는 시늉을 해 보인다. 피여나가 하얀 이를 드러내며 웃는다. 나는 캔맥주를 거꾸로 들고 벌컥벌컥 들이켠다. 그녀가 자리에서 일어서며 속삭이듯 말한다.

"섹스를 하려면 옷을 벗는 게 좋겠죠?"
"물론 그게 좋겠죠."
"어떻게 해야 좋을지 모르겠어요."
"그냥 이리로 오세요."
"소파에서 잘될까요?"
"소파가 싫다면 바닥에서도 좋고요."
"여기서요?"
"양탄자가 깔려 있으니까 괜찮을 거예요."
"하긴."

피여나가 내 쪽으로 조심스럽게 다가온다. 나는 그녀의 손을 잡고 바닥에 앉힌다.

"남자하고 자본 적이 있어요?"
"없어요."
"정말요?"

"네."

"키스도 안 해 봤고요?"

"해 보지 않았어요. 나는 남자하고는 잘되지 않는가 봐요. 어쩌다 남자친구가 생겨서 다가가면 상대가 도망가고, 상대편이 다가오면 내가 피했으니까요. 근데 모제씨만큼은 예외인 것 같아요. 허물없는 친구 같기도 하고, 오래 전부터 사귀던 사람 같기도 하고."

나는 피여나를 양탄자에 반듯하게 눕히고 옷을 벗긴다. 그녀가 몸과 팔을 틀어 내 움직임을 도와준다. 나는 보물을 다루는 것처럼 브래지어와 팬티를 끌어내린다. 나무토막처럼 경직되어 있던 몸이 서서히 반응해 온다. 나는 걸치고 있던 재킷과 셔츠, 바지를 벗는다. 마지막으로 팬티를 벗자 그녀가 수줍은 표정으로 묻는다.

"유리하고도 이렇게 했나요?"

"그렇다고 봐야겠죠."

"나도 유리처럼 해 줄 수 있죠?"

"그야 할 수는 있겠죠. 하지만 섹스는 상대적인 거라서."

내 말에 피여나가 다리를 꼬아 검은 수풀을 감춘다. 나는 유리와의 마지막 섹스를 생각하며 페팅을 시작한다. 반듯하게 누워 있던 그녀가 몸을 비틀며 페팅을 받는다. 나는 눈이 부시도록 하얀 젖무덤에 살짝 손을 댄다. 순간 그녀가 몸을 파르르 떨며 경련을 일으킨다. 나는 유리에게 했던 것처럼 누워 있는 그녀의 옆으로 돌아간다. 그리고 무릎을 꿇은 상태에서 그녀의 이마에 입술을 댄다. 그녀가 또다시 몸을 떨며 가볍게 신음을 내뱉는다. 나는 이마에서 눈, 귀, 코, 입술 순으로 터치해 내려간다. 손은 그녀의 젖무덤을 움켜잡고 혀로는 얼굴을 페팅한다. 다음 순간 발기한 페니스가 그녀의 입술에 살짝 스친다. 그녀가 잠시 망설이더니 페니스를 입안에 넣는다. 그리고 조심스럽게 빨기 시작한다.

"유리도 이렇게 했나요?"

"네, 그렇게 했어요."

"그럼 계속 이렇게 하면 되는 건가요?"

나는 대답 대신 피여나의 젖꼭지를 입으로 문다. 그런 다음 혀끝으로 부드럽게 터치한다. 그녀가 페니스를 입에 문 채 신음을 내뱉는다. 나는 한

동안 젖무덤과 젖꼭지를 돌아가며 애무한다. 혀와 입술의 움직임에 따라 그녀의 신음소리도 달라진다. 나는 유리에게 했던 것처럼 5분간 젖무덤을 애무한다. 그녀도 발기된 페니스를 힘 있게 빤다. 그녀의 흡인력이 강해지자 페니스 끝으로 정액이 몰려든다. 나는 젖꼭지에서 입술을 떼고 배꼽 쪽으로 내려간다. 혀가 아래쪽으로 향하자 그녀의 몸이 갑자기 경직된다. 나는 그녀의 배를 애무하다가 허리 쪽으로 내려간다. 그녀가 다리를 꼬며 페니스를 더욱 세차게 빨아 댄다.
"느낌이 너무 이상해요. 유리도 그랬나요?"
"네, 유리도 여나씨처럼 반응했습니다."
"그럼 이제 어떻게 해야 하죠?"
"내가 하는 대로 가만히 있으면 됩니다."
나는 그녀의 입에 페니스를 넣은 채 동시오럴 자세를 취한다. 그런 다음 잔뜩 오므리고 있는 그녀의 다리를 벌린다. 그녀가 놀란 것처럼 발작적으로 다리를 조인다. 나는 다리를 강제로 벌리는 대신 혀끝을 허벅지 사이로 가져간다. 그녀가 페니스를 입에 문 채 소리친다. '그, 그건 안 돼요.' 나는 다리 사이로 솟은 검은 털을 입술로 잡아당긴다. 순간 그녀의 다리에서 힘이 빠지며 스르륵 벌어진다. 나는 열린 수풀 사이로 혀를 집어넣는다. 순간 그녀가 단말마적인 신음소리를 내뱉는다. 나는 그 신음소리를 들으며 계속 질구 주변을 혀로 터치한다. 그녀도 같이 발기된 페니스를 필사적으로 빨아 댄다. 나는 터지려는 정액을 이를 악물고 참는다. 그녀가 신음을 내지르며 격렬하게 몸부림친다.
"이런 느낌인가요? 섹스가?"
"여나씨도 유리처럼 선택받은 사람이군요."
"선택 받다니요?"
"섹스감이 뛰어난 사람이라는 뜻입니다."
"그럼 다른 여자는 그렇지 않다는 말인가요?"
"그렇습니다. 여자마다 다른 섹스감을 가지고 있어요."
"유리도 그랬어요?"
"네, 유리도 남다른 섹스감을 가지고 있었습니다."
"정말 다행이군요."

피여나가 기쁘다는 듯이 눈물을 글썽인다. 나는 그녀의 수풀에서 입술을 떼고 손가락을 집어넣는다. 그 순간 그녀가 비명 같은 신음을 내지른다. 나는 손가락 두 개를 길게 펴서 질구 깊숙이 넣는다. 그리고는 천천히 좌우로 움직이며 G스팟을 찾는다. 손가락을 움직일 때마다 그녀가 불규칙한 신음소리를 내뱉는다. 나는 신음의 고저를 따라 G스팟을 찾아간다. 그녀의 질구 왼쪽 위 7cm쯤에 30mm 크기의 타원형 G스팟이 있다. 그녀의 G스팟은 보통 여자들보다 2배는 큰 것 같다. 나는 그곳에 중지손가락 끝을 대고 천천히 문지른다. 그 순간 그녀가 끄윽 소리를 내면서 부르르 떤다. 유리도 G스팟을 자극하면 미친 듯이 소리를 질렀다. 끅, 끅, 끅, 끅, 하고. 나는 그녀의 G스팟에 댄 손가락 끝을 세차게 움직인다. 순간 그녀의 입에서 유리가 질렀던 짐승 같은 신음소리가 터져 나온다. 나는 그녀의 입에 페니스를 넣은 채 집요하게 G스팟을 문지르고 터치한다. 이제 그녀는 모든 것을 벗어던진 한 마리의 짐승처럼 울부짖고 있다. 허리와 엉덩이를 활처럼 하늘 높이 치켜든 채. 20분간 G스팟 페팅이 끝나면 다음 단계는 동시오럴이다. 동시오럴이 이루어지면 그녀는 또 한 번 죽음 같은 오르가슴을 느낄 것이다. 유리도 그 순간만큼은 인간에서 동물로 변했으니까. 그 다음은 발기된 페니스를 질구 속으로 꽂아 넣는다. 페니스가 들어간 30분간 우리는 완벽한 한 쌍의 짐승이 된다. 자신이 무슨 소리를 질렀고, 어떤 행동을 했고, 무얼 지껄였는지도 모른 채. 그 다음은 그녀가 위로 올라가 10분간 상하운동을 한다. 이때는 내 입에서 짐승 같은 신음소리가 터져 나간다. 윽, 윽, 윽, 윽, 하고. 그게 끝나면 그녀를 바닥에 엎드리게 한다. 그런 다음 뒤쪽에서 페니스를 꽂고 피스톤 운동을 한다. 그 5분 동안 우리는 땀을 비 오듯 흘리며 발광해 댄다. 그 후 페니스가 아플 정도로 팽창되면 정액을 힘차게 내뿜는다.

27

현존재는 만족, 지속, 사치, 행복을 끊임없이 추구한다. 그러나 무엇이 행복인가 하는 것이 언제나 애매하고 의심스럽다는 점에 현존재의 한계가 있다. 이 사회에 모든 소원이 이루어지는 인간이 존재하더라도 그는 그 결과에 의해 파멸될 것이다. 어떠한 부나 명예, 행복도 영속적이 아니며 모든 성취는 기만적이고 도모적叨冒的[35]이기 때문이다. - 야스퍼스의 「이성과 실존」 중에서

"요즘은 잘 지내고 있는 거냐."
"잘 지내요."
"그런데 왜 전화도 안 하고 들르지도 않니?"
"좀 바빴어요."
"뭐 부족한 건 없고?"
"없어요."
"중요한 행산데 옷이 마음에 안 드네."
어머니는 연신 드레스 룸과 응접실을 오가며 옷을 갈아입는다. 나는 푹신한 소파에 엉덩이를 걸치고 창밖으로 시선을 던진다. 도시 외곽에 위치한 어머니 집은 부호의 별장답게 으리으리하다. 대문에서 현관까지 이르는 길에는 희귀한 정원수가 늘어서 있다. 또한 잔디가 깔린 넓은 정원에서는 스프링클러가 계속 돌아간다.
"어머닌 어때요?"
나는 스프링클러에 시선을 고정시킨 채 묻는다. 그녀가 드레스 룸으로 들어가 다른 옷을 가지고 나온다. '나야 뭐 늘 그렇지만 네가 걱정이다.' 어머니는 들고 온 옷을 입어 보며 대꾸한다. 나는 옷에 정신을 빼앗긴 그녀를 보다가 고개를 젓는다. 지금과 같은 그녀의 표현은 형식적인 인사치레에 불과한 것이다. 그녀는 현재의 사치스런 상류층 생활에 만족하니까. 나는 짐짓 아무것도 모르는 것처럼 안부를 묻는다.

---

35) 도모적叨冒的 : 지나치게 사물을 탐하는 욕심. 탐욕적.

"그분께선 잘해 주시죠?"

"그럼."

어머니는 다른 말이 필요 없다는 투로 대꾸한다. 나는 계속 진지하고 겸손한 목소리로 질문을 던진다.

"그렇게 중요한 행산가요?"

"그러니까 이러지."

"……"

"오랜만에 찾아왔는데 미안하구나. 고위층 행사만 아니라면 같이 식사할 수 있었을 텐데. 앞으로는 전화를 주고 오렴."

"갑자기 휴가를 받아서요."

 나는 바람에 한들거리는 정원수를 응시하며 중얼거린다. 그녀가 원피스를 거울에 비춰보고 다시 드레스 룸으로 뛰어간다. 나는 하품을 하며 그녀의 분주한 모습을 지켜본다. 그녀가 푸른색의 정장을 들고 드레스 룸에서 나온다.

"고위관리들이 참석하는 만찬이야. 그런데 아무 옷이나 입고 갈 수 없지 않니?"

"하긴 그렇겠네요."

"이 옷도 그렇고."

어머니는 푸른색 정장을 입어 보고 다시 드레스 룸으로 들어간다. 나는 따분한 표정으로 집안 여기저기를 흘끔거린다.

"심심하면 음악이라도 듣지 그러니?"

어머니는 내가 음악을 좋아한다는 걸 잘 알고 있다. 그래서 음악 이야기를 꺼내 분위기를 바꾸어 보려는 것이다. 나는 테이블 위에서 굴러다니는 리모컨을 들고 오디오를 켠다. 잠시 후 오디오에서 로컬 밴드 그룹의 록음악이 터져 나온다. 나는 오디오의 볼륨을 조절하고 10인용 소파에 비스듬히 눕는다. 그녀가 대형 거울에 옷맵시를 비춰 보며 지나가는 투로 묻는다.

"하는 일은 힘들지 않아?"

"힘든 건 없어요."

"어려운 것도 없고?"

"없어요."
"힘든 일이 있으면 언제든지 얘기하렴."
"그러죠, 뭐."
"그리고 너 사귀는 여자친구 없니?"
"없어요."
"그 직업이 문제야. 누가 폴리스를 좋아하겠어."
"그건 그래요."
 나는 건성으로 대답하고 홀처럼 널찍한 응접실을 둘러본다. 응접실의 높다란 벽에는 유명 화가들 그림이 소품처럼 걸려 있다. 그림이 없으면 집안 분위기가 살아나지 않는다는 듯 적재적소에. 나는 서양화에 시선을 박은 채 음악을 따라 흥얼거린다. 내 생각을 눈치챘는지 그녀가 변명조로 입을 연다.
"네 건너편에 있는 그림. 그거 마티스가 그린 오달리스크 복제본이란다. 그 사람이 결혼 오 주년 기념으로 사 준 거야."
"결혼 오 주년? 벌써 그렇게 됐나요?"
"네가 스물두 살 되던 해에 재혼했지 않니."
"하긴."
"그림이 품위가 있어 보이지?"
"그런 것 같군요."
 나는 커다란 유방과 움푹 파인 배꼽을 드러낸 여자를 쳐다본다. 그녀가 전신 거울에 옷맵시를 비춰 보며 중얼거린다.
"그걸 구입하는데 얼마나 들었는지 아니?"
"글쎄요?"
"승용차 몇 대는 살 가격일 거야."
"마티스가 직접 복제한 거래요?"
"그럼."
"혹시 위작은 아니고요?"
"위작?"
"이천 점이나 위작을 그렸다는…"
"그 사람이 그린 건 아니야. 그건 내가 보장한다."

문명, 그 화려한 역설 165

어머니는 서양화를 전공한 사람답게 목소리에 힘까지 준다. 나는 소파 테이블에 발을 올려놓고 편하게 눕는다.

"그림이 너무 많은 거 아니에요?"

"다른 집에 가 봐라. 여기는 아무것도 아니야."

"그래요?"

"건너편 집에는 진품을 걸어 놓았어. 시중에서도 보기 드문 희귀작품을. 어떤 사람은 그게 진품이 아니라고 하더구나."

"그런데 왜 서양화만 수집하는 거죠?"

"서양화가 동양화보다 더 그림 같기 때문이지. 동양화는 서양화에 비해서 국제 경쟁력도 떨어지거든. 동양화는 사 놔 봐야 가격도 별로 뛰지 않고."

그런 말을 할 때면 그녀가 미술을 전공했다는 사실이 믿어지지 않는다.

"그건 어때? 벽난로 옆에 걸린 그림."

나는 그녀가 가리키는 곳을 흘낏 쳐다본다.

"르동이 그린 건데 마리 보트킨의 아스트라칸 코트라는 그림이야. 그 그림 속 여자를 잘 보렴."

나는 어머니가 무슨 뜻으로 르동의 그림을 말하는지 안다. 그녀는 지금 그림 속 여자가 젊을 때 자신과 비슷하다고 얘기하고 싶은 것이다. 나는 튀어나오는 하품을 참으며 고개를 끄덕인다. 그녀는 지금도 50대 중반답지 않게 세련되고 우아하다.

"아름답군요."

나는 진심이 배어 있는 어조로 칭찬의 말을 던진다. 그녀의 입이 함박만큼 벌어져서 닫히지 않는다.

"처녀 때 그 그림을 꼭 갖고 싶었단다. 그래서 프랑스로 유학을 갔던 거고."

"꿈을 이룬 셈이군요."

"그런 셈이지."

"그 그림도 화가가 복제한 진품인가요?"

"그건 아닐 거야. 그래도 진품하고 거의 구별할 수 없단다."

"그럼 됐군요."

어머니는 전신 거울 앞에 서서 포즈를 취해 본다. 나는 하릴없이 목을 위아래로 움직이고 비틀어 댄다. 그녀가 옷을 입었다 벗었다 하더니 만족스런 미소를 짓는다.
"지금 나가 봐야 되는데 더 놀다가 저녁 먹고 가렴."
"아니요. 나도 금방 가 봐야 돼요. 할 일이 있거든요."
"그래도 오랜만에 찾아왔잖니."
어머니는 나를 버려두고 냉큼 집밖으로 나서지 못한다. 나는 아무렇지 않은 것처럼 밝게 웃는다.
"내 걱정 말고 다녀오세요."
"정말 괜찮겠니?"
"괜찮다니까요."
"그럼 나 다녀온다."
그녀는 그제야 안심이 된다는 듯 구두를 신고 현관 쪽으로 걸어간다.
"다음에는 꼭 연락하고 오렴. 가족끼리 오순도순 식사라도 하게."
"그럴게요."
"재미있게 놀다가 가."
어머니는 미소를 짓고 현관 앞에 세워 놓은 승용차에 오른다. 여왕이 행차를 떠나는 것처럼 우아하면서 도도하게. 나는 고위층 행사에 마음을 빼앗긴 중년여자를 멍한 시선으로 바라본다. 가족이라는 게 어떤 것이고 무엇인가를 생각하면서. 그녀가 승용차 유리를 내리고 한마디 던진다.
"시간 되면 꼭 저녁 먹고 가렴."
나는 승용차가 대문 밖으로 사라진 걸 확인하고 소파에서 일어선다. 이제 마당처럼 넓은 집 안에는 아무도 없다. 허영덩어리인 어머니도 없고 그녀의 돈 많은 남편도 없다. 나는 안방으로 들어가 크고 푹신한 침대에 몸을 던진다.

28

인간은 습관의 동물이며 그의 습관의 노예이다. 인간이 동물의 한 종으로서 다른 유기체 존재의 대부분과 사별篩別[36]된다면 습관이야말로 인간정신의 본질적이며 실체적인 것이다. - 퇴니스의 「공동사회와 이익사회」 중에서

"어머 이게 얼마 만이에요."
나래는 내가 나타난 게 의외라는 표정이다. 나는 빈 테이블을 찾아 털썩 주저앉는다. 나래가 건너편 의자에 앉으며 물끄러미 쳐다본다. 나는 형사수첩과 휴대폰, 수갑, 테이저건을 꺼내 의자에 놓는다. 내 움직임을 관찰하던 나래가 쿡쿡 웃는다. 행동이 예전이나 지금이나 똑같다고 말하는 것처럼. 나는 물을 한 모금 마시고 습관처럼 홀 안을 둘러본다. 스피드 쿠킹점은 언제나 팝콘, 콜라, 피자, 윙, 텐더, 케익 조각을 먹는 아이들로 소란스럽다. 또 이곳에 오면 반사적으로 느껴지는 싱싱함과 상쾌함이 있다. 사람을 들뜨게도 하고 가라앉게도 하는 강렬한 느낌이. 나는 긴장된 감정을 풀고 편한 자세로 앉는다. 나래가 식수를 컵에 따라 건네주며 생긋 웃는다.
"그동안 무척 바빴나 보죠?"
"탈주범이 잡히지 않으니까."
"그 사람 영영 못 잡으면 어떡하죠?"
"아마 곧 잡힐 거야."
"빨리 잡혔으면 좋겠어요. 불안해서 돌아다닐 수가 없으니."
"그 정도로 불안해?"
"사람들이 그러는데, 그 인간 때문에 국민 정신건강까지 나빠진대요. 거기다 범죄에 대한 피해의식은 물론이고 공포감마저 느낀다는 거예요."
"너무 무방비 상태로 돌아다니니까."
"그나저나 오빠가 걱정이에요."

---

36) 사별篩別 : 체로 쳐서 골라 가르는 일.

"내가? 왜?"
"그 사람 잡다가 다칠까 봐요."
"나하곤 부딪치지 않을 거야. 세상은 생각보다 넓거든."
"그럼 다행이고요."
"근데 매일 이렇게 바쁜 거야?"
"아이들 몇 명이 죽치고 있어서 그렇지 별로 바쁘지 않아요. 보세요. 콜라를 마시는 아이들 몇 명뿐이잖아요."
"사촌오빠한테서는 아직도 연락이 없어?"
"한 번 왔었어요."
"언제?"
"며칠 전에요."
"그 친구 돌아다니는데 재미를 붙였나 보군."
"본래 돌아다니는 걸 좋아하는 사람이잖아요."
"그렇긴 한 것 같더라."
"지난주엔 페루 북부에 있는 우아까 뿌끄야나 신전 쪽에서 전화가 왔는데, 지금은 쿠엘랍 유적지 부근에 있대요."
"여행하는 즐거움에 빠지면 쉽게 헤어나지 못하지."

나는 감탄 반 탄식 반의 목소리로 중얼거린다. 나래가 한숨을 내쉬며 팝콘 접시를 밀어 놓는다. 나는 팝콘을 한 주먹 집어 들고 생각에 잠긴다. 유리도 지금쯤 오지 어딘가를 돌아다닐 것이다. 무언가를 찾고 어떤 것을 추구하기 위해서. 나는 입에 든 팝콘을 씹어 삼키고 주문을 한다.

"나 휘시 버거세트 하나 갖다 줄래?"
"음식은 시키지 않아도 되는데."
"나 지금 배고파."
"정말이에요?"
"아침을 일찍 먹었거든."
"그럼 조금만 기다리세요. 금방 가져올게요."

나래가 생긋 웃고 카운터 쪽으로 뛰어간다. 나는 물로 목을 축이면서 주위를 둘러본다. 여학생들은 콜라를 마시고 따가운 햇살은 아스팔트를 때린다. 나는 의자에 놓아둔 휴대폰을 들고 수신을 확인한다. 다미의 번호와 디나의 휴대폰, 마리의 문자가 들어와 있다.

"여기 빅맥 세트 두 개 하고 맥치킨 세트 하나 주세요."

노래를 부르던 단발머리 여학생이 큰소리로 주문한다. 나는 휴대폰에 찍힌 번호를 누르다가 그만둔다. 지금 시간에 전화를 해 봐야 소용이 없기 때문이다. 다미는 아이스크림점에서 아르바이트를 할 것이고, 디나는 술집에서 손님을 받을 게 분명하다. 마리는 새로 테이크한 남자친구와 데이트를 즐길 것이고. 그래도 누군가와 잡담이라도 나누어야 한다. 그게 발랄한 다미라도 좋고 귀여운 디나라도 상관이 없다.

나는 휴대폰 주소록을 검색하다가 010-XX02-XX14를 누른다. ―미안해요. 지금은 외출 중이에요. 메시지 남겨 주세요― 수화기 안에서 들려오는 건 제니의 건조한 목소리다. 나는 힘없이 고개를 젓고 다른 번호를 누른다. 010-XX10-XX18. ―안녕하세요. 저는 일본여행 중입니다. 용건이 있으신 분은 삼사 주 후에 전화 주시기 바랍니다― 언제나 바쁜 파라. 그녀의 일본여행은 아직 끝나지 않은 것 같다. 나는 다시 폰타네 마담 지바의 전화번호를 누른다. 010-XX36-XX03. 마담 지바 역시 품위 넘치는 멘트만 남겨 놓았을 뿐이다. ―안녕하세요, 마담 지밥니다. 지금은 외출 중이니 전언 남겨 주세요― 나는 마지막으로 마리의 휴대폰 번호를 꾹꾹 누른다. 010-XX09-XX17.

"여보세요?"

지금 시간에 전화를 받는 건 마리뿐이다. 내가 침묵을 지키자 마리가 투덜거린다.

"누구야? 전화를 걸었으면 말을 해야 할 거 아니야."

"나야. 모제."

"아 모제 오빠."

마리의 뾰족한 목소리가 금방 나긋나긋하게 변한다. 나는 마리에게 전화를 한 것을 후회한다. 마리의 반응으로 보아 무슨 일이라도 벌일 것 같다. 나는 입맛을 쩍쩍 다시고 고개를 젓는다. 마리가 한껏 고조된 목소리로 입을 연다.

"어쩐 일이에요? 오빠가 나한테 전화를 다 걸고."

"그냥 해 본 거야."

"그런 것 같지 않은데."
"그렇게 생각해?"
"그렇잖아요. 오빠가 실없는 사람도 아니고."
"사실은 물어볼 말이 있어서야."
"그러면 그렇지."

마리는 자신의 예측이 맞았다는 듯이 깔깔 웃는다. 나는 헛기침을 하고 휴대폰을 바짝 끌어당긴다. 마리가 어리광이 철철 넘치는 목소리로 묻는다.

"그래 물어볼 말이 뭐예요?"
"그건 만나서 이야기하고, 언제 시간이 나지?"
"오빠가 원한다면 언제든 낼 수 있죠."
"그럼 지금 이리로 올래?"
"거기가 어딘데요?"
"나래 스피드쿠킹."
"그렇지 않아도 그리로 가려던 참이었어요."
"마리가 여길 왜?"
"오늘 나래 만나는 날이거든요."
"마리하고 나래하고 친구였어?"
"친구 정도가 아니라, 고교 동창이에요."
"고교 동창? 난 몰랐는데."
"오빠 좀 멍청한 것 같다."
"정말 그런 것 같은데, 둘이 동창이라는 사실도 몰랐으니."
"그런 의미에서 술 한 잔 사는 게 어때요? 간단하게."
"간단하게라면 좋아."
"역시 오빠야."
"나도 사실 술이 마시고 싶었거든."
"그럼 내가 갈 때까지 꼼짝 말고 있어요."
"알았어."
"잠시 후에 만나요. 바이."

마리는 무척 기분이 좋다는 투로 말하고 전화를 끊는다. 도저히 기분을 맞출 수 없는 여자애. 어디로 튈지 전혀 예측할 수 없는 메탈세대. 마리와의 대화는 언제나 신선하면서도 충격적이다. 나는 가볍게 한숨을 내쉬고 휴대폰을 포켓에 넣는다.

29

어떤 남자가 용감한 여자가 지닌 정도의 용기만 가졌다면 그는 비겁하다고 생각될 것이다. 역으로 어떤 여자의 겸손함이 좋은 남자에게 알맞은 겸손함보다 더 크지 못하다면 그 여자를 교만하며 동시에 자과(自誇)[37]하다고 할 것이다. - 아리스토텔레스의 「정치학」 중에서

마리는 타이트한 흰색 셔츠를 걸치고 헌팅캡을 쓴 채 앉아 있다. 나래는 차이나식 원피스에 앞머리를 짧게 커트하고 반듯하게 앉아 생맥주를 들이켠다. 마리와 나래가 다른 건 행동이나 말투, 스타일뿐이 아니다. 두 사람은 생각하는 것과 노는 방식과 살아가는 태도까지 상이하다. 마리가 마른 얼굴에 커다란 눈을 가진데 반해, 나래는 통통한 얼굴에 선한 눈매를 가졌다. 나래가 살이 찌고 귀여운데 비해, 마리는 마른 몸매에 신경질적인 인상을 가지고 있다. 두 사람을 번갈아 보자 마리가 퉁명스럽게 쏘아붙인다.
"오빠가 그렇게 고리타분한 사람인지 몰랐어."
"내가 고리타분한 사람이라고?"
"락카페에 간 사람이 춤은 안 추고 멍하니 있다가 그냥 나왔으니까."
"오빠 입장도 이해해 줘야지."
나래가 내 눈치를 살피며 슬며시 거든다. 마리가 못마땅하다는 듯이 입을 내민다.
"여자들하고 락카페에 갔으면 어느 정도는 맞춰 줘야 되는 거 아니야?"

---

37) 자과(自誇) : 방자하고 잘난 체함.

"어쨌든 재미있었으면 됐지 뭐."
"난 하나도 재미없더라."
나는 마리와 나래의 얘기를 건성으로 들으며 생맥주를 마신다. 내가 술을 마시자 마리도 맥주컵을 들고 벌컥벌컥 들이켠다. 나는 오징어를 찢어 입에 넣고 이층으로 시선을 던진다. 이층에도 마리와 나래 또래의 아이들로 빈틈이 없다. 이렇게 큰 홀이 술을 마시는 애들로 가득 찼다는 게 믿어지지 않는다. 나는 우울한 표정을 지으며 오징어를 질겅질겅 씹는다. 나래가 내 얼굴을 힐끗 보고 말을 꺼낸다.
"엔타시스 정말 괜찮더라. 분위기도 좋고."
"나래 너도 그렇게 생각하지."
"당연하지. 나도 타임을 즐기는 메탈세댄데."
"거기 끝내주는 데야. 음악 좋지, 물 좋은 애들만 오지, 얼마든지 부킹 가능하지. 나는 하루만 안 가도 몸이 꼬여."
"너 혹시 락카페 중독증 아니니?"
"그럴지도 몰라."
"그렇다면 생각해 볼 문제다."
"그래도 어쩔 수 없어. 하루라도 몸을 풀지 않으면 안 되거든."
"하긴 그동안 공부하느라고 많이 힘들었지."
나래는 마리의 행동이 어느 정도 수긍이 간다는 표정이다. 마리가 나래 앞으로 다가앉으며 속닥거린다.
"너도 봤잖아. 매일 취하도록 마셔야 하고, 다리가 풀린 정도로 춤춰야 하고, 새로운 남자를 만나야 하는 아이들."
"보긴 봤지."
"그 애들을 보니까 생각나는 거 없어?"
"글쎄."
"그 애들 하나같이 펑크족이야. 술 마시고 춤추고 섹스하지 않으면 몸살나는 아이들."
"하긴 요샌 아예 생각이 없다는 애들도 생겨났으니까."
"생각하면 뭐해 앞날이 전혀 보이지 않는데."
"미래도 없고 비전도 없이 순간을 즐기는 아이들…"

"그런 세대를 뭐라고 부르면 좋을까?"
"글쎄."
"요즘 젊은 애들 사이에선 이런 말까지 돌고 있어. 나는 생각이 없다 고로 존재한다."
"맞는 말 같은데."
 나는 슬그머니 시선을 돌려 유리창 밖을 본다. 대책이 없어도 너무나 없는 여자애들이라는 생각을 하며. 마리가 생맥주로 목을 축이고 다시 말을 시작한다.
"사실 엔타시스 강력한 헤비메탈하고 파괴적인 테크노 때문에 뜨는 거야. 그런 음악이 아니면 젊은 애들이 오지 않거든."
"그건 그런 것 같더라."
"생각해 봐. 어디 가서 스트레스 풀 데 있어? 그러니 락카페에서 미친 듯이 흔들고 소리치는 거지"
 나는 할 말이 없어 목을 이리저리 꼬아 댄다. 마리와 나래는 계속 킬킬거리며 말을 주고받는다. 나는 그런 마리와 나래를 보며 조용히 한숨을 내쉰다. 한동안 이야기를 나누던 마리가 내 옆구리를 꾹 찌른다.
"오빠 지금 뭐하고 있는 거예요?"
"나 뭘 좀 생각 중이었어."
"또 유리언니 생각하는 거죠?"
"아 아니. 그건 아니야."
"뭐가 아니에요. 얼굴 보니까 뻔한데."
 마리가 눈을 흘기며 뾰족한 소리로 핀잔을 준다. 나는 한동안 머뭇거리다가 실토를 한다.
"사실은 마리를 보자고 한 것도 유리 때문이야. 전화나 메일이 오지 않았나 해서."
"난 유리언니 얘기만 꺼내면 술이 확 깨더라."
"술까지 깬다고?"
"그렇잖아요. 말끝마다 유리 유리 해 대니. 그뿐이면 말을 안 해요."
"그럼?"
"언니가 뭐 백설 공주나 돼요? 밤낮으로 목을 빼고 찾아다니게."

"한 달이 지나도 소식이 없는데 찾아봐야지."
"누구는 몇 달 동안 여행도 다니는데요, 뭘."
"여행하고 집을 나간 건 다른 거야."
"오빠는 걱정을 만들어서 하는 게 문제예요."
"피피 소식은 없고?"
"피피 얘기는 이제 그만해요."
"피피하고 유리가 같이 있지 않나 해서."
"둘이 같이 있을 턱이 있어요? 각자 시간을 두고 집을 나갔는데."
 마리는 화가 난 사람처럼 쏘아붙인다. 나는 땅콩을 들고 으적으적 씹어 먹는다. 잠시 말없이 앉아 있던 마리가 퉁명스럽게 입을 연다.
"어제 유리언니를 안다는 영감한테서 전화가 왔어요."
"영감? 그래 그 사람이 뭐래?"
"잠을 자다가 받아서 잘 기억나지 않는데, 유리언니가 자기네 클럽에서 일한대요."
"자기네 클럽이라니?"
"그 영감 말로는 유리언니가 자기네 업소로 찾아왔다는 거예요. 뭐라더라. 유토피아 지하클럽인가 뭔가 하는 술집이라고 그랬는데, 호화스런 룸이 사십 개나 있는… 근데 그 영감 목소리도 그렇고 하는 얘기도 그렇고 별로 통화하고 싶지 않더라고요."
"왜?"
"모든 게 이상하거든요. 꿈속을 헤맨 것 같기도 하고, 잠결에 영화를 본 것 같기도 하고, 최면에 걸려 횡설수설한 것 같기도 하고. 아무튼 애매모호한 것투성이였어요."
"전화를 받았다면서?"
"그러니 이상하다는 거죠. 전화를 받은 것 자체가 불분명하니까요."
"아무리 그래도 그렇지."
"지금도 꿈속을 헤매다 깨어난 것 같다니까요. 그 영감하고 통화를 한 건지, 내가 환청을 들은 건지. 이런 말도 해야 되는 건지 알 수가 없어요."
"그런 일이 다 있었니?"
 나래가 눈을 동그랗게 뜨며 관심을 보인다. 마리가 말도 말라는 듯이 고개를 젓는다.

"그렇다니까."

"그거 정말 이상하다 얘."

"너도 그렇게 생각하지?"

"당연하지. 통화내용이 꿈속을 헤맨 것 같다니까."

"그래서 전화를 끊고 팔뚝까지 꼬집어 보았어. 내가 잠을 자는 중인지, 깨어난 건지 확인하려고."

"그랬더니?"

"팔만 아프더라."

"그래서 잠도 잘 자야 되는 거야."

마리와 나래는 남의 이야기를 하는 것처럼 깔깔거린다. 나는 소리 없이 한숨을 내쉬고 창밖으로 시선을 던진다. 지하클럽, 유토피아, 델로피아, 지하부, 40개의 룸. 나는 머릿속에서 희미하게 떠다니는 기억을 더듬는다. 하비, 미소리, 지배인, 집주. 그러나 아무것도 생각나지 않는다.

30

우리는 한 행위가 우리가 욕망하는 효용성을 얻으려는 생각에서 움직이거나 또는 그러한 효용성을 자유로 처리할 기회를 얻으려는 데로 지향하는 한, 그 행위를 경제적이라고 부른다. 그리하여 모든 종류의 행위는 경제적인 데로 지향될 수 있다. 예를 들면 예술가의 행위도 그러하며 또 전쟁행위까지도 그것이 전쟁을 주무綢繆[38]하거나, 전쟁을 일으킬 때 이에 대한 행위가 경제적 목적과 수단으로써 이루어지는 한 역시 경제적이다. - 베버의「사회경제사」중에서

"나래는 집이 어디야?"

나는 맥주를 한 모금 마시고 지나가는 투로 묻는다. 나래가 머쓱한 표정

---

38) 주무綢繆 : 빈틈없이 자세하고 꼼꼼하게 미리 준비함.

을 지어 보이며 대꾸한다.
"D동에 있는 아메리칸 하우스 알죠? 거기 살아요."
"좋은 동네에 사는군."
"다 부모님 덕택이죠."
"부모님이 뭘 하시는데?"
"장사를 하세요. 덕분에 돈은 쓸 만큼 모았죠."
"그랬군."
나는 마른안주를 집어 입에 넣고 고개를 끄덕인다. 나래가 조금은 멋쩍다는 듯이 웃는다. 나는 나래의 동그란 얼굴을 물끄러미 응시한다. 보기보다 똑똑하고 현명한 아이라는 생각을 하며. 내가 나래 스피드 쿠킹점을 아지트로 이용한 건 시간을 때우기가 좋았기 때문이다. 또한 간단히 끼니를 해결하기도 편했고 약속장소로도 그만이었다. 그 외에 나래 스피드 쿠킹점은 항상 생기발랄하고 싱싱한 여자애들만 들락거렸다. 나는 풋풋한 여자애들을 보면서 신참형사의 고단함과 외로움을 달랬다.
내가 처음 이곳에 들렀을 때 나래는 단발머리 여학생이었다. 그래서 카운터는 사촌오빠가 지켰고, 나래는 서빙을 하거나 청소를 맡았다. 나래는 일하는 중간 중간 내 쪽으로 와서 장난을 치며 깔깔거렸다. 형사치고는 너무 순진하고 어수룩한 아저씨라며. 나는 귀여운 여학생과 어울리는 게 싫지 않아서 장난을 받아 주었다. 나래는 짓궂은 장난을 받아들이는 내게 콘칩을 가져다주었다. 심심풀이로 먹거나 시간을 때우기에는 무엇보다 좋다며. 나와 나래는 그렇게 해서 가까워지고 스스럼없을 정도로 친해졌다. 나와 유리가 나래 스피드 쿠킹을 이용하며 가까워진 것처럼. 내가 생각에 잠겨 있자 나래가 슬그머니 다가앉는다.
"나 오빠한테 고백할 게 있어요."
"무슨 고백?"
"내 신상에 관해서요."
"나래 신상이 어때서?"
나는 자세를 바로 하고 나래를 정시한다. 나래가 심각해진 얼굴로 말을 꺼낸다.
"저 사실 화교 삼세예요."

"화교 삼세? 나래가?"
"네."
"그건 전혀 예상 못했는데."
"내가 너무 심했나요?"
"아니 그런 게 중요한 건 아니니까."

나는 아무렇지 않게 말했지만 놀란 건 사실이다. 나는 나래의 귀엽고 통통한 얼굴을 빤히 쳐다본다. 나래의 어느 곳에 이렇게 깜찍한 성격이 숨어 있나 하고. 나래가 따가운 시선을 느꼈는지 어색한 미소를 짓는다. 나는 한동안 말없이 찬 맥주만 찔끔찔끔 들이켠다. 나래가 물로 목을 축이고 어눌한 말투로 입을 연다.

"한국인들은 화교 하면 돈만 아는 사람들이라고 생각하잖아요."
"돈?"
"네."
"글쎄 잘 모르겠는데."
"많은 사람들이 그렇게 생각해요. 화교들은 누구든 돈에 집착한다고요."
"그런 사람들도 있지만 다 그렇지는 않아."
"그래도 대다수가 그런 편견을 가지고 있는 건 분명해요."
"하긴 그런 점도 없지는 않지."
"사실 화교들도 문제가 없는 건 아니에요. 뭐든지 경제적 가치로 좋고 나쁨을 판단하니까요. 사람을 대하는 것도 그렇고, 가치를 측정하는 것도 마찬가지죠. 그래서 화교들을 경제적 동물이라고 부르잖아요."
"그렇기야 하겠어."
"그렇지 않으면 왜 그런 말을 하겠어요?"
"글쎄."
"그걸 이해할 수 없어요. 한 땅에 살면서 왜 서로 경원해야 하는지."

나래는 말을 마치고 먹구름이 낀 하늘로 시선을 던진다. 나는 나래를 따라 어두워진 창밖을 바라본다. 어둠이 내려앉는 거리에 빗방울이 떨어지기 시작한다. 빗줄기의 기세로 보아 큰비가 쏟아질 것 같다. 마리가 남자친구 전화를 받고 가 버리자 나와 나래만 남았다. 나와 나래는 오랜만에 맥주를 마시며 데이트를 하기로 약속했다. 단둘이서 진지한 대화도 나누고 술도 마음껏 마셔 보자고.
"어머, 비가 쏟아지나 봐요!"
비를 맞은 채 들어서는 사람들을 보고 나래가 탄성을 지른다. 넓은 홀은 이내 비에 젖은 연인들로 가득 찬다. 북적거리던 맥주클럽 이오니아는 쏟아지는 비로 더욱 소란스러워진다. 나는 맥주를 한 모금 들이켜고 조심스레 묻는다.
"나래는 부모님하고 같이 사는 거야?"
"아니에요."
"그럼?"
"부모님은 얼마 전에 대만으로 들어가셨어요."
"그러면 한국에는 사촌오빠하고 나래만 남은 거겠군."
"그런 셈이죠."
"요즘엔 단출하게 사는 시대니까."
"부모님도 실은 외할머니 때문에 귀국하신 거예요."
"아 외할머니가 살아계셨구나."
"대만에 혼자 계신데 건강이 좋지 않으세요. 그래서 엄마하고 아빠가 들어가신 거예요. 엄마로서는 여생이라도 외할머니를 모시고 살고 싶었나 봐요."
"좋은 일이지."
"지금도 부모님은 대만으로 들어오라고 성화예요. 가족들이 한데 모여 오순도순 살자고요. 나나 오빠한테는 한국보다 대만이 낯설거든요. 그래서 이러지도 저러지도 못하고 있어요. 나는 친구들도 대부분 여기에 있고, 생활 습관이나 언어도 이미 한국 사람이나 마찬가지잖아요."
"그건 그렇지."
"대만으로 들어간 친구들도 후회하더라고요. 괜히 돌아갔다고요. 어떤 애들은 한국사회가 몸서리치도록 싫다고 말하기도 해요. 한국 사람들은 편견 일색에 배타적인 민족감정만 조장한다는 거죠. 나는 그런 애들하고 생각이 달라요. 대만보다 여기가 더 인정이 넘치고 사람 사는 곳 같거든요."

"그렇게 생각한다니 다행이다."
"돈은 부모님이 벌어 놓아서 생활하는 데는 부족하지 않아요. 스피드 쿠킹점도 꼭 운영해야 되는 것도 아니고요. 중국사람 습성이 한시라도 돈을 벌지 않으면 몸이 쑤시니까 매달리는 것뿐이죠. 내 얘기 듣고 놀란 거 아니죠?"
"놀라진 않았어."
"그렇다면 다행이고요."
"난 오히려 나래가 대견하다는 생각이 들었어."
"뭐 별로 대단한 것도 아니에요. 화교라면 누구나 돈에 이력이 났으니까요."
"그래도 그렇지. 스무 살에 스피드 쿠킹점 경영이라니."
"스무 살이면 이미 어른이에요."
"그건 맞는 말이지만…"
"우리 생맥주 한 잔 더 할래요?"
 나래가 손님들로 넘쳐나는 홀을 보며 제안한다.
"나래가 좋다면."
"나는 좋아요."
"그러면 못할 것도 없지."
 나는 다리를 바꾸어 꼬고 머리를 끄덕인다. 나래가 그럴 줄 알았다는 듯이 생끗 웃는다. 나는 나래의 티 없이 맑은 얼굴을 가만히 들여다본다. 나래도 어느새 성숙한 여인이 되어 간다는 생각을 하며.

31

인간감정의 보다 심오한 측면은 음악적인 리듬으로써 표현되며 그 모든 것은 노래를 통해서 나타난다. 노래의 뜻은 참으로 심오하고 그윽하다. 그런 의미에서 이 세상에는 음악이 부여하는 감정적인 효과를 논리적으로 풀이할 사람은 없다고 해도 과언이 아니다. 어떤 음악이든 음악이라는 것은 인간감정을 무한한 심연으로 견예牽曳[39]하며 그 무한한 힘을 우리는 헤아릴 수도 없다. - 칼라일의 「영웅 숭배론」중에서

"웬 장대비가 이렇게 쏟아지는 거야."
"장마가 시작됐으니까요."
"벌써 장마가 시작된 거야?"
"벌써가 뭐예요. 칠월도 중순이 지났는데요."
"한 일 없이 시간만 가는군."
"오빠도 그렇게 생각해요?"
"그럼 그렇지 않고."
"나는 나만 그렇다고 생각했는데."

나래는 약간 쑥스럽다는 투로 말하고 웃는다. 나는 승용차 속도를 줄이고 윈도브러시를 회전시킨다. 장마 기간이 길다 해도 이렇게 지루할 수가 없다. 예년 같으면 한 달 남짓 내릴 비가 두 달 가까이 쏟아진다. 이 폭풍우 속에 유리는 어디서 무엇을 하고 있는 걸까. 물로 아수라장이 된 이 문명의 도시 안에 있는 걸까. 아니면 알 수 없는 세계로 떠나 버린 걸까. 폭우로 목숨을 잃고 실종되는 사람은 날로 늘어나는데. 내가 라이트를 켜자 나래가 탄성을 지른다.

"비오는 밤에 드라이브라. 너무 좋다."
"그렇게 좋아?"
"얼마나 좋아요. 비는 쏟아지고 차는 달리고."
"하긴."

---

39) 견예牽曳 : 물건 따위를 끌어서 당김.

나는 흐릿한 전방을 주시하며 액셀러레이터를 밟는다. 나래가 빗줄기를 보다가 볼멘소리로 입을 연다.

"나는 오빠 생활방식도 이해하기 어려워요."

"내 생활방식? 왜?"

"유리언니한테 집착하는 거요. 무엇 때문에 떠난 사람만 생각하는 거죠?"

"글쎄."

"오빠는 툭 터진 것 같으면서 답답한 구석이 있어요."

나는 할 말이 없어 비가 퍼붓는 거리만 바라본다. 나래가 불만이 많은 것처럼 뾰로통한 표정을 짓는다. 나는 승용차 속도를 줄이며 조심스럽게 제안한다.

"비가 그칠 것 같지 않은데, 쉬었다 가는 게 어때? 술도 깰 겸."

"여기서요?"

"음."

"그럼 좀 쉬었다 가죠, 뭐."

나래는 기분도 찜찜한데 오히려 잘되었다는 얼굴이다. 나는 승용차를 도로 가장자리로 붙여 주차시킨다. 비가 너무 많이 쏟아져서 지나가는 차도 보이지 않는다. 나래가 답답하다는 듯이 어깨에 두른 안전벨트를 풀어 던진다. 나는 자동차 시동을 끄고 카스테레오 오픈 버튼을 터치한다. 잠시 후 로드 스트어트가 부르는 세일링이 흘러나온다. 'I am sailing. I am sailing home again across the sea. I am sailing stormy waters. To be near you. To be free. I am free.'

"팝송 정말 대단해요."

노래에 귀를 기울이던 나래가 감동한 듯 중얼거린다. 나는 파킹이 잘되었는지 확인한 뒤 반문한다.

"팝송이 대단하다니?"

"사람 혼을 쏙 빼앗아 가니까요. 근데 팝송이 언제 어디서 시작됐는지 모르겠어요."

"그걸 따지자면 좀 복잡해."

"왜요?"

"역사를 거슬러 올라가야 하니까."

"하긴 무엇이든 역사를 벗어나서 생각할 순 없겠죠?"

나는 승용차 등받이를 뒤로 젖히고 눕는다. 대낮부터 마신 술이 가슴을 거쳐 머리까지 올라온다. 어차피 빨리 돌아갈 이유가 없다면 쉬어 가는 게 좋다. 내가 눕자 나래도 등받이를 젖히고 비스듬히 앉는다. 다시 번개와 함께 천둥이 치고 비가 우박처럼 쏟아진다. 세상의 혼잡한 것들을 모두 다 쓸어갈 듯이 요란하게. 나래가 장대비가 뿌리는 거리를 보며 팝송을 흥얼거린다. 나는 카스테레오 볼륨을 줄이고 말을 꺼낸다.

"팝송은 본래 이십 세기 초 미국에서 생겨난 음악이야. 그것도 흑인사회에서."

"팝송이 흑인사회에서요? 그거 뜻밖인데요."

"왜 뜻밖이라고 생각했지?"

"난 팝송이 유럽 음악인 줄 알았거든요. 어딘가 고상하고 아름다우니까요."

"나래도 문제가 많군."

"내가 왜요?"

"서구 지향적 사고방식을 가졌으니까."

"나한테 그런 점이 전혀 없는 건 아니죠."

"그게 잘못된 거야. 모든 걸 서구 중심으로 생각하는 거."

"요새 애들은 대부분 그런 생각을 가지고 살잖아요."

"그래도 그렇지."

"문제는 문제예요. 문화적 사대주의."

나래가 손수건으로 물기를 닦으며 자조적인 표정을 짓는다. 나는 비오는 거리에 시선을 던지고 있다가 입을 연다.

"생각해 봐. 십구 세기만 해도 미국 땅은 아프리카에서 잡혀온 흑인 노예들로 우글거렸잖아. 아메리카 대륙이 넓으니 좁으니 할 정도로 많은 노예들이. 그러니 자연스레 흑인들 정서에 맞는 음악이 생겨난 거지. 꼭 흑인 정서라고 할 필요도 없어. 그냥 흑인들 음악이라고 해도 무방할 거야. 흑인사회에서 자연발생적으로 생겨난 음악이니까. 흑인영가하고 가스펠송이 바로 그런 음악이지. 그 음악이 나중에는 팝송으로 발전한 거고. 문제는 백인이야."

"백인이 왜요?"

"유럽에서 건너간 앵글로색슨족 후예들. 그들이 아니면 팝송이 지금처럼 발전하지 못했을 테니까. 즉 아프리카 흑인들을 잡아다 노예로 부려 먹던 앵글로색슨족이 아니면 팝송이 생기지도 않았다는 뜻이야. 팝송은 그야말로 제국주의 부산물이면서 노예사회를 대변하는 정신이라는 거지."

"노예사회를 대변하는 정신? 팝송이?"

"그런데 팝송이 태동하게 된 동기가 재미있어. 뭐라고 해야 할까. 팝송이 생기게 된 건… 유럽에서 건너간 선교사들 때문이라고 할 수 있거든."

"어떤 의미에서요?"

"그 당시 선교사들한테는 적극적으로 선교할 대상이 필요했어. 자신들하고 종교적인 공감대를 가지고 살아갈 사람들이. 그러다 보니 천대받고 박해받는 흑인 노예들한테 접근한 거지. 전도를 위해선 말보다 감정을 한 순간에 일치시키는 노래가 필요했던 거고, 그런 노래를 전도사들이 흑인 취향에 맞게 변형시켜서 재편곡했지. 그래서 흑인영가를 가리켜 찬송가의 모체라고 일컫는 거야."

"그랬나요?"

"그럼. 어떤 노래든 흑인영가를 벗어나서 생각할 수 없으니까. 백인들이 흑인영가를 무시 못하는 이유가 또 있어."

"어떤 이유가요?"

"흑인영가가 노예사회에서 생겨난 음악이지만, 철저하게 구약성서에 바탕을 뒀거든. 내세 지향적이면서도 현실을 부정하지 않는 음악이었지. 그러니 선교사들이나 백인들이 흑인영가만큼은 인정하지 않을 수 없었던 거야. 그렇게 해야 흑인 노예들을 계속 부려 먹을 수 있으니까. 생각해 봐. 모든 걸 빼앗았는데 단 하나 남은 노래, 구원의 노래만은 내버려 둬야 하지 않겠어?"

"그건 그래요."

"죽도록 일만 하면서 부를 수 있는 노래. 비감에 찬 곡조만 불러야 했던 흑인 노예들은 노래를 하면서도 즐겁지 않았을 거야. 아니 고통스럽고 슬프고 처절했겠지. 내가 아는 곡 중 깊은 강, 그 누가 나의 괴로움을 알며, 예리코 전투, 거기 너 있었는가, 같은 게 그런 음악이야. 가사만 봐도 처절한 고통과 슬픔을 알 수 있어. '깊은 강. 내 집은 저편 요단강 너머에 있네. 주여, 요단강을 건너 그리운 땅으로 가고 싶네. 주님을 찾을 때까지 저는 혼자 울고 또 울었습니다. 내 머리 위를 넘어 하늘의 고통이 보이네. 기도를 할 때마다 성령을 보며 내 차디찬 마음을 움직입니다. 내가 당한 고통 그 누가 알 수 있으리오.' 알고 보면 흑인 노예들이 백인사회, 특히 팝송에 끼친 영향은 엄청났던 거야."
"듣고 보니 정말 그러네요."
"그뿐이 아니야. 본래 가스펠송도 흑인 뱁티스트교회에서 불렀던 음악이야."
"그래요?"
"가스펠송을 번역하면 복음가라는 뜻이 되는데, 가스펠송 자체가 흑인 영가를 현대판으로 재구성한데다가 신약성서에 바탕을 둔 곡이거든. 음률도 재즈에 가까운 리듬을 붙여서 솔로나 합창으로 부르고. 그러니 가스펠송을 현대적 성가라고 할 수밖에. 흑인 노예들 얘기만 하니까 재미없지?"
나는 나래의 얼굴을 보며 멋쩍은 표정을 짓는다. 나래가 무슨 소리냐는 듯이 고개를 젓는다.
"아니요. 재미있어요."
"그건 좀 의왼데."
"다른 것도 아니고 음악 얘기잖아요."
"그래도."
"어쨌든 얘기를 시작했으니까 끝까지 들려주세요."
나래는 무척 흥미가 당긴다는 듯이 다가앉는다. 나는 비가 쏟아지는 거리를 보다가 고개를 끄덕인다.
"비는 그칠 기색이 없고 술은 깨지 않고, 음악 얘기나 계속 해야겠지?"
"이제 보니 오빠 멋있다."
"멋있다고? 내가?"
"음악에 대해선 모르는 게 없으니까요."
"난 아무것도 몰라."

"아니에요. 그 정도면 당장 책을 써도 되겠어요."
"책까지는 아니야."
"하여간 계속 얘기해 주세요. 너무 재미있어요."
"그러면 한 가지 약속해."
"무슨 약속?"
"아무리 지루해도 꾹 참고 듣기."
"그런 거라면 얼마든지 약속할 수 있죠."
"좋아. 그럼 계속 들려주기로 하지. 근데 어디까지 얘기하다 말았지?"
"가스펠송이 생기게 된 동기요."
"아 그렇지. 내가 가끔 이래서 문제야. 잘 나가다가 삼천포로 빠지는 증상 말이야."
"그래도 할 건 다 하잖아요."
"하긴 그렇지."
"그것 봐요."
"팝송은 흑인영가나 가스펠송에서 생겨났다고 해도 과언이 아니야. 처음에는 흑인영가라는 아메리카풍 찬송가로 불리다가 가스펠송으로 이어지고, 나중에는 재즈로 발전하게 됐지. 생각해 봐. 넓고 광활한 아프리카 평원에서 갑자기 문명세계로 사냥되어 온 흑인들. 그들에 의해 흑인영가가 태어나고, 가스펠송으로 발전했다가 찬송가로 이어지고, 모든 사람들이 애창하는 재즈로 변신했다. 얼마나 아이러니컬한 일이야. 세계를 정복한 음악이 아프리카 흑인들로부터 시작됐다는 사실이."
"난 거기까진 잘 모르겠는데요."
"그럴 거야. 요즘 애들은 자유나 역사, 문화 같은 건 안중에도 없으니까. 어떻게 하면 현재를 즐기고 순간을 소비하느냐가 중요하지."
"그건 그래요. 나도 별로 다르지 않지만."
"나래야 어디 그러겠어? 다른 애들이 문제지. 재즈도 십구 세기 말에서 이십 세기 초 사이에 등장한 음악인데, 뉴올리언스 흑인들이 벌이는 연주 퍼레이드를 보고 재즈란 명칭을 붙였어."
"그렇게 된 거예요?"
"그렇게 된 거야. 재즈란 말도 곡에 대한 형식이나 곡 자체를 가리키는 게 아니고, 연주 스타일이나 연주 자체에 대한 호칭이었어. 그래서 재즈 연주를 목적으로 만든 곡은 별로 없지만, 유명한 재즈 연주자는 많다는 거야. 거기에 맞춰서 연주 스타일도 무수히 생겨났고. 초기에 유행한 뉴올리언스 재즈부터 딕실 랜드 재즈, 빅 밴드 재즈, 스윙 재즈, 바프, 모던 재즈, 전위 재즈까지 등장했거든. 재즈를 연주하는 악기까지 든다면 열거할 수 없을 정도로 종류가 많아."

"재즈가 그렇게 복잡한 음악이에요?"

"복잡하기보다 흑인들 한이 스며들어서 다른 음악보다 독특하다고 할까. 흑인하고 백인 리듬이 뒤섞여서 기이하다고 할까. 형식이나 양식이 여러 갈래로 나누어지고 쪼개지고 합쳐졌다고 보면 맞아."

"네에."

나래가 감탄스럽다는 얼굴로 머리를 주억거린다. 나는 큰기침을 하고 말을 잇는다.

"그 후로도 음악에는 많은 변화가 나타났어. 재즈가 발생하는 것을 신호로 미국 민요라고 불리는 포크송, 유럽적 정서가 밴 컨트리송, 혼혈적 음악의 대명사인 록까지 줄줄이 탄생했거든. 로큰롤도 마찬가지고."

"로큰롤도요?"

"로큰롤을 줄여서 록이라고 하는데, 흑인들이 불렀던 리듬 앤 블루스하고 백인들 지방 음악인 컨트리 앤 웨스턴이 혼합된 댄스뮤직이 록이지. 그런 록도 결국 흑인 노예들이 모체가 된 거야. 엘비스 프레슬리도 나중에는 로큰롤보다 조금 빠르고 경쾌한 록으로 전향했지만 말이야. 엘비스 프레슬리도 로큰롤로 세계적인 스타가 된 건 분명해. 흑인풍 음악인 록을 바탕으로 해서."

"어떤 가수도 시대적 흐름이나 유행을 읽지 못하면 살아남지 못하니까요."

"그런데 시대를 잘 탄 가수가 엘비스 프레슬리뿐은 아니야."

"그럼 또 누가 있죠?"

"내가 알기에는 비틀즈도 그런 그룹 중 하나야. 록을 등에 업고 최초로 인기를 누린 사람이 엘비스 프레슬리라면, 비틀즈는 록을 타고 하늘을 날았다는 얘기시. 생각해 봐. 일렉트릭 기타를 중심으로 현란한 키보드, 전기 베이스, 드럼, 하얀 피부를 가진 백인에다가 키는 늘씬하지, 금발을 치렁치렁 늘어뜨렸지. 그 당시 십대나 이십대들은 비틀즈 음악에… 비틀즈 자체에 미칠 수밖에 없었던 거야."

"나도 그런 느낌 때문에 록을 좋아하긴 해요. 록을 들으면 막힌 게 확 뚫리는 느낌이 들거든요."

"그건 나도 마찬가지야. 록을 들으면 지금도 가슴이 뛰니까."

"더구나 나는 아직 메탈세대잖아요."

"메탈세대 좋은 말이지."

"그럼 오빠는 메탈세대가 아니란 말인가요?"

"난 시멘트세대야. 몸이나 마음이 늙어 버렸거든."

"그렇지 않아요. 오빠도 아직은 젊어요. 겨우 스물일곱 살이잖아요."

"스물일곱 살이면 요새는 노인이란 소릴 들어."

"누가 그래요?"

"가수들도 그렇게 분류되잖아. 이십대 중반만 넘으면 원로 가수고, 삼십대에 들어서면 퇴역 가수, 사십대에 접어들면 고려장 가수라는 말이 나오지. 신세대 우상인 운동선수나 연예인도 마찬가지고. 나는 이미 메탈세대는 아니야."

"하긴 요새 가수들은 전부 십대니까요. 그것도 열 대여섯밖에 안 된."

"그게 문제야. 무언가 정상적으로 진행되거나 발전해 가지 않거든. 그런 역전 현상 때문에 아이들이 이상한 음악에 빠지는 거고. 생각해 봐. 세상을 똑바로 봐야 골치만 아프고 어지럽잖아. 정상적으로 해선 아무것도 이룰 수 없는 상황이고. 개천에서 용이 나는 시대는 오래 전에 사라져 버렸고. 그런 저런 이유로 세상은 더욱 어지러워지고, 음악은 거기에 맞춰 기형적으로 발전하고. 기형화 된 음악은 또 기형적인 문화를 만들고. 기형적으로 변한 문화는 다시 기형적인 문명을 만들고. 너무 힘들고 어지럽고 혼탁한 세상이야. 그런데 뭘 얘기하다 이렇게까지 열을 내게 된 거지?"

"록이 미국 젊은이들한테 끼친 영향이요."

"아 그렇지. 록이 미국 사람들한테 끼친 영향. 하여간 록이든 팝이든 전 세계 젊은이들한테 끼친 파급효과는 대단했어. 그 중에서도 팝송이 더 요란스러웠고. 하지만 팝송이 처음부터 사람들 마음을 사로잡았던 건 아니야."
"그랬어요?"
"그럼."
"……"
"중요한 건 그런 팝송이 감상에 빠져들게 하고, 공감하게 하는 요소를 지녔다는 사실이야. 누가 들어도 매력적일 수밖에 없는 강렬하면서도 빠른 멜로디를 사용하고, 차분하고 호소력 넘치는 선율로 연주하거든. 가사나 멜로디가 삶, 사랑, 애정 같은 민감한 부분을 다루잖아. 그러니 누군들 팝송에 넘어가지 않겠어. 감미롭고도 감상적인 음악인데다, 흑인들 한이 배어 있으니 시선을 끌지 않을 수 없었던 거지."
"그랬군요."
"생각해 봐. 청교도나 흑인 노예들한테 공통적으로 존재하는 건 고향을 등지고 떠났다는 사실이잖아. 그러니 음악 속에도 한이 배어 있고, 그걸 노래로 승화시킬 수밖에 없었던 거지. 팝송이 우리들 정서에 심각한 문제를 끼친 건 분명해."
"팝송에서 갈라져 나온 음악들은 또 어떻고요?"
"그건 그래. 블랙 펄, 엠 씨 파이브, 스투지스, 마운틴, 레드 제플린 같은 그룹들이 연주하는 헤비메탈 록으로 옮겨가면 문제는 더 심각해지니까. 미친 사람처럼 소리치고, 뛰어다니고, 때려 부수는 걸 보면, 그 사람들이 아티스트라는 게 믿기지 않아."
"오빠도 그렇게 느끼는군요?"
"나도 고리타분한 기성세대 중 하나잖아. 아무튼 과격하고 빠른 헤비메탈 록이 등장하면서 앰플리파이어 시대는 사라진 거야. 그야말로 소리 없이 자연도태돼 버렸다고 할 수 있지. 생각해 봐. 너도나도 때려 부수고 소리 지르고 발광하는데, 누가 조용한 음악을 선호하겠어. 당연히 외면하는 거지. 시대도 그랬지만 음악도 걷잡을 수 없이 변해 가고 있었던 거야."
"그때가 후기 산업사회에서 미디어사회로 넘어가는 과도기였죠?"
"나래가 그걸 어떻게 알았어?"
"나도 그 정도는 알아요."
"하긴 음악도 사회 현상 중 하나니까."

"어쨌든 팝송에서 메탈이 갈라져 나간 건 분명하군요."
"그런 셈이지. 하지만 메탈하고 앰플리파이어는 본질적으로 달라. 팝송이 기본적 틀이 갖춰진 안정된 음악이라면, 헤비메탈은 광기에 빠져 날뛰는 음악이라는 거지. 그러니 관중들은 또 어떻겠어. 당연히 난리가 날 수밖에."
"충분히 상상이 가네요."
"문화도 그렇지만, 음악도 이십 세기 후반으로 가면서 거칠고 험악해진 건 분명해. 점점 더 기괴하고 광적인 패턴으로 변해 갔고. 가수들은 너나없이 마약에 노출되고. 히피 문화에서 발생한 사이키델릭으로 넘어가면 파괴성은 말할 수 없을 정도야."
"환각 속에서 음악을 하고 듣는다는?"
"맞아. 환각이나 드러그."
"그렇군요."
"사이키델릭을 본래 사이키라고 부르는데, 청중한테 환각이나 환청을 느끼게 하는 음악이라고 보면 돼. 카타르시스를 느끼게 하는 것도 마찬가지고. 성적 흥분 상태에서 발생하는 냄새를 뜻하는 펑크까지 가면 더 이상 말할 수 없지."
"아프리카 음악 같은 거 말이죠?"
"맞아. 바로 그거야."
"내가 바로 맞췄군요."
나래가 자랑스럽다는 듯이 어깨를 으쓱해 보인다. 나는 목청을 조절하고 나서 천천히 입을 연다.
"사실 펑크는 아메리카보다 아프리카적 요소가 더 많은 음악이야. 율동이나 리듬이 백인 음악하곤 전혀 다른 맛을 풍기거든. 펑크는 단어 자체에서 느껴지는 것처럼 좀 저질스런 음악이지. 문제는 그런 음악을 우리나라 젊은이들이 고상하게 포장해서 부른다는 사실이야."
"그래요?"
"그래서 문제가 많다는 거야. 펑크 같은 음악을 너나없이 흉내 내는 상황이거든. 펑크가 저질스럽고 난잡한 음악이긴 해도 장점이 전혀 없었던 건 아니었어."

"그건 의원데요."
"내 말은 펑크 자체가 저질 음악인 건 분명하지만, 사회 저항적이고 체제 부정적인 요소도 가미되어 있다는 거야. 소외받는 계층을 대변하고, 그들 주장을 음악적으로 표현하기도 했고. 시간이 흐르면서 추잡하게 변해 간 거지만, 펑크도 처음엔 대단한 호응을 받았던 건 사실이야. 그 외에 리듬 앤 블루스도 체제 저항적 음악이라고 볼 수 있어."
"리듬 앤 블루스요?"
"알엔비라는 음악 말이야."
"아 알엔비 말이군요."
"알엔비도 처음에는 레이스 뮤직이라고 불렀던 음악이야."
"레이스 뮤직이라면 여성적이라는 뜻 아니에요? 어딘가 멸시적이면서 여성 비하적인 말이고요."
"그렇지. 레이스 뮤직이란 말 자체가 흑인을 멸시하는 뜻에서 붙인 이름이거든. 즉 레이스 뮤직은 백인 가정이나 의상을 치장하는 레이스, 주변적이면서 복종적인 뜻을 가진 음악이라는 거지. 그게 히트를 치니까 레이스 뮤직이란 단어 대신 리듬 앤 블루스라고 격을 높여 준 거지만."
"미국이라는 나라 웃기지도 않는군요."
"어떤 면으로 볼 때는 그렇지. 그래도 미국은 엄연히 선진국이야. 세계를 좌지우지하는 경제대국이고."
"하지만 흑백문제 하나 해결하지 못하잖아요. 일부에선 여전히 화이트 워싱을 고집하고 있고요."
"아무리 그래도 모든 문화나 과학이 그 나라에서 꽃피고 있어."
"정말 알다가도 모르는 나라예요."
나래가 못마땅한 것처럼 입을 실룩거린다. 나는 운전석에 앉은 채로 기지개를 켠다. 나래가 등받이를 세우고 내 얼굴을 빤히 쳐다본다. 계속해서 이야기를 해 달라고 하는 것처럼. 나는 어깨를 펴고 심호흡을 한 뒤 말을 계속한다.
"리듬 앤 블루스는 처음엔 계속 멸시를 당했어. 당시 백인 전용 클럽이나 쇼룸은 물론이고, 개봉 영화관에서조차 부르지 못하게 했거든. 상황이 그렇게 돌아가니까 흑인들이 어쩔 수 없이 레코드음악에 눈을 돌린 거야. 공연할 장소가 단 한 군데도 없었으니 당연한 반응이었지. 그런데 그게 오히려 전화위복이 됐어. 그 영향으로 우리나라에도 보이즈 투맨이나 올 포 원 같은 팝그룹이 생겨났고."
"그러고 보면 미국 인종 차별주의가 세계적인 음악 하나를 만들어 낸 셈이군요."
"그런 셈이지."
"참으로 아이러니컬하네요."
"아이러니컬하지. 우습기도 하고. 모든 음악이 흑인들한테서 시작됐고, 그걸 백인들이 따라 불렀다고 보면 틀리지 않아. 흑인영가를 필두로 해서 재즈, 록, 펑크, 리듬 앤 블루스, 레게, 두왑 등등. 그 원류가 흑인인 음악을 대자면 셀 수도 없이 많아. 아무튼 음악은 성별이나 흑백을 가리지 않는다고 보면 돼. 그 좋은 예가 흑인 신분을 상징하는 솔에서 찾을 수 있지."
"흑인들 투쟁정신이 깃들어 있다는?"
"맞아. 그 음악이야."
"그렇군요?"
"그 외에도 서양을 주축으로 시작된 음악은 헤아릴 수도 없어. 신서사이저, 시퀜서, 리듬머신 같은 악기들을 사용하는 테크노 팝. 복잡한 사운드에다가 펑크, 스카, 파워 팝, 퍼브 록 같은 팝 스타일을 총칭하는 뉴 웨이브. 종교 음악인 캐럴송, 서구 정통 음악인 클래식까지."
"정신이 하나도 없네요."
"나도 그래. 그 종류가 하도 많아서 뭐가 뭔지 모를 정도야."
"그런 걸 애들은 왜 좋아하는지 모르겠어요."
"한마디로 설명할 수 없지만, 서양 지향적 사고방식 때문인 것 같아. 서양에서 들어오는 문화나 문물은 모두 좋다. 그게 어떤 것인지 무엇인지 가릴 필요도 없다. 무작정 받아들이고 보자. 이런 식이지. 다행인 것은, 서양 팝을 모방한 우리 음악이 탄생했다는 거야."
"코리아 팝 말이에요?"
"맞아 코리아 팝. 그게 요새는 대세잖아. 세계적으로도 인기가 높고."
"그 애들 너무 젊은 나이에 뜨는 거 아니에요?"

"한국적인 거라면 나이가 상관있을까?"
"그러고 보니, 오빠 애국자 같네요."
"난 애국자는 아니야. 좋은 것은 좋고, 나쁜 것은 나쁘다고 말할 뿐이지."
"일종에 바이스탠더 같은 거군요."
"그렇지 바이스탠더. 그게 적당한 표현이야. 어떤 것에든 적극적이지도 않고, 소극적이지도 않고, 한발 물러나 세상을 보는 시선. 팝송도 마찬가지야. 나는 옆에 있으니까 듣는 거야. 일부러 찾거나 쫓아가서 듣지는 않아. 뭐랄까. 특별한 일이 없으니 듣는 것이라고 할까. 별다른 즐길 거리가 없으니 빠져드는 것이라고 할까. 정확히 뭐라고 말할 순 없지만, 맹목적으로 미치지 않았다는 얘기지."
"뚜렷한 목적도 없고 특별히 재미있는 일도 없으니까 팝송이라도 듣는다는 말이군요?"
"그렇다고 할 수 있지. 그냥 그것뿐이야. 별다른 의미는 없어. 또 팝송은 지나간 시대 음악이잖아."
"하긴 나도 하루하루를 무의미하게 지내니까요. 오늘은 무슨 일이 일어날까. 내일은 무슨 일이 생길까 기대하면서. 그리고 매일 같은 자리에서 햄버거나 콜라를 팔고, 시간에 맞춰 강의를 들으러 가고, 적당히 데이트를 하고, 무언가 정열을 쏟아부을 일을 찾죠. 하지만 그런 건 아예 지구상에서 사라져 버린 느낌이에요. 아무 데서도 살아간다는 의미를 찾을 수 없으니까요."
"그래? 그거 중증인데."
"이렇게 비가 오면 마음이 울적해지고, 어디론가 무작정 떠나고 싶어져요."
"나도 가끔은 비오는 거리를 미친 듯이 달려가고 싶은 때가 있는데, 현실이 앞을 가로막으니까 음악을 듣는 거야. 그렇지 않으면 술을 먹거나 섹스를 하지. 그러면 어느 정도 스트레스가 풀리거든."
"오빠도 그런 감정을 느낄 때가 있군요."
"나도 이 시대를 살아가는 젊은이 중 하나니까."
"나도 그런 감정이 들 때는 비를 흠뻑 맞으며 걷곤 해요. 몇 시간이 걸리건 말이에요. 그러면 가슴이 뿌듯해져요. 무언가 잃어버린 걸 다시 찾은 것처럼요."
"우린 귀중한 무언가를 잃어버렸는지도 몰라. 사랑이나 진실, 희망 같은."
"그럴지도 모르죠."
"비가 어느 정도 그친 것 같지?"
"그런 것 같네요?"
"술도 이젠 많이 깬 것 같다."
나래가 승용차 유리를 내리고 밖을 내다본다. 음악 이야기를 하는 사이 천둥과 번개가 물러갔다. 폭풍우가 그치자 차들이 쏟아져 나와 빗물을 퉁기며 달린다. 나는 승용차의 시동을 걸기 위해 키를 꽂는다. 순간 나래가 내 팔을 잡고 뚫어지게 쳐다본다. 나는 나래의 동그란 얼굴을 물끄러미 응시한다. 나래의 까만 눈동자가 진지하게 말하고 있다. 지금 당장 오빠와 섹스를 하고 싶다고. 나는 얼른 고개를 돌린다. 순수하다 못해 천사처럼 고운 나래까지 물들게 할 수는 없다. 나래가 내 생각을 눈치챈 것처럼 말한다.
"나 지금 오빠한테 감동 먹었어요."
"감동? 음악에 대해서 잘 안다고?"
"맞아요. 오빠는 음악을 위해서 태어난 사람 같아요."
"음악을 잘 안다고 훌륭한 사람은 아니야."
"훌륭한 것 말고, 그냥 오빠가 좋아졌어요."
"섹스를 하고 싶을 만큼?"
"네, 그래요."
"그건 안 돼. 나래는 마리 친구잖아."
"마리 친구라면 안 되는 법이라도 있어요?"
"그런 법은 없지만, 그래도 안 돼."
"오빠 그냥 가만히 있어요. 내가 알아서 할 테니까요."
말을 마친 나래가 혁대를 끄르고 바지 지퍼를 내린다. 나는 허겁지겁 나래의 머리를 움켜잡는다. 나래가 지퍼 사이로 손을 넣어 페니스를 꺼낸다. 그리고는 움츠러든 페니스를 입에 넣고 빨기 시작한다. 말랑말랑한 페니스는 금방 크고 딱딱하게 발기된다. 나는 나래의 머리를 밀쳐 내다가 그만

둔다. 어차피 나래가 마음먹은 거라면 말려도 소용이 없다. 그러니 나래가 하는 대로 내버려 둘 수밖에. 나래가 머리를 숙이고 페니스를 쭉쭉 빨아 댄다. 페니스는 금방이라도 터질 것처럼 부풀어 오른다. 잠시 후 정액이 페니스 끝으로 일제히 몰려든다. 나는 나래의 머리를 위쪽으로 잡아당긴다. 나래가 무언가에 놀란 것처럼 고개를 치켜든다.
"오빠 그거 알아요?"
"뭐?"
"페니스가 무서울 정도로 딱딱해지는 거요."
"잘 모르겠는데."
"돌처럼 딱딱해져서 겁이 날 정도예요."
"난 사정을 참고 있을 뿐이야."
"아프진 않아요?"
"조금 아프기는 해."
"그것 봐요. 이렇게 딱딱하니까 아픈 거죠."
"어쩔 수 없지 뭐."
"참지 말고 해소해 버리세요."
"어디다가?"
"나한테요."
"그건 좀."
"지금 해요. 아래가 축축하게 젖어 있거든요."
 말을 마친 나래가 차이나식 원피스를 걷어 올린다. 나는 옷을 벗는 나래를 멍하니 바라본다.

32

죽음은 —우리가 저 비현실성을 이와 같이 부른다면— 가장 두려운 것이며 죽을 것을 고수한다는 것은 가장 커다란 힘이 요구되는 일이다. 그러나 죽음 앞에서 악립愕立[40]하고 황폐화로부터 순수하게 삶이 아니라 죽음을 참아 내고 죽음 가운데서 자신을 보존하는 삶이 참 정신의 삶이다. 죽음은 절대적인 분열 가운데서 자기 자신을 발견하는 동시에 그 진리를 획득하는 냉혹한 행위이다. - 헤겔의 「정신현상학」 중에서

"말도 마."
류대는 질렸다는 듯이 머리를 절레절레 흔든다.
"강도사건이 두 건, 변사사건 네 건, 살인사건이 한 건, 방화사건이 세 건, 인질사건이 두 건. 너 없는 동안 죽을 뻔했어. 게다가 애들은 왜 그렇게 가출을 하는지."
"무언가 가출할 이유가 있었겠지."
"그래도 그렇지. 집 나가는 게 무슨 유세야?"
"세상이 변했으니까."
"세상 변한 걸 들자면 한이 없다고."
"그건 그래."
"문제는 한번 집을 나가면 쉽게 돌아오지 않는다는 거야. 어떤 계집애는 집을 나간 지 세 달 만에 메일을 보냈는데, 진정한 자유를 찾았으니 잊어 달라나. 집을 나가니까 살맛이 난다는 거야. 시시콜콜 간섭하는 사람도 없고, 가야 할 학교도 없고, 해야 할 숙제도 없고, 경쟁해야 할 대상도 없다며. 게다가 자살 사이트를 방문한 아이들은 너도나도 동반자살을 시도하니. 이거 세상이 어떻게 돌아가는 건지 모르겠어."
류대는 한참 동안 구시렁대더니 콜라를 들이켠다. 나는 아무런 대꾸도 않고 셀프 푸드점을 둘러본다. 널찍한 홀을 채운 건 새파랗게 어린 여자애들이다. 하나같이 여린 새순처럼 해맑아 보이는 여자아이들. 그런 아이

---

40) 악립愕立 : 깜짝 놀라 일어섬, 또는 갑자기 발딱 일어섬.

들 어디에 그토록 어두운 생각이 숨어 있는지 알 수 없다.

"너 없는 동안 인사이동이 단행됐어. 특수부서고 뭐고 가리지 않고. 인사정체를 해소하기 위해서라나?"

"형사과는?"

"형사과는 하지 않았는데, 다음번엔 실적을 봐서 포함시킨대. 다 이카로스가 뭔가 하는 놈 때문이야."

"……"

"이번에도 못 잡으면 대대적인 물갈이가 있을지도 몰라."

류대는 누군가에 대한 불만처럼 큰소리로 투덜거린다. 나는 류대의 말을 귓전으로 흘리며 콜라만 마신다. 어린 여자애들이 음악을 따라 콧노래를 흥얼거린다. '오늘밤 난 즐거운 시간을 보낼 거예요. 삶을 한껏 누려 볼 거예요. 세상 밖으로 나와 환상 속을 떠다니는 중이에요. 나를 말리지 말아요. 나를 말리지 말아요. 정말 좋은 시간을 보내고 있으니까요.'

"탈주범은 그렇다 치고, 집 나간 애들은 어디서 찾지?"

류대는 창밖으로 시선을 던진 채 고개를 젓는다. 나는 벌거벗은 여배우 사진을 멀거니 올려다본다. 건강미인의 대명사 멜리사 맥카시, 청순하고 귀여운 에이미 아담스, 환상적인 몸매를 가진 제니퍼 애니스톤, 지적인 미모를 지닌 르네 젤위거. 그녀들은 선정적인 몸매를 자랑하며 셀프 푸드점 벽에 매달려 있다. 내 눈길을 의식했는지 류대가 혀를 끌끌 찬다.

"요즘엔 여배우 사진으로 벽을 채우는 게 유행인가 봐."

"문화가 그렇게 흘러가니까."

"그래도 어떻게 파격 일변도인지 모르겠어."

"바야흐로 글로벌 시대잖아."

류대는 무언가를 더 이야기하려다가 입을 다문다. 나는 다시 벽에 부착된 반라의 여배우들을 본다. 엠마 스톤 옆으로 제니퍼 로렌스가 노브라 차림으로 서 있다. 그 옆에서 케이트 블란쳇이 속살이 비치는 슬리브리스를 입은 채 웃는 중이다. 밀라 쿠니스 옆에서는 엠마 왓슨이 농염한 표정으로 홀을 내려다본다. 아이들은 그런 여배우들을 응시하며 연신 노래를 흥얼거린다.

"슬슬 움직여 볼까."
 류대가 재킷을 집어 들고 일어선다.
"벌써 가려고?"
"어차피 장복장소로 가야 되잖아."
"하긴."
"근데 비는 왜 이렇게 쏟아지는 거야."
 류대가 밖으로 나가려다 말고 구시렁거린다. 나는 남은 콜라를 마시며 창밖을 내다본다. 행인들이 너도나도 비를 피해 건물 아래로 모여든다. '좀 더 있다가 가야겠다. 빗줄기가 굵어졌어.' 류대가 인상을 찌푸리며 의자에 주저앉는다. 여자애들은 노래를 부르고 케이트 윈슬렛은 가라앉는 태양 앞에서 미소 짓는다. 나는 젊은 시절의 케이트 윈슬렛을 보며 비가 그치기를 기다린다.

33

 절망, 즉 자기 내부에 숨어 있는 이 병은 죽음에 이르는 병이다. 절망자는 죽을병에 걸린 것과 같다. 사람이 일반적으로 병에 대해 이야기하는 것과는 전혀 다른 뜻에서, 이 병은 인간의 가장 숭고한 부분을 겸제箝制[41]한다. 그러면서도 절망자는 죽을 수가 없다. 죽음은 이 병의 최후가 아니고 언제까지나 계속되는 최후이기 때문이다. - 키에르케고르의 「죽음에 이르는 병」 중에서

"네가 어쩐 일이냐? 우리 집을 다 찾아오고."
 요하가 의외의 일이라는 듯 눈을 둥그렇게 뜬다. 나는 수갑과 테이저건, 무전기, 형사수첩을 테이블에 꺼내 놓는다. 한 인간을 구속하기 위해 지니고 다니는 물건. 인간의 자유의지를 꺾기 위해 휴대하는 경찰장구. 그런

---

41) 겸제箝制 : 말에 재갈을 물린다는 뜻으로 행동이나 의사의 자유를 얽매어 억누름.

장비가 없으면 범죄는 더욱 기승을 부린다. 내 행동을 지켜보던 요하가 히죽 웃고 창문을 연다.

"정말 우리 집엔 웬일이냐?"

"잘 지내고 있나 궁금해서 들른 거야."

"나야 뭐 매일 방구석에 처박혀 있는데 무슨 일이 생기겠어?"

"그래도."

"조금은 궁금하겠다. 모조리 연락을 끊고 지냈으니."

"나는 물론이고 테오선배한테도 연락을 안 했지?"

"당연히 안 했지."

"미사선배도 그렇고?"

"미사선배도 마찬가지야."

"그러니 내가 찾아오는 거지."

나는 질책조로 말하고 혀를 끌끌 찬다. 요하가 덥수룩한 수염을 쓰다듬으며 씨익 웃는다. 자신이 추구하는 가치관과 삶의 방식을 이해해 달라는 듯이. 나는 지저분한 방 안을 둘러보며 고개를 젓는다. 요하가 굴러다니는 바지와 셔츠, 수건 등을 치운다.

"그래도 다 연락하고 사는 방법이 있어."

"어떻게?"

"어떤 사람이 생각나면 마음속으로 전화를 거는 거야. 그런 다음 전화를 받았다고 생각하면서 대화를 나누는 거지. 잘 지냈어? 응, 잘 지냈어. 별다른 일은 없고? 별다른 일 없어. 하는 일은 잘되고? 응 잘돼. 몸도 건강하고? 음 건강해. 그래? 응. 그럼 잘 있어. 너도 잘 지내. 얼마나 간편하고 좋아. 통화요금도 안 들고 시간도 절약되고. 모든 걸 혼자 생각하고 혼자 말하고 혼자 결정 내리니까 깨끗하잖아. 그거 한없이 자유롭고 편하더라고. 그 외에도 좋은 점이 셀 수 없이 많아."

"사람들하고 연락을 끊고 사는 게?"

"그렇다니까."

"알 수 없군."

"네가 보기엔 이해가 안 가겠지만, 나로선 그렇게 좋을 수가 없어. 생각해 봐. 간섭하는 사람 없지. 말 시키는 사람 없지. 신경 쓸 대상 없지. 세상까지 훤히 내다보이지. 세상이 다 보이니까 그 이치도 깨닫게 되지. 그야말로 이 골방이 우주의 중심이자 세상의 끝이라니까. 묘하게도 침대에 누워 있으면 세상 돌아가는 건 물론이고, 사는 게 뭔지, 죽는 게 어떤 건지도 알게 돼. 내 말이 믿기지 않는다면 직접 해 봐."

"하긴 그러고 있으면 뭐든 정리는 되겠지."

"뭐든이 아니야. 전부지."

요하는 당연한 것처럼 말하고 오디오 스위치를 켠다. 잠시 후 경쾌한 음악이 터져 나온다. 나는 기지개를 켜고 소파 위에 벌렁 드러눕는다.

"그래서 나한테까지 연락을 끊었단 말이야? 혼자 지내는 게 자유롭고 좋아서?"

"뭐 꼭 그런 이유 때문은 아니지만, 혼자 있을 때만큼은 마음이 편했어. 이상한 건 그걸 즐기면서도 가슴속에서 열정이 솟구친다는 거야. 뭐라고 할까. 조용히 있으니까 더욱 움직이고 싶다고 할까. 차분해지려고 할수록 잠들었던 열정이 분출한다고 할까. 요즘엔 음악도 시끄럽고 난폭한 곡들이 좋아지기 시작했어."

"전에는 조용하고 비극적인 음악만 들었잖아."

"요새는 파괴적인 음악이 좋아지는 거야. 그래서 메탈 발라드나 헤비메탈 같은 곡만 틀어. 이 곡도 마찬가지지만."

요하가 들어 보라는 듯이 오디오를 가리킨다. 나는 귀를 쫑긋 세우고 음악을 듣는다.

"이 곡 헬로윈이 부른 어 테일 댓 워즌트 라잇 아니야?"

"맞아. 메탈 발라드인데 괜찮은 것 같지?"

"글쎄."

"헬로윈 특징이 머리를 길게 기른 거잖아. 노래도 광적이면서 폭발적인 캐릭터고."

"전체적으로 볼 땐 그런데 발라드풍도 적지 않을걸."

"난 무엇보다 그 친구들이 하는 연주, 파괴적이면서도 광적인 분위기가 마음에 들더라고. 괴팍한 무대 매너하고 반항적인 패션도 마찬가지고."

"무대 매너하고 패션까지 마음에 든다고?"

"음 헬로윈 멤버인 마이클 바이카스, 마르커스 그로스코프, 카이 한센,

마이클 키스케, 앤디 데리스, 샤샤 거슈트너, 데니 로블레까지 개성이 넘치잖아. 여자처럼 긴 머리를 했거나, 파마형 헤어스타일을 한 채 무대 위를 이리저리 뛰어다니고. 폭발적인 노래도 좋지만 외모나 움직임에서 풍기는 저항적인 캐릭터가 더 멋있다는 얘기야. 문제는 내가 그런 걸 왜 좋아하는지 모른다는 거지."

"그야 뭐 취향은 수시로 변하는 거니까."

"그게 일정치 않다는 데 문제가 있더라고. 어떤 주일은 흘러간 노래만 듣다가 어떤 주가 되면 빠르고 폭발적인 노래에 매달리거든. 그러다 또다시 부드럽고 조용한 음악으로 기울어지고."

"일시적 현상은 아니고?"

"일시적이라면 말을 안 해."

나는 벽에 붙어 있는 브로마이드를 올려다본다. 소울 음악의 대부 레이 찰스를 비롯해서 그룹 쉐도우스 일원인 클리프 리차드, 행크 마빈, 브루스 웰치, 브라이언 베네트와 딜라일라를 부른 톰 존스, 문 리버를 부른 앤디 윌리암스, 인종과 이념의 벽을 넘어선 스티비 원더. 브로마이드 속 인물들 모두가 흘러간 스타와 음악가들뿐이다. 요하가 어깨까지 늘어진 머리를 쓸어 넘기며 웃는다.

"구시대 가수들이라서 실망했나?"

"그렇지는 않아."

"헬로윈 노래는 어때?"

"곡은 좋은데 가사가 좀 무거운 것 같다."

"난 좋기만 한데."

"잘 들어 봐. 좋기만 한 건지."

나는 소파에서 일어나 앉으며 한심하다는 투로 나무란다. 요하가 고개를 숙인 채 어 테일 댓 워즌트 라잇을 듣는다. '나 홀로 여기 서 있어요. 마음은 돌이 되고 가슴은 얼음으로 가득 찼어요. 상처를 받지 않기 위해서지요. 나의 오랜 친구여, 당신 덕분에 너무나 감사해요. 당신은 나를 도울 수 없어요. 이것이 옳지 않았던 이야기의 종말입니다. 나는 오늘밤 잠 못 이룰 거예요.'

"어때?"

"조금은 그런 것 같기도 하다."

"그런 것 같은 게 아니야. 아주 절망적이지."

나는 재킷에서 아이스코3을 꺼내 피워 문다. 절망을 끌어안고 절망 속에서 사는 녀석. 희망을 버리고 절망과 동거하는 27살의 청년. 요하의 가꾸지 않은 외모처럼 좋아하는 가수들도 비운의 스타들뿐이다. 35세에 헬리콥터 사고로 죽은 스티비 레이 본. 전세 비행기 충돌 사고로 30세에 비명횡사한 짐 크로스. 45세에 암으로 사망한 흑인 가수 냇 킹 콜. 35세의 나이로 요절한 자코 파스토리우스. 괴한에게 저격당해 40세에 목숨을 잃은 존 레논까지.

"미사선배도 요즘은 번역감이 별로 없겠네."

노래를 듣고 있던 요하가 불쑥 입을 연다. 나는 담배연기를 깊이 빨고 대꾸한다.

"그 선배는 일거리가 끊이지 않아. 같은 번역가라고 해도 영국 유학파니까."

"문제는 테오선배겠지. 일은 안중에도 없이 정책비판이나 해 대니."

"유학 가는 건 포기한 모양이지?"

"누구?"

"테오선배 말이야."

"아 테오선배, 이젠 포기했을걸."

"결국 그렇게 되고 마는군."

"테오선배 본래 자본주의자 혐오증이 있잖아."

"자본주의자 혐오증?"

"돈만 알고 돈만 추종하는 인간들을 혐오하는 증상 말이야."

"테오선배도 자본주의자잖아."

"테오선배는 자본주의적 행위를 안 한다는 거야. 그러니까 부모 재산으로 먹고는 살지만, 돈을 벌기 위해 눈에 불을 켜지는 않는다는 얘기지."

"하긴 요즘은 돈이면 다 되는 세상이니까."

"다 되다 뿐이겠어? 돈이면 진리도 살 수 있는데."

"진리까지?"

"그러니까 돈에 의한, 돈을 위한, 돈의 세상이라는 말까지 생겨났잖아."
"미국 말이야?"
"이젠 미국만 그런 가치관을 가지고 있는 건 아니야. 세계 모든 국가가 그런 슬로건 아래 전력을 다해 뛰고 있으니까. 순수한 인간관이나 도덕적 양심, 타인을 위한 배려 같은 건 다 내팽개치고."
"큰일이군."
"그게 이젠 국가에서 개인까지 물들여 놓았어."
"하긴."
"그런 인간들을 뭐라고 하는 줄 알아?"
"글쎄?"
"잘 생각해 봐, 점잖은 표현이 있어."
"……?"
"아무튼 시간 나면 미사선배나 테오선배를 찾아가 봐라. 만난 지도 오래 됐는데."
"그러지 뭐."
"그런데 네 동생 정말 친절하더라. 내가 귀찮게 구는데도 싫은 내색을 않으니."
요하가 문득 제니의 얘기를 꺼낸다. 나는 무덤덤한 표정으로 대꾸한다.
"본래 그런 애야."
"나도 그런 여동생이 하나 있으면 좋겠는데."
"마음에 들면 데려가."
"데려가라고?"
"그 대신 뒷일은 책임지지 않는다."
"뒷일이라니?"
"다른 건 다 좋은데, 남자를 밥 먹듯이 갈아 치우거든."
"그야 요즘 애들이 다 그렇잖아?"
"제니는 대책이 없다는 게 문제야."
"그래?"
"그래도 좋은 점이 전혀 없는 건 아니야. 어쨌거나 생각 있으면 얘기해."
"내가 여자를 사귈 수제나 되겠어?"

"네가 어때서?"
"됐어. 어디 가서 인터걸이나 찾아보지 뭐."
"그것도 괜찮고."
나는 물을 한 잔 마시고 소파 위에 드러눕는다. 요하가 씨익 웃으며 화제를 돌린다.
"유리한테서는 소식이 없어?"
"아직."
"어디에 있는지도 모르고?"
"전혀."
"피피라는 고양이도 마찬가지고?"
"마찬가지야."
"혹시 둘이 같이 있는 건 아니겠지?"
"아닐 거야. 시간차를 두고 나갔거든."
"나간 게 아니라, 아파트 사층에서 날다람쥐처럼 뛰어내렸다며."
"맞아. 고양이도 이 삭막한 도시에서 탈출하고 싶었는지 몰라."
"그럴지도 모르겠다."
"문제는 유리야."
"무슨 일을 당한 건 아니겠지?"
"무슨 일을 당하다니?"
"어디로 팔려갔거나 납치당했거나 하는 거 말이야."
"그럴 리는 없을 거야. 잘 있다는 문자가 왔거든."
"그럼 별 문제는 없겠군. 그건 그렇고 떠난 이유는 뭐야?"
"그걸 모르겠어."
"답답한 일이군."
"한가해지면 거길 한번 찾아가야겠어. 마리가 그러는데 유토피아 지하클럽인가 뭐라는 데서 자꾸 전화가 온다는 거야. 근데 이상한 건 전화를 거는 사람이야."
"뭘 하는 사람인데?"
"마리 얘기로는 지하클럽 지배인이래."
"지배인이라면 술집 아니야?"

"그게 정확하지 않아."
"지하클럽이 어디에 있는지 알아보면 되잖아."
"그게 그렇게 호락호락하지 않다니까."
"그러면 뭐야? 꿈도 아니고 현실도 아니고."
"그러니 알 수 없다는 거지."
"폴리스가 왜 그러냐. 적극적으로 조사해 보지 않고."
"조사는 해 볼 대로 다 해 봤어."
"이상한 일이군."

요하가 고개를 갸우뚱거리며 시디를 갈아 끼운다. 나는 소파에 누운 채 천정을 응시한다. 요하가 뒤를 돌아보며 눈을 끔뻑해 보인다.

"그건 그렇고 오랜만에 술 한 잔 할까?"
"여기서?"
"아니 밖에 나가서. 비도 오고 날씨도 우중충한데 스트레스 좀 풀자고. 테오선배도 불러내고."
"하긴 테오선배를 만난 지도 오래 됐으니까."
"어때 좋겠지?"
"물론."
"이거 얼마 만에 세수를 해 보는 거야."

요하가 수건을 들고 욕실로 들어간다. 나는 천정을 보다가 지그시 눈을 감는다.

한 국가나 국민이 국제적 정치세계에서 강건剛蹇[42]한 위치를 차지하기 희망한다면, 그 유일한 방법은 국민의 성격과 실제 전쟁에서 얻어진 경험과 경제적 성장 같은 것들이 서로 끊임없이 교호작용을 할 때만이 가능하다고 할 것이다. – 클라우제비츠의 「전쟁론」 중에서

---

42) 강건剛蹇 : 강직하여 기탄없음, 또는 호락호락 굽힘이 없이 꼿꼿함.

요하와 내가 비잔틴으로 들어서자 테오선배가 손을 흔든다. 우리는 마주 손을 들어 보이고 테이블로 다가간다. 언제나처럼 오늘도 그는 비잔틴에서 제일 큰 테이블을 차지했다. 그가 점령한 테이블은 창가에 있어서 누구나 선호하는 장소였다. 그래서 특별 이벤트가 없으면 예약조차 못하는 곳이었다. 우리는 그런 자리를 전세 낸 것처럼 사용해 왔다. 대학시절의 서클미팅 때부터 사회인이 된 지금까지. 그런 장소에서 옛 동지들을 만났으니 감회가 새로울 수밖에 없다. 테오선배가 나와 요하의 손을 잡고 반가움을 표시한다.

"야 이거 얼마만이야."
"정말 오랜만입니다."
"하도 연락이 없어서 이 흉악한 도시를 떠났나 했지."
"흉악한 도시를 떠나다니요?"
"요하가 그랬거든. 여차하면 몹쓸 놈의 도시를 떠난다고."
"너도 나처럼 도시를 싫어하는 줄 알았지."
 요하가 빙글거리고 있다가 슬며시 끼어든다.
"나도 도시에 염증을 느낀 건 분명해."
"그럼 내 말이 맞는 거야?"
"그렇다고 볼 수 있지."
"앞으로는 연락 좀 하면서 살자고."
"그래야겠죠."
"그건 그렇고 청춘사업은 잘돼 가?"
 테오선배가 궁금하다는 듯이 쳐다본다. 나는 입맛을 다시고 무덤덤하게 대꾸한다.
"그저 그래요."
"왜 모제는 여자들한테 인기가 좋잖아."
"요즘은 한물가서 그런지 시들합니다."
"한물가? 몇 살이나 됐는데?"
"한 사십 살은 됐을걸."
 요하가 길게 자란 머리를 쓸어 넘기며 빈정거린다. 테오선배가 내 팔을 툭 치고 싱글싱글 웃는다.

"남아도는 여자 있으면 적선 좀 베풀라고."
"남아돈다면야 그러지요."
"말도 말아요. 얘 쫓아다니는 여자들 한 다스나 돼요."
"그 많은 애들을 어떻게 관리하는 거야?"
"다 하는 수가 있죠."
"그런 비법이 있다면 나한테도 전수 좀 해 주라고. 혼자만 즐기지 말고."
"선배한테까지 신경 쓸 여유가 있겠습니까?"
"하여간 밝은 모습을 보니 마음이 놓인다. 요즘 세계경제가 말이 아닌데."

테오선배는 만나자마자 세계경제 돌아가는 걱정부터 늘어놓는다. 그의 이러한 습성은 대학생 시절부터 비롯된 것이다. 서구문명을 연구하고 분석하는 유라시안 동아리 시절부터. 대학시절 우리는 서구문명을 비판하는 동아리를 만들어 신랄하게 성토했다. 동아리 회장은 테오선배가 맡았고 부회장은 미사선배였다. 그때도 그는 서구가 어떠니 국제정세가 어떠니 경제가 어떠니 거품을 물었다. 후배들은 그런 그를 막걸리 레지스탕스라 불렀다. 실천은 하지 않고 뒷전에서 이빨만 깐다는 뜻에서였다.

"미국이 문제야. 본격적으로 경제 패권주의를 들고 나왔으니."
"경제 패권주의요?"

테오선배가 미국을 들먹이자 요하가 즉각 반응을 보인다. 국제정세에 관한 토론이라면 요하도 누구 못지않게 관심을 가지고 있다. 즉 서구문명을 비판하는 입장이 테오선배라면, 요하는 서구적인 것을 옹호하는 태도를 취해 왔다. 그래서 테오선배와 요하의 만남은 언제나 시끄러울 수밖에 없다. 테오선배의 허황된 이론과 요하의 날카로운 반문이 오갈 게 뻔하니까.

"중국이 흔들리는 것도 다 미국이 추진하는 신경제 제국주의 정책 때문이야."

테오선배는 몇 달을 굶주린 사람처럼 말을 쏟아 놓기 시작한다. 나는 입맛을 다시고 창가로 시선을 돌린다. 창가에 앉아 있는 레게머리 여자가 슬며시 눈웃음을 친다. 나는 레게머리에게 미소를 짓고 이층으로 눈길을 던진다. 그곳에도 여자들 서너 명이 무료하다는 표정으로 칵테일을 마신다. 그녀들은 모두 따분한 오후를 어떻게 보낼 것인지 궁리하는 것 같다. 그런 마음을 부추기듯 블루의 원 러브가 흘러나온다.

"내 말은 미국 패권주의, 즉 신경제 제국주의만 아니더라도 중국이 훨씬 더 빠르게 발전했을 거라는 거야."

"어떤 점에서요?"

"그건 세계질서가 새로운 구도로 흘러가는 걸 봐도 알 수 있어."

"새로운 구도?"

"동구하고 서구라는 이념구도를 구형구도라고 보면, 신형구도는 자본국하고 비자본국이라는 경제질서를 말하는 거야."

"난 처음 듣는 용언데요."

"그럴 거야. 그런 용어를 쓴 사람은 없으니까. 또 그런 구도를 생각해 본 학자도 별로 없고. 아무튼 냉전이란 말은 구어사전에서나 찾아볼 수 있는 단어가 됐어. 그야말로 세계는 가진 자와 가지지 못한 자, 자원이 많은 나라와 자원이 없는 나라로 갈리게 됐다는 거지. 그래서 냉전종식은 하나의 질서를 도태시켰지만, 또 다른 질서를 창출하는 데 이바지했어. 부국과 빈국, 자본가와 비자본가, 자원국과 비자원국. 그 와중에 소련이라는 거인이 쓰러졌지만, 구질서는 종말을 고하고 신질서가 등장한 건 분명해. 그 혼란 중에 미국이 추구하는 경제 패권주의가 전면에 나선 거고. 문제는 경제 패권주의에 시아이에이가 동원된다는 거야."

"시아이에이가요?"

"음."

"어떤 방법으로요?"

"그건 간단히 설명할 수 있어. 아니 너무 확실해서 설명이 필요 없을 정도야. 본래 시아이에이는 고급정보만 수집하는 첩보기관이잖아. 순전히 상대국 군사기밀이나 정치적 사건 같은 것들만 수집하는."

"그건 그렇죠."

"그런데 시아이에이가 본 업무를 던져 버리고 파괴공작에 주력했다는 사실이야. 즉 시아이에이가 비합법적 정부나 비국가적 단체, 블랙경제 주체, 테러단체를 와해시키기 위해 공작을 한 게 아니라, 합법적인 정부를 전복시키려 했다는 거지."

"시아이에이가 그렇게까지 할 줄은 몰랐는데요."

"그래서 생존경쟁이라는 거야. 정보전 자체가. 문제는 정보전과 때를 같이 해서 등장한 정보기관이야. 시아이에이, 케이지비, 모사드, 엠아이식스 같은 정보기관들이 우후죽순처럼 생겨났거든. 물론 우리나라에도 중앙정보부가 만들어져 반정부 인사들을 탄압하고, 선량한 학자들을 사찰하고, 체제에 저항하는 민중들을 억압했지. 북한도 국가안전보위부를 만들어 수많은 인민들을 탄압하고 가두고 죽였어. 바로 그게 문제라는 거야. 막강한 힘을 가진 정보기관이 선량한 목적보다는 탄압과 억압을 우선시 하는 권력의 하수인으로 전락했다는 사실 말이야."

"선배 말은 그 대표적 기관이 바로 시아이에이라는 거군요?"

"맞아. 시아이에이가 희생시킨 첫 번째 대상이 오십삼 년에 벌어진 이란 모사데크 정권 붕괴였을 거야. 두 번째 희생이 오십사 년에 자행된 과테말라 좌익정부 전복이었고, 세 번째 희생이 육십일 년에 일어난 쿠바 피그만 침공이었지. 그 밖에도 시아이에이가 희생시킨 합법정부는 많았어. 대표적 사례가 칠십삼 년에 시도된 칠레 군부 쿠데타라고 할 수 있지. 팔십육 년에 벌인 이란 콘트라 사건도 마찬가지고. 얼마 전엔 아프가니스탄하고 이라크 후세인 정권을 붕괴시켰잖아. 최근에는 북아프리카 국가들을 철권통치에서 벗어나게 배후에서 공작했고. 문제는 그 다음이야. 차기 공략 대상이 북한하고 중국이거든."

"그러면 미 중앙정보국이 일본을 비롯한 동아시아 경제성장도 계획적으로 저지시켰다고 보는 겁니까?"

"어떻게 보면 그렇다고 할 수 있지."

테오선배와 요하는 심각한 표정으로 논쟁을 벌인다. 나는 하릴없이 메뉴판을 뒤적거린다. 처칠, 코스모폴리탄, 스프리쳐, 와인 쿨러, 블랙 벨벳, 비어 스프리쳐. 카우보이 육십팔, 블러드 앤드 샌드, 셜리 템플, 피치 크러쉬, 마가리타, 쿠바 리브레, 파나콜라다. 메뉴판은 하나같이 고급 양주와 칵테일 이름으로 가득 채워져 있다. 나는 계속 화려한 메뉴판을 보며 술 이름을 중얼거린다. 블랙 로즈, 비 오십이, 헌터, 그래스 호퍼, 블루 문, 허리케인. 민트 줄립, 레드 아이, 엔젤스 키스, 블랙 러시안, 골든 캐딜락, 러스티 네일, 스노볼 구십구.

나는 연신 터지는 하품을 참으며 메뉴판을 덮는다. 그래도 술 이름은 계속해서 머릿속을 맴돈다. 이 중에서 내가 먹어 보지 않은 술이 몇 종류나 될까. 로열 클로버, 버뮤다 로즈, 상그리아, 신데렐라, 압생트 삼십삼, 쿠앵트로, 브랜디 에그 노그. 솔티 도그, 시 브리즈, 체리 블로섬, 키스 오브 파이어, 섹스 온 더 비치, 오르가즘. 창가에 앉아 있는 레게머리가 선글라스를 벗고 쳐다본다. 테오선배는 얼굴에 핏대까지 세우며 계속 열변을 토한다.

"미국은 냉전이 종식되자마자 재빨리 외교정책을 바꿨어. 다른 나라를 핍박하는 수단을 군사제재에서 경제제재로 바꾼 거지. 그게 구십칠 년도인가 언제쯤일 거야. 그때 아이엠에프도 터졌으니까. 사실 냉전종식 전에도 비도덕적인 경제제재는 가하고 있었어. 블랙경제는 엄연히 돌아가고 있는 상황이었거든. 냉전이 종식되자마자 본격적으로 경제제재를 가하기 시작했다는 게 문제라는 거야."

"그렇게 된 건가요?"

"그럼. 미국제조업협회가 작성한 보고서를 보면, 미국이 경제제재를 가한 나라가 무려 사십칠 개국에 칠십육 차례나 된다는 거야."

"제재 이유가 뭔데요?"

"그야 세계평화를 위해서지. 하지만 속셈은 다른 데 있었어."

"속셈이 다른 데 있다니요?"

"미국은 경제제재 이유를 테러, 인권탄압, 마약밀매, 핵확산방지, 군비증강, 종교탄압, 환경오염, 노동법위반에 대한 압박수단이라고 주장하고 있지. 문제는 그게 다 허울 좋은 구실이라는 거야. 사실은 자기네 정치적 입장이나 군사적 지위, 경제적 위치를 강화시키는데 주안점을 두었거든. 즉 테러나 핵확산방지, 인권탄압 같은 건 제스처에 불과하고. 더 큰 목적은 패권주의, 즉 신경제 제국주의를 구체화시키는데 있었다는 거야."

"그렇지 않을 수도 있지 않습니까? 내 말은 날로 파괴되어 가는 지구를 보호하고, 인류를 구원하기 위해서 어쩔 수 없이 공작을 했다는 거죠."

"그러면 얼마나 좋겠어. 미국은 그렇게 순수하지 않아."

"그래요?"

"지금까지 제재를 받은 나라들을 보면 그 속셈을 알 수 있어. 미국이 제재를 가한 대표적인 나라가 이란이고.

"이란?"

"내가 알고 있는 제재도 스물두 번이 넘었어. 그 정도로 이란은 최우선 제재대상으로 삼는 국가야. 이란 다음이 쿠바인데 열여덟 번을 받았어. 쿠바 다음이 수단이고, 그 다음을 중국, 아프가니스탄, 이라크가 잇지. 어떤 의미에서 아프가니스탄이나 이라크는 나라를 뒤집어 놓은 거나 다름없어. 정치체제나 이념, 군사제도를 통째로 바꿔 놓았으니까. 중남미는 오개국이 반미, 반서방전선을 형성하고 본격적으로 대항하고 있지. 이런 나라들은 비밀리에 힘을 축적하거나, 미국한테 대항하면서 은근히 미래를 도모하던 국가들이거든. 그 나라들 대부분이 미국한테 일격을 맞고 뿌리째 흔들리는 중이지만 말이야."

"그건 그렇죠."

"그 외에 사소한 이유로 제재를 받은 나라는 수도 없이 많아. 시리아, 미얀마, 파키스탄, 리비아, 슬로바키아, 남수단, 팔레스타인, 체첸, 콩고, 북한이 그런 축에 들지."

"북한이나 쿠바는 공산권 아닙니까?"

"그렇지."

"그렇다면 당연한 일 아닌가요?"

"생각해 봐. 지금은 글로벌 시대야. 냉전도 끝났고 콩고나 시리아, 미얀마, 팔레스타인, 쿠바, 북한 같은 나라들이 힘이 있으면 얼마나 있겠어? 자기네 국민들조차 먹여 살릴 능력도 없는데. 미국은 그런 나라들 목을 잔인하게 비틀어 대는 거야. 단순히 테러를 하거나 블랙경제를 지원한다고 해서."

"글쎄요. 거기까진 잘 모르겠는데요."

"문제가 거기서 끝나면 그래도 괜찮아."

"그렇다면 또 다른 문제가 있다는 말입니까?"

"당연히 있지."

"어떤 문제가요?"

"앞으로 일어날 삼차대전이 문젠데, 경제 패권주가 원인으로 작용한다는 거야. 각 나라가 경제적으로 힘겨루기를 하다가, 그게 지역 전쟁으로 비화되고, 결국엔 모든 국가가 참가하는 삼차대전으로 발전할 거라는 얘기지."

"그렇게까지야 되겠어요?"

"그건 요하가 경제를 잘 몰라서 그러는 거야. 앞으론 이념, 종교, 학문, 과학보다 경제성장이 최우선 목표가 될 게 분명하거든. 각 나라가 경제를 중요시하는 인물을 수상이나 대통령으로 뽑을 거고. 그러니 무역흑자가 최우선 과제가 되는 거고, 적자를 보는 나라가 흑자를 보는 나라를 공격하는 거지. 이제는 이데올로기, 프로테스탄티즘, 내셔널리즘, 레이시즘 따위론 전쟁이 벌어지지 않아. 오로지 경제지상주의, 즉 먹고사는 문제 때문에 전쟁이 터질 거라는 거야. 내 배를 채우기 위해선 무슨 방법을 쓰든 물자를 확보하려 든다는 얘기지. 일테면 자본전쟁이라고 할까, 자원전쟁이라고 할까, 식량전쟁이라고 할까. 그런 전쟁이 벌어질 거란 말이야. 일본이 우리나라를 백색국가에서 제외한 것도 그들 중 하나고."

"그래요?"

"어떤 의미에선 경제전쟁이 시작된 거라고 볼 수 있어. 미국하고 중국을 봐. 관세정책을 가지고 줄다리기를 하는데, 한 치의 양보도 없잖아. 밀리는 쪽이 끝장이라는 생각 때문에 줄을 놓지 않는 거야. 줄을 놓으면 주저앉아 버리니까. 주저앉는 게 아니라 거꾸러지고 말 거야. 그런 낌새를 눈치챈 일본도 슬그머니 경제전쟁에 머리를 들이미는 실정이고. 일본은 어느 나라보다 먼저 경제질서를 흔들어 놓고 싶을 거야. 왜냐하면 시간이 흐를수록 적자만 쌓여가니까. 무역수지가 흑자에서 적자로 돌아선 게 삼십육 년은 넘었을걸. 그러니 무슨 수를 써서라도 현 질서를 깨뜨려야지."

"일본은 그래도 해외자산이 세계 일위잖아요."

"해외자산만 가지곤 버틸 수가 없어. 자국 경제가 일어나서 활성화돼야지. 그리고 또 한 가지 세계 대전쟁이 발발할 가능성이 존재하는데, 이건 인간끼리 벌이는 싸움이 아니라는 거야."

"삼차대전을 말하는 겁니까?"

"맞아, 삼차대전. 아니 어쩌면 일차 인류 생존대전이 될지도 몰라."

"일차 인류 생존대전이라면 대체 누구하고 전쟁을 벌인다는 거죠? 다른 은하계에서 외계인이라도 쳐들어온다는 말입니까?"

"외계인은 아니야.

"그럼 누구를 말하는 거죠?"

"그게 말이야, 이 세상에서 제일 작고, 눈에 보이지 않는, 아주 미세한 존재인 바이러스라는 거야. 이념전쟁이나 식량전쟁, 핵전쟁은 구시대적 발상이고, 앞으로는 알 수 없는 바이러스가 인류를 위협할 거라는 얘기지."

"선배 말은 에이즈, 스페인 독감, 에볼라, 사스, 메르스, 코로나 일구 같은 악성 바이러스가 인류를 멸종으로 몰아갈 거라는 말이군요."

"맞았어. 바로 그거야. 세계적으로 저명한 교수가 예언했는데, 인류 종말의 최대 적은 혜성 충돌도 아니고, 기온 상승도 아니고, 핵무기 폭발도 아니고, 외계인 등장도 아니고, 갑자기 나타난 바이러스일 가능성이 높다는 거야. 인류를 몇 년 안에 멸종시킬 수 있는 바이러스. 이 바이러스는 어떤 항생제도 듣지 않는 아주 강력한 돌연변이라는 거지. 인간이 항생제를 남용한 탓도 있지만, 문명의 절정기에 반드시 나타나는 죽음의 그림자라고나 할까."

"인류 멸종전쟁 대상이 바이러스라니, 비약이 너무 심한 거 아닙니까?"

"나도 처음엔 그렇게 생각했는데 에이즈, 스페인 독감, 신종 플루, 에볼라, 지카, 사스, 메르스, 코로나 일구가 나타나 급속히 전파되고, 인간의 목숨을 대량으로 빼앗고, 자본주의 시스템을 붕괴시키고, 세계 경제를 마비시키는 걸 보고 인식을 달리했어. 잘못하다간 핵무기 한번 써 보지 못하고 인류가 멸망할지 모른다고."

"정말 그렇게 된다면 문제가 아닐 수 없군요."

"그래서 바이러스를 무시해선 안 된다는 거야."

"하긴 코로나 일구가 번지는 걸 보면, 무리한 가정도 아닌 것 같기도 합니다."

"스페인 독감으로 몇 명이나 죽었는지 알아?"

"글쎄요?"

"많은 사람들이 목숨을 잃었는데, 유명 정치인에서 법률가, 종교인, 예술가, 소설가, 음악가, 화가, 의사까지 당했어. 일반 서민이나 부랑자는 말할 것도 없고."

"그렇게 대단했어요? 스페인 독감이?"

"그때는 스페인 독감에 안 걸리는 게 상책이었어. 걸리는 족족 죽어 나갔으니까."

"선배, 그거 알아요?"

"뭐?"

"인간도 바이러스 일종이라는 거."

"지구 입장에서 보면… 어쩌면 바이러스일지도 모르지."

"어쩌면이 아니라, 진정한 바이러스예요. 어차피 인간도 지구를 갉아먹고 사는 수많은 생명체 중 하나니까요. 어떻게 보면 지구한테 가장 많이 해악을 끼치는 바이러스가 인간인지도 몰라요."

"그건 그래. 너무 이기적이고, 욕망적이고, 전쟁이나 파괴밖에 모르는 유기체니까. 하지만 우주 입장에서 보면, 인간을 비롯한 모든 생명체가 유익한 존재야. 그들 하나하나가 바로 우주거든."

"우주 시점으로 보면 그렇겠죠."

요하가 잠시 대화를 멈추고 긴 머리를 쓸어내린다. 나는 따분하다는 표정으로 그들을 바라본다.

"왜 재미없어?"

테오선배가 문득 생각났다는 듯 내 쪽을 돌아본다. 나는 메뉴판을 테이블에 내려놓고 조용히 미소 짓는다. 어차피 이런 상황이 전개되리라는 건 예상한 것 아닌가. 지루한 정치토론이나 따분한 군사, 경제, 이데올로기 이야기로 일관될 것을. 나는 메뉴판을 그들 앞으로 슬쩍 밀어 놓는다.

"토론을 하더라도 먹을 건 먹으면서 해야죠?"

"그건 그래."

"오랜만에 만났고, 비도 오고 하니까 칵테일을 마시는 게 좋겠죠."

"칵테일 좋지."

"요하는 어때?"

"나도 좋아요."

"그럼 칵테일로 통일하는 거야."

"난 간만에 데킬라 선라이즈를 마셔 봐야겠다."

요하의 말에 테오선배가 고개를 끄덕인다.

"난 알렉산더. 모제는?"

"난 김렛으로 하겠습니다."

"그러면 요하는 데킬라 선라이즈, 나는 알렉산더, 모제는 김렛으로 하는 거야?"

"그렇게 하죠."

요하가 동의하자 테오선배가 손뼉을 쳐 웨이터를 부른다. 테이블 옆을 지나가던 웨이터가 다가와 허리를 숙인다. 테오선배가 높은 바리톤으로 칵테일을 주문한다. 웨이터가 주문사항을 메모지에 기록하고 물러간다. 잠시 침묵을 지키던 테오선배가 싱끗 웃는다.

"우리가 너무 따분한 얘기만 늘어놓았나?"

"아니요. 재미있는데요. 뭘."

나는 다리를 바꾸어 꼬고 대꾸한다. 테오선배가 내 어깨를 툭툭 두드린다.

"하기야 우리가 만나면 언제나 그랬지."

"모제는 걱정 마십시오. 혼자서 대화하는 방법을 터득했으니까요. 또 음악도 있고요."

"아 그렇군. 음악도 흐르고 저쪽에 그럴듯한 여자도 있고. 가만히 보니까 저 레게머리 여자애 시간문제 같은데 어때?"

테오선배가 한쪽 눈을 찡끗해 보인다.

"네가 마음에 드는 것 같다."

요하도 레게머리의 모습을 훔쳐보며 은근히 동조한다. 레게머리는 블루의 노래에 맞춰 선글라스로 탁자를 두드린다. 나는 20대 중반의 여자를 향해 슬쩍 미소 짓는다. 노래에 박자를 맞추던 레게머리가 칵테일 잔을 들어 보인다. 여자의 옷차림으로 보아 자유분방하게 사는 신 캥거루족이 분명하다. 부티가 나는 외모도 그렇고, 따분해 보이는 표정도 마찬가지다. 요하가 옆구리를 꾹 찌르며 가 보라고 손짓을 한다. 나는 선글라스를 고쳐 쓰고 고개를 젓는다. 아직은 아니다. 너무 빨리 시도하면 오히려 여자 쪽에서 반발할지 모른다. 아무리 쉬워 보이는 여자라도 최선을 다해야 한다. 블루는 원 러브를 노래하고 테오선배와 요하는 흥미진진한 얼굴이다.

"우리 내기 하나 할까?"

테오선배가 기발한 생각이 떠오른 것처럼 손가락을 퉁긴다. 요하가 궁금하다는 듯이 눈을 동그랗게 뜬다.

"무슨 내기요?"
"모제가 가서 저 레게머리 음모를 몇 가닥 뽑아 오는 거야. 한 시간 안에. 그러면 오늘 술값은 내가 쏘지."
"저 여자 음모를 말입니까?"
"음 저 여자."
"실패하면요?"
"실패하면 술값은 모제가 내는 거지. 어때?"
"글쎄요."
"내가 보기엔 식은 죽 먹기 같은데."
 요하가 맹물을 몇 모금 들이켜고 슬쩍 부추긴다. 나는 다시 한번 레게머리의 전체적인 이미지를 훑어본다. 레게머리의 얼굴에 현실을 일탈하고 싶다는 표정이 쓰여 있다. 사실 그것은 일탈이 아니라 화끈한 일이 벌어지기를 고대하는 얼굴이다. 내가 접근한다면 생각보다 쉽게 목적을 달성할지도 모른다. 내 시선을 느꼈는지 레게머리가 엷은 미소를 짓는다.
"내가 괜히 내기를 걸었나 보다."
 테오선배가 입맛을 다시며 슬그머니 꽁무니를 뺀다.
"어때? 한번 시도해 보는 게 좋을 것 같은데."
 요하가 다가앉으며 옆구리를 꾹 찌른다.
"강요하는 건 아니니까 마음대로 해."
 테오선배가 레게머리 쪽을 보며 중얼거린다.
"그래 뭐 밑질 거 있냐."
"그렇다면 한번 해 보죠."
"이건 내기라기보다 게임이야. 어차피 재미를 위해서니까."
 레게머리가 칵테일을 홀짝거리며 우리 쪽을 주시한다. 음악은 블루의 원 러브에서 티엘씨의 턴테이블로 넘어가 있다. 나는 여자의 얼굴에 시선을 박은 채 음악을 흥얼거린다. 테오선배와 요하도 흥미로운 게임이라는 듯 눈을 반짝인다. 나는 테이블에 놓여 있는 물컵을 들고 한 모금 마신다. 레게머리는 계속해서 내 쪽과 창밖을 번갈아 본다. 나는 물로 목을 축이고 여자 쪽으로 시선을 던진다. 칵테일을 홀짝거리던 레게머리도 나를 빤히 바라본다. 나는 물컵을 테이블 위에 내려놓고 싱끗 웃는다. 레게머리가 요염한 미소를 띤 채 일어선다. 요하가 헛기침을 큼큼 하고 자세를 반듯이 고쳐 앉는다. 레게머리가 엉덩이를 흔들며 화장실 쪽으로 걸어간다. 나는 한 차례 심호흡을 하고 의자에서 일어선다.

35

우리의 신체는 지성에 의해 받아들여진 쾌락에 직면하게 되면 마치 반사작용에 의한 것처럼 자발적으로, 미친 듯이 쾌락에 집착하게 된다. 이와 같은 쾌락에로 향하는 감정을 제지하는 것은 우리 자신의 의지밖에 없다. 쾌락의 매력이란 단지 이미 시작된 반사적 운동에 지나지 않으며, 쾌락의 날카로움이란 것도 우리가 그것을 맛보는 동안 다른 모든 감각을 거부해 버리고, 거기에 빠지게 되는 신체기관의 반복적 유습謬習[43] 이외에 아무것도 아니다.
- 베르그송의 「시간과 자유의지」 중에서

"어떻게 된 거야?"
테오선배가 하던 말을 멈추고 빤히 쳐다본다.
"잘됐습니다."
"그럼 음모를 뽑아 왔단 말이야?"
"뽑아 왔어요."
"정말?"
"그렇다니까요.
"어디 보자고."
나는 주머니 속에 넣어 둔 휴지조각을 꺼낸다. 테오선배와 요하가 고개를 숙이고 들여다본다. 나는 반듯하게 접혀 있는 휴지조각을 펼친다. 검고 윤기 나는 음모가 화장지 사이에서 머리를 내민다. 테오선배와 요하가 동시에 탄성을 지른다.
"정말이잖아."

---

43) 유습謬習 : 그릇된 버릇이나 습관, 또는 그릇된 풍습.

"……."

"이걸 어떻게 뽑아 온 거야?"

두 사람은 놀랐다는 듯이 멍한 표정을 짓는다. 나는 레게머리가 앉아 있는 테이블을 힐끗 돌아본다. 테오선배와 요하도 같이 레게머리 쪽을 쳐다본다.

"도대체 뭐 하는 여자야?"

"뭐하는 여자인지는 모르고, 여기 명함을 받아왔어요."

"명함까지 받아왔다고?"

"네."

나는 포켓 안주머니에 넣어 둔 명함을 꺼낸다. 칼라로 인쇄된 명함에는 늘씬한 몸매의 여자가 웃고 있다. 직업, 이미지 메이킹 아티스트. 이름, 이하니. 주소, 서울특별시 강남구 대치동 19-6번지 KH&L 타워 55층 67호. 휴대폰, 010-23XX-70XX 사무실 전화 02-X268-X745. 팩스 02-XX11-XX49. 이메일, ki69-3@magic.com. 테오선배와 요하가 레게머리를 다시 한번 쳐다본다. 자신에게 관심을 보인다는 걸 아는지 레게머리가 미소 짓는다.

"털이 까만 게 매끄럽다."

요하가 음모를 집어 들고 나직하게 중얼거린다. 테오선배가 눈을 껌뻑이며 묻는다.

"도대체 어느 부위 털이야?"

"그건 잘 모릅니다."

"왜?"

"여자가 알아서 뽑아 줬으니까요."

"그래?"

테오선배는 여전히 얼떨떨하다는 얼굴이다. 나는 어깨에 힘을 주고 똑바로 앉는다. 테오선배가 반신반의하는 표정으로 쳐다본다.

"혹시 돈을 준 건 아니겠지?"

"돈으로 해결될 일이 아니잖아요."

"그래도."

"그건 맞을 거예요."

요하가 눈을 반짝이더니 거들고 나선다.

"어떻게 뽑아 왔는지 자초지종을 얘기해 봐."

테오선배가 헛기침을 큼큼 하고 자세를 바로 한다. 나는 물을 마시고 천천히 이야기를 시작한다.

"내가 여자 화장실로 들어가니까 레게머리가 누군가하고 얘기를 나누고 있더라고요."

"누군가하고 얘기를 나누다니?"

"어떤 녀석을 만나고 있었다는 말이죠."

"뭐하는 녀석인데 그렇게 빨라?"

"빠른 게 아니라, 전부터 알고 지내던 사이 같았어요."

"그럼 그렇지. 난 또…"

"그래서 옆 칸으로 들어가서 잠시 생각했죠. 여기서 포기하고 나갈 것인가, 아니면 끝까지 밀어붙일 것인가."

"그 상황이라면 누구든 갈등이 생기겠다."

요하가 침을 꿀꺽 삼키고 레게머리를 쳐다본다. 나는 주위를 둘러보고 말을 계속한다.

"생각해 보세요. 여자를 쫓아갔는데 다른 녀석하고 수작을 부리는 중이라고."

"그래도 무언가는 시도해 봐야지. 이왕 쫓아간 거니까."

"그래서 마음을 굳게 다져먹었죠. 어차피 칼을 뽑았으니 갈 데까지 가 보자고요. 더구나 게임도 걸린 상태고."

"잘 생각했다. 계속 버텨야 털이라도 주워 올 수 있으니까."

요하가 옆으로 바짝 다가앉으며 히죽 웃는다. 테오선배가 라이터를 꺼내 뚜껑을 열었다 닫았다 한다. 나는 물로 목을 축이고 레게머리를 힐끗 쳐다본다. 레게머리가 잠자리 선글라스를 쓰며 웃는다. 나는 목청을 한 차례 가다듬고 입을 연다.

"내가 엿듣는다는 걸 아는지 모르는지 그 인간들 계속 키스를 해 댔어요. 이상야릇한 소리까지 내면서. 나는 잔뜩 긴장해서 그들 짓거리를 숨죽이고 엿들었죠. 내가 들어간 곳이 바로 옆 칸이었거든요. 더구나 나는 여자한테 볼일이 있잖아요. 아주 미묘하고 특별한 일이 말이에요. 그 인간들

삼 분간 요란하게 키스를 하더니 떨어졌어요. 나는 숨죽이고 다음 행동을 기다렸죠. 그런데 여자가 갑자기 남자애한테 명령조로 말하는 거예요. '뭐해? 바지 벗지 않고.' 남자애가 여기서 할 거냐고 물었어요. 여자가 당연하다는 듯이 쏘아붙이는 거예요."

"그럼 여기서 하지 어디서 해."

"막상 털을 뽑으러 간 거지만, 그런 상황이 닥치니까 난감하더라고요. 생각해 보세요. 털을 뽑으러 갔는데 젊은 남녀가 실랑이를 벌이고 있다. 섹스를 하느니 어쩌느니 하면서. 그걸 나는 옆 칸에 엿듣고 있다. 상황이 그러니 자괴감이 들 수밖에요. 내가 멍하니 있으려니까 여자가 말했어요. 이런 데서 하는 게 처음도 아닌데 왜 그러냐고. 이런 데서도 할 줄 알아야 진정한 펑크족이라나. 이런 장소에서 하는 섹스가 더 스릴이 넘친다고 그랬을 거예요. 아무튼 말을 마친 여자가 무언가를 잡아 벗겼어요. 가볍게 스치는 소리로 보아 옷을 벗기는 것 같았어요. 나는 궁금하다 못해 화장실 안을 이리저리 살펴보았죠. 그랬더니 화장실 벽에 작은 구멍이 뚫려 있더라고요."

"작은 구멍까지?"

요하가 점입가경이라는 듯이 탄성을 내뱉는다. 테오선배가 물컵을 들고 벌컥벌컥 들이켠다. 나는 한 차례 심호흡을 하고 말을 계속한다.

"얼른 구멍에 눈을 대고 봤어요. 그랬더니 스무 살도 안 된 남자애하고 레게머리가 엉겨 붙어 있더라고요. 잘됐다 싶어 무릎을 꿇고 벽 쪽으로 몸을 밀착시켰죠. 그때 여자가 남자애 바지를 무릎 아래까지 내리고 문 앞에 똑바로 세웠어요. 여자는 당연히 변기뚜껑에 앉은 상태였죠. 나는 여자가 왜 그러는지 몰라 어리둥절 표정으로 지켜봤어요. 레게머리 계집애 정말 대담하더라고요. 글쎄 남자애 페니스를 덥석 잡더니 입으로 가져가는 거예요. 나는 놀란 나머지 구멍에서 눈을 떼고 심호흡을 했어요. 나도 오럴섹스를 해 봤지만, 남이 하는 걸 보니까 충격적이더라고요."

"대단한 계집애구만."

테오선배가 마른침을 삼키고 레게머리를 쳐다본다. 요하도 놀랐다는 듯이 레게머리를 곁눈질한다. 레게머리가 선글라스를 고쳐 쓰고 창밖으로 시선을 돌린다. 나는 식은 커피를 한 모금 마시고 얘기를 이어간다.

"나는 잠시 가슴을 진정시키면서 생각했어요. 이 인간들을 어떻게 할까 하고 말이에요."

"어떻게 하다니?"

"풍기문란으로 연행하든가 공공질서위반으로 조사해야겠다는 생각이 든 거죠."

"그건 심했다. 아무리 폴리스지만, 화장실에서 하는 걸 연행한다는 건."

"선배도 그런 생각이 들죠?"

"당연하지. 폴리스가 할일이 없다고 해도 그런 일에 끼어들 수는 없지."

"그래서 나도 어쩔 수 없다고 판단했어요. 여자애 음모를 뽑아 와야 되잖아요."

"그건 그렇지. 어차피 내기는 내기니까."

요하가 당연하다는 투로 말하고 빙그레 웃는다. 테오선배도 고개를 끄덕여 요하의 말에 동조한다. 나는 물로 입술을 축이고 차분한 목소리로 입을 연다.

"그 애들이 오럴섹스를 끝낼 때까지 기다렸어요. 어차피 섹스보단 내기가 중요했고, 그 애들 흥을 깨뜨릴 수 없었거든요."

"그건 잘 판단한 거다."

"근데 그 애들 대단하더라고요."

"왜?"

테오선배가 작은 눈을 크게 뜨고 빤히 본다. 나는 물컵을 내려놓고 고개를 젓는다.

"그 애들 한동안 오럴섹스를 하더니 또다시 시작하는 거예요."

"또다시 시작해? 뭘?"

"본격적인 섹스를."

"그러면 오럴로 일차 사정을 하고 또 섹스를 했단 말이야."

"그러니 대단하다는 거죠. 더 엄청난 건 레게머리였어요. 계속 남자애를 주도하고 이끌었거든요. 오럴을 끝낸 레게머리가 화장지로 입가를 쓱 닦고 일어섰어요. 남자애가 멍한 표정을 지으니까 변기를 가리키는 거예요. 남자애는 어쩔 수 없이 변기 위에 주저앉았죠. 반강제적으로 앉혀졌다는 게 맞을 겁니다. 여자가 남자애 어깨를 눌러 앉혔거든요. 변기 위에 앉은 남자애가 반쯤 얼빠진 소리로 물었어요. 또 해야 되느냐고요. 여자 말이 지금부터 시작이라는 거예요. 그 말을 들은 남자애가 몸을 부르르 떨고 엉거주춤 자세를 취했어요. 그걸 본 여자가 팬티를 벗고는 남자애 앞에 무릎을 꿇고 속삭였죠."

"내가 하는 대로 가만히 있어."

"그런 다음 입으로 페니스를 세워서 삽입하고 상하운동을 시작했어요. 아주 리드미컬하면서도 힘차게. 그렇게 몇 분간 씨근거리더니 질속에다 사정을 해 달라는 거예요. 그래야 무언가 한 것 같고 속이 후련하다나요. 남자애는 여자가 시키는 대로 사정을 하기 위해 열심히 노력했죠. 두 사람이 절정에 오르려는 그때 문을 똑똑 두드리는 거예요. 나는 숨을 죽이고 화장실 밖으로 신경을 곤두세웠죠. 남자애하고 여자도 숨을 죽이고 바깥 동정을 살폈어요. 그 순간이 십 초는 조금 넘었을 거예요. 십삼 초 후 다시 똑똑 소리가 들렸어요. 그러자 여자가 신경질적으로 씹어뱉었어요."

"한참 기분이 오르는데 누구야?"

"밖에 있는 사람도 만만치 않았어요. 여자가 신경질을 부리든 말든 계속 문을 두드렸으니까요. 레게머리도 물러서지 않았죠. 남자애한테 눈을 끔뻑거리면서 계속 하라고 다그쳤거든요. 남자애는 엉겁결에 몸을 위아래로 움직였어요. 삐거덕 삐거덕 소리까지 내면서. 그랬더니 밖에 있는 사람이 더 크게 노크를 하는 거예요. 무척 기분 나쁘다는 듯이 말이죠. 그래도 여자는 남자애를 부추겼어요. 멈추지 말고 계속 하라고요. 나는 견디다 못해 몸을 돌려 문틈 사이로 내다봤어요. 그랬더니 예닐곱 살밖에 안 된 여자애가 문을 두드리는 거예요. 그들도 여자애가 문밖에 있다는 걸 눈치챈 것 같았어요. 남자애가 작은 소리로 말했죠."

"밖에 여자애가 있어요. 어린 여자애가."

"레게머리가 그래? 그럼 신경 쓰지 말고 계속해, 라고 말하는 거예요. 그 말을 들은 남자애가 다시 피스톤 운동을 시작했어요. 레게머리도 위아래로 격렬하게 움직이고. 문제는 그 여자아이였어요. 아무리 시간이 흘러도 돌아갈 생각을 하지 않았으니까요. 그런데다가 절정에 오르려고 하면 어김없이 문을 두드리니. 그 이후로 남자애는 물을 내리고. 레게머리는 헐떡이며 기를 쓰고. 계집애는 문을 두드리고. 난리도 그런 난리가 없었을 거예요. 그런 상태로 십 분 정도 흘렀어요. 그 후에 화장실 밖에서 부르는 소리가 들리더라고요. 억양으로 보아 아이 엄마가 분명했어요. 그때서야 여자아이가 뛰어가더라고요. 여자아이가 막 돌아섰을 때 남자애가 사정을 했어요. 레게머리도 흥분해서 발작적으로 소리를 질렀고요."

"……"

"남자애가 사정을 하고 숨을 몰아쉬는데 레게머리가 한 번만 더 하자는 거예요. 남자애가 지친 표정을 지으며 말했어요. '이제 그만 나가요.' 그랬더니 여자가 지에치비는 어떡할 거냐고 묻더라고요. 그 말을 듣고 남자애가 아차 하는 얼굴로 쳐다보더니, 그럼 딱 한 번만 더 하자고 말했어요. 여자가 다시 작아진 페니스를 손으로 세우고 변기를 짚고 엎드렸어요. 이번에는 뒤에서 해 달라는 뜻이었죠. 나는 놀란 가슴을 다시 한번 쓸어내려야 했어요. 남자애 정력도 그렇지만, 여자의 욕정은 끝이 없었거든요. 결국 여자는 또 한 번 절정에 도달하고 일을 마쳤어요. 그리곤 약이 든 캡슐 열세 개를 건네주었죠."

"언제든 마음이 내키면 또 연락해."

"그때는 약을 더 많이 조달해 주겠다나 어쩌겠다나. 남자애는 벌써 질렸는데, 여자는 앞으로 잘 해 보자니. 남자애는 여자가 준 약을 받아 들고 허겁지겁 화장실 밖으로 나갔어요. 나는 화장실 바닥에 쪼그려 앉아서 생각했죠. 도대체 나는 지금 무슨 짓을 하고 있는 건가. 나라는 존재는 도대체 무엇인가. 그런 생각이었을 거예요. 내가 누구인지, 무엇을 하는 인간인지. 그것도 잠시뿐이었어요. 그 다음에는 머릿속이 하얗게 빈 것처럼 아무 생각도 나지 않았으니까요. 그랬어요. 흐리멍덩하고 혼란스러운 느낌. 무언가가 빠져나간 것 같은 공허감. 그런 순간도 짧게 지나갔어요."

"……"

"나는 재빨리 내 존재를 생각해 냈어요. 내가 지금 무엇을 위해 이곳에 들어왔나를 말이에요. 나는 황급히 문을 열고 나가 옆쪽 화장실 문을 두드렸죠. 그랬더니 여자가 씨익 웃으면서 문을 여는 거예요. 내 행동을 다 알고 있었다는 듯이 말이에요. 그래서 솔직히 얘기를 꺼냈어요. 댁들이 하는 걸 옆 칸에서 다 보고 들었다고요. 내 말을 들은 여자가 옷매무새를 추스르며 묻더라고요. 자기도 알고 있었는데, 따라온 용건이 뭐냐고요. 그래서 떠듬거리며 말했죠. 친구들하고 댁의 음모를 뽑아 가는 내기를 했다고. 그 말을 듣는 순간 여자가 깔깔거리며 웃는 거예요. 나는 머쓱한 표정으로 여자를 쳐다보았죠. 여자가 핸드백에서 명함을 꺼내 주면서 물었어요."
"어떤 부위 털이 필요해요."
"나는 엉겁결에 사타구니를 가리켰죠. 그랬더니 여자가 씨익 웃고 화장실로 들어가는 거예요. 나는 반신반의 하는 마음으로 여자가 나오기를 기다렸죠. 화장실 안으로 들어간 레게머리가 잠시 부스럭거리더니 음모를 뽑아 가지고 나왔어요. 대여섯 개가 넘을 정도로 많은 숫자를. 나는 놀란 나머지 멍한 표정을 짓고 서 있었죠. 왜냐하면 음모가 필요하다고 말했지만, 들어줄 거라곤 예상치 못했거든요. 그런데 여자가 시원스럽게 나오니 놀랄 수밖에요. 여자가 음모를 건네주면서 천연덕스럽게 말했어요."
"이 정도면 되겠어요?"
"나는 멍청한 표정으로 고개를 끄덕였죠. 그랬더니 여자가 생끗 웃고는 세면대 앞으로 가는 거예요. 나는 한동안 멍하니 그 자리에 서 있었어요. 여자의 화끈한 성격에 놀랐거든요. 여자의 성격에 놀랐다기보다 그런 일을 아무렇지 않게 벌이는 그들한테 놀랐을 거예요. 그렇지 않으면 어이없는 짓거리를 하는 나 자신에 대한 혐오감일 수도 있고요. 레게머리가 뽑아준 음모를 세어 보니까 정확히 여섯 개더라고요. 화장지에 음모를 싸고 있는데, 양치질을 마친 여자가 한마디 던지더라고요. 원한다면 언제든지 전화를 하라고요. 섹슈얼 인터코스는 물론이고 드러그도 조달해 줄 수 있다면서요. 나는 얼떨떨한 기분으로 고개를 끄덕였죠. 그런 다음 약 일 분간, 정확히 오십오 초간 그 자리에 서 있다가 나왔어요. 밖에 나와서 시계를 봤더니 꼬박 삼십삼 분이 걸렸더라고요. 화장실에 들어가 음모를 얻어 가지고 나온 시간이 말이에요."
"……"
"그런데 내가 여자 화장실 밖으로 나간 순간, 그 여자아이가 또랑또랑한 눈으로 쳐다보는 거예요. 나는 날카로운 비수에 심장을 찔린 사람처럼 그 자리에 멈춰 섰어요. 그 순간을 지금도 잊을 수 없는데, 그 몇 초 안 되는 시간이 왜 그렇게 길게 느껴졌는지. 나는 눈을 딱 감고 여자아이 앞을 지나쳤어요. 나는 그때 알았어요. 내 날갯죽지가 이상스럽게 근질거린다는 걸. 무언가가 솟아나는 것처럼 스멀거린다는 걸. 헌데 더 이상한 건 그 다음이었어요. 여자아이 앞을 막 지나치는 순간 근질거림이 멈추고 옆구리가 시원해지는 거예요. 차디찬 바람이 한 차례 스쳐간 것처럼요. 그 긴장된 순간이 지나가자 대단한 걸 해냈다는 생각이 들더라고요. 가슴 한구석에서 뿌듯한 감동의 물결까지 일고요. 여기까지가 털을 뽑아 오기까지의 전말입니다."

"음 대담하다."

테오선배와 요하는 동시에 신음에 가까운 탄성을 터뜨린다. 나는 물을 시원스럽게 들이켜고 레게머리 쪽을 본다. 레게머리가 우리들을 향해 눈을 찡긋하고 일어선다. 테오선배가 충격을 받은 것처럼 멍한 표정으로 중얼거린다.

"도저히 상상할 수가 없어."

"이제 술값은 선배가 내는 거죠?"

"물론이지. 내가 내고말고."

36

문화는 인간이 만든 것이며 동시에 인간이 그의 목적을 달성하기 위해 사용하는 매개체들이다. 다시 말해서 문화는 인간으로 하여금 생활을 영위하게 하고, 안전과 안락과 번무蕃茂[44]를 확보하게 하며, 인간이 힘을 획득하고 그 자신의 동물적 혹은 육체적 자질을 뛰어넘어서 재화와 가치를 창조하게 되는 하나의 매개체이다. ─ 말리노프스키의 「문화의 기능적 이론」 중에서

"모제 정말 오랜만에 들른 것 같다."

"초봄에 한번 왔으니까요."

"그게 초봄이었나?"

---

44) 번무蕃茂 : 나무나 풀이 무성함, 또는 초목 따위가 무성함.

문명, 그 화려한 역설 225

"그럼요."

"세월 빠르다. 벌써 한여름이니."

미사선배가 씁쓸한 표정을 지으며 고개를 젓는다. 나는 재킷을 벗어 소파에 걸치고 욕실로 들어간다. 며칠간 수배자를 쫓느라고 목욕은커녕 세수조차 제대로 못했다. 그래서 온몸이 땀투성이에다가 심한 악취까지 풍긴다. 내가 세수를 하자 미사선배가 한마디 던진다.

"얼굴이 아니라 몸을 씻어야겠다."

나는 엉거주춤한 자세로 세수를 하다가 씨익 웃는다. 그녀의 말대로 지금은 몸을 씻는 게 더 나을지도 모른다. 땀과 피로에 찌든 마음을 씻어 내기 위해서라도. 문제는 이곳이 노처녀가 혼자 사는 아파트라는 사실이다. 매일처럼 문자와 씨름을 하는 35살의 트랜스레이터가.

"샤워하려면 해."

미사선배가 욕실 밖에서 큰소리로 외친다. 나는 주저 없이 땀내 나는 셔츠와 바지를 벗어던진다. 그녀의 태도로 보아 당장 목욕을 해도 무방할 것 같다. 그보다 더한 걸 요구해도 들어줄 것 같기도 하고. 나는 콧노래를 흥얼거리며 샤워기 파워스틱을 올린다. 물 쏟아지는 소리가 모든 잡념을 빼앗아 간다. 노처녀의 아파트에서 발가벗고 목욕을 한다는 생각까지도.

"진작에 샤워를 할 걸 그랬다."

욕실에서 나가자 미사선배가 웃으며 쳐다본다. 한결 깨끗하고 싱그러워졌다는 표정으로. 그녀가 유독 친절하게 대하는 이유를 나는 잘 모른다. 대학시절부터 특별히 챙겨 주었다는 기억밖에는. 가끔 그녀와 엠티에 참석하거나 해외여행을 가기도 했다. 하지만 그런 것 따위로 우리가 가까워졌다고 생각하지 않는다. 그녀와 나 사이에는 일반적인 것보다 본질적인 무엇이 작용하기 때문이다. 나는 소파에 앉아서 그녀가 끓여온 커피를 마신다. 같이 커피를 마시던 미사선배가 넌지시 묻는다.

"커피 더 할래?"

"아니요. 됐어요."

"매일 밤을 새우니까 커피를 입에서 뗄 수가 없어."

"번역도 어려운 일이군요."

"그래서 번역가들을 커피벌레라고 부르는 거야."
"하긴 번역도 제이의 창작이니까요."
"그건 그렇고, 테오는 요새 뭐하고 지내?"
"유학이라도 갈 것 같더라고요."
"유학? 어디로?"
"러시아 쪽으로 간다고 했는데, 거긴 틀린 것 같고. 유럽 아니면 미국이라도 가겠죠."
"다른 사람은 그렇고 모제는 어때?"
"달리 할 일도 없고, 당장 뭘 해야겠다는 생각도 들지 않아요."
"차차 정리가 되겠지. 아직은 젊으니까."
"나도 그렇게 생각했는데 그게 아니더라고요."
"그 나이가 되면 조금은 혼란스러워지는 법이야."
"선배도 그랬어요?"
"나도 이십대 후반에는 그랬어. 어떻게 살아야 하는지 무엇을 해야 하는지 종잡을 수 없었거든. 반면 이십대 초반에는 꿈도 많고 하고 싶은 일도 많았지. 근데 그 시기가 지나니까 시들해지더라고. 커피는 별로인 것 같고 술 한 잔 줄까?"
"맥주라면."
"그럼 모제는 맥주를 마시고, 나는 디럭스를 한 잔 더 해야겠다."
"그렇게 하는 게 좋겠네요."

나는 이마에 맺혀 있는 물기를 수건으로 닦는다. 그녀가 커피잔을 들고 주방 쪽으로 걸어간다. 나는 수건을 소파에 내려놓고 한마디 던진다.

"이번 작업은 끝났습니까?"
"지난달에 시작한 작품은 끝났어."
"문명에서 야만으로 말인가요?"
"음."
"그러면 한동안은 한가하겠네요."
"그렇지도 않아. 일거리가 밀렸거든."
"일복을 타고났군요."
"사람이 행복을 만끽할 때가 언제인 줄 알아?"

"글쎄요."

"하던 일을 완벽하게 마무리 지었을 때야. 더 기쁜 순간은, 일을 끝내고 커피를 마시면서 음악을 들을 때고."

미사선배가 커피잔에 설탕과 크림을 넣고 쓱쓱 젓는다. 나는 커피를 타는 그녀의 얼굴을 물끄러미 바라본다. 매일 두툼한 원서를 껴안고 씨름을 하니까 살이 붙지 않는다. 불규칙하고 일정치 않은 생활도 마른 체구에 일조한 것 같고. 그녀가 캔맥주와 커피잔을 들고 소파 쪽으로 걸어온다. 나는 냉장된 캔맥주를 받아들고 꿀꺽꿀꺽 들이켠다. 찬 액체가 몸속으로 들어가자 머리까지 맑아지는 것 같다. 미사선배가 커피를 한 모금 마시고 중얼거린다.

"일은 해야겠는데 손에는 잡히지 않고 몸은 늘어지고."

"어떤 책을 번역하고 있는데요?"

"지난달까지 소설을 했는데, 이번에는 화보집을 번역 중이야. 그런데 그게 진도가 안 나가."

"분위기를 전환해 보지 그래요?"

"어떻게?"

"그냥 일상을 벗어나는 거예요. 무작정 여행을 떠나든가 술을 먹든가 하는 거죠. 그렇지 않으면 남자친구를 만나던가요."

"남자친구를?"

"평소 편하게 지내는 남자친구 있죠? 그 친구를 불러내서 부탁하는 거예요. 한 번만 같이 자 달라고."

나는 진지한 표정으로 미사선배를 바라본다. 그녀가 다리를 바꾸어 꼬며 묻는다.

"그게 정말 기분전환에 도움이 될까?"

"내가 아는 여자애가 그러는데, 섹스를 하면 막혔던 게 확 뚫린대요. 십년 묵은 체증이 내려가는 것처럼."

"그럴 만한 상대가 있어야지."

"남자친구가 있다면서요."

"그런 걸 할 수 있는 상대는 아니야."

"그럼 어디서 구해 보든지요."

"그럴 수는 없고, 모제 정도라면 가능할지 모르지."
"나 정도요?"
"농담이야. 맥주 더 할래?"
"그러죠 뭐."
"잠시만 기다려."

미사선배가 소파에서 일어나 주방 쪽으로 간다. 나는 테이블 위에 있는 화보집을 펼쳐든다.

"이게 지금 작업하는 화보집입니까?"
"맞아. 한번 훑어봐. 재미있을 테니까."

미사선배가 냉장고 안에서 캔맥주와 건포도를 꺼낸다. 나는 고급 양장본으로 편집된 화보집을 넘긴다. 가로 200미리, 세로 270미리, 220페이지의 화보집에는 세계적인 화가들이 다 모여 있다. 밀레를 비롯해서 마네, 뭉크, 칸딘스키, 모딜리아니, 고갱, 로트렉, 피카소, 앙소르, 마그리트, 드가, 모네, 부르델까지. 나는 화보집에 눈을 박은 채 입을 연다.

"화가들 일생도 파란만장할 거예요."
"작가들도 그렇지만, 화가는 특히 더 그런 것 같아."
"이 사람들 일생을 번역하다 보면 느끼는 게 많겠어요."
"당연하지. 어떤 때는 내가 화가가 된 것 같고, 어떤 때는 작품 속 주인공이 된 것 같으니까. 그런데 이상한 건 화가들 일생이야. 어떤 사람은 불멸의 사랑을 나누면서 그림을 그리다가 죽은 반면, 뜨거운 사랑 한번 못해보고 죽은 화가도 있지. 또 어떤 사람은 고통스럽게 살다가 비참하게 죽어간 반면, 어떤 화가는 일생 동안 편안하게 그림을 그리면서 살았어. 그 외에 타락 일변도로 살다가 죽은 사람도 있고, 죽을 때까지 자신을 드러내지 않고 신비스럽게 산 사람도 있지."
"그게 누군데요?"
"앙리 루소."
"그 사람한테 신비스런 구석이 있었나요?"
"앙리 루소에 대해선 잘 아는 사람이 없었어. 세간에 알려진 사실도 별로 없었고. 그나마 알려진 건 클레망스하고 결혼한 일하고, 파리 세관에서 하급직원으로 육 년간 근무한 게 전부야. 그야말로 베일에 싸여 살다가 베일에 싸인 채 죽어 간 화가지."

"그랬군요."

"아마 가난한 집안에서 태어났기 때문일 거야. 고아처럼 살면서 자신을 세상하고 격리시킨 것도 이유가 되겠고. 모든 걸 독학으로 배웠으니 스승도 없고 친구도 없었겠지. 그 다음 장에 있는 게 색채 마술사 보나르야. 본래 보나르는 파리 부근에서 태어났는데 집안이 전형적인 부르주아였어. 그래서 별 어려움 없이 배우고 성장했지."

"앙리 루소하고 상반되는 환경에서 자랐군요."

"그렇다고 볼 수 있지. 자라온 환경이나 가족 관계가 앙리 루소하고는 판이했으니까. 그러니 자연히 그림을 그리는 경향까지 달라지게 된 거야."

"그림 경향까지요?"

"예술가가 눈을 뜨기 시작할 때 누구를 만나느냐가 중요하잖아. 그런 점에서 보면 보나르는 세르지에, 드니, 뷔야르 같은 화가들하고 가까이 지낸 게 행운이었어. 보나르가 팔십 살에 죽었을 거야. 그런데 숨을 거두기 직전까지 그림을 그렸어. 그 작품을 완성해 놓지 않으면 눈을 감을 수 없다는 것처럼. 그런 걸 봐도 보나르는 예술가 정신을 철저히 실천한 화가라고 할 수 있지. 그 다음 장이 페인팅 대가로 알려진 에른스트고, 그 뒤가 기호 예술로 유명한 호안 미로야."

"이 사람이 호안 미로군요."

"호안 미로를 잘 알아?"

"초현실주의 화가라는 것밖에는 몰라요."

"미로도 가난하게 살면서 그림을 그린 몇 안 되는 화가 중 하나야. 하지만 미로가 어렸을 때부터 가난한 건 아니었어."

"그랬나요?"

"미로는 바르셀로나에서 태어났는데, 어렸을 때는 집안 사정이 괜찮아서 제대로 배웠어. 미술공부도 격식을 갖춰서 했고. 그러다가 가게가 어려워지니까 굶다시피 하면서 그림을 그린 거지. 미로가 끼니를 거르면서 그림을 그린 일화는 유명하잖아."

"초현실주의 작품인 농원, 카탈로니아 풍경, 아를르캥의 카니발을 그릴 때는 먹을 게 없어서 말린 무화과로 요기를 하거나, 껌을 씹으면서 배고픔을 참았다니까요."

"잘 아는군."

"그냥 주워들은 얘기예요."

"미로만큼 어렵게 그림을 그린 사람도 없어. 생각해 봐. 굶으면 굶을수록 더욱더 그림에 집착하는 화가를. 처절하다 못해 처참할 지경이지. 특히 아를르캥의 카니발은 환상적 세계를 묘사하고 있는데, 미로 작품 중에서도 걸작이야. 그 그림을 보면 이런 말이 생각나. 무능한 예술가는 모방하고, 유능한 예술가는 창조한다."

미사선배는 말을 하고 나서 몸을 부르르 떤다. 나는 감동으로 몸을 떠는 그녀를 가만히 바라본다. 차가운 이미지를 풍기면서도 포근한 누님 같은 여인. 화가들 삶을 설명하면서 스스로 감동을 받는 여자. 나는 헛기침을 하고 화보집 쪽으로 시선을 돌린다. 페르디난드 들라크루아 도판. 그 첫 페이지에 '신세계에서 돌아온 콜럼버스'라는 그림이 보이고 그 옆으로 '키오스 섬의 학살', '사르다나팔의 죽음', '이교도와 파샤의 싸움', '돈환의 난파선', '단테를 영접하는 베아트리체와 9지옥도, 7연옥도'가 있다.

그 뒤로 '십자군의 콘스탄티노플 입성', '프레드릭 쇼팽의 초상', '공사 중인 밀라노 두오모', '화염에 휩싸인 런던 시가지', '트라팔가르 해전의 넬슨 제독', '오필리어의 죽음'. 계속해서 '라이온 사냥', '영불 전쟁의 성녀 잔다르크', '피톤을 죽이는 아폴론', '미솔론기 폐허에 선 빈사의 그리스도', '베르길리우스와 단테를 맞이하는 호메로스'가 있다. 온통 검은색으로 칠해진 화면에 지옥에 빠져 허우적거리는 사람들과 그들을 바라보는 수많은 신들도 눈에 띈다.

"화가 이야기를 번역하다 보면 느끼는 점이 많아. 어떤 화가는 풍족한 가운데 자라고 거기에 걸맞게 명성도 얻지만, 어떤 작가는 배를 주리면서 그림을 그려도 인정받지 못했거든. 화가들 대개가 평범한 삶을 살지 않은 건 분명해. 무엇을 성취하거나 완성시킨다는 건 그만큼 희생이 따른다는 얘기지. 뭐랄까. 얻은 만큼 잃는다고 할까. 바라는 만큼 줘야 한다고 할까. 하지만 성공이 반드시 희생적이고 부정적인 것은 아니야. 거기에는 꿈이 있거든. 이 책을 번역하면서 그런 걸 느꼈어. 성공은 도전하는 자의 것이다."

"넛있는 말이네요."

"그런데 요즘 애들은 너무 순간을 위해 사는 것 같아. 너무 쉽게 만나고, 너무 쉽게 사랑하고, 너무 쉽게 헤어지고. 그러다 보니 뭐든지 쉽게 쉽게 하는 거지. 요즘엔 가수 이름도 외래어만 사용하더라고. 세상이 어떻게 돌아가는 건지 모르겠어."

"저도 정신없는 아이들 중 하나겠죠?"

"모제는 제도권 내에 있으니까 거기에 포함시킬 순 없겠지."

"그렇습니까?"

"내가 말하는 아이들은 인터넷 세대, 메탈 세대, 쇼셜미디어 세대야. 돌이킬 수 없을 정도로 모바일에 중독돼 있고, 시도 때도 없이 음악을 흥얼거리고, 인터넷을 하면서 콜라를 마시고, 밥 대신 햄버거를 먹고, 고기 대신 소시지를 먹고, 누구하고도 섹스를 할 준비가 된 세대들. 요새는 시대의 기생충 같은 니트족까지 등장했잖아. 리얼돌[45)]하고 사는 남자애들도 생겨났고. 그런 애들이 문제라는 거야. 미국 저질문화에 철저히 중독된 젊은 애들. 엔 분의 일 사회를 적극 수용하고 즐기는 애들. 여자 대신 리얼돌하고 섹스를 나누는 애들. 지금은 세계적 음료수로 자리 잡았지만, 코카콜라가 애틀랜타 빈민가에서 유행하던 저급음료라는 거 알아?"

"잘 모르겠는데요."

"그러니 알고 마셔야 하는 거야. 코카콜라는 미국 남부 흑인사회에서 마시던 질 낮은 음료수였어. 문제는 그런 음료수가 세계적인 음료로 자리매김했다는 사실이야. 생각해 봐. 미국 한 군소도시에서 흑인들만 마시던 저급음료가 어떻게 세계시장을 석권했느냐 이 말이야. 그걸 미국의 음모라고 말하는 사람도 있고, 자본주의적인 생리라고 주장하는 학자도 있어."

"미국의 음모?"

"미국이 의도적으로 코카콜라를 만들어 전 세계에 공급한다는 거지. 한 나라 정신을 야금야금 좀먹어 가는 것처럼 말이야. 인문주의자 시각에서 본다면 자본주의가 죽이는 것은 한두 가지가 아니야. 즉 민주적 질서와 생

---

45) 리얼돌(RealDoll) : 성기능이 포함된 전신 인형을 의미. 해외에서는 러브돌, 풀바디 섹스돌로 표현된다. 포즈를 취할 수 있는 PVC 골격, 강철 관절, 실리콘 살로 이루어져 있다. 리얼돌 소유자는 하나의 몸에 다수의 얼굴을 갈아 끼워 쓸 수 있다. 2011년에는 최초의 생산 라인에 아홉 종류의 여성 신체와 열여섯 종류의 여자 얼굴이 존재했다.

태적 질서도 자본주의가 죽이고 있는 거야. 경쟁하고 또 경쟁하고 또 경쟁해야 하니까. 그뿐이 아니야. 자본주의는 인간의 본성은 물론이고, 이성과 지성, 오성, 명성까지 사회화시키고 있어. 아니 획일된 집단화라고 할까. 그 사회화나 집단화에 적응하지 못하면 목숨을 부지할 수 없는 거고. 이제 자본주의는 인류를 구원하는 것에서 벗어나 인류의 적이 되어 가고 있어. 그 자본주의 첨병 노릇을 하는 게 바로 미국산 코카콜라고. 아무튼 코카콜라는 문제가 많은 음료수인 것은 분명해."
"난 콜라가 그렇게 문제가 많은 음료수인지 몰랐어요."
"모르는 게 당연하지. 요즘 애들은 즐기려고만 하지 대상을 분석하거나 의문을 갖지 않거든. 코카콜라가 전 세계로 퍼지는 것에 문제를 제기한 사람이 누군지 알아?"
"글쎄요."
"그 사람이 바로 시드니 민츠야."
"처음 듣는 이름인데요."
"그럴 거야. 그 사람 본래 자신을 잘 드러내지 않는 인류학자니까. 민츠는 미국이 만든 코카콜라가 이상한 방향으로 발전해 가는 걸 보고 시화학적 연구를 시작했어. 음식을 통해 인간이 사회에 끼치는 영향을 집중적으로 분석한 거지. 민츠가 지은 저서 중 설탕과 권력이라는 책이 있는데, 그걸 보면 사람들이 소비하는 음식에 권력이나 사회제도가 어떤 방식으로 개입하는지 알 수 있어. 중요한 건 그런 현상들을 역사적 배경이나 사건을 통해 일목요연하게 증명해 보인다는 거야."
"대단한 사람 같군요."
"대단한 문화비평가 중 한 사람이지. 자기가 태어나고 자란 나라를 신랄하게 비판했거든. 민츠에 따르면, 자본주의적 개성을 박탈당한 미국 젊은이들이 무언가에 목말라 있을 때, 오아시스처럼 코카콜라가 등장했다는 거야. 그래서 월남에 파견된 미군들이 편지에 이런 글까지 썼대. 우리는 미국 국민의 안전을 지키는 일 못지않게 코카콜라를 마시는 습관을 지키기 위해서 싸운다. 이런 식으로 음식도 개념상으로 자기 자신을 표현하는 수단이 된다는 거지."
"……"

"또 민츠는 먹을 걸 만드는 일에 참여하는 건 살아 숨 쉰다는 사실을 확인하는 행위라고 했어. 사람들은 먹거나 마실 걸 만들면서 자신이 살아 있는 인간이라는 사실을 깨닫는다는 거지."

"그건 그럴지도 모르겠네요."

"모제도 그런 생각이 들지?"

"그렇잖아요. 먹는 것 자체가 존재를 확인하는 행위니까요."

"민츠는 그 근거를 천오백삼 년 경 시작해서, 천팔백팔십육 년에 끝난 카리브해 연안지역 노예제도에서 들었어. 그 기간 중 노예들은 새로운 요리법을 개발하는 과정에서 자신들은 노예가 아니고, 인간이라는 사실을 확인하려 했다는 거야. 새로운 음식을 만드는 행위 자체가 삶의 기본적 행위가 아니라, 그보다는 더 본질적인 행위, 즉 자유 맛보기라고 주장한 거지."

"그래서 어떻게 됐죠?"

"음식은 결국 인간본질이나 사회적 상황을 설명하는데 적절한 매체라고 결론 내렸어. 예를 들면 설탕에 대한 인식은 다이어트를 하는 즐거움이나 절제 또는 욕망관계를 설명하는 사례라 했고. 코카콜라는 미국문화를 세계적으로 전파하는데 기여한 침략자라고 일침을 놓았지. 그 사람 주장은 미국이 문화식민지를 만들기 위해 코카콜라하고 햄버거를 상품화해서 전 세계에 팔아먹는다는 거야."

"그 사람 말대로라면 미국 문화식민지 정책에 우리들이 앞장을 서는 거군요."

"정확한 표현이야."

"그런 의미라면 음악도 마찬가지 아닙니까?"

"물론이지. 음악도 문화식민지 정책에 앞장을 서는 건 마찬가지니까. 어쩌면 음악이 콜라보다 더 전방위에 나선 건지도 몰라. 음악은 콜라하고 달라서 정신마저 좀먹어 들어가거든. 뭐랄까, 의식 그 안쪽을 서서히 지배해 간다고 할까. 정체성을 천천히 마비시켜 간다고 할까. 민족적 정체성을 야금야금 훼손시켜 간다고 할까. 음악이 사람을, 정신세계를 중독시키는 건 분명해. 문제는 미국식 문화 제국주의가 우리 의식이나 삶을 송두리째 바꿔 놓는다는 점이야. 그런 문화 노예의식이 중증이라는 데 또 문제가 발생하는 거고."

"하긴."
"더 심각한 건 우리 청소년들이 그런 문화 찌꺼기를 받아먹고 중독돼 간다는 사실이야. 그뿐이라면 말을 안 하겠어. 경제까지 미국한테 주도권을 넘겨주고, 정치는 미군부에 좌지우지되고, 남북문제까지 미국에 의해 놀아나고 있잖아. 한 나라의 존립 여부가 그들 손에 들어 있다는 건 창피한 이야기야. 그런 처지인데도 우리는 정신을 못 차리고 서구나 미국적인 것에 정신을 빼앗기고 있지. 적어도 우리나라 젊은이라면 문화적 사대주의나 문화적 노예근성에 빠져선 안 되거든. 또 그것 때문에 인생까지 소모해서도 안 되고."
"그건 그렇죠."
"내 생각에는 우리 모두가 정신을 차리지 않으면 안 될 것 같아. 사과나무 아래 누워서 사과가 떨어질 때를 기다릴 게 아니라. 사과를 따러 나무 위로 올라가야 한다는 거지. 가만히 누워 있다가는 제 자리도 못 지킨다는 게 내 생각이야. 다시 말해 도전하고 창조하고 뛰어야 한다는 거지. 유명한 말도 있잖아. 물고기를 비유한…"
"물고기요?"
"응, 물고기."
미사선배는 말을 마치고 물끄러미 건너다본다. 자신의 말이 무엇을 뜻하는지 아느냐는 듯이. 나는 멍한 표정으로 그녀의 달아오른 얼굴을 바라본다. 도톰한 입술과 작지만 오똑하게 솟은 코. 맑고 투명한 눈과 희고 매끄러운 피부. 나는 그 순간 그녀와 섹스를 하고 싶다는 생각을 떠올린다. 미사선배도 내 마음을 알아차렸는지 똑바로 응시한다. 나는 맥주를 마시고 소파에 비스듬히 눕는다. 잠시 망설이던 미사선배가 가까이 다가와 키스를 한다. 뜨겁고 감미로운 입술이 혀끝에 와서 닿는다. 나는 상체를 일으키고 미사선배의 얼굴을 와락 당긴다.

37

 야만인은 현대문명과의 접촉으로 인해 집단적으로 붕이崩弛[46]되었다. 미국의 십대, 즉 틴에이저들에게도 역시 이와 같은 증세가 보인다. 이들 자유분방한 미국의 십대들은 자기들이 성인으로서 받아들여지지 않는 도시 속에서의 생활을 강요당하며, 이유 없는 반항과 히스테리와 강박증에 빠져 있다. - 맥루한의 「미디어의 이해」 중에서

"오빠도 출근 안 한 거지?"
 다미는 등교하지 않은 게 무척 즐겁다는 표정이다. 나는 승용차 운전대를 잡은 채 고개를 끄덕인다.
"출근하지 않았어."
"업무지시는?"
"전화로 받았어."
"그래도 괜찮은 거야?"
"왜 걱정이 돼?"
"그럼 걱정이 안 돼? 오빠 일인데."
"나보다는 다미가 더 걱정이다."
 몇 주간 쏟아진 폭우로 도시가 물에 잠기고 많은 사람들이 실종되었다. 지난해는 가뭄이 극성이더니 올해는 집중호우가 문명세계를 괴롭힌다. 방송에서는 몇 백 년만의 재앙이라니 살인적 홍수라니 인위적 재해라니 떠들어 댄다. 그런 와중에 다미는 전화를 걸어 산책을 하자고 떼를 썼다. 오빠와 함께 물에 잠긴 도시를 구경하면서 비를 맞고 싶다고. 내가 그럴 때가 아니라고 했지만, 다미는 계속 응석을 부렸다. 나는 할 수 없이 다미를 차에 태우고 거리로 나섰다. 형사과 사무실에는 전화를 걸어서 출근보고를 마치고.
"난 학교 가는 것보다 오빠하고 있는 게 더 좋아."
"지금은 홍수주의보가 내린 상태야. 빨리 돌아가야 돼."

---

46) 붕이崩弛 : 무너져 부수어짐, 또는 무너져 풀어짐.

"조금 더 있다가 가. 아직은 통행이 가능하잖아."
다미는 계속해서 말도 안 되는 고집을 피워 댄다. 나는 고개를 흔들고 카 스테레오 채널을 돌린다. 잠시 후 캐스케이디스의 리듬 어브 더 레인이 흘러나온다. '내리는 빗방울의 리듬을 들어 보세요. 내가 얼마나 바보처럼 굴었는지 비웃는 것을요. 내가 헛되이 울게 가 버렸으면 해요. 내가 다시 혼자 있게 두었으면 해요. 내가 좋아하는 한 소녀가 새 출발을 위해 떠났어요. 그녀는 몰랐어요. 그녀가 떠났을 때 내 마음을 가져갔다는 걸.' 노래를 듣던 다미가 생각났다는 듯 입을 연다.
"이 노래 우리 얘기를 하는 것 같지 않아?"
"어떤 의미에서?"
"비는 오는데 사랑하는 여자는 떠나고, 또 다른 여자는 사랑을 구하고."
"글쎄."
"똑같잖아. 오빠는 떠난 여자 때문에 슬프고, 나는 오빠 때문에 마음이 아프고."
"다미가 나 때문에 마음이 아파?"
"그걸 아직 몰랐어?"
"몰랐다는 게 아니라, 그렇다는 사실이 우습잖아."
"우습다니?"
"다미가 나를 사랑한다는 게."
"내가 사랑하면 안 되는 이유라도 있어?"
"나는 다미 보호자야."
"그래도 난 오빠를 사랑할 거야. 빨리 우회전해."
다미가 손가락으로 옆구리를 꾹 찌른다. 나는 엉겁결에 핸들을 오른쪽으로 돌린다.
"왜 우회전하라고 그런 거지?"
"그냥."
나는 알 수 없다는 얼굴로 다미를 쳐다본다. 다미가 물바다가 된 거리를 보며 웃는다.
"지금부터는 오른쪽으로만 돌아."
"왜?

"멈추지 않고 계속 갈 수 있으니까."
"그래서?"
"이유는 없어. 차를 세우지 말고 가 보자는 것뿐이지."
"정말 이유가 그거야?"
"구태여 이유를 들자면, 원칙을 깨뜨려 보자는 거야."
"원칙?"
"응."
"알 수 없군."
"오빠는 내가 하라는 대로 해. 알았지?"
"알았어."
"그럼 출발해."

다미는 연신 생글거리며 내 움직임을 감시한다. 나는 다미의 말대로 승용차를 우회전시킨다. 카스테레오에서는 계속 캐스케이디스의 목소리가 흘러나온다. 다미가 흥에 겨운 듯 음악을 따라 콧노래를 흥얼거린다.
"이제 어떡해야 되지?"
나는 막다른 골목 앞에서 승용차를 세운다. 더 이상 나아갈 곳도 돌아갈 곳도 없다. '물이 벌써 이렇게 불어난 거야?' 다미가 밖을 내다보며 기쁨의 탄성을 지른다. 나는 차를 조심스럽게 후진시킨다. 검붉은 흙탕물이 범퍼 위로 튀어 오른다. 나는 액셀러레이터를 밟아 차를 움직여 본다. 승용차가 쿨럭이며 겨우겨우 뒤로 빠져 나간다.
"안 되겠다. 물이 너무 불었어."
"나는 좋기만 한데."
"차가 물에 빠지면 고장이 나잖아."
"고장이 문제야? 데이트가 중요하지."
다미는 승용차가 어찌 되든 관심이 없다는 태도다. 나는 다미의 머리를 주먹으로 툭 치고 물속에서 차를 뺀다. 내가 힘들게 주차시키자 다미가 밖으로 뛰쳐나간다.
"이것 봐. 물이 무릎까지 차올랐어."
"정말 못 말리겠다."
"너무 신기해."

다미는 시냇가에 나온 아이처럼 흙탕물 속을 뛰어다닌다. 지나가던 사람들이 흘끔거리며 쳐다본다. 나는 키를 뽑고 천천히 승용차에서 내린다. 다미가 물속에 서서 빨리 오라고 손짓을 한다. 나는 바지를 말아 올리고 어기적어기적 걸어간다. 다미가 허벅지까지 차오른 물을 헤치며 종알거린다.
"비는 여신이 흘리는 눈물이래."
"여신이 흘리는 눈물?"
"남자신하고 여자신이 장난치다가 남자신이 잘못해서 여자신을 울린 게 비가 돼서 내리는 거래. 천둥은 남자신이 뛰어다니는 발자국소리고, 번개는 남자신 발끝에서 일어나는 불꽃이래. 그래서 사람들이 시련을 당하고 고통을 겪는 거래. 순수하고 순결한 여신을 울린 대가로."
"고래들 사랑싸움에 새우등 터지는 격이군."
"그런 셈이지."
"그나저나 그만 내렸으면 좋겠다."
"난 계속 쏟아졌으면 좋겠어."
"지금까지도 많이 왔잖아."
"이 정도로는 모자라."
"얼마나 더 와야 되는데?"
"이 세상이 모두 잠길 때까지."
"그렇게까지 내리면 안 돼."
"오빠는 가끔 답답할 때가 있어."
"사실이 그렇잖아."
"고리타분한 얘기는 그만해."
"많은 사람들이 비 때문에 고통 받고 있어."
"사람들이 고통 받는 것하고 우리하고 무슨 상관이야?"
"남들은 집이 물에 잠겨서 난린데, 우리만 웃고 떠들 순 없잖아."
나는 시뻘건 흙탕물 천지인 거리를 둘러본다. 다미가 심술이 난다는 듯 발로 물을 퉁긴다. 나는 다미의 가녀린 어깨를 끌어당겨 안아 준다. 다미가 내 가슴에 살며시 머리를 기댄다. 나는 다미의 어깨를 껴안고 천천히 걸어간다. 다미가 빗방울이 떨이지는 하늘을 보며 중얼거린다.
"난 항상 오빠하고 빗속을 걷는 꿈을 꿨어."

"그러면 꿈이 이루어진 셈이군."
다미가 흙탕물 속을 걸어가다 말고 멈춰 선다.
"나는 진심으로 말하는 거야."
"나도 진심으로 대답하는 거야."
"정말 그럴 거야?"
　다미는 화가 나도 너무 난다는 표정으로 쏘아본다.
"난 오빠를 사랑한단 말이야."
"나도 다미를 사랑해."
"그런 사랑이 아니라 정말로 사랑한다고."
"나도 정말로 사랑해."
"사랑의 종류가 얼마나 많은 줄 알아?"
"잘 알아."
"그런데도 그런 소리를 해?"
"아무튼 사랑하는 건 분명하잖아."
　나는 계속 빙글빙글 웃으면서 능청스럽게 대꾸한다. 다미가 입술을 꼭 깨물며 울상을 짓는다. 나는 다미의 작고 귀여운 얼굴을 쓰다듬어 준다. 다미가 훌쩍거리며 품에 안겨온다. 나는 품에 안긴 다미의 등을 가볍게 두드린다.
"저거 니콜라스 홀트 아니야?"
"어디에?"
"하수구 쪽에."
　다미가 50층짜리 고층건물 가장자리를 가리킨다. 나는 다미가 말하는 곳을 힐끗 본다. 허벅지까지 차는 흙탕물 위로 브로마이드가 둥둥 떠내려간다. 물 위를 낙엽처럼 흘러가는 브로마이드는 한두 장이 아니다. 다미가 안타깝다는 듯이 큰소리로 외친다.
"어머 제니퍼 로렌즈하고 크리스 팻도 있어."
"정말이잖아."
"누가 이것들을 버린 거지?"
"버린 게 아니라 시디숍이 물에 잠긴 것 같다."
"저걸 어떡하지?"

다미가 발을 동동 구르다가 흙탕물 속으로 뛰어든다. 나는 무릎까지 차는 흙탕물 속에서 다미를 바라본다. 다미가 흙탕물에 뒤섞여 흘러가는 브로마이드를 줍는다.

"이것 봐. 스칼렛 요한슨이야."

"돈 치들하고 멜리사 맥카시도 있어."

"그렇다니까."

지나가던 여학생들 몇 명이 물속으로 뛰어든다.

"여기 판 빙빙하고 톰 크루즈, 제니퍼 애니스톤이 떠내려간다."

"이게 웬일이니?"

"이거 줄리아 로버츠 아니야."

"맞다. 줄리아 로버츠."

안젤리나 졸리의 뒤를 따라가는 건 리스 웨더스푼, 모건 프리먼, 앤 해서웨이, 크리스틴 스튜어트, 캐머런 더글러스다. 전봇대에 걸린 채 웃고 있는 건 메릴 스트립, 엠마 스톤, 톰 행크스, 나탈리 포트먼, 제시카 체스테인, 밀라 쿠니스다. 그 뒤로 사라 미셸 겔러, 제시카 알바, 크리스 에반스, 로지 헌팅턴, 조니뎁이 따르고 있다. 하수구 위에서 뱅뱅 도는 건 로라 린, 왓차탕가파서트, 패리스 힐튼, 메간 폭스, 케이트 허드슨, 크리스 헴스워스이다.

그들은 하나같이 활짝 웃으며 흙탕물에 뒤섞여 떠내려간다. 나는 그 자리에 선 채 비가 뿌리는 하늘을 올려본다. 하늘은 먹구름으로 가득하고 빗줄기는 계속 쏟아진다. 다미가 흙탕물 속을 깡충깡충 뛰어다니며 외친다.

"별에 별 게 다 떠내려 와. 양주병, 콜라병, 브래지어, 생리대, 립스틱, 거들, 던힐, 레비트라에다가 콘돔까지."

나는 멍하니 서서 그 광경을 지켜볼 뿐이다. 무얼 어떻게 해야 된다는 생각도 없이.

38

온 세계의 도시를 다 가본 사람이라도 이 물의 도시에 오면 놀라고 말 것입니다. 그럴 수밖에 없는 것이 이 도시의 거리는 탑이나 건물, 사원이 물속에서 솟아났으며 모든 도로가 물속에 잠겨 버렸습니다. 즉 물고기밖에 없어야 할 곳에 많은 사람이 사는 형상이지요. 그러나 이 신앙심이 불타는 도시에는 세상에서 가장 귀한 보물, 즉 맑은 물이 없습니다. 그래서 우리의 법도인 목욕을 한 번도 할 수 없다는 말씀입니다. 이 현요眩耀[47]한 도시는 우리들의 저 거룩한 예언자의 미움을 받고, 항상 야훼의 노여움을 받는 게 틀림없습니다. – 몽테스키외의「페르시아인의 편지」중에서

"여기 너무 좋다. 시내가 한눈에 내려다보이는 게."

다미가 빌딩 아래쪽을 보더니 탄성을 지른다. 나는 흙탕물에 잠긴 거리를 착잡한 심경으로 응시한다. 비가 내려도 너무 무지막지하게 쏟아진다. 마치 하늘에 구멍이라도 뚫린 것 같다. 다미가 사방을 둘러보더니 가건물을 발견하고 뛰어간다. 나는 입맛을 다시고 다미의 뒤를 따라간다. 사실 이 옥상은 그 전에도 몇 번인가 올라온 적이 있다. 이 일대에서 좀도둑질을 일삼는 꼬마 녀석들을 쫓아서. 나는 가건물 안에서 뒹구는 탁자와 옷걸이를 똑바로 놓는다. 다미가 쓰러져 있는 의자를 세우고 주저앉는다.

"빌딩 옥상에 이런 곳이 있는지 어떻게 알았어?"

"여기서 꼬마 도둑을 몇 명 잡았거든."

"이런 델 아이들이 드나든단 말이야?"

"가출한 애들은 이런 데서 잠을 자고 온갖 나쁜 짓을 일삼아."

"전혀 상상이 안 가는데."

"그래서 집을 나오면 안 된다는 거야."

다미가 이해할 수 없다는 듯이 고개를 갸우뚱거린다. 나는 낡은 소파를 신문지로 닦고 앉는다.

"이런 데를 뭐라고 부르는 줄 알아?"

---

47) 현요眩耀 : 눈부시게 빛나고 밝음, 또는 눈부시고 찬란함.

"뭐하고 하는데?"

"포스트라고 하는 거야."

"쉽게 말해서 아지트라는 얘기구나."

"그렇지 아지트나 마찬가지지."

"그래도 전망 하나는 끝내준다."

다미가 흙탕물에 잠긴 거리를 보며 중얼거린다. 나는 다미의 머리에 묻어 있는 물기를 턴다. 다미가 생끗 웃고 꽃무늬 손수건을 꺼내 건네준다. 나는 다미가 준 손수건으로 얼굴과 이마를 닦는다. 다미가 몸을 옹송그리며 비에 젖은 재킷을 벗는다. 나는 손수건을 다미에게 돌려주고 난로를 끌어당긴다.

"추운 것 같은데 불 피워 줄까?"

"그건 좀 위험하잖아."

"잘 피우면 돼."

"그러면 피워 줘."

나는 불을 피우기 위해 나무토막을 끌어 모은다. 이곳에서 아이들이 밥을 해먹고 잠을 잤다고 생각하니 웃음이 솟는다. 어떻게 보면 철없는 꼬마들이 영악해 보이기도 하고. 이제 꼬마들은 모두 집으로 돌아가 공부에 전념하는 중이다. 다미를 이곳으로 데려온 것도 가출을 일깨워 주기 위해서다. 자신의 행동이 적절치 않고 올바르지 않다는 걸 이해시키기 위해서. 나는 작은 나무들을 난로 안에 넣고 불을 붙인다. 구름을 뚫을 것처럼 서 있는 빌딩을 보며 다미가 입을 연다.

"사람들은 왜 빌딩을 높이 높이 짓는 걸까?"

"하늘 높이 오르고 싶어서지."

"구름 너머까지?"

"무지개 너머까지."

"달나라까지는 아니고?"

"은하수까지 가고 싶은 건지도 몰라. 이름 없는 행성인지도 모르고."

"그렇게 멀리?"

"안 보이는 데까지 가는 건 꿈이나 이상 같은 거니까."

"정말 그럴지도 모르겠다."

"사실은 서로 경쟁하느라고 높이 짓는 거야."
"세계 여러 나라들이?"
"맞아."
"진작 그렇게 말할 것이지."
"롯데월드가 세계에서 몇 번째로 높은 줄 알아?"
"글쎄?"
"오륙 위쯤 될 거야."
"그렇게 높아?"
"지금은 글로벌 경쟁시대야. 그래서 빌딩도 제일 높게 지으려고 하지."
"그럼 육삼빌딩은?"
"육삼빌딩은 이제 고층건물 축에도 못 껴."
"고층빌딩이 그렇게 많아?"
"많다 뿐이겠어? 지금 이 순간에도 계속 짓고 있는데."
"어른들도 아이 같은 구석이 있구나."
"아이들보다 더 애 같은 게 어른이야."
"하긴 서로 싸우고, 다투고, 죽이는 걸 밥 먹듯 하고 있으니."
"비에 젖었는데 난로 앞으로 바짝 다가앉아."
내가 타오르는 불 속에 나무를 넣자 다미가 생끗 웃는다.
"오빤 정말 괜찮은 사람 같아."
"난 괜찮은 사람이 아니야."
"분명히 좋은 사람이야. 착하고 고리타분한 점만 빼놓는다면."
"어떤 점이 착하고 고리타분한데?"
"나한테서 도망치는 것도 그렇고, 여자를 성스런 물건처럼 취급하는 것도 그렇고, 말하고 행동하는 것도 그렇고, 황당한 생각을 하는 것도 그렇고, 이상한 꿈을 꾸는 것도 그렇고. 너무 많아서 셀 수가 없어."
"나는 누구보다 자유롭고 개방적이라고 생각했는데."
"오빠가 자유롭고 개방적이라고?"
"그럼 아니야?"
"오빠가 자유롭고 개방적이라면 나는 방탕한 거야."
"다미는 방탕한 게 아니고, 조금 더 자유분방할 뿐이야."

"자유분방?"

"방탕보다는 도덕적이란 말이지. 너무 앞서 가지도 않고 뒤떨어지지도 않는…"

"하긴 나는 그래도 얌전한 편이지. 내 친구들에 비하면."

"다미 친구들이 그 정도로 대단해?"

"그 애들에 비하면 나는 이십 세기 사람이니까. 오빠는 십구 세기 인간이지만."

"난 내가 그렇게 구시대 인간인지 몰랐어."

"정말 그걸 몰랐어?"

"적어도 이십일 세기 사고방식은 가졌다고 생각했거든."

"꿈 깨. 나도 아직 이십일 세기 사고방식은 가지지 못했어."

"어떤 게 이십일 세기 사고방식인데?"

"어떤 것에든 구애받지 않고, 어느 누구도 구속하지 않고, 그 무엇에도 얽매이지 않고, 마음이 움직이는 대로 사는 걸 말하는 거야. 자기 자신만을 위해서 일하고, 자신만을 위해서 행동하고, 자신만을 생각하면서 사는 거."

"이해하기 어렵다."

"오빠는 그게 문제야. 성인군자인 척하는 태도. 나는 그런 사람만 보면 짜증나."

"그래?"

"그냥 쉽게 살아. 즐긴 땐 마음껏 즐기고, 화가 날 땐 화를 내는 거야. 이것도 참고 저것도 참아서 어떡하겠다는 거야?"

다미가 입을 꾹 다물고 시가지를 내려다본다. 나는 나무 밑에 마른 종이를 넣고 입김을 분다. 잠시 후 작은 불꽃이 일더니 나무 전체가 불길에 휩싸인다. 다미가 비에 젖은 재킷을 펴들고 불에 쬔다. 나는 입고 있던 점퍼를 벗어 소파에 걸쳐 놓는다. 재킷을 말리던 다미가 조용히 한숨을 내쉰다.

"나 요즘 고민이 많아."

"무슨 고민?"

"앞으로 어떻게 살아갈 건가 하고. 그래서 공부파 아이들을 사귀고 있어."
"그거 정말이야?"
"정말이라니까. 그러니 이런 책도 가지고 다니는 거지."
다미가 손바닥만한 책자를 꺼내 내 앞으로 내민다. 나는 다미가 넘겨준 책을 받아들고 들여다본다. 책표지에 '마음의 고통을 돕기 위한 10가지 충고'라고 써 있다. 다미가 불에 말리던 재킷을 의자 등받이에 걸친다.
"요새 그걸 외우는 중이야."
"대단한 일을 시작했군."
"그 책을 보면 나도 모르게 초라한 생각이 들어. 막 살았던 지난날이 후회스럽기도 하고. 그래서 더 예전처럼 생각하고 행동해 보지만, 그럴수록 비참해지는 느낌이야."
"그런 생각 자체가 좋아졌다는 증거야."
"그렇다면 얼마나 좋겠어. 난 아무것도 변한 게 없어. 매사에 자신도 없고."
"그래도 그건 좋은 현상이야."
나는 비에 젖은 다미의 어깨를 다독인다. 다미가 찌푸린 얼굴을 펴고 방끗 웃는다.
"정말 내가 좋아지는 거지?"
"그럼."
"그런 의미에서 자기 개선을 위한 충고를 외워 볼게."
"자기 개선을 위한 충고라, 좋아."
나는 다미의 천진난만한 얼굴을 물끄러미 바라본다. 다미가 기억을 더듬더니 눈을 감고 외우기 시작한다.
"자기 개선을 위한 열 가지 충고. 그 첫째."
"응 첫째."
"고정관념에서 벗어나라. 둘째 무엇이든 할 수 있다고 생각하라. 맞아?"
"맞아."
"셋째 어떤 경우라도 변명하지 마라. 넷째 완벽한 것만 고집하지 마라. 다섯 번째 잘못된 것은… 잘못된 것은…"
"즉시 시정하라."

"잘못된 것은 즉시 시정하라. 여섯 번째 가장 쉬운 것부터 시정하라. 일곱 번째… 일곱 번째… 늘 문제의 원인을 생각하라. 여덟 번째는 뭐더라?"
"여덟 번째는 자기 생각만 고집하지 말고 다른 사람 의견도 참고하라."
"맞아. 자기 생각만 고집하지 말고 다른 사람 의견도 참고하라. 아홉 번째, 개선 가능성은 늘 무한하다는 사실을 알라. 열 번째… 열 번째… 개선 의지만 가진다면 얼마든지 변할 수 있다. 어때, 잘 외웠어?"
"아주 완벽했어."
"그렇지?"
"근데 이걸 언제부터 외우기 시작한 거야?"
"좀 오래됐어. 아르바이트 나가기 직전부터 외웠으니까."
"그랬구나."
나는 감격한 시선으로 다미를 바라본다. 다미가 한껏 고무된 얼굴로 웃는다. 나는 다미의 어깨를 껴안고 가볍게 포옹한다. 다미가 꿈을 꾸는 듯한 표정을 짓는다.
"이걸 외우면서 많은 걸 생각했어. 엄마 아빠도 생각하고 친구들도 생각했고. 그래서 더 악착같이 외운 거야."
"다미도 이젠 훌륭한 숙녀가 되고도 남겠다."
"그래?"
"안 봐도 알아. 내가 장담하지."
"사실 지난주에 아빠한테 편지 썼어."
"다미가 철이 드나 보다. 편지도 다 쓰고."
"그래도 부치지는 못했어."
"썼다는 게 중요한 거야. 부치지 못했어도."
"그것도 다 오빠 덕분이야."
"나 덕분이라고?"
"나하고 약속했으니까."
"약속이라니?"
"저번에 했잖아. 내가 더 크면 결혼한다고."
"내가 그런 약속을 했단 말이야?"
"그걸 벌써 잊었어?"

"아 아니 잊은 게 아니라. 그냥…"
"그 약속 꼭 지켜야 돼."
"응 글쎄."
"뭐가 응 글쎄야?"
"알았다. 알았어. 다미가 훌륭한 숙녀가 된다면 뭐든 못하겠어."
"거짓말하는 거 아니지?"
"물론 아니지."
"그럼 다시 약속해. 나중에 다른 말 하지 않는다고."
"알았어."
 나는 다미의 손가락에 내 손가락을 걸고 흔든다. 다미가 환한 표정을 지으며 밝게 웃는다. 나는 허리를 숙여 다미의 이마에 살짝 키스한다. 다미가 물에 잠긴 시가지를 내려다보며 무언가를 생각한다. 아주 행복하고 기쁜 얼굴로.

39

 애욕과 신화身火[48]의 지배를 받는 사람은 말로는 진실할 수 있겠지만 절대로 진리를 발견할 수 없다. 왜냐하면 진리의 탐구에 성공하기 위해서는 사랑과 미움, 행복과 불행, 따위의 이원적인 것에서 완전히 벗어나야 하기 때문이다. - 간디의 「간디자서전」 중에서

"그동안 어디서 뭐하고 지냈니?"
"남자랑 지냈지."
"그 불란서 유학생하고."
"맞아. 그 사람."
"벌써 싫증난 거야?"
"그렇다고 볼 수 있지."

---

48) 신화身火 : 몸을 태우는 불이라는 뜻으로 사람의 끝없는 욕심을 비유적으로 이르는 말.

제니는 빗물로 눅눅해진 거실을 걸레로 닦으며 대꾸한다. 나는 제니의 해쓱해진 얼굴을 힐끗 쳐다본다. 제니의 표정으로 보아 불란서 유학생과 헤어진 게 분명하다. 그게 아니면 남자친구가 일방적으로 결별을 선언했던가. 나는 거실 바닥에 누워 신문을 뒤적거린다.

"그나저나 비가 너무 많이 오는 것 같다."

"오빠가 그런 걱정을 다해?"

"그냥 그렇다는 얘기야. 연일 매스컴에서 떠들어 대니까."

"오빠 이제 보니 철이 든 것 같네."

"당연하잖아? 재산피해가 상상도 못하는 액순데."

"그래도 그렇지."

"그 책은 다 읽었니?"

나는 신문을 바닥에 내려놓고 화제를 돌린다. 제니가 커다란 눈을 동그랗게 뜬다.

"무슨 책?"

"병원에서 읽던 책 말이야."

"로제 그르니에하고 레몽 장은 읽었는데, 앙드레 세디드, 르 클레지오, 피에르 키리아 소설은 손도 못 댔어."

"재미는 있었고?"

"처음에는 재밌더니 나중엔 짜증이 나더라."

"왜 불란서 유학생하고 헤어져서?"

"그럴 수도 있겠지."

"앞으론 어떤 책을 읽을 건데?"

"지금으로선 별 계획이 없어."

제니가 계속해서 시큰둥한 어조로 대꾸한다. 나는 다시 신문을 펴들고 중얼거린다.

"내가 아는 사람 중에 책을 많이 읽는 여자가 있는데, 보기 좋더라. 나이도 너하고 비슷하고, 마음씨가 특히 착해."

"그래서 나보고 그 여자처럼 살라는 거야?"

"그지 그렇다는 얘기야. 두 사람이 다 책을 많이 읽으니까."

"오빠 얘기는 그 여자하고 나하고 공통점이 있어서 좋다는 거야. 공통점이 없어서 나쁘다는 거야?"
 "둘 다 책을 좋아한다는 얘기일 뿐이야."
 "다른 점은 없고?"
 "다른 점도 있지."
 "어떤 점?"
 "생각하는 것하고 행동하는 게 달라."
 "그 여자한테 호감이 있나 봐. 침이 마르게 칭찬하는 걸 보니."
 "그렇지 않다곤 할 수 없지."
 "하긴 요즘엔 책을 끼고 다니는 애들조차 없으니까."
 제니가 걸레를 휙 던지고 건넌방으로 들어간다. 나는 제니의 등에 대고 소리친다.
 "어쨌든 너는 책을 계속 보는 게 좋을 것 같다."
 "오빠나 보지 그래. 그렇게 좋으면."
 "나도 이제 책을 가까이하기로 했어."
 내 말을 듣고 제니가 건넌방에서 나온다. 나는 하품을 하며 신문을 이리저리 넘긴다. 제니가 의외의 사건이라는 듯이 빤히 쳐다본다.
 "놀라운 변환데, 오빠가 책에 손을 대다니."
 "나도 변화는 사랑해."
 "그래 누구 작품을 읽을 건데?"
 "'율리시즈'를 쓴 제임스 조이스나, 자본주의에 대해서 쓴 토마스 만이 좋겠지. 어차피 자본주의 시대니까. 그 사람들 작품이 마음에 안 들면 에밀리 브론테나 피츠제럴드를 읽든가."
 "그 사람들 팝송가수 아냐? 많이 들어 본 이름 같은데."
 "팝송가수?"
 "제임스 조이스는 유즈 타 비 마이 걸을 부른 보컬이고, 토마스 만은 레인드롭스 킵 폴링 온 마이 헤드를 부른 가수잖아. 피츠제럴드는 렛츠 폴 인 러브를 부른 듀엣이고, 에밀리 브론테는 콜 미를 부른 육인조 혼성그룹 같은데. 섹스심벌로 통하는 애들 말이야."
 "그건…"
 나는 말문이 막혀서 마른기침을 컥컥 해 댄다. 제니가 뭐 이상한 게 있느냐는 표정을 짓는다. 나는 안으로 잠겨드는 목청을 가다듬고 찬찬히 설명한다.

"유즈 타 비 마이 걸을 부른 건 제임스 조이스가 아니라, 오 제이스라는 오인조 보컬그룹이야. 머리 위로 떨어지는 빗방울을 부른 사람도 토마스만이 아니고 빌리조 토마스고. 콜 미를 부른 것도 에밀리 브론테가 아니라 블론디야. 렛츠 폴 인 러브도 피츠제럴드가 부른 게 아니고, 피치즈 앤드 허브라는 듀엣이이 노래한 거고."

"그 사람들 가수 아니었어?"

"그러니 책을 제대로 읽어야지. 소설가하고 팝가수를 혼동하다니."

"이름이 비슷하잖아. 또 내가 언제 그런 작가들 책을 봤어야지."

"그럼 네가 읽은 책은 뭐야?"

"내가 본 건 프랑스 단편작가 정도지 뭐. 피에르와 장을 쓴, 그 누구더라. 아 그렇지. 모파상. 그 사람 작품은 읽은 것 같아."

"내용이 뭔데?"

"생각이 잘 안 나는데, 가난한 철도원이 출세를 위해 배반을 밥 먹듯이 하는 소설이야."

"너는 알아줘야 돼."

"오빠는 뭐 뾰족한 수가 있어?"

"나는 다르지. 지금 네가 말하는 소설은 벨아미라는 장편소설이야. 프랑스 부르주아 사회를 비판하는 내용이고."

"나는 그런 것까지는 모르고, 하여간 재미는 있더라."

"그 밖에 다른 책은 읽은 게 없어?"

나는 팔베개를 하고 누우며 건성으로 묻는다. 제니가 잠시 기억을 더듬더니 입을 연다.

"그 외에 일본 작가 작품도 읽었어. 누구더라, 야쿠마루 뭐라고 그랬는데. 아 맞다. 야쿠마루 가쿠. 그 사람이 쓴 돌이킬 수 없는 약속이 전부야. 히가시노 게이고가 쓴 나미야 잡화점의 기적도 읽은 것 같다."

"다행이다. 그만한 책을 읽었으니."

"그뿐이 아니야. 읽지는 않았지만 더글라스 케네디가 쓴 빅 픽처나, 프랑수아 를로르가 지은 꾸뻬씨의 행복여행은 들어서 알고 있어. 나도 오빠처럼 영문과를 나왔다면 책을 읽을 기회가 많았을 거야. 전공이 남성 심리학이니 매일 남자나 쫓아다닐 수밖에."
"남자를 쫓아다니더라도 어느 정도는 읽어야지."
"그건 오빠도 마찬가지잖아."
"나도 그렇지만, 네가 더 걱정이다."
"나도 뭐 걱정할 필요는 없어. 요즘은 다 그렇게 살거든. 지금 세상에 책에 목매다는 사람이 어디 있어. 괜히 사서 고생하는 거지. 나는 지금처럼 사는 게 나쁘다고 생각하지 않아."
"건전하게 사는 사람도 의외로 많아."
"그렇지 않은 사람들도 꽤 많거든."
"무슨 말을 못하겠다. 네 앞에선."
"내 말은 다른 의미가 아니야. 나처럼 자유분방하게 사는 게 나쁜 것만은 아니라는 뜻이지."
제니가 퉁명스럽게 말하고 건넌방으로 들어간다. 나는 제니의 뒷모습을 멀뚱히 쳐다본다.

40

현대인인 우리들은 이 존재의 역사적 궤도 위에서 현대의 참 시인이나 소설가를 만날 수 있을 것인가. 오늘날 성급하게 사유의 근처에서 비뚤어지게 끌려가면서, 참으로 어정쩡한 철학에 사로잡힌 듯한 시인이나 소설가를 가끔 만나는데, 그들이 바로 현대의 참된 시인이며 작가인가. 우리는 이 물음을 이 물음에 알맞게 엄격하고 또한 명징明澄[49]하게 물어보아야 한다. – 하이데거의 「무엇을 위한 시인인가」 중에서

"이건 무슨 꽃입니까?"
나는 작고 예쁘장하게 생긴 꽃 앞으로 다가간다. 피여나가 나무에 물을

---

49) 명징明澄 : 밝고 맑음, 또는 깨끗하고 맑음.

주다 말고 돌아선다.

"그거 제피란더스예요."

"꽃잎이 막 떨어진 눈송이 같네요."

"그래서 맑은 사랑이라는 꽃말을 가지고 있어요."

"꽃말도 꽃처럼 예쁘다."

나는 연약하게 생긴 꽃잎을 손으로 쓰다듬는다. 예쁜 꽃말답게 흰색과 노란색이 배합된 꽃잎은 눈부실 정도로 청초하다. 부추처럼 가는 잎사귀들도 꽃송이를 소중히 떠받치고 있고. 나는 꽃 앞에 쪼그려 앉아서 가만히 냄새를 맡는다. 꽃에서 풍기는 내음은 형언할 수 없을 정도로 싱그럽다. 내 모습을 지켜보던 피여나가 생끗 웃는다. 꽃을 대하는 모습이 귀엽고 재미있다는 듯이. 나는 재피란더스 옆에 있는 꽃 쪽으로 몸을 움직인다.

"요 녀석은 너무 가냘파 보이지 않습니까?"

"그게 바로 재스민이란 꽃이에요."

"난 재스민이 이렇게 연약한지 몰랐습니다."

"그래요?"

"별명이 영춘화라서 강하고 정열적인 꽃으로 알았죠."

"그 꽃 보기보다 연약하지 않아요. 꽃말도 예쁘고요."

"생긴 것하고 다른가 보죠?"

"네, 어떤 꽃에도 뒤지지 않을 정도로 강인해요."

"근데 그 꽃 누구를 닮은 것 같지 않습니까?"

나는 재스민과 그녀를 번갈아 쳐다본다. 피여나가 눈을 동그랗게 뜨고 되묻는다.

"누구를 닮다니요?"

"새초롬하면서 청순한 모습이 여나씨를 닮은 것 같은데요."

"그래요?"

"그렇습니다."

"어떤 면에선 비슷할지도 모르죠."

"비슷할 정도가 아니라. 똑같아요."

"사실 일하는 아저씨들이 매일 놀려요. 재스민 재스민 하면서."

그녀는 귀엽게 말을 하고 살포시 웃는다. 나는 그녀의 화사한 미소를 바라보다가 몸을 일으킨다.
"그건 그렇고 오늘은 한가한가 보죠?"
"조금은요."
"날씨가 화창하고 좋은데요."
"가끔 이런 날이 있어요."
"그렇군요."
그녀가 화초에 물을 뿌리며 넌지시 묻는다.
"나는 그렇다 치고 모제씨는 어때요?"
"나도 한가하기는 마찬가집니다."
"그럼 잘됐네요."
"잘되다니요?"
"피차 한가하니까 음식이나 만들어 먹자 이거죠."
"그러죠 뭐."
나는 고개를 끄덕여 공감을 표시한다. 피여나가 분무기를 내려놓고 하우스 내실로 들어간다. 나는 그녀의 뒤를 따라 내실 안으로 들어선다.

"집안이 너무 어수선하죠?"
"이 정도면 어수선한 게 아니라, 화려한 편에 속합니다."
나는 마루 한가운데 서서 넓은 집 안을 둘러본다. 하우스에 잇대어 지은 가건물치고는 꽤나 잘 꾸며져 있다. 현대식 주방에다가 침실과 욕실까지 구비된 게 고급 아파트 못지않다. 벽에는 패널까지 걸려 있어서 화훼 전시장에 들어온 느낌이다. 나는 꽃을 찍어서 만든 패널 앞으로 다가간다. 그녀가 생끗 웃으며 벽에 걸린 패널을 가리킨다.
"사진으로 보니까 생화하고는 또 다른 느낌이죠?"
"누가 이렇게 전시를 한 겁니까?"
"누가 한 것 같아요?"
"여나씨가 한 것 같지는 않고 오빠들이?"
"잘 봤어요. 오빠들이 한 거예요."
"그랬군요."

"모제씨 앞에 있는 게 작은 오빠가 좋아하는 꽃이에요."

그녀가 부채 같이 생긴 꽃으로 눈길을 던진다. 나는 피여나가 지목한 사진을 자세히 살핀다.

"생긴 게 좀 이상하지만 기품은 넘쳐 보입니다."

"그렇게 보이나요?"

"그렇지 않습니까? 생긴 게 꼭 영국 귀족 같고, 어딘가 고결해 보이기도 하고. 꽃 이름이 뭐죠?"

"안수리움이에요."

"이름도 생긴 것처럼 독특하네요. 그 옆에 있는 꽃은 뭐죠?"

"아 카틀레야 말이군요."

"이 꽃이 카틀레얍니까?"

"그 꽃도 작은 오빠가 애지중지하는 꽃이에요."

"하긴 사진까지 찍어서 걸어 놓았으니."

"오빠들이 꽃을 너무나 좋아해서요."

"이 애들 꽃말도 예쁘고 아름답겠죠?"

나는 감탄스럽다는 얼굴로 다시 한번 꽃을 올려다본다. 그녀가 내 쪽으로 돌아서며 화제를 바꾼다.

"그건 그렇고, 먹고 싶은 거 있으면 말해 보세요."

"별로 먹고 싶은 게 없어서."

"그래도 실력을 발휘해 볼 기회를 줘야죠."

"그건 그렇지만…"

"주문하는 건 뭐든지 만들어 볼게요."

"그러면 간단한 걸로 먹어 보죠, 뭐."

"유럽식 패스트푸드는 어떨까요? 모닝 빵에다가 스크램블 에그하고 야채샐러드를 곁들이면 간단히 먹을 수 있거든요. 음료수는 토마토 주스로 하고요."

"여나씨 편한 대로 하세요."

"그럼 유럽식 패스트푸드로 할게요."

그녀가 밝게 웃고 주방 쪽으로 걸어간다. 나는 소파에 앉아서 길게 기지개를 켠다. 그녀가 탁자 위에 놓여 있는 소설책을 가리킨다.

"요즘 읽는 책인데 심심하면 보세요."
"이건 작별의 왈츠 아닙니까? 밀란 쿤데라가 쓴."
"맞아요. 밀란 쿤데라."
"재미는 있습니까?"
"이번이 세 번째인데 읽을 때마다 새로운 감정을 느끼는 책이에요. 한번 볼래요?"
"이 책을?"
"네."
"……"
"그렇지 않으면 참을 수 없는 존재의 가벼움을 읽든지요."
"난 진지한 소설은 딱 질색이라."
 나는 손까지 내저으며 엄살을 피운다. 그녀가 손으로 입을 가리고 쿡쿡 웃는다. 나는 서재 쪽으로 시선을 던지며 짐짓 딴청을 부린다.
"장편 말고 짧은 소설 없습니까?"
"얼마든지 있죠."
"어떤?"
"단편집이요."
"아니요. 이 책을 몇 장 읽는 게 낫겠어요."
 내 어줍지 않은 태도에 그녀가 또다시 소리 내어 웃는다. 나는 작별의 왈츠를 집어 들고 이리저리 넘긴다. 한동안 야채를 다듬던 피여나가 조심스럽게 말을 꺼낸다.
"그 책을 읽기 전에는 빌헬름 아이스터 하고 타우리스 섬의 이피게니아를 읽었어요."
"괴테가 쓴 소설 말입니까?"
"네 괴테 소설."
"그 사람 소설은 어떻습니까?"
"꽤 재미있어요."
"나는 괴테 작품은 별로던데."
"그렇기는 하지만 다 그런 건 아니에요."
"하긴 소설 나름이죠."

"괴테는 이름에서 풍기는 것처럼 괴짜 같은 소설가예요."
"어떤 이유에서요?"
"어려서부터 이것저것 손을 안 댄 게 없으니까요."
"그랬습니까?"
"말도 마세요. 젊을 때는 법학으로 시작했는데 나중에는 미술, 신비과학, 연금술, 지질학, 광물학, 해부학까지 손을 댔어요. 세상에 존재하는 모든 학문을 섭렵할 것처럼요. 그러다가 말년에는 정치판까지 뛰어들었죠. 그 정도로 끝냈으면 괜찮았어요."
"그러면 또 다른 학문에 도전했습니까?"
"학문이 아니니 문제죠."
"그럼?"
"이번에는 이상한 짓을 하고 다닌 거예요. 만나는 여자마다 직접거리면서 말이에요. 괴테는 숨이 넘어가는 순간까지 추잡한 염문을 뿌린 작가예요."
"상상이 안 가는데요. 대문호가."
"그러니 세기적 바람둥이라고 하죠. 좋은 작품이 반드시 진지한 도덕적 태도나 진정한 삶 속에서 나오는 건 아니죠. 그래도 어느 정도는 도덕적이어야 한다는 게 내 지론이거든요. 즉 비도덕적이면서 위대한 괴테보다, 도덕적이면서 덜 위대한 플로베르가 낫다는 거예요."
"하긴 플로베르는 반듯한 의사 집안에서 태어났죠."
"플로베르는 사고방식 자체가 괴테하고 달랐어요."
"그렇습니까?"
"괴테가 난잡하고 틀에 박히지 않은 생활 속에서 작품을 썼다면, 플로베르는 엄격한 교육을 받으면서 진지한 자세로 글을 썼거든요. 작품도 대개 단정하고 미학적이고요. 두 작가가 다 좋은 소설을 썼지만, 어떤 글을 어떻게 썼느냐 보다, 어떻게 살면서 어떤 글을 썼느냐가 더 중요하다는 거예요."
"요즘 작가들은 작품만 좋으면 그만이라고 하지 않습니까."
"작품 자체만 본다면 그 밀도 틀린 건 아니죠. 하지만 나는 그렇지 않다고 생각해요. 작가의 진실한 삶 없이 진정한 작품이나 소설이 존재할 수 없고, 훌륭한 작가적 태도나 삶 없이 뛰어난 작품이나 소설이 있을 수 없다는 거죠. 이건 순전히 사적인 견해지만, 한 작품이 있기 전에 한 작가, 즉 한 인간이 존재해야 하고, 한 인간이 있기 전에 진실된 삶이 존재해야 한다는 거예요."

"어떤 사람들은 도덕적이고 반듯한 태도가 오히려 작가적 재능을 죽인다고 하던데요."

"그런 경우도 있겠죠. 작가가 도덕이나 윤리, 관행, 규칙에 갇혀서 자유롭게 작품활동을 못하면 그것도 문제니까요. 우리는 어차피 사회적 인간이고, 또 인간들 속에 뒤섞여 살아가니까, 삶 자체를 무시할 수 없다는 거죠."

"역시 여나씨다운 견해군요."

"좋은 작품은 좋은 작가한테서 나오는 건 분명해요."

그녀가 야채를 도마 위에 올려놓고 또박또박 썬다. 나는 그녀의 단정한 모습을 보다가 소파에 등을 기대고 눕는다. 음식을 만들던 그녀가 생각났다는 듯이 입을 연다.

"아참, 엊그제 유리가 있다는 곳에서 전화가 왔어요."

"그래요?"

"전화를 건 노인 말로는, 자기가 나이트클럽 지배인이래요. 이상한 건 그 사람이 나를 꼭 만나고 싶대요. 그래서 시간이 난다면 한번 찾아뵌다고 했죠. 그 사람 말은 유리에 대해서 할 얘기가 많대요. 나한테도 중요한 용건이 있고."

"그 밖에 다른 이야기는 없었고요?"

"이런 말을 했어요. 눈 먼자 눈을 쓰게 되리라."

"눈 먼자 눈을 쓰게 되리라?"

"네."

"알 수 없는 말이군요."

"그 말을 하곤 시간이 된다면 꼭 들러달라고 했어요. 아주 중요한 일이라고요. 어때요, 유리도 만나 볼 겸 가 보는 게 좋지 않을까요?"

"한번 확인해 보는 것도 좋겠죠."

"그래서 이번 주에 가기로 했어요."

"이번 주에?"
"이번 주가 좀 한가하거든요. 비도 많이 내리고."
"아 네에."
"사실 궁금하기도 했어요. 거기가 어떤 곳인지, 또 무엇을 하는 사람들이 모여 있는지 말이에요. 오랜만에 유리도 만나 보고 싶었고요."
나는 묘한 기분에 사로잡힌 채 그녀를 바라본다. 그녀도 유리나 피피처럼 사라져 버리면 어쩌나 하며. 그런 사정을 아는지 모르는지 피어나는 샐러드를 만들고 토스트를 굽고 토마토즙을 낸다.

41

미국의 젊은이들은 더 이상 구태의연한 연애과정을 거치지 않는다. 그들이 생각하는 연애는 화석화된 구애의 잔해이기 때문이다. 그리하여 미국 청소년들은 발정이 날 때를 제외하고는 양성간의 구분 없이 섹스를 한다. 또 미국 젊은이들은 짐승의 무리와 별 차이도 없이 떼를 지어 성교를 해 댄다. 인간은 언제든지 또 누구하고도 성교를 할 수 있는 존재이다. 그러나 발정의 역할을 대신하고 짝짓기를 유도하는 과정이 인간에게는 중요하다는 것이다. 즉 문명이 고안해 낸 인습과 민이民彛[50] 같은 것이 그들에게 하나도 남아 있지 않다는데 문제가 발생한다. - 블룸의 「미국정신의 종말」중에서

"그동안 어떻게 지냈어?"
"늘 그렇게 지냈죠. 일하고 음악 듣고 술 마시고."
"여자친구는 만나지 않았고?"
"여자친구도 만났죠."
"당연히 섹스도 했겠지?"
"그야 물론이죠."
나는 오페라 춘희를 들으며 마담 지바의 말에 대답한다. 그녀는 언제 어

---

50) 민이民彛 : 사람으로서 늘 지켜야 할 떳떳한 도리.

디서나 자신의 생각에 맞춰 움직이는 걸 좋아한다. 말이나 행동, 취미, 섹스 또한 마찬가지다. 그래서 나는 항상 그녀의 입맛에 맞춰 말하고 처신한다. 내가 그렇게 행동하는 게 최선의 방법이라는 건 아니다. 다만 그렇게 하는 게 관계를 유지시키는 데 좋기 때문이다. 그녀가 품위 넘치는 얼굴에 야릇한 미소를 짓는다.

"그 애들하고 나하고 다른 점은 없어?"

"별로 다르지 않아요. 다 쉽게 응하고 쉽게 흥분하고 쉽게 제자리로 돌아가니까요."

"여자들 중에 외국인은 없었고?"

"없었는데 외국인은 왜요?"

"나 외국남자하고 결혼하기로 했거든. 로버트라는 미국 남자하고."

"당연히 백인이겠죠?"

"그럼, 가문도 혈통도 좋은 사람이야."

"그거 잘됐네요."

"정말 잘된 것 같아?"

마담 지바는 내 반응이 조금은 의외라는 표정이다. 나는 싱긋 웃고 나서 입을 연다.

"미국인 얼마나 좋습니까. 매너 좋고 능력 있고 선진국민이고."

"그 사람들 어때?"

"어떻다니요?"

"섹스 말이야."

"끝내주죠. 그 사람들 밥보다 섹스를 더 좋아하니까요. 그런데 결혼식은 언제죠?"

"다음 달이야."

"요정은 어떡하고요?"

"누구한테 넘겨줘야겠지."

"너무 잘된 것 같네요."

"나도 처음엔 망설였는데, 모제 말처럼 부드러운 매너에 끌렸어. 가문 좋지. 사람 성실하지. 미국인답지 않게 진지하지. 돈도 쓰고 남을 만큼 많지. 장점이 한두 가지가 아니야. 그 사람 말이 한국 여자하고 한 번쯤 결혼해 보고 싶었대. 뭐 자기 아버지가 한국전쟁 때 참전했다나. 그 유명한 흥남 철수작전에도 참가했고."

"그러면 우리나라에 대해서 잘 알겠네요."

"아버지한테 얘기를 많이 들었나 봐. 그런데 직접 와 보니까 더 마음에 든 것 같아. 그래서 이번에 나를 데리고 들어가겠다는 거야."

"몇 살인데요?"

"쉰다섯 살인가 쉰여섯이래."

"딱 좋군요. 이번이 몇 번째래요?"

"세 번짼가 네 번째인가 봐."

"그것도 적당하네요."

"그 사람 매번 미국 여자하고 결혼했는데, 맞는 사람이 없었대."

마담 지바는 자신의 선택이 자랑스럽다는 얼굴이다. 나는 과일 샐러드를 입에 넣고 으적으적 씹는다. 베르디의 오페라 춘희는 1막 창부 비올레타의 집에서 2막 2장 플로라의 집 무도실로 넘어가 있다. 그녀가 역삼각형 글라스에 위스키를 따르며 묻는다.

"그건 그렇고 미국 성문화는 어때?"

"내가 알기엔 그렇게 낙관적이지 않아요."

"어느 정돈데 낙관적이지 않다는 거야?"

"거의 갈 데까지 다 갔으니까요."

"그래?"

"미국 성문화는 십구 세기 후반만 해도 괜찮았어요. 그때만 해도 섹스문화가 청교도 시대나 다름없었으니까요. 미국정신도 어느 정도 살아 있었고요. 그런데 이십 세기 말로 들어서면서 급속도로 타락했죠."

"그럼 부부간에는?"

"부부간이라니요?"

"부부간 섹스문화는 어떠냐 이 말이야."

"그 사람들한테는 부부간 정절이란 말은 고어가 됐어요. 이십 세기 말만 해도 기혼자 중 칠십삼 퍼센트가 상대방을 속이면서 외도를 했으니까요. 상대방이 외도를 하는 걸 알면서도 내색을 하지 않는 부부가 사십칠 퍼센트나 되고요."

"미국이 그렇게 많이 변했나?"
"변한 정도가 아니에요. 이건 뉴욕 사설 조사기관에서 밝힌 내용인데… 그 조사에 따르면 처음 성관계를 갖는 나이가 평균 열두 살이고, 자기보다 곱절로 나이가 많은 사람하고 섹스를 하거나, 같이 사는 사람도 삼십오 퍼센트나 된대요. 규칙적으로 성생활을 하는 십대도 육십팔 퍼센트를 넘어섰고요. 이십대는 구십 퍼센트가 두 명 이상의 상대를 만나고 있고요."
"상상을 초월하는군."
"여대생 구십사 퍼센트가 섹스를 사랑의 행위라고 생각지 않고 즐기는 행위로 본다는 거예요. 성행위도 오럴섹스가 아니면 하지를 않고요."
"동시오럴을 말하는 거야? 아니면 펠라티오나 컬리닝구스?"
"식스티나인이라고 들어 봤죠?"
"식스티나인? 그거 우리가 매일 하는 거 아니야."
"그걸 말하는 거예요."
"그렇겠지. 섹스 천국인 나라에서 평범하게 하겠어?"
"그것보다 더 심각한 건, 성인 세 명 중 한 명이 도구를 이용하거나, 가학적 섹스를 한다는 사실이에요. 피학적 섹스를 즐기는 사람들도 삼십일 퍼센트나 되고요. 성인남자 세 명 중 한 명은 미성년자를 상대했거나, 한 번에 두 명 이상하고 동시에 섹스를 해 본 경험이 있고요. 게다가 아내하고 섹스를 하면서 다른 여자를 상상하는 남자가 구십칠 퍼센트나 된대요."
"도저히 믿기지 않는 얘기다."
마담 지바가 놀랐다는 듯이 눈을 동그랗게 뜬다. 나는 느긋한 동작으로 따라 놓은 위스키를 들이켠다. 그녀도 감정을 추스르는 것처럼 술을 찔끔찔끔 마신다. 오페라 춘희를 부르는 가수의 목소리가 점점 더 고조되어 간다. 잠시 음악을 듣던 그녀가 의기소침해진 어조로 말을 꺼낸다.
"미국 성문화가 그렇게 문란해졌나?"
"문란해지기보다 그건 일상적인 일이에요. 즉 섹스 자체가 밥 먹는 것처럼 당연한 행위라는 거죠. 우리 쪽에서 볼 땐 이해할 수 없는 일이지만."
"그래도 그렇지. 어떻게 그럴 수가 있어?"
"누님이 경영하는 술집에서도 그런 일은 비일비재하잖아요."
"우리 집은 전문 업소잖아."

"미국 성문화는 문란해지다 못해 타락의 극치를 걷는 건 분명해요. 그러니 수도 없이 결혼했다가 이혼을 하고, 또다시 결혼하는 거죠. 미국 사회에선 이미 가정이나 가족이라는 개념조차 사라진 지 오래됐어요."

"로버트는 그렇지 않겠지?"

"어떤 점에서요?"

"결혼이나 이혼에 대해서."

"누님이 아니라면 아니겠죠. 하지만 미국 사회는 아무도 장담할 수 없어요. 그러니 결혼 전에 좀 더 알아 두는 게 좋아요."

"로버트는 전형적인 미국 신사야. 매너도 그렇고 말투도 그렇고."

"그럼 별 문제 없겠네요."

"그렇지?"

"그럼요."

"그 밖에 알아 둬야 할 게 더 있어?"

마담 지바가 과일 샐러드를 떠먹으며 건너본다. 나는 음료수로 목을 축이고 천천히 말한다.

"미국 여자들 가운데 오십이 퍼센트가 열두 살 이전에 순결을 잃고, 기혼자 중 칠십육 퍼센트가 혼외 관계를 지속한다는 거예요. 자기중심주의나 집단이기주의도 도를 넘어섰고요."

"미국 사회가 왜 그렇게 된 거지?"

"말기 자본주의적 현상이라고 할까요. 왜곡되고 기형화된 소비사회 단면이라고 할까요. 기형적으로 성장한 현대문명 때문이라고 할까요. 돈을 위한 나라를 추구하다 보니까 그렇게 된 거라고 할까요. 미국 사회에선 이미 탈선되고 비뚤어진 성문화가 일상화됐어요. 우리나라도 미국 성문화를 흉내 내고 있고요. 어쩌면 우리나라가 더 파격적인 성문화를 즐기는지도 몰라요."

"우리 주변에 서구적이지 않은 게 있겠어? 먹는 것에서 입는 거나 자는 것까지 모두 서양식이니. 미국을 상징하는 팝송, 코카콜라, 사이다, 초콜릿, 햄버거, 전자담배 같은 건 전 세계로 퍼져 나갔잖아."

"누님도 그렇게 생각하죠?"

"엄연한 사실이니까."

"미국 사람이 한 얘기가 있어요. 사회주의 국가가 쓰러져 가는 척도를 알려면 빈 콜라병이나 빈 캔이 그 나라 뒷골목에 어느 정도 굴러다니나 알아보면 된다고요. 그런데도 우리나라 청소년들은 정신을 못 차리고 있죠. 정신을 차리기는커녕 너도나도 미국식 문화를 받아들이지 못해 안달이고요. 그런데다가 성은 점점 더 개방되어 가고, 타락된 문화는 계속 흘러들어 오고. 한심한 일이죠. 문제는 젊은 세대일수록 더 그런 걸 선호한다는 사실이에요."

"미국식이 좋은 건 분명하잖아?"

"그렇게 생각하는 것 자체가 문제예요."

"그래?"

"생각해 보세요. 미국식 문화는 모든 걸 편리함으로 평가하잖아요. 그러다 보니 조금만 불편해도 참지 못하는 국민성이 자리 잡은 거죠. 그래서 살인도 아무 죄의식 없이 저지르는 거고요. 미국에선 장소나 대상을 가리지 않고 총을 쏘아 대고 있어요. 누가 다치든 죽든 상관없다. 내 스트레스나 욕구만 풀면 그만이다, 하는 식으로."

"그건 그래."

마담 지바가 수긍이 간다는 표정으로 주억거린다. 나는 헛기침을 두어 번 하고 말을 계속한다.

"그런 게 다 미국식 자본주의가 만든 기형적 물질만능 풍조 때문이에요. 그런데 그런 나라 문화를 좋다고 너도나도 흉내 내고 있으니. 젊은 세대는 태어날 때부터 미국식 문화에 적응되어 왔으니 말할 나위가 없죠."

"그건 그렇고 로버트는 어떨까?"

"내 생각엔 섹슈얼 문화에는 물든 것 같지 않아요. 혈통이나 가문도 괜찮은 것 같고. 어느 정도 동양 문화를 이해하는 것 같기도 하고요."

"로버트도 미국 사람이잖아."

"믿을 사람은 믿어야죠."

"하긴."

"미국으로 들어가면 언제 또 보죠?"

"시간 날 때 언제든지 뉴욕으로 와. 멋지게 환영 파티를 해 줄 테니까."

"정말이죠?"

"모제가 온다면 파티뿐이겠어. 고급 음식에다가 일급호텔, 환상적인 잠자리까지 제공해야지."
"꽤나 괜찮은 유혹이군요."
"미국에서 미국식 섹스를 미국 여자하고 즐겨 보는 것도 괜찮겠지?"
"당연히 좋죠. 본토 섹스를 본토 여자하고 하는 거니까요."
 나는 마담 지바의 천진난만한 모습을 보며 위스키를 들이켠다. 잠시 후면 우리는 섹스를 하고 일상으로 돌아갈 것이다. 컬리닝구스와 펠라티오를 즐기는 미국식 섹스를 하고.

42

 행복의 향유는 한순간의 삽화로 압축되어져 있다. 그러나 이 순간은 그 자체 안에 소실의 쓰라림을 내포한다. 고독한 개인들이 고립된 상황에서는 이 순간이 소실된 후 행복을 보지保持[51]할 자가 없으며 이와 동일한 고립에 빠지지 않은 자가 없다. – 마르쿠제의 「부정」 중에서

 나는 휴대폰을 귀 쪽으로 바짝 끌어당긴다. 전화를 건 사람은 벙어리처럼 침묵으로 일관한다. 나는 상대가 입을 열기를 기다리며 말을 붙인다. 그래도 상대는 대꾸하지 않고 숨소리만 쌕쌕거린다. 나는 연신 밀려오는 잠을 쫓아내면서 투덜거린다.
"누구십니까? 전화를 했으면 말을 하세요."
"……"
"여보세요. 마리니?"
"……"
"그럼 나래?"
"……"

---

51) 보지保持 : 좋은 상태를 보호하고 유지해 나감, 또는 온전히 잘 지켜 지탱해 나감.

나는 말을 멈추고 상대가 대답하기를 기다린다. 여전히 수화기 저쪽에서는 쌔근거리는 숨소리만 들려온다. 나는 다시 한번 퉁명스럽게 재촉한다.
"누구야? 파라?"
"……"
"아니면 요하?"
"……"
"도대체 말을 해야 알 것 아냐?"
나는 신경질적인 어조로 쏘아붙인다. 그때서야 상대가 조심스럽게 입을 연다.
"나예요, 디나."
"디나가 이 시간에 웬일이야?"
"오빠 목소리가 듣고 싶어서요."
"무슨 일이 생긴 건 아니고?"
"아무 일도 없어요."
"그런데 왜?"
디나는 다시 입을 다물고 말을 하지 않는다. 나는 블루투스 오디오 볼륨을 조금 낮춘다. 잠시 후 디나가 침울한 목소리로 말을 꺼낸다.
"나 술 좀 마셨어요."
"그럼 일찍 자지 그랬어?"
"갑자기 오빠 목소리가 듣고 싶었어요."
나는 스탠드를 켜고 침대에서 일어나 앉는다. 디나가 이 시간에 전화를 했다는 건 심상치 않은 일이 생겼다는 반증이다. 나는 탁텔 가운을 걸치면서 무슨 일인지 생각해 본다. 디나는 쾌활하다 못해 톡톡 튈 정도로 명랑한 성격이다. 그런 애가 술을 마시고 새벽 2시에 전화를 걸다니. 나는 무선포트에 물을 붓고 스위치를 넣는다. 디나가 착 가라앉은 목소리로 천천히 말을 꺼낸다.
"내가 만약 악마한테 영혼을 팔았다면 어떻게 할 거예요?"
"악마한테 영혼을 팔다니?"
"돈이나 사치한테 영혼을 팔았다면 어쩔 거냐 이거죠."
"그야 뭐 사람 나름이겠지. 인간은 제각각 영혼을 팔면서 사니까."

"그래도 악마한테는 팔지 않잖아요."

"디나도 악마한테는 팔지 않았어."

"아니에요. 난 악마한테 영혼을 팔았어요. 그래서 돈 많은 사람만 만나고, 섹스를 대가로 수표를 받고, 쾌락을 위해 남자를 만나고, 매 순간을 즐기면서 살려고 했죠. 인생목표도 지나칠 정도로 사치스럽고 탐욕적이고요. 이만하면 악마한테 영혼을 판 거 아닌가요?"

"난 그렇게 생각하지 않아."

"오빠는 그게 문제예요. 성인군자 같은 소리만 하는 거."

"난 상식적인 말을 했을 뿐이야."

"그건 상식적인 게 아니라, 도통한 사람이 하는 소리예요."

디나가 볼멘소리로 투덜거린다. 나는 김을 내뿜는 무선포트 스위치를 내린다. 디나는 여전히 쌕쌕거리며 날선 감정을 조절한다. 나는 끓는 물을 찻잔에 따르고 커피와 설탕을 넣는다. 감정을 가다듬던 디나가 울적한 목소리로 묻는다.

"나 이상해진 것 같죠?"

"이상하긴 정상인데."

"이 시간에 술 먹고 전화하는 게 이상하지 않다는 말이에요?"

"누구든 비 오는 날에는 감상에 빠질 수 있잖아."

"오빠 정말 못 말리겠다."

"난 진심으로 말하는 거야."

"진심 열 번 듣다가 울화통 터지겠다."

디나가 신경질적으로 소리치고 휴대폰을 끊는다. 나는 마일드향이 솟는 커피잔을 들고 거실로 나간다. 디나가 침울한 감정에 빠져 있는 건 분명하다. 자신을 주체치 못할 정도로 우울한 것도 확실하고. 벽에 붙어 있는 디지털시계는 2시 10분을 표시하고 있다. 나는 커피잔을 든 채 아웃 도어를 열어젖힌다. 초가을의 찬비가 어둠을 촉촉하게 적시고 있다. 나는 비가 뿌리는 밤거리를 보며 커피를 마신다. 커피를 반쯤 마셨을 때 휴대폰이 울린다. 나는 커피잔을 내려놓고 휴대폰을 집어 든다.

"사실은 할 말이 있어서 전화한 거예요."

"무슨 말?"

"어디론가 멀리 떠나려고요."
"왜?"
"나 자신이 혐오스러워서요."
"자신이 혐오스러우면 반성하면 되잖아."
"그 정도 가지고는 안 돼요."
"왜 안 돼. 디나는 잘못한 게 없어."
"사는 목표가 돈을 쌓아 놓는 건데도요."
"그게 얼마나 건전해. 돈 때문에 범죄를 저지르는 사람도 있는데."
나는 부드럽게 타이르고 소파에 엉덩이를 붙인다. 디나가 잠시 무언가를 생각하다가 입을 연다.
"오빠는 행복이 뭐라고 생각하죠?"
"행복?"
"네."
"글쎄."
"사랑은 뭘까요? 진실은 뭐고요?"
"사랑, 진실?"
"사는 건 또 뭐죠? 죽는 거는요?"
"그런 건 별로 생각해 보지 않아서."
"기쁨의 색깔은 어떤 걸까요? 슬픔의 색깔은요?"
"좀 밝은색 아닐까? 분홍이나 하늘색 같은 것. 슬픔은 회색일 것 같고."
"그럼 절망이나 희망, 죽음은요?"
"죽음? 어둠 아닐까? 잘 모르겠는데."
"그럼 선의 색은 뭐예요? 악의 색은 뭐고요."
"……."
"정신이나 영혼은 존재하나요? 죽으면 우린 어디로 가는 거죠? 지옥이나 천국은 정말로 있는 건가요? 신이나 악마도 마찬가지고요. 죄를 지으면 지옥으로 떨어지나요? 착한 일을 하면 천국으로 올라가나요? 악한 일을 하면 어디로 갈까요? 선행을 많이 하면 또 어디로 갈까요? 사람을 죽이면 어디로 가는 거죠? 희대의 살인마는 또 어디로 가고요?"
"희대의 살인마?"

"그 있잖아요. 수많은 사람을 죽인."
"화성 연쇄 살인사건을 말하는 거야?"
"아니요."
"그럼 누구야? 리지웨이? 엘리자베스 바토리? 벨 거너스? 해럴드 쉬프먼?"
"아니에요."

나는 소파에 앉은 채 타르티니의 소나타 2악장을 듣는다. 음악은 점점 더 낮아지고 침울해지고 비감해져 간다. 침묵을 지키던 디나가 슬픈 목소리로 입을 연다.

"내가 갑자기 죽어 버리면 어떡할 거예요?"
"디나가 죽을 리 없잖아."
"그런 일이 벌어진다면 어떡할 거죠?"
"그야 무척 슬퍼하겠지."
"오빠는 나를 사랑하지 않는구나."
"그렇지 않아."
"그런데 왜 그래요?"
"무얼?"
"내가 죽는다고 해도 무덤덤하니까요."
"그럼 많이 슬퍼해 줄게."
"됐어요. 그만두세요."

디나가 뾰로통해진 어조로 쏘아붙인다. 나는 얼른 부드러운 말투로 위로한다.

"그런 일이 일어난다면 마음이 아플 거야."
"됐습니다."
"정말이야."
"사랑하는 사람이 사라져도 안 찾는데, 나를 생각이나 하겠어요?"
"그건 유리가 어딘가에서 잘 있기 때문이야."
"아무튼 잘 지내세요."
"디나, 너 무슨 일 있는 거지?"
"……"

"말해 봐. 무슨 일이 있는 거 맞지?"
"……"
"여보세요."
 잠시 침묵을 지키던 디나가 심각한 어조로 입을 연다.
"나 잔인한 일을 저질렀어요."
"무슨 일을 저질렀는데?"
"스폰해 주는 남자 페니스를 잘라서 소시지처럼 튀겼어요."
"페니스를 소시지처럼 튀겼다고?"
"네, 그랬어요."
"……"
"그 사람 페니스가 팔뚝만해서 여러 토막으로 쳤죠. 그리곤 술안주 삼아 먹어치웠어요."
"그러면 그 사람은?"
"피를 흘리면서 병원으로 뛰어갔어요."
"어떻게 그런 일을…"
"이제 내가 어떤 여자인지 알겠죠? 내가 왜 괴로워하는지도 알고요. 그러니 나를 위로해 줄 생각 마세요."
"그래도 넌…"
"쓸데없는 말로 합리화시켜 주려고 하지 말아요. 오빠가 그러면 내가 더 초라해 지니까요."
"아무리 그래도."
"전화 끊을게요. 그동안 고마웠어요."
"자 잠깐만…"
"안녕히 계세요."
 디나가 슬픈 목소리로 말하고 휴대폰을 끊는다. 나는 허겁지겁 리턴버튼을 누른다. 디나는 결심을 굳힌 것처럼 전화를 받지 않는다. 나는 소파에 걸터앉아 허공을 바라본다. 디나가 무슨 일을 저지를 것이 분명하다. 자신을 버리고 파괴하는 일 같은 것을. 시계는 2시 25분을 가리키고 있다. 나는 다시 주방으로 걸어가 커피를 탄다.

43

죄가 신 이외의 존재에 의해서 범해지는 것은 신의 잘못이 아니고 인간이 불완전한 존재이기 때문이며 신은 완전한 존재이기에 여기에 아무 연관도 없다. 만일 죄가 유의 존재거나 또는 무엇인가 창조할 수 있는 존재라면 이는 신의 업적이라 하겠지만, 죄도 본질적으로 무이며 무성인無成因[52]이기에 이것은 무와 무질서로의 경향이 강한 우리 인간의 짓이라 하겠다. - 캄파넬라의 「태양의 나라」중에서

"정말 이상해. 귀신이 아니고는 그 삼엄한 포위망을 뚫고 사라질 수 없는 건데"

류대가 컬러로 인쇄된 수배전단을 보며 구시렁거린다. 나는 승용차 등받이에 누워 있다가 일어난다. 키가 180센티고 체중이 83킬로인 범인은 자유자재로 도망을 다닌다. 잡아 볼 테면 잡아 보라는 듯이 이 도시에서 저 도시로. 우리는 신출귀몰하는 범인을 잡기 위해 10시간째 잠복 중이다. 38구경 리볼버 권총과 공포탄 1발, 실탄 5발을 각각 휴대한 채. 나는 길게 하품을 하고 카스테레오 스위치를 튼다. 카스테레오에서는 이내 비욘세의 크레이지 인 러브가 흘러나온다.

"놈을 잡으면 특진인데 말이야."

류대가 실탄이 장전된 권총을 손으로 쓱쓱 쓰다듬는다. 나는 비가 뿌리는 거리를 망연한 시선으로 바라본다. 류대가 회전탄창을 빙빙 돌리다 말고 중얼거린다.

"생포하는 것보다 사살하는 게 낫겠지?"

"글쎄."

"왜 내가 쏘지 못할 것 같아서?"

"그런 건 아니지만, 죽일 필요까지 있겠어."

"놈은 인정사정 보지 않아."

"……"

---

52) 무성인無成因 : 이룰 수 없는 이유, 또는 이룰 수 없는 까닭.

"놈하고 딱 마주친 순간 기분이 어떨까? 서로 마주 서서 바라보는 순간 말이야."
"……."
"조금은 긴장되겠지?"
"……."
"극도로 긴장될지 몰라. 놈은 여러 명을 죽인 살인자니까."
"……."
"어때?"
"뭐가?"
"기분 말이야."
"글쎄."

나는 계속 시큰둥한 목소리로 대꾸한다. 류대가 허공을 응시하며 빙그레 웃는다.

"나하고 놈 중에서 누가 이길 것 같아?"
"먼저 쏘는 사람이 이기겠지."
"놈이 이길지도 몰라. 녀석은 빠르거든. 사람을 한두 번 쏴 본 것도 아니고."
"……."
"그런 점에선 내가 불리하겠군. 나는 한 번도 사람을 쏴 본 적이 없으니까. 놈은 죽으면 죽었지 절대로 잡히지 않는다고 장담까지 했으니."
"……."
"자식 무서운 놈이야. 사람 목숨을 파리 잡듯 하면서 돌아다니니. 그래도 이번만은 쉽지 않을걸."

류대가 적의에 찬 눈빛으로 오가는 사람들을 주시한다. 나는 하릴없이 휴대폰 폴더를 열었다 닫았다 반복한다. 류대도 실탄이 장전된 약실을 반복적으로 넣었다가 뺀다. 나는 휴대폰 화면을 다시 한번 확인하고 포켓에 넣는다. 아직까지 메시지를 보내거나 찾는 사람이 없다.

"요새 애들 정말 문제야. 돈 때문에 부모를 죽이는 녀석이 없나, 심심하다고 살인하는 놈이 없나. 랜섬웨어 해커로 살면서 자기 잘못을 사회적 현상이라고 합리화시키지 않나."

한동안 가만히 앉아 있던 류대가 불쑥 입을 연다. 나는 연신 터지는 하품을 안으로 삼킨다.

"그 애들 걱정 말고 너나 잘해."

"나도 문제야. 여자가 너무 많아서 누가 누군지조차 알 수 없으니. 지난주엔 네 명을 동시에 만나는데 죽겠더라고."

"그게 가능한 일이야?"

"그거 보통 힘든 게 아니더라고. 시간 쪼개는 것도 쉽지 않고, 만나는 것도 쉽지 않고, 돌아가면서 섹스까지 하려니 정신이 하나도 없더라니까."

"마음에 드는 여자는 없고?"

"그런 여자는 바라지도 않아."

"하기야 그런 애들하고 사랑 어쩌고 할 순 없겠지."

"잘 아는구만."

"누구나 다 그러니까."

"요새는 기능별로 상대를 만나는 세상이잖아. 술이 마시고 싶을 땐 술 잘 마시는 여자애를 불러내고, 진지한 대화가 필요할 땐 말 잘 들어주는 계집애를 호출하고, 야구장에 갈 때는 소리 잘 지르는 여자를 데려가고."

"여행을 떠날 때는 부담 없이 동행해 주는 섹스파트너를 데려가고."

"바로 그런 인간이 필요한 거야. 섹스하고 싶을 때 말없이 응해 주고, 싫증이 나면 심플하게 떠나 주는 인간이. 그런데 마음에 드는 사람이고 뭐고가 어디 있어."

"하긴."

나는 고개를 끄덕이고 비욘세의 음악에 귀를 기울인다. 류대가 답답하다는 듯이 몸을 비비 꼰다.

"언제까지 차 안에서 죽쳐야 되는 거야?"

"놈이 잡힐 때까지겠지."

"그게 대체 언제라는 거야? 요즘 애들은 틈만 나면 립스틱 바꿔 칠하는데."

"그렇게 걱정되는 애가 있어?"

"그렇지는 않지만, 기한 없는 잠복은 딱 질색이라서."

"그러니까 폴리스지."
"해야 할 일은 산더미 같은데 놈은 나타나지 않고."
류대가 입맛을 쩍쩍 다시고 권총을 총집에 찔러 넣는다. 나는 의자 등받이를 뒤로 젖히고 눕는다. 류대도 의자 등받이를 뒤로 빼고 편안한 자세를 취한다. '정말 따분하다.' 거리는 점점 어두워 가고 비는 그칠 기색이 없다. 나는 승용차 천정을 보다가 눈을 감는다.

24

법을 어기고 이성의 올바른 법칙을 위배하는 일은, 사람이 그만큼 타락하여 인간본성의 제 원칙을 버리고 해로운 생물, 즉 흉녕凶獰[53]한 피조물로 전락했다는 것을 스스로 선언하는 일이다. – 로크의 「통치론」 중에서

"어머 오빠들이 어쩐 일이에요?"
스피드 쿠킹점으로 들어서는 나와 류대를 보고 나래가 반색한다. 우리는 주위를 쓱 둘러보고 빈자리를 찾아 앉는다. 이런 행동은 언제 어디서나 보이는 폴리스적 습관이다. 범인을 잡고 수배자를 쫓는 폴리스로서는 한시도 긴장을 풀 수 없다. 지명수배자가 음식점 안에서 밥을 먹을지도 모르기 때문이다. 나는 다시 한번 널찍한 스피드 쿠킹점을 둘러본다. 지금 쿠킹점을 가득 메우고 있는 건 학생들뿐이다. 류대가 손가락을 모아 쥐고 우두둑 꺾으며 대꾸한다.
"우리 둘이 같이 오면 안 되는 건가?"
"그게 아니고, 두 사람이 같이 온 건 오래 됐거든요."
"그랬나?"
"그럼요. 몇 주가 지났는데요."
"다 이카로스란 인간 때문이야."

---

53) 흉녕凶獰 : 흉하고 나쁜 성질로 종용함.

류대가 권총 벨트를 벗어 의자 등받이에 걸친다. 나래가 생글생글 웃으며 쳐다본다.
"그 문명으로부터의 도망자 말이군요."
"문명으로부터의 도망자?"
"그랬잖아요. 그 사람이."
"피 무슨 문명으로부터의 도망자야. 흉악한 탈주범이지."
"어떤 사람들은 이카로스가 잡히지 않으면 좋겠다고 하던데요."
"어떤 인간이 그런 소리를 해?"
"웬만한 사람들은 다 그래요. 이카로스가 자기들 생각을 대변한다면서요."
"생각을 대변해? 탈주범이?"
"그 사람이 선언한 말 있죠? 문명으로부터의 탈출. 그 말이 너무 멋있다는 거예요."
"그 사람들 문제가 많군."
류대가 젖은 머리를 뒤로 넘기며 혀를 찬다. 나래가 생끗 웃고 내 옆자리에 앉는다. 나는 식탁 의자를 뒤쪽으로 빼서 조금 떨어져 앉는다. 나래가 바짝 다가오며 의미심장한 표정을 짓는다.
"모제 오빠, 혹시 마리 만나 봤어요?"
"아니 만나지 못했어."
"마리가 조금 이상해진 것 같아요."
"마리가 이상해져? 왜?"
"자꾸만 죽고 싶다는 거예요."
"마리가 정말 그런 말을 했어?"
"네 그런 말을 했어요."
"혹시 남자한테 채인 거 아니야?"
류대는 보지 않아도 뻔하다는 투로 빈정거린다. 나래가 류대의 팔을 툭 치고 눈을 흘긴다. 류대가 느물거리는 표정을 지으며 딴청을 부린다. 나는 말없이 비가 뿌리는 거리를 바라본다. 그토록 명랑하고 쾌활한 아이가 죽는다는 생각을 하다니. 홀 안에 설치된 스피커에서 철새는 날아가고가 시작되고 있다. 햄버거를 먹던 여자애들이 일제히 노래를 흥얼거린다. '달팽이가 되기보다는 참새가 되어야지. 그래, 할 수만 있다면 그게 좋겠어. 못이 되기보다는 망치가 되어야지. 그래, 할 수만 있다면 그게 좋겠지. 날아가 버린 백조처럼 나도 멀리 떠나고 싶어라. 인간은 땅에 얽매여 세상에서 가장 슬픈 소리를 낸다네. 가장 슬픈 소리를.'

"그 앤 본래 남자한테 채일 아이가 아니에요."

조용히 앉아 있던 나래가 나직한 어조로 입을 연다.

"그런데 왜?"

"그러니 알 수 없다는 거죠."

"마리가 죽는다면, 세상 여자애들은 하나도 살아남지 못하겠다."

류대가 우리의 대화에 끼어들며 이죽거린다. 나래가 못마땅하다는 듯이 인상을 찌푸린다.

"오빠는 무슨 말을 그렇게 해요?"

"사실이 그렇잖아."

"그러다 진짜 죽으면 어쩌려고요?"

"그 앤 절대로 죽지 않아. 그러니 걱정 마. 그건 그렇고 우리 치즈버거 세트 하나씩 갖다 주라."

류대의 말에 나래가 입을 삐죽 내밀고 일어선다. 류대는 아랑곳하지 않고 계속 몸을 건들거린다. 나는 그런 류대를 망연한 시선으로 응시한다. 범죄나 범인에 대해 반사적으로 행동하는 친구. 범죄가 일어날 것을 본능적으로 알아차리는 폴리스. 류대 앞에서는 어떤 범죄나 범죄자도 배겨나지 못한다. 그런 점에서 류대와 나는 같은 폴리스지만 많이 다르다. 성격도 그렇고 일을 하고 살아가는 태도도 마찬가지다. 류대가 홀 한쪽 구석을 차지한 여자애들을 가리킨다. 나는 류대가 지목하는 여자애들을 흘낏 쳐다본다. 류대가 관심을 보이는 건 10대 후반의 여자애 서너 명이다. 나래가 카운터로 돌아가자 류대가 기다렸다는 듯이 말을 꺼낸다.

"저기 있는 여자애 잘 봐."

"누구?"

"졸린 것 같은 여자애. 눈이 빨갛게 충혈돼 있지? 저 애는 대마를 하는 것 같아. 그 옆쪽 애는 메사돈이나 페치딘을 하는 것 같고."

"내가 보기엔 너무 어린 것 같은데."

"요샌 저 또래들도 많이 하거든."

"그래?"

"메사돈이나 페치딘을 하면 눈물하고 콧물을 질질 흘리는데, 저 애가 그런 증상을 보이고 있어."

"믿을 수 없는 일이군."

나는 연신 눈을 껌뻑이며 어린 여자애들을 쳐다본다. 류대가 내 곁으로 다가앉아 속삭인다.

"자세히 봐. 빨간색 티셔츠. 계속 먹어 대잖아. 몸도 비쩍 말랐고 눈빛도 게슴츠레하고. 저 애들은 약을 한 게 틀림없어."

"그런 건 어떻게 식별하는 거야?"

"다 하는 수가 있어."

"어떻게?"

"마약 중독자는 어딘가 특별하거든. 자세히 봐, 붉은색 티셔츠. 눈이 빨갛게 충혈돼 있고 병든 닭처럼 졸잖아. 동작도 어설프면서 굼뜨고. 저 앤 틀림없이 대마야. 흰색 티셔츠는 메사돈 아니면 페치딘이고."

"글쎄."

"메사돈이나 페치딘을 하면 동공이 축소되고 눈물, 콧물을 흘리는 게 특징이거든. 대마초를 피우면 시도 때도 없이 졸거나, 단 음식을 줄기차게 먹는 게 병증이고. 그에 비하면 코카인은 식욕을 감퇴시켜서 몸이 마르게 되지. 성격도 돌발적이면서 공격적으로 변하고. 칼을 들고 인질극을 벌이거나 돈을 빼앗는 애들이 그런 류야. 반면 엘에스디는 눈동자가 풀리고 얼굴이 창백해지면서, 심장박동이 빨라지고 수전증이나 오한을 일으키는 게 특징이지. 격심한 환각으로 사물을 제대로 분간하지도 못하고. 오죽하면 시아이에이에서 자백용으로 엘에스디를 사용했겠어? 저 애들은 엘에스디는 아니야. 단언컨대 빨간 티셔츠는 대마가 분명해."

류대가 확신에 찬 어조로 결론을 내린다. 나는 반신반의하며 여자애들을 쳐다본다.

"그러면 저 애들을 어떡하지?"

"내가 가서 조사해 볼게."

"지금은 잠복근무 중이잖아."

"인적사항을 파악해 두고 나중에 수사하면 되지."
"그렇게까지 할 필요가 있겠어?"
"기본적인 조사는 해 봐야지."
 류대의 범죄에 대한 수사의지는 생각보다 단호하다. 나는 하릴없이 물만 찔끔거리며 마신다. 나래가 햄버거와 콜라를 가져오자 류대가 여자애들을 가리킨다.
"저 여자애들 가출한 학생들 맞지?"
"어떤 애들요?"
"고등학생 또래 여자애들 말이야."
"저 애들이 가출했다는 건 어떻게 알았어요?"
"다 아는 수가 있어."
"쟤들 큰일이에요. 약 같은 걸 하지 않나. 이상한 남자애들하고 몰려다니지 않나."
"그것 봐."
 류대가 어깨를 으쓱하고 의기양양한 표정을 짓는다. 나는 치즈버거를 집어 들고 한 입 베어 먹는다. 류대가 자리에서 일어나며 눈을 찡긋 한다.
"나 잠깐 저 애들 만나 보고 올게."
"지금?"
"음 지금."
 류대가 건들거리며 여자애들 테이블 쪽으로 걸어간다. 나는 한숨을 내쉬고 창밖으로 고개를 돌린다. 음악은 참 아름다운 세상으로 바뀌고 여자애들은 본능적으로 노래를 흥얼거린다. '나는 초록빛 나무도 빨간 장미도 보지요. 나는 당신과 나를 위해 활짝 핀 그것들을 보지요. 나는 혼자 생각합니다. "얼마나 멋진 세상인가." 나는 파란 하늘과 하얀 구름을 보지요. 밝게 축복받은 낮. 어둡고 성스러운 밤. 나는 혼자 생각합니다. "얼마나 멋진 세상인가."'

"사촌오빠한테서는 아직도 연락이 없어?"
 나는 치즈버거 한 개를 다 먹고 말을 꺼낸다. 나래가 시큰둥한 표정으로 대꾸를 한다.

"오빠 친구가 그러는데 페루에 있는 탐보마차이 부근에서 돌아다닌대요."
"좋은 데에 가 있군."
"문제는 이상한 짓거리를 한다는 거예요."
"무슨 짓을 하는데?"
"오빠 친구에 의하면, 화려한 문명에서 벗어나 자연으로 돌아가야 할 때라고 그랬대요. 자연으로 돌아가서 원시적으로 살아야 인류가 구원받는다나요. 그뿐이면 말을 안 해요. 오빠가 그곳 원주민들하고 섞여서 야만인처럼 산다는 거예요. 인디헤나 처녀하고 결혼까지 해서."
"그러면 잘된 거지."
"뭐가 잘된 거예요? 이상한 거지."
"내가 보기엔 제대로 정착한 것 같다."

나는 씽끗 웃어 보이고 물로 목을 축인다. 나래가 못마땅하다는 듯이 입을 삐죽 내민다. 나는 물티슈로 입가를 닦은 다음 편하게 앉는다. 무언가를 생각하던 나래가 걱정스런 표정을 짓는다.

"부모님께선 지금도 대만으로 들어오라고 성화세요. 한국에서 고생하며 살지 말라고요. 부모님이 보시기엔 나나 오빠가 염려스러운가 봐요. 더구나 오빠까지 저러고 돌아다니니."
"그래서 대만으로 들어갈 작정이야?"
"나는 그럴 생각이 없는데."
"부모님이 문제로군."
"오빠 생각은 어때요. 여기 있는 게 좋겠어요? 대만으로 들어가는 게 좋겠어요?"
"나래가 옳다고 생각하는 대로 해. 어디서 살든 행복하면 그곳이 이상적인 장소니까."
"이상적인 장소까지 바라지 않아요. 사랑하는 사람만 있으면 충분하지."
"사랑하는 사람?"
"왜 이상해요?"
"아니 그런 생각을 하는 나래가 순수해 보여서."
"그래요?"

"나도 아직 사랑한다는 말은 못해 봤거든."
"저도 사랑한다는 말은 써 보지 못했어요. 아마 내가 한다면, 그 대상이 오빠일 거예요."
"나?"
"그래요."
"난 누구한테 사랑받을 자격이 없어."
"아니요. 충분히 있어요."
"그건 나래가 잘 몰라서 그러는 거야."
"오빠가 어떤 사람인데요?"
"난…"
"인간이기를 포기한 사람이라고 말하려는 거죠?"
"맞아."
"인간이 뭔데요?"
"글쎄."
"그것 봐요. 대답 못하잖아요. 현재 지구상에 살고 있는 인간이 몇 명인 줄 알아요?"
"……"
"그럼 하루에 태어나고 죽는 사람은 몇 명일까요?"
"……"
"사랑을 시작하고 헤어지는 사람은 또 몇 명일까요?"
"……"
"범죄를 저지르고 감옥에 가는 사람은 몇 명일까요?
"……"
"하는 일 없이 빈둥거리는 사람은 또 몇 명일까요?"
"……"
"그들이 모두 인간이기를 포기한 걸까요?"
"아니겠지."
"모두 제 자리에서 열심히 살아가는 사람들이겠죠?"
"그렇겠지."
"오빠도 열심히 사는 사람들 중에 하나예요. 그리고 열심히 사는 사람

중에서도 선한 사람이고요."
"난 선한 사람은 아니야. 그냥 하루하루를 의미 없이 보내는 평범한 소시민이지."
"그래도 나는 오빠가 좋아요. 폴리스라는 것만 빼놓고."
"왜, 폴리스가 이상해."
"위험한 직업이잖아요. 총을 가지고 탈주범이나 쫓아다니고."
"그렇게 생각하는 것도 무리는 아니야. 사회가 너무 거칠고 메말라 있으니까. 게다가 사람이 사람을 속이고 죽이는 세상이 됐으니."
"그건 그래요."
나래가 고개를 끄덕여 내 말에 수긍을 한다. 나는 입을 벌린 채 하품을 하고 주위를 둘러본다. 류대는 능글거리며 여자애들에게 말을 붙이는 중이고, 나래는 여전히 걱정스럽다는 얼굴이다. 나는 쏟아지는 비를 보며 사랑이란 단어를 곱씹는다.

45

해체하고 있는 사회의 자칭 구세주는 반드시 검을 가진 구세주인데, 그 구세주는 검을 빼어 든 경우도 있고 칼집에 꽂아 놓은 경우도 있다. 그는 그 시퍼렇게 날이 선 칼을 마구 휘두르는 때도 있고 승리자로서 칼을 칼집에 꽂고 탄연坦然[54])히 앉아 있을 때도 있다. 그는 헤라클레스도 되고 제우스도 되고 다윗도 되고 솔로몬도 되고 또 흉악한 살인범도 된다. ― 토인비의 「역사의 연구」 중에서

"언제까지 이러고 있어야 되는 거지?"
"놈이 다시 잠적할 때까지는 버텨야겠지."
"미치겠구만."
류대가 답답해서 못 견디겠다는 듯이 몸을 꼰다. 나는 허공으로 팔을 뻗

---

54) 탄연坦然 : 마음이 편안한 모양, 또는 마음에 거리낄 것이 없음.

고 길게 기지개를 켠다. 류대가 리볼버 권총을 꺼내 장전된 실탄을 점검한다. 공포탄 1발에 실탄 5발. 류대는 번쩍번쩍 빛나는 쇠붙이를 대견스러운 얼굴로 바라본다. 무언가를 단죄하고 어떤 것을 평정하고 싶은 사람처럼. 류대는 범죄보다 범죄자를 더 단죄하고 싶은 건지도 모른다. 그래서 권총을 휴대하고 언제 나타날지 모르는 탈주범을 기다리는지도. 나는 하릴없이 카스테레오 채널을 이리저리 돌린다. 류대가 힐끗 쳐다보고 나른한 목소리로 중얼거린다.

"들을 만한 프로라도 있나?"

"글쎄."

"음악이나 듣지."

"음악은 싫어하잖아."

"토크쇼보단 낫지 않겠어?"

라디오에서는 한창 이카로스에 대한 이야기가 나오고 있다. 아나운서는 살인범이 사람을 죽이고 다니는 걸 경찰의 무능 때문이라고 말한다. 류대가 못마땅한 표정을 지으며 투덜거린다.

"누군 잡기 싫어서 이러는 줄 알아. 놈이 신출귀몰하니까 그런 거지."

나는 음악 시디를 집어 카스테레오 안에 밀어 넣는다. 잠시 후 디제이의 단조로운 목소리 대신 경쾌한 음악이 터진다. 타투의 올 더 팅스 쉬 세이드. 류대는 연신 투덜거리면서도 음악에 맞춰 발바닥을 두드린다.

"자식 나타나기만 해 봐라. 한 방에 탕."

류대가 허공을 향해 총구를 겨누고 발사한다.

"여기까지야 오겠어?"

"그래도 모르잖아."

"……"

"나타나려면 빨리 나타나든지."

"……"

"정말 답답하다."

"……"

"눈 좀 붙이지. 내가 지켜볼 테니까."

"그럴까?"
"둘 다 고생할 필요는 없잖아."
"하긴."
"내 앞에 나타나는 날이 녀석 제삿날이야."
　류대가 권총을 손가락에 걸고 빙글빙글 돌린다. 나는 승용차 등받이에 몸을 기대고 눈을 감는다.
"그런데 말이야. 아까 그 애들."
"누구?"
"나래 스피드 쿠킹점에 있던 아이들."
"아 그 가출한 애들."
"걔들 엄청나더라."
"그래?"
"내 생각대로 뚱뚱한 애는 대마를 하는 중이고, 다른 애들도 전부 야바나 부탄가스를 한다는 거야, 글쎄."
"그래도 다행이군. 그 정도니."
"이거 세상이 어떻게 돼 가는지 모르겠어."
"글로벌 시대니까."
"하기야."
　류대는 한동안 구시렁거리더니 금방 콧노래를 흥얼댄다. 나는 자리에서 슬그머니 일어나 승용차 밖으로 나간다. 류대가 콧노래를 멈추고 의아하다는 듯이 쳐다본다.
"뭘 하려고?"
"통화 좀 하고 올게."
"아 통화."
　류대가 고개를 끄덕이고 권총을 총집에 찔러 넣는다. 나는 류대의 흥얼거림을 뒤로하고 뛰어간다.

46

인간이 자기 생애를 뒤돌아보는 그 미묘한 순간에 시지프스는 자기의 바위로 돌아가면서 저 가냘픈 선회에서 이제 그의 운명이 되어 버린 일련의 관련성 없는 행동들을 명상한다. 그것은 자신에 의해서 창조되었고 스스로의 소행溯行[55]에 의해서 엮어졌고 봉인될 것이다. 이와 같이 그는 모든 인간적인 일의 기원은 전적으로 인간적일 수밖에 없다고 확신하면서 밤은 끝이 없음을 알면서도 광명을 갈망하는 맹인처럼 그는 여전히 전진을 계속한다. 그리고 바위는 여전히 굴러 떨어진다. - 카뮈의 「시시포스의 신화」 중에서

"모제 오빠구나."
마리의 목소리는 침울할 정도로 가라앉아 있다. 나는 휴대폰을 걸고도 선뜻 말을 꺼내지 못한다. 어떤 남자든 섹스 상대이고 하룻밤의 파트너로 생각하는 아이. 세상을 한껏 즐기고 최대한 소비하며 사는 20대. 마리는 자유분방한 나로서도 감당하기 어려운 상대다. 나는 나오지 않는 헛기침을 큼큼 하고 입을 연다.
"음 나야."
"오빠가 이 시간에 웬일이에요?"
"목소리가 듣고 싶어서 전화한 거야."
"그 거짓말 정말이에요?"
"정말이라니까."
"목소리 들어 보니까 정말 같기는 한데."
"그동안 별일 없었지?"
"별일 없었어요."
"다행이군."
"뭐가 다행이에요?"
"비가 너무 많이 쏟아져서."
"비 오는 것하고 나하고 무슨 상관이에요?"

---

55) 소행溯行 : 물의 흐름을 거슬러 올라감, 또는 물을 거슬러 올라감.

"그래도."
"하긴 너무 많이 내리는 것 같긴 해요."
"그렇지?"
"난 비 오는 게 좋기만 한데."
"비 오는 게?"
"내가 비 좋아하는 거 몰랐어요?"
"아니 그런 건 아니지만."
 나는 흩뿌리는 비를 보며 우물쭈물 대꾸한다. 마리가 재미있다는 듯이 큰소리로 웃는다. 나는 휴대폰을 귀에 댄 채 머리를 긁적인다. 한동안 깔깔거리던 마리가 슬며시 화제를 돌린다.
"그건 그렇고 오빤 어때요?"
"뭐가?"
"컨디션이나 하는 일 같은 거."
"그저 그래."
"그저 그렇다니요?"
"매일 누군가를 기다리거든."
"그 문명의 탈주자 말이군요?"
"음."
"그 사람을 꼭 잡아야 되나요?"
"잡지 말아야 할 이유도 없잖아."
"잡지 않을 이유가 있다면요."
"어떤 이유가?"
"그 사람이 우리들 희망이라면 어떡할래요?"
"그럴 리가 있겠어?"
"그건 모르는 일이잖아요."
"글쎄."
"그 사람 영원히 잡히지 않을지도 몰라요."
"왜?"
"문명 밖으로 날아갈 테니까요."
"난 무슨 말인지 모르겠는데."

"그 사람이 그런 말 한 거 알아요? 자기는 법이나 질서로부터 도망치는 게 아니라, 문명으로부터 탈출하는 거라고."
"그런 말도 했나?"
"그 얘기 매일 나와요. 티브이에서."
"난 처음 듣는 소리야."
"오빠 이제 보니 한심스럽다."
"나도 내가 한심스럽다고 생각해."
"구제불능."

마리가 큰소리로 귀엽게 면박을 준다. 나는 휴대폰을 바꿔 들고 마리의 말을 기다린다. 잠시 무언가를 생각하던 마리가 볼멘소리로 입을 연다.
"오빠는 따분하고 반복적인 일상이 싫지도 않아요?"
"그야 뭐."
"생각해 보세요. 일찍 일어나 정신없이 출근하고, 말 못하는 기계하고 씨름을 하고, 믿지 못하는 사람들과 일을 하고, 축 늘어진 상태로 퇴근을 하고, 또다시 잠을 자고 일어나서 밥을 먹고 출근하고 퇴근하는 거. 나라도 그 사람처럼 말했을 거예요. 이 숨 막히는 반복적 일상이 싫다고."
"그래?"
"꿈도 희망도 없이 사느니, 푸른 하늘을 마음껏 날다가 떨어져 죽는 게 낫죠."
"그 이카로스하고 우리가 쫓는 이카로스는 달라."
"뭐가 달라요? 내가 보기엔 똑같은데. 보세요. 그리스 신화에 나오는 이카로스하고 이름도 같죠. 억울하게 감옥에 갇힌 것도 같죠. 감옥을 탈출해서 도망치는 이유도 같죠. 죽는 상황까지 같을 거예요."
"우리가 찾는 이카로스는 사백오십 년 형을 받은 재미교포 이세야."
"어쨌건 이름하고 도망치는 이유가 같잖아요."
"나는 거기까지 생각해 보지 않아서."

나는 떠듬떠듬 말하고 헛기침을 한다. 마리가 어이없다는 듯이 쿡쿡 웃는다.
"오빠하고 말하느니 차라리 기계하고 얘기하는 게 낫겠어요."
"그걸 이제 알았어?"

"정말 구제불능이라니까."
"유리한테선 소식이 없지?"
나는 슬그머니 화제를 바꾼다. 마리가 퉁명스럽게 대꾸한다.
"없어요."
"이상한 전화도 오지 않았고?"
"안 왔어요."
"컨디션도 괜찮고?"
"괜찮아요."
"그럼 됐어."
"내 컨디션은 왜 묻는 거죠?"
"그냥 궁금하니까."
"이상한 일이군요. 오빠가 그런 걸 다 묻고."
마리는 무언가 의심쩍다는 투로 구시렁거린다. 나는 잠시 머뭇거리다가 나래가 한 얘기를 꺼낸다.
"나래가 그러는데 네가 이상해졌다는 거야. 죽느니 어쩌니 한다면서."
"그래서 내가 죽기라도 할까 봐요?"
"그건 아니고, 기분이 어떤가 해서."
"걱정 말아요. 아무 일 없을 테니까요."
"하긴 너한테 그런 일이 생길 리 없지."
"이제야 아셨군요."
"그럼 끊기로 하자. 목소리도 듣고 아무 탈이 없다는 걸 알았으니."
"실없기는."
"내가 봐도 실없기는 하다."
"문명의 이탈자인지 문명의 구도자인지 꼭 잡고, 다음에 술 사 줘야 돼요."
"알았어."
"약속한 거예요."
"물론."
"그럼 수고하세요."
"마리도."

나는 통화를 끝내고 조심스럽게 휴대폰 끈다. 역시 마리 신변에 변화가 생긴 게 분명하다. 그건 마리가 감추려 해도 어쩔 수 없이 드러난다. 문제는 내가 할 수 있는 게 없다는 사실이다. 언제나 자신만을 생각하고 자기만을 위해 살아왔던 계집애. 세상이 높은 줄 모르고 자유롭게 날던 20살짜리 여자애. 그 자유분방하고 거침없는 여자애가 무언가를 시도하려 한다. 나는 우두커니 서 있다가 휴대폰 번호를 검색한다. 010-ⅩⅩ12-ⅩⅩ16. 유리는 지금 어디서 무엇을 하고 있을까? 번호에 손가락을 대고 조심스럽게 누른다. 역시 휴대폰이 꺼져 있다는 신호만 들린다. 나는 다른 사람 휴대폰 번호를 검색한다. 010-ⅩⅩ04-ⅩⅩ29. 류대도 어디다 정신을 팔고 있는지 전화를 받지 않는다. 마지막으로 010-ⅩⅩ01-ⅩⅩ15를 누른다.

"여보세요."

목소리로 보아 디나의 기분은 나쁜 것 같지 않다. 나는 목청을 가다듬은 다음 안부를 묻는다.

"몸은 괜찮아?"

"괜찮아요."

"별일 없고?"

"없어요."

"저번엔 무척 걱정했어."

"걱정할 거 없어요. 인생이란 게 준만큼 받는 거니까요."

"인생이 정말 그런 걸까?"

"인생은 언제나 그래요. 행복이 찾아오면 금방 불행이 닥쳐오죠. 불행이 사라지면 다시 행복이 찾아오고요. 그러니 걱정 말라는 거예요. 다 알아서 돌아갈 테니까요."

"산부인과에는 안 갈 거야?"

나는 잠시 뜸을 들이다가 조심스럽게 얘기를 꺼낸다. 디나가 한동안 침묵을 지키더니 침울한 소리로 대답한다.

"가지 않을 거예요."

"왜?"

"갈 필요가 없으니까요."

"그럼 어떡할 거야?"

"우리 좀 재미있는 얘기 할 수 없어요?"
"이런 상황에 그런 말이 나와?"
"내 말이 어때서요?"
"사실이 그렇잖아."
"지금 전화 거는데 어디예요? 거기 근무 장소죠?"
"음."
"그럼 잠복근무?"
"맞아."
"그거 잘됐군요."
"잘되다니?"
"모처럼 일다운 일을 하니까요."
 디나는 분위기를 바꿔보려고 꽤나 애를 쓴다. 나는 나오지 않는 마른기침을 두어 번 한다. 디나가 억지로 웃으며 근무 얘기를 꺼낸다.
"매일 빈둥대다가 그러고 있자니 죽을 맛이죠?"
"그건 그래."
"거기서 얼마나 더 죽쳐야 돼요?"
"기약이 없어."
"고생이 많겠군요."
"그런 셈이지."
"그 사람 때문에 잠복하는 거죠? 이카로스라는?"
"맞아."
"몸조심하세요. 그 사람 듣기보다 흉악하대요."
"내 걱정 말고 네 몸이나 잘 챙겨."
"나는 오빠가 더 걱정돼요."
"지금 내가 아니고 너야."
"신경 쓰지 마세요. 내 일은 내가 알아서 할 테니까요."
"그래도 그게 아니야."
"제발 걱정 말라니까요. 한두 살 먹은 어린아이도 아니니까. 오빤 내가 어떤 앤지 잘 알잖아요."
"그거야 잘 알지."

"그럼 됐어요."

나는 비가 뿌리는 거리를 바라보며 우물거린다. 디나가 나오지도 않는 웃음을 만들어 웃는다.

"그럼 수고하시고. 일 끝나면 꼭 들러야 돼요. 전화 끊을게요."

나는 비가 퍼붓는 하늘을 멍하니 올려다본다. 디나의 마음은 어둡고 우울한 게 분명하다. 아니 우울이 아니라, 깊은 절망감 같은 게 느껴진다. 그것은 디나의 목소리를 들어 봐도 알 수 있다. 나는 잠시 서 있다가 피여나의 아파트로 전화를 건다. 02-XX12-XX37. 피여나는 짧은 멘트만 남겨 놓은 채 전화를 받지는 않는다. 나는 휴대폰을 귀에 바짝 대고 피여나의 멘트를 듣는다. ─지금 저는 출타 중입니다. 용건이 있으신 분은 메시지 남겨 주시기 바랍니다─ 나는 휴대폰을 끄고 승용차 쪽으로 뛰어간다. 피여나가 집주를 찾아갔을지 모른다는 생각을 하며.

47

유토피아의 소실은 인간 자신이 물건이 되는 정적인 현실성을 성립시킨다. 즉 가장 합리적으로 자신을 지배하는 인간이 충동하는 대로 움직이는 인간이 되고, 오랫동안 희생으로 점철된 영웅적인 발이勃爾[56] 후에 자각의 최고단계에 도달한 인간이 ─여기에서는 이미 역사는 맹목적인 운명이 아니라 자기 자신의 창조물이 된다─ 유토피아의 갖가지 형태의 소멸과 함께 역사에의 의지와 역사에의 전망을 잃게 된다는, 생각할 수 있는 한의 최대한의 역설이 생겨날 것이다. ─ 만하임의 「이데올로기와 유토피아」 중에서

"잘 모르지만 손님이 찾는 클럽은 예전에 있던 나이트클럽일 겁니다. 다시 말해 유토피아 나이트클럽은 아틀란티스 클럽이 생기기 훨씬 전 업소라는 거죠."

"예전에 있던 나이트클럽?"

---

56) 발이勃爾 : 세력이나 기세가 갑자기 일어남.

"네 그것도 33년 전에."

카발리에 차림의 웨이터는 옛날 얘기를 하는 사람처럼 말한다. 나는 멍한 표정으로 어릿광대 차림의 웨이터를 바라본다. 웨이터는 자신의 말이 사실이라는 듯 어깨를 으쓱한다. 나는 주위를 한 차례 둘러보고 재차 확인한다.

"여기가 헤라이온 빌딩 지하 맞지요?"

"맞습니다."

"유토피아 나이트클럽이 있던 자리고요?"

"물론입니다."

"그렇다면 이해할 수 없군요."

"이해할 수 없는 건 제 쪽입니다. 왜냐하면 손님이 찾는 나이트클럽은 오래 전에 사라졌으니까요."

"그건 압니다만."

"그런데 뭐가 문제죠?"

"얼마 전에 여기서 전화가 왔거든요."

"누구한테서요?"

"지배인이라나 집주라나 하는 분한테요."

"집주요? 그렇다면 맞는데."

웨이터는 무언가 이상하다는 듯이 고개를 갸우뚱거린다. 나는 목에 힘을 주고 단호하게 말한다.

"전화뿐이 아니에요. 그분 말로는 내가 찾는 여자애가 여기서 일한다는 거예요."

"손님이 찾는 여자분이요?"

"그렇습니다."

"그게 언젠지 모르지만, 내가 여기서 일한 것도 꽤 오래 됐거든요."

"그게 사실입니까?"

"내가 왜 거짓말을 하겠습니까?"

"그건 아니지만."

"내가 알기론 유토피아 나이트클럽은 33년 전에 없어졌어요. 더 정확히 말하면 33년 전에 불타 버렸습니다. 당시 유토피아 나이트클럽은 화려함의 극치라고 할 수 있었어요. 어떤 사람이든 유토피아에 오면 미친 듯이 춤추고 마시고 즐겼거든요. 그러다가 갑자기 불이 났습니다. 그때 108명이 떼죽음을 당했다는 얘기가 있어요. 단 한 명도 시뻘건 불속에서 빠져나오지 못했다는 겁니다. 이래도 그 여자분이 여기서 일한다고 믿습니까?"

웨이터가 내 얼굴을 쳐다보며 힐난조로 말한다. 나는 인상을 찌푸리고 선 채 입맛을 다신다. 바로매라는 명찰을 단 웨이터가 몸을 돌려 출입문 쪽으로 걸어간다. 나는 얼른 웨이터의 옷소매를 잡고 늘어진다.

"혹시 내가 다녀간 건 생각나지 않습니까?"

"손님이 여기를요?"

"그렇습니다."

"그러고 보니 어디서 본 것 같기도 합니다."

"잘 생각해 보세요."

나는 웨이터의 옷소매를 잡고 간곡히 사정한다. 웨이터가 잠시 기억을 더듬더니 이마를 탁 친다.

"아 그렇군요. 이제 생각났습니다. 손님은 몇 주 전에 우리 클럽을 찾아왔어요. 술에 잔뜩 취해서."

"누구를 찾아온 게 아니고요?"

"누구를 찾아야 하느니 어쩌니 했지만, 결론은 술을 마시러 온 것 같았습니다. 삼 찬가 사 차째 왔다고 했으니까요. 손님은 그때 알 수 없는 말만 늘어놓다가 여기서 잠이 들었어요."

웨이터가 밀실 한쪽에 있는 소파를 가리킨다.

"내가 여기서 잠을 잤다는 말입니까?"

"잠을 잔 정도가 아니라 아예 곯아떨어졌어요. 전혀 생각이 나지 않으십니까?"

"이곳에 들어와서 누군가를 만난 것밖엔 기억이 없는데요."

"손님은 여기서 오랫동안 잠을 잤어요. 알 수 없는 잠꼬대까지 하면서 말이에요. 돌아갈 때도 앞문으로 가지 않고 뒷문을 통해 나갔습니다."

"내가요?"

"그때 우리가 말렸어요. 뒷문 쪽은 공사 중이라 위험하다고요. 그래도 막무가내로 가다가 부상당하고 병원으로 실려갔죠. 그때 뒷문 쪽에서 하수도 공사가 진행 중이었거든요."

"그때 내가 무슨 말을 하지 않던가요? 지하부니 지하클럽이니 하면서, 무얼 찾아야 된다고."

"그런 비슷한 말은 했습니다."

"그렇죠? 그래서 잠시 대기실 앉아 있었고, 그 다음에 잠이 들었던 거 같아요. 아 이제 어렴풋이 생각납니다."

"이제야 생각이 나시는군요."

웨이터가 밝은 표정을 지으며 다시 소파 쪽으로 걸어온다. 나는 웨이터를 붙잡고 사정조로 말한다.

"내 기억으론 여기서 묘한 일을 경험한 것 같은데, 지하층을 한번 구경할 수 없을까요. 지하창고라도 좋고 지하차고라도 상관없습니다. 대충 둘러보고 갈 테니까요."

"정말로 지하층을 구경해 보시겠습니까?"

"불편하지 않다면 보여주십시오. 거기서 이해할 수 없는 것들을 본 것 같거든요."

"그럼 한 가지만 약속해 주십시오."

"보여주신다면 무슨 약속이라도 하죠."

"지금부터 입을 꾹 다물고 계십시오. 보아도 못 본 것처럼 들어도 못 들은 것처럼 말이에요. 지하층은 한 번도 개방한 적이 없거든요."

"꼭 그래야 된다면 약속을 해야겠죠."

"그럼 됐습니다. 내가 열쇠를 가져올 테니까 여기서 기다리고 계십시오. 아 또 한 가지, 지하에선 어떤 질문도 금기란 걸 아십시오. 잘못하면 밖으로 나가지 못할 수도 있습니다."

"거기가 그렇게 위험한 곳입니까?"

"위험하다기보다 금기된 장소란 말입니다. 물론 지금 같은 질문도 안 된다는 걸 명심하십시오."

"그렇다면 알았습니다."

나는 얼른 자세를 똑바로 하고 고개를 끄덕인다. 웨이터가 마음에 든다는 듯이 허리를 굽힌다. 그 바람에 붉은색 프리지앙 보닛이 훌렁 벗겨진다.

나는 바닥에 떨어진 모자를 집어 웨이터에게 건네준다. 웨이터가 프리지앙 보닛을 받아들고 홀을 가로질러 간다. 나는 탁자 위에 있는 물을 들이켜고 소파에 털썩 주저앉는다.

존재의 총괄은 없다. 있다면 무한한 현상 속의 무한한 존재일 따름이다. 존재의 현상과 내가 관계를 맺은 현상을 통해서만이 나의 존재가 무한한 존재와 교류하게 된다. 무한한 존재를 위하여 내 존재가 희생하는 것은 모든 존재의 현상을 위하여 나의 존재가 희생하는 일로, 이 현상은 나의 희생을 필요로 하며 또 내가 전희牷犧[57]하는 현상이다. - 슈바이처의 「문화와 윤리」 중에서

나는 웨이터를 기다리다 지쳐 소파에 눕는다. 푹신한 소파에 눕자 눈이 감기고 잠이 쏟아진다. 나는 잠들지 않기 위해 눈을 끔뻑이며 천정을 올려다본다. 여기서 잠들면 안 된다. 웨이터가 열쇠를 가지고 돌아올 때까지 기다려야 한다. 그렇지 않으면 지하부라는 곳으로 내려갈 수 없다. 나는 안간힘을 쓰며 감겨오는 눈꺼풀을 들어 올린다.
'제길.'
나는 혼미해지는 정신을 차리려고 기를 쓴다. '왜 이렇게 잠이 쏟아지는 거야. 미치겠군.' 아무리 정신을 차리려고 해도 의식은 점점 더 혼몽해진다. 깊고 깊은 수렁 속으로 빠져드는 것처럼. 나는 가라앉는 의식을 일으켜 세우기 위해 몸부림친다.
'아…'
어디선가 아스라하게 노래를 부르는 소리가 들려온다. 아득히 들리는 노래는 비지스의 언 에버레스팅 러브가 분명하다. 아니다. 언 에버레스팅 러브가 아니라 플리트우드 맥이 부르는 드림이다. 어쩌면 에로스미스가 부

---

57) 전희牷犧 : 제사에 쓰는 희생, 또는 묘사에 소, 돼지 따위의 산 짐승을 바침.

르는 드림 온 같기도 하고. '꿈을 꿔 봐요. 꿈을 꿔 봐요.' 가수는 꺼져 가는 목소리로 계속 노래를 부른다. 나는 나도 모르게 가수의 목소리를 따라 중얼거린다.
'꿈을 꿔 봐요. 꿈을.'
노래를 부를수록 의식은 점점 몽롱해지고 기운이 빠져나간다. 안 돼. 유리를 찾아야 돼. 유리를… 나는 소파에 몸을 기대고 꿈속으로 깊이깊이 빠져든다. 희미하게 들려오는 음악소리를 귓전에 느끼며. 그리하여 나는 존재의 심연, 존재의 한가운데, 존재의 근원 속으로 침잠해 간다. 아주 천천히.

49

언제나 악마는 내게 말하곤 했다. '신도 그의 지옥을 가지고 있다. 그것이 인간에 대한 그의 사랑이다.' 최근에 나는 악마가 이런 말을 하는 것을 들었다. '신은 죽었다. 인간에 대한 그의 동정과 무휼撫恤[58] 때문에 신은 죽었다.' – 니체의 「차라투스트라는 이렇게 말했다」 중에서

누군가 잠들어 있는 내 어깨를 가만히 흔든다. 나는 무겁게 내리누르는 눈꺼풀을 들어 올린다. 단단히 들러붙은 눈꺼풀은 좀처럼 떨어지지 않는다. 다시 거칠고 투박한 손길이 어깨를 흔든다. '이봐요, 이봐요.' 나는 그 모든 것이 꿈이라고 생각한다. 나를 깨우는 손길이나 꿈을 꾸고 있다는 생각까지도. 나는 몸을 부르르 떨며 기분 나쁜 손길을 뿌리친다. 어깨를 흔드는 손의 주인도 쉽게 물러서지 않는다. '선생, 선생, 그만 일어나세요.' 나는 꽉 쉬고 음산한 목소리에 놀라 눈을 번쩍 뜬다.
"선생이 다시 찾아올 줄 알았습니다."
어디서 본 듯한 노인이 흰 수염을 쓸어내리며 웃는다. 나는 손등으로 눈

---

[58] 무휼撫恤 : 어루만져 구호함. 어려운 사람을 불쌍히 여겨 위로하고 물질을 베풀어 도움.

을 비비고 백발노인을 본다. 눈앞에 서 있는 사람은 쥐스토코르에 망토를 걸친 집주다. 내가 멀뚱히 쳐다보자 집주가 깡마른 손을 내민다. '반갑습니다, 선생.' 나는 엉겁결에 집주가 내민 손을 잡았다가 뒤로 뺀다. 집주가 씨익 웃고 점잖은 목소리로 입을 연다.

"내가 갑자기 나타나서 놀랐습니까?"

"네 조금은."

"아하 그랬군요. 이제 피곤은 좀 풀렸습니까?"

"조금 풀린 것 같습니다."

"그럼 슬슬 지하부로 내려가 보실까요?"

"지하부라니요?"

"잊었습니까? 지하부를 보여주기로 한 것 같은데."

"아 그렇지. 지하부."

"아직 잠이 덜 깬 모양이군요."

"아 아닙니다. 완전히 깼습니다."

"하긴 잠을 너무 자도 정신이 없는 법이니까요."

"잠을 너무 자다니요?"

나는 이해할 수 없다는 얼굴로 되묻는다. 집주가 특유의 쉿소리를 내며 껄껄 웃는다.

"선생은 10시간이나 잤어요. 단 한 번도 깨지 않고."

"제가 10시간이나 잤다고요?"

"생각이 안 납니까?"

"네 전혀."

"하기야 100년을 잤다 해도 깨어나면 순간이니까요."

집주가 재미있다는 듯이 또다시 큰소리로 웃는다. 나는 탁자 위에 있는 물컵을 들고 단숨에 들이켠다. 집주가 내 얼굴을 보며 의미심장한 표정을 짓는다.

"그건 그렇고 혹시 저번 일이 생각나지 않습니까? 나하고 같이 많은 방을 둘러봤는데."

"글쎄요. 어렴풋이 떠오르는 것 같기도 하고."

"잘 생각해 보세요. 마음을 편하게 먹고. 어때요? 신들 그림이 있던 방하고 아름다운 여자들, 컴컴한 지하부."

"컴컴한 지하부?"

"네 물속으로 가라앉던 지하부."

나는 기억을 더듬으며 이상한 복장의 집주를 바라본다. 집주가 가슴 아래까지 늘어진 수염을 쓸어내린다.

"생각나지요?"

"생각이 나는 것 같습니다. 물에 잠기던 지하실하고 물을 퍼내던 사람들, 어둡고 음습한 복도…"

"이제야 기억을 하는군요. 내가 이런 질문을 하는 건, 선생이 예전 일을 기억해야 한 단계 아래로 내려갈 수 있기 때문입니다. 부언하자면 선생이 더 아래쪽으로 내려가기 위해선 반드시 지난 일을 기억해야 된다는 얘깁니다."

"더 아래쪽으로 내려가기 위해서?"

"그렇습니다."

"묘한 규칙이군요."

"선생은 아직 뭐가 뭔지 잘 모를 겁니다. 하지만 아래로 내려가면 모든 게 떠오를 거예요. 그게 우리 지하클럽 특징이거든요. 한 발씩 내려갈 때마다 기억이 또렷해지고, 한 발씩 올라갈 때마다 기억이 흐려지는 현상. 어디론가 진행할 때마다 한 부분은 흐려지고, 한 부분은 밝아지는 현상. 그런 현상이라고 보면 맞습니다. 중요한 것을 얻은 만큼 귀중한 것을 잃어버리는 규칙. 그런 현상과 규칙 때문에 밖으로 나가면 아무것도 생각나지 않는 거예요. 어때요. 이 방하고 저쪽 문으로 통하는 복도가 생각나지 않습니까?"

집주가 양치기 지팡이를 들어 아치형 출입문을 가리킨다. 나는 몸을 돌려 집주가 가리킨 쪽을 응시한다. 그곳에 반쯤 열린 철문이 있고 그 사이로 붉은 카펫이 보인다. 그때서야 복도가 낯이 익다는 사실이 떠오른다. 내가 밝은 표정을 짓자 집주가 빙그레 웃는다.

"생각이 납니까?"

"예 생각납니다."

"선생은 그때 어떤 여자분을 찾아왔지요. 이목구비가 뚜렷하고 뛰어난 미모를 가진."

"그런 것 같습니다."

"그 여자분을 찾지 못하고 돌아갔고요."

"그것도 맞는 것 같습니다."

"이제야 기억이 완전히 돌아왔군요. 정말 다행입니다. 그런데 아직도 그 여자분을 만나 보고 싶습니까?"

"물론이죠. 다른 여자도 찾아야 하는데요."

"다른 여자라니요?"

"피여나라고, 유리라는 여자애하고 친굽니다."

"그럼 그 여자분도 이곳으로 들어왔다는 말입니까?"

"제가 알기에는 여기서 일하는 게 분명합니다."

"유감이군요. 여기는 아무도 없어요. 나밖에는."

"그게 정말입니까?"

"아까도 말했지만 지하부는 물론이고, 지하 이층도 물에 잠겼습니다. 이 건물 지하가 온통 물바다로 변한 거지요. 우리가 서 있는 복도도 머지않아 물에 잠길 말 테지만 말입니다."

"그러면 그 많은 사람들이 모두 떠났다는 말인가요?"

"그 사람들뿐이 아닙니다. 이곳엔 이제 아무도 없어요. 지하 깊은 곳에서 계속 물이 솟거든요. 위층에 있는 아틀란티스 나이트클럽도 곧 물에 잠길 겁니다."

"언젠가 비는 멈출 게 아닙니까?"

"그렇지 않아요. 예년 같으면 멈추고 남았을 텐데 계속 쏟아지거든요. 두 달이 다 되어 가는데도 말이에요. 이번 비는 어쩌면 영원히 그치지 않을지도 모릅니다. 이 도시가 다 잠긴다 해도."

"그렇게까지야?"

나는 사방을 둘러보고 고개를 젓는다. 집주가 쓸쓸하게 웃으며 복도를 가리킨다.

"선생은 참 순진하군요. 보세요. 저 복도도 벌써 물이 차오르지 않습니까? 지금은 잘 보이지 않지만, 자세히 관찰하면 지하실이 온통 물 천지라는 걸 알 수 있습니다. 선생하고 나도 몇 시간 후면 더 높은 곳으로 올라가야 할 거예요."

집주는 건물 전체가 물에 잠기기를 바라는 사람처럼 말한다. 나는 믿을 수 없다는 표정으로 집주를 쳐다본다. 집주가 지하로 통하는 아치형 철문을 활짝 열어젖히고 들어간다. 나는 재빨리 집주를 따라 널찍한 복도 안으로 들어선다. 집주와 내가 복도로 들어가자 발등 위로 물이 차오른다.

"이제 내 말을 이해하겠습니까?"

"아무리 그래도 지하실 천정까지야."

"선생은 눈으로 확인해야 믿는 성격이군요. 그럼 지금부터 내 뒤를 따라오십시오. 물에 잠겨 가는 생생한 현장을 보여 줄 테니까요."

집주는 뒤도 돌아보지 않고 앞을 향해 걸어간다. 나는 그 자리에 서서 생각을 가다듬는다. 집주라는 노인을 따라가야 할 것인지, 여기서 돌아가야 할 것인지를. 집주가 앞서 가며 어서 오라고 손짓을 한다. 나는 퍼뜩 정신을 차리고 어두컴컴한 복도를 걸어간다.

"이쪽이에요. 이쪽."

내가 길을 찾지 못하자 집주가 지팡이로 물을 탁탁 친다. 나는 물소리가 들리는 쪽을 향해 더듬더듬 걸어간다. 집주가 복도 위쪽을 가리키며 슬며시 주의를 준다.

"천정에 청동 조각상을 매달아 놓았으니 조심하세요."

나는 그 자리에 서서 집주가 가리킨 천정을 올려다본다. 집주의 말대로 천정에는 수많은 조각상들이 거꾸로 매달려 있다. 입과 눈, 코, 귀에서 시뻘건 녹물을 줄줄 흘리며. 나는 놀란 나머지 뒤로 몇 발자국 물러선다. 집주가 무겁고 침울한 목소리로 설명을 한다.

"물은 차오르고 옮겨 놓을 장소는 없고, 어쩔 수가 없었어요."

"그래도 그렇지 어떻게 거꾸로."

"그것도 다 대가를 치르고 있는 겁니다."

"대가?"

"그렇습니다."

"……."

"하지만 잘 살펴보세요. 하나같이 위대한 사람들이니까요."

나는 흉측한 몰골의 청동 조각들을 보며 입맛을 다신다. 그들은 모두 사람들의 추앙을 받던 성인과 영웅, 의인들이다. 그런데 물이 차오르는 복도 천정에 거꾸로 매달려 있다니. 나는 성인과 영웅들의 사나운 몰골을 두려운 마음으로 올려다본다. 미라처럼 꽉 늙어버린 120살의 모세. 이스라엘 왕국 2대 왕 다윗, 이스라엘 왕국 3대 왕 솔로몬, 필리피 감옥에 갇혀 있다가 참수당한 60살의 바오로. 헤롯왕의 도덕적인 부패를 비판했다가 30살에 처형당한 요한, 바알과 아세라의 예언자 450명과 대결한 58살의 엘리야. 실오라기 하나 걸치지 않은 80살의 석가모니. 두 눈을 부릅뜬 채 허공을 노려보는 63살의 무함마드. 십자가에 거꾸로 매달린 채 죽음을 맞이한 68살의 베드로까지 있다. 내가 불안한 표정을 짓자 집주가 발걸음을 옮기며 덧붙인다.

"마치 신들을 죽여서 거꾸로 매달아 놓은 것 같지요?"

"그런 것 같습니다."

"사실 그 동상들처럼 신은 죽었는지 모릅니다."

"신이 죽다니요?"

"그렇지 않습니까? 세상 전체가 죄악에 빠져 허우적거리는데, 누구 하나 나서지 않으니까요. 보세요, 이 조각상이나 신이나 다를 게 뭡니까. 말이 없기는 마찬가진데요. 세상이 어떻게 되든 수수방관하는 것도 같고. 어때요, 그렇다고 생각하지 않습니까? 신은 말이에요. 모두 사라졌어요. 아니 죽었다는 표현이 더 적절할 겁니다."

집주는 무언가에 화를 내듯 허공을 향해 투덜거린다. 나는 집주를 따라가며 조각상들을 힐끔힐끔 쳐다본다.

"이건 미켈란젤로가 조각한 피에타 군상이에요. 저쪽에 매달려 있는 게 알렉산더 대왕이이고, 그 옆이 초대 로마황제 아우구스투스예요. 그 뒤가 노예라는 제목이 붙은 입상입니다. 그 다음이 로댕이 조각한 코가 망가진 사나이고, 그 옆이 제우스 나체 입상, 줄리어스 시저, 마르시아스 두상, 마르쿠스 안토니우스, 왕관을 쓴 승려, 클레오파트라 7세 필로파토르, 비너스 나상, 오콘 군상, 루이 14세, 칼레의 시민, 크리티오스 소년, 생각하는 사람이죠. 자 이쪽을 보십시오. 이건 아무나 들어갈 수 없는 문인데, 지옥의 문59)이라고 합니다. 로댕이 제작한 건데 제법 훌륭하지 않습니까?"

집주가 청동으로 조각된 웅장한 철문을 가리킨다. 나는 반사적으로 고개를 주억거린다. 집주가 수많은 사람의 나상이 조각된 청동문을 지팡이로 툭툭 친다.

"이 안으로 들어가면 다시는 돌아올 수 없습니다."

"다시 돌아올 수 없다고요?"

"물론입니다. 지옥의 문이니까요. 헌데 정신 나간 사람 수십 명이 그 문으로 들어갔어요."

"정말 이 문으로 사람들이 들어갔다는 말입니까?"

"보세요. 문 앞에 신발이 수북이 쌓여 있지 않습니까? 그 안으로 들어가면서 벗어 놓은 신들이. 그 사람들 대부분이 암흑이론을 내세운 학자들일 겁니다. 수학자나 물리학자, 천문학자도 다수 있고요."

"그 사람들이 왜 이 문으로 들어간 거죠?"

"그 인간들 의문이나 의혹이 많은 존재들 아닙니까? 이것저것 따지거나, 반대로 생각하고, 뒤집어 상상하는 게 특기고요. 툭하면 거꾸로 보고, 역으로 판단하고, 정상적인 걸 부정하는 게 습성이지요. 그런 이유 때문에 지옥문으로 들어간 겁니다. 지상에는 실증해 보일 만한 이론도 바닥났고, 물어볼 대상도 없었으니까요. 자기들이 내세운 가설도 확인해야 했고요."

"그 사람들이 내세운 가설이 뭔데요?"

"우주가 존재하고 생성 소멸하는 원인, 이 세상에 존재하는 모든 물질. 이 세상을 구성하고 있는 모든 물체. 우주를 형성하고 있는 모든 입자. 더 이상 분할할 수 없고, 더 이상 작아질 수 없는 미시적 존재. 그것이 바로 암흑물질이라는 게 그 사람들 가설입니다. 다시 말하면 세상이 원자, 분자, 소립자로 되어 있는 게 아니라, 그보다 더 작고 미세하고 불가해한… 본질도 알 수 없고, 실체도 알 수 없고, 크기도 알 수 없는 암흑물질로 이뤄졌다는 게 그들 주장이에요. 암흑물질 없이는 우주가 팽창, 응축, 폭발, 회전하지 않는다고 생각하는 사람들이니까요."

---

59) 지옥의 문(La Porte de l'Enfer) : 로댕의 대표작 중 하나로 1880년에 시작해 미완성인 채로 1900년에 공개됨. 재료는 청동이며 크기는 세로 635㎝, 가로 400㎝, 너비 85㎝.

"그런데 학자들이 지옥문 안에 들어가서 무얼 한다는 얘깁니까?"

"자신들 이론이 맞는지 어쩐지 확인하기 위해서 들어간 거겠죠. 생각해 보세요. 천국이나 극락은 아무나 가는 곳이 아니지 않습니까. 그런 곳은 선택받은 사람들만 갈 수 있고, 많은 돈을 주고 티켓을 끊어야 하고요. 자기가 선택한 종교를 평생 동안 믿고 따르고 충성하면서 말입니다. 반면 지옥은 아무나 가는 곳이지요. 티켓이나 특별한 신분, 맹목적 충성도 필요 없고요. 그러니 지옥을 찾아간 거겠죠. 자세한 건 나도 잘 모릅니다. 지옥에는 불확실하지만 진리라는 게 존재하고, 버려진 최첨단 과학, 폐기된 10차원 수학, 외면당한 미래 물리학, 불가해한 우주공학도 존재하니까요. 어쩌면 거기 가면 무언가는 확인해 볼 방법이 있을지 모릅니다. 지옥은 현대문명이 내세우는 각종 이론이나 법칙, 과학, 수학 따위하고는 거리가 먼 곳이거든요. 무엇보다 지옥이 좋은 건 구별이나 구분, 차별이 없다는 겁니다."

"구분? 차별?"

"그걸 어떻게 말해야 할까요. 거기서는 인간이나 동물, 진실이나 거짓, 선이나 악, 문명이나 야만, 진리나 허구, 높고 낮음, 빈과 부를 차별하지 않는다는 겁니다."

"그래요?"

"지옥에는 완전하지 않지만 행복도 존재하고 사랑과 희망도 남아 있다는 겁니다. 이 세상에서 사라진 고귀한 가치나 도덕, 윤리, 진실도 살아 있고요. 신이나 악마가 폐기처분한 학문, 지식, 과학, 수학, 기술, 음악, 예술도 마찬가집니다. 그러니 무엇이든 의문을 가졌고, 회의를 품었던 사람들이 찾아갈 수밖에요. 악마나 신이 버린 기하학, 응용과학, 우주물리학이라도 들춰 봐야 했으니까요."

"그래서 그 사람들이 이 문으로 들어갔다는 말입니까? 그런 걸 알아보기 위해서?"

"그런 셈이지요. 천국문은 어디 있는지도 모르고, 아무나 들어가는 곳도 아니지 않습니까."

"이 문으로 들어간 사람들이 대체 누구누굽니까?"

"선생도 잘 알다시피 탈레스, 제논, 레우키포스, 데모크리토스, 아낙사고라스, 노스트라다무스 같은 사람들입니다. 모든 것을 논리적으로 분석한 루크레티오스, 지동설을 주장한 갈릴레이, 코페르니쿠스, 천동설을 주장한 피타고라스, 히파수스, 아리스토텔레스, 프톨레마이오스, 천왕성 발견한 윌리엄 허셜도 예외는 아닙니다만."

"하나같이 대단한 사람들이군요."

"그러니 지옥문으로 들어간 거지요."

"그 외에는 없습니까?"

"이 문으로 들어간 사람들 말인가요?"

"네."

"그야 많이 있지요. 그 당시는 별종들이 한두 명이 아니었으니까요. 지옥문으로 들어간 사람들 중에 파르메니데스, 엠페도클레스, 에피쿠로스, 보에티웃, 브루노, 보일, 돌턴, 칸트, 유클리드, 아르키메데스, 뉴턴, 가우스, 마리우스, 라이프니츠, 페르마, 다윈, 데카르트까지 끼어 있습니다."

나는 믿을 수 없다는 얼굴로 고개를 젓는다. 내 모습을 지켜보던 집주가 능청스럽게 웃는다.

"그 학자들 아직까지 소식이 없어요. 100년이 지난 지금도 말입니다. 벗어 놓은 신발을 다시 찾아 신고 집으로 돌아간 사람도 없었고요."

"그 사람들이 정말 100년 전에 들어갔다는 말입니까? 이 문으로?"

"말하자면 그런 셈이지요."

"……?"

"생각해 보세요. 100년 전이면 20세기 촌데, 그때는 지구상에 진실이나 학문, 과학이 바닥나서 더 이상 배울 수도, 무언가를 추구할 수도 없었을 겁니다. 그러니 지옥문으로 들어간 거지요. 그 사람들 거기서 20세기가 만든 유령들을 만났다는 겁니다. 쉽게 말해 서구문명이 이용해 먹을 대로 이용해 먹고 버린, 추악한 유령들을 만났다는 거지요."

"20세기가 만들어 낸 추악한 유령들?"

"네 20세기가 만들어 낸 추악한 유령들."

"……?"

"그렇지 않습니까. 우리기 기를 쓰고 배우는 과학이니, 수학이니, 철학이니, 문학이니, 이념이니, 종교니, 예술이니, 문화니 하는 것들이 얼마나 인류와 문명을 파괴하고 왜곡하고 희생시켰습니까? 선량하고 순수한 인간들을 얼마나 변질되게 만들었고요. 또 그 왜곡된 학문이나 이념들이 진리라는 가면을 쓰고 어떻게 역사를 호도했습니까. 그러니 그것들을 서구문명이 만들어 낸 유령이라고 하지 않을 수 있겠습니까? 당연히 유령이라고 부를 수밖에요. 어때요. 그렇다고 생각하지 않습니까?"

"글쎄요."

"선생이 무슨 잘못이 있겠습니까? 다 이상하게 변질되고 왜곡된 이념, 진리, 도덕, 가치관 때문이지요. 지옥문으로 들어간 사람들이 추악하게 변한 유령들 때문에 밥도 못 먹었다는 소문이 있습니다."

나는 멍한 표정으로 천정을 올려다본다. 집주가 헛기침을 하고 다시 입을 연다.

"선생 머리 위에 매달려 있는 게 아브라함과 두 아들인 이삭과 이스마엘이에요. 그 위대하고 위대한 히브리인과 아랍인들 조상이지요. 아브라함 뒤에 매달려 있는 게 아담과 이브, 야곱, 요셉, 여호수아, 아론이고, 그 옆이 노압니다. 노아 뒤쪽에 있는 게 성 리누스, 프랑수아 1세, 펠리페 2세, 카를 5세, 엘리자베스 1세, 쉴레이만 대제, 크리스티안 4세, 나폴레옹 1셉니다. 여기는 없는 사람이 없어요. 신을 비롯해서 성인은 물론이고, 왕과 황제, 장수에다가 철학자, 과학자, 시인, 소설가, 음악가, 화가, 어릿광대까지. 그야말로 서구문명이 자랑하는 인물들이 모두 매달려 있습니다."

"그런데 이걸 왜 여기에 매달아 둔 거죠? 그것도 거꾸로."

내 말에 집주는 아픈 곳을 찔린 사람처럼 더듬거린다.

"어쩔 수 없어서 그렇게 한 겁니다."

"그렇다고 이 신성한 조각상을 거꾸로 매달아 둡니까? 보기 흉하게."

"선생도 알다시피 지하에서 물이 계속 차오르지 않습니까. 신들이란 신들도 모두 도망쳤고요. 청동 주물들이 무겁기는 얼마나 무거운지. 그래서 어쩔 수 없이 거꾸로 매달아 둔 겁니다."

"그래도 거꾸로 매달아 둘 필요는 없는 거 아닙니까?"

"거꾸로 매달아 놓은 것도 다 이유가 있는 거예요."

"어떤 이유가 있습니까?"

"지금 밖에는 장대 같은 비가 쏟아지지 않습니까? 40일 이상을 무지막지하게."

"그야 그렇지만."

"비는 줄기차게 쏟아지고, 물은 계속 차오르고, 신들이란 신들은 모두 도망쳤고. 누가 이 사태를 수습하겠습니까? 어쩔 수 없이 천정에 매달아 놓을 수밖에요. 또 누가 보더라도 거꾸로 매달아 놓는 게 낫지 않습니까. 똑바로 매달아 놓는 것보다."

"전 이해할 수가 없습니다."

"이해할 수 없다고요?"

"그렇지 않습니까?"

"그건 그렇지 않아요."

"어째서요?"

"생각해 보세요. 이들을 똑바로 매달아 놓으려면 목에 밧줄을 걸어야 하는데, 생각만 해도 끔찍하지 않습니까? 밧줄을 목에 걸고 대롱대롱 매달린 부처나 알라, 교황. 인류가 타락하고 문명이 피폐해졌다 해도 그런 모습은 어울리지 않는다 이 말입니다. 그 화려했던 서구문명이 황혼기에 접어들었다 해도 말이에요. 쉽게 말해 서구유럽은 이미 황혼의 제국이 되었다고 할까요. 문명의 황혼이라고 할까요. 그런 이유로 거꾸로 매달아 놓은 거예요. 눈이나 코에서 녹물이 흘러내려 좀 추해 보입니다만, 목에 밧줄을 걸고 있는 것보단 나으니까요."

"그렇다면 있던 자리에 세워 두면 되지 않습니까?"

"그건 안 됩니다. 이 조각상들이 있던 지하 40층은 물속에 깊숙이 잠겼거든요."

"제 말은 물속에 방치해 두는 것도 괜찮지 않느냐 이 말입니다. 거꾸로 매달아 놓는 것보다는."

"그렇게 할 순 없습니다. 아무리 보잘 것 없는 조각상이라고 해도, 이들은 전부 성인이거나 인간들한테 추앙받던 영웅들이에요. 그러니 물속에 방치해 둘 수 없는 겁니다. 또 이렇게 해야 성인들한테 예의를 갖추게 되는 거고요. 그렇지 않습니까?"

집주는 열띤 목소리로 말하고 빤히 쳐다본다. 자신의 말이 옳지 않느냐는 듯이. 나는 황당무계한 말을 들으면서도 집수의 주장이 맞을지 모른다는 생각을 한다. 모든 신과 사람이 도망쳤지만 홀로 남아 물에 잠기는 건물을 지키는 노인. 아무런 힘도 능력도 없지만 지하실과 운명을 같이 하는 사람. 집주는 어쩌면 인류를 지키기 위해 남은 마지막 사도인지도 모른다. 그게 아니면 2000년 전에 부활해서 지하부 수장이 된 예수인지도 모르고. 나는 키가 크고 백발이 성성한 노인을 감동어린 얼굴로 쳐다본다. 집주가 헛기침을 몇 번 하더니 복도를 따라 발을 떼어 놓는다.
"자 안쪽으로 더 들어가 보십시다. 거긴 여기보다 볼만한 게 더 많아요."
"그전에 본 방들은 어디 있습니까? 그리스 로마 신들의 방 말이에요."
"아하 그 방들 말이군요."
집주가 걸음을 멈추고 뒤를 힐끗 돌아본다.
"그 방들을 기억하는 걸 보니 정신이 온전히 돌아왔군요. 40개 방들은 이미 물에 잠겼습니다. 그 화려했던 방들이 구정물 속에 수장돼 버렸다 이 말이지요. 제우스나 헤라는 물론이고 포세이돈, 아프로디테, 페르세우스, 아폴론, 다프네, 헤베도 마찬가집니다."
"그래요?"
"지금은 아폴론하고 다프네도 사랑을 포기하고 물속에서 잠을 자는 중이에요. 그 위대하고 위대한 고대 신들이 그렇게 됐습니다. 모든 게 우리 인간들 잘못이지요. 너무 탐욕적이고 방탕하고 사악하게 살았으니까요. 그래서 재앙이 찾아온 겁니다. 선생도 알겠지만 지구상에는 불신과 미움과 증오만 횡행하지 않습니까? 사랑이나 진리, 진실은 온데간데없이 사라지고. 그런 것으로 인해 재앙이 덮쳐오는 거예요. 서로 미워하고 싸우고 헐뜯는 인간들뿐이니까요. 그런 이유로 신들도 모두 등을 돌린 거고요. 그 동상들을 보십시오. 거꾸로 매달린 채 서서히 물속으로 잠겨 가는 성인들을."
집주가 착잡한 표정으로 붉은 물을 흘리는 조각상들을 쳐다본다. 나는 뭐가 뭔지 모르겠다는 표정을 지으며 고개를 젓는다. 집주가 한숨을 길게 내쉬고 말을 계속한다.
"이제 이곳엔 나밖에 아무도 없습니다. 하지만 나는 너무 늙었고 지칠 대로 지쳤어요. 2000년 이상 지하세계를 지키면서 살았거든요. 또 내가 석가모니나 무함마드처럼 신묘한 능력을 가진 사람도 아니고. 나는 이제 지하부가 물속에 잠기는 걸 지켜볼 수밖에 없습니다. 아니 종국엔 나도 이 건물하고 같이 물속에 잠겨 버릴지 모릅니다."

"그럼 악마는 어떻게 됐습니까?"

"재빨리 도망쳐 버렸습니다."

"악마가 도망쳤다고요?"

"그렇습니다."

"……?"

"그야말로 악마다운 행동이지요. 더 이상 죄악에 빠뜨릴 선한 인간이나, 화려한 문명세계가 없으니 밖으로 나간 겁니다. 인간이 살지 않는 곳에 악마가 존재할 이유가 없지 않습니까. 어쩌면 지하부가 잠기기 시작할 때 이미 나갈 준비를 해 두었는지도 모릅니다. 위기가 닥치는 걸 악마보다 먼저 알 수 있는 존재는 없을 테니까요. 아무튼 악마는 지금 이곳에 없습니다."

"정말로 약삭빠른 존재군요. 악마라는 것이."

"어쩌면 자신의 목적이 성취됐을 거라고 믿는 건지도 모릅니다."

"자신의 목적이라니요?"

"보시다시피 그 화려했던 지하세계가, 모든 것을 다 갖추고 있던 최첨단 지하부가 물속에 잠기고 있으니까요. 그야말로 처참하게 파괴되고 몰락하는 거지요."

"아, 네에."

"또 가 보십시다. 어차피 이곳은 다 둘러봐야 하니까요. 유리라는 여자분이 어디로 갔는지도 알아봐야 할 것 아닙니까."

"그걸 정말 알 수 있을까요?"

"알 수 있을 겁니다. 당장은 곤란하겠지만 서류 같은 게 남았다면 문제는 다릅니다."

"……"

"아 좋은 수가 있습니다. 그리로 한번 가 보십시다. 아직 물에 잠기지 않았다면, 방명록이나 직원명부가 남아 있을지 모르니까요."

집주가 발목까지 차오르는 물속을 성큼성큼 걸어가기 시작한다. 나는 또다시 집주의 뒤를 따라 첨벙거리며 걸어간다.

50

시간적으로 계기繼起[60]하는 모든 현상은 변화한다. 다시 말하면 지속하는 실체의 제규정의 계기적인 존재와 비존재이다. 따라서 변화는 실체의 비존재 뒤에 따르는 실체 그 자체의 존재, 또는 실체의 존재에 뒤따르는 실체의 비존재, 바꾸어 말해서 실체 그 자체의 생과 멸을 의미하는 것이 아니다. 즉 모든 계기는 다만 변화하는 것일 뿐이다. - 칸트의「순수이성비판」중에서

집주가 컴컴한 복도를 돌아다니더니 난감한 표정을 짓는다. 나는 발목까지 차오르는 물속에서 주위를 두리번거린다. 집주의 말처럼 복도는 끝이 없을 정도로 길고 복잡하다. 철문과 차단막이 곳곳을 막아서 어디가 어딘지 분간할 수조차 없다. 그런 상황에 물은 계속 흘러들고, 이름 모를 곤충과 박쥐들이 날아다닌다. 물속을 철벅거리고 다니던 집주가 무거운 목소리로 말한다.
"문서보관실은 폐쇄된 것 같습니다. 입구를 찾을 수가 없어요."
"폐쇄되다니요?"
"문서를 다른 곳으로 옮겨 놓았다는 얘깁니다."
"그래요?"
"여기선 내 지시 없이는 절대로 이동시키지 않거든요. 헌데 나도 모르게 문서가 옮겨지다니."
"그럼 찾는 방법이 없다는 얘깁니까?"
"그건 아니고, 좀 이상하다는 얘기지요. 하지만 다른 방법이 있으니 안심하세요."
"다른 방법이라니요?"
"중앙 컴퓨터실로 가 보는 겁니다."
"여기에 컴퓨터실까지 있습니까?"
"이래뵈도 여기는 없는 게 없어요. 각종 실험실부터 연구실, 문서보관실,

---

60) 계기繼起 : 어떤 일이나 현상이 잇달아 일어남.

자료관리실, 텔레포트실, 패스트실, 퓨쳐실, 아워실, 타키온실 같은 랩도 있습니다. 랩에는 인간들이 듣도 보도 못한 기계들이 수두룩하고요. 중앙 컴퓨터실도 수많은 랩 중에 하나라고 보면 맞습니다."

"여기에 수많은 랩이 있다고요?"

"그뿐이 아닙니다. 중앙 컴퓨터실에는 미국에서 만든 서밋, 로렌스리버모어 국립연구소에서 사용하는 시에라, 중국에서 메이크업한 선웨이 타이후라이트 같은 슈퍼컴퓨터들이 돌아가고 있어요. 이 컴퓨터들 중 서밋의 성능이 단연 최고라고 할 수 있지요. 실례로 서밋이 가진 실측성능은 148페타플롭스[61]예요. 여기선 보조 장치에 불과하지만 말입니다. 아무튼 중앙 컴퓨터실로 가 보십시다. 거기에 자료가 남아 있을지 모르니까요."

집주가 씨익 웃고 또다시 앞서서 걷기 시작한다. 낡아서 금방이라도 찢어질 것 같은 망토를 추어올리며. 나는 물을 철벅거리면서 집주의 뒤를 따라 걸음을 옮긴다. 한참을 걸어가던 집주가 역삼각형 철문 앞에서 멈춰 선다. 나는 목구멍까지 차오르는 숨을 조절하며 벽에 기대선다. 집주가 패스트실이라고 표기된 문을 지팡이로 탁탁 친다. 순간 역삼각형 철문이 양쪽으로 드르륵 갈라진다. 집주가 문 안으로 들어서며 슬며시 주의를 준다.

"이 철문 안에선 모든 게 과거로 돌아갑니다. 그러니 정신을 똑바로 차리십시오."

"과거로요?"

"그렇습니다. 이곳에선 미래 같은 건 생각할 수도 없고, 예측할 수도 없어요. 오로지 지나간 과거만 적용되는 장습니다. 이곳에 들어선 순간 미래에 관한 사고가 정지되는 걸 느꼈을 겁니다. 어때요, 그렇지 않습니까?"

"글쎄요."

"너무 긴장하지 말고 편안히 생각해 보세요."

"그냥 머리가 띵하고 아무것도 떠오르지 않습니다."

"아무것도 떠오르지 않는 게 당연합니다. 여기가 바로 그런 곳이니까요. 사실 인간은 앞날을 생각할 때만 머리가 복잡해지고 갈등을 느끼게 되지

---

61) 페타플롭스 : 10의 15제곱을 나타내는 접두어 페타(Peta)와 컴퓨터 성능 단위인 플롭스(Flops)를 합성한 용어. 1초당 1,000조번의 부동소수점 연산처리를 수행할 수 있음.

요. 어떻게 하면 더 출세할까, 어떻게 하면 더 많이 소유하고, 더 많이 차지하고, 더 화려하게 살까 고민하니까요. 과거로 인해 갈등을 느끼기도 합니다만, 과거는 재빨리 망각해 버리는 게 인간들 속성이지요. 그래서 미래 때문에 골치를 썩이는 거예요. 욕망이나 욕심으로 똘똘 뭉쳐진 동물이니까요."

집주가 벽에 붙어 있는 여러 가지 시계들을 가리킨다.

"자 보십시오. 패스트실에 걸려 있는 시계들을. 하나같이 이상한 모양새를 하고 있지 않습니까. 패스트실은 이 시계들처럼 모든 걸 과거로 되돌려 놓는다고 보면 맞습니다. 부언하자면 이 안에서는 시간뿐 아니라, 인간의 감정까지 과거로 돌린다는 얘깁니다."

"믿을 수 없는 얘기군요."

"사실입니다. 저 시계들을 보십시오. 다 비틀리고 왜곡되고 변형되어 있지 않습니까? 하나같이 상상을 뛰어넘는 구조나 모양새를 가지고 있고요. 그래서 감정이나 사고까지 과거로 돌려놓는다는 겁니다. 또 이 안에서 쓰는 시간은 밖에서 쓰는 시간하고 개념 자체가 달라요."

"……?"

"과거로 가는 시간은 빛이 웜홀을 통과하는 속도, 즉 1초를 50억 분의 1로 쪼갠 단위로 계산합니다. 초라는 단위보다 훨씬 짧은 순간을 최저 단위로 삼는 거지요. 소수단위나 대수단위도 마찬가집니다. 밖에서는 제일 작은 수가 10에 마이너스 20승인 청정인데 반해, 패스트실에선 제일 작은 수를 10에 68승인 무량대수라고 합니다. 그렇게 해야 빠른 속도로 멀어지는 과거를⋯ 빛의 입자를 따라잡을 수 있으니까요. 저쪽을 한번 보세요. 1에서 999까지 쓰인 시계. 그 시계에 표기된 999라는 숫자가 뭘 가리키는지 압니까?"

"글쎄요."

"그 숫자는 빛이 우주를 한 바퀴 도는 주기를 가리키는 거예요. 시계 바늘이 999라는 숫자를 한 바퀴 돌아야 우주시간으로 1년이 지나는 거지요. 그걸 지구식으로 계산하면 몇 천억 파섹이 걸린다는 얘깁니다. 내 말은 빛이 우주를 한 번 도는데 우주시간으로 1억 파섹이 걸리고, 지구시간으로는 3000억 파섹이 걸린다는 거예요. 999라는 숫자가 그걸 증명하는 겁니다."

"파섹?"

"그렇습니다. 파섹."

"……?"

"1파섹[62]은 3.26156광년을 지칭하는 겁니다. 쉽게 말해 빛이 1파섹을 가는데 3.26156광년이 걸린다는 얘기지요. 그게 어렵다면 이렇게 생각해 보세요. 빛이 진공 상태에서 1년 동안 전력으로 달리는 거리가 1광년이라고 치고, 3.26156광년 동안 달려간 거리가 1파섹이라고요. 광년이나 파섹에 대해서 이제 좀 알 것 같습니까? 하긴 이해하기가 쉽지 않을 겁니다. 우주라는 게 온통 알 수 없는 것 천지니까요. 인간이 우주에 대해서 아는 것도 0.00001퍼센트도 안 되니 말입니다."

"0.00001퍼센트도 안 된다고요?"

"그렇습니다. 우주는 그야말로 끝도 없고 시작도 없고 중간도 없는 곳입니다. 시간과 공간도 마찬가지예요. 인간들은 시간이란 게 미래로 간다고 생각합니다만, 그건 옳은 이론이 아닙니다. 왜냐하면 어떤 곳에선 뒤로 가고, 옆이나 위로 가기도 하거든요. 또 다른 곳에선 과거도 미래도 아닌 제3의 공간, 아직 밝혀지지 않은 미지의 공간으로 가는 시간도 있습니다. 물론 전혀 가지 않는 시간도 존재하지요. 그게 패스트실에서 쓰는 시간이라는 개념입니다. 아시겠습니까?"

"전 잘…"

"아무튼 좋습니다. 패스트실은 일반적 과학 이론이나 상식적 물리학 개념하고는 거리가 먼 곳이니까요. 다만 이런 비상식적 이론이나 개념을 억지라고 무시할 필요가 없다는 겁니다. 보세요. 그 유명한 학자들도 처음에는 미친 사람 취급을 받았지 않았습니까. 지구가 태양 둘레를 돈다고 주장한 코페르니쿠스나, 그 이론을 뒷받침한 이탈리아 물리학자 있지요? 그 누굽니까?"

"갈릴레이 말입니까?"

---

[62] 파섹(Parsec) : 천문학에서 사용하는 거리의 단위도 기호는 pc. 1 pc은 약 3.26156 광년이며 약 206,265 AU, 약 3.08567758 × 1016 m.

"맞습니다. 갈릴레오 갈릴레이. 그 사람도 정신 나간 사람 취급을 받지 않았습니까. 아니 미친 사람이라고 가톨릭 교단으로부터 철저히 따돌림을 당했지요. 역사나 과학은 그런 사람들로 인해 진보해온 것입니다. 하기야 내가 아무리 설명해 봐야 이해할 수 없을 겁니다. 그러니 골치 아픈 얘기는 그만하고 더 안쪽으로 들어가 봅시다. 미래로 가는 퓨쳐실이 나올 테니까요."

"미래로 가는 퓨쳐실이요?"

"그렇습니다. 미래로 가는 퓨쳐실."

집주가 말을 마치고 벽에 부착된 거울을 지팡이로 툭 친다. 그와 함께 커다란 거울이 사라지며 타원형 공간이 나타난다. 집주가 타원형 공간 안으로 들어서며 설명을 시작한다.

"이곳이 바로 퓨쳐실입니다. 과거가 아니라 미래로 가는 곳이라는 말이지요. 미래란 말이에요, 지금 시간으로부터 그 이후를 말하는 겁니다. 지금 이전의 시간까지를 과거라고 한다면 과거와 현재, 미래로 구분이 되는 거지요. 과거, 현재, 미래라는 구분은 단절적인 것이 아니라, 연속선상에서 이해돼야 합니다. 즉 과거와 현재와 미래는 끊어지지 않고 하나로 연결되어 있다는 뜻입니다."

"……?"

"우리는 여기서 미래로 가는 것을 연구하고, 그걸 실현코자 노력하는 거예요. 빛보다 훨씬 빠른 타키온[63]을 이용해 미래로 가는 거지요. 과거를 쫓아가는 게 빛보다 조금 빠른 거라면, 미래로 가는 것은 그보다 10만 배, 아니 1000만 배는 빨라야 하거든요. 그래서 타키온이 아니면 미래로 갈 수 없는 겁니다. 더 정확히 말하자면 과거나 현재 미래는 존재하지 않는지도 모릅니다. 인간들이 편의상 만들어 놓은 개념이라는 얘기지요. 시간이라는 것도 마찬가지고요. 아무튼 그런 게 있다고 생각만 하세요. 구태여 깊이 알려고 들지 말고."

"……"

"타키온은 빛보다 느린 입자인 타디온의 반대말입니다. 쉽게 말해 타키

---

63) 타키온(tachyon) : 속도가 항상 광속보다 큰 가상적인 원자구성입자.

온은 빛보다 빨리 움직이는 가설적 아원자입자라고 보면 됩니다. 상대성 이론에서 타키온은 공간꼴 사차원 운동량하고 허수 고유시간을 가지고 있어요. 그래서 빛보다 느린 속도로는 절대로 떨어질 수가 없는 거예요. 다시 말하면 타키온은 광속보다 큰 속도로만 운동하고, 타디온은 광속보다 작은 속도로만 움직입니다. 그게 타키온과 타디온[64]의 차이입니다. 실제로 광속으로만 운동하는 룩손[65]이라는 제3의 입자도 있어요. 광자가 이런 유형의 주요 입자지만, 중력자와 중성미자[66] 역시 그런 유형의 입자에 속합니다. 이 두 세계 사이엔 어느 쪽으로도 가로지를 수 없는 광속이라는 장벽이 존재하지요."

"……"

"우리는 광속이라는 커다란 장벽을 뛰어넘고자 합니다. 그래서 빛보다 빠른 타키온을 미래로 가는데 쓰려는 거예요. 사실 타키온은 에너지를 얻을수록 속도가 느려지는 속성을 가지고 있습니다. 그렇기 때문에 에너지가 가장 클 때 빛의 속도가 되고, 에너지를 모두 잃어 허수가 되면 그 속도는 무한대가 됩니다. 단적으로 말해 빛보다 1000억 배, 아니 1000조 배나 1000해 배 빠를 수도 있다는 얘기지요. 그런 속도를 가지고 있기 때문에 미래로 간다는 거예요."

"통 뭐가 뭔지 알 수 없군요."

"알 수 없는 게 당연하지요. 당연하고말고요. 퓨쳐실에는 최첨단 기술과 신개념 물리학, 10차원 우주역학, 13차원 우주물리학이 운용되고 있는 곳이니까요. 그래서 누구든 이곳에 들어오면 혼란을 느끼게 됩니다. 모든 게 생소하고 낯설거든요. 낯선 정도가 아닙니다. 웬만한 물리학자나, 과학자, 천문학자도 어려워하는 곳이 바로 퓨쳐실이에요. 그뿐이 아닙니다. 퓨쳐실에서는 탄생이나 죽음까지도 금지되어 있습니다. 왜냐하면 모든 게 미래지향적이고 영원해야 하기 때문이지요. 신과 인간이 한데 모여서 영원히 살아가는 델로피아처럼."

---

64) 타디온(tardyon) : 속도가 항상 광속보다 적은 가상적인 원자구성입자.
65) 룩손(luxon) : 광속으로만 운동하는 제3의 입자. 광자가 이런 유형의 주요 입자임.
66) 중성미자(Neutrino) : 전하가 없으며 질량이 거의 없는 소립자의 한 종류. 1/2의 스핀을 가지며 광속으로 움직이는데, 전자중성미자, 뮤온중성미자, 타우중성미자가 존재함.

"델로피아?"

"그렇습니다. 델로피아도 상상을 뛰어넘어 존재하는 곳입니다. 다시 말해 델로피아는 존재할 것 같지 않은 이상세계고, 만들어지지 않을 것 같은 유토피아니까요. 하지만 우리는 상상하기 어려운 세계를 건설코자 하는 것입니다. 누구든 행복을 누리면서 영원히 자유롭게 사는 곳을 말이에요. 그렇기 때문에 사람들이 나를 만나거나, 이곳에 들어오면 꿈이라고 생각하는 겁니다. 모든 게 알 수 없는 것들뿐이고, 이해할 수 없는 기계들로 꽉 차 있거든요. 분명한 사실은 이 모든 게 꿈이나 환상은 아니라는 겁니다."

"아까는 꿈과 현실 사이에 있는 어떤 공간이라고 하지 않았습니까."

"그건 선생을 위해서 그렇게 말한 겁니다. 또 그렇게 설정해 두는 게 돌발적 상황이 벌어져도 대처하기 쉽고요. 어떤 사람은 이곳 상황에 적응하지 못해서 이성을 잃고 날뛰기도 합니다. 외계인 소굴이니 도깨비장난이니 귀신 소동이니 환상 속이니 하면서요. 이곳에 들어왔다가 나가기만 하면 정신병원 신세를 지니 그럴 수밖에요."

"여기에 들어왔다가 정신이 이상해진 사람도 있습니까?"

"당연히 있지요. 그래서 내가 직접 안내하고 차근차근 설명하는 겁니다. 선생 안전을 위해서 말이에요. 그래야 밖으로 나가서도 꿈속 일로 치부해버리고 말지요. 사실 이 지하부 안에서 벌어지는 것들도 모두 꿈같은 일들뿐입니다. 실제로 일어난 것인지, 앞으로 일어날 것인지, 일어나지 않을 것인지 알 수 없다는 거지요. 그러니 지하부에 대해서 의문을 가질 필요가 없습니다. 보이면 보이는 대로, 느끼면 느껴지는 대로, 인식하면 인식하는 대로 행동하면 됩니다. 알겠습니까?"

"이해하기가 쉽지 않군요."

"모든 걸 하루아침에 이해할 순 없겠지요. 하지만 뭐 그다지 어려운 것도 아닙니다. 조금만 생각해 보면 다 알 수 있는 거니까요."

나는 그 자리에 선 채 고개를 젓는다. 집주가 큰기침을 하고 역삼각형 철문 밖으로 나간다. 나는 또다시 집주를 따라 재빨리 발걸음을 옮긴다. 집주가 옆에 있는 문을 지팡이로 탕탕 때린다. 그와 동시에 4차원 그래픽으로 위장된 문이 스르르 열린다.

"이곳이 중앙 컴퓨터실입니다."

"여기가 슈퍼컴퓨터들이 있다는 랩입니까?"

"슈퍼컴퓨터 정도가 아니에요. 여기서는 이미 페타플롭스 벽을 뛰어넘는 컴퓨터가 설치되어 있습니다."

"페타클롭스 벽을 넘어섰다고요?"

"그렇습니다."

"……"

"잘 알겠지만, 페타플롭스는 부동소수점 연산을 1초에 100조 회 할 수 있는 걸 말합니다. 물론 페타스케일 컴퓨터를 말할 때 페타플롭스급 스토리지[67]를 지칭할 때도 있지요. 하지만 페타플롭스급 스토리지는 그렇게 드문 장치가 아닙니다. 어느 나라든 그 정도는 이미 사용하고 있거든요. 혹시 페타스케일 컴퓨팅이라고 들어 봤습니까?"

"들어 본 것 같습니다."

"페타스케일 컴퓨팅이라고 하면 페타플롭스 슈퍼컴퓨터를 얘기하는 겁니다. 지금 선생이 볼 엑사스케일은 부동소수점 연산을 1초에 100경 회 할 수 있는 컴퓨터예요. 그야말로 인간의 상상을 초월하는 연산능력이지요. 쉽게 말해 엑사스케일 컴퓨터[68] 하나로 지구 전체를 통제하고 남는다는 거지요. 그러니 서밋이나 시에라, 선웨이 타이후 라이트 같은 슈퍼컴퓨터도 개인 피시로 사용하는 겁니다. 다행히 중앙컴퓨터실은 물에 잠기지 않았군요."

집주가 밋밋하게 생긴 유리 박스를 지팡이로 툭 건드린다. 그 순간 유리 박스 안에 불이 들어오면서 화면이 나타난다.

"이곳에 설치된 컴퓨터는 모두 캐비닛처럼 줄지어 서 있지요. 마치 냉동창고에 쌓여 있는 얼음처럼 말입니다. 이들이 바로 엑사스케일 컴퓨터예요. 우리 지하부가 자랑하는 슈퍼컴퓨터란 말이지요. 보세요, 트랜스포머나 아이언맨, 터미네이터, 아키텍처럼 당당하지 않습니까? 초능력을 지닌 알리타, 루시, 와프스처럼 매력적이기도 하고요. 이 컴퓨터들은 자기를 움

---

(67) 스토리지(Storage) : 컴퓨터에서 데이터를 저장하는 공간. 또는 그런 공간이 마련된 장치.

(68) 엑사스케일 컴퓨터(Exascale Computer) : 처리능력이 10의 18승으로 1초에 부동소수점 연산을 100경회 시행하는 컴퓨터.

직이는 사람은 물론이고, 그 사람이 무엇을 명령하고, 무슨 말을 하고, 어떤 생각을 하는지도 파악해 냅니다. 인간이 사용하는 언어나 사고, 상상까지도 인식한다고 할까요. 모든 걸 미리 간파하고 자동적으로 반응한다고 할까요. 그리고 이건 1급 비밀인데, 양자 컴퓨터라고 들어 봤습니까?"

"어디선가 만들고 있다는 건 압니다."

"선진국 여러 나라들이 너도나도 양자 컴퓨터를 만들고 있지요. 양자 컴퓨터야 말로 차세대 컴퓨터니까요. 내가 말하고 싶은 건, 엑사스케일 컴퓨터보다 성능이 월등히 뛰어난 양자 컴퓨터를 지하부 과학자들이 완성시켰다는 겁니다. 한마디로 말해 꿈 컴퓨터라고 일컬어지는 10차원 컴퓨터를 만들어 낸 거지요."

"정말 양자 컴퓨터를 이곳에서… 이 지하부에서 만들었습니까?"

"그렇습니다. 만들고말고요. 아니 이제는 양자 컴퓨터로 우주 밖까지 탐색하고 있는 중입니다."

"우주 밖까지요?"

"물론입니다. 현대 과학자들은 우주를 하나로 이루어진 단일 공간이라고 믿고 있습니다만, 사실 우주는 10조 개로 이루어진… 아니, 10해 개, 10자 개, 10양 개도 넘는 우주 집합체거든요. 그보다 더 많은 숫자, 즉 10구 개나 10간 개, 10정 개, 10극 개일지도 모릅니다. 우리의 상상력을 뛰어넘는 공간이 바로 우주니까요. 그러니 자연스럽게 우주 밖까지 연구할 수밖에요. 거기에 양자 컴퓨터가 사용되고 있는 겁니다."

"……"

"사실 양자 컴퓨터는 양자가 중첩하는 지수적 정보 표현이나, 양자 얽힘을 이용한 병렬 연산 같은 물리현상을 활용해 계산하는 기계라고 할 수 있지요. 쉽게 말해 우리가 사용하는 보통 컴퓨터하곤 차원이 다른 컴퓨터라고 보면 맞습니다. 물론 많은 나라들이 양자 컴퓨터를 만들기 위해 최선을 다하고 있지만, 그 결과는 미미한 실정이지요. 아직은 초보 중에서도 초보 단계에 머물러 있으니까요. 하지만 우리는 이미 활용 단계까지 완성시켰습니다. 사실 양자 정보통신은 정보사회의 패러다임을 바꿀 수 있는 신기술이에요. 한 개의 처리 장치에서 100해 개 이상은 동시에 처리할 수 있는 컴퓨터거든요. 그래서 특정한 문제를 처리하는데 있어, 정보 처리량과 속도가 기존 컴퓨터나 슈퍼컴퓨터에 비해 지수적으로 월등히 뛰어납니다."
"믿을 수 없는 얘기군요."
"당연히 믿을 수 없겠지요. 미국이나, 러시아, 중국, 영국 같은 나라들도 초보단계에 머물러 있는 기술이니까요. 하지만 양자 컴퓨터도 단점이 없는 건 아닙니다. 즉 양자정보 처리, 저장 중 발생하는 노이즈, 결맞음 잃어버림 같은 양자 에러에 특히 취약하거든요. 병렬 연산을 위한 얽힘을 생성하고 제어하는 것도 매우 어렵고요. 이런 취약점을 모두 극복하고 양자 컴퓨터를 만들어 실용단계에 들어선 겁니다. 양자오류 보정형 범용 양자 컴퓨터도 개발해 놓았고요."
"그럼 그 컴퓨터도 여기 어디에 있다는 얘깁니까?"
"안타깝게도 양자 컴퓨터는 여기에 없어요. 비가 너무 내려서 그만 물에 잠기고 말았습니다. 안타깝고 안타까운 일이지요. 아니 안타까울 정도가 아니라, 하늘이 무너지는 아픔이지요. 양자 컴퓨터가 보관되어 있는 지하 40층은 이미 시커먼 구정물 속에 잠겨 버렸거든요. 그건 그렇고, 여기 온 목적을 달성해야지요? 엑사스케일 컴퓨터도 모든 걸 알아서 처리하는 능력은 갖추고 있으니까요. 물론 양자 컴퓨터만은 못해도 그에 버금갈 정도는 될 겁니다."
"양자 컴퓨터에 버금간다고요?"
"못 믿겠다면 직접 시험해 보세요."
　내가 머뭇거리자 집주가 자리를 내주며 재촉한다.
"걱정 말고 어서 해 보세요."
"그래도…"
"선생은 통제능력이나 판단능력을 상실했으니 무리가 아니지요. 이거 미안합니다. 내가 미처 그걸 깨닫지 못했군요."
　집주가 머리를 툭툭 치며 컴퓨터 앞으로 다가앉는다.
"내가 검색해 보지요. 선생이 찾는 여자분이 어디로 갔는지 말입니다. 그런데 그분 이름이 뭐라고 그랬지요?"
"유리하고 피여납니다."
"아 그랬죠. 유리하고 피여나. 그럼 한번 찾아볼까요."

집주가 컴퓨터 화면을 뚫어질 것처럼 응시한다. 잠시 후 화면에 방명록이 뜨며 사람들의 이름을 읽는다.

"선생은 하는 일이 뭐라고 했지요? 회사원, 아니면 은행원?"

"폴리습니다."

"아참 그랬었지. 내 정신 좀 봐. 그러니 늙으면 죽어야 된다는 얘기가 나오는 겁니다. 허허."

집주는 젊은이하고 대화를 나누는 게 유쾌하다는 듯이 웃어젖힌다. 나는 멀뚱한 표정으로 집주를 쳐다본다. 집주가 빠르게 넘어가는 화면을 보며 말을 잇는다.

"이 55층짜리 헤라이온 빌딩도 짓는 데만 108년이 걸렸습니다. 지상 건물도 높고 크지만, 지하층이 더 깊거든요. 연구실이나 기계실도 헤아릴 수 없이 많고요."

"이 건물을 짓는데 108년이 걸렸다고요?"

"그렇습니다. 저번에도 말했듯이 여기선 시간 같은 건 큰 의미가 없습니다. 또 빨라야 할 필요도 없고요. 그러니 무얼 만들거나 짓자면 수백 년씩 걸리는 겁니다. 이 건물은 시간도 오래 걸렸지만, 크기도 보통 큰 게 아니에요. 지하 1, 2, 3층만 해도 길이가 322큐빗[69]이고, 넓이가 51큐빗, 높이가 35큐빗이니까요. 나중에 더 크고 깊고 화려하게 증축했지요. 한 개 층이 보통 커다란 축구장만 하게 만들었거든요."

"그렇게 큽니까?"

"저번에 물을 퍼내던 지하부를 보지 않았습니까. 그 광장이 지하부 메인 홀이에요."

"아 네에."

"요 위층에서 아틀란티스 나이트클럽이 영업을 하지 않습니까? 그 나이트클럽이 생기기 전에 유토피아라는 나이트클럽이 영업을 하고 있었어요."

---

69) 큐빗(cubit) : 고대 서양 및 근동지방에서 쓰던 길이의 단위. 팔꿈치에서 가운데손가락 끝까지의 길이에 해당하며, 시대와 지역에 따라 그 길이는 조금씩 다름. 고대 이집트에서는 523.5mm, 고대 로마에서는 444.5mm, 고대 페르시아에서는 500mm 를 1큐빗으로 사용했다.

"그 얘긴 웨이터한테 들은 것 같습니다."

"그러면 내가 구구히 설명하지 않아도 잘 알겠군요. 그 나이트클럽도 사실 우리가 경영하던 사업체 중 하나였어요. 얼마 전에 불타 버렸지만 말입니다."

"얼마 전에요?"

"얼마 되지 않았을 겁니다."

"그래요?"

"그 클럽 한때는 제법 흥청거렸는데, 그만 문을 닫고 말았어요. 처음에는 상상외로 장사도 잘 되고 격조 높은 행사도 유치하곤 했지요. 일하는 사람이나 손님들도 모두 세련되고 높은 품격을 가졌고요. 헌데 어느 날부터 직원들 간에 불화가 생기기 시작한 겁니다. 돈 때문에."

"어디서건 돈이 문제군요."

"더 큰 문제는 아무도 물러서거나 양보하지 않는다는 거였어요. 양보는커녕 돈을 벌기 위해서 눈에 불을 켜고 싸웠지요. 그러다 보니 장사도 안 되고, 손님들이 하나둘 발길을 끊게 되었습니다. 상황이 그러니 될 일이 있겠습니까? 손님은 주인을 믿지 못하고, 주인은 직원을 믿지 못하고, 직원은 또 손님을 믿지 못하게 된 거지요. 서로 불신하고 싸우고 이간질하고. 그때부터 질 나쁜 사람들이 드나들더니 서로 해치기 시작했습니다. 거기다가 여자들은 너나없이 몸을 팔고, 돈을 위해 사람을 배신하고, 영혼을 팔아먹는 사람까지 생겼으니 말하면 무얼 하겠습니까. 그런 일이 벌어진 후 불이 나고 말았어요."

"네에…"

"불이 난 직후 건물 지하에서 물이 솟기 시작한 겁니다. 처음에는 좀 퍼내면 되는 정도였는데, 점점 불어나서 지하 40층을 모두 폐쇄하고 말았어요. 526개나 되는 연구실과 실험실을 말입니다. 선생이 처음 왔을 때 물을 퍼내는 사람들을 보았을 겁니다. 그때는 상황이 돌이킬 수 없을 정도로 심각해져 있을 때예요. 사람들은 그 모든 게 건물터 때문이라고 말하기도 합니다. 터가 나쁘다느니 좋지 않다느니. 아, 여기 그 여자분들 이름이 있군요. 유리하고 피여나. 예상대로 이분들은 모두 그리로 갔습니다."

집주가 뒤에 서 있는 나를 돌아보며 외친다. 나는 허겁지겁 화면 앞으로 다가선다.

"정말 거기 있습니까?"

"네 있습니다. 두 분 다."

"어디로 갔는지는 안 나왔습니까?"

"거기 써 있지 않습니까. 파라다이스라는 연극 단체에 가입했다고."

"거기가 뭐하는 곳입니까?"

"화면에 쓰인 대로 연극을 하는 단쳅니다."

나는 영문을 모르겠다는 표정을 지어 보인다. 집주가 당연하다는 투로 말한다.

"그분들은 선택받은 사람들이에요."

"선택받다니요?"

"많은 사람들 중에서도 특별히 선발됐다 이 말이지요."

"그렇습니까?"

"파라다이스 극단은 아무나 받아 주지 않습니다. 아무리 재능이 뛰어나고 능력이 있고 훌륭한 사람이라고 해도 말이에요. 그 정도로 그곳은 엄선되고 선택된 사람들만 갈 수 있는 곳입니다. 본인이 원치 않으면 어쩔 수 없습니다만, 누군들 거절하겠습니까. 이상세계를 만들고자 하는 연극인데요. 하지만 더 이상 그 대상도 없고 지원자도 없는 게 문젭니다."

"네에…"

"파라다이스 극단에서는 100전부터 10명의 정예 단원을 모집해 왔습니다. 그런데 지금까지 간신히 8명을 채웠어요. 유리하고 피여나라는 여자분까지 포함해서. 선생이 동의한다면 9명이 되는 거지요. 착하고 선한 의인 9명 말입니다. 그 마지막 한 명을 찾을 수가 없어요. 아무리 인간들이 많고 도처에서 우글거려도 단 한 명이 없다 그 말입니다. 그래서 선생을 이리로 모셔온 겁니다. 선생 하나라도 구제해 보려고요."

"저를요?"

"네."

"……?"

"선생도 알다시피 이 도시는 결국 흙탕물 속에 잠길 것 아닙니까. 마지막 한 명의 연극단원… 한 명의 의인을 찾을 수 없으니까요. 우리도 이제는 어쩔 수가 없습니다. 극도로 피폐해진 현대문명, 추락기에 접어든 자본주의 사회, 이 거대한 문명병동이 물속으로 가라앉는 걸 지켜볼 수밖에 없다 이 말입니다. 어떻습니까? 내 말이 황당하다고 생각합니까? 그렇지 않다고 생각합니까?"

집주는 동의라도 구하는 것처럼 빤히 쳐다본다. 나는 그 자리에 선 채 멍하니 화면을 바라본다. 집주가 길게 늘어진 백발을 뒤로 넘기며 말을 잇는다.

"선생이 여기까지 온 것 자체가 내 말을 신뢰한다는 증거지만, 그래도 본인 의사는 중요한 겁니다."

"본인 의사라니요?"

"지금 당장 결정을 내리라는 건 아니에요. 다만 우리 일에 동참하고 싶으면 언제든지 의사표시를 하라는 말입니다. 그리고 그런 생각이 들었을 때 파라다이스 극단을 찾아가세요. 그러면 8명의 단원을 만날 수 있을 겁니다. 유리나 피여나 같이 사랑이나 희생의 마음을 가진 사람들을 말이에요. 어떻습니까? 그 여자분들을 만나 봐야 하지 않겠습니까? 유리하고 피여나라는 아가씨를."

"……"

"이제 나는 할 이야기를 다했습니다. 아니 할 일을 다 했다고 봐야겠군요. 선생을 여기까지 데려왔고, 모든 걸 보여줬으니까요. 내 임무는 이걸로 끝났으니 선생도 할 말이 있으면 해 보세요."

"저는 별로…"

"아마 그럴 겁니다. 모든 건 내가 다 설명해 줬으니까요. 그러면 이쯤에서 헤어지기로 합시다. 나는 바쁜 사람이거든요."

"저는 나가는 길도 잘 모릅니다."

"그건 걱정 마십시오. 길을 따라가다 보면 자연스럽게 알게 될 겁니다."

"자연스럽게?"

"여기는 그런 곳입니다. 상식이 필요치 않은 곳이지요. 또 꿈속 같기도 하고요. 어때요. 지금도 꿈을 꾸는 것 같지 않습니까?"

"그건 그렇습니다만."

"바로 그겁니다. 그냥 꿈이라고 생각하세요. 그럼 모든 게 편해집니다."

"아무리 그래도 그렇죠."
"편하게 마음을 먹고 돌아가세요. 그러면 모든 게 해결될 겁니다. 자 다음에 또 만나기로 하고 조심해 가십시오. 저번처럼 하수구에 빠지지 말고. 하하."
 집주가 큰소리로 웃고 컴퓨터실 밖으로 나선다. 나는 집주의 뒤를 쫓아가며 허겁지겁 소리친다.
"자 잠깐, 어디로 가는 겁니까?"
"걱정 말고 눈을 떠 보세요. 그러면 길이 보일 겁니다."
"어디에 길이 있다는 겁니까?"
"눈을 크게 떠 보세요."
"눈을?"
"그렇습니다. 그러면 모든 게 보일 겁니다."
 집주의 팍 갈라진 목소리가 어둠 저쪽에서 들려온다. 나는 집주의 목소리가 들려온 쪽으로 더듬거리며 걸어간다. 그때 무언가가 짙은 어둠을 뚫고 천천히 다가온다. 시커멓고 큰 그것은 공룡의 입 같기도 하고 동굴 입구 같기도 하다. 어떻게 보면 길고 긴 터널이 다가오는 것 같고. 나는 흐려지는 의식을 추르며 터널을 향해 한발 한발 다가간다. 발목까지 차오르는 물 위를 철벅철벅 걸으며.

문명, 그 화려한 역설

제 3 부

51

어떤 숲속에서 길을 잃게 된 나그네는 때로는 이곳으로 때로는 저곳으로 왔다 갔다 해서는 안 되고, 한자리에 머물러 있어서도 안 된다. 오히려 그는 가능한 한 똑같은 방향으로 일직선으로 맥진驀進[70]해야 하며 그 길을 선택하도록 시초에 결정한 동기가 지극히 우연적이라 하더라도 그 때문에 그 길을 바꿔서도 안 된다. – 데카르트의 「방법서설」 중에서

"오늘은 사건이 없나 보다 집에서 뒹굴고 있게."
요하가 집 안으로 들어서며 의외라는 표정을 짓는다. 나는 햄버거와 식수를 집어 들고 소파 쪽으로 간다. 요하가 비에 젖은 점퍼를 벗고 소파에 앉는다. 나는 안쓰러운 얼굴로 요하의 후줄근한 몰골을 바라본다. 요하가 씨익 웃으며 젖은 머리를 쓸어 넘긴다. 나는 들고 있던 햄버거를 한입 베어 물고 묻는다.
"나는 집에서 뒹군다 치고 너야말로 웬일이냐?"
"시디를 사러 나왔다가 비가 내려서 여기저기 쏘다녔어."
"이 빗속을 헤매고 다녔단 말이야?"
"처음에는 로즈 파크까지 가려고 했는데 기분이 풀리더라고. 그래서 파라다이스 플라자까지 갔다 온 거야."
"거긴 무척 먼 곳이잖아."
"꽤 멀지만 재미는 있더라고."
"그래?"
"난 걷는다는 게 그렇게 상쾌한 일인지 몰랐어. 그래서 걸어가면서 생각했지. 이 세상에 걸어서 가지 못할 곳은 없다. 어떤 일이든 한발 한발 나가면 안 될 게 없다. 세상 모든 것에는 길이 있다. 사람한테는 사람이 가야 할 길이 있고, 동물한테는 동물이 가는 길이 있다. 간단한 이친데 그걸 까맣게 모르고 살았어. 나는 방 안에 틀어박힌 채 지내야 하는 거고, 세상 모든 것들이 나하고 관계가 없다고 생각했지. 그런 이유로 그것들을 멀리

---
70) 맥진驀進 : 좌우를 돌아볼 겨를이 없이 힘차게 나아감.

하고 미워했던 거고."
"지금은 긍정하게 됐나?"
"전적으로 그렇다는 건 아니야. 하지만 세상은 생각만큼 나쁘지 않고 두렵지도 않다는 거지. 더 중요한 사실은 이 세상에 존재하는 것들은 그 모두가 아름답고 충분히 존재 가치가 있다는 거야. 풀포기 하나 나무 한 그루, 물 한줄기까지."
 요하가 테이블 위에 있는 식수병을 들고 벌컥벌컥 들이켠다. 나는 요하의 앞쪽으로 햄버거를 밀어 놓는다. 요하가 젖은 머리를 수건으로 쓱쓱 문지르며 말을 잇는다.
"그런 생각을 하면서 걸으니까 먼 길도 힘들지 않았어. 아니 오히려 가깝게 느껴졌지. 그리고 바로 너한테 달려온 거야. 이 얘기를 하지 않고는 배길 수 없었거든."
"그랬군."
 나는 무심한 표정으로 고개를 끄덕인다. 창밖을 보던 요하가 결연한 어조로 말한다.
"난 이 문명의 도시를 떠나기로 결심했어."
"왜 갑자기 그런 생각을 했지?"
"길을 걷다 보니까 그런 생각이 들었어. 전에도 그런 생각을 하지 않은 건 아니지만, 오늘에야 비로소 결론을 내린 거야. 완벽히 짜인 채 돌아가는 시스템에 대한 염증이라고 할까. 소비와 사치를 미덕으로 삼는 인간들에 대한 혐오증이라고 할까."
 나는 소파에서 일어나 오디오 스위치를 올린다. 잠시 후 애슐리 심슨의 컴잉 백 포 모어가 흘러나온다. 우리는 소파에 마주 앉은 채 음악을 듣는다. 한동안 음악을 감상하던 요하가 불쑥 묻는다.
"나는 그렇다 치고 너는 어때?"
"나야 뭐 그렇지. 변함없이 출근하고 범인 쫓고 잠복하고."
"이카로스는 못 잡았고?"
"못 잡았어."
"제니도 여전하고?"
"여전해."

"피어나는?"

"안 돌아왔어."

"유리는?"

"유리도 마찬가지야."

"거기는 찾아가 봤어?"

"거기라니?"

"나이트클럽인가 뭔가 하는데 말이야."

"그렇지 않아도 어제 거길 찾아갔어."

"그래서 어떻게 됐는데?"

요하가 호기심이 당긴다는 얼굴로 쳐다본다. 나는 햄버거를 입에 넣고 가볍게 씹는다.

"거기 이해할 수 없는 것투성이야."

"이해할 수 없는 것투성이라니?"

"그 나이트클럽에 들어가면 모든 게 꿈속 같이 느껴지거든. 더 이상한 건 자칭 지배인이라는 사람이야. 겉보기엔 창고지기 같기도 하고, 할일 없는 영감 같기도 한데, 잘 뜯어보면 도를 닦는 기인 같기도 해. 어떤 면에서는 차라투스트라나 모세 같은 선지자처럼 보이기도 하고. 문제는 그 영감 태도야. 처음에는 가톨릭교도 같이 근엄하게 나오다가 점점 유대교도처럼 횡설수설하더니 결국엔 예수처럼 행동하더라고."

"알 수 없는 사람이군."

"나중에는 인간들이 문명화에 너무 집착해서 타락해 간다는 거야. 인간들이 화려한 문명이라는 전염병에 걸려 집단으로 입원해 있는 거라나. 나이트클럽도 그런 이유로 물속에 잠겨 가는 거래. 묘한 건 그 건물에는 아무나 들어갈 수 없다는 사실이야. 그 안에서는 누구든 최면에 걸려서 헤매게 되고. 지금까지도 내가 그 안에 어떻게 들어갔는지 생각이 안 난다니까. 류대가 그러는데 어제도 헛소리를 지껄이더래. 승용차 안에서 잠을 자면서."

"그것 참."

"네가 오기 전까지 그런 생각을 했어. 내가 정말 나이트클럽에 들어갔던 건지. 류대 말대로 잠복하다가 악몽을 꾼 건지. 기면증 환자처럼 혼자서 발작을 해 댄 건지. 생각해 봐. 꿈이나 기면증이라면 장면들이 불확실하고 흐릿해야 되잖아. 그런데 그 안에서 일어난 일들이 너무 선명히 떠오르는 거야. 현실에서 직접 부딪친 것처럼."

"그럼 그전에 들어갔던 기억은?"

"그때는 아무것도 생각나지 않았어. 헌데 이번에는 좀 다르더라고. 지배인을 만나고 유리하고 피어나를 찾기 위해 이방 저방 돌아다니고, 황당무계한 소리를 들은 것까지는 기억이 나. 열 사람의 의인이 없어서 인류가 멸망하느니, 찬란한 서구문명이 황혼기에 접어들었으니, 도시 전체가 물에 잠기느니 하는 말들이. 문제는 나올 때하고 들어갈 때야. 생각해 봐. 나이트클럽에서 나오니까 승용차 안에서 잠을 자고 있었어. 정말 이해할 수 없는 일이야."

"하긴 그렇겠다."

"더군다나 유토피아 나이트클럽은 삼십삼 년 전에 불타 버렸대. 그런데도 집주라는 영감은 거길 지키고 있었다니까. 더 이해할 수 없는 건 마지막 한 명의 선한 사람이 없어서 지하부가 물속에 잠기는 거래. 그러면서 자기가 이천 살이 조금 넘었다나 어쨌다나. 이걸 믿어야 되는 건지 미치광이 노인네가 떠드는 헛소리라고 치부해야 되는 건지 모르겠어."

"거긴 지금 뭐가 있는 거야?"

"아틀란티슨가 뭔가 하는 나이트클럽이 있더라고."

"아틀란티스 나이트클럽이라."

"뭔가 떠오르는 게 있어?"

"혹시 그 안에서 이상한 일 벌어지는 거 보지 못했어? 건물이 가라앉거나 꺼져가는 것 같은 현상 말이야."

"그 술집 지하에서 이상한 일이 벌어지는 것 같더라고. 물이 점점 차오르면서 지하층 전체가 가라앉는다는 거지."

"역시 그랬군."

요하가 알만하다는 듯이 고개를 주억거린다. 나는 음료수가 든 컵을 들고 한 모금 마신다. 요하가 햄버거를 입속에 떼어 넣고 말을 잇는다.

"아틀란티스는 만 년 전에 물속으로 가라앉은 대륙이었어. 그런데 그 대륙 자체가 의문투성이라는 거야. 그 아틀란티스 나이트클럽처럼 말이야.

그 당시에는 아틀란티스 대륙이 이상적인 세계이기도 했어. 그래서 많은 학자들이 그 대륙을 찾으려고 바다 속을 뒤지고 다녔지. 하지만 아직까지 그 비슷한 섬조차 발견하지 못했어."

"그런 이야기는 어디서 나온 거야?"

"그거 플라톤이 주장한 이야기야."

"그래서 학자들이 눈을 부릅뜨고 찾아다니는구만."

"문제는 플라톤이 쓴 티마이오스라는 책이야. 그 책에 아틀란티스라는 대륙 나오거든. 문명이 고도로 발전하고 법이나 질서가 완벽히 잡힌 나라라고. 사람들도 법을 잘 지키면서 평온하게 살았대. 그야말로 때 묻지 않은, 순수한 인간들이 모여 살던 곳이지. 섬 크기도 리비아하고 소아시아를 합친 것보다 더 컸다는 거야. 에게해 일대하고 이집트, 에트루리아도 지배했다니까 보통 큰 대륙이 아니지. 그런 대륙이 어느 날 갑자기 물속으로 사라진 거야. 그래서 많은 학자들이 눈을 까뒤집고 찾아다니고 있어. 어떻게 이상적인 나라가 생겨나고, 어떤 이유로 사라졌는지 연구하기 위해서."

"지금은 어느 정도 증명이 된 거야?"

"학자들에 의하면, 플라톤이 지목한 만 년 전은 빙하기가 끝나던 시점이라는 거야. 그래서 어떤 대륙이든 물속으로 가라앉을 수 있다는 거지."

"정말 그런 일이 일어날 수 있을까?"

"가능성은 충분하지. 우리 주변에서 일어나는 일들을 보면 알 수 있잖아. 지진이나 화산이 폭발하는 것도 그렇고, 쓰나미가 강타하는 것도 그렇고, 비가 사십 일 이상 그치지 않는 것도 마찬가지야. 모든 게 아틀란티스가 사라지던 때하고 비슷하거든."

"그때는 빙하기가 끝나던 시점이잖아. 어느 때보다 지각운동도 심했고."

"지금도 사정은 마찬가지야. 지구를 오염시키는 이산화탄소군, 엘니뇨 라니냐 현상, 대륙을 덮치는 초대형 허리케인, 한 도시를 초토화시키는 대지진, 남북극 해빙과 해수면 상승 같은 건, 그걸 간접적으로 증명하는 거야. 하루가 다르게 커지는 오존층을 봐. 우리도 언제 어디서 재앙을 맞게 될지 모른다고."

요하가 말을 미치고 음료수로 목을 축인다. 나는 주방으로 가 콜라와 바나나를 한 무더기 가지고 온다.

"그건 그렇고 그 대륙이 있을 만한 데는 어디야?"

"학설이 분분한데, 유력한 장소가 대서양 쪽이야. 포르투갈에서 서쪽으로 천오백 킬로미터 떨어진 아조레스군도 어디쯤이지. 하지만 거기서도 이렇다 할 증거는 발견되지 않았어. 그래서 에게해 상에 있는 테라 섬을 유력한 후보지로 지정했지."

"테라 섬?"

"그 섬은 그리스에서도 가깝고, 지중해를 중심으로 꽃폈던 에게문명이나 미케네문명이 발생한 곳이거든. 그 부근에서 인류가 자랑하는 문명이 태동하기도 했고. 그런 저런 이유 때문에 테라 섬이 사라진 대륙일 거라는 확신을 가지고 탐사를 벌였지. 결과는 다른 곳하고 많이 다르지 않았어. 그래도 인류는 신비스런 대륙을 찾는 걸 멈추지 않을 거야. 그런 환상을 깨뜨려서도 안 되고. 아틀란티스를 찾는 건 인류의 꿈이나 이상 같은 거니까."

"하긴."

"플라톤도 그랬지만 과학자들한테도 아틀란티스는 희망의 나라고 선망의 대륙이야. 무언가 소중한 것을 잃어버리거나 찾지 못했다는 상징적인 의미를 부여한다고 할까. 인류가 당연히 지녀야 할 소중한 무엇이나, 새로운 무엇을 찾지 않으면 안 된다고 할까."

"새로운 무엇?"

"타락한 문명에 대한 새로운 탐구나, 아무도 건드리지 않은 땅에 대한 호기심 같은 거 말이야. 우리 상상을 벗어난 신문명이나 신세계가 지구상에 존재할지도 모르잖아. 수만 년 전에 가라앉은 대륙이 물위로 갑자기 떠올랐을 가능성도 있고."

"그건 비약이 너무 심하다."

"그러니 상상 속의 세계지."

"너 같은 사람이 있으니까 그런 영감도 나타나는 거야."

나는 음료수 캔을 들고 시원하게 들이켠다. 요하가 진지한 표정으로 고개를 젓는다.

"그 사람하고 나하고는 달라. 그 영감은 미치광이일지 모르지만 나는 아니거든."

"그래?"

"내 얘기는 모든 문제의 중심에 인간이 존재한다는 거야. 인간들이 너무 문명화에만 집착하니까 순수성을 상실해 간다는 말이지. 이런 말도 있잖아. 인류를 멸망시키려면 먼저 문명을 타락시켜라. 만 년 전에 사라진 아틀란티스가 좋은 예고."

"아무리 그래도 그렇지."

"두고 보자고. 그런 사건이 일어나나 일어나지 않나."

"넌 마치 그런 재앙이 일어나기를 바라는 사람 같다."

"내가 그렇게 보였어?"

"당연히 그렇게 보이지."

"하긴 그럴지도 모르겠다."

"세상이 어디로 흘러가는지 모르겠어."

"갈 데까지는 가겠지. 인류가 존재하는 한."

"인류가 존재하는 한?"

"내 말은 인류의 종말이 어딘지, 또 어떻게 끝나게 될지 모른다는 얘기야."

"그걸 알면 신이게."

"그렇지? 하지만 인류는 반드시 두 곳 중 한 군데를 선택할 거야."

"두 곳 중 한 군데?"

"음."

"……?"

"한참 떠들었더니 배가 출출한데, 이거나 먹자."

요하가 바나나 껍질을 벗기고 입으로 가져간다. 나는 음료수 캔을 내려놓고 소파에 드러눕는다. 요하가 바나나를 한입 떼어 물고 위로 치켜든다.

"아틀란티스를 위하여."

52

우리는 단지 모순으로 살고 있는 것이다. 다시 말해서 모순에 의해 생을 지오支梧[71]하는 것이다. 그런 의미에서 삶은 하나의 비극이다. 따라서 비극은 승리도 희망도 없는 하나의 비극일 뿐이다. 결론적으로 말해서 비극은 하나의 모순인 것이다. – 우나무노의 「생의 비극적 감정」 중에서

"오빠 대체 어디까지 걸어갈 거야?"

다미가 인상을 찌푸리더니 인도 한복판에 멈춰 선다. 나는 무표정한 얼굴로 응석을 부리는 다미를 바라본다. 오늘따라 비에 젖은 모습이 생기가 넘치고 예쁘다. 머리에 맺힌 빗방울도 신선하고 비에 젖은 얼굴도 풋풋하다. 내가 물끄러미 응시하자 다미가 입을 삐죽 내민다. 나는 우산을 받쳐 들고 가랑비가 흩뿌리는 거리를 걷는다. 다미가 아무리 떼를 써도 들어줄 수가 없다. 이 순간만큼은 어디든 또 어느 곳이든 가야 한다. 나 자신을 학대하고 나무라기 위해서라도. 어디선가 빗줄기를 뚫고 음악 소리가 들린다. 다미가 두리번거리더니 음악이 흐르는 쪽으로 걸어간다.

"나 여기서 잠깐 쉬었다 갈래."

다미가 시디숍 앞에 있는 벤치에 주저앉는다. 나는 말없이 다가가 우산을 받쳐 준다. 시디숍 불빛으로 다미의 하얀 얼굴이 창백하게 보인다. 내가 관심을 가진다는 걸 느꼈는지 다미가 살포시 웃는다.

"내가 밉지?"

"아니."

"정말?"

다미가 의외라는 표정을 지으며 쳐다본다. 나는 시디숍 앞에 서서 음악을 듣는다. 한동안 음악에 귀 기울이던 다미가 불쑥 입을 연다.

"이 곡 컨페션 오브 어 브로큰 하트 아니야?"

"맞아."

---

71) 지오支梧 : 맞서 겨우 버티어 나감.

"어쩐지."
"아는 노래야?"
"아는 정도가 아니야."
"그럼?"
"무척 좋아하는 노래야."
"컨페션 오브 어 브로큰 하트를?"
"이 노래도 좋아했지만, 노래를 부른 린제이 로한은 더 좋아했어."
"그건 몰랐는데."

 나는 눈을 동그랗게 뜨면서 놀라는 척한다. 다미가 밉살스럽다는 듯이 새침한 표정을 짓는다. 나는 입맛을 다시고 비가 뿌리는 하늘을 응시한다. 오늘만큼은 다미의 비위를 맞춰 줄 수가 없다. 오늘은 디나의 죽음을 애도해야 하기 때문이다. 디나는 한창 꿈을 꾸고 키워갈 나이에 죽음을 선택했다. 이 넓은 세상을 마음껏 날아보지도 못한 채. 비가 내리는 거리를 보던 다미가 입을 씰룩한다.

"오빠 좀 이상한 것 같다. 좋아하지 않는 비를 맞으려 들지 않나, 무턱대고 걸어 다니지 않나. 혹시 무슨 일 생긴 거 아니야?"
"무슨 일이 있긴 있지."
"무슨 일?"
"누가 자살했어."
"가까운 사람?"
"음 가까운 사람."
"가족은 아니고?"
"가족은 아니야."
"그럼 누구?"
"여자친구."
"좋아하는 여자친구?"
"조금은."

 나는 우산을 받쳐 든 채 다미 곁에 앉는다. 다미가 토라진 목소리로 종알거린다.
"말하지 않아도 알아. 오빠가 그 여자를 얼마나 생각하는지."

"얼마나 생각하는데?"
"오늘 걸어 다닌 거리만큼 생각하겠지."
"잘 아는군."
"근데 사람들은 왜 죽음을 선택하는 걸까?"
"저마다 이유가 있겠지."
"하긴 사람마다 고민이나 고충이 있을 테니까."
"다미는 그런 생각하면 못써."
"난 죽는다는 단어조차 잊고 살아. 근데 죽는다는 게 무언지 궁금하기는 해."
"죽는다는 건 모든 걸 포기하는 거야."
"포기?"
"삶이나 이상, 희망 같은 것."
"나는 사람이 죽으면 어디로 가는지 궁금했어. 죽은 뒤 무엇이 되는지도 의문스러웠고."
"어디로 가고 무엇이 되는지는 나도 몰라. 그냥 이 세상에서 사라진다는 것밖엔."
"천당이나 지옥으로 가는 건 아닐까?"
"그럴 수도 있겠지. 죄를 많이 지은 사람은 지옥으로 가고, 착하게 산 사람은 천당으로 가겠지."
"무슨 대답이 그래?"
"죽음 다음 세계는 신밖에 알 수 없거든."
"하늘도 모를까?"
"그렇겠지."
"슬픈 일이구나."
"슬픈 일이지. 완전히 망각되어지고 사라지는 거니까."

나는 빗방울이 날리는 하늘을 멀거니 바라본다. 디나는 죽었고 나는 비를 맞고 거리를 헤맬 수밖에 없다. 디나가 죽는 걸 말릴 수도 있었는데. 디나가 자신을 학대하는 걸 제지할 수도 있었는데. 다미가 슬그머니 다가와 내 손을 잡는다. 나는 다미의 손을 잡은 채 내리는 비를 바라본다. 다미가 한층 진지해진 목소리로 말을 꺼낸다.

"나 이번 방학 때 집으로 내려가기로 했어."
"그래? 진작 내려갔어야 하는 건데."
"나도 그런 생각은 하고 있었어."
"그런데 왜 미룬 거지?"
"오빠 때문에."
"나 때문에?"
"오빠하고 약속한 게 있으니까."
"……?"
"우리 다시 약속하자. 떨어져 있어도 잊지 않기로."
"그야 당연하지. 내가 어떻게 다미를 잊겠어."
"그럼 정식으로 약속해."

다미가 새끼손가락을 펴서 앞으로 내민다. 나는 빙그레 웃으며 새끼손가락을 마주 건다. 다미가 마음에 든다는 듯이 환하게 웃는다. 나는 다미의 해맑은 얼굴을 가만히 쓰다듬는다. 다미가 내 곁으로 바짝 다가앉으며 눈을 반짝인다.

"나 집에 전화 했어."
"아빠가 무척 기뻐하셨겠다."
"아빠한테 오빠 얘기를 했더니 꼭 만나 보고 싶대."
"그래 언제 올라오신대?"
"방학하는 날 오신댔어."
"그럼 아빠하고 같이 내려가면 되겠다."
"아마 그렇게 될 거야."
"너무 잘됐다."
"근데 나보다 오빠가 더 걱정이야."
"왜?"
"나 없는 사이에 이 여자 저 여자 만날까 봐."
"그건 걱정 마."
"피."

다미가 입을 삐죽 내밀고 쳐다본다. 나는 다미의 등을 톡톡 두드려 준다.

"나는 언제나 변함없어."

"그걸 믿을 수 있어야지."

"믿을 수 없으면?"

"하긴 오빠니까."

다미가 고개를 끄덕이고 하늘 쪽으로 시선을 던진다. 나는 가만히 다미의 어깨에 손을 올려놓는다. 다미가 내 품으로 파고들며 밝은 목소리로 입을 연다.

"오빠가 많이 보고 싶을 거야."

"그건 나도 마찬가지야."

"우리 보고 싶을 땐 언제든지 만나기로 하자."

"다미가 올라오는 건 어려우니까 내가 내려갈게."

"그래 그게 좋겠다."

"내려가게 되면 미리 연락할게."

"당연하지."

"이제 속이 시원하지?"

"응, 모두 털어놓으니까 배가 텅 빈 것 같다."

"그럼 배를 채우러 가야지."

"우리 무어든 닥치는 대로 먹기로 해?"

"닥치는 대로?"

"배가 터질 때까지."

"좋아."

나는 손가락을 퉁기고 벤치에서 일어선다. 다미도 나를 따라 벤치에서 벌떡 일어선다. 나는 로컬 푸드점을 향해 걸음을 옮기며 심호흡을 한다. 희망이나 절망은 모순 속에서 존재한다는 생각을 하며.

53

자연도태는 날마다 시간마다 세계를 통해서 가장 경미한 변이를 계속하며, 나쁜 것은 버리고 우수한 것은 보존 추가하며, 아무도 모르는 사이에 유기적 또는 무기적으로 생활조건에 대한 모든 생물의 개량을 촉진한다. 우리는 시간의 손이 시대의 경과를 손짓해 줄 때까지는 어떠한 과정을 통해서라도 이러한 자연도태의 천와遷訛[72]를 알 수 없고, 과거의 오랜 지질시대에 대한 연구도 극히 불완전하기 때문에, 우리는 다만 현재의 생물 형태와 다를 것이라는 사실을 상상할 뿐이다. - 다윈의 「종의 기원」 중에서

"누가 또 자살했나 보지?"

파라는 들어 보지 않아도 뻔하다는 말투다. 나는 대답 대신 고개를 끄덕인다. 파라가 셰이커에 든 칵테일을 글라스에 따른다. 갈색의 비트윈 더 시즈는 마술처럼 유리잔에 채워진다. 나는 소파에 앉은 채 이브닝드레스 차림의 파라를 바라본다. 내 시선을 느꼈는지 파라가 싱끗 웃는다. 몸은 물론이고 행동과 생각까지 섹시한 여자애. 파라는 남자의 욕구가 무엇이고 어디를 향해 움직이는지 안다. 그래서 모든 남자들이 파라의 육체 속으로 뛰어들어 갈증을 푼다. 파라는 그런 남자들에 둘러싸여 사랑과 정열을 빨아먹고 살아간다. 그게 이제 막 27살이 된 파라의 삶이고 실체다. 파라가 글라스를 테이블에 내려놓으며 묻는다.

"죽은 사람 여자지?"

"음."

"젊은 아이고?"

"맞아."

"이번에도 심심해서야?"

"그건 아니야."

"유리는 아니겠고, 새로 사귄 여자?"

"아니 좀 됐어."

---

[72] 천와遷訛 : 변하여 본디의 모양이나 뜻이 바뀜.

"꽤 좋아했나 봐?"
"조금."
"부럽다. 쉽게 죽을 수도 있고. 하기야 자살하는 것도 자연도태 중 하나니까."
"자연도태?"
"우성인자만 살아남고 열성인자는 사라지는 법칙."
"아…"

나는 탄성을 발하고 칵테일글라스를 집어 든다. 파라가 내 얼굴을 보며 시니컬하게 웃는다. 나는 진한 갈색의 비츠윈 더 시츠를 몇 모금 들이켠다. 파라가 글라스를 입으로 가져가며 묻는다.

"어때 맛이 괜찮은 것 같아?"
"조금은 부드럽고 달콤하기도 해."
"조금씩 마시니까 맛이 느껴지지? 본래 칵테일은 분위기를 음미하면서 먹는 술이야."
"분위기?"
"칵테일을 알면 문화가 보인다는 말도 있잖아."
"하긴."
"한잔 더 할래?"
"그러지 뭐."

나는 남은 칵테일을 털어 넣고 글라스를 건네준다. 파라가 빈 글라스를 들고 일어선다.

"이번에는 스크류 드라이버를 마셔 볼까?"
"글쎄."
"스크류 드라이버는 비츠윈 더 시츠하고 다르거든. 맛도 그렇고 향도 마찬가지고."
"파라가 좋다면."
"마셔 보면 괜찮다고 느낄 거야."

파라가 오크장 안에서 푸른색 양주병을 꺼낸다.

"칵테일은 마시는 것도 그렇지만, 만드는 건 더 예술이야."
"칵테일을 만드는 게?"

"그럼."
"……."
"글라스를 선택하는 것부터 양을 조절하는 것. 얼음을 넣는 것까지 모두 예술이지. 셰이커를 흔드는 방법도 마찬가지야. 셰이커를 너무 많이 흔들거나, 너무 적게 흔들면 제 맛이 나지 않거든."
 파라가 은빛 셰이커를 치켜들고 경쾌한 동작으로 흔든다. 나는 눈을 반쯤 감은 채 파라의 움직임을 지켜본다. 잠시 후에 나눌 다이내믹한 섹스를 생각하며.

"뭐해?"
 나는 차가운 감촉에 놀라 눈을 번쩍 뜬다. 파라가 글라스를 내 뺨에 대고 싱끗 웃는다.
"피곤해?"
"몸이 좀 나른해서."
"한번 마셔 봐. 정신이 번쩍 들 테니까."
 파라가 노르스름한 칵테일이 담긴 글라스를 내민다. 나는 글라스를 받아들고 몇 모금 삼킨다. 쌉싸래한 액체가 목구멍을 타고 내려간다. 내가 인상을 찡그리자 파라가 웃는다.
"요새 좀 피곤한가 봐?"
"그건 아니고, 예상치 못한 일들이 터져서."
"정 피곤하면 방에 가서 눈을 붙이던가."
"조금 지나면 괜찮아질 거야."
"그렇다면 다행이고?"
 나는 역삼각형 글라스에 담긴 액체를 단숨에 털어 넣는다. 술이 한꺼번에 넘어가자 목구멍에서 통증이 느껴진다.
"빨리 취하라고 진하게 탔어. 어때, 마실 만하지?"
"약간 독한 것 같다."
"스크류 드라이버는 오렌지 주스에다가 보드카를 섞어서 마시는 술이야. 섞는 비율에 따라 맛이 달라지겠지만, 대부분 마시자마자 얼었던 마음이 녹아 버리지. 그래서 레이디 킬러라고도 불러."

"그게 무슨 뜻이지?"

"말 그대로 연약한 여성들을 위한 술이란 뜻이야. 마음에 드는 상대가 나타나면 이 술을 마시고 대시하는 데서 유래된 거고. 반면 브랜디는 술 중에서도 신사라고 할 수 있지. 브랜디 중에서도 코냑이고."

"아, 코냑."

"브랜디하면 왜 코냑을 제일로 치는 줄 알아?"

"글쎄."

"브랜디 증류를 성공시킨 게 프랑스 코냑지방이기 때문이야. 그런 이유로 지금도 코냑에서 생산되는 브랜디를 최고로 꼽는 거고."

"그래서 코냑 코냑 하는구만."

나는 건포도를 입에 넣고 으적으적 씹는다. 파라가 엷은 미소를 지으며 말을 잇는다.

"보드카는 보드카대로 마시는 방법이 독특하지만, 브랜디도 마시는 법이 따로 있어. 그걸 어떻게 표현해야 좋을까. 브랜디가 보드카보다 섬세하다고 할까. 우아하다고 할까. 브랜디는 언제 어디서 어떻게 마시느냐에 따라 맛이 달라지는 건 분명해. 식사 전에 마실 때하고 식후에 마실 때도 다르고."

"하긴 분위기에 좌우되는 게 술이니까."

"잘 봤어. 브랜디는 법칙에서 시작해 법칙으로 끝나는 술이라고 보면 맞아."

"위스키는 어때?"

"위스키는 알코올 성분이 많아서 편하게 마시면 돼. 한 번에 꿀꺽 삼키든가 조금씩 나눠 마시든가 자유라는 얘기지. 구태여 비교하자면 브랜디는 고답스런 유럽식이고, 위스키는 자유분방한 미국식이라고 할까."

"자유분방한 미국식?"

"응."

"하긴 술 하면 미국이니까."

"술뿐이야? 미국은 모든 걸 빨아들이고 생산하고 소비하고 주도하는 나라야. 자본이나 자원도 쓰고 남을 만큼 가지고 있고. 기축통화를 찍어서 언제든지 쓸 수 있는 나라잖아. 술은 미국이 추진하는 선민주의에 딱 맞는 동반자일지도 몰라. 모든 걸 최고로 생각하고, 최고로 여기는 사람들만 집결한 나라거든. 미국식 칵테일만 해도 수백 가지가 넘어. 술에서 시작해서 술로 진행하다가 술로 끝나는 나라가 미국이라는 얘기야. 근데 나 요즘 그 나라가 좋아지기 시작했어. 문화는 물론이고 정서나 기호, 삶의 태도까지. 우리는 어차피 가진 것 없는 약소국이잖아. 선진 문화나 인습을 받아들이는 게 좋을 것 같다는 생각이 들어."

"그럴지도 모르지. 세계는 영어 문화권에 잠식당할 거고, 미국식 자본주의도 영원히 사라지지 않을 테니."

"그래서 요새 미국 사람을 만나는 중이야."

"엔타로는 어떻게 하고?"

"이번 여행을 끝으로 헤어져야겠지."

"헤어진다고?"

"그 사람 퇴출당했어. 모제도 알다시피 일본도 삼십육 년째 경제불황으로 허덕이고 있잖아. 구조조정은 우리나라만 하는 줄 알았는데, 일본도 마찬가지더라고."

"그래?"

"말도 마, 일본 사람들도 무척 짜졌어. 엔타로를 만난 지 삼 년이 지났으니 신물 날 때도 됐고."

"벌써 그렇게 됐나?"

"벌써가 뭐야? 내가 지금 스물일곱 살인데."

"그래, 일본 여행은 어땠어?"

나는 파라 쪽으로 바짝 다가앉는다. 파라가 칵테일로 목을 축이고 나서 입을 연다.

"일본 남쪽 끝에 있는 규슈에서 북쪽 끝에 있는 홋카이도까지 돌아다녔지."

"혼자서?"

"아니 엔타로하고."

"재미있는 일이 많았겠군."

"일본이야 누구나 다 아는 나라잖아."

"그래도 득별한 일이 있었을 거 아니야. 에피소드 같은 거."

"뭐 그다지 특별한 일은 아니지만, 듣고 싶다면 얘기해 주지. 그런데 재미가 있을지 의문이야."
"무슨 얘긴데?"
"섹스 이야기."
"섹스 하면 일본 아니야."
"그건 그렇지."
"그렇다면 당연히 얘기해 줘야지."
"사실 이 얘기도 엔타로한테서 들은 건데, 직접 체험해 보라고 그러더라고. 그래서 재미있는 구경을 했어. 아니 경험이라고 해야겠지. 내가 직접 해 봤으니까."
"다른 사람하고 섹스를?"
"응."
"……"
"엔타로는 그런 점에 있어서 툭 터진 사람이야. 누구든 마음에 들면 같이 자도 된다는 게 지론이니까. 몇 년 전 한국에 왔을 때 모제하고 마주쳤잖아. 그때 내가 털어놓았어. 좋아하는 남자친군데 일주일에 한두 번 섹스를 한다고. 그랬더니 매너가 좋은 사람 같다고 칭찬을 하는 거야. 잘 사귀면 좋은 친구가 될지도 모른다는 조언도 해 줬고. 심지어 지금 만나는 제임스까지도 잘 사귀어 보라고 그러니까."
"알 수 없는 사람이군."
"엔타로는 모든 면에서 신사다워. 여자 비위를 맞추는 것하고, 여자를 위해 희생하는 것까지. 그런 거 있잖아. 여자한테 친절을 베푸는 방법을 아는 남자들. 한번 마음을 주면 끝까지 지키는 거나, 어떤 상황이라도 보호해 주는 무사도 정신 같은 거. 사무라이가 자신을 알아주는 군주를 위해 목숨을 바치는 것하고 비슷해. 그뿐이 아니야. 엔타로는 섹스까지 목숨을 걸고 해. 단 한 번의 실수도 용납하지 않고. 한마디로 말해 진정한 인간이라고나 할까."
"그 정도로 괜찮은 사람이야? 엔타로가?"
"내가 저번에 얘기 안 했어. 엔타로는 여자 다루는 데 천재라고. 엔타로는 유부남이고 모제는 총각이니까 다르겠지만, 엔타로는 섹스를 위해 태어난 사람이야. 아니 프로페셔널한 사람이라고 해야겠지. 어떤 여자든 섹스에 들어가면 반은 죽여 놓으니까. 아니 여자가 미칠 정도로 만족시켜 준다고 해야겠지. 나도 이해하기 어려운 게 있는데, 자기 부인한테 내 얘기를 했대. 한국에 갈 때마다 만나는 여자가 있는데, 돈도 주고 같이 자기도 한다고. 그랬더니 부인이 그러더래. 즐기기는 하더라도 사랑까지는 하지 말라고. 그런데 제임스는 엔타로보다 더 괜찮은 남자야."

"그 미국인 말이야?"

"응, 고향이 플로리다 준데, 신사 중에 신사라고 할 수 있어."

"그 남자하고도 자봤어?"

"물론이지."

"마음에 들어?"

"뭐가?"

"섹스."

"당연히 마음에 들지. 그런데 그것도 차이가 나더라고."

"어떻게?"

"엔타로가 기교적이고 열심히 하는 타입이라면, 제임스는 점잖고 부드러운 스타일이야. 가끔은 저돌적이기도 하고. 어쨌든 두 사람이 전혀 다른 느낌이었어."

"만족도는 어때?"

"한마디로 말할 순 없지만, 엔타로가 짧고 소프트한 반면 제임스는 굵고 다이내믹하다고나 할까."

"나하고는 어때?"

"모제는 풋풋하고 싱그러운 남자지. 그러고 보니 세 사람이 다 독특한 것 같다."

"그 중에 한사람을 고른다면?"

"무슨 상대로?"

"섹스 상대."

"섹스 상대라면 엔타로가 좋겠지. 만족도가 제일 높거든."

"부담 없이 즐기는 상대는?"

"그것도 엔타로야."

"왜?"

"엔타로하고 있을 때가 제일 편하니까."

"그럼 결혼 상대라고 볼 수 있잖아."

"그건 잘못 알고 있는 거야. 밀레니엄시대 결혼 상대는 사랑하거나 편한 사람이 아니야. 조건이 맞는 사람이지."

"조건?"

"결혼도 살아가는 방식 중 하나니까 거기에 맞는 환경이나 자격이 갖추어져야 한다는 얘기지. 요즘엔 조건으로 결혼하고, 조건으로 살다가, 조건으로 이혼한다는 말까지 생겼잖아. 인간을 행복하게 만드는 건 정신이 아니라, 필요나 물질이라는 얘기지. 옛날처럼 한번 결혼했다고 영원히 살라는 법도 없고. 결혼 상대는 당연히 제임스야."

파라는 단호하게 잘라 말한다.

"그러면 나는 어떤 상대야?"

"모제는 좋은 남자친구지. 뭐랄까, 순수한 영혼을 가진 친구라고 할까."

"순수한 영혼을 가진 친구?"

"그런 점을 좋아하는 여자도 많이 있으니까 걱정할 필요는 없어."

"그건 그렇고, 아까 말하려던 건 어떻게 됐어?"

"일본에서 있었던 일 말이야?"

"응, 재미있었다는 일."

"그거 섹스 학원 이야기야."

"섹스 학원? 일본에 그런 게 다 있어?"

"당연히 있지. 일본은 돈이 된다면 무엇이든 가리지 않는 나라니까. 어떤 것이든 대중화시키는 데 천재적인 국가고. 그런 나라가 섹스 학원인들 안 하겠어? 일본에서는 별의별 업소가 다 등장했어. 남자 변태들을 위한 부르세라숍에서 여고생 매춘을 부추기는 데이트클럽. 고교생들이 연회장을 빌려 그룹 섹스를 벌이는 오키드파티, 밴드미팅, 콜라테크, 원조교제, 랜덤폰팅, 마고가르[73], 프리크라, 테레크라. 문제는 일본 유흥가에 프로세스 서비스 업소들이 넘쳐난다는 거야."

---

73) 마고가르(Magogar) : 여중생이 전화를 걸거나 길거리에서 직접 상대를 선택하는 매춘.

"프로세스 서비스?"
"응."
"그건 또 뭐하는 데야?"
"오럴 서비스를 해 주고 돈을 받는 업소라고 생각하면 돼. 여자가 구멍 뚫린 벽 반대쪽에서 페니스를 빨아 주는 거지. 일종에 유사 성행위라고 할 수 있어. 특이한 건 남자가 만족할 때까지 사정을 지연시켜 준다는 점이야. 그런 다음 절정의 순간에 정액을 받아먹는 거지. 페니스 삽입효과를 입으로 극대화시켜 주는 거라고 보면 돼. 문제는 그런 업소에서 일하는 여자들 태도야. 그 여자들 그런 일을 하면서도 떳떳하게 자기를 내세우거든."
"도저히 이해가 안 가는군."
"그럴 거야. 처음엔 나도 이해할 수 없었으니까. 하지만 일본 공중파 방송에선 그걸 무슨 건전한 물건을 파는 업소처럼 소개하더라고. 더 희한한 건, 그런 일에 종사하는 여자를 방송에 출연시켜서 애로사항을 물어보는 거야. 일 하는데 힘든 거나 고충 같은 건 없느냐고. 충격적인 사실은 방송에 출연한 여자가 하는 말이야."
"여자가 뭐라고 했는데?"
"하루에 열 명쯤 손님을 받는데, 페니스를 빨 때마다 턱이 빠져서 고민이라는 거야. 그것도 사정하려는 순간마다 턱이 말썽을 부린다는 거지. 그리곤 자랑스럽게 자기 직업을 털어놓는 거야. 턱만 빠지지 않는다면 프로세스 서비스도 괜찮은 생산수단이라고. 안정된 직업이지, 적성에 맞지, 즐겁게 일하지, 힘도 안 들지, 돈 버는 방법도 간단하고 깨끗하지, 하면서. 어때 가치관이 전도된 느낌이지?"
"그런 것 같군."
"문제는 그런 업소들이 동남아로 번졌다는 사실이야."
"일본이 동남아를 다 망치는구만."
"머지않아 우리나라에도 상륙할 거야. 어떤 곳에선 이미 영업을 하고 있는지도 몰라. 유흥업소 하면 강남도 일본에 절대로 뒤지지 않잖아. 일본은 섹스 천국인 건 틀림없어. 섹스로 시작해서 섹스로 끝난다 해도 과언이 아니니까. 거기다가 일본 어디를 기도 섹스문회기 널려 있잖이. 그 중에서도 도쿄가 제일 유명한 것 같아. 도쿄 중에서도 신주쿠 거리고. 일본에는 이런 말도 있어. 남자가 여자를 사기 위해선 신주쿠 거리로 가야 하고, 여자가 남자를 사기 위해선 시부야 거리로 가야 된다."

"그래서 파라도 시부야로 간 거야?"

"처음엔 가지 않으려고 했는데, 엔타로가 한번 체험해 보는 것도 괜찮다고 우겼어. 그래서 가 봤지."

"엔타로가?"

"응."

"이해하기 어렵군."

"실은 좀 전에 말하려던 섹스 학원이 거기에 있었던 거야."

"그래?"

"일본에 있는 동안 짜릿한 경험을 했어. 그 학원에 갔다 온 후 섹스가 뭔지도 알게 됐고."

"도대체 뭘 가르치는데 그래?"

내가 궁금하다는 표정을 짓자 파라가 싱끗 웃는다.

"그 학원에 등록하면 자세히 상담을 해. 신입사원이 면접시험을 보는 것처럼. 교습생 건강이나 체질, 취미, 신체적 특성, 정신상태 같은 걸 알아보는 거지. 그 다음부터는 학원 스케줄대로 하면 돼. 물론 몇 가지 원칙은 지켜야 하지만."

"몇 가지 원칙?"

"강사를 사랑한다거나, 규칙에 어긋난 행동을 한다거나 하는 것들 말이야. 생각해 봐. 강사가 미남인데다가 환상적인 몸매를 가지고 있지, 매너 좋지, 테크닉 끝내주지, 여자를 신처럼 모시지. 그러니 개인적 감정이 안 생기겠어. 생기지 않는 게 오히려 이상한 거지. 하여간 강사를 사랑하면 안 된다는 불문율이 있어. 금기사항을 위반하면 즉시 퇴교조치 되는 거고. 그런데 그곳에서 퇴교당하면 영원히 섹스 불감증에 걸린다는 사실이야. 그래서 교습생들이 그걸 지키기 위해 필사적이더라고."

"파라는 섹스 불감증 환자는 아니잖아."

"물론 나는 아니지. 하지만 엔타로가 더 좋아질 거라고 해서 가 본 것뿐이야."

"그래서 좀 나아졌어?"
"나아진 정도가 아니야. 섹스가 뭔지 알게 됐다니까."
"그 정도로 대단해?"
"물론이지."

파라는 생각만 해도 즐겁다는 표정이다. 나는 칵테일을 한 모금 마시고 파라를 건너다본다. 파라가 목청을 가다듬고 말을 계속한다.

"첫날은 가벼운 대화나 스킨십부터 시작을 해. 섹스를 하려면 어느 정도 상호교감이 있어야 하니까. 이튿날까지도 방법은 별로 다르지 않아. 사흘째부터가 문제야. 그때부터 본격적으로 페팅을 시도하거든. 그런데 그게 장난이 아니더라고."

"페팅을 한다면 그렇겠지."

"처음에는 터치나 페팅이 좀 어색하고 이상했는데, 시간이 흐를수록 느낌이 달라졌어. 기분이 고조된다고 할까, 흥분이 배가된다고 할까, 육체가 눈을 떠간다고 할까. 묘하면서도 짜릿한 건 분명했어. 그 순간을 견디니까 오히려 마음이 평온해지고 가슴이 뿌듯해지는 거야. 중요한 무언가를 이뤄 낸 것처럼. 그때부터는 강사하고 한마음이 되어 움직였지. 이상한 건, 교습이 끝날 때까지 삽입을 하지 않는다는 점이야."

"그거 정말 이상하군."

"그 이유는 나중에 알았어. 그래서 교습이 끝난 다음 엔타로하고 실습해 봤는데, 역시 달라진 걸 알 수 있었지. 그날 이후 만나는 사람들도 그렇고, 세상도 다르게 보였으니까."

"도대체 어떤 기술을 가르쳤는데 그래?"

"진지하고 끈기 있게 섹스에 몰입하는 걸 가르쳐. 첫날은 정신적 몰입을 유도하고, 이틀째는 상호교감을 이끌어 내고, 사흘째는 본격적으로 페팅을 시도하는 거야. 나흘째 되는 날에는 나를 번쩍 안아다 침대에 눕히더라고. 그래서 드디어 섹스를 해 보는구나, 하고 긴장했지. 그런데 그게 아니더라고."

"그럼?"

"그냥 내 몸을 발끝에서 머리끝까지 마사지하는 거야. 올리브 같은 기름을 진뜩 바르고. 니중에는 몸 각 부위로 커레스를 해 대는데, 미칠 지경이더라니까. 그래도 강사는 눈 하나 깜짝하지 않았어. 참을 수 없는 건, 한번 커레스를 시작하면 두세 시간씩 한다는 사실이야. 얼굴도 잘생겼고, 몸매도 우람한 청년이 살을 맞대고 비벼대니. 더 큰 문제는 내가 아무리 흥분하고 소리를 질러도 삽입을 하지 않는 거야. 닷새째 되는 날에는 방바닥을 기어 다닐 지경이 됐으니까."

"그러면 그것도 고문이 되겠군."

"고문도 그런 고문이 없더라니까. 생각해 봐, 발가벗은 두 남녀가 성행위는 하지 않고 며칠씩 애무만 한다고. 차라리 화끈하게 해 버린다면 속이라도 풀리겠는데, 삽입을 하지 않으니. 그러다가 내가 졸도하면 욕실로 안고 가서 찬물로 씻겨주거나 하고. 아무리 돈이 좋다 해도 그럴 수 있는지 알 수가 없더라고. 하지만 엿새째 되는 날부터는 적극적으로 나왔어."

"엿새째 되는 날부터?"

"그때부터는 아예 혀로 핥아대기 시작했으니까. 그것도 소프트하면서도 짜릿하게. 부드럽게 주무르고 터치하는 커레스를 거의 페팅처럼 하는 거지. 나중에는 페니스를 사용해서 발끝부터 머리끝까지 마사지를 하는 거야. 말뚝 같은 페니스에 그레이스겔을 잔뜩 바르고. 생각해 봐, 마사지를 받는 나도 죽겠는데, 그걸 하는 남자는 오죽하겠어? 강사는 역시 강사였어. 한 번도 흥분하거나 감정의 동요를 보인 적이 없었으니까. 오히려 날이 갈수록 더 냉정하게 마사지를 했지. 그러니 거길 갔던 여자들이 반하지 않을 수 있겠어. 나도 며칠 뒤에는 강사가 신으로 보이더라니까. 어떤 순간에는 이 남자하고 살면 얼마나 행복할까 하는 생각도 들고. 칠일째 되는 날부터 마사지 시간이 한 시간씩 늘어났어."

"매일 한 시간씩?"

"응, 매일."

"상상을 불허하는구만."

"마지막 날에는 열 시간이 되더라고. 정말 끔찍했어. 하지만 그러는 동안 내 몸 어느 부위든 강사 손끝 하나, 혀끝 하나, 터치 하나에 경련을 일으키게 됐지. 내 몸 어디건 호흡이나 숨결만 불어도 전율이 일었으니까. 페니스 삽입을 간절히 원하는 전율. 남자의 땀을 절절히 갈구하는 경련. 동물처럼 소리 지르고 미친 듯이 뒹굴고 싶은 본능적 욕구. 남자의 몸 어디라도 물어뜯고 싶은 처절한 욕망. 인간임을 포기하고 싶은 원초적 욕구. 그게 바로 강사가 노리는 점이었어. 나중에는 강사가 원하는 대로 움직이게 됐으니까. 앉으라면 앉고, 서라면 서고, 기라면 기어 다니게 된 거지. 그렇지 않으면 미쳐 버릴 것 같았으니까."

"끝나는 날까지 삽입은 하지 않았어?"

"끝나는 날은 삽입을 해. 정상적인 성교를 하는 거지. 그래야 어느 정도로 치유가 됐는지 알 수 있으니까."

"그날은 어땠어?"

"그날은 생각만 해도 몸이 떨릴 지경이야. 너무나 짜릿했으니까. 섹스가 끝났을 때 정신을 잃고 기절해 있었대. 엔타로가 그러는데 몇 시간 동안 응급실에 누워 있었다나."

"그 정도야?"

"그런데 그게 간단하지 않아."

"그래?"

"끝나는 날은 열 시간 동안 페니스 마사지를 하고 목욕을 했어. 오십 분간 마사지를 하고 십 분간 쉬는 형식이지. 페니스 마사지를 마치고 삽입을 했는데, 온몸이 떨리면서 신음이 터지는 걸 참을 수 없었어. 그래서 막 울어 버렸던 것 같아. 아니 비명을 지르고 몸부림치고 발광을 해 댔다는 게 더 정확한 표현인지 몰라. 모제는 내가 한 말들이 모두 과장이라고 생각할 거야. 하지만 이건 엄연한 사실이야."

"아니야, 난 믿어."

"과장이라고 해도 어쩔 수 없지만, 그 학원으로 인해 나는 다시 태어났으니까. 엔타로도 나를 그곳에 보내기를 잘했다고 했고. 그곳에 갔다 오고 나서 자기도 만족감이 늘었다는 거야. 생각해 봐, 남자 기분을 적소에 잘 맞춰 주지, 환상적인 포즈를 취해 주지, 상황에 맞는 섹스를 할 줄 알지. 급소를 터치할 때마다 소리를 지르지. 손끝 하나에 온몸을 떨면서 반응하지. 그러다 보니까 덩달아서 엔타로도 신이 나는 거겠지. 이런 말도 있잖아, 여자의 맛은 음식 맛에 있다. 하지만 여자의 참맛은 사랑스러운데 있다. 그러나 여자의 진정한 참맛은 잠자리에 있다."

"하긴 그럴지도 모르지."

"아무튼 그 학원 대단한 건 분명해."
"또 가 보고 싶은 생각은 없고?"
"다시 가고 싶지는 않아. 나는 어떤 남자하고도 자신이 있거든."
"나하고 해도?"
"물론이지."
"그 제임슨가 하는 미국 친구하고도?"
"제임스하고는 더 잘할 수 있을 거야."
"어떤 이유로?"
"제임스가 나한테는 이상적인 사람이니까. 생각해 봐, 제임스한테는 내가 더 적극적으로 할 게 분명하잖아. 제임스가 내 이상향이고 정신적 교감도 이뤄져 있을 테니까. 그래서 제임스하고는 환상적인 섹스가 될 거라는 거야."
파라가 흡족한 표정을 지으며 웃는다. 나는 소파 위에 비스듬하게 눕는다.
"그건 그렇고 미국에는 언제 들어갈 거야?"
"머지않아 가게 될 거야. 길어도 한 달?"
"그렇게 빨리?"
"일이 잘 풀리면 더 빨리 갈 수도 있어."
"그럼 엔타로는 어떻게 하고?"
"엔타로는 언제든지 보내 줄 사람이야. 모제도 마찬가지고. 그렇지 않아?"
"그야 그렇지."
"그것 봐. 아무도 걸리는 사람은 없어."
"파라네 가족도 미국에서 살고 있는데 잘된 건지도 몰라."
"지금 우리나라 실정도 그렇잖아. 모두 외국으로 외국으로… 외국에 가면 뾰족한 수도 없는데 너도나도 몰려가잖아. 나도 그런 부류 중 한사람이지만."
"파라야 그런 사람들하고 다르지. 정식으로 결혼해서 가는 건데."
"지금은 너나없이 떠나길 원하는 것 같아. 국내에선 숨통이 콱콱 막히니까. 경제는 좋아질 전망이 보이지 않고, 집값은 나날이 떨어지고, 직업 구하기는 하늘의 별 따기고. 도산하는 회사들은 늘어나고, 빈부 격차는 갈수록 심해지고, 기득 층은 성 쌓기에 급급하고, 정치인들은 제 밥그릇 싸움질만 해 대고, 주변 국가들은 노골적으로 목을 조여오고."

"잃어버린 십 년이 도래하는 건지도 몰라."

"이미 시작되었다고 보는 게 옳을 거야. 세계 경제가 그렇게 흘러가니까."

"하긴 그래."

"그래도 정부나 국회, 경제계가 대비를 해 놓았겠지?"

"그렇다면 다행이지만, 그들도 국가 경제나 국가 안위보다 자기 뱃속 챙기는 데만 급급한 것 같아서."

"일신의 안위도 좋지만, 한 나라를 책임지는 위치에 있다면 대비할 건 하면서 챙겨야지. 안 그래?"

"그건 그래."

"일본이나 미국, 중국, 러시아는 화려한 문명을 위해 달려가다가 문명의 수레바퀴에 깔려 죽게 될 거야. 그런 조짐들이 서서히 드러나고 있고. 아무튼 미국이나 일본, 중국, 러시아는 경계해야 하는 나라인 것은 분명해."

"듣고 보니 그런 것 같다."

"이젠 어떤 나라도 믿어선 안 돼. 그게 미국이든 중국이든 일본이든 러시아든."

"나는 파라가 국제 정세에 이렇게 해박한지 몰랐어."

"이건 해박한 게 아니라 상식이야. 더구나 나 역사학 전공한 거 잊었어?"

"아, 그랬지? 부전공이 정치학이고."

"사실 이 정도는 누구나 다 아는 거잖아."

"하긴 누구든 알 수 있는 건지도 모르지, 나만 빼놓고."

"모제도 모르는 건 아니야. 세상일에 무심할 뿐이지."

"그건 맞아. 무언가에 관심을 갖는 것 자체가 귀찮으니까."

"근데 내가 이토록 열을 내면서 정치 얘기를 하는 이유를 알아?"

"글쎄, 역사학이나 정치학을 공부했으니까 그런 거 아니야?"

"그렇게 단순하다면 얼마나 좋겠어?"

"그럼 뭐야? 엔타보나 제임스 때문도 아닐 테고."

"잘 아는군."

"애국자여서도 아니고. 난 모르겠는데."

"그걸 맞춰 보라고 얘기를 꺼낸 건 아니야. 그저 윗사람들이 한심해 보여서 그런 것뿐이지."

"그래?"

"아무튼 일본 수상들이 엔타로 반만 닮았어도 한일 간 상황은 달라졌을 거야."

"하기야 엔타로 같은 사람만 있다면 일본도 많이 변했겠지."

 나는 고개를 끄덕여 파라의 말에 동조한다. 파라가 기지개를 켜며 일어선다.

"일본 얘기는 나중에 더 하고, 뭔가로 배를 채워야겠다."

"그러고 보니까 출출해진 것 같은데.

"뭐를 만들어 줄까."

"햄버거 정도면 충분해."

"햄버거는 사다 놓은 게 없고, 스파게티 어때?"

"만들 수만 있다면."

"물론 만들 수는 있지."

"그럼 좋아."

"잠시만 기다려.

 파라가 큰소리로 말하고 주방 쪽으로 걸어간다. 나는 글라스를 집어 들고 벌컥벌컥 들이켠다. 이제 잠시 후면 파라는 스파게티를 만들어 올 것이다. 그럼 나는 스파게티로 배를 채우고 섹스를 한다.

54

설사 겉보기에 난폭한 일을 하지 않으면 안 되는 경우라 할지라도, 또 가혹하지만 그들을 위해서는 엄격하게 공격하지 않으면 안 될 경우라 할지라도, 사람은 항상 권애眷愛[74]를 마음속에 간직하지 않으면 안 된다. - 파스칼의 「레 프로방시알」 중에서

"이건 예감인데, 며칠 내에 놈하고 마주칠 것 같아."
 류대가 38구경 약실에 실탄을 장전하며 중얼거린다. 나는 눈을 감고 있다가 슬며시 고개를 든다. 류대가 실탄이 장전된 약실을 빙글빙글 돌리며 웃는다. 이미 모든 게임은 끝났다는 듯이. 나는 빗줄기가 후드득거리는 차창 밖으로 시선을 던진다. 쏟아지는 비를 피해 행인들이 허둥지둥 뛴다. 승용차 앞쪽을 보던 류대가 눈에 힘을 준다.
"이번에는 정말 나타날 것 같은 기분이야."
"확률이 전혀 없는데도?"
"그래도."
"……"
"너도 명심해. 놈은 얌전한 폴리스라고 봐주지 않아."
"내 앞에 나타난다면 어떻게 해 보겠지만, 그럴 리가 없잖아."
"꼭 나타난다니까."
"그래?"
"언제 내 육감이 틀린 적 있어?"
"하긴."
"이번에는 정말 끝내주겠어."
 류대의 찢어진 눈에는 알 수 없는 광기마저 엿보인다. 나는 어둠에 잠기는 거리를 보다가 눈을 감는다. '심심한데 음악이나 들을까.' 류대가 시동을 끄고 카스테레오 스위치를 올린다. 나는 눈을 감은 채 음악이 나오기를 기다린다. 류대가 채널을 이리저리 돌려 뮤직 방송을 찾는다. 잠시 후

---

74) 권애眷愛 : 보살펴 사랑함.

디스 매스커레이드가 터져 나온다.
"이 곡 가면무도회 아니야?"
 류대가 탄성을 지르며 볼륨을 조금 더 키운다. 나는 눈을 감은 상태로 음악을 듣는다. '이 쓸쓸한 게임을 계속한다면 우리는 정말 행복할까요? 이야기할 말을 찾고 있어요. 서로 이해하려고 노력해도 안 되고, 이 가면무도회에서 헛되이 시간을 보내는 우리들. 마음은 멀리 떠나 있는데, 그 말을 하는 걸 두려워하는군요.' 류대가 리볼버 권총집을 두드리며 구시렁거린다.
"꼭 우릴 두고 하는 소리 같군."
"……"
"한 사람은 잡히지 않기 위해 도망 다니고, 한 사람은 잡기 위해 쫓아다니고. 그런 게임이라면 해 볼 만하지 않아?"
"……"
"일대일이라면 모르지만, 수백 명이 쫓는 거라면 이미 끝난 게임이지."
 류대가 단호한 목소리로 말하고 히죽 웃는다. 나는 아무런 대꾸도 않고 음악만 듣는다. 류대가 기지개를 길게 켜고 몸을 비스듬히 눕힌다.
"교대 시간은 언제야?"
"다섯 시간 남았어."
"답답하군."
"……"
"헌데 말이야."
 류대가 갑자기 생각났다는 듯 상체를 세운다. 나는 실눈을 뜨고 류대를 쳐다본다.
"어제 일은 어떻게 된 거야?"
"어제 일이라니?"
"여기서 이상한 꿈을 꿨잖아. 아틀란티스 나이트클럽인가 뭔가가 가라앉느니 사라지느니 하면서."
"아 그 꿈. 그게 좀 이상해."
"왜?"
"꿈속에서 묘한 데를 들어갔는데, 그게 도무지 이해할 수 없어."

"무슨 꿈인데 그래?"
"나이트클럽에 들어가서는, 예수처럼 생긴 노인을 따라서 지하세계를 돌아다니는 꿈이야. 물에 잠기는 지하부하고 과거나 미래를 오가는 방 같은 데를. 그런데 그 모든 게 괴이하고 황당무계해."
"나도 조금은 혼동이 가더라."
"너도 이상했지?"
"당연하지. 차 안에서 잠복하다가 깜빡 잠이 들어선, 유리니 피여나니 집주니 클럽이니, 지하부니 유토피아니 하면서 헛소리를 해 대니까."
"그게 바로 이해할 수 없는 부분이야."
"이 기회에 그 나이트클럽을 수사해 볼까? 정식으로 영장을 발부받아서."
"판사가 영장을 발부해 주겠어?"
"수색영장을 신청하면 되잖아."
"제목을 뭐로 하고?"
"인신매매 혐의로 하면 되지."
"검사가 영장 신청한 걸 보고 웃겠다."
"하긴 경찰관이 영장을 신청하면 법관한테 가기 전에 검사가 켄슬시키니까."
"경찰한테 영장청구권만 있으면 금상첨화인데."
"그게 요원하다는 게 문제야."
"맞아. 언제 또 형사소송법이 개정될지 모르니. 게다가 검찰이 기소독점권을 가지고 있으니까 수사권 독립이나 종결권도 어차피 반쪽짜리야. 언제든지 검사가 사건을 불기소처분할 수 있잖아."
"그러고 보니 모든 것을 법이 지배하고 있는 셈이네. 청와대를 비롯해서 행정부, 정치권, 군부, 기업체, 일반서민까지 줄줄이 법 아래 놓여 있고. 심지어 대법관, 헌법재판소장, 대통령까지 법에 의해 좌지우지되고. 길거리나 공원, 도로, 하늘, 바다, 묘지에까지 법이 적용되고 있어."
"바야흐로 법치주의를 넘어 법의 지배를 받는 세상이 온 거야. 그걸 뭐라고 표현해야 좋을지 모르겠다. 법이 모든 걸 지배하는 세상."
"구십 퍼센트의 법과 십 퍼센트의 인간."

"하긴 법이 구십구 퍼센트를 장악했는지도 모르지."
"법이 없어도 돌아가는 세상이 좋은데."
"법을 만들 필요도 없이 상식만 가지고 살 수 있는 세상이 더 좋은 세상이야."
"문명이 발전할수록 법은 더 늘어나고, 법이 늘어나면 인간은 더욱더 범죄에 빠져든다는 게 문제야."
"어차피 법이라는 게 서민이나, 약자, 선량한 국민을 위해서 만들어진 게 아니고, 오히려 대중을 길들이고 통제하고 다스리기 위해서 만들어진 거잖아."
"그러고 보면 법은 이 사회를 잡아먹는 괴물인지도 몰라,"
"괴물? 그렇지, 앞으로 점점 더 큰 괴물로 변해 가겠지. 민주주의, 평등주의, 자유주의라는 가면을 쓰고."
"정말 큰 문제가 아닐 수 없다."
"문제야, 문제."
"우리 같은 하급 디텍티브는 굿이나 보고 떡이나 먹으면 돼"
"그런 사고방식이 더 문제야. 현실을 직시하고 무언가는 고쳐볼 생각을 해야지."
"그런 건 나한테는 어울리지 않아. 모제 너한테는 몰라도."
"너도 정의를 지키려는 폴리스고 디텍티브잖아."
"정의 너무 좋아하지 마. 다 허울 좋은 말이니까. 어쨌든 이번에는 수색영장을 발부 받아서 나이트클럽을 조사해 보자."
"그거 잘 안 될 거야?"
"잘 안 되다니?"
"생각해 봐. 꿈을 꿔야 안으로 들어가고, 꿈을 깨야 밖으로 나오는데 수색영장 같은 게 통하겠어? 그 건물이 어디에 있는지조차 모르는 실정인데. 지금도 마찬가지야. 내가 그 안에 어떻게 들어갔는지 기억이 안 난다니까. 밖으로 나온 것도 마찬가지고."
"그렇게 혼란스러워?"
"깜빡 잠이 들면 지하실 안이고, 깜빡 깨면 지하실 밖이야. 상황이 그러니 더 정신이 없는 거지. 이상한 건 그 집주라는 영감이야. 생긴 건 꼭 예수 같은데, 알 수 없는 이야기로 사람을 현혹시키거든."
"어떤 이야기로 현혹시키는데?"
"그 안에 있던 사람들이 어디로 간다는 거야. 델로피안가 뭐라고 하는 신세계로. 유리하고 피여나도 파라다이스라는 극단에 가입했대."
"그럼 그 영감한테 물어보지 그랬어. 그 극단이 어디 있는지."
"거길 찾고 싶으면 델로피아로 가는 배라는 연극을 보래."
"가만 있자. 그 연극 신문에 난 것 같은데."
"그래?"
"분명히 그 연극이야. 델로피아로 가는 배. 내가 알기엔 내용이 너무 비현실적이라 대중한테 어필되지 않은 것 같더라고."
"어떤 내용인데?"
"극도로 타락한 현대문명을 비판하는 내용인데, 새로운 세계를 세우고 거기다 이상국가를 건설한다는 줄거리야. 지나치게 공상적이고 현실 도피적인 내용이지. 좀 위안이 되는 건, 그 세계가 자연적 삶을 추구하고 범죄가 없다는 걸 가정한다는 점이야. 그래서 호기심을 가지고 봤지. 어차피 범죄는 우리 업무하고 관계가 있잖아."
"그럼 그게 사실이군. 어딘가에서 연극을 한다는 게?"
"내 눈으로 직접 기사를 확인했으니까."
 류대가 눈에 힘까지 주면서 강조한다. 나는 한숨을 내쉬고 고개를 흔든다.
"난 뭐가 뭔지 잘 모르겠어."
"내가 나이트클럽 안으로 들어가면 무조건 그 영감을 임의동행해 나올게."
"무슨 혐의로?"
"사람들을 팔아넘긴 혐의로."
"팔아넘긴 건 아니야. 사람들이 스스로 거길 찾아간 거지."
"이상한 냄새가 나는 건 분명하잖아. 배후에 범죄조직이 있는지도 모르고."
"범죄조직?"
"생각해 봐. 들어가고 나가는 문조차 모르잖아. 그곳에 들어간 사람들은 모두 실종됐고."

"하긴 거긴 알 수 없는 것투성이니까."

"그것 봐."

"시간 나는 대로 그 연극을 보러 가야겠어. 거기 가면 실마리가 풀릴지도 모르거든."

"이건 내 예감인데, 그 공연장에 뭔가 있는 게 분명해. 잘 살펴보라고."

"그건 그래야겠지."

"그 영감을 만나면 반드시 연행해 오고."

"그 영감은 그렇게 나쁜 사람이 아니야."

"끝까지 이상한 영감을 두둔하는군."

"너도 그 사람을 보면 그런 말이 안 나올 거야."

"나는 그런 정신병자 같은 영감한테 시간 낭비하지 않아."

"그 사람은 정신병자가 아니야. 뭐라고 해야 할까. 기인이라고 할까. 도인이라고 할까. 철인이라고 할까. 성인이라고 할까. 지하에 살고 있는 예수라고 할까. 그 사람한테선 범접하지 못할 기개나 신비한 기운 같은 게 풍겨."

"못 말리겠군. 폴리스가 신비한 기운 어쩌고 하니."

류대는 못마땅해도 너무나 못마땅하다는 표정이다. 나는 다시 눈을 감고 잠을 청한다. 류대가 빗줄기가 흩뿌리는 밖을 내다보며 투덜거린다.

"그건 그렇고 놈은 언제 나타나는 거야. 몸이 근질근질 해서 못 견디겠는데."

"……"

"배가 출출한데 뭐 좀 먹지 않을래?"

"난 됐어."

"그럼 나 혼자 에스닉 푸드를 맛봐야겠군."

류대가 승용차 문을 열어젖히고 밖으로 나간다. 나는 등받이에 누운 채 고개를 끄덕인다. 류대가 나가자마자 굵은 빗방울이 후드득 쏟아진다. 류대가 황급히 승용차 문을 닫고 건물 밑으로 뛰어간다.

55

이 거대한 서구문명이 지금 우리들이 누리는 물질적, 정신적 기적을 이룩하는 데는 성공했으나 그로 인한 부작용이 생기지 않게 하는 것에는 실패했다. 일찍이 그 어디에서도 볼 수 없었으며 그 무엇보다도 복잡하고 위력적으로 만들어진 서구문명 최대 걸작인 원자로의 경우처럼, 서구유럽의 질서와 조화는 이 지구를 오염시키는 막대한 양의 해로운 부산물의 제거를 필요로 한다. 여행이여, 이제 그대가 우리 서구인들에게 보여줄 것은 바로 인류 면전에 그대로 버려진 채 심한 악취를 풍기는 우리의 오예물汚穢物[75]일 것이다. - 레비스트로스의「슬픈열대」중에서

"도대체 세상이 어떻게 되려는지 모르겠어."
미사선배가 커피잔을 탁자 위에 놓으며 혀를 찬다. 나는 뜨거운 김이 피어오르는 커피를 몇 모금 마신다. 따스한 커피가 들어가자 금방 온기가 돌며 기운이 솟는다. 며칠간 승용차 안에서 잠복한 탓에 몸과 마음이 지칠 대로 지쳐 있다. 지난주부터는 기온까지 떨어져 초겨울에 근무하는 기분이었다. 그런 열악한 근무환경과 근무체계도 이제는 좀 나아질지 모른다. 그동안 특수 업무에만 투입되던 형사기동대까지 탈주범 검거에 들어갔으니까. 그렇다고 형사 파트의 잠복근무가 완전히 제외된 것은 아니다. 몇 시간 더 단축되고 교대가 빈번해졌다는 사실밖에는. 빗방울이 뿌리는 하늘을 보던 그녀가 조심스럽게 묻는다.
"그동안 어떻게 지냈어? 물난리가 나서 야단인데."
"탈주범 잡느라고 정신없이 보냈죠 뭐."
"그 사람 아직까지 잡지 못했어?"
"네 아직."
"그렇게 잡기 힘든가?"
"내가 보기엔 틀린 것 같아요."
"왜?"

---

[75] 오예물汚穢物 : 지저분하고 더러운 물건. 쓰레기, 오물, 오예지물을 이르는 말.

"범인이 누가 어디서 근무하는지 다 아니까요."

"내가 봐도 폴리스들 문제 많더라. 매번 눈앞에서 놓치는 것도 그렇고, 총기까지 탈취당하는 걸 보면 이상해. 어쩌면 잡을 생각이 없는 것 같기도 하고."

"잘 본 거예요. 아무리 많이 동원해도 막상 잡으려는 사람은 몇 명 안 되거든요."

"이런 시기에 누군들 적극적으로 덤벼들겠어. 자기 목숨도 위태로운 판인데. 게다가 그 사람이 유튜브에 대고 선언했다며. 자기를 잡는 사람은 목숨을 걸어야 된다고."

"그랬죠."

"또 자기를 잡는 사람은 문명의 아첨배라고 했다지?"

"그 말은 처음 듣는데요?"

"그렇게 말했대. 왜곡된 현대문명과 비뚤어진 자본주의에 대항하는 자신을 잡는 건 순리가 아니라고. 탈주범이 활보하는데 정부는 대책이 없으니."

"그건 그래요."

"세상이 어수선하니까 비도 그치지 않는 거야."

미사선배가 나직이 중얼거리고 소파에서 일어선다. 나는 헛기침을 큼큼 하고 커피를 마신다. 그녀가 고개를 저으며 서재 쪽으로 걸어간다. 나는 커피잔을 내려놓고 비가 뿌리는 창밖으로 시선을 던진다. 그녀가 서가를 뒤적이더니 책을 한 권 뽑아 온다.

"초여름 같지 않게 날씨가 싸늘하지?"

"조금은 그렇네요."

"커피 더 마시고 싶으면 얘기해."

"아니요. 됐어요."

"테오하고 요하는 어떻게 지내?"

"다들 잘 있어요."

"그 철인들한테 무슨 일이 생긴다면 말이 아니지. 모제 안색이 안 좋은 것 같은데 고민이라도 있어?"

"그런 건 없어요."

"그런데 왜 그렇게 해쓱해 보여?"
"탈주범 때문에 그런가 보죠."
"탈주범 잡는 것도 좋지만, 건강은 지키면서 해야 돼."
 미사선배가 들고 온 책을 탁자 위에 내려놓는다. 나는 아이스코3을 한 가치 꺼내 불을 붙인다. 그녀가 건너편 소파에 앉으며 넌지시 묻는다.
"제니라는 여동생은 잘 지내?"
"그 애 문제예요."
"문제? 왜?"
"일주일이 멀다 하고 남자친구를 바꾸니까요."
"요즘 아이들이 다 그렇잖아."
"그래도 그렇죠."
"하긴 너무 자유분방한 것도 좋지 않아."
"문제는 그런 걸 당연하게 생각한다는 거예요. 뭐라더라, 요새는 그렇게 생활하는 게 살아가는 이유라나."
"살아가는 이유?"
"어떤 것에든 구애받지 않고, 하고 싶은 건 다 하면서 산다는 거죠."
"세상 많이 변했다. 우리 때만 해도 엄숙주의 사고방식이 최고 가치였는데."
"그땐 그랬죠."
"그래도 그만하기 다행이야. 내가 아는 여자애는 섹스를 가지고 내기를 하더라고."
"어떤 내기를요?"
"한 달 안에 누가 더 많은 남자하고 자는가가 내기래. 재미있는 건, 지는 사람이 받는 벌칙이야."
"벌칙이 뭔데요?"
"지는 사람이 이긴 사람한테 남자친구를 빌려주는 거래. 일주일 동안."
"상상이 안 가는군요."
"그러니 그런 애들보다 낫다는 얘기지."
"내가 보기엔 다를 게 없는 것 같은데요. 방법만 틀리지."
"그래도 얼마나 건전해. 일정 기간을 거쳐서 만나고 헤어지고."

"남자를 바꾸는 건 똑같잖아요."
"제니는 남자를 좋아하는 거잖아. 내가 말한 여자애들은 좋아하거나 싫어한다는 감정 자체가 없어."
 미사선배가 안쓰러운 얼굴로 커피포트 스위치를 올린다. 커피포트는 스위치를 올리자마자 탁조거리며 작동을 시작한다. 우리는 잠시 단조롭게 울리는 커피포트의 소리를 듣는다. 조용히 앉아 있던 그녀가 책을 들고 이리저리 넘긴다. 나는 담배를 빨고 나서 오디오의 스위치를 올린다. 잠시 후 오디오에서 50센트의 인 다 클럽이 터져 나온다. 그녀가 들고 있던 책을 내려놓고 씁쓸하게 웃는다.
"매일 활자하고 씨름을 하니까 커피만 마시게 돼."
"그래도 보람은 있잖아요."
"그게 그렇지 않으니까 문제지."
 미사선배가 말도 말라는 듯이 손을 내젓는다. 나는 그녀의 깡마른 얼굴을 멀거니 쳐다본다. 그녀가 입맛을 다시고 창밖으로 시선을 던진다. 50센트는 계속 인 다 그룹을 노래하고, 포트는 수증기를 토해 낸다. 창밖을 보던 그녀가 머그잔을 꺼내 놓고 차분한 동작으로 커피를 탄다.
"이 커피가 카푸치논데, 맛이 담백하고 시원한 게 특징이야."
"카푸치노는 시원한 맛 때문에 마신다고 하더라고요."
"그래도 커피 하면 역시 향커피야."
"그래요?"
"향커피는 우리나라 정서에 잘 어울리는 커피거든. 선조들도 차를 마실 때는 맛보다 향을 우선으로 쳤으니까. 반면 일본은 예를 중요시하고, 중국은 맛을 제일로 여겼어. 그런 의미에서 향을 즐기는 우리나라가 제일 고급스런 차문화를 가진 셈이지. 요즘은 널린 게 커피 전문점이니까 어디서든 기호에 맞는 커피를 찾을 수 있을 거야."
"하긴…"
"어떤 커피 전문점에서는 오십오 가지가 넘는 원두를 진열해 놓았더라고. 맛은 제대로 내지 못하면서. 어떤 커피는 비슷하게 맛을 내기도 했지만, 향을 제대로 살리려면 아직 먼 것 같아."
"당연하죠. 어디서든 질보다 양으로 승부하니까요."

"그게 문제야. 모든 게 비슷하게 흉내 낸 가짜투성이니까. 반면 내가 마시는 커피는 남아메리카나 아프리카에서 들어온 오리지널들이지. 커피 맛을 아는 사람이라면 금방 식별할 수 있을 거야. 어때 한번 마셔 볼래?"

미사선배가 뜨거운 김이 솟는 커피잔을 밀어 놓는다. 나는 커피잔을 들고 조심스럽게 맛을 본다. 하지만 씁쓸한 맛 외에는 아무런 느낌도 느낄 수 없다. 나는 애써 맛있는 척 하며 커피를 마신다. 내 모습을 보던 그녀가 재미있다는 듯이 웃는다.

"어때 맛이 괜찮지 않아?"

"아이리시보다 향도 약하고 맛도 더 텁텁한 것 같은데요."

"그럼 제대로 맛을 본 거야."

"난 잘 모르겠어요."

"모제는 너무 겸손한 게 문제야. 맛이 없으면 없다고 해야지."

"맛이 없는 건 아니에요. 맛을 알 수 없다는 얘기죠."

"그래도 주는 대로 먹고 시키는 대로 할 필요는 없어."

"본래 그런 성격인 걸 어떡해요."

"나쁜 성격은 아니야. 좀 불분명해서 그렇지. 어쨌든 카푸치노 같은 유럽식 커피가 판치는 것도 문제야. 어디를 가도 서양 상표가 붙은 커피뿐이거든. 게다가 밥은 안 먹어도 커피는 마셔야 한다는 사람만 늘어나고, 젊은이든 어른이든 외제 커피만 선호하고. 이러다 동양사람 체질이 서양화가 되는 건 아닌지 모르겠어."

"이미 서양화돼 버렸잖아요."

"사람이건 물건이건 문화건 서양화가 된 건 부인할 수 없지. 뭐랄까 서양화된 동양화라고 할까. 서구 지향적 동양화라고 할까. 우리도 모르는 사이에 서양화가 돼 가는 건 분명해. 그래서 내가 특별히 들여다보는 책이 있어."

"특별히 들여다보는 책이요?"

"음 서구유럽에서 생겨난 사조가 우리한테 어떤 영향을 끼쳤으며, 어떤 방향으로 전개될 것인가를 연구 중이야. 서양 정신문화가 동양 정신문화에 끼치는 악영향이라고 할까. 뭐 그런 거지. 그 책이 바로 서양 사조사라는 책이야."

미사선배가 탁자 위에 있는 두툼한 책을 가리킨다. 나는 커피잔을 내려놓고 그녀가 지목한 책을 집어 든다.
"표지가 화려한 게 내용도 그에 못지않을 것 같네요."
"그 책 표지처럼 서구사조로 무장한 사람들은 목적이나 수단을 가리지 않아. 아니 자신들한테 이익이 된다면 무슨 짓이든 하는 게 그들 습성이지. 시도 때도 없이 경제 식민지나 문화 식민지를 만들기 위해 눈을 번뜩이고."
"그건 그런 것 같아요."
"지금까지 버텨온 것도, 우리가 만들고 계승해온 고유문화가 있었기 때문이야. 그런데 그런 것들이 서양문화에 잠식되고 변질돼 간다고 생각해봐. 어떻게 되겠어. 개인은 물론이고 국가 자체도 위기에 처할 거야. 요즘 내가 고민에 빠진 게 그 부분이야. 그런 이유 때문에 번역도 못하고 있어."
"요새 우리 문화 어쩌고 하면서 애국심 발휘하는 사람이 어디 있습니까? 자기 자신밖에 모르는 세상인데."
"이대로 가다가는 우리 것들이 송두리째 말살당할지 모른다는 생각이 들었어. 아무도 우리 것을 지키려 들지 않거든. 너도나도 소비주의만 선호하고, 무엇이든 돈으로 해결하고, 한결같이 편안함만 추구하니. 어떤 학자는 자본주의가 종말을 고할 때가 됐다고 경고하기도 했어."
"자본주의가 종말을 고한다고요?"
"음, 자본주의는 이제 한계를 드러내고 죽어 간다는 거지. 그 이유는 자본주의가 가지고 있는 경쟁 지향적이면서 소비 지향적 구조 때문이라는 거야. 서구적 정신이나 물질이 모든 걸 기형적으로 발전시킬 게 뻔하다는 거지."
"네에…"
"그 학자는 아시아나 아프리카, 라틴아메리카 같은 제삼세계가 패권을 잡는다고 예언했어. 하지만 이런 상태로 간다면 그런 날은 영원히 올 수 없다는 게 내 생각이야. 이미 제삼세계 정신이나 문화는 노예 취급을 받는 실정이거든. 그러니 세계시장을… 세계정신을 장악한 서구가 황금시장을 그냥 놔두고 물러서겠어. 문제는 그런 지배구도에 척후병 노릇을 한 게 바로 헬레니즘하고 헤브라이즘 정신이라는 거야."

"선배 말은 헬레니즘이나 헤브라이즘 정신이 세계질서를 흔들어 놓는데 앞장섰다는 거군요?"

나는 커피를 몇 모금 마시고 묻는다. 그녀가 당연하다는 듯이 대꾸한다.

"흔들어 놓는 정도가 아니야. 아예 질서 자체를 파괴해 버렸어."

"그래요?"

"그럼."

"……"

"그런 이기적 사조가 아니라면 지금 같은 문명… 타락 일변도로 치닫는 현대문명은 생겨나지 않았을 테니까. 어떤 의미에선 헬레니즘이나 헤브라이즘 정신이 문명을 발전시키고 인류를 성장시켰다고 볼 수 있지. 문제는 그런 사조에서 발원한 서구문명이 기형적이면서 왜곡되게 커갔다는 거야. 그에 비하면 오리엔트문명이나, 마야문명, 황하문명 같은 제삼문명은 지극히 인도적 정신을 가진 문명이지."

"그건 그런 것 같아요."

"그런 의미에서 헬레니즘이나 헤브라이즘 정신이 비난받아야 한다는 거야. 순전히 아전인수 격으로 세상을 바라봤으니까. 자신들 정신세계만이 제일이다. 자신들 문화만이 최고다. 자신들이 만든 역사만이 최선이다, 자신들만이 세계를 주도하고 이끌어 갈 수 있다, 하면서. 짐바브웨에 있는 빅토리아 폭포를 봐. 그 폭포 이름이 본래 천둥치는 연기였어. 그걸 리빙스턴이 발견하곤, 영국 여왕 이름을 덜렁 붙인 거야. 아메리카 대륙도 마찬가지야. 콜럼버스는 신대륙이라고 불렀는데, 거긴 이미 수많은 원주민이 살고 있었잖아. 그런데 뭐가 신대륙이고 뭐가 기회의 땅이야. 남의 땅을 무단으로 빼앗고 죽이고 점령한 침략자일 뿐인데. 이처럼 헬레니즘이나 헤브라이즘으로 무장된 사람들 정신 자체가 왜곡되어 있는 거야. 자신들 눈으로 보는 것만이 전부고 모든 것이다. 그곳에 사는 사람이나 땅은 모두 자신들이 누릴 번영을 위한 초석이다, 하고 말이지."

"하긴, 서구 사람들이 붙인 지명이 한두 개가 아니니까요."

"한두 개가 뭐야? 세계적으로 보면 수천 개도 넘을걸."

"그럴지도 모르죠. 그 사람들은 신기한 걸 보면 자기 이름을 붙이는 게 특기니까요."

"알래스카에서 최고로 높은 맥킨리봉을 봐. 그 산도 원주민들은 다날리라고 불렀어. 높은 산이라는 뜻이지. 그 봉우리를 우연히 본 미국인이 자기네 나라 대통령 이름을 덜컥 붙여 놓은 거야. 맥킨리봉이라고. 서양인들이 하는 짓이 다 그래. 무엇이든 기이한 것을 보면 자신이 최초 발견자라고 외치고는, 유명한 사람 이름을 붙여서 세상에 공표하는 거지. 그것들은 본래부터 거기 있었고, 고유의 이름을 가지고 있는데도. 그런 아전인수 격인 사고방식, 제국주의적인 시각. 그 기저에 헬레니즘과 헤브라이즘 정신이 존재한다는 거야."

"……"

"사실 헬레니즘이나 헤브라이즘이 처음부터 비문명적 태도를 취한 건 아니었어. 문제는 그 위대했던 정신이 역사가 발전하는 것하고 발맞춰 왜곡되고 비뚤어져 갔다는 거야. 그런 점에서 보면 두 문화가 같은 시기에 같은 지역에서 나타난 건 우연이 아니었지. 하나는 현세적 삶을 최선으로 보았고, 또 하나는 피안세계를 이상으로 삼았거든."

"네에…"

"그 밖에도 두 이념이 인류사에 남겨 놓은 흔적은 많아. 장점이나 배울 점도 한두 가지가 아니고. 유신론에서부터 세계 종말론, 원죄사상이나 현세부정도 그렇고, 성을 죄악시하는 인생관도 그중 하나지. 그 후로는 다 같이 그런 사상에 반대하거나, 새로운 정신으로 무장한 사조에 의해 한 발짝씩 물러서긴 했지만."

"그게 무슨 사죠입니까?"

"그게 바로 십칠 세기에 나타난 클래시시즘이야. 그런데 클래시시즘이 출현한 게 인류한테는 커다란 문제가 됐어."

"그랬습니까?"

"클래시시즘은 본래 헬레니즘 영향을 받고 나타난 이념이잖아. 어떤 면에서는 헬레니즘에 반발했다고 봐도 되겠고. 반발한 게 아니라 도태시켰다고 해야 하겠군. 고리타분한 이념을 쫓아내고 등장한 새로운 사조니까. 그런 클래시시즘에 서구유럽 특유의 귀족주의나 특권주의가 스며들면서 서서히 비뚤어져 갔다는 사실이야. 내 말은 헬레니즘에서 싹튼 서구식 특권주의, 즉 서양적 지배주의가 클래시시즘에 이르러 본격적으로 배양되기 시작했다는 거지."
"그랬나요?"
"클래시시즘은 본래 전통과 형식을 중요시하는 고매한 예술적 태도였어. 그런 순수한 예술적 정신이 특권의식이나 귀족적 태도로 변색되어 간 거야. 그때부터 서구유럽은 본격적으로 세계문화를 유럽 중심으로 만들기 시작했지. 그런 귀족적이고 이기적인 특권적 의식을 가지고."
미사선배는 말을 하고 나서 내 얼굴을 쳐다본다. 자신의 주장이 맞지 않느냐는 듯이. 나는 멍한 얼굴을 하고 있다가 재빨리 고개를 끄덕인다. 그녀가 빙그레 웃고는 차분한 어조로 말을 잇는다.
"잘 생각해 봐. 십칠 세기에서 십팔 세기 당시를. 그때 서구유럽은 귀족계층하고 귀족에 가까운 상업 자본가가 정치, 경제, 문화를 주도했잖아. 예술가들도 그런 특정계층 입맛에 맞는 작품만 창작하는 상황이고. 그러니 자연적으로 특권의식에 의해서 거대하게 포장된 클래시시즘이 탄생하게 된 거지. 헬레니즘이 가지고 있는 단점만 이어받은 채."
"그랬군요."
"클래시시즘이 고답스러운 건, 예술작품이 반드시 지켜야 할 규칙을 마련해 놓았다는 점이야. 그러니 어떻게 되겠어? 모든 작품이 상류사회 사람들 취미에 맞게 제작된 거지. 그러다 보니 문학이나 예술이 특정계층을 위해 아부하게 되는 기현상을 보이게 된 거야. 그런 경향 때문에 귀족들은 더욱 특권의식이나 지배의식에 빠져들고, 예술가들은 그런 귀족들한테 잘 보이기 위해 더욱더 그들 입맛에 맞는 작품만 구상하고. 그야말로 악순환의 연속이었지."
"그렇게 해서 로맨티시즘이 클래시시즘에 반기를 들고 나타난 거군요."
"그렇지. 귀족층에 아부하는 클래시시즘에 염증을 느낀 사람들이 도입한 정신이니까. 하지만 로맨티시즘도 귀족주의적 사고, 즉 클래시시즘이 지향한 거만스럽고 구태의연한 태도에서 완전히 벗어났다고 볼 수 없어. 왜냐하면 로맨티시즘도 결국 시민계층을 상대하기보다 상류층한테 편중적으로 봉사했거든."
"그랬습니까?"
"그럼. 로맨티시즘도 결국 로맨티시즘이 가진 구조적 결함 때문에 모순에 빠지고 말았어. 유럽의 모든 로맨티스트들이 처음에는 내면적이고 개인적이고 정서적인 작품을 선호했지. 하지만 나중에는 오히려 그런 방법들 때문에 급작스럽게 쇠퇴해 버렸거든. 그런 다음 새로 등장한 리얼리즘한테 자리를 내주고 전면에서 퇴장했어."

"그렇게 해서 로맨티시즘이 퇴조한 거군요."

"지금까지 말한 것처럼 서구가 내세운 정신은 불완전한 토대 위에서 기형적으로 성장한 거야. 거기엔 장점도 있지만, 단점이 더 많은 이념이었다고 할까. 그런 이념의 대립이나 충돌 속에서 서양정신은 자라온 거야. 그게 오늘날에 와서 전 세계를 지배하기 위한 도구로 쓰이는 거고."

"나부터도 서양음악에 미쳐 있으니."

"그것 봐. 우리 모두가 그래. 노래라면 팝송이나 클래식, 샹송을 흥얼거리고, 외국영화가 들어왔다 하면 우 몰려가고, 어떤 가수가 내한했다 하면 너나없이 모여들어 미친 듯이 소리 지르고. 요즘은 우리 것은 도외시하고 서양 것만 좋다고 아우성이잖아. 생각해 봐. 모제 주변에 판소리 같은 걸 듣는 사람이 있어?"

"판소리요?"

"춘향가나 흥부가 같은 거 말이야."

"나도 판소리는 끝까지 들어 본 기억이 없으니."

"모제뿐이 아니야. 우리나라 사람이라면 누구나 다 그래. 입는 옷도 마찬가지고, 먹고 마시는 것은 물론, 잠자는 것이나 생활습관, 교육, 문화까지 서양화가 됐어. 생각해 봐. 한복이 아무리 곱다 해도 누가 그걸 입고 다니냐 이 말이야. 전부 입기 편하고 유행에 민감한 캐주얼만 선호하지. 모든 게 문제투성이야. 그래서 요즘에는 잠도 안 와."

"그것 때문이에요?"

"평소엔 몰랐는데 잘 생각해 보니까 기막힌 거야. 하나에서 열까지 서구적이지 않은 게 없거든."

"그래서 번역까지 미뤄 놓았습니까?"

나는 두툼한 책갈피를 조심스럽게 넘기며 묻는다. 그녀가 대책 없다는 듯이 큰소리로 투덜거린다.

"도무지 손이 잡히지 않아. 나부터 영문으로 된 책을 쌓아 놓았으니 한심하다는 생각이 들 때가 한두 번이 아니고."
"번역이야 뭐 꼭 그런 건 아니잖아요."
"그렇지 않아. 사소한 것부터 지켜야지. 그러지 않으면 늦는다니까. 내 말은 동양적인 걸 서양적인 것보다 우선시해야 한다는 거야. 그런 다음에 시야를 세계로 돌리는 거지. 근데 사람들은 무턱대고 서양문화라고 하면 최고라 생각하니."
"나만 해도 국악 같은 건 통 취미가 없으니까요."
"꼭 음악을 두고 얘기하는 건 아니지만, 우리 것조차 파악하지 못한 채 남에 것만 좋다고 하는 건 위험하다는 거야."
"그건 맞는 것 같아요."
"모제도 그렇게 생각하지?"
"물론이죠. 나도 한국 사람인데요."
"바로 그런 정신이 중요한 거야. 한국 사람이라면."
"그런데 리얼리즘이 인류한테 끼친 영향은 뭐죠?"
나는 책을 덮어 놓고 슬쩍 말머리를 돌린다. 그녀가 너무 흥분했다는 걸 느꼈는지 빙그레 웃는다.
"리얼리즘 얘기가 나오니까 흥미가 당겨?"
"조금은요."
"그럴 거야. 누구나 관심을 보이는 사조거든."
"사실 헬레니즘이나 로맨티시즘을 얘기할 때는 졸리기도 했어요."
"그랬을 거야. 좀 따분한 시대 얘기니까. 그에 반해 리얼리즘은 우리 시대 얘기니까 다를 거야. 아직도 우리 주변에 남아 있고, 영원히 물러설 것 같지 않은 사조이고. 문제는 그런 리얼리즘이 위기를 맞았다는 점이야."
"리얼리즘이 위기를 맞았다고요?"
"위기뿐이 아니야. 문화나 이념까지 혼돈 속에 빠져 버렸어. 이십일 세기 초반을 넘어가면 그런 현상은 더욱 두드러질 거고."
"그럴까요?"
"그건 틀림없어. 이대로 간다면."
"하긴 지금도 내일은 예측할 수 없으니까요."
"생각해 봐. 오지 않는 내일을 기다리며 밤을 지새우는 인간들을. 너무 캄캄해서 한 치 앞도 보이지 않는데, 기온은 점점 떨어져 간다. 눈보라는 몰아치고 세상은 점점 더 얼어붙는다. 사람들은 추위를 참으며 붉은 태양을 기다린다. 아무리 기다리고 기다려도 태양은 떠오르지 않는다. 생각만 해도 끔찍하지? 우리는 그런 시대를 향해 전력으로 달려가는 중이야. 발밑에 뭐가 도사리고 있는지도 모른 채. 그게 바로 이십일 세기를 살아가는 인간들 모습이야."

"상상만 해도 소름이 끼치는군요."

"인류가 무한정 생존하리라곤 아무도 장담 못해. 시간이 흐를수록 그런 가능성은 점점 더 농후해지고. 문제는 인간이 만들어 낸 사조나 이념이 그런 불행에 한몫한다는 사실이야. 그것도 서구적 이념들이."

"그렇습니까?"

"서구도 그렇지만, 미국은 더 무서운 나라야."

"미국은 모든 면에서 앞서 있으니까요. 다른 나라보다 늦게 시작했는데도."

"그게 문제야. 남보다 늦게 출발했으니까 더 빨리 뛰어야 하고, 더 먼저 성장해야 되고, 더 먼저 도착해야 되잖아. 그러다 보니까 잘못되는 거야. 어떤 일이든 서둘러서 잘되는 거 봤어? 미국이 저러다가 그들이 만든 트레머스나 에일리언처럼 되는 게 아닌가 하는 생각이 들어."

"그 괴물들은 아무리 죽여도 죽지를 않으니."

"생각해 봐. 소련은 일찌감치 쓰러져 버렸고, 덩치가 큰 중국은 자기만 살겠다고 아우성이고. 호주나 캐나다는 자기만족에 빠져 다른 데로 눈을 돌리지 않고. 유럽은 제왕처럼 군림하는 미국 눈치를 보면서 은근히 동조하거나, 아무도 모르는 사이에 쾌락에 빠져들고. 일본은 시녀처럼 미국 옆에 붙어서 아부나 떨고. 남미나 아프리카 국가들은 굶어 죽지 않기 위해 미국 말이라면 무조건 따르고. 중동 국가들은 미국이 쓰는 완력에 철저히 굴복한 상태고. 동남아 국가들은 미국을 뒷골목 큰형님처럼 받들어 모시고. 이 지구촌이 어떻게 돼 가는 건지 모르겠어."

"듣고 보니 정말 그렇군요."

"그뿐이겠어? 지구상에 존재하는 나라치고 미국 말을 안 듣는 국가가 없을 정도야. 미국 말을 듣지 않으면 살아남지도 못하고. 왜 내 얘기가 재미

없나 보지?"

내가 하품을 하자 그녀가 빤히 쳐다본다. 나는 황급히 고개를 젓고 싱긋 웃는다.

"아니에요. 재미있어요."

"그런데 왜?"

"잠시 몸이 노곤해져서요."

나는 허리를 쭉 펴고 몸을 이리저리 틀어 보인다. 미사선배가 알 만하다는 표정을 짓고는 커피를 마신다. 나는 홍조를 띤 그녀의 얼굴을 물끄러미 바라본다. 어떻게 보면 아무것도 모르는 소녀 같기도 하다. 어쩌면 소녀 같은 순수함 안에 무르익은 여인의 모습도 보이고. 내가 말없이 쳐다보자 그녀가 눈을 크게 뜬다.

"왜 내 얼굴에 뭐가 묻었어?"

"선배가 아름다워 보여서요."

"아름답다고 내가?"

"너무나 아는 게 많으니까요."

"그 정도는 아는 게 아니야. 상식이지."

"그래도요."

"하기야 요샌 골치 아픈 건 거들떠보지 않는 세상이니까. 어때 맥주 한잔 더 할래?"

"맥주보단 키스를 하고 싶은데요."

"나도 그런 생각을 하고 있었어."

"그럼 잘됐네요. 둘이 똑같은 생각을 했으니까요."

나는 세상에 대해 불만이 가득한 노처녀를 지그시 응시한다. 어떤 면으로는 당돌하면서도 어떤 면으로는 불쌍해 보인다는 생각을 하며. 내 시선을 느낀 미사선배가 쑥스러운 듯 미소를 짓는다. 나는 수줍은 태도를 보이는 그녀에게 다가가 조심스럽게 키스한다. 미사선배가 어색한 표정을 지으며 마주 키스를 해 온다. 그녀의 입술은 생각보다 따뜻하고 감미롭다. 나는 가늘게 떠는 그녀의 도톰한 입술을 힘차게 빤다. 미사선배가 몸을 바짝 밀착시키면서 작은 소리로 묻는다.

"혹시 저번에 실망한 건 아니겠지?"

"저번이라니요?"
"여기서 섹스를 했잖아."
"그땐 좋았어요. 처음 하는 사람답지 않게 호응도 잘했고요."
"내가 그랬나?"
"능숙한 사람하고는 달랐지만, 반응이 나쁜 건 아니었어요."
"재미없었던 건 아니고?"
"섹스를 처음 하는 사람이란 묘미도 있거든요."
"아…"

미사선배가 갓 시집온 새색시처럼 수줍은 표정을 짓는다. 나는 그녀를 거실 바닥에 눕히고 옷을 하나하나 벗긴다. 약간은 마른 듯하면서도 매끈한 알몸이 모습을 드러낸다. 나는 그녀의 희고 탄력이 넘치는 피부 위에 입술을 댄다. 그녀가 가쁜 숨을 몰아쉬며 속삭이듯 말한다.

"이번에는 아프지 않겠지?"
"조금은 아플 거예요. 겨우 두 번째니까요."
"그래도 많이 아프지는 않겠지?"
"그건 그렇겠죠."

나는 옷을 모두 벗어던지고 고개를 끄덕인다. 그녀가 안심이 된다는 듯 미소를 짓는다. 나는 그녀의 알몸 위로 올라가 페팅을 시작한다.

"기분이 이상한 것 같아."
"저번하고는 좀 다른 것 같죠?"
"다른 것 같아. 더 떨리는 것 같고."
"그게 정상이에요."

나는 미사선배의 봉긋한 젖무덤에 입술을 가져간다. 그녀가 숨을 죽인 채 가녀린 신음소리를 낸다. 나는 천천히 아래쪽으로 입술을 움직여 내려간다. 그녀가 참을 수 없다는 듯이 몸을 비튼다. 나는 그녀의 투명한 허벅지 사이로 페니스를 들이민다. 그녀가 억누르고 있던 신음을 발작적으로 터뜨린다. 나는 그녀의 신음소리를 들으며 페니스를 세차게 움직인다. 미사선배가 소리를 지르면 지를수록 더욱더 강렬하게.

56

발전도상의 문명에 있어서는 한 도전이 성공적인 응전에 의하여 극복되면 그 응전은 또 다른 새 도전을 낳게 되고, 그 새 도전도 또 하나의 성공적인 응전에 의하여 초극超克[76]된다. 성장하는 문명이 능히 이겨낼 수 없는 도전이 일어나지 않는 한, 혹은 그러한 도전이 일어날 때까지 이 문명의 성장과정은 한없이 계속된다. - 토인비의「역사의 연구」중에서

"내가 너무 이상했나 봐."
미사선배가 욕실에서 나오며 쑥스러운 표정을 짓는다. 나는 차가운 맥주를 들이켜다 말고 고개를 젓는다.
"아니에요. 정상적이었어요."
"그렇다면 다행이고."
미사선배가 벗어 놓은 가운을 걸치고 주방으로 간다. 언제 소리를 질렀느냐는 듯이 차분하고 우아한 걸음걸이로. 나는 그녀의 다소곳한 움직임을 보며 소파에 등을 기댄다. 그녀가 커피를 타 가지고 와서 내 뺨에 가볍게 키스한다. 그녀의 몸에서 풍기는 것은 라벤더 향이다. 부드러우면서도 강렬한 내음을 가지고 있는 향수. 그녀가 건너편 소파에 앉으며 미소 짓는다.
"난 이제야 남자가 뭔지 알게 된 것 같아. 모제로 인해서."
"나 때문이 아니고, 선배가 본능을 억제하고 살았기 때문일 거예요."
"그런 면에서 본다면 그럴 수도 있겠지."
"선배는 모든 걸 제쳐 놓고 오로지 공부만 한 건가요?"
"구태여 말하자면 그런 셈이지."
"누군가를 좋아하거나 사랑해 보지도 않았고요?"
"좋아해 보기는 했지. 그게 미치도록 한 게 아니라서 그렇지."
"하기야 그런 기회가 자주 오는 건 아니니까요."
"그건 그래."

---

76) 초극超克 : 어떤 어려움이나 한계 따위를 극복하여 이겨 냄.

"그런데 언제 그렇게 많은 책을 읽은 거예요."
"책을 보고 연구하는 것 외엔 할 일이 없었으니까. 뭐랄까, 자고 먹는 것 외에는 공부만 했다고 할까. 아니면 산다는 것 자체를 무언가를 배우고 추구하고 충족시키는 것으로 착각했거나. 지금은 모든 게 시들해져 버렸어. 무어든 알고 나면 서구에서 흘러들어 온 문명의 찌꺼기뿐이거든."
"무언가를 알아 간다는 건 좋은 거잖아요."
"그게 그렇지만은 않아."
"그래요?"
"생각해 봐. 무언가를 열심히 탐구했더니 우리 것이 아니라 남에 것이다. 그것도 우리 생리에 맞지 않는 서양적인 제도나 문물뿐이라고. 그래서 이런 책을 들고 고민도 하는 거야."

미사선배가 한창 번역 중인 서양사조사를 들어 보인다. 나는 두툼한 양장본을 받아들고 이리저리 넘긴다. 그녀가 맥주로 목을 축이고 나직한 목소리로 입을 연다.

"이십일 세기 초에 등장할 사조가 문젠데, 내 생각으론 모더니즘 뒤를 이어 포스트모더니즘이 활동할 것이고, 그 뒤를 이어 판타지즘이 나타날 것 같아. 그 뒤를 이미지 리얼리즘이 등장하고, 익명성이 판을 치는 사이버이즘이 생기고, 또다시 우리가 모르는 새로운 사조가 뒤를 따르겠지."
"뭐든 장담할 수 없는 시대니까요."
"포스트모더니즘만 해도 그래. 아직은 개념 자체도 정립되지 않았지만, 무한한 가능성을 내포한 사조거든. 지금도 그 다양성이 실험되는 중이고. 그러니 그 뒤를 영상 매체를 이용한 판타지즘이나 이미지 리얼리즘이 이을 거란 예측이 가능한 거지."
"그게 가능할까요?"
"가능하지만 아직 이미지 리얼리즘이란 말을 공식적으로 쓴 사람은 없어. 그걸 표현해 본 작가도 없었고. 하지만 분명히 나타날 것 같은 사조야. 왜냐하면 금세기 들어서 이미지 문화가 급격히 발전해 가고 있거든. 또 모든 매체가 이미지화되어 가고, 이미지 매체는 거기에 부응해서 급속도로 발전하고, 그 발전에 편승해서 이미지 매체는 더욱 확장되어 가고."
"……"

"어떤 보고서에 의하면 이미지는 슬쩍 보거나 스쳐 가도 며칠은 기억하는데, 문자는 몇 시간은커녕 몇 분도 기억하지 못한다는 거야. 그러니 이미지 매체가 대중 속으로 파고드는 건 시간문제라는 거지. 앞으론 교육이나 정보전달, 의사소통, 심지어 전쟁까지 이미지 매체를 이용해서 할 거야. 그게 내가 상상하는 이십일 세기식 전쟁이고 삶이고 생활방식이지. 그러니 문학이 이미지하고 손잡지 않을 수 있겠어? 당연히 잡아야지. 분명한 건, 문자는 반드시 이미지하고 더불어 살아남아야 한다는 거야. 뭐랄까? 이미지화된 소설이랄까. 소설화된 이미지라고 할까. 내 말이 좀 엉뚱했나?"

"아니요. 그것도 그럴듯한데요."

"이것저것 들여다보고 있으니까 그런 생각도 하는 거야. 내 생각대로 된다는 보장은 없지만."

"그런 다음에는요?"

"그런 다음에는 사이버이즘으로 발전되겠지. 이런 상태로 좀 더 시간이 흐르면 이미지도 사이버화 한다는 얘기야. 모든 게 가상공간 속에서 움직이고, 가상 속에서 살아가게 되는 거지. 섹스도 가상의 상대하고 하고, 사랑도 가상의 사람하고 나누고, 결혼도 가상의 상대와 하는 거야. 즉 모든 게 가상 속에서 시작되고, 가상 속에서 진행되다가, 가상 속에서 결론짓는 거지. 현대인이 포노 사피엔스로 진화해 갈수록 그런 현상은 더 농후해질 거고. 지금은 꿈같은 얘기지만 머지않아 현실화될 게 분명해."

"그렇게 된다고 해도 문제군요."

"그렇지. 모든 사람이 혼자 생각하고, 혼자 즐기고, 혼자 일하고, 혼자 살게 될 테니까. 그런 삶 속에선 관계가 단절되는 것은 물론이고, 사랑이나 증오, 즐거움 같은 것들도 가상적으로 느끼게 되겠지. 지금으로선 상상이 안 가는 생활을 영위할 수밖에 없다는 거야."

"……"

"요즘 세대들을 봐. 인터넷세대나 모바일세대, 사이버세대 바이홀세대. 그들은 이미 공간에 갇힌 채 가상세계 속에서 포노 사피엔스로 살아가고 있잖아. 사랑이나 행복, 즐거움, 희망도 그 안에서 찾고. 그러니 그런 시대가 도래할 거라는 생각을 떨쳐 버릴 수 있겠어? 낭연히 보는 문화가 노바

일이나 사이버, 스마트폰 쪽으로 발전하고, 그게 사회 전체에 번지면서 인간은 결국 위기를 맞을 수밖에 없다는 거지."

"그렇게 변하면 어떻게 되는 거죠?"

"벌써 거기까지 생각할 필요는 없어. 왜냐면 그런 시대가 온다 해도 인간들은 재빨리 적응하고, 그것을 즐기고 있을 테니까. 아니 그런 문화를 이용해 또 다른 문화를 창조해 낼지도 몰라. 그래서 인간을 고등동물이라고 부르는 거야. 그래도 방심해서는 안 돼. 언제 어느 때 재앙이 닥칠지 모르니까. 이런 말도 있잖아. 인류는 강하지만 인간은 약하다."

"무서운 일이군요?"

"이미지즘이 몰고 올 풍파는 오래 전에 예견됐어."

"그랬나요?"

"레슬리 피들러라는 비평가가 대표적인 예인데, 이십 세기 중반부터 그걸 예언했어. 앞으로는 영상산업이 모든 걸 지배한다고. 문학이나 예술, 심지어 사상까지도. 그뿐이 아니야. 레슬리 피들러가 소설이 죽음을 맞이한다고 말한 그 해에 노먼 포도레츠와 수잔 손탁도 소설이 종말을 향해 전력으로 달려간다고 했어. 다음 해에는 루이스 루빈이 소설의 이상한 죽음이란 에세이를 통해 또 한 번 소설의 죽음을 예고했지."

"그 사람들도 하나같이 이미지 매체로 인해 소설이 죽는다고 말한 건가요?"

"그렇지는 않아. 그 비슷한 이유로 소설이 죽음을 맞이할 거라는 얘기였지. 수잔 손탁이나 노먼 포도레츠가 주장한 건, 소설이나 내러티브픽션 같은 고답스런 형식의 글이 죽을 거라는 얘기였어. 또 그런 문제가 발생하는 건, 당시 사회가 가진 문화적 굴절현상 때문이라는 거야."

"문화적 굴절현상?"

"그 시대 자체가 문화적 격변기였으니까 그런 말이 나왔던 거지. 생각해 봐, 사람이 달에 착륙해서 탐사를 벌이고 돌아오고, 무인우주선이 태양계 밖으로 나가고 있는데 고리타분한 소설이 견디겠어? 당연히 도태된다고 본 거지. 포스트모던 작가나 비평가들 얘기는, 그런 문화적 굴절현상 때문에 더 이상 귀족주의 소설은 생존할 수 없다는 거야. 그러니 대중문화 예찬론자였던 레슬리 피들러가 소설이 죽었다고 말하지 않을 수 있겠어? 당연히 그렇게밖에 말할 수 없었지. 그런 의미에서 소설을 대신할 매체로 영상, 즉 이미지를 제시한 거고."

"그렇게 된 거로군요."

"나는 요새 이런 책들을 읽으면서 새로운 사실에 눈을 떴어. 외국 작품만 번역할 게 아니라, 우리나라 고전도 번역해 봐야겠다고. 생각을 해 보는 정도가 아니라, 아예 우리나라 정신이나 사상을 영역해서 유럽 쪽으로 역보급해야겠어. 멋지고 파격적인 소설도 몇 편 써 보고. 아니 몇 편이 아니라, 소설을 적극적으로 써야겠어."

"못할 것도 없죠."

"내가 소설을 쓴다면 좀 색다르고 특별한 걸 구상할지도 몰라. 그로테스크한 소설을 썼던 존 혹스나, 메타픽션의 대명사격인 윌리엄 개스 같이 전통기법을 파괴해 보기도 하고, 존 바스처럼 펄프픽션 소설도 써 보고, 헨리 밀러 같이 예술해방을 위해 섹슈얼픽션을 과감히 쓰는 거지. 그러니까 저술의 목적이나 결과를 위해서 기존 방식에서 과감히 탈피하는 거야."

"일종의 저술리즘[77] 같은 건가요?"

"그렇지. 저술리즘."

"아마 선배는 잘 해낼 거예요. 번역도 십 년 이상했고 영국, 프랑스, 독일 유학까지 마쳤잖아요. 그런데다 다방면에 걸쳐 해박한 지식을 가지고 있고."

"정말 그렇게 생각해?"

"그럼요. 선배는 이미 페미니스트를 넘어 젠더니스트니까요."

"젠더니스트?"

"선배가 가진 사고나 생각이 여성의 범주를 벗어났거든요. 사회를 바라보는 시각도 한 국가나 체제를 넘어 세계적이고요."

"듣기 좋은 칭찬이군."

"듣기 좋으라고 하는 말이 아니에요."

"근데 내가 소설을 쓰려고 하는 진정한 이유를 알아?"

---

[77] 저술리즘(Jeosulism. 著述-) : 저술의 목적과 결과를 중시하는 태도. 즉 저술의 목적과 결과를 위해 기존 글쓰기 형식과 방법에서 과감히 탈피하는 행위.

"글쎄요? 저술리즘의 적극적 실현?"
"소설의 목적이 인간회복이잖아."
"그건 그렇죠."
"그런데 그 인간회복이 문제라는 거야. 즉 회복해야 할 인간이라는 개념이 인류사 속 어디에 놓여 있는지 알 수 없다는 거지."
"하긴, 어디가 순순한 인간의 영역인지 알 수 없겠군요."
"초기 영장류를 벗어난 사헬란트로푸스 차덴시스인지, 최초로 직립보행을 한 오스트랄로피테쿠스 아파렌시스인지, 턱이 짧아지고 뇌 용량이 커진 호모하빌리스인지, 최초로 대륙 이동을 시도한 호모에렉투스인지, 돌과 나무로 사냥 도구를 만든 네안데르탈인인지, 예술 행위와 주술 행위를 하고, 시신을 매장한 크로마뇽인인지, 최초로 언어, 문자, 상징을 사용한 호모사피엔스인지 알 수가 없어. 당연히 소비자본주의에 물든 호모사피엔스 사피엔스는 그 안에 낄 수도 없을 거고. 어쩌면 아무런 욕심도 목적도 이상도 없었던 전기 구석기인이 순수한 인간인지도 몰라."
"그럴지도 모르겠네요. 현대인은 너무 많은 걸 소유하고 향유하고 즐기면서 살고 있으니까요."
"구석기인한테는 오로지 먹는 것밖에는 관심이 없었잖아?"
"당연하죠. 하루 종일 먹을 걸 찾아다녀야 겨우 배를 채울 수 있었으니."
"먹는 걸 해결하면서 인간은 타락하기 시작한 거야."
"그렇다면 직립한 인간이 인간에서 다시 동물로 퇴화해 갔다는 말인가요?"
"잘 봤어. 인간은 배 주림에서 벗어나면서 오히려 야만인이 되어 간 거야. 중요한 건 순수한 인간… 그러니까 인간회복이라는 그 지점에 있던 최후의 인간이 누구인지 모른다는 거지."
"최후의 인간이요?"
"음."
"……"
"궁금증은 또 있어. 문명을 이렇게 발전시킨 현대인이 잃어버린 게 무얼까? 아니 달라진 게 무얼까?"
"정신일까요? 아니면 또 다른 무엇?"

"그걸 정확히 짚어낼 수 없다는 게 또 문제야."

"그래서 소설을 쓰겠다는 겁니까?"

"그렇지 않다고는 할 수 없지. 누구든 인간회복이란 메시지를 현대사회에 던져야 하니까. 현대인이 잃어버린 게 무엇인지, 달라진 게 무엇인지 정확히 알려 줘야 하고. 그렇지 않으면 인간은 자신밖에 모르는 이기적 동물, 즉 지구상의 모든 걸 희생시키고 소모하고 죽이는 괴물… 더욱 잔인하고 더욱 잔혹하고 더욱 잔악한 짐승으로 변해 갈 거야."

"정말 그렇게 될지도 모르겠네요."

"지금은 글로벌시대고 정보화시대고 모바일시대잖아. 제대로 된 소설… 올바른 메시지를 던지려면 주변에 있는 것들을 활용해서 새롭게 창조하지 않으면 안 돼. 진실한 인간, 참다운 인간, 순수한 인간으로의 회복을 위해선… 인간들이 만들고 쓰고 즐기고 향유하는 걸 소재로 삼아야 한다는 거지. 경험이나 체험은 물론이고, 상상력에다가 정보, 지식, 미디어 매체까지 활용해야 돼. 다시 말해 디-내러티브픽션, 안티-펄프픽션, 위버-섹스얼픽션, 넌-헤비너시즘, 포스트- 포스트모더니즘 같은 것들을 소설에 비벼 넣고 쓰는 거야. 좀 전에 모제가 말한 젠더니즘도 적극 활용해 보고. 생각해 봐. 일분일초가 다르게 변해 가는 스피드시대에 작가가 어떻게 대처해야 하는지. 구태의연한 방식으로 작업을 하다가는 제대로 된 소설을 쓰기는커녕, 소설이 어디로 가는지, 어디에 있는지조차 모르기 십상이지."

"정확한 표현이군요."

"어쨌든 금명간 좋은 작가나 작품이 나올 거야."

"그렇게 되면 좋겠어요."

"아무리 문명이 병들어도 문화나 문학은 발전해 갈 거니까. 안 그래?"

"그건 그래요. 그나저나 시간이 어떻게 된 거죠?"

나는 손발을 뻗고 기지개를 켜며 주위를 둘러본다. 그녀가 손목시계를 보더니 탄성을 발한다.

"아홉 시 반이야."

"벌써요?"

"떠들다 보니까 그렇게 됐네. 목이 컬컬한데 음료수라도 마실까?"

"그러죠 뭐."

"배는 고프지 않고?"
"괜찮아요."
"시간이 늦었는데 좀 먹어 둬야지."
미사선배가 싱긋 웃어 보이고 소파에서 몸을 일으킨다. 나는 나른한 표정으로 그녀의 밝은 얼굴을 응시한다.

57

사물의 창조자, 즉 조물주의 손에서 나올 때 모든 것은 착하고 선하다. 그러나 인간, 즉 문명사회를 살아가는 인간 수중에서 모든 것은 타락하고 영사侫邪[78]한다. – 루소의「에밀」중에서

"오빠가 우리 집을 다 찾아오고 어쩐 일이에요?"
내가 현관문을 잡아당기자 마리가 눈을 동그랗게 뜬다. 나는 일부러 여기저기 두리번거리며 안으로 들어선다. 흔들리는 감정을 숨기기엔 마리의 옷차림이 너무 선정적이다. 얇은 천 겉으로 선명히 드러나는 가슴 실루엣과 허리선. 희고 매끈한 팔과 다리는 가슴이 떨릴 정도로 섹시하다. 나는 소파에 앉아서 조심스럽게 마리의 안색을 살핀다. 마리가 안방으로 들어가 헐렁한 셔츠를 걸치고 나온다. 타이트한 거들 위에 셔츠를 걸치자 몸매가 더 늘씬해 보인다. 마리가 안면 가득 미소를 띤 채 묻는다.
"정말 우리 집엔 웬일이에요?"
"왜 내가 여기 오면 안 되나?"
"그런 건 아니지만, 언니가 집을 나가고는 처음이잖아요."
"요 근처에 왔다가 들렀어."
"요 근처라니요?"
"파라다이스라나 뭐라고 하는 소극단 있잖아."

---

78) 영사侫邪 : 간사하고 마음이 바르지 못함, 또는 그런 사람.

"그 극단 말이군요. 이상한 연극만 한다는."
"맞아."
"거긴 왜요?"
"집주라는 영감이 거길 찾아가 보라고 해서."
"그럼 오빠가 그 영감을 만났단 말이에요?"
"응 만났어."
"어디서요?"
"아틀란티스 나이트클럽에서."
"그래요? 파라다이스 소극단에선 뭐 좀 알아냈어요?"
"알아낸 게 하나도 없어."
"왜요?"
"문을 닫았거든."
"그럼 다음 공연 때나 가 봐야겠네요."
"그래야 될 것 같아."
"본래 이상한 연극단체니 공연을 제때 할 리 있겠어요?"
 마리가 시큰둥하게 말하고 주방 쪽으로 간다. 나는 재킷을 벗어 소파 등받이에 걸친다. 마리가 냉장고 문을 열고 애교 넘치는 목소리로 묻는다.
"뭐 좀 먹지 않을래요? 마침 스파게티를 해 먹으려던 참이었는데."
"별로 먹고 싶은 생각이 없어."
"그럼 맥주라도 마시든가요."
"맥주라면 한잔 하지 뭐."
 나는 물로 목을 축이고 무덤덤하게 대꾸한다. 마리가 냉장고에서 카스 캔맥주와 팝콘을 꺼낸다.
"언니가 있을 때하고 분위기가 다르죠?"
"별로 달라 보이지 않는데."
"나는 좀 지저분한 편이잖아요."
"그런 것 같지 않아."
"그래요?"
 마리는 예상외라는 표정을 지으며 캔맥주를 내민다. 나는 건네준 캔맥주를 받아들고 한 모금 들이켠다. 마리가 오디오 앞으로 가녀서 생끗 웃는다.
"심심한데 음악이나 들을래요?"
"마리도 음악을 좋아해?"
"내가 음악을 싫어하는 줄 알았어요?"
"아니 그런 건 아니지만."
"내가 좋아하는 곡 한번 들어 보세요."
"그러지 뭐."
 나는 차갑게 냉장된 맥주를 조금씩 나누어 마신다. 마리가 손을 뻗어 오디오 스위치를 올린다. 잠시 후 레인보우의 캐치 더 레인보우가 흘러나온다. 마리가 생글거리며 내 쪽을 돌아본다.
"어디서 많이 들어 본 음악 같죠?"
"그런 것 같은데."
"이곡 언니가 좋아하던 음악이에요."
"캐치 더 레인보우를?"
"잘 들어 보세요, 가사가 그걸 말해 줄 테니까요."
 마리가 눈을 찡긋 하고 볼륨을 키운다. 나는 맥주 맛을 음미하면서 흘러나오는 노래를 듣는다. '저녁이 내리면 그녀는 내게로 달려올 거야. 속삭이는 꿈과 같이 그대 눈은 보지 못하겠지. 자리에 누운 나의 얼굴을 그녀는 부드럽게 감싸 안았어. 우리는 무지개를 잡을 수 있다고 믿지. 바람을 타고 저 태양을 향해. 신기의 배를 타고 항해하면서.'

"언니가 늘 어디론가 가고 싶어 한 거 알아요?"
 한동안 노래를 듣던 마리가 불쑥 말을 꺼낸다.
"글쎄."
"항상 떠나고 싶어 했어요. 그래서 이 노래를 좋아한 거고요."
"처음 듣는 얘긴데."
"그러니 혼자 가 버린 거죠. 사실 언니뿐만 아니라 나도 이상주의자예요."
"전혀 그럴 것 같지 않은데."
"사실이에요. 나도 가끔 먼 곳으로 떠나고 싶은 생각이 드니까요. 나를 철저히 버리고 파괴할 곳으로요. 그게 요즘 내가 느끼는 감정이에요. 오빠는 잘 모르겠지만 말이에요."

"내가 어떻게 마리 감정을 알겠어. 모르는 게 당연하지."

 나는 맥주캔을 탁자 위에 내려놓고 양팔을 벌린다. 마리가 심통이 난다는 듯이 입을 내민다. 나는 헛기침을 큼큼 하고 캔맥주를 한 모금 마신다. 한동안 시디를 고르던 마리가 내 쪽으로 돌아앉는다.

"내가 정말로 좋아하는 음악이 뭔 줄 아세요?"

"글쎄."

"얼론 어게인이에요."

"얼론 어게인은 좀 부정적인 노래잖아."

"나는 이상하게 그런 노래가 마음에 들어요."

"왜 그런 노래를 좋아하는 거지?"

"나도 잘 몰라요. 그 노래를 듣고 있으면 마음이 편해지거든요."

"문제가 많군."

"사실은 게 아니고, 그 노래를 들으면 살고 싶다는 생각이 일어요."

"그럼 그렇지. 난 또…"

"들어 보세요, 얼론 어게인이 어떤 노랜지."

 마리가 레인보우의 것을 빼고 새로 고른 시디를 넣는다. 오디오에서는 이내 길버트 오설리번의 목소리가 흘러나온다. '잠시 동안 기분이 나아지지 않는다면, 탑 꼭대기로 올라가 몸을 던지리라 스스로 약속했어요. 누구에게든 분명히 하려고 해요. 인간이 산산이 부서질 때는 어떤가를. 죽게 내버려 둔 인간이 어떤가를 말이에요. 교회에서 사람들이 얘기해요. 정말 안됐군. 저 사람은 실연당했어. 우리도 살아 보았자 아무런 의미가 없겠군. 우리도 천국으로 가는 게 나을지 몰라.' 마리가 내 옆자리에 앉으며 생긋 웃는다.

"음악 분위기가 나하고 비슷한 것 같죠?"

"글쎄."

"글쎄라니요?"

"사람은 누구나 죽는 거니까."

"아무나 죽음을 선택하지는 못해요."

"……"
"난 가끔 죽는 꿈을 꾸곤 해요."
"……"
"처음에는 죽음에 도취돼서 즐겁다가 천천히 악몽에 시달려요. 그런 다음 서서히 잠에서 깨어나죠. 어떤 때는 벌거벗은 채 벌판을 헤매기도 하고, 높은 곳에서 뛰어내리기도 해요. 그럴 때는 무서워서 견딜 수가 없어요. 더 참을 수 없는 건 꿈에서 깨어날 때마다 혼자라는 걸 느끼는 거예요."
"인간은 어차피 혼자야. 태어날 때도 그렇고 죽을 때도 혼자지."
"나는 그 혼자라는 불안감을 떨쳐 버릴 수가 없어요."
"나도 가끔 그런 감정에 빠질 때가 있어."
"그럴 때 오빠는 어떻게 해요?"
"무언가를 해서 풀어야겠지. 술을 마시든가 섹스를 하든가."
"오빠도 그런 식으로 푸는 거죠?"
"그런 셈이지."
"그런데도 내 요구를 묵살한 거예요?"
"마리 요구를 묵살하다니?"
"저번에 그랬잖아요."
"언제?"
"모텔 앞에서."
"그때는 어쩔 수 없는 상황이었잖아."
"지금은 밀레니엄시대예요. 언니 애인이라고 섹스하지 말라는 법은 없어요."
"그래도 그럴 수는 없는 거야."
"내가 죽어도요?"
"그런 이유 때문에 죽어서야 되겠어?"
"그러니 내 말도 들어줘야 되는 거예요. 무조건 거절하지 말고."

마리는 불만이 가득한 얼굴로 투덜거린다. 나는 모른 척하고 창밖으로 시선을 돌린다. 마리에게 기회를 주거나 틈을 보여서는 안 된다. 마리에게 여유를 주면 무언가 일을 벌이기 때문이다. 내 불길한 예상은 어김없이 들어맞았다. 내가 가만히 있자 마리가 슬쩍 키스를 한다. 나는 놀란 나머지 뒤쪽으로 멀찍이 물러앉는다. 마리는 내 태도 따위는 개의치 않고 뺨을 비벼댄다.

"너무 기분이 좋아요."

나는 소파 등받이에 몸을 기대고 눈을 감는다. 내 앞에 앉아 있는 아이가 유리라면. 이 순간 내게 페팅을 하고 있는 여자애가 유리라면. 나는 이내 고개를 가로젓는다. 키스를 퍼붓는 아이가 유리일 수는 없다. 유리는 이미 이 도시에서 사라져 버렸으니까. '이대로 시간이 멈췄으면 좋겠어요.' 마리가 부드러운 목소리로 소곤거린다. 나는 팔을 돌려 마리의 어깨를 껴안는다. 마리의 몸에서 성숙한 여자의 냄새가 풍긴다. 마리의 몸에서 나는 건 상큼한 라벤더 향이다. 유리가 사용하던 향수. 마리가 밀착시켰던 몸을 떼며 말한다.

"오빠한테 물어보고 싶은 게 있었어요."

"무얼 물어보고 싶은데?"

"뭐든 대답해 줄 거죠?"

"당연히 그래야겠지."

"다른 게 아니라, 오빠는 섹스를 얼마나 했을까가 궁금했어요."

"그걸 세 보지 않아서."

"대충은 알 거 아니에요."

"중요한 건 얼마나 했느냐가 아니라, 어떻게 했느냐야."

"얼마나 했느냐도 중요한 거예요. 이런 말도 있잖아요. 섹스감은 횟수하고 비례한다. 어때요. 대략이라도 알 수 없어요?"

"대략이라면 삼사 일에 한 번은 하는 셈이니까 어느 정돈지 짐작하겠지?"

"공공장소에서는 해 봤어요?"

"공공장소라니?"

"남들이 보는 앞에서 섹스를 해 봤냐고요."

"아, 아니."

"그렇다면 오빠는 익스트림 섹스족은 아니네요."

"익스트림 섹스족?"

나는 화장지를 뽑아서 입가를 문질러 닦는다. 내 얼굴을 보던 마리가 진지한 어조로 말을 꺼낸다.

"내가 아는 남자애는 하루가 멀다고 섹스파트너를 바꿔요. 한마디로 말해 일상 자체가 섹스라고 할 수 있죠. 도쿄에서 살다가 얼마 전에 들어왔는데, 섹스를 장소나 대상을 가리지 않고 해요. 심지어 길거리, 공원, 공공화장실, 버스 안, 기차, 비행기에서도 섹스를 한 대요. 처음 보는 여자하고도 필만 통하면 즉시 섹스에 들어가고요. 한번은 그룹으로 하는 섹스 파티에 참가하기도 했대요. 아마 일본에 있을 때 그런 일을 벌였을 거예요. 백 명인가 백오십 명이 모여서 짝이 맞는 대로 섹스 파티를 한 거죠. 그 애 말에 의하면, 익스트림 섹스는 공개된 장소에서 단체로 섹스를 하는 거래요. 성적 만족도나 쾌감 같은 건 상관없이 어떤 한계상황을 즐기는 거죠. 그 애 스스로도 익스트림 섹스족이라고 선언했고요."

"그 친구 사는 게 따분했나 보군."

"그 애보다 한술 더 뜨는 아이도 있어요."

"그래?"

"그 애에 의하면 자기는 파트너를 체인지하는 게 취미래요. 그래서 쉬지 않고 열심히 섹스를 한다나요. 목표를 채우기 위해서."

"목표가 몇 명인데?"

"이백오십이 명이래요."

"왜 하필이면 이백오십이 명이지?"

"그레이스 켁이 이백오십일 명하고 마라톤 섹스를 벌였기 때문이래요."

"그레이스 켁이 누구야?"

"선댄스 영화제에서 화제가 됐던 다큐멘터리 주인공 있잖아요. 싱가포르 태생 포르노 여배우 말이에요. 그레이스 켁이 출연했던 영화 제목이 애너벨 청인가 뭔데. 그 영화에서 열 시간 동안 이백오십일 명의 남자들하고 마라톤 섹스를 벌였어요. 여자가 가진 성적 능력이나 육체적 한계를 테스트해 보기 위해서."

"대단하군."

"그레이스 켁은 마라톤 섹스에 응한 남자 천오백 명 중 삼백삼십 명을 선발했는데, 몸이 피로하고 대학교 리포트 제출 때문에 이백오십일 명에서 중단한 거래요. 마라톤 섹스가 끝난 다음 기자가 에이즈에 걸리면 어쩔 거냐고 물었대요. 그레이스 켁이 뭐라고 대답했는지 알아요?"

"글쎄."

"이런 경험은 독특한 만큼 큰 위험도 감수해야 된다고 대답했대요. 충격적인 사실은 그레이스 켁이 지하철역에서 강도를 만나 돈을 빼앗기고 성폭행까지 당했다는 거예요. 그러면서 기자를 향해 '그때 내가 깨달은 건 인생이 너무 짧기 때문에 내 삶은 내 방식대로 살아야 한다.'고 말했대요. 그레이스 켁은 또 '섹스 장면은 왜 스토리가 안 되냐' 면서 '앞으론 줄거리가 있는 포르노 영화에 출연하고 싶다.'고 그랬대요. 정말 대단한 여자예요."

"그래서 어떻게 됐어?"

"뭐가요?"

"그 그레이스 켁인가 뭔가 하는 여자 말이야."

"마라톤 섹스에 성공했고, 지금은 평범하게 잘 지내고 있어요. 문제는 그걸 가지고 미국 비평가들이 페미니즘 작품이니, 문화적 상대주의니 하면서 입방아를 찧는다는 거예요. 반면 여자도 남자처럼 불특정 다수하고 섹스를 해도 무방하다는 평론가도 나타났고요. 그 평론가에 의하면 여자도 이젠 떳떳하게 드러내 놓고 섹스를 해도 된다는 거죠. 어떤 문화비평가는 추잡한 포르노라고 일침을 놓았지만, 그 영화가 던진 메시지는 엄청나대요."

"메시지가 뭔데?"

"여자도 섹스 상대가 아니라, 섹스를 즐기는 주체로 당당히 서야 한다는 거죠. 섹스파트너도 취향에 따라 능동적으로 선택하고요. 한마디로 여성인권의 혁명적 해방이라는 거예요."

"여성인권의 혁명적 해방? 마라톤 섹스가?"

"그럼요."

"……"

"그 남자애도 그런 취지에서 섹스를 하는 거래요. 여자가 이백오십일 명하고 익스트림 섹스 파티를 벌였는데, 남자가 이백오십일 명을 섭렵하지 못하는 건 비극이라나요. 그 친구 말은 그길 포기하는 긴 수킷힌데 주이진 원초적 권리를 포기하는 거나 마찬가지래요. 그래서 그레이스 켁보다 한 명이 많은 이백오십이 명을 선택한 거고요. 비록 마라톤 섹스는 아니지만. 내 생각엔 그 남자애도 이슈를 만들어 내는 데 성공한 것 같아요."
"이해할 수 없는 얘기군."
"요즘엔 그런 애들이 점점 늘어나고 있어요."
"대책이 없다."
 나는 혀를 끌끌 차고 소파 위에 벌렁 눕는다. 내 모습을 지켜보던 마리가 소리 없이 웃는다. 나는 머쓱한 표정으로 마리의 갸름한 얼굴을 바라본다. 마리가 눈을 동그랗게 뜨고 묻는다.
"오빠는 어때요. 그거 좋아해요?"
"그거라니?"
"오럴섹스요."
"조금은 좋아해."
"유리언니가 자주 해 줬어요?"
"섹스를 하기 전에는 언제나 그랬지."
 마리가 내 곁으로 바짝 다가앉으며 눈을 빤짝인다.
"오빠한테 부탁이 있는데 들어줄래요?"
"무슨 부탁?"
"나하고 지금 오럴섹스를 해요."
"그건 안 돼."
"왜요?"
"마리하고는 그럴 수가 없거든."
"오럴인데요."
"오럴도 어차피 섹스야."
"그렇지 않아요. 일본에선 페니스를 삽입하지 않으면 성교로 보지 않거든요."
"그래도 그렇지."
"뭐가 그래도 그렇지예요?"
"난 유리 남자친구야."
"그 얘기는 수십 번도 더 들었어요."

"아무리 그래도 그건 안 돼."

나는 소파에서 일어나 옆으로 돌아앉는다. 마리가 내 팔을 잡아 흔들며 떼를 쓴다.

"오빠는 내가 하는 대로 가만히 있어요. 내가 알아서 할 테니까요."

"정말 이럴 거야?"

"조금만 참아요. 금방 끝낼게요."

마리가 내 몸을 밀쳐 쓰러뜨리고 혁대를 푼다. 나는 소파 위에 누운 채 눈을 감는다. 어차피 나도 마리와 섹스를 하는 꿈을 꾸지 않았던가. 마리가 바지와 팬티를 끌어내리고 페니스를 입에 넣는다. 나는 티셔츠를 벗어 던지고 마리의 머리칼을 움켜잡는다. 마리의 입으로 들어간 페니스는 터질 듯이 부풀어 오른다. 페니스가 커질수록 마리는 더욱더 세차게 빨아 댄다. 마치 페니스 안에 모인 피를 다 빨아들일 것처럼. 나는 눈을 감은 채 마리의 거친 페팅을 음미한다. 마리가 페니스를 애무하다 말고 상체를 세운다.

"우리 양탄자 위로 가요."

"여기서도 괜찮은데."

"여긴 좀 불편해요."

"그럼 그러지 뭐."

"이번에는 내가 누울게요."

마리가 셔츠와 거들을 벗고 양탄자 위에 눕는다. 나는 마리의 가슴 위로 올라가서 페니스를 입가로 가져간다. 마리가 손을 뻗어 발기된 페니스를 움켜잡는다.

"오빠 부탁이 있어요."

"무슨 부탁?"

"사정할 때 얼굴에다 해 주세요."

"왜?"

"정액이 피부미용에 좋거든요."

"알았어."

나는 고개를 끄덕이고 마리의 입에 페니스를 넣는다. 마리가 또다시 강렬하게 페니스를 빨아 댄다. 나는 터지는 신음을 삼키며 펠라티오를 받는다. 마리는 내가 참으면 참을수록 더욱 세차게 흡인한다. 나는 이를 악물고 분출하려는 정액을 참아 낸다. 마리의 혀가 발기한 페니스를 휘감고 뱀처럼 움직인다. 나는 마리의 입에서 페니스를 빼고 얼굴 위에 정액을 내뿜는다. 마리가 얼굴에 뿌려지는 정액을 손으로 문지른다. 뽀얀 정액은 마리의 뺨과 이마와 턱에 골고루 칠해진다. 나는 숨을 몰아쉬며 마리의 가슴에서 내려온다. 마리가 정액으로 얼굴을 마사지하며 욕실로 향한다.
"여자가 예뻐지기 위해선 무슨 짓이라도 한다는 거 모르죠?"
"……"
"근데 왜 이렇게 따끔거리지?"
나는 양탄자 위에 누워 거친 숨을 조절한다. 뭐가 어떻게 돌아가는지 모른다는 생각을 하며.

58

대체로 말해서 어떤 목표가 형성되는 과정은 다음과 같다. 처음에는 하나의 원망, 즉 현재의 사태에 대한 감정상의 반작용과 다른 무엇에 대한 희망으로부터 시작된다. 이어서 행동이 주위의 여러 조건과 만족할 만큼 연결되는 데 실패한다. 이렇게 완전히 주저앉은 다음에 원망은 그것이 이루어지기만 하면 만족을 주게 될 한 장면의 상상 속에 자기 자신을 사영射影[79]한다. 이렇게 해서 생긴 상은 종종 목표라고도 불리어지고 또 이상이라고도 불리어진다. – 듀이의 「인간성과 행위」 중에서

"이번 남자친구는 뭐 하는 청년이지?"
"그저 그런 사람이야."
"유학생은 아니고?"
"……"
"유학생 맞지? 영국 유학파고?"

---

79) 사영射影 : 물체의 그림자가 비치는 일.

나는 보지 않아도 뻔하다는 투로 빈정거린다. 제니가 애써 냉정한 표정을 지어 보인다. 나는 혀를 끌끌 차고 거실 바닥에 드러눕는다. 제니는 지금 영국 유학생을 만나는 게 확실하다. 집안에 영국 시인과 소설가들 책이 굴러다니니까. 제니가 어색한 웃음을 흘리며 변명을 늘어놓는다.
"이번엔 평범한 사람을 만나려고 했는데 잘 안 되더라."
"내 그럴 줄 알았어."
"그럴 줄 알았다니?"
"넌 유학생 아니면 안 되니까. 근데 그 책은 뭐야?"
나는 탁자 위에 있는 얄팍한 책을 가리킨다. 제니가 책을 재빨리 집어 들더니 등 뒤로 감춘다. 나는 상체를 반쯤 일으키고 퉁명스럽게 쏘아붙인다.
"그거 영국 유학파가 준 시집 맞지?"
"응 맞아."
"영국 유학파 때문에 프랑스 유학파하고 헤어진 거고."
"그것도 맞아."
"어쩔 수 없구만."
"근데 새 친구가 영국 유학파라는 건 어떻게 알았어?"
제니가 조금은 의아하다는 얼굴로 쳐다본다. 나는 벌렁 드러누워 팔베개를 한다.
"뻔하잖아. 시집을 들고 다니니까."
"시집?"
"시 하면 영국이고, 영국 하면 시잖아. 이번에도 일회용이야?"
"이번엔 아니야. 이 사람은 어딘가 다르거든."
"네 마음에 안 드는 유학생도 있어?"
"그래서 그런 건 아니야."
"그럼?"
"이번 남자친구는 시적이면서도 점잖아. 매너도 좋고."
"매너 안 좋은 영국 유학생도 있나?"
"미국이나 캐나다 쪽은 그렇지도 않더라."
"그래?"
"이게 그 사람이 선물한 시집이야."

제니가 뒤로 감췄던 시집을 앞으로 내민다. 나는 시집을 받아들고 주르륵 넘긴다.

"워즈 워드에서 바이런, 존 키츠, 블레이크까지. 이거 영국 낭만파 시인들뿐이잖아."

"그 사람들이 어때서?"

"어떻다기보다 네가 좀 이상한 것 같아서."

"내가 이상하다니?"

"남자 뒤만 졸졸 따라다니던 애가 낭만주의 시를 읽으니까."

"그건 심심해서 그랬던 거지. 다른 목적이 있어서가 아니야."

"그건 그렇고, 이건 언제부터 읽기 시작한 거지?"

"지난주부터."

"재미는 있어?"

"재미있는 것 같아. 요즘 시들은 딱딱하고 맛이 없잖아. 조악하게 만들어진 인스턴트식품 같고. 그에 비하면 낭만주의 시는 감칠맛이 나는 게 무언가 달라."

"그래?"

나는 하품이 터지는 걸 억지로 참는다. 제니가 머리를 쓸어 넘기며 감상적인 표정을 짓는다.

"영국 시도 괜찮지만, 독일 낭만파 시인들도 그에 못지않더라."

"벌써 독일 시인까지 손을 댔어?"

"손을 댔다는 게 아니라 대충 훑어봤다는 얘기야."

"독일 유학생을 사귈 생각은 아니고?"

"그건 아니야."

"……"

"영국이나 독일 낭만파도 괜찮지만, 프랑스 시인들은 더 대단한 거 있지."

"그 사람들이 그렇게 대단해?"

"그렇잖아. 프랑스 사람들 밥보다 예술을 더 좋아하니까. 프랑스 하면 생각나는 시인들 있지?"

"잘 모르겠는데."

나는 계속 무덤덤한 태도로 일관한다. 제니가 못 말리겠다는 듯이 혀를 찬다.

"프랑스 낭만파 대가인 빅토르 위고, 알프레드 드 뮈세, 알퐁스 라마르틴, 알로와쥬 베르트랑도 몰라?"

"알긴 알지. 구체적으로 몰라서 그렇지."

"문제군. 영문과를 나왔다는 사람이."

"영문과를 나왔다고 시인 이름을 줄줄 외우는 건 아니야."

"그래도 그렇지. 창피하지도 않아."

"창피할 게 뭐 있어?"

"대책이 없군."

제니는 무척 신경질이 뻗친다는 말투다. 나는 바닥에 누운 채 하품을 한다. 제니가 인상을 찌푸리고 뚫어지게 쳐다본다. 나는 벌떡 일어나 시집을 탁자에 올려놓는다.

"그건 그렇고, 위고하고 뮈세가 어떤 시를 썼는지 얘기해 봐."

"그걸 어떻게 이해시켜야 할지 모르겠네."

"날 이해시킬 필요는 없어. 그 사람들이 어떤 시를 썼으며, 어떤 시인인가만 얘기하면 됐지."

"하긴 어떤 시를 썼는가가 중요한 거겠지. 어떤 삶을 살았느냐보다. 하지만 한 예술가가 어떤 삶을 살았는가도 중요한 거야."

"대단한 걸 깨달았군."

"문제는 미국 시인이야. 그 사람들 웃기지도 않거든."

"어떤 점에서?"

"그 사람들 낭만주의 시를 쓰면서 민족정신이 어떻고 역사가 어떻고 떠벌리니까."

"시인이라면 어떤 거라도 쓸 수 있는 거 아니야?"

"그래도 그렇지. 어떻게 시를 쓰면서 민족정신 같은 걸 논해. 그것도 낭만주의 시를 쓰면서."

"생각해 봐. 아메리카합중국이 어떻게 생겨난 나라가. 이 민족 저 종족이 뒤섞여서 만들어진 비빔밥 같은 국가잖아. 침략, 노략질, 살육, 전쟁, 노예, 인종차별, 착취, 제국수의 같은 흑역사를 가지고 있고. 지금도 이두운 역사적 증거는 엄연히 남아 있잖아. 그러니 국수주의를 들고 나올 수밖에. 또 그 사람들 돈이면 안 되는 게 없다고 생각하는 사람들 아니야?"

"돈에 의한 돈을 위한 돈의 나라는 지상에서 영원히 사라지지 않는다고 말하는 사람들이니까."

"잘 알면서 왜 그래?"

"낭만파 시인들이 자본주의 냄새를 풍기는 건 못 봐주겠더라."

제니는 생각만 해도 짜증이 난다는 얼굴이다. 나는 몸을 비틀며 무덤덤한 투로 묻는다.

"그런 시를 쓴 사람이 누구야?"

"롱펠로우 알지? 미국 낭만파 하면 떠오르는 시인."

"잘 알지. 근데 그 사람이 그런 시를 썼단 말이야?"

"그 사람뿐이라면 말을 안 해."

"누가 또 있어?"

"휘트먼이나 디킨슨도 그런 시를 썼어. 포우하고 토머스 무어도 마찬가지고."

"포우까지?"

"그러니 내가 열을 올리는 거지."

제니는 거울 앞에 서 있다가 건넌방으로 들어간다. 나는 신문지를 펼쳐 들고 얼굴에 덮는다. 제니가 건넌방에서 나오며 큰소리로 말한다.

"그에 비하면 러시아 낭만파는 그래도 괜찮아."

"러시아에도 낭만파 시인이 있었나?"

"러시아 하면 대표적인 시인이 생각나잖아."

"푸시킨 말이야?"

"맞아 푸시킨. 그 사람도 낭만파 시인이었어. 철학적인 시를 썼던 바라틴스키도 마찬가지고, 몰락한 지주 집안 출신인 네크라소프, 스물여섯 살에 요절한 나드손, 결투 중에 총을 맞고 죽은 레르몬토프, 나폴레옹전쟁에 참가한 주코프스키, 차이코프스키한테 영향을 준 프레시 케이코프도 낭만파 시인 중 하나야."

"푸시킨 하고 바라틴스키, 레르몬토프는 알겠는데, 다른 사람들은 잘 모르겠군."

"시를 공부했으면서도 그 사람들을 몰라?"
"그야 시인들 이름 외우는 건 신경도 안 썼거든. 대부분 잊어버렸고."
"오빠 정말 한심한 사람이다."
"나도 한심하다고 생각해. 어느 정도는."
"그건 어느 정도가 아니냐. 중증이지."
"그 사람들 시는 어때?"
"푸시킨이 제일 낫다는 생각이 들어."
"어떤 이유로?"
"언제나 달관한 인생관을 노래했거든."
"구름이나 작은 새. 그리고 뭐더라. 아 그렇지. 삶이 그대를 속일지라도는 좋아."
"오빠도 어느 정도는 알고 있네."
"나도 그쯤은 알아."
"평소 시집은 본 적도 없잖아."
"그건 다른 일이 바빴기 때문이지. 시 자체를 모른 건 아니야."
"나도 시집을 받을 때만 해도 눈앞이 캄캄했어. 이 고리타분한 시를 어떻게 다 읽나 해서. 근데 몇 번 보니까 흥미가 당기더라고. 이상한 건 시를 읽다 보니까 나도 모르게 시적 감정에 몰입한다는 사실이야. 그래서 자나 깨나 들고 다녔지."
"유학생 집착 증후군 때문에 생긴 현상이 아니고?"
"그렇지 않다고는 할 수 없지."
"어쩔 수 없구만."
"그래도 이번엔 진짜로 좋아할 것 같아. 사람도 멋지지만 가문도 괜찮거든. 그 사람 아버지가 내로라하는 재벌 틈에 끼는 인물이래."
"그 친구가 그렇게 마음에 들어?"
"마음에 든다기보다 사람 자체가 괜찮아."
"어떤 사람인데?"
"뭐랄까. 평범하면서 특별하다고 할까. 귀족적이면서 서민적이라고 할까. 몸에서 전원적 매력이 풀풀 풍기는 사람이야."
"둘이 잘 어울릴지 모르겠다. 너는 머리끝에서 발끝까지 도회적이고, 그

친구는 하나에서 열까지 전원적일 테니."
"나도 때에 따라선 전원적이 될 수 있어."
"하긴 너는 어떤 상황에도 어울리는 스타일이지."
"어떤 상황에든 어울리는 게 아니라, 눈이 높아서 그런 거야."
"하긴 이런 말도 있으니까. 오래도록 꿈을 꾸어온 사람은 마침내 그 꿈을 닮아간다."
"그래서 내가 그렇게 된다는 뜻이야?"
"아니라고는 할 수 없지."
나는 책상다리를 하고 앉아서 중얼거린다. 제니가 입을 내밀고 뾰로통한 표정을 짓는다. 나는 입을 있는 대로 벌리고 하품을 한다.
"네가 만나는 남자친구는 괜찮은 사람 같다."
"어떤 의미에서?"
"네 손에 시집을 들려줬으니까."
"피…"
"이번 친구는 놓치지 않을 작정이지?"
"될 수 있으면."
"그렇다면 다시 분가하는 거고?"
"그건 좀 더 생각해 봐야 돼."
"왜?"
"아직 확실하지 않거든."
"설마 그 친구를 데리고 들어오는 건 아니겠지?"
"오빠만 묵인해 준다면 데려오지 못할 것도 없지."
"밤낮없이 들러붙어 있을 텐데."
"지금은 예전하고 달라. 그때는 내가 아무것도 몰랐잖아."
"그러면 지금은 알고?"
"그때하고는 다르지. 시간만 나면 시를 읊어댈 테니까."
"시만 읊으면 다 되는 거야?"
"팝송보다야 낫지 않겠어."
"하긴."
"근데 오빠는 미국식 야망도 없는 거야?"

"미국식 야망?"

"응."

"그게 어떤 건데?"

"잘 알잖아. 결과를 위해서 수단과 방법을 안 가리는 것."

"결과를 위해서?"

"이를 테면 그렇다는 거야."

나는 너무나 어이가 없어서 입을 다물고 만다. 제니가 재미있다는 듯이 쿡쿡 웃는다. 나는 거실 바닥에 벌렁 드러누워 눈을 감는다.

59

나에게 있어서 이데올로기의 종언이란 정치에서의 광신주의와 절대적인 신념의 종말이다. 즉 한 장의 청사진만으로 쉽게 사회를 개혁하겠다고 생각하는 오만성을 포기하는 것이다. 그리하여 이 이데올로기의 종언은 곧 시민적 질서의 새로운 단초斷礎[80]가 된다. - 벨의 「이데올로기의 종언」 중에서

테오선배는 연신 싱글거리며 욕실 안에서 나온다. 무언가 즐겁고 유쾌한 일이라도 생긴 것처럼. 나는 거무튀튀하고 깡마른 그의 얼굴을 멀거니 쳐다본다. 그가 얼굴과 팔에 로션을 바르며 히죽 웃는다. 나는 소파에 좌정하고 집안을 찬찬히 둘러본다. 털털하고 수더분한 외모와 다르게 집안은 깨끗이 정돈되어 있다. 넓은 거실과 응접실은 파스텔 톤의 가구들로 가득 채워져 있고. 시가지를 조망하는 테라스도 거실 앞쪽에 시원스레 터놓았다.

테오선배는 대학졸업 이후 비정상적인 생활을 즐기고 있다. 비사회적이고 비규칙적인 태도가 삶의 목표인 것처럼. 그런 그에게는 365일을 빈둥거려도 끄떡없을 만큼의 돈이 있다. 비록 아프리카에서 인술을 베풀고 있는

---

80) 단초斷礎 : 일이나 사건, 생각 등을 풀어 나갈 수 있는 계기.

아버지 재산이지만. 테오선배의 그런 삶을 걱정하는 형제들이 없는 건 아니다. 그의 형제들은 뉴욕, 밴쿠버, 시드니, 파리 같은 곳에서 잘 살고 있다. 그래서 테오선배가 소비하는 돈 따위에는 전혀 관심이 없다. 그들은 고급 니트족인 동생이 피해만 주지 않기를 바랄 뿐이다. 내가 잠자코 있자 그가 젖은 머리를 수건으로 쓱쓱 문지른다.

"모제를 오라고 한 건 할 얘기가 있어서야."

"무슨 얘긴데요?"

"그게 우습지도 않다니까."

"그래요?"

테오선배가 냉장고 안에서 캔맥주를 몇 개 꺼낸다.

"나 요새 러시아 애들하고 연애 중이야."

"러시아 애들이요?"

"음."

"그 애들을 어디서 만났어요?"

"나이트클럽에서."

"그럼 댄서겠네요."

"그런 셈이지. 근데 그 애들 정말 착하더라. 술집 일만 하지 않는다면 사랑이라도 나누고 싶을 정도였어."

테오선배가 캔맥주 뚜껑을 따서 앞으로 내민다. 나는 캔맥주를 받아들고 몇 모금 들이켠다. 그가 맥주로 목을 축이고 천천히 말을 시작한다.

"소피아는 집이 페트로그리츠키 섬이고, 안나는 상트페테르부르크 대학 옆인데, 둘 다 매력적인 애들이야. 흠잡을 데 없는 몸매하고 미모를 가진 애들이고."

"만난 지는 얼마나 됐어요?"

"지난달에 만났으니까 얼마 안 된 셈이지."

"섹스는 몇 번이나 했고요?"

"한 이 주일간은 계속했을 거야."

"두 명 다하고요?"

"하루 이틀씩 번갈아 가며 했어."

"재미는 있었겠군요."

"재미 정도가 아니야. 지금도 꿈인지 생신지 모르겠다니까. 애들이 얼마나 화끈하게 놀아 주는지. 내 부전공이 러시아어잖아. 그래서 더 쉽게 가까워졌어."

"결국 러시아어를 써먹긴 써먹었네요."

나는 조금은 심드렁한 어조로 대꾸한다. 테오선배가 내 곁으로 바짝 다가앉는다. 나는 무덤덤한 얼굴로 오버 사운드 캔맥주를 마신다. 테오선배가 헛기침을 큼큼 하고 말을 꺼낸다.

"내일 만나는 애는 소피아인데, 마음뿐만 아니라 몸매도 시원하게 빠졌어. 원한다면 한 명 소개해 줄게."

"나야 뭐."

"부담 가질 것 없어. 그 애들 한국 남자라면 물불을 안 가리고 덤비니까."

"그래요?"

"그 애들하고 가까워진 이유가 뭔지 알아? 내가 러시아를 잘 알고 있어서야. 러시아 중에서도 상트페테르부르크에 대해서. 뭐랄까. 그 애들하고 나하고 지역적 정서가 통했다고 할까. 지역적 동질감을 느꼈다고 할까. 하여간 일체감을 느낀 건 분명해. 그전에 내가 러시아로 유학을 간다고 했잖아."

"그랬죠."

"그때 상트페테르부르크에 들어갔어. 현장답사도 해 볼 겸, 도시도 구경해 볼 겸 해서. 상트페테르부르크 하면 러시아 제이 도시라고 알고 있잖아. 헌데 그게 아니더라고. 상트페테르부르크는 도시 자체가 예술이고 조각 작품이야. 생각해 봐. 톨스토이, 도스토예프스키, 푸시킨, 고골리, 투르게네프, 라지세프, 레르몬토프, 체호프, 파스테르나크 같은 작가들이 머물면서 글을 썼잖아. 도스토예프스키는 아예 거기서 글을 쓰다가 카라마조프가 형제들을 탈고하고 죽었어. 시신도 그 도시 한 가운데 묻혀 있고. 그야말로 목숨을 걸고 소설을 썼다고 봐야겠지. 그런 의미에서 톨스토이하고 도스토예프스키는 다른 면이 많아. 톨스토이 자체가 부르주아 계급에 속한 귀족이었거든. 도스토예프스키는 몰락한 귀족 중 하나였고. 그래서 주제나 작품성도 차이가 나는 거야. 한 사람은 풍족한 가운데 장중한 서사체 글을 썼고, 다른 하나는 가난한 가운데 심리적인 글을 썼거든. 안톤 체호프는 갈매기라는 희곡을 알렉산드리아 극장에서 발표했다가 대망신을 당했어. 그리곤 다시는 글을 안 쓴다고 선언까지 했지."

"체호프가 대 망신을 당하다니요?"

"연극을 코미디처럼 만들어서 관객들 분노를 산 거야."

"아, 네에."

"그 밖에 차이코프스키, 무소르크스키, 림스키코르사코프, 프로코피예프, 라흐마니노프, 쇼스타코비치 같은 음악가도 상트페테르부르크에서 활동했어. 미술가들도 마찬가지야. 이십 세기를 대표하는 샤갈, 순수 추상회화의 선구자 칸딘스키, 체호프 초상화를 그린 오시프 브라즈, 도스토예프스키가 죽었다는 말을 듣고 찾아가 초상화를 그린 크람스 코이, 도스토예프스키 생전 모습을 그린 바실리 페로프, 톨스토이 초상화를 그린 알리야 레핀, 마리 앙투아네트 초상화를 그린 비제 르 브룅도 마찬가지야."

"상트페테르부르크가 그렇게 대단한 도십니까?"

"대단하다 뿐이야? 역사적으로도 빼놓을 수 없는 도시지. 거기서 그 유명한 시월 혁명이 발아됐거든. 일시지만 러시아 수도로 사용했고. 사실 상트페테르부르크가 본래부터 유명한 도시는 아니었어. 처음엔 러시아 북부에 위치한 작은 촌락에 불과했거든. 일개 보병 중대병력이 진을 치고 있는 늪지대였고. 그런 습지에 수도를 옮기면서 비약적으로 발전한 거야."

"그래서 중심가에 바로크식 건물들이 늘어서 있는 거군요."

"그렇다고 볼 수 있지."

"난 그것도 모르고."

"본래 상트페테르부르크란 명칭도 러시아 정교 성인이었던 사도 페트로하고 표트르 대제를 기념하기 위해서 붙인 이름이야. 그러던 도시가 시월 혁명이니 뭐니 하면서 지금 같은 명칭을 갖게 된 거지. 그런저런 이야기를 나눌 사람을 만나니까 무척 반갑더라고. 아마 소피아나 안나도 나하고 같은 생각을 했을 거야. 자기네 역사나 정신을 알아주는 사람을 만났으니까."

"그건 그렇겠죠."

나는 맥주를 찔끔찔끔 마시며 고개를 주억거린다. 그가 캔을 내려놓고 내 얼굴을 빤히 쳐다본다.

"그 애들 정말 대단하더라. 스물서너 살밖에 안 된 애들이."

"대단하다니요?"

"생각하는 거나 행동하는 게. 섹스는 더할 나위도 없고."

"그래요?"

"내 말이 믿어지지 않지?"

"조금은 상상이 가요. 러시아 애들이 대단하단 얘기는 들었으니까요. 그래, 둘 중에 누가 더 괜찮았어요?"

"누가 더 괜찮다고 할 수 없지만, 섹스를 주도하는 쪽에서 본다면 소피아가 낫다고 볼 수 있지. 소피아는 백칠십 센티쯤 되는데, 섹스하기에 완벽한 몸매를 가졌어. 머리도 금발이지, 피부는 눈처럼 하얗지, 눈에 확 띄는 미인이지. 한 군데도 흠잡을 데가 없는 아이야."

"섹스 테크닉은 어땠어요?"

"테크닉도 능수능란했어. 아니 능란하다 못해 도통할 지경이었어."

"그 정도였어요?"

"나는 섹스에 통달해 있다고 자부했거든. 어떤 여자든 만족시킬 수 있다고 믿었지. 그 애들을 만나니까 나는 아무것도 아니더라고. 소피아가 정상위를 시범 보이는데 정신이 하나도 없더라니까. 허리에 두꺼운 방석을 받치는 방법부터, 껴안은 상태에서 옆으로 누워서 삽입하는 방법, 대각선으로 누워서 삽입하는 방법, 여자 다리를 남자 허리에 걸치고 삽입하는 방법까지 해 봤으니까. 흥미 있는 건 질 속 깊이 삽입하는 건데, 그게 또 별미야."

"……"

"페니스를 깊이 삽입하려면 여자 다리를 남자 어깨에 걸쳐야 하거든. 문제는 그런 자세로 하다간 자궁에 상처를 입힐 수 있다는 거야. 워낙 과격하고 공격적인 자세니까. 페니스 길이하고 질구 깊이가 맞는다면 그것처럼 흥분을 유도하는 자세도 없다는 거지. 그런데 그게 소피아하고 내가 딱 맞더라고."

"그 정도예요?"

"안나하고 소피아하고 본질적으로 달라. 섹스감이라고 할까 질감이라고 할까. 페니스를 조이는 느낌이 틀렸어. 소피아가 얕고 타이트한데, 안나는 깊고 소프트한 느낌이 들거든. 그러니까 소피아는 질 길이가 십 센티에 깊이는 팔십오 미리 정도야. 안나는 질 길이가 십일 센티에 깊이는 구십 미리쯤 돼. 그래서 그런지 섹스 반응도 달랐어. 질이 얕고 타이트한 소피아가 더 소리를 지르고 흥분하는데 반해, 질이 깊고 소프트한 안나는 흐느끼는 소리를 내거든. 섹스 자세도 마찬가지야. 소피아가 파격적이고 강렬한 걸 선호하는데, 안나는 기본적이면서도 부드러운 걸 좋아했지. 안나가 조금 변형된 정상위를 좋아한다면, 소피아는 굴곡위 같은 특이한 자세를 선호했어."

"굴곡위요?"

"그것도 여러 가지가 있더구만. 특히 최신형 굴곡위가 재미있어."

"최신형 굴곡위요?"

"최신형 굴곡위는 남자가 다리를 기마자세로 벌리고, 무릎을 약간 구부린 상태에서, 양손으로 여자 엉덩이를 하늘로 들어 올린 채 삽입하는 거야. 쉽게 말해 여자는 바닥에 고꾸라지듯 눕고, 남자는 말을 타는 것처럼 위에서 하는 거지. 그러면 여자는 머리하고 어깨를 바닥에 댄 채, 거꾸로 선 상태로 섹스를 하게 되는 거야."

"러시아 여자애들 때문에 선배가 섹스에 도통하게 됐군요."

"그런 셈이야. 나도 모르게 자꾸 매달리게 되니까."

"그 애들은 언제까지 만날 겁니까?"

"당분간은 만나야겠지."

"그러다 잘못되면 어쩌려고요?"

"그럴 리 없을 거야. 그 애들하곤 거래 차원을 넘어섰거든. 처음에는 돈을 위해 섹스를 하더니, 나중에는 사람을 보고 섹스를 하더라니까. 러시아는 역시 큰 나라야."

"그걸 어떻게 봐줘야 할지 모르겠네요. 제일 강대했던 나라 국민이 몸이나 팔고 있으니."

나는 맥주를 한 모금 마시고 탄식조로 중얼거린다. 테오선배가 자리에서 일어나 침실로 들어간다. 나는 땅콩을 몇 알 입에 넣고 씹는다. 테오선배가 포드베이 줄 케이스를 가지고 나와 불을 붙인다.

"제정 러시아가 일찍 무너진 건 바람직한 일이 아니었어. 그렇게 되기까지는 봉건체제가 가진 결함이나 서구 열강들 견제도 있었지만, 왕조 체제가 무너지면서 세계 질서도 재편성된 거나 다름없거든."
"그랬나요?"
"그럼."
"……"
"그 당시를 보면 현대 서구사회를 보는 것 같아. 혁명가들이 만든 새로운 체제를 위해서, 인간적인 것이나 인륜적인 것은 철저히 외면하면서, 이념과 목표를 위해 무작정 달려가는 사람들 말이야. 문제는 선량한 시민과 노동자, 인민들이야. 그들은 전부 다 피해자니까. 소피아나 안나도 마찬가지고."
"혁명가들 때문에 건전한 시민이 창녀가 된다는 게 아이러니컬하군요."
"국가가 흔들리면 문명이나 문화까지도 병들게 되는 거야. 개인뿐만 아니라, 한 민족이 살아남는 것 자체도 처절한 생존경쟁이라는 거지."
"그런 점에서 보면 미국은 확실한 승리자가 분명하네요."
"미국도 안심은 못해. 언제 어디서부터 무너질지 모르니까. 미국도 당시 러시아처럼 성장 일변도 정책을 쓰고 있잖아. 휴머니즘이나 인간 본연의 것은 무시한 채."
"그래도 절대적인 힘은 가지고 있잖아요."
"그게 그렇지 않아."
"그래요?"
"당시 제정 러시아도 무한한 가능성은 가지고 있었어. 그런 국가가 사회주의 이념으로 무장한 볼셰비키파한테 일거에 무너진 거지. 레닌이 제정 러시아를 쓰러뜨리고, 볼셰비즘을 기치로 하는 체제를 세운 때가 천구백십칠 년 시월 이십오 일이었을 거야. 하지만 그건 또 다른 비극의 서막이었어. 그 덜 익은 사회주의 때문에 수천만 명이 희생됐거든. 문제는 엉뚱한 데서 발생한 거야. 그 덜 익은 사회주의 때문에 잘 익어가던 자본주의도 병들기 시작했으니까."
"……"
"볼셰비키혁명이 성공하자 레닌은 기업을 국유화하고 노동을 의무화시켰어. 본격적으로 사회주의 정책을, 착취만 일삼는 공산화 정책을 쓰기 시작한 거지. 그런 점이 바로 사회주의가 가지고 있는 모순점이고 이중성이야. 노동자를 행복하게 해 준다면서 그들이 누리는 자유나 권리, 재산 같은 걸 모조리 빼앗으니까."

"그건 그래요."

나는 오른쪽으로 꼰 다리를 왼쪽으로 바꾼다. 테오선배가 포드베이 줄을 깊게 빨았다가 내뿜는다. 잠시 전자담배를 빨던 그가 가라앉은 목소리로 말을 잇는다.

"레닌이 추구한 국유화 정책은 농민들 반발로 위기를 맞았던 거야. 거기다 경제 회복정책도 실패했으니 두말할 필요가 없었던 거지. 그런저런 이유로 레닌은 다시 신 경제정책을 발표하게 됐어. 자유농도 인정하고, 농산물도 판매하고, 사기업도 어느 정도 허용했지. 완전히 폐지해 버렸던 자본주의 제도를 일부 수용한 거나 마찬가지야. 그런 신 경제정책으로 러시아 경제가 일시적으로 좋아진 건 사실이었어. 인민들 생활이 조금은 향상됐거든."

"부분적으로는 성공한 셈이군요."

"어떤 면에선 그렇다고 볼 수 있지. 일시적으로 경제가 좋아졌으니까. 그때부터 레닌은 전 세계를 사회주의화하기보다 러시아 하나만이라도 통제해야겠다고 마음먹었던 거야. 자본주의를 일부 수용한 신 경제정책이 빛을 보는 상황이었거든. 그래서 시도한 게 바로 일국사회주의 이론이지. 묘한 건 신 경제정책하고 일국사회주의 이론이 러시아 내에서 논쟁의 초점이 됐다는 점이야. 그런 이유 때문에 레닌이 권좌에서 물러나게 되는데, 결국 자기 발등을 찍은 셈이지."

"그래서 레닌이 역사의 전면에서 사라지는 거군요."

"그렇지. 레닌도 자신이 추진한 사회주의 이론 때문에 축출당하게 된 거야. 사회주의를 세운 레닌이 물러나고, 그 뒤를 스탈린이 이어받게 됐지. 그게 천구백이십이 년인가 이십삼 년일 거야. 그 후 스탈린은 러시아를 필두로 우크라이나, 벨로루시, 카프카스로 이루어진 소비에트 사회주의 연방공화국을 구축했어. 그야말로 거대한 소련이 지구상에 등장한 거지. 그렇게 강대했던 소련 공산주의도 스탈린, 흐루시초프, 브레주네프, 안드로

포프, 체르넨코, 고르바초프를 거치면서 종말을 고한 거야. 레닌이나 스탈린이 꿈꿔오던 이상적 사회주의는 지구상에서 영원히 사라졌다는 말이지.”

"네에.”

"그렇지만 소련 연방이 무너진 이유는 또 있어.”

"또 있다니요?”

"소련이 무너지게 된 동기가 제도나 정책에도 있지만, 미국을 비롯한 서방 국가 견제 때문이기도 했거든. 내 말은 지구상에 존재했던 절대 강자가 또 하나의 절대 강자에 의해서 제거됐다는 거야.”

테오선배가 전자담배 스위치를 끄고 캔맥주를 집어 든다. 나는 조금은 의문스럽다는 시선으로 쳐다본다. 테오선배가 맥주를 들이켜더니 빈 캔을 쓰레기통 쪽으로 던진다.

"뭐랄까? 자본주의가 사회주의를 꺾었다고 할까. 서구가 동구를 제압했다고 할까. 고리타분한 이념의 자연도태라고 할까. 이데올로기의 종언이 반유물론적 변증법 논리로… 정반합의 원리를 역으로 증명한 것이라고 할까. 하여간 소련이 꿈꾸던 사회주의는 지구상에서 사라져 버렸어. 반면 미국은 힘 안 들이고 절대적인 강적 하나를 쓰러뜨렸지. 미국은 중국을 비롯한 전 세계 군소국가를 손아귀에 넣기 위해 또 다른 음모를 준비하는 거야. 그게 경제전쟁이고 섹스전쟁, 즉 우회전쟁이지.”

"우회전쟁?”

"아까도 말했지만, 군사력이나 경제력을 투입하기 전 자본주의 대명사인 기형적 쾌락문화를 우회적으로 침투시키는 방법이야. 마약이나 팝송, 코카콜라, 햄버거, 영화, 월드와이드 웹, 모바일, 스마트폰 같은 게 그런 거라고 보면 맞아. 포르노도 마찬가지고.”

"포르노도요?”

"미국은 포르노 같은 악성종양 문화를 세계 각국에 수출해 놓고 때를 기다리는 거야. 그들이 악성종양에 잠식되어 돌이킬 수 없을 정도로 빈사상태에 빠질 때까지. 그런 다음 빈사상태에 빠진 후진국에 곧바로 서구식 악성문화를 주입시키는 거지. 그게 바로 미국식 잠식방법인 게릴라 전법이야.”

"하긴 우리나라 포르노는 정말 한심하더라."
"그건 우리나라 포르노가 한심한 게 아니라, 미국에서 만든 게 충격적인 거야."
"그건 그래요. 국산 포르노라고 해 봐야 우리들이 하는 것보다 못하니까요."
"잘 봤군. 그런 면에서 포르노는 아직 미국식 문화에 물들지 않았다고 봐도 돼."
"그럴지도 모르죠."
"반면 미국에서 제작된 포르노는 충격적이야. 상상을 초월하는 장면들로 흘러넘치거든. 문제는 그런 포르노들이 하나같이 인간성이나 도덕성을 말살한다는 점이야. 가령 여자가 짐승하고 성교를 한다든지. 남자하고 짐승하고 한다든지 하는 장면들이지. 더 충격적인 건, 여자 한 명한테 남자 대여섯 명이 정액을 뒤집어씌우는 거야."
"정액을 뒤집어씌우다니요?"
나는 뒤로 젖힌 상체를 곧추세우고 정색을 한다. 테오선배가 자리에서 일어나며 싱끗 웃는다.
"그 다음 얘기는 화장실에 다녀와서 해 줄게."
"급한 거예요?"
"아니 그렇지 않아."
"그러면?"
"간단한 거야."
"그래요?"
"잠시만 기다려 금방 끝내고 나올 테니까."
테오선배가 어깨를 으쓱하고 화장실 쪽으로 걸어간다. 나는 소파 위에 드러누워 눈을 감는다.

60

　근래의 일반세론은 자본주의의 경제적 문화적 성과에 대한 올바른 의견을 형성하는 일에 전혀 관심을 기울이지 않을뿐더러, 오히려 자본주의가 이루어 놓은 실적에 대한 유죄선고를 기정사실화하기에 이르렀다. 그리하여 모든 저작자나 연사는 그 정치적 선호가 어떠한 것이든 간에 이 정칙을 고두叩頭[81]하기에 바쁘며, 따라서 그들은 자본주의에 대한 비판적 태도, 자본주의하에서의 자기만족으로부터의 해방, 자본주의의 업적이 만족스럽지 않다는 확신, 자본가 측에 대한 반감 및 반자본가 측에 대한 공감을 강조하기에 바쁜 것이다.
— 슘페터의 「자본주의·사회주의·민주주의」 중에서

　"한바탕 쏟아냈더니 개운하다."
　테오선배가 개운하다는 표정으로 화장실에서 나온다. 나는 머쓱한 시선으로 그의 얼굴을 쳐다본다. 테오선배가 몸을 좌우로 돌리며 느물느물 웃는다. 시원해도 그렇게 시원할 수가 없다는 듯이. 평소 이와 같은 일이 전혀 없던 것은 아니다. 테오선배는 본래 타인의 시선 따위는 개의치 않는 사람이니까. 그렇지만 나를 앞혀 놓고 욕실에서 마스터베이션을 하다니. 내가 난감한 표정을 짓자 그가 맥주캔을 들고 시원스럽게 마신다. 나는 입맛을 다시고 맥주캔을 찔끔찔끔 들이켠다. 맥주를 마신 그가 안방으로 들어가 이브닝 가운을 걸치고 나온다.
　"진작 화장실에 다녀올 걸 그랬어."
　"……."
　"답답하면 모제도 하고 나와."
　"……."
　"사실 그것만큼 간단하고 시원한 것도 없어. 그건 그렇고 아까 어디까지 얘기했지?"
　"남자 대여섯 명이 여자 하나를 놓고…"
　"아 그렇지. 남자 대여섯 명이 여자 하나를 놓고 정액 파티를 벌이는 장

---

81) 고두叩頭 : 경의를 표하기 위하여 머리를 조아림.

면까지 얘기했지. 놈들 정말 잔인하더라. 체격이 우람한 남자 대여섯 명이 열대여섯 살짜리 여자애를 앉혀 놓고, 빙 둘러서서 머리에서 발끝까지 정액을 쏟아부으니. 그 여자애도 보통은 넘더라고. 나중에는 그 남자들하고 돌아가면서 섹스까지 하더라니까."

"끔찍하군요."

"그뿐이 아니야. 어떤 동영상에는 여자 한 명이 남자 일곱 명을 상대로 페니스를 빨아 주는 장면도 나와."

"상상이 안 가네요."

"그건 양호한 편이야. 클레오파트라는 천 명이 넘는 남자들 페니스를 빨았대."

"그건 처음 듣는 얘긴데요."

"달콤한 목소리, 빼어난 몸매, 매력적인 얼굴, 매끄러운 피부. 이 정도만 해도 남자들이 넘어올 판인데, 매일 넓적다리 단련운동까지 했다는 거야. 게다가 근육질을 가진 노예만 대기시켰다가 밤만 되면 성적 욕구를 풀었대. 하룻밤에 백 명을 상대한 적도 있다니까 상상을 불허하는 거지."

"하긴 자신을 남자한테 소개하는 방법도 기발했으니까요."

"한마디로 말해 정치적 목적을 위해선 물불을 안 가린 여자야."

"남자를 사랑의 대상으로 보지 않고, 필요의 대상으로 본 거군요."

"필요 이상으로 본 거지. 원하는 남자는 모두 취했으니까. 그래서 클레오파트라를 세기적 요부라고 부르는 거야."

테오선배가 재미있는 사실이라는 듯이 눈을 찡긋 한다. 나는 머쓱한 표정을 지으며 뒷머리를 긁적거린다. 그가 빈 캔을 찌그려 쓰레기통에 쑤셔박고 말을 잇는다.

"지금 얘기하는 것들은 그래도 온전한 동영상이야. 어떤 동영상에는 짐승들하고 단체로 하는 장면도 있어."

"나도 송아지나 돼지하고 하는 건 봤어요."

"짐승하고 하는 것보다 인간끼리 하는 행위가 더 파괴적이더라고."

"미국이라는 나라 알다가도 모르겠어요."

"그런 생각이 들지."

"그렇지 않고요."

"그런 게 바로 미국식이고 미국적이라는 거야. 무슨 짓이든 할 수 있다면 다 해 보는 거 말이야. 자기들은 선진국이니까 성문화도 마찬가지라고 생각하는 거지. 악성종양 같은 퇴폐문화를 상품화해서, 섹스문화니 영상산업이니 모바일산업이니 하면서 후진국에 팔아넘기고. 영화를 찍으면서 배우들이 성교를 해 대는 나라니 포르노 정도는 문제가 아니겠지."
"영화를 찍으면서 성교를?"
"물론이지."
"그건 의왼데요?"
"미국식은 무엇이든 가리지도 않고 멈칫거리지도 않아. 눈에 보이면 보이는 대로, 안 보이면 안 보이는 대로 앞을 향해 나가는 거야. 그러다가 돈이 될 만하면 재빨리 상품화시켜서 팔아먹지. 어떤 의미에선 돈의 노예가 된 국가라고 할까. 돈의 노예가 된 사람들이라고 할까. 그런 사람들을 뭐하고 부르는지 알아?"
"글쎄요. 한 번도 생각해 보지 않아서."
"사실은 미국이 처음부터 돈의 노예가 된 나라는 아니었어."
"그랬나요?"
"처음에는 미국도 조용하고 성실한 나라였어. 민족적 정신이나 이념도 어느 나라보다 건전했고. 그런 나라가 세계 경제를 좌지우지하면서 오만해지기 시작한 거야."
"하긴 어떤 나라든 처음부터 삐딱하지 않았을 테니까요."
나는 소파에 등을 기대고 앉아 말을 경청한다. 테오선배가 새 맥주캔을 따서 한 모금 들이켠다. 나는 약간 상기된 그의 얼굴을 멀거니 쳐다본다. 그가 다소 차분해진 목소리로 얘기를 이어간다.
"콜럼버스가 아메리카 대륙을 발견했을 때, 거긴 아무도 건드리지 않은 처녀지였어. 그야말로 싱그럽고 풋풋한 땅이었지. 그런 곳이 영국, 프랑스, 스페인, 네덜란드, 포르투갈 같은 국가들로 인해 오염되기 시작한 거야."
"어디서든 유럽 사람들이 문제군요."
"바로 그거야. 서구유럽과 제국주의자들. 그들이 건드리지 않은 땅이나 민족은 없었으니까. 또 그들이 얼마나 많은 사람을 죽이고 문물을 약탈해 갔어?"

"그러고 보면 인디언이 야만인이 아니라, 서구인들이 야만인이군요."
"자기들은 문명인이고 최고로 우수한 종족이라고 자부하잖아. 그거 다 헛소리야. 진정한 문명인은 약탈 같은 건 하지 않아. 그런데 그 사람들 인간을 사랑하기는커녕 전쟁이나 일삼고, 남이 일궈 놓은 문명이나 파괴하고, 이민족이 가지고 있는 보물은 다 빼앗고. 서구문명만이 인류를 구원한다면서 모든 민족, 모든 나라를 서구화시키고 있어. 그뿐이 아니야. 자기들 마음에 안 들면 아예 민족까지 말살시켜 버렸어. 그 실례가 아메리카 인디언이야."
"아메리카 인디언?"
"잘 보라고. 아메리카가 본래 앵글로색슨족 나라였느냐 이 말이야."
"그건 아니죠."
"그러니 문제라는 거야. 자기네 땅도 아닌 데다 깃발을 꽂고 이제부터는 우리 땅이다, 소리쳤잖아. 그런 다음 자기들끼리 피 튀기는 전쟁을 벌이고, 모든 걸 빼앗고 강점해 버렸어. 그뿐이라면 말을 안 해. 그 사람들 원주민들을 대량으로 학살하고, 위대한 아메리카니 프론티어 정신이니 하면서 떠들어 댄 거야. 어때, 내 말이 틀렸다고 생각해?"
"틀린 건 아니죠."
"그렇지?"
"하지만 그건 과거사일 뿐이잖아요."
"그러니 모제도 생각을 바꿔야 돼. 아메리카 대륙은 앵글로색슨족 후예들이 버려 놓은 거야. 버진처럼 순수하고 깨끗했던 땅을 유럽 사람들이 오염시킨 거라 이거지. 내 말 이해할 수 있겠어?"
"조금은 알 것도 같기도 해요."
"더 큰 문제는 미국이 양면정책을 쓰는 나라라는 데 있어. 한쪽으로는 자유나 인권을 부르짖지만, 한편으로는 자기중심적이면서도 배타적인 이민족 정책을 써왔거든."
"미국이 그런 정책도 썼나요?"
"일차대전 때도 그랬고 이차대전에서도 마찬가지였어."
"그랬어요?"
"그럼. 미국이 지향하는 전쟁 정책은 고도화된 이중적 정책이었어. 왜냐하면 미국은 전쟁 한복판에 처음부터 뛰어든 적이 없었거든. 미국은 일차대전이나 이차대전 때도 물자만 대주다가 나중에 개입했어. 승리하는 쪽을 재빨리 선택해서 말이야. 미국은 그렇게 해서 방대한 자본을 축적하고, 그 자본을 바탕으로 자본주의를 배양시킨 거야. 남의 비극과 참화 속에서."

테오선배는 큰소리로 말하고 자리에서 일어선다. 나는 멀뚱한 시선으로 그의 얼굴을 바라본다. 그가 냉장고로 걸어가 식수와 팝콘을 꺼내 가지고 돌아온다. 나는 탁자 위에 놓여 있는 맥주캔을 집어 들고 한 모금 마신다. 그가 팝콘을 한 움큼 집어 입에 넣고 씹는다.

"미국은 양대 대전을 치르는 과정에서 자기들이 내세운 합리주의나 기회주의, 상업주의를 기반으로 하는 대량생산, 대량소비라는 새로운 가치관을 만들어 냈어. 아메리카합중국한테 모든 이익이 돌아가는 미국식 자본주의를. 생각해 봐. 대량생산 거기다가 대량소비. 그때부터 지구촌은 미국식 자본주의에 끌려다니게 된 거야. 인간들이 누려야 할 원초적인 자유조차 빼앗긴 채."

"하긴."

"상업 제일주의나 고도 산업사회, 첨단 정보화 사회는 미국이 의도했던 모습이 아니었는지도 몰라. 하지만 자본주의가 서양에서 생겨났고, 미국에서 배양되고 성장했으니 미국이 모체라고 하지 않을 수 없지. 부적절한 토양 속에서 기형적인 물질만능주의가 생겨난 거라고 보면 돼. 고도성장이나 물질만능주의는 미국 자신도 모르는 사이에 만들어진 기형아라는 거야. 물질만능주의를 최선으로 치는 자본주의는, 누구도 제어하지 못하는 괴물로 둔갑했다는 거지. 그래서 약소민족들은 그 흉측한 괴물한테 하나씩 잡아먹히는 거고."

"끔찍한 일이군요."

"미국도 거기까진 생각하지 못했을 거야. 오로지 앞만 보고 달려왔으니까. 그래서 뒤늦게 정책에 변화를 줬지만 늦었던 거지. 다시 말해 현대문명이… 화려함만 보고 달려가던 서구 자본주의가 추락 직전에 놓여 있다는 거야. 즉 화려함을 최선으로 여기던 현대문명이, 그 화려함으로 인해 역설적이게도 멸망으로 치달아 산나는 사실이지. 이젠 이느 누구도 멸망의 속도를 늦출 수가 없게 됐어. 그런 상황이니 미국 학자들이 로마클럽보고서니 뭐니 경고를 하는 거고. 미국 자신은 물론이고, 어느 나라도 돌연변이가 된 채 가공할 힘을 축적해 가는 괴물을 막을 수가 없어. 그 흉측한 괴물은 자기 자신은 물론이고, 자기 새끼조차도 잡아먹는 실정이니까. 그런 자기 잡아먹기조차 자각하지 못하는 미국… 흉측하게 변한 괴물을 생각해 봐."

"중이 제 머리를 못 깎으니까요."

"지금도 미국은 자신이 괴물이 아니라, 정의의 사도라고 떠들어 대지. 적대국은 물론이고, 우방국 대통령실과 안보실을 도청해서 정보를 빼내는 주제에 말이야. 젊은 여자는 대학 가고, 젊은 남자는 감옥 가는 곳이 어디인 줄 알아? 그게 바로 미국이라는 나라야. 겉으로는 인권이니, 자유사회니, 민주국가니, 선진국민이니, 떠들지만, 인종차별이나 빈부격차가 제일 심한 곳이 미국이야. 기회의 땅이 절망의 땅으로 변한 거라고 하면 적절한 표현일까. 그래도 우리는 미국이 가진 장점을 무시해서는 안 돼. 무한한 자본과 자원, 고급인력, 세계 최고 수준의 과학, 우주개발의 선두주자, 각종 첨단무기의 저장고. 이런 것들이 인류가 이룩해 놓은 문화나 문명에 위협이 되니까 문제라는 거지. 다시 말해 서구 자본주의가 만든 현대문명이 그 화려함으로 인해 역설적이게도 죽어 간다는 거야."

"선배 말은 서구에서 시작되고, 미국에서 빛을 발하게 된, 인류를 위해 없어서는 안 될 자본주의가 그 자신으로 인해 종말을 고한다는 얘기군요."

"그렇지. 바로 봤어."

테오선배가 맞는 말이라는 듯이 흰 이를 드러내며 웃는다. 나는 말없이 시큼털털한 맛이 나는 맥주를 들이켠다. 내가 맥주를 마시자 그도 덩달아 맥주를 벌컥벌컥 마신다. 나는 흥분으로 빨개진 그의 얼굴을 물끄러미 바라본다. 그가 포드베이 줄을 피워 물고 다시 말을 시작한다.

"뉴욕 시장을 지낸 존 리지가 병든 도시에 이렇게 썼어. 미국에 있는 어떤 도시를 온종일 감시하려면 매년 수백 억 달러를 지출해야 한다. 그 도시의 총 예산보다 서너 배가 넘는 금액을 들이면서. 하지만 수백억 달러를 쏟아부어도 그 도시를 감시하기가 어렵다. 그런 도시가 미국에는 수백 개가 넘는다. 그 도시 속에서 미국인들은 또 대책 없이 살아가는 중이다. 이것이 미국이 껴안은 문제이고, 풀 수 없는 딜레마다."

"어쩌다가 미국이라는 나라가 그 지경이 된 거죠?"

"기형적으로 변질된 프런티어 정신을 바탕으로, 고도성장만 추구하다 보니까 그렇게 된 거지. 무한경쟁이나 고도 산업사회의 폐해에 대해 대책을 세워 놓지 않은 결과이기도 하고. 미국도 이젠 어쩔 도리가 없어. 앞으로 앞으로 달려가는 수밖에. 쫓아오는 사람들은 그냥 놔두고, 낙오되는 사람들은 버릴 수밖에 없는 거지. 이미 고도 산업사회는 출발했고, 화려함을 향해 치달아 가는 현대문명을 어떤 힘으로도 멈추게 할 수 없으니까. 문제는 그런 현상이 미국에서만 일어나는 게 아니라는 거야."

"그래요?"

"그럼. 아까도 말했지만, 대량생산 대량소비 체제가 전 세계로 파급됐다는데 문제가 있거든. 그렇지 않으면 내가 열을 올릴 필요도 없어. 남의 나라 일이니까 못 본 척하면 되니까. 그냥 넘어갈 수 없는 이유가 또 있어. 미국이 우리나라, 우리 민족한테 끼친 영향이 막대하다는 거야. 미국이 우리나라 운명을 좌우지했다고 할까. 우리 민족을 우롱했다고 할까. 미국은 이십 세기 초부터 우리한테 지우지 못할 상처를 입혔어."

"우리한테 상처를 입히다니요?"

"그건 공공연한 비밀이지만, 우리 국민들은 그런 사실조차 모르는 사람이 많아. 모제도 모를 테지만 말이야."

"내가 아는 건, 미국이 우리나라가 어려울 때마다 도와줬다는 사실뿐이거든요. 어떤 때는 내정간섭도 했지만, 미국은 적이 아니라 우방이라는 건 분명하니까요. 한국전쟁 때도 대규모 병력을 보내 같이 싸웠고요."

"그러니 문제라는 거야. 미국이 동지적 입장을 취한 건 사실이야. 하지만 그들이 노리는 목표나 전략은 언제나 우리 이익에 상반됐거든. 솔직히 말하자면 철저히 자신들 이익에 맞춰 계획하고 추진하고 행동했다는 거지. 그 대표적인 예가 가쓰라 태프트 밀약이야."

"가쓰라 태프트 밀약이요?"

"음."

"……"

"이 밀약은 필리핀과 대한제국을 미국하고 일본이 각각 나누어서 통치하자는 강대국간 약속이야. 천구백오 년 칠 월에 일본 수상 가쓰라하고 미국 육군장관 태프트가 도쿄에서 만나 비밀리에 맺은 협약이지. 쉽게 말해 대한제국은 일본이 강점할 테니, 필리핀은 미국이 알아서 통치하라는 내용이었어. 이 밀약 때문에 대한제국이 일본 손에 쉽게 넘어갈 수 있었던 거야. 천구백사십오 년 이 월 루스벨트, 처칠, 스탈린이 회합한 얄타회담도 마찬가지야. 그 회담에서 우리나라를 삼팔선으로 나누어 통치한다는 합의를 보았거든. 삼팔선 이북은 소련이, 삼팔선 이남은 미국이. 더 큰 문제는 그 다음에 일어났어."

"더 큰 문제라니요?"

"삼팔선 이남을 미국이 통치한다고 회담까지 열고는, 정작 극동 방어선을 대한해협 중앙으로 설정해 버린 거야. 즉 미국 극동 방어선에 일본만 포함시키고, 한반도는 과감히 제외한 거지. 그게 바로 천구백오십 년 일 월에 있었던 애치슨 선언이야. 다시 말해 미 국무장관 애치슨이 극동 방어선을 쓰시마섬 상단으로 설정한다는 선언이었지. 이 선언으로 인해 한반도에 미군을 주둔시킬 이유가 없어진 거고, 미국은 곧바로 병력을 철수시켰어. 애치슨 선언은 한국전쟁이 일어나는 빌미를 제공한 거나 마찬가지라는 얘기야. 그런 점으로 볼 때, 미국은 언제든지 등을 돌릴 수 있는 양면성을 가진 국가라는 거지."

"듣고 보니 정말 그렇군요."

"미국은 그야말로 겉과 속을 알 수 없는 나라야. 언제든 자국 이익을 위해선 우방도 버릴 수 있는 국가니까. 우방을 버릴 뿐만 아니라, 털도 안 뽑고 집어삼킬 수도 있어. 그 증거가 천구백팔십오 년 구월에 체결된 플라자합의[82]야. 이 합의로 마르크화하고 엔화 가치가 폭등했고, 달러는 삼십 퍼센트 이상 급락했어. 엔화 폭등이 일본경제를 삼십육 년 동안 불황 속으로 몰아넣은 거고. 일본인들은 그 시간을 잃어버린 삼십육 년이라고 통분하고 있어. 믿고 의지하던 우방한테 경제적인 강점을 당했다고 말이야. 미

---

82) 플라자합의(Plaza合意) : 1985년 9월 22일 미국, 영국, 프랑스, 서독, 일본의 재무장관과 중앙은행장들이 뉴욕 플라자 호텔에 모여 달러화 약세를 유도하기로 한 합의. 달러 가치를 내리고 엔화 가치를 높인다는 것이 골자이다.

국은 자국 이익을 위해선 물불을 가리지 않는 나라라고 할 수 있어. 단적으로 말해 강패 같은 짓거리를 해서라도 달러를 지켜낼 거란 말이지. 지금도 마찬가지야. 우리나라 주변에 중국, 러시아, 일본, 북한 같은 깡패 이웃이 여럿 있잖아. 어느 때고 시비를 걸거나 완력을 행사하려고 도끼눈을 뜨고 있는 이웃. 조금만 기분이 나빠도 억지를 부리고 욕지거리를 해 대는 이웃. 그런 이웃을 가진 우리는 그래서 안심할 수가 없는 거야. 매일 말과 행동을 조심하지 않으면 큰 일이 벌어지니까."

"하긴."

"그 깡패 같은 이웃을 지켜 준다고 으스대는 미국. 미국 몰래 계속 깡패 짓을 해 대는 이웃. 그걸 또 지켜 준다고 병력을 주둔시키고 전쟁물자를 팔아먹는 미국. 미국의 검은 속셈은 아무도 알 수가 없어. 한국판 플라자합의가 나오지 말라는 법도 없고. 어쩌면 미국은 일본처럼 한국도 폭력적인 경제제재를 가할지 몰라. 우리나라도 삼십육 년 전 일본처럼 고도성장을 계속하고 있으니까."

"그건 그럴 것 같아요."

"내 생각엔 이삼십 년 후에 한국판 플라자합의를 만들어낼 것 같아. 미국은 계속 무역수지 적자를 이어갈 테고, 한국은 무역수지 흑자를 유지할 테니까. 한국판 플라자합의가 이루어진다면, 우리나라도 일본처럼 경제 불황 속으로 빠져들고 말 거야. 그야말로 경제성장의 최후를 맞이하는 거지. 이제 우리 모두가 우리 자신을 지켜야 한다는 걸 자각해야 돼. 자각을 넘어 우리 자신을 우리 힘으로 지켜내야 된다는 거지. 문제는 순간을 즐긴다는 요즘 젊은이들이야. 생각조차 없다는 애들이… 생각하는 것 자체가 불필요하다는 애들이 그런 것에 관심이나 갖겠어? 편리함이나 선호하고 감각적이면서 말초적인 것에만 신경 쓰지. 그래서 한쪽으로는 민족정신을 지키고 한쪽으로는 민족정신을 키워야 한다는 거야. 이대로 미국문화나 제도를 답습하다가는 우리도 모르는 사이에 민족 자체가 말살돼 버리니까."

"그렇게까지 심각한가요?"

나는 소파 등받이에 눕힌 몸을 똑바로 세운다. 테오선배가 말도 말라는 듯이 고개를 절레절레 흔든다. 잠시 전자담배를 뻐끔거리던 그가 엄숙한 표정으로 입을 연다.

"우리도 모르는 사이에 미국식 문화나 인습에 중독되어 가는 거야. 보라고. 너나없이 우리 문화는 배척하고 서양 것이라면 사족을 못 쓰잖아. 게다가 사소한 것에 목숨을 걸고, 하잘것없는 걸 인생 목표로 삼지. 요즘엔 아무것도 하지 않는다는 니트족에다가, 부모 등골을 빼먹고 사는 신 캥거루족, 스마트폰에 목숨을 거는 포노 사피엔스까지 나타났어. 그런데 그런 애들이 지닌 공통점이 뭔 줄 알아?"

"글쎄요."

"자신들이 왜 그런 걸 하는지 모른다는 점이야. 습관처럼 반복해서 먹고 마시고 섹스 하고 채팅하는 거지. 그리곤 빠져나올 수 없이 중독되어 가는 거고. 미국에서조차 그런 건 미국적이 아니라고 부인하고 있어. 그런 단순 반복적인 것은 미국 중에서도 하층민, 즉 빈민가나 슬럼가에 사는 흑인들 문화라는 거지."

"흑인들 문화요?"

"미국 정치 철학자가 한 말이 있어. 이제 미국 젊은이들은 모든 걸 잃었다. 자기 자신은 물론이고 미래나 과거조차도 잃었다. 기성세대는 그런 젊은이들을 또 잃었다. 그러니 미국은 모든 걸 잃은 것이나 다름없다. 대학이 목표를 잃고 헤매고 있는 것에서, 학생들이 배울 생각은 않고 말초적 소비에만 매달리고, 청년들은 놀고먹고 즐기는 데만 집착하고, 미래를 짊어질 지식인은 점점 줄어들고, 무역수지 적자는 날이 갈수록 커져 가고, 저소득층과 빈민층은 나날이 늘어가고, 흑백 갈등은 해소할 방법이 없고. 이런 저런 이유로 미국 사회는 급속도로 퇴락을 거듭한다는 거야."

"무서운 일이군요."

"독립선언에서 남북전쟁, 서부 개척시대에 이르는 위대한 프런티어 정신은 어디서도 찾아볼 수 없다는 거지. 미국이 존재하기까지는 개혁이나 실험정신이 모체가 됐는데, 이제 그런 정신은 몇몇 사람한테만 남았다는 거야. 대부분의 사람들이 그런 정신이 있었다는 것 자체도 망각해 버렸고."

"미국 사회가 그렇게까지 타락했나요?"

"그뿐이 아니야. 그 사람은 과거를 이해하지도 못하고 미래에 대한 비전도 없이, 하루하루를 소비하는 젊은이들이 있는 한 인류 미래는 어둡고 불확실하다고 꼬집었어. 더 큰 문제는 미국 대학이라는 거야. 미국 대학이 참다운 가치관이나 인간관을 주입시키지 못하고, 감각이고 감성적인 교육에만 매달린다는 거지. 미국 대학이 자연질서 속에서 인간의 위치는 어디고, 인간이 가야 할 곳은 어딘가 하는 근원적 물음에 대답할 수 있는 철학적 사고, 즉 인문학적 사고를 형성시켜 주지 못한다는 거야."

"그건 맞는 것 같네요."

나는 고개를 주억거려 테오선배의 말에 동조한다. 그가 피어오르는 담배 연기를 응시하다가 말을 꺼낸다.

"요즘 아이들은 절대빈곤을 느껴보지 못한 게 문제라는 거야. 미국 젊은이들은 하나같이 편안함을 갈망하고, 언제까지 그게 이어질 거라고 믿는다는 거지. 그런 편안함이 어떤 것인지 관심이 없는 것은 물론이고, 당장 굶어 죽는 사태가 발생하더라도 자신들한테는 그런 일이 일어나지 않을 거라고 맹신한다는 거야."

"미국 아이들도 우리나라 젊은이들하고 사고방식이 비슷하군요."

"그럴 거야. 그 문화가 그 문화니까. 하여간 그들은 무엇이든 관심이 없기 때문에 미래나 이상에 대해서 집착하지 않는다는 거야. 부모가 이룩해 놓은 부를 거리낌 없이 향유하면서, 그것이 자신들에게 돌아오는 걸 당연하다고 생각한다는 거지. 먹고사는 건 별 문제가 되지 않을뿐더러, 자신들은 산업전선에 뛰어들 필요가 없다고 생각한다는 거야. 큰 이변이 없는 한 기성세대는 현실을 버리거나, 젊은이들 앞날을 포기하지 않을 테니까. 그래서 그들은 놀고먹고 즐길지언정 창조적인 사고나 행위 자체를 하지 않는다는 거지. 다시 말해 미래에 대한 생각이나 비전, 희망, 목적 같은 걸 아예 갖지 않는다는 거야. 이게 바로 현대를 살아가는 미국 젊은이들 사고라는 거지."

"큰일이군요."

"그 외에도 많은 문제점을 지적했어. 미국 젊은이들이 어떤 사고방식을 가지고 사는가만 보아도 다 안다는 말이지. 그래서 미국식 자본주의는 머지않아 종말을 고할 거라고 예고한 거야. 그런데도 우리 젊은이들은 미국식 소비문화에 중독돼 버렸으니. 스스로 엑스세대니, 디지털세대니, 메탈세대니, 사이버세대니, 모바일세대니, 바이올세대니 하면서. 더 가관인 건 요즘 애들은 머리하고 심장이 따로 노는 것 같아. 쉽게 말해 머리로는 재빨리 계산하고, 가슴으로는 서슴없이 이익을 추구한다는 거지. 머리로는 대상을 냉정히 생각하고 판단하지만, 가슴으로는 따스한 감성과 감정을 느껴야 하거든. 헌데 요즘 애들은 그게 안 되는 거야. 무조건 이익, 쾌락, 탐욕, 경쟁, 이기심만을 위해 머리와 가슴을 사용하니까."
"그건 그래요."
"그러니 내가 열을 올리지 않을 수 있겠어?"
테오선배가 신경질적인 태도로 담배를 뻑뻑 빨아 댄다. 나는 아무런 반응도 보이지 않고 맥주를 들이켠다. 그가 전자담배 스위치를 끄며 큰소리로 투덜거린다.
"미국식이 아니면 이젠 어디서든 발을 못 붙인다는 게 문제야."
"그건 그런 것 같아요."
"모제도 그렇게 생각하지?"
"당연하죠. 나도 한국 사람인데."
"정말로 큰일 났어."
테오선배가 고개를 저으며 탄식조로 말한다. 나는 캔맥주를 찔끔거리다가 슬며시 화제를 돌린다.
"선배는 이제 어떡할 거죠? 러시아 유학은 틀린 것 같은데."
"여기서 배우고 있잖아. 소피아하고 안나한테서."
"하긴 그렇군요. 뭐든 배우긴 배우는 거니까요."
"그 애들을 보니까 러시아로 간다는 생각이 싹 달아났어. 유학을 가 봐야 별것도 아닐 테고. 생각해 봐. 경제 후진국에 가서 뭘 배우겠어? 여기에 남아 있는 게 낫지."
"그래서 아무 데도 가지 않겠다는 말이군요."
"그건 아니야."
"그러면?"
"이대로 정력을 소비하느니 어디로든 가야겠지."
"어디로요?"
"재산을 정리해서 시골로 내려갈 참이야. 도시는 이제 지쳤어. 더 이상 살기도 싫고 머물기도 짜증이 나. 도시에 있으면 자꾸 무언가를 잃어 가는 것 같거든. 그게 미국으로 인해서든 우리 스스로로 인해서든 말이야."
"그래서 자연 속으로 돌아간다고요?"
"물론이지. 도가나 유가사상도 결국 자연 친화적인 건 분명하니까. 그걸 경쟁적이면서 실리적인 서양사상이 동양적인 걸 가치 없게 만든 것뿐이지. 하지만 동양정신이 가치가 없는 건 아니야. 동양인들 자체가 그걸 중요시하지 않는다는 데 문제가 생기는 거지. 홍곡지기. 얼마나 좋아. 세상에 초연하고 은둔자적 살면서 먹을 만큼 일하고, 쓸 만큼 만들고, 멀리 내다보면서도 여유롭게 사는 삶. 그런 생활이라면 신선도 부러울 게 없을 거야."
"나도 어딘가로 떠나고 싶은 생각이 문득문득 들어요."
"그럴 거야. 도시는 이미 병들었고, 어느 곳이든 썩지 않은 데가 없으니까. 게다가 사람이 사람을 증오하고, 목적도 없이 살인을 하지. 한번 범행을 하면 끝도 없이 연쇄범행을 저지르고. 사소한 일로 이웃을 죽이고, 돈 때문에 동료를 배신하고, 편리를 위해 가족을 버리는 거야. 사람을 사회적으로 매장시키는 것도 마찬가지야. 몇 개 방송사가 나쁜 사람으로 몰아가면, 너도 나도 달려들어 그 사람 인생을 끝내 버리지. 신종 마녀사냥이라고 볼 수 있는데, 그걸 매스미디어가 주도한다는 점에서 충격적이야. 이런 게 다 가치관이 전도된 데서 오는 기현상이라고 보면 돼. 그런 점에서 보면 산속은 아직 물들지 않았다고 할 수 있지."
"그렇겠죠. 자연 속이라면."
"이 도시엔 사랑이나 진실 같은 아름다운 것들이 존재하지 않아. 여기에 남은 건 위선, 배신, 증오, 탐욕 같은 구역질나는 것들뿐이지. 자연 속에서는 그런 것들을 찾을 수 있을 거야. 사랑이나 진실, 희망 같은 것 말이야."
"그럴지도 모르죠."
테오선배가 식수를 몇 모금 마시고 느긋한 어조로 묻는다.
"유리는 찾았어?"
"못 찾았어요."
"어디로 갔는지도 모르는 거야?"
"대충 짐작 가는 데는 있어요."
"하기야, 요새는 너도나도 도시를 떠나니까. 실직자는 물론이고 직업이 있는 사람까지도 새로운 삶을 찾아 떠나시."

"유리도 비슷한 이유인 것 같아요. 어딘가 깊은 산속으로 들어갔는지도 모르고요."
"피여나한테도 소식이 없어?"
"없어요."
"어디에 있는지도 모르고?"
"네."
"크게 걱정하지 않아도 돼. 유리하고 피여나가 간 곳이 이상한 장소거나, 종교단체라면 그 전모가 드러났을 테니까."
"언젠가 내가 말했던 파라 있죠?"
"외국인만 상대한다는?"
"네."
"그 친구가 왜?"
"그 애도 떠나 버렸어요. 마담 지바도 미국으로 건너갔고 디나까지 자살했으니. 이제 내 주변 사람들은 모두 떠난 것 같아요. 혹시 사람이 떠나는 게 어떤 징후 같은 거 아닐까요?"
"징후?"
"네."
"글쎄, 도시나 문명에 대한 혐오감 정도 아닐까? 아니면 무슨 일이 일어나기 전에 보이는 자연발생적 행동이거나."
"자연발생적 행동이요?"
"이를테면 그렇다는 얘기지."
"요즘 애들은 위기의식마저 없으니."
"맞아. 진정한 위기만이 진정한 변화를 가져오는 건데 말이야."
"그건 그래요."
"그나저나 비는 언제 그칠 거야."
 테오선배가 자리에서 일어나 창문을 열어젖힌다. 나는 남아 있는 음료수를 마저 들이켠다. 그가 어둠이 드리워진 창밖을 바라보며 중얼거린다.
"이러다가 도시 전체가 물속에 잠겨 버리는 건 아닌지 모르겠어."
 나는 탁자 위에 놓여 있는 식수로 목을 축인다. 그가 창밖으로 보며 기지개를 한바탕 켠다. 나는 소파에서 일어나 창가로 다가간다. 후덥지근한 바람이 창문을 통해 몰려 들어온다. 나는 어둠에 잠겨 가는 도시를 바라보며 심호흡을 한다.

61

인간이 자기의 과류過謬[83]를 발견하거나 그가 긍정했던 자연의 질서와 그 자신이 자연에 대해 영향력을 행사할 수 있다고 믿었던 통제가 순전히 상상에 지나지 않았다는 것을 슬프게도 인정하지 않을 수 없을 때, 인간은 그 자신의 지식과 노력을 믿는 대신에 자연의 장막 뒤에 있는 어떤 보이지 않는 위대한 존재들의 자비심에 겸허하게 자신을 맡긴다. 그리하여 인간은 자연에게 한때 그가 월권행위를 했던 그 포괄적인 힘을 맡겨 버리는 것이다. - 프레이저의 「황금가지」 중에서

지진이 일어나든 여객기가 떨어지든 쿠킹점은 언제나 여학생들로 만원이다. 그들에게는 지진이나 쓰나미로 많은 사람이 죽는다는 게 큰 문제가 아닌 것 같다. 그런 재해들이 그들에게는 의미가 없는 것인지도 모르고. 내가 생각에 잠겨 있자 나래가 건너편 의자에 앉는다.
"뭐 좀 마실래요?"
"별로 마시고 싶은 생각이 없어."
"그럼 식사라도 하든가."
"글쎄."
홀 안에서는 비탄의 바다가 애잔하게 흘러 다닌다. 나와 나래는 잠시 홀을 울리는 음악을 듣는다. '등대의 불빛은 나를 위해서 빛나지 않아요. 나는 마치 길을 잃고 바다 위를 떠도는 난파선 같아요. 비탄의 바다에서 길을 잃은 배. 당신의 사랑에 대한 기억들. 얼마나 그대를 그리워했는지. 나는 눈물의 바다에 떠 있어요. 애증의 바다에.' 음악을 듣던 나래가 침울한 목소리로 말한다.

---

83) 과류過謬 : 잘못된 일이나 허물

"마리가 자살하기 전에 한 말이 있어요."
"어떤 말을?"
"자기도 유리언니처럼 살고 싶었대요. 아름다운 미래를 꿈꾸면서."
"마리가 그런 말을 했어?"
"그때는 몰랐는데, 지금 생각해 보니까 죽으려고 그랬던 것 같아요."
"무척 외로웠나 보군."
"언니가 집을 나간 뒤로는 더 그랬어요. 나는 그것도 모르고 핀잔만 줬으니."

 나는 흩뿌리는 비를 보며 한숨짓는다. 나래가 자조적인 어조로 힘없이 입을 연다.
"그래서 더 자신을 학대했던 것 같아요. 테크노바 같은 데도 일부러 들락거리고. 그런데다가 피피라는 고양이까지 사라졌으니 완전히 혼자가 됐다고 생각한 거죠."
"……"
"오빠 얘기도 했어요."
"내 얘기? 무슨?"
"오빠한테 미안하대요. 너무 떼쓰고 까불어서. 오빠한테 했던 행동들도 모두 용서해 달랬어요. 돌이켜보니까 그런 것들이 자신을 정리하느라고 한 말 같아요."
"누구든 죽기 전에 주변을 정리하는 법이니까. 그래 유리 얘기는 안 했어?"
"유리언니 얘기도 했어요."
"어떤 얘기를 했는데?"
"언니한테 야속하게 굴었는데, 그건 진심이 아니라고요. 유리언니가 돌아오면 자기가 한 말을 꼭 전해 달라고 그랬어요."
"그 외에 다른 얘기는 없었고?"
"지배인인가 집주라는 영감님 얘기도 했어요."
"그래?"
"그 영감님한테서 전화가 왔는데, 유리언니가 잘 있으니 걱정 말라고 그랬대요. 그리고 구태여 언니를 찾지 말라고 했대요. 찾아서 될 일이 아니라고요."

"……"

"아빠 엄마한테도 편지를 남겨 놓았어요. 아빠 엄마를 너무너무 사랑한다고요. 그동안 못되게 굴어서 죄송하고, 이렇게 할 수밖에 없는 자신을 용서해 달라고 했어요. 마지막으로 이 세상엔 신 같은 게 존재하는지 모른다고 그랬어요. 그래서 자신을 벌하는 거라고요."

"그런 말까지 했어?"

"죽으려니까 비로소 철이 든 것 같아요."

"우리는 잘 모르는 것을 굳게 믿는 동물이니까. 모든 걸 알고 있는 신하고 달리."

"그게 무슨 말이에요?"

"신은 확신을 가지고 판단하지만, 인간은 자신이 믿는 것을 끝까지 관철시키려는 무지한 존재라는 얘기야."

"마리가 불쌍해요. 바보 같기도 하고."

"마리가 죽음을 선택하는데 영향을 준 게 무얼까? 이성일까, 오성일까, 지성일까, 감성일까, 신일까?"

"오빠는 이 순간에 그런 말이 나와요?"

"그것들 중 하나가 마리를 부추긴 건 사실이잖아."

"어쨌든 마리는 영원히 돌아올 수 없는 곳으로 갔어요."

　나래는 말을 하고 손등으로 연신 눈물을 찍어 낸다. 나는 나래의 작은 등을 가만히 두드려 준다. 스피커는 여전히 비탄의 바다를 노래하고 비는 그칠 줄 모른다. 마리는 넓고 푸른 하늘을 끝없이 날고 싶었는지 모른다. 그래서 58층이나 되는 빌딩 옥상에서 몸을 던진 것이고. 20살의 파랑새는 그렇게 자신이 가지고 있는 확신의 세계로 돌아갔다. 이 세상을 마음껏 뛰어다니고 한껏 소리치고 심각하게 고민하다가. 나는 우울한 마음으로 쏟아지는 비를 바라본다. 어쩌면 삶이나 죽음이 신의 뜻에 의해 이루어지는 것인지 모른다는 생각을 하며.

62

건전한 사회는 사람이 어떤 목적에 대한 수단이 되지 않고, 항상 목적 그 자체가 되는 사회이어야 할 것이며, 따라서 인간적인 의도가 아닌 목적에 어느 누구도 이용돼서는 안 되며, 어디까지나 사람이 중심이 되어 그 이외의 모든 정치, 경제적인 활동은 이러한 목적에 종속되고 삼투渗透[84]되는 사회여야 한다. - 프롬의 「건전한 사회」 중에서

비는 줄기차게 내리고 사람들은 분주히 오간다. 나는 승용차 등받이를 뒤로 젖히고 눕는다. 이카로스가 이곳에 나타날 확률은 1퍼센트도 안 된다. 그 1퍼센트도 안 되는 확률이라도 무시할 수가 없다. 그게 범인을 쫓는 폴리스들의 법칙이고 형사들의 불문율이다. 류대가 권총을 빼 들고 약실에서 실탄을 하나하나 뽑는다. 카스테레오에서는 계속 경쾌한 경음악이 튀어나온다. 류대가 콧노래를 흥얼거리며 뽑은 실탄을 다시 장전한다. 류대는 천진난만한 행동을 무의식적으로 반복한다. 나는 어린애처럼 행동하는 류대를 망연히 바라본다.
"내 얼굴에 뭐가 묻었어?"
"아니 그냥."
류대가 실탄이 장전된 약실을 빙글빙글 돌리며 웃는다. 나는 비가 뿌리는 차창 밖으로 시선을 던진다. 쏟아지는 비를 맞으며 사람들이 바쁘게 인도를 오간다. 무언가를 찾거나 어떤 것을 이루기 위해서. 류대가 또다시 권총을 들고 장난을 시작한다. 사람을 죽이는 데 사용되는 불가사의한 장난감을 들고. 류대가 왜 그런 행동을 하는지 아무도 모른다. 어떤 대상을 향해 총을 쏘고 싶은 것이라는 추측밖에는.
"뭐 재미있는 일 없을까?"
류대가 권총을 총집에 찔러 넣으며 중얼거린다.
"비는 쏟아지고 이카로스는 나타나지 않고."
"……"

---

84) 삼투渗透 : 액체 등이 스며드는 것, 또는 (주로 추상적인 사물이) 침투함.

"유리 찾는 일은 어떻게 됐어?"
류대가 갑자기 생각났다는 듯이 묻는다.
"유리?"
"파라다이슨가 뭔가 하는 극단을 찾아가 본다고 그랬잖아."
"아 파라다이스 극단, 거기 문을 닫았어."
"왜?"
"공연 기간이 끝났나 봐."
"그럼 다음 공연 일정은?"
"그것도 잘 몰라. 그 부근에 마리가 살았는데, 그 애도 자살했거든."
"마리가 자살해?"
류대가 놀랐다는 듯이 눈을 동그랗게 뜬다. 나는 차창 밖을 보며 고개를 끄덕인다. 류대가 거칠어진 숨을 안으로 삼키며 재차 확인한다.
"정말 마리가 죽었단 말이야?"
"음 죽었어."
"언제?"
"며칠 전에."
"이유는?"
"나도 몰라."
류대가 쏟아지는 빗줄기를 한동안 멍하니 바라본다. 나는 허공을 향해 길게 한숨을 내쉰다. 한참 동안 말이 없던 류대가 큰소리로 투덜거린다.
"요새 애들 정말 문제야. 툭하면 자살을 하니."
"……"
"자살하는 게 뭐 큰 유세야?"
"……"
"그나저나 안됐다. 겨우 스무 살밖에 안 먹었는데. 하긴 내가 아는 스무 살짜리 애도 한강대교에서 뛰어내렸으니까."
"네가 아는 애도?"
"음."
"누구?"
"미재라고 사신노 씌어 놨어."

류대가 뒷좌석에 던져둔 스크랩북을 집어 들고 펼친다. 나는 허리를 숙이고 스크랩북을 들여다본다. 형사수첩 크기의 스크랩북에는 수많은 여자성기 사진이 있다. 10대부터 20대, 30대, 40대, 50대까지. 여자들은 하나같이 다리를 벌린 채 성기를 노출한 상태다. 어떤 여자는 크게, 어떤 여자는 작게, 어떤 여자는 선명하게. 예상대로 사진 하단에 성명, 나이, 만난 날짜, 섹스 시간, 신체 특징, 성기 사이즈, 화산 이름이 표기되어 있다. 류대가 자랑스럽다는 듯이 한 여자애 성기를 가리킨다.
"이 애야. 바기나[85]가 귀엽고 예쁘게 생겼지?"
"……"
"작고 아담하고 털도 적당히 났고."
"……"
"근데 이 애는 좀 달라. 이소라는 아인데, 예쁜 이름과 달리 바기나가 독특해. 털도 수북하게 났고. 언뜻 보면 시뻘건 용암을 내뿜는 에트나 화산을 닮은 것 같아."
"화산?"
"음, 화산."
"왜 화산에 비교하지?"
"둘 다 생명활동을 하니까."
"그 애도 자살한 아이 중 하나야?"
"아니."
"그럼 데리고 잔 애겠군."
"당연하지."
"하여간…"
"생각해 봐, 이렇게 귀여운 애가 죽는다면 너무 아깝잖아. 나이도 열여덟 살밖에 안 됐는데. 여길 잘 봐. 클리토리스가 엄지손가락처럼 크잖아. 밖으로 불룩하게 튀어나와 있고. 하도 신기해서 혀로 슬쩍 터치하니까 부르르 떨더라고. 잘 만났다 싶어서 다리를 들어 양쪽 어깨에 올리고 빨고 물

---

85) 바기나(Vagina,膣): 여성의 생식 기관의 하나로 자궁과 외부를 연결하는 통로. 자궁으로부터 외음부의 질전정(腟前庭)에 이르는 관상(管狀)의 기관으로 교접기와 산도(産道)를 겸한다. 이 소설에서 바기나는 여성의 생식기 외부 전체를 의미한다.

고 핥았지. 예상대로 자지러지면서 흑흑 울더라니까. 한바탕 컬리닝구스를 한 뒤 인서트 자세를 취했어. 내 태도를 보더니 자기도 똑같이 하겠다는 거야. 그래서 침대에 큰대자로 누운 채 페니스를 맡겼지. 십 분간 빨고 핥고 깨물고 목구멍 깊이 넣더라고. 펠라티오가 정점에 이르렀을 때 사정했는데 꿀꺽꿀꺽 삼켰어. 사정한 내가 더 놀랐다니까. 하도 능숙하게 자극하고 빨고 받아먹어서."

"……"

"일차 섹스가 끝났는데, 페니스를 물고 잠을 자겠다는 거야. 페니스를 입에 물면 잠이 잘 온다나. 기분이 가라앉고 마음이 평온해진다나. 고향에 온 것 같은 기분이라고 그랬을 거야. 마음대로 하라고 그랬지. 말이 떨어지기 무섭게 배 위에 얼굴을 올리고 옆으로 눕는 거야. 그리곤 사십오 도로 뻗친 페니스를 입에 물고 눈을 감았어. 처음에는 기분도 좋고 쾌감도 일었지. 그런데 페니스가 점점 커지면서 통증이 일더라고. 입에서 빼낼 수도 없고, 잠을 깨울 수도 없고 난감하더라니까."

"페니스를 입에 물고 잠을 잤다고?"

"그랬다니까."

"알 수 없는 애군."

"한 이십 분 정도 자고 일어나더니 생글생글 웃는 거야. 달콤하게 한숨 잘 잤다고. 그러면서 가끔 페니스를 빌려 달래. 잠을 푹 자는 데 페니스만한 것이 없다나. 이소가 글쎄 '사랑은 섹스 횟수하고 비례한다.'고 말하는 거야. 어찌 보면 섹스 중독증에 걸린 것 같기도 하고, 페니스 중독증에 걸린 것 같기도 하고. 이소는 바기나가 칠 센티고, 클리토리스는 삼십오 미리야. 특이한 건 바기나가 진한 붉은색을 띠고 있다는 점이야. 바기나 색깔도 예쁘지만 입은 왜 또 그렇게 작고 섹시한지. 페니스가 입에 들어가면 빈틈이 없을 정도거든. 아무튼 이소는 매력이 풀풀 넘치는 애야. 얼굴도 섹시하고 행동도 톡톡 튀고, 특히 마음이 툭 터졌어. 하얀 피부에다가 쭉 빠진 몸매, 불룩한 가슴, 가는 허리, 탄탄한 엉덩이. 이 애가 내 페니스에 이름을 붙였다니까. 뿌따라고. 남자라면 누구든 껴안고 뒹굴고 싶은 아이야."

"……"

"여화라는 애는 바기나가 카우리조개처럼 생겼잖아. 막 용암을 터뜨리는 사쿠라지마 화산처럼 역동적으로 보이고. 이 애는 바기나 크기가 구 센티고, 클리토리스는 삼십삼 미리쯤 돼. 이런 아이들이 섹스 반응이 뛰어난 스타일이라고 볼 수 있어. 페팅을 해도, 컬리닝구스를 해도, 인서트를 해도, 몸부림치고 소리를 질러대거든. 툭 불거진 클리토리스를 물고 흔들면 아예 숨이 넘어가. 이 애는 섬에 데리고 가서 첫 섹스를 한 것 같아. 오후 한 시 이십 분, 을왕리 부근 어디쯤이지. 근데 놀라운 건 질구가 페니스를 조였다 풀었다 하는 거야. 그런 성기를 가진 애는 처음 봤어. 그것도 열아홉 살짜리가. 페니스를 빼려고 해도 질구가 꽉 잡고 놓아주질 않아. 그야말로 천하에 몇 안 되는 명기인 거야. 몇 번 더 만나서 미친 듯이 섹스를 했다니까. 페니스 조이는 느낌을 잊을 수가 없어서. 그 뒤에 임신했다고 전화를 걸었더라고. 해결해 줬는지 알 수가 없어."

"……"

"소라는 바기나가 팔 센티고 클리토리스는 십 미리야. 눈에 띄는 별다른 특징도 없고. 그래서 그런지 아무리 쑤셔도 반응이 없어. 겨우 아아, 아아, 소리만 가늘게 내는 거야. 포지션이 조금만 불편해도 신경질을 부리고. 섹스도 자기가 주도하려 들고, 내 입에 자꾸 손가락을 넣어. 내가 식스티나인을 시도하니까 '그건 나중에 해요.' 하는 거야. 소라한테 매력을 찾는다면 목소리가 예쁘다는 점이고, 키가 늘씬하게 쭉 빠졌어. 특이한 건 바기나 주변에 털이 하나도 없다는 거야. 그 유명한 화이트 바기나라는 거지. 어찌 보면 차가운 빙하에 둘러싸인 에이야프얄라요쿨 화산 같기도 해. 언젠가 여행 가서 호텔에 투숙했는데, 옷을 벗으면서 인서트는 안 된대. 왜냐고 물었더니 사순절 기간이라서 섹스를 할 수 없다나. 어쩔 수 없이 키스를 하고, 젖꼭지를 빨고, 페니스로 바기나를 문질렀지. 그 시간이 십 분에서 십팔 분쯤 걸렸는데, 딱 거기까지만 허락하고 뿌리치는 거야."

"……"

"그 다음에 있는 주은이는 클리토리스가 코처럼 길게 늘어졌어. 잘 봐. 예쁘기도 하고 귀엽기도 하고 신비롭기도 하잖아. 멋도 모르고 클리토리스에 혀를 댔다가 깜짝 놀랐다니까. 숨이 넘어가는 것처럼 끄륵끄륵 해서. 주은이는 바기나가 구 센티고, 클리토리스는 삼십칠 미리쯤 돼. 쉽게 볼 수 없는 대형 클리토리스지. 그래서 그런지 성감대가 한두 군데가 아니야. 머리끝에서 발끝까지 모두 성감대고 급소야. 특히 귓불하고 젖꼭지를 빨면 숨이 넘어가는 소리를 내. 귓구멍이나 목덜미도 마찬가지고. 소음순이나 클리토리스는 더 말할 것도 없어. 길쭉한 클리토리스가 마치 에레부스 화산을 보는 듯했어. 이 애하고는 식스티나인을 많이 했던 것 같아. 인서트보다는 그걸 더 좋아했으니까. 주은이는 목소리가 예쁘고 특히 웃는 모습이 귀여워. 그래서 즉흥시 십여 편을 써 줬지."

"교토대 문과 출신이라는 걸 증명해 줬군."

"헌데 이 애 특징은 음악성이 천재적이라는 거야. 한번 피아노 음률을 들으면 잊지 않고 따라 칠 수가 있어. 그래서 그런지 노래도 가수 뺨치게 잘해. 노래방에 가면 무조건 백 점이 나와. 놀라운 건, 열아홉 살짜리가 삼개 국어를 구사한다는 거야. 영어하고 불어, 일본어지. 일본어가 잘 통해서 나하고 더 가까워졌는지도 몰라. 모텔에 들어갈 때마다 일본어를 썼거든. 섹스를 하면서도 일본어를 중얼거리는 거야. 하야꾸 하야꾸 하면서. 프릭션이 조금만 느슨해져도 모또 모또 그러는 거야. 좀 더 좀 더, 라는 말이지. 호흡이 가빠지고 참을 수 없으면 이쿠요 이쿠요 하고. 아마 장난치느라고 그랬을 거야. 몇 번인가 산부인과에 같이 갔지. 그래도 주은이는 모든 면에서 사랑스런 아이야. 이 애는 주로 오후 일곱 시에서 열두 시 사이에 만났어."

"……"

"가연이라는 애는 스무 살인데, 섹스 반응이 너무나 좋아. 한마디로 말해 바기나 덴타타야. 컬리닝구스를 할 때부터 깨물고 할퀴고 물어뜯었으니까. 온몸이 물리고 뜯기고 할퀸 자국 천지야. 그런 상태로 컬리닝구스를 하다가 페니스를 삽입했지. 프릭션을 하는데 숨을 몰아쉬면서 끅끅거리는 거야. 입에서 뜨거운 열기를 확확 토해 내면서. 깜짝 놀라서 페니스를 뺐더니 질구가 푸르르 떠는 거야. 다시 인서트했더니 푸걱푸걱 소리를 내더라고. 질구가 페니스를 빨아들이고 내뱉는 소리 같았어. 흥분한 질구가 숨을 몰아쉬는 소리 같기도 하고. 다시 인서트를 하니까 끄윽끄윽 하는 거야. 본격적으로 프릭션을 할 때는 아예 숨을 못 쉬었어. 대음순하고 소음순, 클리토리스가 특이해서 그런가 봐. 대음순이 십이 센티, 소음순이 칠십 미리, 클리토리스가 삼십 미리쯤 됐거든. 이 애는 바기나가 킬라우에아 화산을 닮았어. 조금만 건드려도 용암이 펄펄 끓어오르면서 흘러내리니까."

"……"

"헌데 이차 섹스 때는 또 달랐어. 손가락 끝으로 지스팟을 문지르니까 '나 죽이려고 그래?' 하고 소리치는 거야. 놀라운 건 극도로 흥분했을 때 질구 안쪽이 핏빛처럼 빨갛게 변한다는 점이야. 마치 분화구 안에 있는 시뻘건 용암을 보는 것 같았지. 그 상태에서 페니스를 삽입하고 강하게 프릭션하니까 정신을 놓았어. 너무 겁이 나서 허둥지둥 페니스를 뺐지. 그랬더니 정신이 돌아오더라고. 정신이 든 다음에는 조심스럽게 프릭션을 했어. 가연이는 바기나 깊이가 십 센티고, 지스팟은 사십 미리쯤 돼. 특이한 건 닭 벼슬처럼 생긴 대음순이 바기나를 감싸고 있다는 점이야. 가연이도 이 소나 주은이처럼 펠라티오를 좋아했어. 페니스를 빨아 대느라고 사정을 해도 모를 지경이니까. 하도 깨물고 핥아서 문어 대가리처럼 퉁퉁 부을 정도였으니 말하면 뭐 해."

"……"

"가연이는 키도 작고 몸매도 얄상한데, 섹스감은 단연 으뜸이야. 컬리닝구스를 하면 몸부림치면서 모텔이 떠나가도록 소리를 지르거든. 일하는 여자들이 놀라서 방문 앞을 기웃거렸으니까. 특이한 건 바기나처럼 입도 크다는 거야. 조금만 웃어도 입꼬리가 귀에 가서 걸릴 정도였어. 가연이하고도 식스티나인을 많이 했어. 내가 눈빛만 보내도 자세를 잡아 줬거든. 더 깜찍한 건 이 애가 섹스를 끝내고 내뱉은 말이야. '오빠는 완벽한 섹스 퍼포머야.' 하고는 '떠나고 싶으면 언제든지 떠나도 돼.' 하는 거야. 진심으로 하는 말인지, 그냥 던지는 말인지 알 수가 없었어. 가연이는 섹시한 신음소리 때문에 많이 만난 것 같아. 미친 듯이 질러대는 신음소리를 들으면 없던 힘도 생기거든. 이 애하고의 섹스 타임은 오후 세 시에서 아홉 시 사이였어."

나는 말없이 여자 성기가 스크랩된 사진을 훑어본다. 류대가 사진첩을 한 장 한 장 넘긴다.

"그 다음 장에 있는 소이라는 애는 딱 두 번 만났어. 우리가 잠복한 다음

날 있잖아. 이카로스가 시내에 나타난 다음날 말이야."

류대는 애써 기억을 환기시킨다. 나는 시큰둥한 어조로 대꾸한다.

"그래서?"

"변사사건 신고가 들어와서 나가 봤더니, 이 애가 아파트 화단에 떨어져 죽어 있더라고. 그래서 변사사건 보고용 사진을 몇 장 찍어 뒀지. 근데 이 애 바기나는 보통 여자들하고 달라."

"다르다니?"

"잘 봐. 바기나가 바깥으로 돌출돼 있잖아. 주둥이가 툭 튀어나온 것처럼 말이야. 어찌 보면 크라카타우 화산을 닮은 것 같기도 해."

"조금 다르긴 다른데."

"다른 정도가 아니라 특이하지. 그래서 섹스도 폭발하는 활화산처럼 무지막지하더라고. 페니스 껍질이 벗겨질 지경이었으니까. 바기나가 구 센티에 클리토리스는 십오 미리 정도였어. 열아홉 살인데도 알 건 다 알고, 익을 대로 다 익은 아이야. 섹스 타임은 아홉 시에서 열한 시 사이였지. 문하라는 애는 열여덟 살인데, 몸매가 모델처럼 쭉 빠지고 볼륨미가 넘쳐. 키가 백칠십 센티도 넘으니까 알만할 거야. 문하 특징은 유방이 공처럼 크고, 엉덩이가 동그랗고 탐스럽다는 점이야. 입으로 물어뜯고 싶을 정도였어. 문제는 밋밋하고 특징 없는 바기나를 가지고 있다는 거야. 평지처럼 보이는 가우아 화산을 닮았다고 할까. 터지기 직전의 포포카테페틀 화산을 닮았다고 할까. 아무튼 클리토리스도 크지 않고, 소음순도 대음순도 미미해. 바기나가 칠 센티고, 클리토리스가 십이 미리 정도니까. 바기나 때문인지 신음소리가 작고 미미해. 땀을 뻘뻘 흘리면서 해도 마찬가지였어. 유방 사에 페니스를 끼우고 프릭션을 했더니 숨소리가 거칠어지더라고. 그 바람에 정액을 발사했는데, 입안으로 쏙 들어간 거야. 간신히 사정을 했다니까. 첫 섹스를 새벽 한 시에서 두 시 사이에 한 것 같아. 여정이라는 스무 살짜리 애는 더 최악이었어."

"왜?"

"섹스감이 전혀 없었으니까."

"그런 여자도 다 있어?"

"어느 정도라면 말을 안 해. 이 애는 내음순, 소음순, 클리토리스까시 질구 안으로 들어가 있어. 겉으로 보면 털도 별로 없이 일자야. 시커먼 화산재가 쌓여 있는 허르그 사화산 같아. 그래서 그런지 아무리 쑤셔도 꼼짝을 않는다니까. 결국 신음소리 한마디 듣지 못하고 끝냈지. 쪼그라든 페니스를 보고 여정이가 종알거리는 거야. '오빠는 자라고추인가 봐. 자라고추가 무섭다는데.' 그래서 내가 말해 줬지. '페니스에는 두 가지가 있는데, 자라고추하고 막대고추야. 막대고추는 커지지도 작아지지도 않는 게 특징이지. 반대로 자라고추는 삼 센티까지 작아졌다가 다섯 배까지 커져. 궁금하면 직접 해 봐.' 내 말을 듣고 여정이가 작아진 페니스를 입에 넣고 빨기 시작했어. 그러니까 이 초 후에 탱탱하게 일어서더라고. 아마 이 초도 안 걸렸을 거야."

"별 짓을 다 시키는군."

"여정이는 컬리닝거스를 해도, 식스티나인을 해도, 키스를 해도, 젖꼭지를 빨아도 별 반응이 없어. 바기나 때문인지, 선천적인 건지 알 수가 없어. 바기나가 칠점오 센티에 클리토리스는 십 미리도 안 돼. 내가 프릭션을 하면서 '무슨 소리라도 내 봐.' 하니까 '내 입에서 신음소리가 터지게 만들어 봐요.' 하는 거야. 여정이 입에서 신음이 터지게 만들려다가 내가 신음을 터트리고 말았어. 페니스가 퉁퉁 붓고 껍질이 찢어져서. 그래도 장점이 전혀 없는 건 아니야. 몸매 하나는 끝내주거든. 백육십칠 센티의 키, 보디빌더 같이 튀어나온 근육, 거무스름한 피부, 탄탄한 허벅지, 가는 허리, 넓은 가슴, 큼직한 유방, 동그랗고 큰 엉덩이, 남자보다 큰 키, 서구적인 얼굴, 착한 마음씨. 미스보드빌더에 나가도 될 것 같은 아이야. 섹스 타임은 오후 일곱 시에서 아홉 시 사이였어."

"……"

"미조는 열아홉 살인데, 몸이 통통한 게 특징이야. 살이 쪄서 그런지 바기나가 칠 센티쯤 됐어. 클리토리스는 영점오 센티고, 털도 서너 개 밖에 나지 않았지. 전체적으로 바기나가 작고 아담한 민둥산 같아. 입을 꽉 다물고 있는 틀리마 화산 비슷하다고 할까. 키도 작고 유방이나 엉덩이는 밋밋한 편인데, 피부는 눈처럼 하얘. 미조 문제는 페니스를 꽂고 아무리 휘저어도 잠을 잔다는 거야. 술에 취한 것도 이유겠지만, 그렇게 둔감할까. 이 애도 결국 나 혼자 낑낑거리다가 떨어져 나왔지. 조금은 미안한지 오

분간 열심히 페니스를 빨더라고. 섹스가 재미없으니까 자꾸 노래방이나 영화관엘 가자는 거야. 거길 가면 스트레스가 확 풀리나 봐. 그래도 마음씨 하나는 선하고 착해. 얼굴도 동그랗게 생겼고, 목소리에 힘이 넘치고 섹시해. 목소리만 들어도 페니스가 설 정도라니까. 이 애하고는 폰섹스도 여러 번 했어. 첫 섹스는 새벽 세 시에서 네 시 사이에 했던 것 같아."

"……"

"우경이는 스무 살인데, 물이 잘 나오지 않아. 바기나가 육점오 센티고, 클리토리스는 영점팔 센티쯤 돼. 바기나가 꼭 카얌베 화산 같다고 할까. 오래 전에 생명활동을 멈춘 화산 있잖아. 소리도 없고, 움직임도 없고, 용암도 없는 화산 말이야. 바기나가 사화산 같아서 그런지 삽입하고 몇 번 프릭션하면 아프다고 호소해. 제일 길었던 시간이 십 분이야. 이소나 가연이, 주은이는 한 시간 정도 하거든. 페팅이 이십 분 걸리고 동시오럴이 십 분, 나머지 삼십 분은 인서트 상태로 하는 거지. 모든 교접자세를 번갈아 사용하면서 말이야. 우경이는 펠라티오를 꽤나 좋아했어. 페니스를 가지고 장난치고, 빨고, 핥고 그랬지. 그런데 우경이가 페니스를 입에 문 채 묻는 거야."

"오빠 페니스는 발기했을 때 몇 센티야?"

"잠시 당황했지만 곧 대답해 줬지. '길이는 십육 센티고, 직경이 삼점팔 센티, 귀두 직경이 사점오 센티 정도 돼.' 그랬더니 이 계집애가 글쎄 최소한 십칠 센티는 돼야지, 하고 중얼거리는 거야. 외국인은 평균 십팔 센티라나. 큰 사람은 이십 센티도 넘고. 외국인을 이상형으로 생각하고 있는 것 같았어. 그래서 그런지 영어를 뛰어나게 잘해. 동급생들을 지도할 정도니까. 이 애도 임신했다고 그랬는데, 어떻게 됐는지 모르겠어. 전체적으로 머리 좋고 천재 형인데, 섹스감만 좋으면 결혼이라도 하고 싶은 아이야. 이 애하고는 멘스기간이라서 오럴섹스를 먼저 했어. 그러니까 펠라티오지. 시간은 오후 아홉 시에서 열 시 사이야. 근데 특이한 애들도 많아."

"특이한 애들?"

"섹스를 기형적으로 하는 애들 말이야. 구선이, 미성이, 유정이, 다민이, 성아, 묘서, 지수, 수경이, 미소 같은 애들이지. 구선이는 바기나가 십 센티에, 클리토리스는 이십 미리야. 이 애는 하룻밤에 열 빈 정도는 해. 페니스가 죽으면 입으로 세워서 계속하거든. 페니스가 아프든 붓든 피가 나든 상관을 안 해. 시도 때도 없이 용암을 뿜어내는 니야무기라 화산 같아. 한번 끓어오르면 끝도 없이 솟구치는 용암 같다고나 할까. 이제 겨우 스무 살인데, 나보고 기다려 달라는 거야. 대학을 마치는 대로 결혼식을 올리겠다고. 얼마나 놀랬는지 알아? 밤새 섹스하는 애하고 결혼이라니. 그래도 얼굴이나 키, 몸매는 육체파 여배우 못지않아. 첫 섹스는 새벽 한 시에서 두 시 사이였어. 그 뒤로 네 번은 더 했지만 말이야."

"대단하구만."

"미성이는 '사랑해' 라는 글자를 등에 써달라는 거야. 정액이 흐르는 페니스로. 바기나가 칠 센티에 클리토리스는 십 미리였어. 섹스 타임은 오후 여덟 시에서 아홉시 사이이고. 유정이는 페니스 삽입은 별로고, 바이브레이터에 그레이스겔을 바르고 프릭션을 하래. 자신은 사정할 때까지 펠라티오를 할 거라며. 유정이 특징은 털이 없고, 바기나가 팔 센티에 클리토리스는 십오 미리쯤 돼. 몸이 통통하고 살이 쪄서 그레이스겔을 좋아하는 것 같았어. 섹스 타임이 오후 일곱 시에서 여덟 시 사이였어. 다민이는 사정을 뺨에다 하라는 거야. 정액으로 피부 마사지를 하겠다고. 정액이 고순도 단백질이어서 어떤 화장품보다 좋다나. 얼굴에 정액을 쏘아 준 시간은 아홉 시 십 분이었을 거야. 다민이나 미성이, 구선이는 밴드모임에서 처음 만났어. 그러다가 채팅으로 이어지고, 다시 화상섹스를 하다가, 직접 만나서 섹스를 한 케이스야. 만나는 과정이 특이해서 그런지 이 애들 섹스도 과감하고 괴이해."

"……"

"괴이한 건 성아도 마찬가지야. 성아는 민감한 부위를 깨물어 달래. 자기도 나를 깨물겠다고. 나는 성아 바기나를 물고, 성아는 내 페니스를 물었어. 상처를 내지 않을 정도로 깨물고 핥고 비비는 거지. 완벽한 식스타인 자세로 말이야. 성아는 바기나가 십 센티에, 클리토리스는 이십오 미리쯤 됐어. 섹스 타임은 오후 일곱 시에서 여덟 시 사이고. 묘서는 열아홉 살인데, 항문을 빨아 달래. 깜짝 놀라서 다시 쳐다봤다니까. 가연이하고 주은이 항문을 빨아 준 것 같기는 해. 술이 머리끝까지 취해서 그랬던 건데, 맨 정신에는 쉽지 않더라고. 소주를 세 컵 들이켜고 빨았지. 묘서도 내 항문을 빨았어. 나는 감각을 모르겠는데, 묘서는 엉덩이를 떨면서 윽윽거리는 거야. 바기나가 팔 센티에 클리토리스는 십삼 미리쯤 됐어. 묘서하고 한 첫 섹스는 새벽 한 시에서 세 시 사이였을 거야. 지수도 묘서처럼 색다른 앤데, 이 애는 애널섹스를 요구하더라고. 그쪽이 질구보다 민감하다나 쾌감지수가 높다나. 그래서 페니스를 항문에 꽂고 쓰러질 때까지 해 줬지. 그랬더니 정식으로 사귀자는 거야. 묘서 바기나는 어떤 애들보다도 작았어. 육 센티에 클리토리스가 영점오 센티쯤 됐으니까. 섹스 타임은 오후 여섯 시에서 여덟 시 사이였고."

"……"

"수경이라는 애도 아주 공격적이었어. 우경이를 데리고 여행을 갔는데, 언니인 수경이가 따라온 거야. 대학교 일학년인가 이학년인가 그랬어. 문제는 우경이하고 섹스를 하고 난 뒤였어. 캄캄한 방 안에서 알몸으로 잠들었는데, 누군가 문을 열고 들어와서 페니스를 빨아 대는 거야. 그때가 새벽 두 신가 세 시쯤 됐을 거야. 너무 캄캄해서 얼굴은 식별할 수 없었는데, 우경이하곤 모든 게 달랐어. 우경이는 몸매가 마르고, 엉덩이도 작고, 유방도 밋밋하고, 바기나도 작거든. 섹스 시간도 짧고 감도 떨어지고. 헌데 나중에 들어온 애는 바기나도 크고, 유방, 엉덩이, 허벅지도 탄탄했어. 물도 잘 나오고, 펠라티오 반응도 누구보다 격렬했지. 그래서 온몸 페팅으로 시작해서 지스팟, 컬리닝구스, 식스티나인, 인서트까지 돌아가며 했어. 질척하고 끈적하고 미친 듯한 섹스였어. 땀으로 온몸이 범벅이 될 지경이었으니까. 지금도 미스터리야. 그 애가 우경이었는지, 수경이었는지. 아니면 또 다른 누구인지. 그런데 돌아오는 차 안에서 우경이가 슬쩍 묻는 거야. '왜 하룻밤에 두 번 한다고 얘기 안 했어요?' 그래서 시원스럽게 대답해 줬지. '나 하룻밤에도 서너 번은 하는 스타일이야.'"

"……"

"특이한 건 미소라는 애야. 미소는 열아홉 살인데 쭉 빠진 몸매하고 귀여운 얼굴, 투명한 눈동자, 하얀 피부를 가지고 있어. 예쁜 이름처럼 온실에서 고이 자란 청순한 애지. 그런데 이애 바기나가 좀 특이해서 오르가슴에 도달하면 물을 내뿜어. 식스티나인 때는 더 많은 양을 쏟아내고. 마치 툰드라와 화산이 용암을 뱉어내는 깃 같아. 지구 깊은 곳에서 용암을 끌어 올려 대지를 흠뻑 적시는 것처럼 말이야. 미소는 바기나가 십 센티고, 클리토리스는 이십 미리야. 첫 섹스를 오후 세 시에서 다섯 시 사이에 했어. 문제는 이 애 몸에 물이 계속 차오른다는 거야. 생리적 반응인지, 욕망적 반응인지, 심리적 반응인지는 알 수가 없어. 특이한 건 물이 차오를 때마다 어떤 행동을 하지 않으면 안 된다는 거지. 그러니까 배꼽까지 차오르면 열매에다가, 가슴까지 차오르면 성기 비슷한 것에다가, 목까지 차오르면 사람한테 풀지 않으면 안 된대. 기이한 행동까지 하면서. 그런데 그 기이한 행동이라는 게 또 충격적이야."

"별 여자애들을 다 만나는군."

"그리고 푸른이라는 애는 고교 삼학년인데, 삼십삼 층에서 뛰어내렸어."

"이유는?"

"공부가 싫어서야. 근데 무척 아깝더라. 얼굴도 예쁘고 몸매도 쭉 빠지고 바기나도 특이했는데."

"바기나가 특이해?"

"음, 귀처럼 넓은 대음순이 십일 센티나 되는 바기나를 온통 뒤덮고 있거든. 이십 오 미리쯤 되는 클리토리스는 소음순이 덮고 있고."

"그 정도라면 특이는 하겠다."

"특이 정도가 아니야. 하늘이 준 선물이지. 그런데 이 애는 너무나 아까워."

"뭐가 아깝다는 거야?"

"펴 보지도 못하고 죽었으니까. 하지만 푸른 하늘을 시원스럽게 날아는 봤어."

"……"

"섹스를 해 보지도 못하고 놓아준 애들도 많아. 정확히 말하면 못한 게 아니라 안 한 거지."

"네가 설마?"

"정말이라니까. 수명이, 이교, 하나, 명서, 희서, 소정이, 정서, 미하, 여금이, 명전이, 이홍이, 기숙이, 미주, 이진이, 요주, 자현이, 오신이, 여전이, 연지, 저원이, 서희 같은 애들이야. 여기 봐, 이름하고 신체적 특징, 만난 시간을 빠짐없이 적어 놨잖아. 이 애들은 정말로 건드릴 수가 없었어. 공부도 열심히 하고 무엇보다 성실하거든. 수명이는 대학교 일학년인데, 손으로 성기를 자극하는 걸로 만족했어. 나는 사정할 때까지, 수명이는 바기나가 푹 젖을 때까지 하는 거지. 섹스 타임은 주로 오후 다섯 시에서 열 시 사이였어. 이 애 바기나가 좀 특이한데, 십이 센티로 대형이야. 클리토리스도 삼십 미리 이상이고. 그래서 그런지 마찰에 특히 민감해. 바기나가 세계에서 가장 큰 분화구인 마우나로아를 쏙 닮았어. 수명이하고는 때와 장소를 가리지 않고 페팅을 했던 것 같아. 공원에서, 골목에서, 차 안에서, 화장실에서, 빗속에서. 근데 이게 또 백미야. 스릴이 넘치고. 헤어졌는데도 일 년 동안 편지를 수십 통 써서 보냈어. 너도 알잖아. 내 책상 위에 수북이 쌓여 있던 편지들. 수명이는 요즘 애들하고는 좀 다른 아이야."

"……."

"이교는 노래방에 가서 키스도 하고, 유방도 주무르고, 바기나도 만졌어. 바기나가 코토팍시 화산하고 비슷해. 작고 아담한 바기나가 하늘 높이 솟아 있는 형상이거든. 손을 잡고 모텔 앞까지 가서는 그냥 돌아서고 말았지. 밤 열두 시에서 새벽 한 시 사이였던 걸로 기억해. 그 며칠 후 전화가 왔는데, 남해 쪽으로 여행을 떠나자는 거야. 삼박 사일 동안. 그래서 강력사건이 터져서 안 된다고 말해 줬어. 나중에 알아보니까 미국으로 유학을 갔대. 작가가 되는 게 꿈이었는데, 잘 지내고 있는지 궁금해. 하나는 아담한 체형인데, 차에 태우고 다니다가 키스하고, 가슴을 만지고, 바기나를 더듬는 걸로 끝냈어. 바기나 모양새가 마이푸 화산을 닮았다고 할까. 헌데 하나가 승용차 안에서 묻는 거야. '오빠는 고자야?' 그리고는 '요샌 한번 잔 건 잤다고 치지도 않아.' 하고 종알거리는 거야. 겨우 스무 살밖에 안 된 애가 그런 말을 하다니. 이 애하고 첫 키스를 한 시간이 아홉시에서 열시 사이야. 몇 년 후에 죽었다는 얘기를 들었어. 명서는 따라다니는 남자애들이 많아서 키스 몇 번 하는 걸로 끝냈어. 밤 열한 시 사십 분인데, 명서가 자기 자취방에서 그러는 거야."

"오빠는 가까이하기엔 너무 먼 당신이야."

"그리고는 내 눈을 보면서 '나랑 섹스를 하면 무엇이든 다 해 줄 수 있어요.' 하는 거야. 내가 '다 해 준다는 뜻이 뭐야?' 하고 물으니까. '오럴섹스 이상을 말하는 거예요.' 하는 거야. 항문을 빤다는 건지, 정액을 먹는다는 건지, 가학적 섹스를 한다는 건지 알 수 없었어. 명서는 키가 백육십팔 센티에 허리가 이십육 인치야. 누가 봐도 모델 뺨치는 몸매야. 그런 애가 무엇이든 다 하겠다니. 깜짝 놀라서 키스만 하고 도망쳐 나왔어. 솔직히 말하면, 그때 성병에 걸려서 페니스가 까맣게 썩어가고 있었거든. 성병만 아니었다면 무엇이든 해 봤을 거야. 희서는 사진작가가 꿈이라, 내 모습을 찍기만 했지. 큰 키에 맑은 눈을 가지고 있는데, 새까만 눈동자를 보고 손들었어. 내 사진을 백 장은 넘게 찍었을 거야. 희서가 사진을 찍으면서 그러는 거야."

"오빠가 유명 배우가 되면 이 사진을 비싼 값에 팔아먹을 거야."

"희서하고 데이트 타임은 일요일 오후 한 시에서 여섯 시 사이였어. 우인이는 오드리 헵번을 빼닮았는데, 미끈한 키에 동그랗고 큰 눈, 지적이고 우아한 외모야. 이 애한테는 내가 편지를 써서 보냈어. 장문의 편지였지. 이 애는 오후 두 시에서 여섯 시 사이에 만났어. 키스도 못하고, 유방도 못 만지고, 가로수 길을 거닐면서 대화만 나눴지. 소정이는 바닷가로 여행가서 손깍지 끼고 백사장을 거닌 게 다야. 물론 둘이서 여행은 많이 다녔어. 동해안, 서해안, 남해안까지. 너무 청순가련형이어서 그랬을 거야. 열여덟 살인데 수녀가 되는 꿈을 가지고 있어. 이 애 이마에 키스를 했는데, 밤 여덟 시인가 아홉 시쯤이었어. 희선이는 간호사가 꿈인데, 투명한 정신을 가지고 있는 애야. 사물을 바라보는 시선 자체가 아름다워. 희선이하고는 거리에서 사진 한 장을 같이 찍은 게 다였어. 그때가 오후 여덟 시 삼십 분인가 그랬을 거야. 이선이는 승가대 학생인데, 영화배우가 울고 갈 만큼 뛰어난 미모를 가지고 있어. 삭발을 해서 민둥머리인데도 너무나 아름다운 거야. 처음 봤을 때 나도 모르게 물었어. '연락처 가르쳐 줄 수 있어요?' 그랬더니 이 애가 그러는 거야."

"인연이 있으면 또 만나겠지요."

"그래서 다 포기하고 이마를 맞대고 게임만 했어. 내가 가지고 간 노트북이었지. 세 시간가량 게임을 하고 났는데, 이선이가 그러는 거야. '다음에 올 때는 미리 연락을 주고 오세요. 내가 절에 나와 있을 테니까요.' 게임을 한 시간이 오후 두 시에서 다섯 시였어. 그 시간 동안 맨살이 스쳐서 전기가 찌릿찌릿 왔어. 아마 네댓 번은 그랬을 거야. 그날 이선이 전화번호를 따가지고 와서는 잊고 지냈지. 강력사건이 연이어 터져서 바빴거든. 그런데 얼마 후 이선이가 전화를 걸었더라고. 이번에는 내가 점잖게 말해 줬지. '이선스님 인연이 있으면 또 만나겠지요.' 이제 겨우 승가대 이학년한테 무슨 짓을 하겠어. 이선이도 알았을 거야. 이십대 초반에 출가한 비구니한테는 다른 방법이 없었다는 걸. 하지만 아까운 마음은 그때나 지금이나 마찬가지야."

"......"

"정서는 술을 마시고, 나이트클럽에서 춤을 추고, 모텔까지 들어갔어. 그런데 마지막 순간엔 건드릴 수가 없더라고. 모텔에 들어간 시간이 밤 열두시 십칠 분이었어. 정서는 스무 살 중에서도 스무 살이야. 매력이 한두 군데가 아니거든. 예쁘고 지적이고 섹시하고 잘 웃고 잘 울고. 청마가 쓴 바위라는 시를 줬어. '내 죽으면 한 개 바위가 되리라' 고 시작되는 시지. 동그란 얼굴에 동그란 안경을 썼는데, 너무나 사랑스러운 거야. 예뻐서 그런지 따라다니는 남자애가 있더라고. 그래서 그 남자애한테 '정서 슬프게 하면 나한테 혼나.' 하고 넘겨줬어. 그때 정서가 눈물을 펑펑 흘리면서 따라오더라고. 냉정하게 뿌리쳤지만, 아까운 애 중 하나야. 미하는 손깍지를 끼고 드라이브한 게 전부였어. 아니 키스도 몇 번 하고 유방과 바기나도 만진 것 같다. 그때가 오후 두 시에서 세 시 사이였을 거야. 미하는 말과 행동이 신비스러운 애야. 나중에 몇 차례 통화도 했어. 몸이 아파서 절에 들어가 휴양을 하고 있대. 정말 아까운 아이야. 이제 스무 살밖에 안 됐는데."

"......"

"특별한 애는 여금이하고 명전이야. 여금이하곤 손도 안 잡고 키스도 안 하고 드라이브도 안 했어. 커피숍에서 차를 마시면서 오십오 분간 서로를 쳐다보고 있었지. 오후 일곱 시에서 여덟시 사이였던 것 같아. 생각해 봐. 전교에서 일등 하는 애를 건드릴 수가 있겠어? 명전이는 스무 살인데 길거리에서 테크한 애야. 친구들 세 명하고 술내기를 했지. 여자 네 명을 테크해 오는 사람은 술값을 안 내기로. 그래서 내가 먼저 나섰고, 네 명을 길거리에서 데려온 거야. 당연히 명전이는 내 파트너로 점찍었지. 그리고는 매주 만나서 네이트를 했어. 밤길을 가면서 무서운 얘기를 들려줬던 것 같아. 옛날 국민학교 복도에 밤 열두 시만 되면 나타나는 슬리퍼 끄는 소리였지. 얘기를 들려 준 시간도 정확히 밤 열두 시 삼 분이야. 이 애는 너무나 청순해서 어떻게 할 수가 없었어."

"……"

"이홍이도 만나서 차 마시고 식사 몇 번 하는 걸로 끝냈어. 이 애는 얼굴이 귀엽고 키가 작은데, 너무 똑똑한 게 문제야. 남자를 조건으로 보고 조건으로 재단하고 조건으로 결론짓는 애니까. 어떻게 보면 똑 떨어지는 자본주의 숭배자라고 할 수 있지. 글쎄 이 애가 '학교 어디 나왔어요?' 하고 묻는 거야. 내가 하버드대라도 다녔는지 아는가 봐. 그날로 아웃시켜 버렸어. 그때가 밤 열 시 이십 분이었을 거야. 기숙이는 친구 동생인데, 손잡고 공원에 가서 데이트한 게 전부야. 손을 잡았는데, 전기가 찌릿 왔어. 그때 기숙이가 사랑의 조건에 대해서 물었던 것 같아. 시간은 오후 일곱 시에서 여덟 시 사이였어. 열아홉 살인데, 너무 순수하고 착해서 건드리지 않았지. 미주는 조소과에 다니는 대학생인데, 스물한 살 치고는 행동이 공격적이었어. 토요일 두 시 삼십 분쯤 찾아와선 부산으로 여행을 떠나자는 거야. 살인사건이 터져서 끼니도 못 찾아 먹는 판인데. 그래서 '너 혼자 갔다 와.' 하고 돌려보냈던 것 같아. 미주는 뛰어난 미모에 키가 늘씬하고 볼륨미도 넘쳤어. 연예인처럼 매력적인 아이였는데, 좀 아까웠던 것 같아."

"아깝기는 하겠다. 그런 애를 그냥 놔줬으니."

"이진이라는 애는 무서울 정도로 아름답고 우아하고 섹시한 거야. 이진이를 보고 있으면 얼굴 속으로 빨려 들어가는 것 같았어. 이진이 언니가 소개해 줬는데, 한번 건드리면 영원히 빠져들 것 같아서 포기했다니까. 한마디로 말해 밤낮으로 섹스만 하고 살 것 같았어. 서너 번쯤 만났는데, 오후 두 시 삼십 분이 데이트 타임이야. 이 애하고는 커피를 마시고 번잡한 도심을 걸었어. 미래나 희망, 행복 같은 이야기를 나누었던 것 같아. 이진이는 스무 살인데 너무너무 아까운 아이였어. 요주도 스무 살인데, 머리가 엉덩이까지 내려가는 긴 머리 소녀야. 키도 크고 몸매도 모델처럼 시원스럽게 빠졌어. 가슴이나 허리, 엉덩이 볼륨도 눈부시고. 몇 번인가 만나서 식사를 하고, 영화도 봤던 것 같아. 하지만 더 이상 건드릴 수가 없었어. 외국에 공부하러 나간 후배 애인이거든. 요주는 데이트 타임이 오후 두 시에서 일곱 시 사이였어. 자현이는 의도적으로 나한테 접근해 왔는데, 그때

마침 주은이한테 푹 빠져 있을 때였거든. 그래서 노래방에 가고 식사 몇 번 하는 걸로 끝냈지. 얄상한 몸매에 갸름한 얼굴, 섹시한 이미지를 가진 아이야. 스무 살이었는데 아까운 생각이 드는 애 중 하나야."

"……"

"오신이는 빼어나게 아름다운 얼굴을 가지고 있어. 얼굴로 치자면 당장 탤런트를 해도 무방해. 이 애가 나한테 엄지손가락을 따 달라고 그랬어. 체한 것 같다면서. 내가 바늘로 몇 번 찔렀는데, 시원하고 기분이 좋다는 거야. 그 순간 오신이의 크고 까만 눈을 보고 알았어. 이 애가 나를 받아들이고 있구나. 그때가 오후 세 시 십오 분이었는데, 덮치고 싶은 마음이 일었지. 방 안에 오신이하고 나 둘 밖에 없었거든. 하지만 꾹 참았어. 아름다운 꽃은 꺾는 것만이 능사가 아니라는 걸 알았던 거야. 문제는 감정을 억제하니까 오신이가 실망하는 눈치였어. 그래도 그냥 놔두길 잘했다는 생각이 들어. 그것은 여전이, 연지, 저원이, 서희도 마찬가지야. 여전이는 밤새 술을 마시고 길을 걷다가 키스만 했어. 그때가 새벽 여섯 시 삼십 분이었을 거야. 더 이상 진행시키기가 아까운 여자애야. 외모로 보면 미스코리아 감이거든. 연지도 같이 차를 마시고 대화를 나누고, 술까지 마셨어. 하지만 딱 거기까지만 하고 끝냈지. 연지 장래 희망이 수녀니 어떻게 하겠어. 데이트 타임은 오후 두 시에서 네 시 사이였을 거야."

"……"

"저원이는 커피를 마시면서 진지한 대화를 나눴어. 사랑, 연애, 결혼, 문학, 시 따위지. 그때가 오후 일곱 시에서 아홉 시 사이였지. 근데 이 애는 나보다 더 사랑하는 남자가 있었어. 바로 저원이를 나한테 소개해 준 친구야. 그 친구가 예쁜 커플이 되겠다며 '잘 해 보라.'고 격려까지 했거든. 근데 그 친구보다 저원이를 더 사랑할 자신이 없어서 포기했어. 어떻게 보면 몹시 아까운 아이야. 서희는 저원이보다도 더 아까운 여자애야. 이 애는 신학대 학생인데, 목사가 되는 게 꿈이래. 그런데 수업을 들으면서도 나한테 문자를 계속 보내. 수업이 끝나면 전화를 해서 두 시간씩 통화를 하고. 집에 가서도 새벽 세 시까지 카톡을 주고받아야 돼. 거의 톡섹스 수준이지."

"엄청나구만."

"그걸 두 달 동안 했는데, 너무 피곤하고 힘겨워서 손을 들었어. 이 애는 데이트 타임도 없어. 그냥 내키는 대로 문자를 하고, 카톡을 보내. 그래도 외모는 천사 같은 아이야. 아름다운 얼굴, 투명한 눈빛, 하얀 피부, 볼륨 넘치는 몸매. 성우 같은 목소리 때문에 폰섹스도 여러 번 했어. 서희도 자기 신체 비밀을 가르쳐 준 애중 하나야. 바기나가 구 센티고, 클리토리스는 이십오 미리, 지스팟은 이십 미리라고. 서희 목소리가 제일 섹시하고 아름다웠을 거야. 또 하나 아까운 애가 있는데, 바로 주선이라는 아이야. 주선이는 얼굴에 복이 넘치는 애야. 그야말로 복덩어리라고 할 수 있지."

"그런데 왜 그냥 놔뒀어?"

"앞날을 보고 만난 사이가 아니었거든. 모제 너도 잘 알잖아. 내가 일에 치여서 방황할 때 주선이를 만난 거. 아무튼 주선이는 술에 취해 자는 걸 보고 있다가 그냥 나왔어. 이 애가 침대로 가기 전에 나한테 향수까지 칙칙 뿌렸는데 말이야. 그때 시간이 밤 열한 시 삼십 분이었어. 향수를 뿌린 게 무슨 뜻인지는 알 수 있었지. 주선이는 여러 번 기회가 있었는데, 매번 그냥 놔줬어. 이 애한테 독특한 버릇이 있는데, 술만 먹으면 쓰러져 잠드는 거야. 시간과 장소와 대상을 가리지 않아. 게다가 주선이는 나를 가족하고 친구한테 소개까지 시켰어. 순수하고 착한 오빠라고. 그런 애를 건드릴 수가 있어야지. 주선이를 놔준 다음에 몇 가지 룰을 만들었어. 술이나 약에 취해 정신을 잃은 여자는 절대로 건드리지 않는다. 만 열여덟 살 이하는 테크하지 않는다. 상대가 원치 않으면 손끝하나 터치하지 않는다. 열심히 사는 애는 과감히 잊고 돌아선다. 한 여자애를 오랜 기간 만나지 않는다, 등이야"

"대단한 룰을 만들어 놓았군."

"어린 애들이라도 지킬 건 지켜야 하잖아."

"아무렴."

"수진이도 룰을 지킨 아이 중 하나야. 모텔에 가서 침대에 재우고 나는 밑에서 잤지. 그때가 밤 열두 시가 새벽 한 시쯤이었을 거야. 덮치고 싶은 마음이 간절했지만 술에 취한 애를 어쩌겠어. 열아홉 살답지 않게 몸이 익을 대로 익은 애야. 애주도 마찬가지야. 밤새 고민하다가 새벽녘에 침대로 올라갔지. 키스를 퍼붓고 젖꼭지를 빨고 바기나를 더듬고, 질구 안에 손가락을 넣었어. 알몸이라 인서트만 하면 되는데 딱 거기까지만 했어. 이 애 바기나가 특이한데, 베수비오 화활산을 닮았어. 검고 깊은 구멍 속에서 무언가가 튀어나올 것 같았다니까. 페팅을 한 시간이 다섯 시 이십오 분이었을 거야. 애주는 스물한 살인데, 바기나가 어떤 애들보다 컸어. 소음순하고 클리토리스도 길면서 독특하고. 십삼 센티에 육십오 미리, 삼십 미리 정도 돼 보였거든."

"……."

"여미는 열여덟 살인데, 탈렌트처럼 예쁘고 몸도 늘씬하고 피부가 백옥처럼 하얘. 남자라면 누구라도 벗겨 보고 싶은 아이지. 이 애하곤 손깍지를 끼고 자유의 다리까지 드라이브한 게 전부였어. 돌아오는 길에 여미가 모텔을 보고 투덜거리는 거야. '오빠는 바보처럼 순진한 게 탈이야. 꽃을 잡았으면 과감히 꺾어야지.' 나보고 순진하다는 애도 있더라니까. 근데 이 애가 자기 입으로 치부를 소개하는 거야. '내 바기나는 팔 센티고, 클리토리스는 이십오 미리, 지스팟은 이십 미리야.' 하고. 너무 놀라서 오히려 페니스가 쪼그라들었어. 그때가 오후 여덟시 삼십삼 분이었을 거야."

"……."

"이상형쯤 되는 애를 만났는데, 어떻게 할 수가 없었어. 나이는 스무 살이고 이름이 자명이야. 이 애는 지적인데다가 얼굴이 영화배우 뺨칠 정도로 예뻐. 몸매도 그만이고 피부도 하얗고, 검은 옷이 특히 잘 어울려. 키스 같은 건 해 보지도 못하고, 여행 가서 사진 몇 장 찍은 게 다야. 물론 밤 여덟 시 삼십 분에 유람선을 타고 가면서 찍은 거지. 또 한 명은 얼굴과 몸매, 목소리가 너무나 귀엽고 섹시해. 그래서 '네가 내 이상향이야.' 하는 말만 했어. 내가 키스를 하려니까 살짝 눈을 흘기더라고. 나이는 열아홉 살이고 이름이 민지야. 키스를 시도한 시간이 밤 아홉시 십 분인데, 너무 빨랐는지 몰라."

"아홉시면 너무 이른 시간이지."

"두 명 외에 또 있는데, 이 애는 얼굴과 눈과 목소리가 너무나 사랑스러워. 그래서 스무디킹에서 목이 얼얼하도록 코코넛스무디만 먹다가 헤어졌어. 오후 여섯 시에서 여덟 시 사이였지. 이름이 희명이라고 하는데, 너무 해맑아서 그냥 보고만 있었어. 나이는 꽃 피는 열아홉 살이야. 반대로 여리라는 애는 내가 이상형이라며 무진장 쫓아다녔어. 내 얼굴에 화장품도 발라 주고, 루즈도 칠해 주고, 뺨도 어루만지고, 머리도 빗어 주고 그랬지. 하지만 내가 마음이 안 가는데 어쩌겠어. 이 애는 스물두 살인데, 데이트 타임 자체가 없어."

"……."

"너무 예뻐서 건드리지 못한 애가 있는데, 이름이 이화고 성이 명씨야. 이름처럼 얼굴도 뛰어나게 예쁜데 알몸이 더 아름다운 거 있지. 눈이 부셔서 바라볼 수가 없을 정도였어. 피부는 신의 선물처럼 뽀얗고, 얼굴도 선녀처럼 눈부시고, 유방도 탱탱하면서 크고, 허리도 잘록하고, 엉덩이도 탐스럽고, 소복하게 돋아난 음모는 예술 그 자체야. 열아홉 살인데, 몸 전체가 조각품이야. 로댕이나 다빈치도 그렇게까지는 만들지 못했을 거야. 여자가 너무 완벽하니까 오히려 할 생각이 달아나더라고. 어쩌면 그 애의 몸을 더럽히고 싶지 않았던 건지도 몰라. 그래서 그냥 가라고 했지. 그랬더니 '정말 후회 안 할 자신 있어요?' 하고 묻는 거야. 나는 눈을 크게 뜨고 소리쳤어. 너를 그냥 보내고 후회하는 게 더 나아. 악마 같은 나한테 천사 같은 애가 어울리기나 하겠어? 그때가 새벽 다섯 시 이십오 분인가 삼십 분이었을 거야."

"어쩌다가 좋은 일 한번 했군."

"나는 말이야. 다음 세상에 인간으로 태어나면 이소나, 가연이, 주은이 중 하나하고 결혼할 거야."

"어째서?"

"그 애들이 나하고 가장 잘 맞으니까."

"섹스를 말하는 거지?"

"당연하지."

"그럴 일은 일어날 것 같지 않다."

"왜?"

"네가 하는 짓거리를 보면 다음 세상에 무엇으로 태어날지 훤히 보이거든."

"내가 흉측한 짐승으로 태어난다 해도, 너처럼 얌전히는 못 살아. 어떻게 해서든지 한 명이라도 더 인터코스를 해야지. 그래야 목표로 정한 육백

십육 명을 달성할 수 있거든. 성기 스크랩도 계속 할 수 있고."
"그게 그렇게 재미있어?"
"뭐가?"
"같이 잔 여자애들 성기 사진을 스크랩하는 거."
"같이 잔 여자애들뿐은 아니야."
"하긴 변사자들 것도 있겠지."
"오히려 변사자 것이 더 많아."
"그러다 걸리면 어쩌려고?"
"나 폴리스야. 걸릴 턱이 없지."
"하여간 못 말린다니까."

나는 핀잔조로 중얼거리고 고개를 가로젓는다. 류대가 히죽 웃고 스크랩북을 들여다본다. 나는 류대의 유들유들한 얼굴을 멀거니 쳐다본다. 류대가 다시 습관처럼 사진첩을 뒤적거린다.

"종애는 자살사이트에서 만난 친구하고 동반 자살했는데, 질구 주위에 살이 붙은 게 흠이야. 그래도 털이나 바기나 색깔은 좋아. 클리토리스도 적당하고. 바기나 모습이 전체적으로 마룸 화산을 닮았어. 검고 깊고 뜨겁고 끊임없이 솟구치는 형상이라고 할 수 있지."

"……"

류대가 또 다른 사진을 가리킨다.

"수아라는 애는 이해할 수가 없어. 집안도 좋고 머리도 뛰어나고 명문대에 들어갔는데 사는 게 지겹다고 투신을 하니. 바기나 사진은 몇 장 찍어 뒀는데, 도무지 알 수 없는 아이야. 바기나가 구 센티에 클리토리스는 이십 미리쯤 됐어. 적당한 크기인데, 마나로 화산을 옮겨 놓은 것 같아. 온통 연기만 피워 올리며 타오를 날만 기다리는 화산 말이야. 투신한 시간은 오후 다섯 시 이십칠 분쯤이었어. 미나는 수아하고 다르게 집안이 너무 가난해서 죽은 케이스야. 공부는 천재급인데, 엄마 아빠 둘 다 중병에 걸려 누워 있어. 내가 몇 번 도와줬는데, 끝이 없는 거야. 이 애도 결국 스스로 목을 맺지. 겨우 열여덟 살밖에 안 됐는데. 미나는 바기나가 칠 센티에 클리토리스는 십 미리 정도로 아담해. 모양새는 라센피크 화산을 닮았을 거야. 꽃다운 나이에 죽기에는 정말 아까운 아이였어. 죽은 시간이 오후 세 시

일 분이었지."

"……"

"다애라는 아이는 중산층인데, 남자애들한테 집단 성폭행을 당했어. 내가 이 애를 만난 것도 형사과 사무실이었으니까. 피해 진술서를 받다가 모든 걸 알게 됐지. 내가 너무 잘해 주니까 자기를 좋아하는 줄 안 거야. 어느 정도 거리를 뒀더니 약을 먹고 자살해 버렸어. 이 애하고 첫 섹스를 한 시간이 오후 일곱 시에서 여덟 시 사이였어. 여자애들을 만날 때마다 생각이 나는 아이가 바로 다애야. 열아홉 살인데, 얼굴도 예쁘고 몸매도 잘 빠졌고, 피부도 매끄럽고, 특히 신음소리가 천사 같아. 바기나하고 클리토리스도 크고 예뻤어. 십일 센티에 삼십 미리쯤 됐으니까. 바기나가 아름답기로 유명한 야수르 화산을 닮았어. 화산 형태도 예쁘지만, 깊이하고 둘레가 환상적이야. 용암을 내뿜는 주기도 불규칙하고. 즉 언제 어떻게 터질지 모른다는 얘기야. 눈물이 나는 걸 꾹 참고 현장사진을 찍었지. 터지기 직전에 죽었으니까. 지금까지 말한 애들 특징이 뭔 줄 알아? 남자를 무서워하지 않는다는 거야. 어떤 의미에선 좋아한다고 해야겠지. 문제는 세 아이야."

"누구?"

"이소하고 가연이, 주은이."

"왜?"

"누군가는 하나를 골라야 되거든. 다음 생을 위해서라도. 헌데 그게 쉽지 않아. 섹스가 일치되는 건 주은이 가연이 이소 순이거든. 인서트를 좋아하는 건 가연이 주은이 이소 순이야. 식스티나인을 좋아하는 것도 가연이 주은이 이소 순이야. 지스팟 자극에 격렬히 반응하는 건 주은이 가연이 이소 순이야. 펠라티오를 좋아 하는 건 세 명이 똑같고. 정액을 잘 먹는 건 주은이 가연이 이소 순이야. 주은이는 내가 사정하는 순간 오르가슴을 느끼는 것 같아. 정액을 미친 듯이 받아먹거든."

"별 해괴한 짓을 다 시키는군."

"해괴한 짓이 아니야. 애들이 좋아서 하는 거지. 아무튼 알몸이 아름다운 건 이소 주은이 가연이 순이야. 이소는 백육십사 센티에 허리가 이십육 인치인데, 벗었을 땐 눈이 부실 지경이야. 주은이도 백육십 센티에 허리가 이십오 인치인데, 가슴하고 엉덩이 볼륨이 물어뜯고 싶을 정도야. 가연이는 백오십 센티에 허리가 이십사 인치인데, 섹스 반응이나 감은 으뜸이야. 물론 첫 섹스 타임은 다 달라. 이소가 열시 십 분이고, 가연이가 네 시 이십 분, 주은이가 밤 열두 시 삼십 분이었으니까. 뭐니 뭐니 해도 지조가 중요한데, 한 사람을 진정으로 사랑할 아이는 이소야.

"……"

"정절도 좋지만 섹스가 중요한데. 신음소리가 섹시한 건 주은이 가연이 이소 순이야. 주은이하고 가연이는 오르가슴 때 끅끅끅, 소리를 내고, 이소는 흑흑흑, 우는 소리를 내. 프릭션을 할 때 몸부림치는 건 가연이 주은이 이소 순이고, 오르가슴에 빨리 도달하는 건 주은이 가연이 이소 순이야. 오르가슴 때 용암을 많이 흘리는 건 주은이 가연이 이소 순이고, 세 명 중 바기나가 제일 예쁜 건 주은이야. 주은이는 바기나 깊이가 구 센티에 지스팟은 삼십 미리쯤 돼. 지스팟이 커서 미친 듯이 소리를 지르는 것 같아. 나하고 동시에 오르가슴에 이르는 것도 주은이고, 컬리닝구스를 좋아하는 것도 주은이야. 컬리닝구스를 선호하는 건, 임신 공포증 때문일 거야. 몇 번인가 아이를 떼러 산부인과엘 갔거든."

"……"

"이 애들이 하는 말도 재미있고 사랑스러워. 주은이는 '오빠한테서 나는 냄새는 모두 좋아. 땀 냄새는 물론이고 차에서 나는 냄새까지 좋다니까.'라는 말을 자주하고, 이소는 스킨 키스나 딥 키스를 할 때마다 '오빠 입술은 너무 달콤해. 하루 종일 하고 싶어.' 하는 거야. 가연이는 '오빠하고 섹스를 하고 난 뒤에는 모든 남자가 시시해졌어. 다른 남자들 섹스는 너무 심심하거든.' 하고 종알거리는 거야. 언젠가 가연이한테서 문자가 왔는데 '지금 여행을 떠날 건데, 같이 가지 않을래요?' 하고 묻는 거야. 그래서 내가 '변사사건이 터져서 못 가.' 하니까 '내가 여행을 가자고 하면 안 간 남자가 없는데, 거절은 오빠가 처음이에요.' 하는 거야. 가연이가 여행을 다녀온 후에 카톡을 보냈어. '오빠가 이 세상에서 제일 좋아하는 소리가 내 신음이지?' 그래서 내가 뭐랬는지 알아?"

"뭐라고 그랬는데?"

"그 비슷한 소리야 하고 대답해 줬지. 그랬더니 가연이가 '내가 그럴 줄 알았어.' 하는 거야. 사실은 내가 좋아하는 소리 일곱 가지가 있거든. 좀 특이하면서도 미묘한 것들이지."
"별 소릴 다 좋아하는군."
"너도 특별히 좋아하는 소리가 있다고 그랬잖아."
"있지. 너하곤 좀 다르지만."
"주은이나 이소, 가연이하고는 동시오럴을 많이 했어. 식스티나인 자세가 양기와 음기를 빨아먹는 데 편하기 때문이지. 세 아이는 내 양기를 빨아먹고, 나는 세 아이의 음기를 먹는 형식이야. 서로의 양기를 먹는 데 심취해서 다른 것은 보이지 않았던 것 같아. 가연이는 동시오럴이든, 정상적 섹스든, 섹스를 할 때마다 소리를 지르는 게 특징이야. 너무 소리를 질러서 어떤 때는 민망하다니까. 소리를 잘 지르는 건 주은이도 마찬가지지만, 미친 듯이 지르는 면에서는 가연이를 따라갈 애가 없어. 주은이 신음소리는 섹시하면서도 가냘프고, 가연이 신음소리는 거칠면서도 발악적이야. 마치 바기나 주변에 난 음모하고도 비슷해. 주은이는 음모가 너무 많고 길어서 클리토리스를 찾는 것도 쉽지 않아. 식스티나인을 할 때도 두 손으로 털을 헤치고 했으니까. 이소도 주은이 못지않게 털이 수북해. 자주 면도를 해서 문제지만. 가연이는 털이 넓고 거칠게 번져서 컬리닝구스는 쉬운 편이야. 문제는 얼굴인데, 이소는 히로세 스즈를 닮았고, 주은이는 사쿠라이 하나코를 닮았고, 가연이는 아라카키 유이를 닮았거든."
"점입가경이군."
"어때, 재미있지?"
"재미가 무슨, 네가 이상해 보일 뿐이야."
"이상할 것 없어. 일본에선 이런 게 일상적이거든."
"그래서 일본 사람처럼 살겠다는 거야. 어린 애들이나 건드리면서."
"일본 유학 때 배운 게 이런 건데 어떡해."
"하기야 일본 남자들은 어린애라면 사족을 못 쓰니."
"이 정도는 약과야. 일본엔 기괴한 취미를 가진 애들도 수두룩해. 부르세라숍 같은 델 이용하는 애들이 그런 류고."
"아, 부르세라숍."
"알다시피 거기선 여고생들이 입던 팬티를 비싼 값에 팔아. 냄새 나고 오래 입은 것일수록 더 비싸고. 땀내 나는 헌옷도 팔고, 운동화, 양말, 추리닝, 교복에다가 멘스 때 사용한 물건까지 취급한다니까. 일본은 그야말로 섹스 천국이야. 일본 남자들은 그 나라 왕자고. 어린 여자들이 쓰던 물건을 집에다가 성물처럼 모셔 두고 냄새도 맡고, 끼고 자기도 하고, 머리에 뒤집어쓰기도 하거든. 그러면서 자기 만족감이나 행복감에 빠져드는 거고."

"그 애긴 들어 본 것 같다."

"일본 남자들 따라가려면 나는 아직 멀었어. 일본에서는 섹스돌하고 사는 남자애들도 많거든. 섹스돌 하나로는 부족해서 대여섯 개씩 데리고 사는 애들도 있고. 단순히 섹스만 하는 게 아니라, 연인이나 부인처럼 같이 살기도 해. 마주 앉아서 밥을 먹고, 차를 마시고, 대화도 나누지. 그러다가 실증나면 얼굴이나 바기나를 바꿔 끼워서 새로운 맛을 즐기기도 하고. 어떤 애들은 아예 섹스돌하고 결혼까지 했어. 물론 일 대 십 정도의 일부다처제지만 말이야. 한 마디로 말해 일본은 여자에, 섹스돌에 미친 남자들 나라하고 할 수 있어."

"일본이 그 정도로 어지러워졌나?"

"어지러워지다 뿐이야? 난잡하고 추잡하고 혼란스러워졌지. 그건 그렇고. 세 명 중에서 하나를 골라야 되는데 그게 쉽지 않아. 구태여 한 명을 고른다면 몸매가 섹시하고, 예쁘게 잘 웃고, 마음이 통하는 주은이가 좋을 것 같아. 주은이는 모든 면에서 사랑스럽거든. 하지만 죽을 때까지 같이 살 애는 이소야. 이소는 가야시대에서 막 뛰쳐나온 애 같이 청순해. 열정적이면서 순수하게 사랑할 애는 가연이야. 가연이는 자기 자신도 불태울 뜨거운 가슴을 가지고 있어. 문제는 고르고 싶은 순서가 매 순간 바뀐다는 거야. 기분이 좋을 때, 울적할 때, 비가 내릴 때, 눈이 내릴 때, 범인을 잡았을 때, 변사자를 처리했을 때, 살인사건이 터졌을 때마다 달라. 사쿠라이 하나코를 닮은 주은이었다가, 아라카키 유이를 닮은 가연이었다가, 히로세 스즈를 닮은 이소였다가. 그래서 쉽게 결정을 내릴 수가 없어."

"취미도 좋지만 좀 건전하게 살 수는 없니?"

나는 참다못해 퉁명스럽게 쏘아붙인다. 류대가 무표정한 얼굴로 대꾸한다.

"내 취미가 어때서?"
"좀 그렇잖아."
"좀 그렇다니?"
"취미라면 어느 정도 건전해야 하는 거 아니야?"
"취미가 건전할 필요가 있을까?"
"그렇지 않고."
"난 그렇게 생각하지 않는데."
"그래?"
"취미란 무조건 재미있고 흥미로워야 하는 거야. 취미인 한에는 어떤 악취미라도 즐거워야 한다는 거지."
"그런 생각을 하니까 십대들이 가출하고, 대마초를 피우고, 자살을 하는 거야."
"내 취미하고 아이들 자살하곤 관계가 없잖아."
"생각해 봐. 우리가 건전하지 못하니까 아이들이 건전해지지 않는 거야. 아이들이 건전하지 못하니까 사회가 건전해지지 않는 거고. 사회가 건전하지 못하니까 사람들이 범죄를 저지르는 거고. 사람들이 범죄를 저지르니까 문명이 타락해 가는 거고. 아직도 내 말뜻 모르겠어?"
"알긴 알지만…"
"그런데?"
"내가 꼭 그렇게 살아야 하느냐 이 말이야."
"큰일이구만 폴리스란 사람이."
 나는 가볍게 탄식을 발하고 혀를 끌끌 찬다. 류대는 표정 하나 흔들리지 않고 건들거린다. 카스테레오에서는 막 샹송이 시작되고 있다. 나는 카스테레오의 볼륨을 조금 높인다.
"아 따분해."
 류대가 스크랩북을 접어서 뒷좌석으로 던진다.
"뭐 화끈한 일 없을까?"
"어떤 일?"
"도시가 확 무너지던지, 모든 화산이 한꺼번에 폭발하던지, 지구가 반쪽으로 쫙 갈라지던지, 혜성이 날아와 쾅 부딪치던지 하는 거 말이야. 그렇지 않으면 세상 전체가 물속에 왕창 잠겨 버리던가."
 나는 입맛을 쩍쩍 다시고 눈을 감는다. 류대도 좌석을 뒤로 젖히고 길게 눕는다. 나는 승용차 지붕을 때리는 빗소리를 들으며 잠을 청한다.

63

 우리들의 신념이라고 하는 것은 가장 뿌리가 강하고 가장 확고했을 때에 오히려 그 진실성이 의심스러워지는 법이다. 그런데 바로 이러한 신념이 우리의 한계를 구성함으로써 우리가 넘어설 수 없는 경계를 구성함으로써 우리들을 계미繫縻[86]해 두는 감옥이 된다. 만약에 삶 속에서 삶의 경계를 확대하려고 하는 격렬한 욕망이 불타오르지 않는다면 삶이라는 것은 정말이지 따분하게 되고 말 것이다. – 이 가세트의 「예술의 비인간화」 중에서

"오빠 너무 힘들어 보인다."
 내 모습을 보던 다미가 안쓰럽다는 표정을 짓는다. 나는 아무렇지 않은 것처럼 밝게 웃는다. 다미가 깡마르고 여윈 내 손을 슬그머니 잡는다. 나는 말없이 손을 빼고 런치 푸드점 안을 둘러본다. 옆 좌석에 앉아 있는 여학생 두 명이 킬킬거린다. 나와 다미의 행동을 주시하는 건 그들뿐이 아니다. 계단 아래 테이블과 카운터 옆 여자애들도 우리를 보고 있다. 다미는 여자애들 따위는 아랑곳하지 않고 내 얼굴을 쓰다듬는다. 나는 다미의 작고 귀여운 얼굴을 찬찬히 응시한다. 하얀 얼굴이 푸른 셔츠와 미색 니랭스 스커트로 인해 더 화사하다. 캘빈 클라인 선글라스를 쓰고, 스트랩 슈즈를 신은 모습은 영락없이 여대생이다. 다미가 무척 걱정이 된다는 투로 묻는다.
"집에 못 들어간 지 꽤 됐나 봐?"
"며칠 됐어."
"잠도 못 자고?"

---

86) 계미繫縻 : 붙잡아 얽어맴, 또는 사로잡아 가둠.

"못 잤어."
"어쩐지."
"왜 이상해 보여?"
"누가 보면 오빠가 범인이라고 그러겠다."
"그래?"
"농담이고 사실은 멋져 보여."
"……"
"오빠는 그렇고 나는 어때?"
"다미는 언제나 밝고 예쁘지."
 나는 다미의 통통한 뺨을 살짝 꼬집었다가 놓는다. 다미가 마음에 든다는 듯이 생글생글 웃는다. 나는 다미 옆에 놓여 있는 여행용 가방을 가리킨다.
"지금 집으로 내려가는 길이야?"
"응."
"아빠한테는 연락했고?"
"당연히 했지."
"그래 언제 올라오신대?"
"내가 올라오지 말라고 그랬어."
"왜?"
"그냥."
"어떻게 혼자서 가려고 그래?"
"나 혼자도 충분히 갈 수 있어."
"기차를 몇 시간이나 타고 가야 되잖아."
"그 정도는 문제없어."
"아무리 그래도 그렇지."
"사실은 아빠가 차를 보낸다고 그랬는데 그만두라고 했어."
"집 나간 딸이 돌아온다는데, 당연히 차를 보낸다고 하시겠지."
"나는 오빠가 데려다주는 게 더 좋아."
"나도 마찬가지야. 다미를 데려다주고 싶은 건."
"그 말 정말이지?"

"그럼."

"하긴 오빠가 아니면 이런 일도 생기지 않았을 테니까."

다미가 애정이 듬뿍 담긴 표정으로 건너다본다. 나는 다미의 손을 꼭 움켜잡는다.

"아빠 만나면 드릴 말씀이 있는데."

"무슨 말인데?"

"그냥 다미에 대해서."

"내 흉보려는 건 아니고?"

"다미가 착하고 성실하다는 말씀을 드리고 싶어."

"그런 말이라면 아빠가 더 하고 싶을 거야. 어떻게 감사해야 할지 모른다고 그랬으니까."

"내가 뭐 한 일이 있나?"

"오빠가 아니면 내가 더 나빠졌을 거 아니야. 그러니 그런 말을 하는 거지."

"그건 그렇지 않아."

"아니야. 모든 게 오빠 덕분이야."

"그나저나 비가 그쳤으면 좋겠다."

"난 비가 좋기만 한데."

"비가?"

"오빠하고 빗속을 돌아다니면서 많은 걸 보고 느꼈잖아. 그날 이후로 내가 누군지도 알았고, 내 자신이 소중하다는 것도 깨달았고."

"그랬어?"

"그럼."

"……"

"그런데 언제까지 저기서 죽치고 있어야 하는 거지?"

다미가 차 안에서 꾸벅꾸벅 조는 류대를 가리킨다. 나는 포켓에서 수배 전단을 꺼내 펼쳐 보인다.

"이 사람이 잡힐 때까지."

"그렇게 막연히?"

"어쩔 수 없잖아. 폴리슨데."

"저 오빠한테 먹을 걸 갖다 줘야 하지 않을까?"
"저 친구 걱정 말고 다미나 많이 먹어 둬. 장시간 가려면 뱃속이 든든해야 되거든."
"요새는 기차에서도 먹거리는 팔아."
"하긴 편리한 세상이니까. 근데 기차 시간은 언제야?"
"한 시간 남았어."
"짐은 다 챙겼고?"
"옷 몇 가지만 쌌어. 어차피 전학도 해야 되고, 오빠도 보러 올라와야 하니까."
"방학 동안만 내려가 있는 거니까 그렇겠다."
"오빠도 그동안 잘 지내야 돼. 어디 아프거나 다치지 말고."
"나한테 그런 일이 생기겠어?"
"혹시 모르잖아. 이카로스하고 마주칠지."
"그럴 일은 없어."
"오빠는 그게 문제야. 낙천적인 태도."
"내가 낙천적으로 보였나?"
"낙천적을 넘어서 한없이 늘어졌어. 거기다가 무작정 착하기만 하니. 내가 다녀올 때까지 몸조심해야 돼. 나하고 한 약속도 잊지 말고."
"약속이라니?"
"비오는 날 한 약속 말이야."
"아 그거."
"벌써 잊은 거야?"
"잊은 건 아니야."
"그런데 왜 그래?"
"먼 훗날 얘기니까."
"그게 먼 훗날 얘기라고?"
"그렇잖아. 다미가 어른이 돼야 하는 건데."
"정말 그렇게 생각해?"
"당연하지. 어떤 사람이 어린애하고 결혼을 하겠어."
"좋아. 그 문제는 내가 알아서 할 테니까 약속이나 잊지 마."

"나는 절대로 잊지 않아."

"그럼 됐어."

"아참 또 하나, 그 약속이 지켜지려면 다미도 부모님 말씀 잘 들어야 돼."

"그건 걱정 마."

"그렇다면 나도 약속 지킬게."

나는 다미의 머리를 부드럽게 쓸어내린다. 다미가 못 말리겠다는 듯 생긋 웃는다.

64

그는 부패한 사직의 손으로부터 더럽혀진 칼을 빼앗아 가지고 그것을 휘둘러 공포와 경악을 국내에 퍼뜨려, 낡은 국가로 하여금 근저에서부터 겁을 집어먹고 떨게 하며, 군주로 하여금 왕위에서 전율을 느끼게 한다. 그러나 그를 흥기興起[87]시킨 것은 거친 범죄인의 복수 감정이 아니다. 그는 '하늘과 땅과 바다로 하여금 이리와 같은 탐욕자의 무리들과 마주서게 하기 위해 온 천지에 모반의 나팔을 불고 싶다.'고 하는 침해된 법감정에서 전 인류를 향해 전쟁을 선언한 칼 모오르와 같은 강도나 살인자도 아니며, 그를 조종하는 것은 순전히 도덕적 이념인 것이다. - 예링의 「권리를 위한 투쟁」 중에서

류대는 누가 엎어가도 모를 정도로 깊은 잠에 빠져 있다. 나는 류대를 보며 우리가 기다리는 문명으로부터의 도망자를 떠올린다. 펼쳐지지 않는 날개를 달고 하늘 높이 날아가려는 한 인간을. 소비자본주의에 도전하고 화려한 문명에 항거하는 고독한 청년을. 그는 180센티미터의 키에 험상궂은 얼굴과 잔인한 성격의 소유자다. 또한 그는 자칭 현대문명과 전쟁을 벌이는 고독한 순교자다. 그 외로운 순교자는 탈취한 콜트 45구경 권총과 실탄을 소지하고 있다. 자신의 앞을 가로막는 인간들을 공격하기 위해서.

나는 다시 한번 번쩍이는 은빛의 쇠붙이를 들여다본다. 이미 실탄은 장

---

87) 흥기興起 : 나라나 세력의 기운이 왕성해짐.

전된 상태고 안전장치도 제 위치에 있다. 실탄 5발에 공포탄 1발이 장착되어 있는 차가운 쇠붙이. 노란색 실탄들은 짧은 찰나를 위해 약실에 얌전히 숨어 있는지도 모른다. 반짝이는 죽음의 신비. 신호만 보내면 목적을 가리지 않고 작동하는 기계. 이 싸늘한 쇳덩이는 순간을 위해 오랜 시간을 기다릴 줄도 안다. 또한 삶과 죽음의 순간을 정확히 구별해 치명타를 가할 줄도 안다. 나는 지금 그런 쇳덩이를 품고 승용차 안에 앉아 있다. 한 사람의 삶과 한 인간의 목적을 재평가하기 위해서. 어디선가 아트 가펑클의 왓 어 원더풀 월드가 들려온다.

'참 아름다운 세상. 참 아름다운 세상이에요. 역사에 대해서는 잘 몰라요. 생물에 대해서도 잘 모르고요. 과학에 대해서도 잘 몰라요. 불어에 대해서도 잘 몰라요. 단지 내가 당신을 사랑한다는 것은 잘 알아요. 또 당신이 날 사랑한다는 것도 알죠. 참 아름다운 세상. 참 아름다운 세상이에요.'

류대는 달콤한 꿈을 꾸면서조차 이카로스를 뒤쫓는다. 이카로스를 검거하는 일은 류대에게는 꿈과 희망일지도 모른다. 이 황량한 도시에서 탈출하는 유일한 수단일 수도 있고. 그 탈출구마저 사라진다면 마리나 디나처럼 자신을 포기할 것이다. 그런 점에서 한 인간의 삶은 다른 인간의 목숨을 담보하는 셈이다. 거리는 점점 더 어두워지고, 도시를 삼킬 것 같은 빗줄기는 그칠 기색이 없다. 그 쏟아지는 비를 뚫고 차량 행렬이 느릿느릿 움직인다. 성스러운 의식을 치르기 위해 순례를 떠나는 이교도들의 행렬처럼.

'나는 우수한 학생이라고 주장하지 않아요. 다만 그렇게 하려고 노력했을 뿐이죠. 난 우수한 학생이 될 거예요. 그대여, 당신의 사랑과 함께 하고 싶어요. 참 아름다운 세상이에요.' 가펑클은 참 아름다운 세상을 노래하고 류대는 여전히 꿈속을 헤맨다. 나는 희미해져 가는 눈으로 비 내리는 거리를 주시한다. 유리나 피여나가 그 거리 어디쯤에 있을지 모른다는 생각을 하며.

65

우리 기억에 남은 꿈은 본질적인 것이 아니고 그 본질적인 것을 왜곡시킨 대상물로서, 이 대상물은 다른 대상물의 형성을 환기시킴으로써 본질적인 것에 조금씩 접근하는 것입니다. 즉 꿈속의 무의식적인 것은 의식상에 나타내는 일을 돕는 작용을 한다는 것입니다. 그러므로 우리의 기억이 요연瞭然[88]하지 못하다면 이 대상물의 기억으로 더욱 왜곡이 심하게 될 것이요. 또 이러한 왜곡은 아무런 동기 없이 우연히 나타날 리도 없을 것입니다. – 프로이트의 「정신분석 입문」 중에서

"내가 바깥세상에 나타난 게 이상합니까?"
"아니 그냥 좀 예상외라."
나는 멀뚱한 얼굴로 중세식 복장의 집주를 바라본다. 집주가 한바탕 껄껄 웃고 자세를 바로 한다. 나는 연신 가라앉는 눈꺼풀을 끔뻑이며 카페 안을 둘러본다. 아무리 눈을 크게 떠도 사람의 모습이 정확히 잡히지 않는다. 마치 꿈을 꾸는 것처럼 모든 게 몽롱하고 불투명하다. 얼마 전에 들어갔던 지하부와는 느낌과 분위기가 다르다. 내부가 중세 살롱 형태인 것도 그렇고, 고대 병동처럼 느껴지는 것도 마찬가지다. 그런데다가 모든 사람들이 얼이 나간 표정으로 앉아 있다. 내가 고개를 갸우뚱거리자 집주가 비긋이 웃는다.
"이곳도 역시 이상하게 보이지요?"
"네 조금은."
"그럴 겁니다. 선생은 나만 만나면 꿈속이라고 생각하니까요."
"그럼 지금도 꿈이 아니라는 말입니까?"
"어때요.. 아가씨 이게 꿈입니까, 생십니까?"
집주가 테이블 옆에 대기해 있는 서빙걸을 향해 묻는다. 서빙걸이 맑고 또랑또랑한 목소리로 대꾸한다.
"손님들께선 카페 입구에 써 있는 주의사항을 보지 못했나요?"

---

88) 요연瞭然 : 밝고 명백함, 또는 분명함.

"주의사항이라니요?"

"카페에 들어선 순간 모든 걸 잊고 꿈속처럼 행동하라는 지침서 말이에요."

"그런 지침서가 붙어 있었습니까?"

나는 영문을 모르겠다는 투로 반문한다. 서빙걸이 커다란 눈을 껌뻑이며 되묻는다.

"손님들은 여기가 뭐 하는 곳인지도 모르고 들어오셨어요?"

"아 아니에요. 우린 다 알고 왔어요. 여기 있는 젊은 선생이 잠시 착각을 한 것뿐이지요."

집주가 정색을 하면서 허둥지둥 둘러댄다. 서빙걸이 의심스런 표정으로 쳐다본다.

"정말이죠?"

"정말이고말고요."

"우리 카페는 꿈이나 이상을 사랑하지 않는 사람은 받지 않아요. 뭐든 타산적이고 이기적이고 계산적인 인간은 받지 않는다는 거죠."

"맞아요. 여기가 바로 그런 곳입니다."

집주가 자세를 바로 하며 맞장구를 친다. 서빙걸이 고개를 끄덕여 집주의 말을 인정한다. 집주가 특유의 갈라진 쇳소리를 내며 덧붙인다.

"선생이나 나나 이 아가씨 말대로 꿈속이라고 생각하면 간단합니다. 또 이게 꿈이면 어떻고, 꿈이 아니면 어떻습니까? 우리는 꿈같은 현실, 현실 같은 꿈속에서 사는데요. 깜빡 자고 나면 100년이 지나가 버리는 꿈. 그렇지 않습니까?"

"하긴 꿈인지 아닌지는 중요하지 않죠."

"이제야 정신이 드시는구만. 선생은 순진해서 그럴 수밖에 없을 겁니다."

"그래요. 이 손님은 너무 순진한 것 같아요."

"그럼요. 그렇고말고요."

집주가 재미있다는 듯이 큰소리로 웃는다. 바세바라는 명찰을 가슴에 단 서빙걸이 차분한 목소리로 설명한다.

"우리 카페는 하나에서 열까지 꿈으로 돼 있어요. 먹고 마시고 행동하는 것까지요. 그래서 모든 손님들이 꿈꾸는 표정을 짓고 있는 거예요. 현실적인 어려움이나 고민, 고통 같은 걸 잊어버리고. 그뿐이 아니에요. 여기서는 이기적이고 탐욕스런 마음도 망각해야 돼요. 얼마나 그럴듯해요. 모든 걸 털어 버리고 홀가분한 마음으로 차를 마신다. 문명적인 것들을 모두 잊고 즐겁게 시간을 보낸다. 그래서 카페 이름도 드림 컨츄리라고 붙인 거예요."

"드림 컨츄리?"

"네, 그래요."

"좀 어렵군요."

"어려울 거 하나도 없어요. 모든 건 마음먹기에 달렸으니까요."

"알았어요. 아가씨. 그 정도면 여기 계신 분도 충분히 이해했을 겁니다. 그렇지 않아요, 선생?"

집주의 질문에 나는 입맛을 쩍쩍 다신다. 서빙걸이 부드러운 표정으로 입을 연다.

"우리 카페를 찾아 주신 걸 진심으로 환영합니다. 이제부터 즐겁고 행복한 시간 되시고, 주문은 규칙대로 해 주시기 바랍니다."

"알았어요, 알았어. 주문은 조금 있다가 할게요."

"그러면 즐거운 꿈의 여행이 되시기 바랍니다."

서빙걸이 말을 마치고 돌아서서 걸어간다. 나는 서빙걸의 뒷모습을 멍한 시선으로 바라본다. 조용히 앉아 있던 집주가 어깨를 툭 친다.

"정신을 바짝 차려야 합니다. 호랑이한테 물려가더라도."

"전 뭐가 뭔지 하나도 모르겠습니다."

"당연히 정신이 없을 겁니다. 차에서 자는 걸 깨워서 이상한 곳으로 데려왔으니까요. 하지만 금방 익숙해질 겁니다."

"근데 이건 뭐죠?"

나는 아무것도 인쇄되지 않은 메뉴판을 들어 보인다. 집주가 당연하다는 얼굴로 대꾸한다.

"여기가 본래 그런 곳이에요. 쉽게 말해 상식을 벗어났다고 할까요. 원칙을 벗어났다고 할까요. 여기서는 모든 게 비현실적입니다. 먹는 거나 마시는 깃, 보고 듣는 것까지. 그래서 서빙걸이 드림 컨츄리라고 말한 겁니다."

"이해할 수 없군요."

"그러니 상식을 벗어났다는 거지요. 그런 비상식적이고 비현실적인 현상 때문에 사람들이 찾아오는 거고요. 보세요. 얼마나 많은 사람들이 넓은 홀을 채우고 있습니까. 어린아이부터 청년, 중년부부, 장년, 100살 노인까지. 물론 이 건물 전체가 이런 용도로 사용되고 있지만요."

"이 건물 전체가요?"

"그렇습니다. 409개가 넘는 방들이 모두 같은 용도로 사용되고 있습니다."

"409개요?"

"네, 맞습니다."

집주가 양치기 지팡이를 들어 널찍한 홀을 가리킨다. 집주의 말대로 홀 안은 가지각색의 손님들로 만원이다. 이상한 것은 그들 모두가 상대방 입에 먹을 걸 떠 넣는다는 사실이다. 내가 머리를 갸우뚱거리자 집주가 껄껄 웃는다.

"재미있는 광경이지요? 자기가 먹지 않고 상대방한테 음식을 먹여주는 모습이. 그런 것들이 여기서는 지극히 자연스런 현상입니다. 즉 드림 컨츄리에서는 모든 사람이 상대를 위해 생각하고, 상대를 위해 행동하고, 상대를 위해 자신을 희생시킵니다. 쉽게 말해 모든 사람이 상대를 배려한다고 할까요. 사랑하고 헌신하는 마음을 적극적으로 표현한다고 할까요."

"그래도 그렇지. 어떻게 먹는 것까지 남을 위해 할 수 있습니까?"

나는 조금 불만스런 어조로 투덜거린다. 집주가 수염을 쓸어내리며 넌지시 묻는다.

"선생은 지옥이나 천국을 가 보았습니까?"

"지옥이나 천국이요?"

"그렇습니다."

"그런 데는 죽어서 가는 곳 아닙니까?"

나는 영문을 모르겠다는 얼굴로 되묻는다. 집주가 안타깝다는 듯이 혀를 끌끌 찬다. 나는 물컵을 집어 들고 몇 모금 들이켠다. 안쓰러운 표정을 짓던 집주가 낮은 목소리로 입을 연다.

"인간들은 지옥이나 천국을 죽은 후에 가는 곳이라고 믿는데, 그건 잘못된 생각이에요. 인간들은 죽지 않아도 천국과 지옥을 경험할 수 있습니다.

그곳에 직접 가 볼 수도 있고요. 내 말을 황당무계한 억지라고 치부할지도 모릅니다. 하지만 내 말은 전혀 이상하지도 엉뚱하지도 않아요. 천국이나 지옥은 어디에 있거나, 어딘가에 존재하는 장소적 개념이 아니기 때문입니다."

"장소적 개념이 아니라고요?"

"천국과 지옥은 우리 마음속에 있는 상징적 개념이에요. 다시 말해 천국과 지옥은 우리 마음속에 존재하는 형이상학적 개념이라는 얘깁니다. 이걸 어떻게 설명하는 게 좋을지 모르지만, 천국이나 지옥은 죽어서 가는 곳은 분명히 아닙니다."

집주는 단호하게 말하고 내 얼굴을 쳐다본다. 마치 최면이라도 거는 듯한 모습으로. 나는 멀뚱한 시선으로 집주의 얼굴을 마주 건너다본다. 집주가 지팡이를 쓰다듬으며 말을 잇는다.

"어떤 욕심 많은 사람이 천국과 지옥을 구경하고 싶어서 신들한테 떼를 썼습니다. 제발 좀 천국과 지옥을 구경시켜 달라고요. 그래서 신들이 모여 회의를 했어요. 이 당돌하고 겁 없는 인간을 지옥에 보내 보자고요. 당연히 천국도 슬쩍 들어갔다가 나오게 하자고 합의를 보았습니다. 그리곤 그 욕심 많은 인간을 지옥으로 보냈어요. 꿈을 가장해서 말이에요. 그러니 어떻게 되었겠습니까? 그 인간 지옥에 가서 깜짝 놀라고 말았어요. 지옥이라는 게 불구덩이에서 허우적거리는 인간들 천지거나, 오물을 뒤집어쓰고 신음하는 인간들이 우글거린다고 생각했거든요. 헌데 그 사람이 본 지옥은 상상하고 전혀 달랐습니다."

"그럼 어떤?"

"그 사람이 본 지옥은 평온하고 질서정연했던 겁니다. 싸움도 없고 투기도 없고 시기도 없었어요. 고통에 차 울부짖는 사람도 없었고, 수렁에 빠져 허우적대는 인간도 없었지요. 처음부터 끝까지 평온하고 평화스러웠던 겁니다. 하지만 지옥이 이승과 다른 점은, 모든 사람이 비쩍 마른 나머지 해골만 남았다는 거였어요. 그 외에는 다 똑같았습니다. 먹고 자고 놀고 하는 것들이. 물론 몇 가지 이상한 점이 있었지요. 그건 사람들 행동이었는데, 그들은 진수성찬 앞에서 삽 같이 큰 숟가락을 들고 자기 입에 음식물을 떠 넣는 거였어요. 말이나 대화도 없이 무표정하게 앉아서 말이에요.

문제는 그들이 단 한 숟가락도 입속에 넣지 못한다는 사실이었어요. 숟가락이 필요 이상으로 컸으니까요. 그래서 해골처럼 비쩍 말랐던 겁니다. 순전히 자기 자신만을 위해 먹고 마시고 생각하니까요."

"네에…"

"천국은 어땠는지 아십니까? 천국도 지옥하고 모든 게 같았어요. 진수성찬이 차려진 것도 그렇고, 놀고 먹고 즐기는 것까지. 다만 한 가지 차이가 나는 것은, 그곳에선 작은 숟가락을 들고 상대방 입에 음식물을 떠 넣는다는 사실이었어요. 자연스럽게 웃고 떠들고 담소를 나누면서 말이에요. 그러니 어떻겠습니까? 그곳 사람들은 모두 살이 찌고 표정이 밝고 화색이 돌 수밖에요. 그 욕심 많은 인간 이생으로 돌아와서는 남을 위해 살기로 마음을 먹은 겁니다. 천국과 지옥이란 게 결국 남을 이해하고 배려하느냐, 자신만 생각하고 행동하느냐에 따라 나누어진다는 걸 알게 된 거지요."

"흠…"

"사랑과 이해와 관용의 마음. 그게 바로 천국과 지옥의 차이예요. 그러니 천국과 지옥이 장소적 개념이라고 할 수 있겠습니까?"

집주가 말을 마치고 의미심장한 표정을 짓는다. 나는 멍한 시선으로 집주의 주름진 얼굴을 바라본다. 집주가 헛기침을 해 목소리를 가다듬고 말을 계속한다.

"이곳에서 왜 서로 먹여주는지 알겠지요? 자신보다 남을 더 생각하고 남을 배려하는지를."

"조금은 알 것 같습니다."

나는 좀 전보다 진지해진 표정으로 대꾸한다. 내 모습을 보던 집주가 흡족하다는 듯 턱수염을 어루만진다. 나는 마주 앉아서 음식물을 먹여주는 사람들을 훔쳐본다. 집주가 자랑스럽다는 듯이 어깨를 으쓱한다.

"아 그리고 이곳을 이용하려면 여기에서 적용되는 규칙을 지켜야 합니다. 좀 전에 서빙걸도 언급했지만, 이곳에서만 통용되는 규칙이 있거든요. 예를 들면 여기서는 무슨 일이 일어나도 반응을 보여선 안 된다는 겁니다. 꿈속에서도 그렇지 않습니까? 모든 게 현실같이 선명하지만 알고 보면 다 허상이지요. 아무리 성공하고 부를 쌓고 명성을 얻어도 깨어나면 그만입니다. 그게 바로 꿈이라는 비현실적 공간이에요. 더구나 이곳은 꿈속의 공간 중 가상적인 세계입니다. 우리들이 매일 꾸는 꿈. 미래와 과거를 동시에 경험하는 가상공간. 꿈속은 꿈속이되 우리가 설정한 가상공간 속의 꿈이라 이 말이에요."

"가상공간 속의 꿈?"

"요새 젊은 사람들이 쓰는 사이버라는 말하고 흡사합니다만, 개념이 조금 다릅니다. 가상공간이란 것 자체가 현실 속에 존재하는 상상적 개념인데 반해, 우리가 쓰는 사이버는 현실이 아닌, 비현실 속에 존재하는 공간적 개념이거든요. 이렇게 말하면 좀 어려운데, 가상공간이 과학적이고 현실적인 걸 바탕으로 한다면, 이곳은 꿈속에서도 꿈같은 상황이 벌어지는 곳이라는 말입니다."

"뭐가 뭔지 모르겠군요."

"선생은 세세한 부분까지 알 필요가 없습니다. 그냥 꿈을 꾼다고 생각하면 그만이니까요. 방금 전에 우리가 들어왔던 어둡고 둥근 출입구 생각납니까? 동굴처럼 생긴 통로 말이에요."

"글쎄요."

나는 눈을 끔뻑이며 기억을 더듬는다. 집주가 재미있다는 듯이 껄껄 웃는다.

"전혀 생각이 나지 않지요. 우리가 어디로 어떻게 들어왔는지 말이에요."

"네 전혀."

"여기가 바로 그런 곳입니다. 모든 게 의식 밖에서 일어나는 비현실적인 상황뿐이지요. 사람들 간의 관계도 그렇고, 인간의 정신세계도 마찬가집니다. 프로이트가 말한 무의식이나 꿈의 분석하고는 좀 다른 이야깁니다. 하지만 의식 깊은 곳을 연구하고 분석해서 문명병을, 관계의 단절과 사랑의 결핍을 치료하는 점에선 비슷합니다."

"……"

"다만 내가 말하는 치료 방법하고 프로이드가 사용했던 치료 방법하곤 다릅니다. 그걸 어떻게 표현해야 할까요. 시술 방법이 다르다고 할까요. 치료 방법에 접근하는 방식이 다르다고 할까요. 프로이트가 무의식을 이용해 히스테리를 치유했다면, 이곳은 꿈속에서 다시 꿈속으로 들어간 가상공간을 설정해 놓고, 현실에 적응하지 못하거나 갈등을 느끼는 사람들을 치료합니다. 부언하자면 정신적 갈등을 느끼는 사람들한테 가상공간 속으로 들어가게 해서 현실을 잊게 하거나 망각하게 해 준다고 할까요. 과거를 떠나 환각의 세계로 들어가게 한다고 할까요."

"네에…"

"프로이트는 히스테리 증상 자체를 의식에 영향을 받지 않고 무의식 속에 억압되어 있던 갈등이라고 보고, 그 해소에 치중했어요. 반면 우리는 프로이트처럼 단순히 무의식 속에 존재하는 갈등만을 해소시키는 게 아니라, 그 무의식 그 안쪽… 무의식을 지배하는 또 다른 무의식까지 치료합니다."

"무의식을 지배하는 또 다른 무의식?"

"그렇습니다."

"……"

"내 말이 이상하게 들릴지도 모릅니다. 왜냐하면 무의식 안쪽에 또 다른 무의식이 존재한다는 건 아직 증명되지 않은 이론이니까요. 그러나 우리는 무의식 속에 잠재한 무의식을 잠재 무의식이라고 정의했어요. 즉 무의식 속에는 잠재해 있는 수많은 무의식이 존재한다고 가정하고, 그 잠재 무의식만 해소시킨다면 모든 게 해결된다고 믿은 거지요. 잠재 무의식만 편안해진다면 고민이나 갈등, 스트레스, 또는 히스테리까지도 사라지게 되는 거지만 말입니다."

"……"

"반면에 프로이트는 히스테리라는 것 자체가 의식하고는 관계없이 무의식 속에 갇힌 하나의 심적 상태라고 생각했어요. 그래서 무의식 속에 억압되어 있는 갈등만 해소시키면 히스테리는 자연스럽게 치유된다고 믿었던 겁니다. 이곳에서는 이제 그런 낙후된 방법은 쓰지 않습니다. 여기선 잠재 무의식, 무의식 속에 잠재된 제일, 제이, 제삼, 제사, 제오 등등의 무의식을 편안하게 해 주면서 갈등이나 고민을 해소시키는 방법을 사용하니까요. 다시 말해 여기서는 단순히 무의식 속에서 발생하는 심적 갈등만 치료하는 게 아니라 그 안에 내재한… 앞으로 발생할 잠재적 갈등까지 가라앉혀 준다 이 말입니다."

"……"

"프로이트가 주장한 이론이 틀리다는 건 아니에요. 프로이트도 히스테리라는 것 자체가 환자가 가진 생각이나 의사하곤 관계없이 육체적 증세로만 나타나다가 결국에는 그 증세가 정신적 에너지로 전이되고, 드디어는 히스테리로 발전한다고 보았으니까요. 쉽게 얘기해서 프로이트는 히스테리하고 환자의 의사나 생각은 별개라고 본 겁니다. 의지도 마찬가집니다. 그래서 그것만 치료하면 된다고 생각한 거예요. 그런 의미에서 프로이트는 히스테리를 고치려면 무의식 속에 짓눌려 있던 감정을 정상적인 통로를 거쳐 의식계로 내보내야 한다고 주장한 겁니다. 즉 최면술을 써서 환자를 치료하는 것보다, 자유 연상법을 통해서 치료하는 게 더 낫다고 결론 내린 거지요. 환자 머릿속에 떠오르는 생각이나 갈등을 빠짐없이 토로하고 발산하고 뱉어 내게 해서."

"그랬군요."

"사실 프로이트도 처음엔 자기가 내세운 학설이 과학적으로 입증되지 않았기 때문에 정신분석학이라고 이름을 붙이지 못했어요. 자기 스스로도 그런 학문적 성과를 확신하지 못했고요. 그러다가 나중에 정신분석학이라고 붙이긴 했습니다만, 프로이트도 우리가 앉아 있는 이 카페 같은 곳을 만들어 놓고 문명병 환자들을 치료했던 건 사실입니다."

"그래서 이 카페도 그런 사람들을 모아 놓고 치료를 한다는 얘깁니까. 그 이상하기 짝이 없는 이론을 적용하면서?"

"꼭 그런 건 아니지만, 이기적이고 탐욕적이고 화려함만 추구하는 21세기형 인간들을 치료하는 건 사실입니다. 인간들한테 관계, 사랑, 희생의 중요성을 일깨우기도 하고요. 선생 같은 특별 손님을 초청해서 이곳을 보여주는 것도 중요한 일 중 하납니다."

"저를 초청했다는 말입니까?"

"선생은 엄연히 초청된 겁니다. 환자로 데려온 게 아니라."

"저도 이 사람들처럼 환자일 수 있지 않습니까."

"그럴 수도 있겠지요. 윤리적으로나 도덕적으로 본다면."

"윤리적으로나 도덕적으로요?"

"사람이 윤리나 도덕적으로 병들면 못 말리거든요."

집주는 엄숙한 표정으로 말하고 헛기침을 큼큼 한다. 나는 집주의 주름진 얼굴을 멍하니 바라본다. 미소 짓던 집주가 물을 한 모금 마시고 말을 잇는다.

"프로이트도 그런 정신적인 병을 치료한 겁니다. 그 시대가 규정해 놓은 윤리나 도덕적으로 문제가 많은 사람들을 말이에요."

"프로이트가 그런 사람들을 치료했습니까?"

"당연히 치료했지요."

"……"

"잘 생각해 보세요. 프로이트도 우리가 양심이나 도덕이라고 하는 걸 초자아라고 불렀지 않습니까? 초자아가 제시하는 기준에 따라 자아가 움직인다고 보았고요. 프로이트는 초자아에 의해서 자아가 도덕적 가치를 판단하거나, 양심적으로 행동한다고 믿은 겁니다. 초자아하고 자아 사이가 멀어지면 죄책감이나 열등의식을 갖게 되는 거고요. 그런 점 때문에 선량한 인간들이 죄를 짓고 죄의식을 느낀다는 거지요. 초자아가 자아를 계속 자극하고 부추기니까요. 어때요? 그렇지 않다고 생각합니까?"

"글쎄요. 전 뭐가 뭔지 잘…"

"이런 이론을 이해하는 사람이 몇이나 되겠습니까. 그냥 대충 알고 적당히 살아가는 거지요, 아무튼 프로이트는 일찍부터 그런 이론을 적용해서 문명병을 앓는 21세기형 인간들을 치료했던 겁니다. 묘한 건, 초자아라는 게 모든 정신현상에 협력했다가도 어느 순간에 반발하기도 한다는 사실입니다. 그래서 사람들은 자기 방어본능을 가지게 되고, 이런 곳을 찾아와 치료를 받거나, 자기만족을 느끼기도 하는 거예요."

집주는 자신의 말에 도취된 듯 감격스런 표정까지 짓는다. 나는 그런 집주를 멀뚱한 얼굴로 쳐다본다. 어디까지가 진실이고 어디까지가 허위인지를 생각하며. 집주가 기다란 턱수염을 쓸어내리고 말을 계속한다.

"인간들은 선천적으로 자기 방어본능이나 자기 치유본능을 가지고 태어났습니다. 다시 말해 인간들은 누구든 자기를 지키는 힘을 보유하고 있다는 거지요. 자기 자신을 해치고 어려움에 빠지게 하는 파괴본능이나 죽음본능도 마찬가지입니다. 자아본능, 리비도, 이드도 다를 건 없고요. 어떤 인간은 억누를 수 없는 이드 때문에 범죄를 저지르기도 합니다. 이드는 전적으로 쾌락과 고통의 원리에 따라 기능하거든요. 그래서 이드적 충동은 즉각적 충족을 추구하거나, 타협적 충족에 만족합니다. 그 타협적 충동에 자신을 용해시키지 못하면 범죄를 저지르는 거고요. 이곳에 오는 사람들은 모두 그런 문제를 하나씩 가졌다고 보면 틀리지 않습니다. 의식 속에 감추어진 욕망이나 탐욕, 파괴본능이 해소되기를 바라는 거지요. 그런 이유 때문에 이곳에 들렀다 가면 반드시 다시 찾아오게 됩니다."

"그렇다면 집주께서도 그런 사람입니까?"

"나는 예욉니다."

"그럼 다른 사람들은 그렇다는 말인가요?"

"그런 셈이지요."

"그래요?"

"그건 선생이 자꾸 나를 만나고 싶어 하는 것과 같은 이칩니다. 무언가 괴이하고 비현실적인 것들만 모여 있지만, 그걸 겪고 싶거나 그 안으로 들어가 보고 싶은 충동 때문에 다시 찾아오는 거지요. 그걸 뭐라고 설명해야 좋을까요. 일종에 중독증상이라고 할까요. 혐오스러운 것을 그 혐오하는 생각 때문에 혐오스런 것을 더욱 선호하게 되는 심리적 굴절현상이라고 할까요. 이 안에는 밖에서 느낄 수 없는 편안함이나 안락함이 존재하는 건 분명합니다. 서로를 염려하고 이해하고 연민하고 배려하니까요. 잘 보세요. 여기에 있는 사람들을. 한결같이 평온한 얼굴을 하고 있지 않습니까?"

"하긴."

"바로 그 점입니다. 이곳을 찾는 사람들은 현대사회가 만든, 화려하기 짝이 없는 문명병을 앓고 있지만, 모두 순수한 사람들이라는 겁니다. 선생도 마찬가지예요. 선생이 그런 기준에 들지 않는다면 나를 만나는 것은 물론이고, 이 카페 안으로 들어오는 것도 불가능했을 테니까요. 이곳은 문명사회로 인해 정신적 고통을 받는 사람이거나, 그런 상황에 대처하지 못하는 선량한 사람만 올 수 있다는 얘기지요. 사실 아까 그 바세바라는 서빙걸이 나를 알아보지 못해서 그렇지, 이곳도 우리가 운영하는 업소 중 하납니다."

"여기가 집주께서 운영하는 업소라고요?"

"저번에 찾아왔던 지하클럽하고 비슷하다고 보면 됩니다."

"그럼 그곳은 어떡하고요?"

"거긴 이미 물속에 잠겨 버렸습니다."

"그게 정말입니까?"

"생각해 보십시오. 40일이 넘도록 쉬지 않고 폭우가 쏟아졌으니 지하부가 물에 잠기는 건 당연한 일 아닙니까. 그로 인해 화려했던 지하세계도 완전히 붕괴돼 버렸고요. 보세요, 내가 입고 있던 중세풍 복장도 볼품없이 더러워지지 않았습니까? 마치 구정물에 빠졌다가 도망쳐 나온 생쥐처럼 말이에요. 거기는 지금 오물과 쓰레기와 썩은 사체 천지가 됐어요."

"그렇다면 그것도 꿈이 아니었다는 말입니까?"

"그때도 그렇지만, 지금도 꿈은 아닙니다."

"그러면 저를 찾아오신 이유는 뭐죠?"

"그건 선생이 우리가 찾는 순수하고 선량한 인간이기 때문입니다. 선생은 세상을 사랑하고 이해하고 포용하는 마음을 가진 몇 안 되는 인간이란 말이지요. 그런 사람들이 우리한테는 필요한 겁니다. 타인을 이해하고 껴안고 사랑하는 마음을 가진 인간 말입니다. 그런 인간 10명이 모이면 이 세상을 구할 수 있으니까요."

"10명?"

"그렇습니다. 의인 10명. 저번에 말하지 않았습니까. 우리가 10명의 연극 단원을 모집한다고요."

"아 네에…"

"선생이 처음 찾아왔을 때, 우리하고 같은 길을 가리라고 생각했습니다. 선생이 찾고 있는 유리나 피여나 같은 여자분들도 마찬가지고요. 선생을 비롯해서 그들 모두는 사랑과 희생을 기본적인 마음자세로 생각하거든요. 인류를 위해 자신을 과감히 던지는, 남을 위해서 자신을 양보하는 정신. 그래서 그분들이 이 도시에서 사라진 겁니다. 자유와 평화의 낙원인 델로피아로 가기 위해서. 또 우리 일이라는 게 누구한테 자랑하거나 공개할 성질의 것도 아니거든요. 그래서 하나같이 실종된 것처럼 보인 겁니다. 그런 의미에서 선생 일거수일투족도 관찰해 온 거고요."

"그렇다면 제가 어떻게 사는지도 알겠군요."

"잘 압니다."

"그런데도 절 선택했습니까?"

"그런 이유 때문에 선생을 선택한 겁니다. 선생은 자신이 누구인지, 무얼 하는지, 어디로 가는지도 모르니까요. 다만 선생은 무엇보다 중요한 희생정신과 휴머니즘으로 무장되어 있다는 사실입니다. 모든 인류한테 필요한 걸 선생은 다 가지고 있다는 말이지요. 쉽게 말하면 포스트휴머니즘 즉, 포스트휴먼을 재정립해서, 기계화되어 가는… 문화와 숫자와 기계와 돈에 종속되어 가는 인간을 막아 보자는 겁니다. 그 대상인 열 명의 의인을 찾는 일이에요. 자본주의화 되지 않고, 기계화되지 않고, 숫자에 구속되지 않는… 자연에 순응하고 순수하고 참다운 인성을 가진 사람들 말입니다."

집주는 말을 마치고 내 얼굴을 유심히 들여다본다. 내 마음은 물론이고 생각까지도 읽어 내려는 듯이. 내가 멀뚱한 얼굴을 하자 집주가 점잖게 말을 잇는다.

"우리는 가능성을 보고 판단하지, 얼마나 완벽하고 훌륭하고 뛰어난 존재인지는 따지지 않습니다. 다시 말해 현실에 적응해서 약삭빠르게 살아가는 인간보다, 선생처럼 단순하게 사는 사람이 필요하다는 뜻이지요. 나보다 남을 더 생각하고, 남을 위해 자신을 희생하고, 타인을 껴안고 사랑하는 사람이 중요하다는 말입니다. 우리가 추구하는 이상세계도 완벽한 인간보다 불완전한 인간을 요구하는 거고요. 자본주의화나 기계화보다 자연주의적 인성을 가지고 있는 사람을 말입니다."

"나는 매일 음악을 흥얼거리고, 술을 마시고, 시도 때도 없이 섹스를 하는데 괜찮다는 말입니까?"

"우리세계에선 그런 단순 반복적인 습성 같은 건 개의치 않습니다. 바깥세상하고는 전혀 다른 도덕적 개념을 적용하고 지키거든요. 아니 별개의 가치관을 정립해 놓았다는 게 옳을 것 같군요. 선과 악, 죄와 벌, 미와 추, 진실과 허위에 대한 개념도 마찬가지입니다. 하여간 우리가 만드는 이상적 사회는 모두 게 원시적이고 원초적입니다. 그 정도로 그곳은 본질적이고 자연적인 곳이라고 할 수 있습니다."

"본질적이고 자연적인 곳?"

"그렇습니다. 그래서 우리는 새로운 땅에다가 새로운 세계를 건설하려고 하는 것입니다. 악이 사라지고 선만이 살아가는 곳. 범죄도 없고 죄악도 없는 곳. 이기심도 없고 탐욕도 없는 곳. 과학과 숫자와 계산도 없는 곳. 오직 사랑과 행복, 기쁨, 즐거움만이 있는 곳. 그래야만 휜브르의 겨울이 오지 않을 테니까요."

"휜브르의 겨울?"

"그렇습니다. 휜브르의 겨울."

"……?"

"휜브르의 겨울은 신들과 그들이 살던 세계가 멸망하는 때를 말하는 것입니다. 즉 휜브르의 겨울은 선이 사라지고 악이 창궐할 때 나타나는 말기적 현상이라는 얘기지요. 나를 위해 남을 희생시키는, 나를 위해 타인을 해치고 죽이는, 파괴적이고 파멸적인 현상은 그뿐이 아닙니다. 그날이 오기 직전에는 모든 가치가 전도되고 질서가 파괴됩니다. 신이나 인간들이 하나같이 의무나 권리를 포기하고 타락하게 되고요. 인간들은 너나없이 본능과 욕망에 의해 움직이고, 남의 것을 탐내고 살인하고 쾌락에 빠져 살게 됩니다. 모든 가시적 피조물들은 이 세상에서 사라지게 되지요. 아주 무서운 날입니다."

"그런 날도 있습니까?"

"당연히 있지요. 휜브르의 겨울이 오면 처음 3년은 캄캄한 암흑 세상이 됩니다. 태양도 뜨지 않고 봄, 여름, 가을도 오지 않게 되지요. 하늘 네 귀퉁이로부터 눈이 쉴 새 없이 쏟아지고, 살을 찢을 것 같은 혹독한 서리가 대지를 뒤덮게 됩니다. 칼날 같은 바람이 쉬지 않고 불어대고, 감당할 수 없는 폭풍우가 끝없이 몰아치지요. 그런 겨울이 3년 동안 계속된 후, 다시 암흑 같은 겨울이 3년간 이어집니다. 그동안 전쟁이 온 우주를 흔들어 놓을 것이고, 바다는 그 해상을 떠나고, 하늘은 갈기갈기 찢어져 없어지고, 무수한 사람과 동물들이 죽음을 맞게 되지요. 그리하여 지상의 모든 아름다움은 영원히 사라지고, 칠흑 같은 어둠이 덮쳐오는 겁니다. 그게 휜브르의 겨울, 즉 세상의 종말인 라그나뢰크의 날이 오는 거예요."

"왜 그런 겨울이 오는 겁니까?"

"아까도 말하지 않았습니까. 인간들이 너무 화려한 것에 매달리고, 위대해지는 것에 집착하고, 명성을 위해 물불을 안 가려서 그런 거라고요. 모든 인간들이 이기적이고 욕망적이고 잔인해져서 그렇다고 볼 수도 있습니다. 신화에서는 선의 신인 바르도르를 다른 신들이 돌로 쳐 죽임으로써 시작된 것이라고 말합니다. 선의 신이 죽자 악의 신이 세상을 지배하면서 모든 게 멸망한다는 거지요. 욕심과 탐욕으로 들끓는 인간이 선량하고 평화를 사랑하는 인간을 제거한 것이나 마찬가집니다."

"……."

"보세요, 지금도 그런 현상이 도처에서 일어나지 않습니까. 부도덕한 가치가 도덕적 가치처럼 위장한 채 흥기하고, 화려한 것이 소박한 것을 천박하게 여기고, 삼류가 일류처럼 날뛰고, 가짜가 진짜처럼 행세하고, 악한 것이 선한 것을 우습게 여기고, 악한 인간이 선한 인간을 종처럼 부리고, 가진 자가 못 가진 자를 천대시하고, 진실이 화려함에 전복되고, 진리가 탐욕에 전도되는. 우리는 그런 날이 오는 것을 방지코자 하는 것입니다. 그래서 선하고 착한 사람들 10명을, 10명의 의인을 찾는 겁니다. 그래야만 휜브르의 겨울이 오지 않을 테니까요."

"집주께선 연극단체를 운영한다고 하지 않았습니까? 파라다이스라는."

"그 연극단체가 바로 델로피아로 가는 매체이고 길입니다. 쉽게 말해 파라다이스 극단은 이상세계로 가는 통로라고 할까요. 과정이라고 할까요. 아니 해결책이라고 해야겠군요. 거기서부터 모든 게 시작되니까요. 우리는 선생 같은 선인들을 그 연극단체를 통해서 모집하는 겁니다. 휜브르의 겨울이 오는 것을 막기 위해서 말이에요. 일부에서는 이미 휜브르의 겨울에서나 보는 것처럼 물속으로 가라앉고 무너지고 파괴되지 않습니까. 내가 지키던 헤라이온 빌딩의 지하부처럼."

"지하부?"

"그렇습니다, 지하부. 그곳에 있던 모든 복도, 모든 물건, 모든 사람, 모든 동물, 모든 룸이 물에 잠겼습니다. 선생도 보았다시피 40개나 되는 방, 아니 별실이라고 해야 할 것 같군요. 그 별실들이 모두 수장돼 버렸어요. 하나도 남김없이 말입니다."

"딱 한 가지 질문을 해도 되겠습니까?"

"질문? 좋습니다. 딱 한 가지라면."

"거기는 왜 40개의 방이 있는 겁니까? 50개나 70개, 100개도 만들 수 있는 규모 같던데요."

"아, 그거 말이군요. 그건 다 깊은 뜻이 있는 겁니다."

"깊은 뜻이요?"

"그렇습니다."

"어떤?"

"40이라는 숫자는 시련기간이고, 시험기간이면서 소멸을 뜻하는 기간이기도 합니다. 40이라는 숫자가 중요한 의미를 띠게 된 건, 플레이아데스성단[89]이 보이지 않는 기간. 즉 바람, 홍수, 태풍 등이 40일 이상 지속되었던 데서 비롯합니다. 물론 40여 일이 지나면 비와 바람, 홍수가 멎고 플레이아데스성단이 다시 드러나게 되지요. 그리고 40이란 숫자는 예수하고도 깊은 관계가 있습니다."

"예수하고요?"

"그렇습니다. 예수가 황야에서 고통을 당한 기간이기도 하니까요. 모세가 시나이 산에서 머문 기간도 40일입니다. 이스라엘의 예언자 엘리야의 은둔, 노아의 대홍수, 이스라엘의 예언자 요나가 니느웨 주민들에게 준 경고기간도 40일이었어요. 유대왕국의 예언자 에스겔은 이스라엘의 죄악을 40일간 인내하며 기도했지요. 그래서 40일은 성스러운 의미를 가지는 기간이며, 고통을 의미하는 기간이기도 합니다."

"그런 사연이 있었군요."

"그 외에도 많습니다. 블레셋인이 유태인을 지배한 기간, 다윗이 나라를 통치기간, 솔로몬이 국가를 다스린 기간, 유대의 대제사장 엘리의 이스라엘에 대한 재판 등은 모두 40년이었어요."

"그래서 방을 40개로 한정했던 겁니까? 예수나 성서와 관련이 있어서?"

"그렇지 않다고는 할 수 없겠지요. 하지만 우리는 그보다 더 큰 의미를 부여하고 있습니다."

"어떤 의미요?"

"40은 부활을 의미하는 숫자고, 우리가 추구하는 델로피아 존속기간이

---

89) 플레이아데스성단(Pleiades 星團) : 황소자리의 어깨 부분에 보이는 산개성단. 지구에서 410광년 떨어져 있고 나이는 7,000만 년임. 수백 개의 별이 무리를 이루고 있는데, 이 가운데서 6개의 별은 맨눈으로 볼 수 있는 묘성(昴星)임.

기도 합니다.

"델로피아 존속기간이요?"

"그렇습니다. 델로피아에서 40일은 이곳에선 40억 년이 됩니다."

"40억 년?"

"그렇습니다."

"믿을 수 없는 일이군요."

"선생은 모든 게 믿을 수 없는 것 천지일 겁니다. 모든 게 꿈 같기도 하고, 상상 같기도 하고, 혼돈 같기도 할 테니까요. 아무튼 선생이 보았던 40개의 방은 물론이고, 526개의 사무실도 모두 물에 잠겼습니다. 저번에 방문했을 때 보지 않았습니까? 물속으로 가라앉던 지하부를. 그 건물 지하는 온통 물바다가 됐어요. 그곳에 있던 고대 신들과 위인들 동상은 물론이고, 각종 연구실에 있던 첨단 기계나 온갖 시설물들. 물을 퍼내던 사람들과 그 아래층에 살던 수많은 동물들과 희귀한 나무들. 어두컴컴한 지하에서 목숨을 부지하던 갑충류들도 모두 매몰돼 버렸어요. 안타깝게도 말입니다. 그래서 나만 이렇게 달랑 빠져나온 거고요. 이제는 선생이 선택할 때가 됐습니다."

"제가 선택을 하지 않는다면요."

"그건 이미 선생 권리가 아닙니다."

"제 권리가 아니라고요?"

"선생은 모든 걸 우리를 위해 바쳤으니까요."

"그건 말도 안 되는 소립니다."

"그게 사실인 걸 어떡합니까."

집주는 당연한 일이라는 듯이 망토를 걸친 어깨를 으쓱한다. 나는 멀뚱한 시선으로 집주의 주름진 얼굴을 쳐다본다. 잠시 굳은 표정으로 앉아 있던 집주가 점잖은 어조로 입을 연다.

"선생은 말이에요. 점점 자기 반성적이 되어 가고 있어요. 시간이 흐르면서 자신을 되찾아가는 거지요. 그런 현상이 나를 만나고 이상한 것들을 보고 느끼고 경험한 것 때문이겠지요. 더 본질적인 이유는 선생이 본래부터 그런 성격과 마음을 가진 사람이라는 겁니다. 유리라는 여자분을 순수한 마음으로 기다리고, 다미라는 여학생에게 따듯한 애정을 베풀고, 피여나라는 여자를 진실하게 사랑하고, 나래와 마리, 디나, 파라 같은 여자들을 껴안고 이해하려 한다는 거지요. 그런 마음이 선생을 이리로 오게 하고, 나를 만나게 한 거겠지요. 선생은 이제 인간 본연의 모습을 찾아가는 게 분명합니다. 내 말에 대해 반문을 하고 이유를 달고 조목조목 따지니까요. 그전 같으면 누가 뭐라든 이것도 네, 저것도 네, 하면서 방관자적 태도로 일관했는데 말입니다."

"제가 그랬나요?"

"선생은 아무리 화가 나도 화를 낼 줄 모르는 사람이었어요. 자기감정을 적절히 표현할 줄도 모르고, 옳고 그른 것조차 구별하지 못했지요. 시쳇말로 정체성을 상실했다고 할까요. 자기 자신을 잃어버렸다고 할까요. 서양에서는 아이덴티티가 실종됐다고 합니다만. 어때요, 그렇다고 생각하지 않습니까?"

"잘 모르겠습니다."

"모르는 게 당연하지요. 화려한 문명사회 젊은이답게 정체성을 상실한 채 살아왔으니까요. 생각도 없이 순간의 쾌락을 즐기고 순간의 이익과 안락을 누리면서 말입니다. 하지만 상관없습니다. 선생은 이곳을 나가는 순간 자기 자신을 되찾게 될 테니까요. 선생이 잊고 살았던 진정한 가치와 살아야 할 필요성, 사는 목적 같은 걸 되찾게 될 거라는 얘깁니다."

"전 무슨 말인지 통…"

"선생은 자기 정체성을, 자신이 그뤼포스의 후예라는 걸 깨닫게 될 겁니다. 젖과 꿀이 넘치는 동산에서 뛰어놀고, 풍요로운 초원에서 곡식을 수확하고, 달콤한 과실을 따서 먹고 춤추고 노래하는. 자연과 인간이 하나가 돼서 살아가는 삶. 선생은 그런 생활을 잃어버렸던 거예요. 이 화려하고 쾌락적이고 파괴적인 물질문명에 이끌려서, 끝없이 경쟁하고 소모하고 싸우고 헐뜯어 왔던 거지요. 이제는 모든 걸 벗어버리고 자연으로 돌아갈 때가 됐습니다. 자연과 인간을 사랑하고 껴안으며 살아가는 그뤼포스의 후예답게 말이에요."

"도무지 알 수 없는 것투성이군."

"알 수 없는 건 나도 마찬가집니다. 보다시피 나도 죽지 못하고, 어둡고 음침한 지하세상에서 2000년이 넘도록 목숨을 연명하고 있지 않습니까?"

"집주께서는 그런 사명을 받고 태어난 사람이니까 그런 거지요."

"나도 사실 그런 사명을 받고 태어난 사람이 아닙니다. 다만 인간들이 죄를 짓고 사니까 그것을 방지하려고 발버둥 칠뿐이지요. 이제는 선생이 선택할 차롑니다. 인간들이 저지른 모든 죄악을 선생이 나서서 갚을 차례라 이 말이에요."

"제가 그렇게 큰일을 해낸다는 겁니까?"

"당연히 해야 합니다. 선생은 열 사람의 의인 중 9번째니까요."

"도대체 그 말을 저보고 믿으라는 겁니까?"

"내 말을 믿어야 합니다. 또 믿을 수밖에 없고요."

"그렇다면 구체적인 방법을 알려 줘야 하지 않습니까? 뭘 어떻게 말하고 처신하고 행동해야 하는지."

"구체적인 방법은 없습니다. 여기서 나가면 다 알게 된다는 말밖에는."

"그러면 여기서 나가는 방법이라도 알려 줘야 하지 않습니까? 어디로 해서 어떻게 나가는지."

"그것도 자연히 알게 됩니다. 이 자리에서 일어서는 순간."

"나 참…"

"나하고의 만남은 언제나 그렇지 않습니까?"

나는 머그잔에 남아 있는 물을 마저 들이켠다. 집주가 양치기 지팡이를 들고 자리에서 일어선다.

"자 이제 우리가 있던 자리로 돌아갑시다. 선생은 선생의 자리로, 나는 나의 자리로. 다시 말해 우리가 벌였던, 욕망과 쾌락으로 일관했던 문명의 파티를 끝낼 때가 됐다는 얘깁니다. 화려하기 이를 데 없던 삶을 접고, 자연 속으로 돌아갈 때가 된 거지요. 들판과 동굴에서 순수하게 살던 그때로 가야 한다는 말이에요."

"그게 가능한 얘깁니까?"

"당연히 가능하지요. 선생만 마음먹으면 말입니다."

"혹시 집주께서는 살아 있는 예수 그리스도가 아닙니까?"

"예수 그리스도요? 내가요?"

"제가 보기엔 그렇게 느껴지는데요."

"글쎄요. 예수 그리스도라…"

"꼭 그런 생각이 듭니다. 외모도 그렇고 하는 말도 그렇고 행동도 그렇고."

"그래요? 그렇다면 구태여 부정할 필요는 없겠지요. 어차피 예수 그리스도도 세상을 사랑하는 한 사람의 구도자였으니까. 하하하."

"……"

"자 어서 가십시다. 갈 길이 너무나 멀어요. 할 일도 많이 남았고요."

"……"

"아, 그리고 잊지 마십시오. 지금 이 순간에도 물은 차오르고 있다는 것을."

"……"

집주가 눈을 찡긋해 보이고 홀을 가로질러 간다. 나는 집주를 따라가기 위해 엉거주춤 일어선다. 엘리베이터를 향해 가던 집주가 어서 오라고 손짓을 한다. 나는 그 자리에 선 채 집주를 멍하니 쳐다본다. 집주가 엘리베이터 안으로 들어서며 껄껄 웃는다. 나는 허겁지겁 엘리베이터 승강장 쪽으로 걸어간다. 집주가 탄 엘리베이터는 이미 사라지고 보이지 않는다. 나는 엘리베이터가 올라오기를 기다렸다가 안으로 들어간다. 엘리베이터는 내가 타기를 기다린 것처럼 내리꽂히기 시작한다. 곧 이어 전등이 나가고 엘리베이터 안은 칠흑 같은 어둠에 휩싸인다. 어둠으로 변한 엘리베이터는 블랙홀을 통과하는 것처럼 빠르게 떨어진다. 나는 끝도 없이 내리꽂히는 엘리베이터 안에서 눈을 감는다. 이 모든 것이 꿈이기를 바라면서.

66

위대함이란 양쪽날을 가진 운검雲劍[90])과 같아서 한쪽으로는 죽이고 다른 한쪽으로는 생명을 구하는 법이다. - 키에르케고르의 「공포와 전율」 중에서

헌칠한 키에 오뚝한 콧날, 하얀 피부, 이국적 인상. 외모로 볼 때 그가 살인자라고 판단할 근거는 없었다. 그의 수려한 모습은 오히려 신성한 구도자처럼 보였다. 쏟아지는 빗속에서 양복을 단정히 입고 우산을 쓴 모습이 그랬다. 그가 닥치는 대로 사람을 죽인 살인자고 문명의 파괴자라니. 나는 무심코 차창 밖으로 눈길을 던졌다. 거기에 누군가가 있을 것이라고 생각하면서. 그와 같은 행동은 인도에 사람이 쓰러져 있다는 걸 재확인하는 행위였다. 머리와 가슴에서 붉은 피를 흘리며 누워 있는 남자. 방금 전까지 내 곁에서 권총을 가지고 장난치던 청년. 그 청년을 확인하기 위해서 나는 인도 쪽을 보았다.

그때였다. 내가 인도 쪽을 보았을 때 타임 애프터 타임이 흐르기 시작했다. 신디 로퍼가 부르는 타임 애프터 타임. 분명히 그것은 신디 로퍼의 타임 애프터 타임이었다. '침대에 누워 시계의 똑딱거리는 소리를 들으며 당신을 생각합니다. 새로움이라곤 아무것도 없는 둥근 혼돈 속으로 빠져듭니다. 불빛이 은은한 밤도 이제 자취를 감추고, 시간이 흐를수록 추억의 가방만 남았습니다.' 나는 잠시 신디 로퍼의 청량한 목소리에 귀를 기울였다. 그때 이카로스가 들고 있는 쇠붙이가 내 쪽을 향해 움직였다. 나는 반사적으로 품속에 손을 넣어 38구경 권총을 움켜잡았다. 그 순간 나는 이카로스의 표백된 눈빛을 보고 움직임을 멈추었다.

그의 투명하리만치 맑은 눈빛. 그것은 살인자의 잔인한 눈빛이 아니었다. 그의 눈빛은 자유를 찾아 도망치는 선량한 들짐승의 눈이었다. 나를 향해 45구경 권총을 겨눈 이카로스는 망설였다. 거침없이 방아쇠를 당길 것인가. 그냥 돌아설 것인가 고민하는 눈치였다. 나는 그의 마음속에서 우

---

90) 운검雲劍 : 임금의 행차 때 호위를 맡은 두 명의 무사가 차는 큰 칼.

러나는 생각을 읽을 수 있었다. 보이지 않을 정도로 미세하게 흔들리는 눈빛. 말 못할 공포에 질린 납빛처럼 창백한 표정. 모든 것으로 보아 그는 떨고 있는 게 분명했다. 단순히 쏟아지는 비를 맞아서 떠는 것은 아니었다. 그가 떠는 건 또 한 명의 사람을 죽일 수밖에 없다는 자괴감에서 우러나온 흔들림이었다.

나는 천천히 38구경 권총의 방아쇠에 손가락을 걸었다. 그 순간 그의 눈과 나의 눈이 허공에서 부딪쳤다. 그건 본능적인 움직임이고 위험에 대한 반사적인 반응이었다. 서로에 대한 공포감과 두려움에서 유발된 직감적인 움직임. 상대방의 행동에 따라 대응하겠다는 절박한 몸짓. 그때 만약 부스럭 소리라도 들렸다면, 누군가 먼저 방아쇠를 당겼을 것이다. 그 촌철의 순간 그와 나는 서로를 뚫어지게 바라보기만 했다. 서로의 얼굴과 움직임을 날카롭게 응시한 채. 그런 태도를 보이는 그를 나는 이해할 수 없었다.

잠들어 있는 나에게 총격을 가하지 않은 이유를. 자신을 잡기 위해 잠복 중인 형사를 쏘지 않은 원인을. 그는 이미 류대를 향해 45구경 권총을 서너 발 발사한 뒤였다. 아니 수많은 사람을 죽이고 돌아다닌 흉악한 살인범이었다. 나는 천천히 실탄이 박혀 있는 회전탄창을 돌려 총구에 맞추었다. 신디 로퍼는 계속 타임 애프터 타임을 소리쳤다. '언젠가 당신은 저만치 앞에 걸어가는 나를 부르겠지요. 당신이 나를 부르지만, 나는 당신이 뭐라고 이야기하는지 듣지 못합니다. 그때 당신은 천천히 가라고 말했죠.'

나는 그때서야 이카로스가 총을 쏘지 않은 이유를 알았다. 그도 나처럼 신디 로퍼의 목소리에 귀를 기울이고 있었다. 그랬다. 그 짧은 순간, 단 몇 초도 되지 않는 순간 이카로스와 나는 공감했다. 음악을 듣는 순간만큼은 움직이지 말자고. 누구든 먼저 방아쇠를 당기지 말자고. 짧은 시간이지만 음악이 끝날 때까지 그렇게 참자고. 나는 그 숨 막히는 긴장감을 견딜 수가 없었다. 그래서 나도 모르게 류대가 쓰러진 쪽으로 시선을 던졌다. 류대의 머리와 가슴에서 검붉은 피가 흘러내렸다. 붉은 피는 내리는 빗물에 섞여 도로를 가로질러 흘러갔다. 마치 어딘가로 가지 않으면 안 되는 것처럼 진한 선을 그리며.

모든 상황으로 보아 류대는 숨이 끊어진 게 분명했다. 이상한 것은 그때까지 권총을 잡은 채 놓지 않았다는 사실이었다. 류대의 38구경 권총과 탄피 6개는 새빨간 피 위에서 조용히 누워 있었다. 오랜 동안의 긴장감과 기다림을 내려놓은 것처럼. 나는 다시 비를 맞는 이카로스 쪽으로 눈길을 돌렸다. 이카로스는 쏟아지는 빗줄기 사이로 나를 쏘아보았다. 문득 그의 오른쪽 허벅지에서 흐르는 붉은 피가 보였다. 그도 류대가 쏜 총에 맞은 것이 틀림없었다. 45구경 권총의 탄피 3개가 보도 위에서 비를 맞고 있었 다. 그렇다면 탄창에 남은 실탄은 서너 개 정도. 나는 6개의 탄환이 장전 된 총구를 치켜든 채 천천히 심호흡을 했다. 그 순간 그도 불규칙한 호흡 을 가다듬는 것 같았다. 그가 받쳐 든 우산이 미세하게 흔들린 것을 보아 그건 틀림없었다. 나는 호흡을 멈추고 하얗게 탈색된 그의 얼굴을 바라보 았다. 그 몇 초가 지난 다음 나는 조심스럽게 안전장치를 풀었다.

신디 로퍼의 타임 애프터 타임이 끝나고 새로운 곡이 시작되는 중이었 다. 나는 바로 그 순간을 기다렸다. 신디 로퍼의 타임 애프터 타임이 끝나 고 다음 곡이 시작되는 순간을. 그것은 빗속에 서 있는 이카로스도 마찬 가지인 것 같았다. 다만 그와 내가 다른 것은 그가 조금 더 주저한다는 거 였다. 그 짧은 순간 이카로스의 눈은 내게 말하고 있었다. 제발 권총은 빼 지 말자고. 그 현대문명의 이기를 더 이상 사용하지 말자고. 나는 다시 한 번 호흡을 가다듬고 이카로스의 가슴을 겨누었다. 그때 막 마이클 런스 투락의 슬리핑 차일드 전주곡이 흘러나왔다.

나는 방아쇠에 손가락을 건 채 슬리핑 차일드의 전주곡이 끝나기를 기 다렸다. 그도 나처럼 슬리핑 차일드의 전주곡이 끝나기를 기다리는 것 같 았다. 짧은 순간이 지나간 뒤 나는 그를 향해 방아쇠를 당겼다. 그때 그도 나를 향해 45구경의 방아쇠를 당겼다. 귀를 찢는 굉음과 함께 숨 막히는 정적이 흘렀다. 순간과 영원을 가로지를 듯한 날카로운 정적이. 그와 나는 빗물 위로 흐르는 정적을 삼키며 서로를 마주 보았다. 그것도 순간이었다. 그가 절망적인 표정을 지으며 앞으로 걸어왔다. 나는 그런 이카로스를 멀 거니 쳐다보았다. 그가 비틀거리는 몸을 곧추세우며 또다시 방아쇠를 당 기려 했다.

'하늘의 은하수는 오직 너만을 위해 빛나지. 달은 너에게 저녁 인사를 하 기 위해 왔구나.' 투락의 목소리가 또렷하게 들려왔다. 그 목소리를 들으며 나는 이카로스의 가슴을 향해 두 번째 실탄을 발사했다. 기다란 비명이 또다시 귓속을 후벼 팠다. 그것은 비명이 아니라 내가 든 총에서 새어 나간 폭발음이었다. 나는 귀가 멍멍해지는 것을 느끼면서 자욱한 화연 속으로 그를 보았다. 그때 거미줄처럼 금이 간 유리창 밖으로 그가 무너졌다. 붉은 피가 솟구치는 가슴을 한 손으로 움켜잡은 채. 나는 소리 없이 심호흡을 하고 조용히 눈을 감았다.

'세상은 참으로 거칠지만, 너는 너만의 세계를 만들어라. 바로 낙원이 있어. 내가 잠든 너를 보호해 줄 거야. 만일 세상 모든 사람들이 너와 같은 마음을 가졌다면 우리는 싸움도 하지 않고, 전쟁도 없을 텐데.' 마이클 런스 투락의 슬리핑 차일드는 빗소리를 뚫고 계속 들려왔다. 도로에 쓰러진 채 피를 흘리는 이카로스와 류대를 향해 속삭이는 것처럼.

67

나의 최대한의 실존, 팽팽한 실존… 앞을 향하여 보다 앞을 향하여 위를 향하여 팽팽한 실존을 알게 되는 것은 나의 실존의 책상 위에서이다. 나의 주위에서 안식이며 삼한森閑[91] 함이 나의 고독한 존재, 존재를 구하는 나의 존재가 어떤 다른 존재, 초월된 존재가 되려는 욕구 속에서 가장 긴장한다. - 바슐라르의 「초의 불꽃」 중에서

"웬 술을 그렇게 많이 마셨어?"
"그냥 좀 마셨어."
"무슨 일이 생긴 건 아니고?"
제니가 연신 생글거리면서 농담처럼 말을 붙인다. 나는 재킷을 벗어던지고 욕실로 들어간다. 제니가 내 등에 대고 큰소리로 외친다.
"오빠 유명해졌더라."
나는 욕실 벽에 부착된 전신거울 앞으로 다가선다. 거울 안에 해쓱하고 깡말라 보이는 청년이 서 있다. 큰 눈에 깊은 쌍꺼풀, 짙은 눈썹과 오똑한

---

91) 삼한森閑 : 고요함, 또는 인기척도 없이 괴괴함.

코. 얇은 입술, 희고 갸름한 얼굴의 소유자. 176Cm의 키에 68Kg, 비쩍 마른 다리, 납작한 가슴, 덥수룩한 머리. 어떤 대상에게도 총을 쏠 것 같지 않은 연약한 남자. 그런 모습의 남자가 발가벗은 채 쏘아보고 있다. 너는 누구이고, 무엇을 하는 인간이냐고 묻는 표정으로. 나는 눈을 감고 낯선 남자의 시선을 피한다. 아무리 남자의 시선으로부터 도망치려 해도 피할 수가 없다. 그는 섬뜩하면서도 싸늘한 시선으로 내 알몸을 지켜본다.

어찌 보면 남자의 시선은 유리의 맑은 눈빛 같기도 하고, 피어나의 투명한 시선 같기도 하다. 따스하고 부드러운 집주의 눈빛 같기도 하고, 범죄자 이카로스의 슬픈 눈빛 같기도 하다. 나는 고개를 좌우로 흔들고 파워스틱을 힘껏 젖힌다. 그와 동시에 세찬 물줄기가 온몸을 때리며 쏟아진다. 남자의 시선은 잠시 물줄기 속에 갇혀 보이지 않는다. 나는 한 차례 심호흡을 하고 눈을 감는다. 송곳으로 찔러대는 것처럼 차가운 감촉이 전신을 후벼 판다. 나는 감고 있던 눈을 다시 번쩍 뜬다. 나를 쏘아보던 꺼칠한 모습의 남자는 사라지고 없다. 거울 속에서 나를 보는 건 바로 나 자신이다. 세상의 모든 것을 잃어버린 듯한 모습의 젊은 청년. 나는 쏟아지는 물줄기 속에서 나와 비누칠을 한다.

나는 몸에 묻은 물기를 대충 닦고 거실로 나간다. 제니가 욕실에서 나오기를 기다린 것처럼 묻는다.

"오빠가 이카로스를 쏘았다면서."

"그걸 어떻게 알았지?"

"뉴스에 계속 나오더라고."

"문제는 이카로스한테 류대가 당했다는 거야."

"그 오빤 정말 안 됐다."

"류대도 이카로스처럼 탈출하고 싶어 했거든. 이 화려한 문명의 도시로부터. 그 탈출이 죽음이 될 줄이야."

"하긴 요샌 너도나도 탈출하겠다는 사람들 천지니."

"나도 사실 그런 생각을 하지 않은 건 아니야."

"오빠가 왜?"

"그냥."

"유리언니 때문에?"

"그건 아니지만, 어디로 떠나고 싶긴 해. 이 도시가 싫어지기도 했고."
"그래?"
"무언가를 소비하고 즐기는 것도 이젠 별로야."
"소비하고 즐기는 것에 누구보다 심취해 있었잖아."
"생각해 보니까, 내가 너무 소비에 젖어 살았던 것 같아. 아무런 죄책감 없이 차를 타고, 기차를 타고, 배를 타고, 비행기에 올랐어. 어떤 죄의식도 없이 여자를 만나고, 섹스하고, 먹고, 마시고, 쓰고, 사용하고, 버렸지."
"어쩔 수 없는 거잖아. 자본주의 자체가 무한정 소비하고 끝없이 생산하는 시스템이니까."
"그게 그렇지 않아. 우리가 쓰고 즐기는 이 모든 게 문명을 병들게 하고, 인류를 타락시키는 거야."
"인류 타락까지?"
"아주 작은 것에서부터 문명은 무너져 가거든."
"별일이군. 갑자기 철학자 같은 소리를 다 하고."
"사람은 어느 순간 변할 수 있는 존재야."
"그래도 그렇지. 어떻게 하루아침에 백팔십도 달라질 수가 있어?"
"사람은 유한하지만, 진리는 무한하다는 걸 깨달았다고나 할까."
"갈수록 태산이네."
"나도 생각을 하는 인간이야."
"인간까지."
"누구나 인간이 아니라는 거 너도 잘 알잖아."
"그럼 나도 인간이 아니겠네."
"그건 너 자신한테 물어보면 되지."
"아무튼 오빠는 좋겠다. 일 계급 특진하게 생겼으니."
"그게 그렇게 좋은 것 같아?"
"당연하잖아."
"난 별론데."
나는 계속 무덤덤한 목소리로 대꾸를 한다. 제니가 이상하다는 듯이 고개를 갸우뚱거린다. 나는 머리의 물기를 수건으로 말리며 힘없이 웃는다. 제니가 빤히 쳐다보고 있더니 방으로 들어간다. 나는 수건을 집어던지고 소파에 털썩 주저앉는다. 귀가 멍멍하고 세상이 빙글빙글 도는 것 같다. 땅이 꺼지고 지표가 온통 허물어져 내리는 느낌이다. 나는 눈을 질끈 감고 깊고 길게 심호흡을 한다. 잠시 흐릿했던 의식과 정신이 조금은 맑아진다. 방 안으로 들어갔던 제니가 나오며 불쑥 내뱉는다.

"나 결혼할 거야."

"언제?"

"다음 달에."

"그 친구도 동의한 거고?"

"물론이지."

"하긴 나도 사표를 낼 생각이니까."

"왜 사표를 내려는 건데?"

"갑자기 그런 생각이 들었어."

"그럼 이젠 다투는 것도 끝이겠다."

"왜?"

"오빠는 사표를 내고 나는 결혼을 하니까."

제니가 조금은 의외라는 표정으로 쳐다본다. 나는 멋쩍은 얼굴로 씨익 웃는다. 잠시 침묵을 지키던 제니가 진지해진 목소리로 말한다.

"어머니한테는 얘기했어?"

"아직."

"찾아뵙고 말씀 드리는 게 좋을 거야."

"그래야겠지."

"우리가 이런 대화를 다 나누고 정말 웃긴다."

"그래서 사람은 오래 살고 봐야 돼."

"정말 그런 것 같다."

"요즘도 그 책 읽는 거야?"

나는 문득 생각이 난 것처럼 묻는다. 제니가 금시초문이라는 듯이 되묻는다.

"책이라니?"

"시집 말이야."

"아 시집, 그거 안 읽어."

"왜?"
"요샌 요리책을 더 가까이 하고 있거든."
"하긴 그게 더 현실적이겠다."
"그런데 한 가지 걱정거리가 생겼어."
"뭔데?"
"그 남자친구가 부모님하고 같이 살아야 된대."
"그래? 그거 아주 잘됐다."
"뭐가 잘돼?"
"누구보다 너는 예절을 몸에 익혀야 하니까."
"그게 문제야. 예절이나 격식 같은 걸 익히고 배워야 한다는 거. 더구나 그 사람 종갓집 장손이래."
"종갓집 장손? 사람을 너무 잘 고른 것 같다."
"오빠 지금 나 놀리는 거지?"
"아니 진심으로 말하는 거야."
"정말?"
"그럼 하나밖에 없는 여동생인데."
"하기야."
"내가 그 친구를 한번 만나 봐야겠다. 부탁할 말도 있고."
"부탁할 말?"
"처음부터 꽉 잡아 놓으라고."
"그걸 말이라고 하는 거야? 그리고 요새 그런 사람이 어디 있어."
"요새가 어떤 시댄데?"
"지금은 지구촌 시대야. 고리타분한 얘기는 꺼내지 않는 게 좋아."
"아무리 그래도 여기는 한국이야. 영국이나 프랑스가 아니고."
"하긴 질펀대던 애들도 시집만 가면 언제 그랬느냐는 듯이 얌전해지지."
"그러나 저러나 잠이나 푹 자야겠다. 너무 피곤해."
"그럴 거야. 오빠가 감당하기엔 너무 벅찬 일들이 벌어졌으니까."
"짧은 시간 동안 너무 많은 사건이 터졌어. 디나하고 마리가 자살했지. 류대도 총을 맞고 죽었지."
"그러고 보니 오빠 불쌍해 보인다."

제니가 안쓰럽다는 듯이 혀를 쯧쯧 찬다. 나는 소파에서 주섬주섬 몸을 일으킨다.

"테오선배는 문명의 화려한 역설이니, 바이러스의 진화된 역습이니, 대륙의 침몰이니 하면서 산속으로 들어갔고, 요하는 문명의 동굴로부터 탈출이니 뭐니 하며 무인도로 떠났어. 파라하고 마담 지바도 결혼한다고 미국으로 건너갔고. 미사선배는 최후의 인간을 찾는다고 아마존 정글로 들어갔고. 이제 내 주변엔 아무도 없는 것 같다."

"나도 떠날 텐데 어떡해."

"할 수 없지 뭐."

"오빠 정말 안돼 보인다."

"잠이나 푹 자야겠어. 그런 다음에 생각해야지."

"그러는 게 좋겠다."

"지금부터 잘 테니까 깨우지 마. 며칠을 자더라도."

"내가 음식을 만들어 놓을 테니까, 생각나면 일어나서 먹도록 해."

"알았어."

나는 건성으로 대답하고 침실로 들어간다.

68

인간은 결국 자기가 우연히 출현했던 이 무감각하고 현연眩然[92]한 우주 속에 홀로 서 있음을 알게 되었다. 그의 운명이나 그의 의무는 아무 데에도 기록되어 있지 않다. 위에는 왕국이, 그리고 발밑에는 암흑의 함정이 가로놓여 있을 뿐이다. 그 어느 것을 선택하느냐 하는 문제는 오로지 인간 자신에게 달려 있다. - 모노의「우연과 필연」중에서

파라다이스 소극장에는 유리와 피피 외에도 몇 사람이 더 있었다. 피여나도 보였고 백발이 성성한 노인도 눈에 띄었다. 어린 소녀와 체격이 건장

---

92) 현연眩然 : 눈앞이 캄캄함, 또는 눈앞이 아찔하거나 캄캄함.

한 20대 청년도 있었다. 남루한 옷을 걸친 걸인과 병자와 수녀도 보였다. 그들이 함께 하는 연극은 델로피아로 가는 배였다. 연극 중에서 그들은 폭풍우가 치는 검은 바다 위를 항해 중이었다. 8명의 사람과 수많은 동물과 각가지 식물을 범선에 가득 싣고. 사람과 동식물이 탄 배는 브리간틴이라는 노란색 범선이었다. 919호라고 쓰인 배에는 대형 돛대가 두 개이고 가로돛과 세로돛, 수많은 노가 옆으로 뻗쳐 있었다.

사람과 동식물을 태운 범선은 드넓은 바다를 향해 나아갔다. 범선에 탄 사람들은 기쁘고 즐겁고 행복한 얼굴로 웃고 마시고 떠들었다. 그런 행복에 겨운 순간도 잠시뿐이었다. 그들이 탄 범선은 금방 거대한 파도와 폭풍우에 휩쓸렸다. 폭풍우는 시간이 지날수록 거칠어졌다. 이윽고 범선의 돛대가 부러지고 돛도 찢겨져 나갔다. 그 아수라장 속에서 그들은 어찌할 바를 모른 채 우왕좌왕하고 있었다. 돛대와 돛을 잃은 범선은 어두운 망망 대해에서 한 조각의 나뭇잎처럼 흔들렸다. 범선에 탄 사람들은 모두 사색이 되어 이리저리 뛰었다. 유리와 피여나가 탈출할 방법을 찾았지만 보이지 않았다.

나는 무대 쪽으로 다가가기 위해 발걸음을 떼어 놓았다. 필사적으로 팔과 다리를 움직여도 거리는 좁혀지지 않았다. 나는 기를 쓰며 유리와 피여나의 이름을 불렀다. 그들은 내 목소리를 알아듣지 못하는 것 같았다. 나는 유리와 피여나가 있는 무대를 향해 죽을힘을 다해 걸어갔다. 그러나 천근처럼 무거워진 다리는 제자리에 붙어 있을 뿐이었다. 나는 앞으로 가는 것을 포기하고 종잇조각처럼 흔들리는 범선을 지켜보았다. 사람들은 물이 차오르는 범선 안에서 어찌할 바를 몰랐다. 다른 사람들도 최선을 다해 범선을 안정시키려 했다. 하지만 범선은 중심을 잃고 폭풍이 휘몰아치는 바다 한가운데를 떠돌았다.

나는 다시 한번 폭풍이 몰아치는 바다 위로 걸음을 떼어 놓았다. 거친 파도와 바람과 어둠이 다리와 발목을 휘감았다. 나는 한 걸음 한 걸음 조심스럽게 범선 쪽으로 다가갔다. 서너 발짝을 갔을 때 바닷물 속으로 풍덩 빠지고 말았다. 나는 파도가 넘실거리는 물속에서 손을 내밀고 허우적거렸다. 그때 누군가가 내 손을 잡아 물 위로 끌어 올렸다. 나는 깜짝 놀라 손을 잡고 있는 사람을 올려보았다. 그것은 다름이 아닌 허름한 차림새의 집주였다. 집주는 나를 한손으로 들어 올려 천천히 하늘로 올라갔다. 범선과 파도와 바람은 이내 수많은 군중과 아우성과 기도소리로 변했다. 그 아우성과 기도소리와 외침은 천지를 진동시켰다. 내가 의심의 눈빛으로 쳐다보자 집주가 인자한 얼굴로 비긋이 웃었다. 그 미소는 아우성과 외침과 기도소리를 삼키고도 남았다.

내가 집주의 손에 이끌려 하늘로 3, 4미터 올라갔을 때 사위가 조용해졌다. 기도소리도 외침도 고함도 파도소리도 들리지 않았다. 마치 내가 검고 검은 진공 속에 들어가 있는 느낌이었다. 그 칠흑 같은 진공이 갑자기 빙글빙글 돌기 시작했다. 검은 소용돌이는 점점 더 빨라지더니 이윽고 흰색으로 변해 갔다. 순백의 소용돌이가 나와 바다와 세상과 어둠을 휘감았다. 순식간에 온 세상이 흰색 소용돌이로 변해 버렸다. 나는 하얀 소용돌이 속에서 하늘로 빠르게 날아갔다. 그 순간 나는 감고 있던 눈을 번쩍 떴다.

69

나는 이제 떠나야 할 시간이 되었습니다. 우리는 각기 자기의 길을 갑시다. 나는 죽기 위해서 여러분은 살기 위해서. 어느 쪽이 더 옳고 수우殊尤[93]한 길인가 하는 것은 오직 신만이 알뿐입니다. – 플라톤의 「소크라테스의 변명」 중에서

다미에게.

나는 직장에 사표를 던지고 열흘 동안 잠만 잤어. 긴 시간 잠을 자면서 줄곧 생각했다. 나는 누구인지, 무엇을 하는 사람이고, 무엇을 해야 하는지. 휜브르의 겨울이 오는 것을 막기 위해 성지를 순례할 것인가. 유리와 피어나가 있다는 파라다이스 소극장을 찾아갈 것인가. 잃어버린 에덴동산을 찾아 세계 각지를 돌아다닐 것인가. 미사선배처럼 최후의 인간을 찾아

---

93) 수우殊尤 : 특히 뛰어남, 또는 특별히 빼어남.

정글로 들어갈 것인가. 나는 아무것도 결정할 수도 선택할 수도 없었다. 아직도 나는 내가 누구인지, 무엇을 해야 하는지 모르기 때문이다.

다만 팝송을 흥얼거리고, 콜라를 마시고, 섹스를 하는 생활에서 벗어나야 한다는 것이다. 나는 굳게 결심했다. 집주의 말처럼 문명의 손때가 묻지 않은 곳으로 가야 한다고. 지금 즉시 소비적이고 쾌락적이고 탐욕적인 것들로부터 벗어나야 한다고. 바로 그거였어. 내가 할 일은 이기와 욕망과 화려함으로 얼룩진 문명의 도시를 떠나는 것이다. 자유롭게 하늘을 날고자 했던 이카로스처럼 어딘가로 가야 한다. 그것만이 나 자신을 구하고, 타인을 구원하는 방법이야. 나는 생각했다. 내가 떠나는 게 병들어 가는 세상에 희망의 메시지를 전하는 길이라고.

나는 이제 집주가 말한 대로 델로피아를 찾아서 떠난다. 그곳이 동굴이든, 지하세상이든, 고대도시든 마찬가지다. 그곳에서 사라져 버린 진실과 진리를 찾아야 한다. 어떤 것이 진정한 삶이고, 어떤 것이 진정한 사랑이고, 어떤 것이 진정한 희망인지 확인해야 한다. 그게 문명세계에서 탈출하고자 했던 이카로스를 쏘아 죽인 내가 할 일이다. 그런 다음 돌아와서 보고 듣고 느낀 것을 실천하는 거란다. 사랑과 꿈과 희망이 넘치는 참다운 삶을. 이와 같은 생각이 옳은 것인지 그른 것인지 알 수 없다. 그렇지만 나는 두렵지 않다. 내가 선택한 이 모든 것이 최선이라고 믿기 때문이다.

(추신)

이 편지가 도착했을 때 나는 도시를 떠나고 없을 것이다.
모제가.

참고문헌

간디 자서전 _마하트마 간디
강한 성 만족을 주는 성 _유세환
건전한 사회 _에리히 프롬
공동사회와 이익사회 _페르디난트 퇴니스
공산주의는 끝나는가 _문명호
공포와 전율 _쇠렌 키에르케고르
과학과 근대세계 _알프레드 화이트헤드
괴테의 명시 _요한 볼프강 폰 괴테
국제화시대의 양주상식 _김준철
군주론 _니콜로 마키아벨리
권리를 위한 투쟁 _루돌프 폰 예링
그리스·로마신화 _김지원
그리스·로마신화 _최준환
그리스·로마신화 _토머스 불핀치
그리스도교 사상사 _폴 요하네스 틸리히
그리스도인의 자유 _마르틴 루터
꽃사랑 21가지 지혜 _송홍선, 고광용
꿈의 해석 _지그문트 프로이트
나는 초라한 더블보다 화려한 싱글이 좋다
  _헬렌 브라운
남자의 성 강해지는 성 _신천호
네이버 지식백과 _네이버
노스트라다무스의 예언 _하늘 출판사
다시 일어선 일본, 그 힘은 어디서 _연합통신
다음 백과사전 _다음
대국어사전 _현문사

도덕지능 MQ _로버트 콜스
독서평설 _지학사
동아세계대백과사전 _동아출판사
라이프인간세계사 _TIME LIFE BOOKS
라틴아메리카의 신화, 전설, 민담
  _존 비어호스트
러시아 문학과 사상 _마르스 슬로님
러시아사, 쉽게풀어쓴 _김학준
레 프로방시알 _블레즈 파스칼
리바이어던 _토머스 홉스
마오 2 _돈 드릴로
마음을 열어주는 101가지 이야기 _잭 캔필드
마음의 고통을 돕기위한 10가지 충고
  _도서출판 쪽지
마켓 플레이스 _사라 아담슨
멀리 보고 크게 생각한다 _정현우
멀리서 본 한국 가까이서 본 미국 _이효식
멀티 미디어의 이해 _아오야기 다모츠
메시야 왕국 _R.R 류우터
명상록 _마르쿠스 아우렐리우스
모더니즘 문학론
  _에스트라뒤르 아이스테인손
무엇을 위한 시인인가 _마르틴 하이데거
무정부시대는 오는가 _로버트 카플란
문명의 붕괴 _재레드 다이아몬드
문명의 충돌 _새뮤얼 헌팅턴

문명, 그 화려한 역설 489

문화의 과학적 이론
_브로니슬라프 말리노프스키
문화의 윤리 _알베르트 슈바이처
미개사회의 성과 억압
_브로니슬라프 말리노프스키
미국 일본 독일이 세계를 지배한다
_조르주 발랑스
미국 정신의 종말 _앨런 블룸
미국 혁신론 _권영민
미국, 야만과 문명의 두 얼굴 _박영배
미국은 없다 _김광기
미국의 세기는 끝났는가 _조지프 나이
미국의 송어낚시 _리처드 브라우티건
미국의 역사 _최웅 외
미디어의 이해 _마샬 맥루한
바다의 침묵 _베르나르 베르꼬르
바이블 _구약, 신약성서
방법서설 _르네 데카르트
방중술 입문 _가사이 간지
배꼽티를 입는 문화 _찰스 패너티
벨아미 _기드 모파상
병든 도시 _존 리지
부정 _허버트 마르쿠제
북유럽 신화 _에드거 파린 돌레르 외
불멸의 유혹, 카사노바 자서전
_조반니 자코모 지롤라모 카사노
불의 정신분석 _가스통 바슐라르
비상구 없는 일본의 에로스 _김지룡
사랑의 기술 _에리히 프롬
사이버 섹스 _마이클 해밍슨
사회경제사 _막스 베버
사회계약론 _장 자크 루소
새로 쓴 교회음악사 _백기풍, 김유진, 박용란
새로운 대화의 심리작전 _리렌버그

새로운 음악, 1945년 이후의 전위음악
_R. 스미스 브린들
새벽의 약속 _로맹 가리
생명의 길 _가톨릭교리통신교육회
생의 비극적 감정 _미겔 데 우나무노
샤머니즘 _미르체아 엘리아데
서양문학의 배경 _R.W 호튼, V.F 호퍼
서양음악사 _H.M. 밀러
설탕과 권력 _시드니 민츠
성 알면 스타. 모르면 애타 _오주익
성공하는 미국유학, 즐거운 대학생활
_리처드 뉴먼
성찰 _르네 데카르트
세계문예사조 _이재호 외
세계문학대사전 _문원각
세계문학대전집 _금성출판사
세계미술사 재발견 _매리 홀리워스
세계사 100장면 _박은봉
세계사상전집 _삼성(三省)출판사
세계의 100대 불가사의 _진성문화사
세계인명대사전 _교육출판사
세계철학대사전 _성균서관
세상에서 가장 에로틱한 영화 베스트 50
_매이틀랜드 맥도나우
소녀경, 한방으로 풀어 쓴 _김성범
소설과 다른 이야기의 죽음 _로널드 수케닉
소크라테스의 변명 _플라톤
수상록 _마르쿠스 아우렐리우스
순수이성비판 _임마누엘 칸트
쉽고 재미있는 꽃 디자인하기 _여성자신
슬레이브 _사라 아담슨
슬픈 열대 _클로드 레비스트로스
시간의 패러독스 _츠즈키 타쿠지
시민의 불복종 _헨리 도로우

시지프스의 신화 _알베르 카뮈
시학 _아리스토텔레스
신곡 _알리기에리 단테
신비스런 우주여행 _김경란
아메리칸 스타일의 두 얼굴 _크리스천 랜더
아이덴티티 _홈부르거 에릭슨
아인시타인이 걸어온 길 _츠즈키 타쿠지
아홉개의 통찰력체험 가이드
_제임스 레드필드
언어학과 철학 _노암 촘스키
에밀 _장 자크 루소
여성이여, 테러리스트가 돼라 _전여옥
역사의 연구 _아놀드 토인비
연초 도매상 _존 바스
열대어 사육과 번식 _혜원출판사
영웅숭배론 _토머스 칼라일
영화음악 _세광음악출판사
영화이야기 & 음악 _음악도서 현대
예술가여, 무엇이 두려운가. Art & Fear
_데이비드 베일즈, 테드 올랜드
예술의 비인간화 _오르테가 이 가세트
예술철학 _조요한
예스 남성클리닉 _서주일, 유재명
예스. 남성 클리닉 _서주일
오르샹가(街)를 기억하는가
_크리스티안 바로슈
우리가 모르는 미국의 두 얼굴 _정종태
우리가 아는 미국은 없다 _김광기
우리는 사소한 것에 목숨을 건다
_리처드 칼슨
우연과 필연 _자크 모노
유토피아 _토머스 모어
율리시즈 _제임스 조이스
은유로서의 질병 _수잔 손탁

의미와 진리의 탐구 _버트런드 러셀
이데올로기와 유토피아 _칼 만하임
이데올로기의 종언 _다니엘 벨
이성과 실존 _칼 야스퍼스
이슬람 _이희수, 이원삼
이야기 일본사 _김희영
인간, 그리스도교 인간관에 대한 인간학적 해석 _송기득
인간성과 행위 _존 듀이
일본 군국주의를 벗긴다 _와카스키 야스오
일본 군국주의의 역사와 뿌리 _선우학원
일본 리포트 _조양욱
일본 한국 군벌정치 _강창성
일본경제 100가지 상식 _일본경제신문사
일본은 없다 _전여옥
일본은 있다 _서현섭
일본을 읽으면 돈이 보인다 _이규형
일본을 잡자 _국민일보사
일본의 빈곤 _김영명
일본의회의 정체 _아오키 오사무
일본형 자본주의 _권혁기, 이지평
일차원적 인간 _헤르베르트 마르쿠제
자본주의·사회주의·민주주의
_조지프 슘페터
자살론 _에밀 뒤르켕
자유로부터의 도피 _에리히 프롬
자유론 _존 스튜어트 밀
잠자는 미녀 _로버트 쿠버
재미있는 별자리 여행 _이태형
전쟁론 _카를 폰 클라우제비츠
전쟁의 역설 _이언 모리스
정념론 _르네 데카르트
정략론 _니콜로 마키아벨리
정신분석 입문 _지그문트 프로이트

정신현상학
_게오르크 빌헬름 프리드리히 헤겔
정치적 낭만 _칼 시미트
정치학 _아리스토텔레스
제5 도살장 _커트 보네거트
종의 기원 _찰스 다윈
죽은 아버지 _도널드 바셀미
죽은자는 말이 없다 _아르트르 쉬니츨러
죽음에 이르는 병 _소렌 키에르케고르
중력의 무지개 _토머스 핀천
지식경영의 이해 _이순철
짜라투스트라는 이렇게 말했다
_프리드리히 빌헬름 니체
천의 얼굴 일본, 일본, 일본 _조양욱
철학적 단편 _소렌 키에르케고르
초의 불꽃 _가스통 바슐라르
최신팝송대백과, New Popsong C0llection
_아름출판사
최신팝송대백과,
New Popsong Encyclopedla
_현대음악출판사
추억의 팝송대백과 _현대음악출판사
카마수트라 _바츠야야나
카사노바의 귀향 _아르투어 슈니츨러
칵테일과 민속주 _김우영
클래식 명곡 대사전 _이성삼
킨제이보고서
_알프레드 킨제이, 워델 포메로이
탈무드 _마빈 토케이어 외
태양의 나라 _톰마소 캄파넬라
테레제 _아르투어 쉬니츨러
통치론 _존 로크
파우스트 _요한 볼프강 폰 괴테
파퓰러 음악사전 _아름출판사

팝속에 흐르는 시 _아름출판사
팝송명곡특선집 _삼호출판사
팝아티스트대사전 _삼호출판사
팝아티스트대사전 _세광음악출판사
팡세 _블레즈 파스칼
페르시아인의 편지
_샤를루이 드 스콩다 몽테스키 외
포스트모던 소설과 비평 _김성곤
포스트모던 시대의 사회윤리학 _박병기
프로이트심리학 해설
_S. 프로이트, C.S 홀, R. 오스본
프로테스탄트 사상사 _P. 틸리히
플라톤의 대화 _최명관
학원세계문학전집 _학원출판공사
한국의 역사 _도서출판 마당
한민족의 독립운동사
_한국민족운동사연구회
한한대사전, 대자전 _삼성출판사
허영의 역사 _존 우드퍼드
현대부부대백과 _삼성문화사
현대사회와 매스미디어 _이정춘
현대세계미술대전집 _금성출판사
현대의 신화 _칼 융
현상학의 이념 _에드문트 후설
황금가지 _제임스 조지 프레이저
1990년대의 일본
_미키노 노부루, 미쓰비시 종합연구소
20대에 하지 않으면 안될 50가지
_나카타니아키히로
21세기 신국제질서와 한반도 _김철범 외
21세기와 서브크라시 _백남치

Civilisation, that brilliant paradox

AB. ABIN. ABW. ACC. ADP. ADR. ADSE. AE. AFI. AGM. AH. AISE. AISI. AIVD. AK. ALGR. ALH. AMAN. AMS. ANB. ANCS. ANI. ARGS. ARS. ASIO. ASIS. ASP. ATRM. AW. BDHN. BfV. BHL. BIA. BIM. BIN. BIS. BMM. BND. BOSS. BPG. BPJPM. BRSQ. BSVK. BTK. BVT. CB. CBI. CBSA. CCCL. CCI. CDI(B). CDI(P). CEIB. CENAPI. CESIS. CGSO. CIA(B). CIA(M). CIE. CII. CIM. CIO. CIRO. CISC. CISEN. CJC. CL. CM. CMDS. CMT. CNI(C). CNI(S). CNO. COR. CRES. CRID. CRIM. CRN. CRZ. CSE. CSIS. CSL. CSNV. CTC. CTIB. CTLN. CVLE. CVLST. DAI. DAN. DB. DCDC. DCI. DDS. DGAI. DGFI. DGII. DGMI. DGNI. DGS. DGSE(K). DGSE(P). DGSI. DHL. DI. DIA(K). DIA(M). DIB. DID. DIGO. DIH. DIO. DIPD. DIPOLCAR. DIS. DISA. DMCRC. DMI(B).

DMI(I). DND. DNI(B). DNI(H). DNIC. DNIEM. DO. DOJ. DPF. DPR. DSI. DSID. DSSC. DT. DTRC. EAP. EB. EC. EGIS. EHS. EJB. EMF. ENI. EPD. ES. ESA. EVP. EZK. FBI. FE. FIM. FINTRAC. FIOD. FLTO. FMD. FSB. FT. FTN. FTS. FUSEP. GAFI. GB. GCHQ. GCSB. GDM. GIA. GID(E). GID(J). GIP. GJJM. GK. GPS. GRLS. GRU. GSD. GSP. GST. GV. GVMSI. GWFH. HB. HBG. HBS. HCA. HGW. HIS. HKPF. HLNS. HMNS. HSTA. IAB. IB. ICAC. ICRS. IH. INCS. INR(M). IPF. IRM. ISC. ISI. ITCS. ITV. JAW. JCK. JCO. JDP. JFC. JFIU. JJR. JMC. JMD. JOYG. JPB. JPR. JPS. JPT. JRF. JRV. JSC. JSCU. JSM. JVAG. KAPO. KGB. KLS. KMDG. KNB. KNBSZ. KNS. KRD. KRTS. KSTS. LAHAV433. LF. LKC. LPDI. LSS. LVTR. MA. MAA. MABAHITH. MACC. MAD. MCR.

MDCL. MDG. MDNS. MDU. ME. MHLL. MI5. MI6. MIC. MIT.
MIVD. MJIB. MM. MMS. MMSS. MNSA. MOSSAD. MSF. MSS.
MSSB. MSSC. MTP. MTS. MTV. MV. NAJA. NBH. NBI. NCB. NCMC.
NDS. NIA(I). NIA(N). NIA(T). NICA. NIS(G). NIS(K). NKTR. NMSS.
NRTV. NSA. NSB. NSI. NT. NV. NZSIS. ODNI. OHAVE2. ONA.
ORSX. OSA. PAVA. PB. PBJ. PDC. PEN. PET. PISI. PJT. PLC. PLSP.
PLT. PMA. PML. PMS. PNS. PRVC. PS. PSIA. PSS. PST. PT. PTS.
RALS. RAW. RCMP. RGB. RIBW. RLS. RMTCS. RNM. RRR. RSB.
RUS. RVJ. RVV. SAHEFAJA. SAHEFANAJA. SAK. SAPO. SASS.
SB(B). SB(M). SBLS. SBU. SEC. SEIDO. SES. SFIO. SGC. SHABAK.
SHINBET. SHINBBET. SHISH. SID. SIDE. SIE(A). SIE(R). SIFA.
SIGURIMI. SIN. SIPBA. SIPN. SIS(P). SIS(S). SIS(SL). SLKS. SML. SN.
SNB. SND. SNP. SPH. SPST. SQC. SRG. SRI.

SS. SSD. SSL. ST. STT. SUPO. SVR. SXSB. SZRU. TAT. TCNB. TDM.
TDQ. TESON. TN. TNM. TOB. TST. TT. UTPA. VAJA. VBA. VEVAK.
VOA. WGG. WMT. ZGRT.

문명, 그 화려한 역설

초판 1쇄 발행 2021년 3월 29일
개정판 1쇄 발행 2023년 5월 1일

지은이	최 인
발행인	최효언
편집자	최효언
표 지	최효언
발행처	도서출판 글여울
전 화	070-8704-0829
메 일	oxsh_chu@naver.com
홈페이지	https://www.glyeoul.com
도서번호	979-11-982885-0-9
정 가	18,000원

※ 이 책의 판권과 표지 그림은 지은이와 출판사에 있습니다.
※ 양측의 서면 동의 없이는 어떠한 형태나 수단으로도 이 책의 내용과 표지 그림을 이용하지 못합니다.

© 2023 최효언. Printed in Korea